La noche que no paró de llover

D1353773

La noche que no paró de llover

Laura Castañón
La noche que no paró de llover

DESTINO

El papel utilizado para la impresión de este libro está considerado como **papel ecológico**.

© Laura Castañón, 2017
    Publicado por acuerdo con Literarische Agentur Mertin Inh. Nicole Witt e. K.,
    Frankfurt, Alemania.
© Editorial Planeta, S. A., 2017, 2018
    Ediciones Destino, un sello editorial de Editorial Planeta, S. A.
    Avda. Diagonal, 662-664, 08034 Barcelona (España)
    www.edestino.es
    www.planetadelibros.com

Adaptación de la cubierta: Booket / Área Editorial Grupo Planeta
Ilustración de la cubierta: © Sofia Bonati
Primera edición en Colección Booket: junio de 2018

Depósito legal: B. 9.734-2018
ISBN: 978-84-233-5373-6
Impresión y encuadernación: Liberdúplex, S. L.
Printed in Spain - Impreso en España

Biografía

Laura Castañón es una escritora asturiana nacida en Revallines (Santa Cruz de Mieres) en 1961. Desde mediados de los años ochenta dirige talleres literarios y programas de animación a la lectura, e imparte cursos de Creación Literaria, Literatura y Comunicación. También ha trabajado en radio y en televisión, ha sido jefa de prensa y ha desarrollado labores de programación cultural y comunicación empresarial. En 2013 publicó su primera novela, *Dejar las cosas en sus días* (Alfaguara, 2013), una historia que entrelaza las vidas e historias de varios personajes y se sitúa en la mejor tradición de las sagas familiares. *La noche que no paró de llover* es su segunda novela.

*Para mi familia, que es dueña del secreto
de la generosidad y me lo demuestra cada día*

*Y para Enzo, que mientras yo escribía
esta historia fue capaz de adentrarse en los
misterios de las palabras sin dejar de regalar
ni un minuto de felicidad*

I

A veces sueño que respira. Me acerco de puntillas y me doy cuenta de que es un sueño y bien raro, porque no toco el suelo, puedo ver con nitidez la madera brillante del dormitorio, tan brillante como un espejo, me veo avanzando sin caminar, deslizándome como si patinara en el aire, y veo que su pecho se mueve, que está respirando, y cuando estoy ya muy cerca me cerciono de que es así, del movimiento acompasado de su pecho, entonces abre los ojos y me sonríe: esa es la pesadilla, que me sonríe, y me da verdadero pavor, porque creo que nunca lo había visto sonreír así, con todos los dientes. Sonríe y respira, y yo me digo, pero cómo va a ser, si ya han pasado tantos años, y sin embargo sé que es esa noche porque oigo la lluvia, no para de llover. Ni siquiera en esos momentos se me va el peso de la culpa, porque ese sueño me señala con el dedo, y esa normalidad es aterradora, porque sé que no es cierto, que me despertaré y no será un alivio, será continuar la pesadilla: que está muerto, que nunca va a sonreír así, con la dentadura perfecta, que nunca tendrá una vida, porque yo lo maté.

2

Hay calles en el barrio de la Arena en las que abrir el paraguas es una temeridad. Pasa mucho en febrero —cuando la lluvia, además de caer hacia abajo, avanza en horizontal—, pero también en abril. Y en noviembre. Y Laia, aunque lo sabía, lo comprobó a las cinco menos cinco de un martes, cuando los colores del arcoíris con que conjuraba la ceniciente luz de la tarde, y también aquella invencible tendencia a la tristeza que se le instalaba cuando pasaban los días y no dejaba de llover, se volvieron del revés, y una de las varillas se dobló sin remedio, incapaz de resistir la furia del viento, pese a su apariencia robusta (y también pese al puñado de euros que había pagado por él en Casa de Diego, la mañana que se despedían de la Puerta del Sol, y a Emma se le antojó comprarle a su madre un abanico de madreperla, y ella, entre el muestrario vertical de paraguas, descubrió aquel y dijo, me lo llevo, que en Asturias llueve mucho, y Emma guiñó un ojo con la sonrisa feliz de quien está a punto de iniciar una vida).

No era la primera señal de que aquel martes de febrero estaba torcido. Ya había amanecido mal, con los gruñidos de Emma en el baño porque le había dado por pesarse y no había adelgazado nada a pesar de los esfuerzos por hacer dieta que había llevado a cabo el día anterior: toooooodo el día a dieta, joder, todo el día, y ni un gramo. Y había continuado con la mirada desabrida con la que la vecina del tercero B las fulminó, primero a ella y luego a *Frida*, cuando coincidieron en el ascensor; y menos mal que había sido al bajar, porque si hubiera sido a la vuelta, con la perra empapada de lluvia y aquella manía que tenía de sacudirse en cuanto se sentía bajo techo, la mirada se habría convertido en palabras y Laia no estaba muy segura de que se hubiera quedado ahí la cosa. Que estaba ya de muy mala leche, y no sabía por qué, y esa sensación había ido avanzando por los huecos de su cerebro, como una marea irrecusable, como cuando notas que ya no hay nada que hacer, que todo va a salir al revés. Y para confirmarlo, comprobó que a Emma, aunque había dicho que se encargaba de ello, se le había olvidado comprar un cartucho de tinta para la impresora, y de nuevo bajar a la calle en aquella ciudad en la que no dejaba de llover, de nuevo con *Frida*, que se volvía loca en casa los días como aquel, y Emma había llamado para decirle que no iría a comer, cariño, la llamaba cariño, pero también llamaba así a la chica de la panadería, y a aquella interminable sucesión de amigas de antes, de toda la vida, que Laia no terminaba nunca de conocer del todo, y seguramente a la vecina del tercero B, si se encontraban en el ascensor, aunque esto último, la verdad, nunca lo había comprobado. Es lo que tiene ser tan cariñosa con todo el mundo, tan sonriente. Tan buenrollera. Que te llama y te dice oye, que no voy a ir a comer, cariño, que se me había olvidado decirte que ayer me llamó Erasmo, cómo no te vas a acordar con ese nombre, si te hablé de él, que estuvimos hace años en el programa de prevención de los colegios, ese mismo, ya me parecía que te caía mal, por eso no te dije nada, ya sabía que tú no querrías venir, y qué pena que hayas hecho canelones, pero tranquila, que por la noche me los ventilo y a tomar por saco la dieta, total para qué. Y que se verían luego, en la inauguración de la exposición de las fotos de Mercedes, si terminas las consultas, que terminarás, ¿no?, pues ya te veo entonces, cariño, y no te comas todos los canelones, eh, ni se te ocurra.

Los canelones, un par de ellos para ser exactos, se los había comido picoteando como un pájaro anoréxico y triste, aderezados con una melancolía imprecisa y la nostalgia de playas con sol. De pie, en la terraza acristalada, mirando el mar embravecido y gris, con las nubes tan bajas que la iglesia de San Pedro era una silueta difuminada y el cerro de Santa Catalina, una mancha en un horizonte sin elogio, invisible entre bruma oscura, con la única compañía de *Frida* y sus compasivos, lúcidos y anómalos ojos, uno casi verde y el otro de color avellana, que la convertían en única, aunque nunca superaría los estándares de la Federación Cinológica Internacional en lo que a los golden retriever se refiere. Y aquello, comer de pie mirando el mar, era lo más inteligente que había hecho en una mañana en la que hasta había estado tirada en el sofá tratando de adivinar los refranes de «La Ruleta de la Fortuna». Más bajo no se podía caer.

Quedaba confirmado que era un día malo, de esos que sería mejor quedarse arrebujada en la cama, olvidarse de que existen las ciudades y los autobuses, las citas con pacientes narcisistas y desesperados, la lluvia y la bandeja de entrada llena de correos prescindibles, quedarse en la cama con una novela de Anne Michaels, o con las canciones de Madeleine Peyroux sonando en Spotify, y levantarse solo para hacerse un té, únicamente por el placer de volver al calor de la cama, a las palabras, a la voz. Al paraíso.

Porque el paraíso, de eso Laia estaba segura, no podía estar en las calles del barrio de la Arena y sus corrientes de viento inclemente y lluvia asesina. Recordaba una anécdota que le contó Emma una tarde, cuando aún vivían en Madrid y pasaron unos días en la ciudad de ella, y ahora pensaba Laia, batallando con la ventisca, que tal vez ya sabía que aquel empeño por hablar, y tan bien, de su mundo, los escenarios de su infancia, no respondía tanto al deseo que entonces daba como cierto de regalarle su vida entera, hacerla partícipe de sus rincones, de los paisajes suyos y la biografía que albergaban, como a la secreta intención de volver a instalarse allí, tal vez entonces ya sabía que existían muchas posibilidades de conseguir el trabajo de su vida y en su ciudad y por eso le hablaba maravillas, como quien vende un piso o un coche de segunda mano. Por eso, porque no tenía ni idea (y no iba a ser injusta, puede que Emma tampoco lo supiera), se rio cuando le habló de aquella historia que se contaba, a saber si leyenda urbana o no, de que el actor Arturo Fernández, de jovencillo, había tenido una novia que vivía en una de aquellas calles de viento impío, y que un buen día le había dicho algo así como «mira, chatina, que tú y yo no podemos seguir siendo novios, que no puedo venir a buscarte a tu casa de esta traza, mira qué despeinado estoy». En eso pensaba cuando un golpe de viento, en envidiable sincronía con un coche que tuvo a bien dejarla empapada al entrar de lleno en un charco ubicado al efecto en un paso de cebra en el que ella (maldita educación, maldita prudencia, maldita, maldita) aguardaba para cruzar, le dobló el paraguas, su paraguas de arcoíris, lo último que se había comprado en Madrid antes de iniciar su vida en el norte. Y fue entonces cuando, justo después de doblar la esquina en Marqués de Casa Valdés con Ruiz Gómez y haber echado un vistazo imprescindible al escaparate de la tienda de mascotas, descubrió que la mujer, tan alta, tan erguida, tan delgada, y con la mirada impaciente de quien no está acostumbrada a esperar, justo delante del portal, tenía que ser Valeria Santaclara.

Maravilloso, pues. Empezaba haciendo esperar a la primera paciente que había conseguido por sí misma, sin el concurso de Emma y su legión de amistades. El día, definitivamente, había pasado de malo a catastrófico.

3

En Gijón, hoy que es miércoles
y la lluvia ha dado tregua (o eso parece)

Fue porque me acordé de A.S. Byatt y una novela suya
cuyo título ~~no recuerdo (¿Posesión? Sí, tuvo que ser esa)~~
creo que era *Posesión*. Bueno, no estoy segura ni del título
ni apenas de nada más, porque aunque empecé a leerla
con muchas ganas y mucho interés, convencida de que
en ella encontraría tal vez la respuesta a alguna de las
muchas preguntas que me hacía por entonces (me hacía
tantas preguntas que, la verdad, buscaba las respuestas
tanto en novelas de ese jaez —mmm... mola lo de jaez—
como en las canciones de Alejandro Sanz, porque otra
cosa no, pero yo aunque no lo admita siempre termino
por encontrar referencias en todas las canciones que me
pueblan la cabeza y la memoria, ocupando un espacio va-
liosísimo, que así se me mezclan y confunden, y que me
acompañan desde pequeñita gracias a la radio y a los discos que había en mi casa), nunca la terminé. El caso es
que me gustaba porque uno de los materiales que se utilizaba en aquella historia era el diario de una pintora,
pareja a la sazón —me encanta lo de a la sazón— de la
protagonista, que a su vez era una poeta (pero de ficción)
reivindicada por feministas. Es decir, la reivindicación
también era de ficción, porque la poeta lo era. Pero bueno. No era eso lo importante y no estoy para muchos ga-

limatías. Lo que contaba era el diario de la pintora, que era un cuaderno que se titulaba «Diario de nuestra vida doméstica en nuestra casa de Richmond». Creo que era Richmond, pero da igual. Tampoco leí mucho, pero la idea quedó ahí, y aquella reiteración de «nuestra», que no sé si es real o si el recuerdo se la ha ido inventando, se me instaló como paradigma de lo deseable: tan de dos, se me quedó en el recuerdo como lo más apetecible: dos personas, una casa, un refugio. Nuestra vida, nuestra casa. A veces sucede eso, pasas como de puntillas por las cosas, pero van las cosas y se te cuelan por unos túneles invisibles que conectan tu superficie con lo más profundo del corazón. De la memoria del corazón. Y un día, cuando menos lo esperas, ahí están.

No sé en qué momento exactamente recordé el «Diario de nuestra vida doméstica en nuestra casa de Richmond», pero tuvo que ser cuando tomé posesión de mi casa. Recuerdo perfectamente la emoción de meter la llave en la cerradura: las llaves de mi padre, con el llavero del taller donde lleva siempre el coche a reparar, y al hacerlo, justo antes de quedarme un poco planchada ante la visión desolada del suelo de sintasol, las paredes oscurecidas, y el frío insultante de las estancias vacías, la sensación de promesa de nueva vida. Pero me sobrepuse enseguida, y lo primero que pensé (antes que en el diario de la casa de Richmond) fue que me alegraba muchísimo de que se hubiera impuesto el criterio interesado de mi madre, secundada por la conveniencia de Marcos, que prefería vivir en Oviedo cerca de la consejería donde trabajaba y sigue trabajando (lo mío no contaba, total, para llevar un par de tutorías en la UNED, bien podía trasladarme), y no se me hubiera asignado este piso, el del Muro, cuando me casé. Insisto: no fue solo cosa de Marcos, también influyó que mi madre, en aquel momento, le estaba sacando una pasta en alquiler, porque tenía de inquilino a un arquitecto madrileño que, hechizado por las vistas al mar, olvidaba que el piso estaba un poco cutrecillo y la calefacción andaba regular, y pagaba sin rechistar. Pero luego pasaron otras cosas: que Marcos y yo nos separáramos, que el arquitecto se marchara y mi madre tuviera un par de experiencias lamentables con los inquilinos, y sobre todo que mi vida hubiera dado un giro espectacular, aunque la dimensión exacta de ese giro mis padres no la conocían. Cuando aprobé la oposición para dirigir el programa de Salud Mental en el que trabajo ahora, cambiaron muchas cosas, no sé si podría decir cuál de ellas fue la más importante, pero todas, encadenadas unas a otras, como causas o como consecuencias en un territorio donde los límites se confunden, fueron diseñando lo que ahora son mis días. Una de ellas fue la casa. Mi madre tuvo un arranque de generosidad, mezclado con la satisfacción íntima (y pública) de que su niña tuviera por fin una «colocación» en condiciones, y me cedió esta casa. Nuestra casa de Richmond en el centro de la playa de Gijón.

Así que, a lo que iba: una de las primeras cosas que hice al tomar posesión del piso fue irme a ExLibris, a encargar que me hicieran un cuaderno bien bonito para escribir el diario de la casa. Después de mucho pensar, elegí papel verjurado para el interior, y unas ilustraciones de violetas victorianas para la cubierta. Iba a poner una de gatos, también victoriana, pero recordé de pronto que Laia odia los gatos, y en ese momento tuve la sensación de que convivir iba a ser eso: recordar a cada instante qué cosas son las que le gustan y las que horrorizan a la persona que queremos. A mí los gatos siempre me han gustado mucho, y en casa de mis padres siempre hubo uno, de hecho aún lo hay. Laia y yo siempre nos reíamos con eso, recordábamos *La guerra de los Rose*, porque ella adora los perros, por eso tenemos a *Frida*, y nos burlábamos del destino incierto y probablemente bélico que nos aguardaba. Porque a nosotras nunca va a pasarnos eso, claro.

Quería escribir acerca de cada uno de los detalles que iban a convertir *aquel* piso en *nuestra* casa de Richmond, pero cualquiera que haya pasado por la fascinante experiencia de hacer una reforma integral sabe que las palabras y frases que se generan en el cerebro son principalmente imprecaciones y pasan mucho tiempo y muchas rabietas hasta que aquel agujero comienza a parecerse a lo que has soñado, y por tanto cualquier reflexión escrita está abocada al fracaso: solo salen onomatopeyas.

No le dije nada a Laia. Quería que fuera la sorpresa de su vida y me costó lo que no está escrito, porque, la verdad, la asignatura de estar calladita no conseguí aprobarla nunca. Y eso que por entonces manteníamos una relación casi a distancia, porque después de los meses de Madrid, y de aprobar la oposición, yo había venido a mi ciudad para empezar a trabajar, y ella seguía con la consulta de Moratalaz con un trabajo que ni le gustaba ni la hacía feliz y del que se quejaba permanentemente. Por no hablar de lo que añoraba el mar, aunque fuera el Mediterráneo, y lo que odiaba Madrid. Así se fueron los meses —interminables— de las obras, mientras hablábamos horas y horas por teléfono, acerca de los avatares más o menos diminutos de nuestra vida cotidiana (excluyendo todo lo que tenía que ver con la reforma, que era mucho excluir, la verdad), durante la semana, y compartíamos sábados y domingos en su casa de Madrid o aquí en Gijón, en la casa de amigos o en algún hotel (se me hacía raro llevarla a casa de mis padres, donde aún vivía yo, para pasmo de Laia, que no acababa de entenderlo. Es decir, no acababa de entender no que no la llevara, que en eso era comprensiva: ya lo era menos en el hecho de que yo siguiera viviendo en casa de mis padres, y una de las peleas que teníamos por entonces consistía en su empeño en buscar un piso en alquiler, y mis esfuerzos por evitarlo. Claro: ya he dicho que quería que lo del piso del Muro fuera una sorpresa, así que callaba ~~como una puta~~ como una muerta. Y bien que me costaba).

A pesar de lo difícil que se me hacía no decir ni mu de todo lo de la gran sorpresa que le preparaba, y a pesar de la pesadilla que suponía comprobar que todo era insoportablemente lento, y exasperante, yo me sentía feliz. Siempre he sido muy de anticipar tanto lo bueno como lo malo. Y esa manía a veces es una desgracia, pero también me procura momentos que luego cuando se cumplen no alcanzan en absoluto las expectativas. Y oye, eso que me llevo por delante.

No quiero decir que no estemos siendo felices en esta casa, qué va. Pero creo que lo fuimos mucho más en mi cabeza, mientras el olor a cemento y el sonido de la cortadora de azulejos eran la promesa de un tiempo de olas y besos, de libros compartidos y palabras, de olor a bizcochos en el horno y atardeceres cómplices con el sol ocultándose detrás de la iglesia de San Pedro, de *saltar del jueves hasta el sábado, bebiendo juntas café para dos, la vida en buena compañía, fumando un bocadillo a medias, haciendo broma con las cosas serias*. Mucho más felices, dónde va a parar.

4

—Nunca fuimos más reinas que aquellos días, cuando soñábamos con ser princesas.

Valeria Santaclara había dicho aquella frase justo después de suspirar al sentarse en el sillón que Laia, moviendo ligeramente la cabeza en esa dirección y con una sonrisa que escondía las incógnitas que la invadían, le había señalado. El sillón de los pacientes, que en realidad no era sillón, sino una mecedora con sistema de balancín, de esas de lactancia, con un reposapiés que habitualmente estaba un poco separado, pero que de vez en cuando se utilizaba para que los pacientes adoptaran una postura más próxima al diván. Se lo había dicho a Laia una de ellas, una verborreica paciente que era sobrina de una amiga de Emma y que lo que quería, más que un psicólogo, era público que estuviera dispuesto a escuchar el elevado concepto de sí misma que tenía, cuando lo que realmente necesitaba era un par de hostias. La mecedora había sido de Emma, claro, y tenía una triste historia que habían intentado conjurar y hacer desaparecer con un tapizado nuevo. Con estampado de violetas, naturalmente.

Antes de sentarse, la paciente, que no había manifestado ninguna curiosidad por Laia —lo cual era muy nuevo para ella, porque por primera vez no se sentía observada, y hasta escrutada por la persona que aparentemente iba a proceder a poner historia, y corazón, y pesares, y una buena colección de lágrimas en sus manos—, había recorrido la estancia como si sus pasos la estuvieran midiendo. Ya había mostrado un inusitado interés por el portal, por las escaleras que se empeñó en subir andando hasta el primer piso, por el rellano. Por un momento, Laia se sintió como la empleada de una inmobiliaria que va a enseñar un piso a un posible comprador. Y la mirada con que la mujer envolvió el pequeño apartamento que constituía la consulta, como si abrazara un ramo de viento antes de sentarse, ya presagió que aquella consulta no era como todas.

Laia sonrió y esperó a ver si decía algo más. De momento se había situado al otro lado de la mesa, que era lo que solía hacer en la primera visita, cuando todo era como un tanteo, pero Valeria Santaclara seguía mirando las paredes cubiertas de estanterías con libros, plantas, un gran retrato de Virginia Woolf de perfil, rodeado de benditeras procedentes de los lugares más remotos del planeta. Sin decir nada más se puso de pie y se acercó a los dos balcones. Primero al que tenía más cerca, el que daba a la calle Uría, y después al que daba a la Plazuela de San Miguel.

—El mío —dijo solo. Y volvió a sentarse.

Laia empezó a sentir la impaciencia contra la que creía estar vacunada. Los pacientes que acuden a una consulta se dividen entre los que empiezan a hablar sin parar, tratando de resumir en unos minutos una biografía de años, explayándose en agravios menores, intentando jerarquizar el conjunto de desdichas que los han llevado a esa consulta, adelantando diagnósticos anclados en los traumas de una infancia recreada casi siempre, y esos otros que esperan las preguntas que el terapeuta pueda ir haciéndoles y responden con monosílabos. También están los que lloran durante un rato o los que miran desafiantes, generalmente adolescentes arrastrados a la consulta por padres que han perdido cualquier esperanza de meterlos en vereda. Ella solía dejar que el silencio, lejos de protagonizar una ceremonia de incomodidad, se encargara de tejer una mantita de confianza. Simplemente miraba a los pacientes y trataba de leer las líneas de la fatalidad que habían llevado sus pasos hasta ella. Pero Valeria apenas la miraba. Sus ojos, oscuros y vivos, parecían mucho más interesados en la madera del suelo, en la pintura de color melocotón de las paredes, en los marcos de los balcones, en las molduras de escayola del techo. Aprovechando esa mirada viajera de Valeria Santaclara, y el poco caso que le estaba haciendo, Laia se fijó bien en ella: el pelo cuidadosamente cardado, como si acabara de salir de la peluquería, teñido de color ceniza, los pómulos marcados, los labios pintados de un color demasiado pardo. Había comprobado que era una mujer alta, tal vez espectacularmente alta en su juventud, teniendo en cuenta la reducción con que la edad subraya su existencia, aunque en su caso, la rigidez de su espalda, resultado posiblemente de una genética envidiable, pero también, empezaba a sospechar Laia, de una voluntad inconmovible y un fuerte carácter, no contribuía a que a Valeria Santaclara se la incluyera, al menos a primera vista, en el colectivo de ancianos al que sin duda pertenecía. Antes de sentarse esa segunda vez se había quitado la gabardina de color beis, y que seguramente era de Ralph Lauren, y había procedido a doblarla cuidadosamente. Con el jersey de angora de color crema, la falda recta de cuadros en tonos marrones y las botas hasta la rodilla y medio tacón, sentada en el borde de la mecedora, con la barbilla desafiando a cualquier confesión, Valeria Santaclara parecía, a pesar de su edad, que sin duda era muy avanzada, sacada de un catálogo de moda de señora de alguna de las firmas de El Corte Inglés.

Y justo en el momento en que Laia había empezado a trazar una semblanza mental de la paciente que tenía frente a sí (aquella seguridad, aquella dureza que se derivaba del oscuro carbón de los ojos, en el que no se distinguía dónde empezaba la pupila y terminaba el iris)

Valeria Santaclara exhibió un inesperado temblor en los labios, y los ojos se le llenaron de lágrimas.

—Volveré el próximo martes a esta misma hora. Hoy no es un buen día.

Y sin que Laia dijera nada ante aquella incontestable decisión, dejó sobre la mesa tres billetes de cincuenta euros. Casi el doble de lo que costaba la consulta.

5

En la residencia muchos la llaman la Marquesa. Se supo, porque en esos sitios todo se sabe, que cuando negoció su estancia en aquel centro pidió dos habitaciones de las grandes, que se comunicaban entre sí con una puerta corredera. El resultado de aquel trato es que paga mucho más que cualquier residente y posee una suite que ha decorado con algunos de sus propios muebles, arrinconando en el sótano de la residencia el mobiliario funcional común a todos. Incluso la cama, articulada, la ha sustituido por otra con más prestaciones. Uno de los dormitorios lo ha convertido en una sala de estar, repleta de vitrinas y cajoneras donde acumula montones de objetos de lo que ha sido su vida y un enorme ropero en el que las prendas, impecables y de gran calidad, se organizan por colores de tal modo que abrir una puerta es como asistir a la exhibición cromática de un degradé que va del negro al blanco pasando por distintas tonalidades de casi todos los colores, especialmente los ocres, los verdes y los azules. Las escasísimas veces que alguna de las residentes tuvo la fortuna de estar en aquel cuarto en el momento en que Valeria Santaclara abría las puertas, no pudo evitar no solo la sorpresa ante aquel despliegue textil, sino la duda de si podrá llegar a ponerse, aunque se cambie varias veces al día, todas las prendas que con un orden que raya lo obsesivo se acumulan colgadas de perchas a distinta altura, manteniendo siempre la escala de color como en las cajas de lápices nuevecitas, como aquella de trescientos colores que le había comprado una vez a Olvido, cuando era pequeña, en París. Inolvidable Olvido.

Los aposentos de la Marquesa, como se conoce en la residencia la habitación de Valeria, están tan abarrotados de muebles, objetos, cuadros, cerámicas, portarretratos de plata, figuritas, abanicos, y toda clase de fruslerías, que el tiempo que se dedica a la limpieza multiplica por cuatro el que ocupa arreglar cualquiera de los cuartos del resto de los residentes. La única que no pone objeciones a encargarse del arreglo de la 202/3 es Feli, pero eso no tiene mucho de particular: Feli no pone reparos a nada, y lo mismo se ocupa de los suelos con la enceradora, que limpia las vomitonas de Hortensia, la de la 211, que ayuda a las auxiliares a cambiar los pañales de los residentes incapacitados, o da de comer a Ramiro, aficionado como ninguno a escupir a quienes realizan tal quehacer una vez que tiene la boca bien llena, o echa una mano en la cocina cuando hay que picar cebolla, argumentando que, por alguna razón desconocida, ella es inmune al lagrimeo que provocan las cebollas. Feli, que lleva únicamente dos meses trabajando en la residencia, se ha convertido en el comodín para todo, y cuando Rosina y Marga, las otras limpiadoras, se lamentan porque les corresponde limpiar el cuarto de Valeria, ella se ofrece para hacerlo, y entra en aquel santuario de soledades como quien se introduce en una iglesia, reverencial y hasta fervorosa, consciente de que entre aquellas paredes se cobijan historias que seguramente están condenadas al olvido. Y Feli, que en sus ratos libres, cuando le coinciden los turnos, va a un taller literario, quiere conocer los detalles de la novela que podría escribirse con la vida de Valeria Santaclara. Después de todo, eso es lo que siempre dice Rafa, su profesor del taller, que las historias están en cualquier sitio y que su tarea como aprendices de escritores es desarrollar el olfato lo suficiente como para intuir dónde se esconden y una vez detectadas tirar de ellas, que si se logra eso, las novelas, los relatos, se escriben solos. Así que a Feli le gusta limpiar todos y cada uno de los objetos del cuarto de Valeria Santaclara porque quiere saber si los pormenores de la historia que sin duda alguna se ocultan tras los oscuros ojos de aquella mujer que impone con su sola presencia se los pueden contar unas fotos enmarcadas, una peineta de carey o una caja de lata litografiada con una imagen de damas y caballeros dieciochescos que algún día contuvo biscuits Pernot y que ella nunca se atreve a abrir, incluso aunque le conste que su dueña está fuera de la residencia.

También quiere saber qué diablos contiene ese sobre cerrado que Valeria acaba de sacar de su bolso ese martes de febrero, cuando volvió despotricando de taxistas y de lluvia, en cuyo exterior, con tinta azul un poco desvaída y caligrafía de colegio de monjas, alguien escribió un día: Para Valeria. El perdón. Y lo subrayó dos veces.

6

En Gijón, un jueves de marzo
con la marea baja y nubes oscuras

Un día las obras se terminaron. Ese día también quise escribir, lo juro. Pensé en sentarme en la terraza para ello, aunque fuera en una banqueta o en el mismo alféizar de la ventana. La obra incluía un acristalamiento de la terraza que había quedado genial, perfectamente aislada térmica y acústicamente. Que si doble acristalamiento, que si puente térmico de no sé qué. Eso dijo el tipo que estaba llevando las obras y llevándose un montón de pasta. Pensé en sentarme y, con letra bonita, empezar a escribir el cuaderno de nuestra casa de Richmond, así que tomé aire, miré el mar tan cerca, tan azul, la placidez de la tarde que invitaba a la serenidad, abrí el cuaderno por la primera página, pero no. Que no estaba de Dios, vaya.

Porque justo entonces llegó mi madre.

Llegó mi madre y entró, lo cual no es que sea tan raro, ya lo sé. La casa es suya, aunque el hecho de que yo me gastara aquel dineral que me concedió el banco, que entonces, aunque ya no tantos, aún concedían créditos, ya daba a entender que estaba heredando en vida la casa que seguramente me correspondería a la muerte de mis progenitores a quien Dios conserve, si acaso, la salud muchos años. Pero mi madre debía de pensar, y de hecho yo creo que lo sigue pensando, que la casa era suya, y como tenía las llaves, bien podía entrar cuando le diera la gana. Además, entró haciendo toda clase de comentarios del tipo esta puerta roza un poco al abrir, este color en la entrada no me gusta un pelo, anda que tú también, pintar un arcoíris en esa habitación, ni que estuvieras pensando en tener niños, y, claro, esa otra de color violeta, ya decía yo, qué manía con ese color, a saber lo que habrás hecho en la habitación principal, ¿blanco? Pues no sé, chica, blanco como que queda soso, ¿no? Tenías que haber aprovechado para hacer una despensa en la cocina, que total, tan grande *pa* qué, con lo que tú cocinas... Y así, uno tras otro, porque la tarima le parecía muy clara, las ventanas de los baños tendrían que haber sido correderas, qué pena que no me hubiera decidido finalmente a hacer una hornacina con lo monas que quedan y lo mucho que ella me había insistido mostrándome no sé cuántas revistas de decoración, y total, para poner unos armarios tan grandes, mejor que hubiera hecho un vestidor.

Después del tour por el piso recién pintado, mi madre se sentó justo donde yo había estado sentada hasta ese momento y miró con desinterés el cuaderno que yo había dejado allí, con la sospecha de que tampoco ese día iba a ser el momento de inaugurarlo. Me dijo que si ya había encargado los muebles, y cuando me oyó decir que ya me sabía de memoria el catálogo de Ikea y lo tenía todo previsto, me miró como si yo acabara de blasfemar contra Dios y todos los santos. Anda que tú también, un piso tan guapo, en una situación como esta, recién arreglado y vas a amueblarlo de Ikea. No hay quién os entienda.

Ese plural de mi madre es muy gracioso. Nunca sabes exactamente a qué se está refiriendo: según la circunstancia ese «os» podemos ser mi hermano y yo, la gente de mi generación, los psicólogos, las feministas, o el mundo entero cuando desde su punto de vista nos juntamos para confabularnos en su contra. En este caso creo que era extensible a todos ellos. A todos nosotros.

Le dije a mi madre que comprendería que no le ofreciera nada. No habían llegado todavía los electrodomésticos (bueno, la vitrocerámica y el horno sí que estaban), así que no había nada para beber, o sea, que si quería tomar un café, o una pepsi (mi madre es la única persona que conozco que como primera opción pide siempre una pepsi), podíamos bajar al Galeón, o acercarnos hasta el Gregorio. No sé por qué, pero necesitaba salir con mi madre de la casa. Necesitaba que se fuera, porque en algún lugar de mí había empezado a crecer como un revoltijo de serpientes, uno que está ahí desde que tengo uso de razón y que podría titularse algo así como *Cosas que tendría que hablar con mi madre y que no quiero hablar ni querré hablar en la puta vida.* Y, para mi desgracia, un par de ellas sí que tendría que abordarlas.

Una era que no iba a vivir sola en aquella casa. Me veía diciéndoselo a mi madre, Por cierto, mamá, no te lo he dicho, pero no voy a vivir sola en el piso. Y estaría tan nerviosa que mi madre seguramente se echaría las manos a la cabeza y pensaría que tenía un novio y que iba a vivir con él. Eso me daría una ligerísima ventaja que me permitiría tomar aire, y decir no, no, mamá, cómo se te ocurre, voy a vivir con una amiga. Y como mi madre respiraría aliviada, yo recuperaría el aplomo suficiente como para contarle que sí, que es una amiga que es también psicóloga, catalana, sí, pero que vivirá aquí y además nos llevamos muy bien, tenemos muchas cosas en común, ya sabes. Y aunque tendría que escucharla decir, anda que tú, hija, también son ganas, con lo a gustito que podrías estar tú sola, qué necesidad tendrás, ganaría confianza y redondearía el argumentario con la cosa de que con lo que voy a tener que pagar del crédito y tal y cual, mejor compartir los gastos, eso que me ahorro, ya sabes.

La otra era consecuencia de la anterior. Que oye, mamá, que casi mejor cuando quieras venir a verme, que vengas cuando quieras, eh, que yo encantada, pero mejor llamas antes, no es por mí, ya sabes, pero como estará aquí Laia, casi prefiero que no entres con tu llave, vamos, si no te importa. Y aquí el proceso sería el inverso, aquí el rubor y el nerviosismo iría creciendo mientras tratara de justificarlo, porque cuanto más trivial quisiera parecer en mis frases, más me embarullaría, porque lo que en realidad tendría que estar diciendo era que mira, mamá, que mejor llamas, no sea que en una de esas entres por la puerta y *equivoques la ocasión y nos halles labio a labio en el salón*, comiéndonos la boca, vaya, y quien dice la boca, dice lo que sea.

7

La sala donde se exponían las fotos de Mercedes de Pedro, una de las tantas amigas de Emma cuyo número exacto Laia estaba segura de que jamás podría llegar a conocer, estaba llena de público que, para variar, también le era ajeno, con excepción de un par de profesoras de instituto a las que habían saludado en alguna ocasión, un fotógrafo de prensa guaperas y otra amiga, que por lo que podía recordar era periodista y se llamaba Aida. También pudo ver a Lara, la librera rubia y sabia a la que siempre le compraban los libros para todos los hijos de los amigos de Emma. La que no estaba era Emma, y Laia empezó a deambular por la sala, mirando con atención las fotos: imágenes de mujeres tan distintas a las que en un número muy superior a hombres ocupaban la sala, tan urbanas, neohippies de los noventa recicladas en su mayoría. Las de las fotos miraban desde las profundidades enlutadas de ojos que habían conocido muchas décadas de sufrimiento y trabajo: manos que habían hurgado en la tierra para sacar de ella patatas y entre cuyos dedos había avanzado, en noches al calor de la cocina, la lana con la que se habían tejido chaquetas de todos los tamaños, manos con artritis que sabían del cuidado de animales, de calcular la fiebre en la frente de los niños y de preparar comidas, mujeres rurales a las que Mercedes había sabido atrapar el alma de tal modo que por momentos Laia sintió algo parecido a la conmoción, como si aquellas miradas le hicieran cosquillas en los propios ojos y las lágrimas quisieran encontrar un hueco. Pero justo en ese instante, la figura de otra mujer, la antítesis de todas ellas, se abrió paso en su pensamiento: Valeria Santaclara, la mujer enigma que apenas dos horas antes la había dejado con un signo de interrogación pintado en el rostro. Si las mujeres de las fotos de Mercedes de Pedro eran la cara de una moneda, Valeria era la cruz: angulosa y rígida, *com si s'hagués empassat una forquilla*, que diría su padre, con los ojos fríos, y un extraño tormento anidado en el fondo del fondo más hondo. Demasiado abajo como para acceder, pensó Laia, mientras seguía tratando de desenredar los hilos de preguntas que la mujer había dejado al irse de la consulta. Todo era un misterio, empezando por la mañana en que sonó su teléfono y quien la llamaba solicitó una cita. Laia Vallverdú había mirado su desierta agenda y le había ofrecido un día lo suficientemente alejado como para dar a entender que tenía más pacientes, pero no tanto como para disuadirla. Había escrito su nombre, que no desentonaba para nada del empaque de la voz, de la autoridad que imprimía a su forma de expresarse, en el hueco en blanco del martes siguiente. Valeria Santaclara, dijo en voz alta, martes nueve, a las cinco de la tarde, y trató de explicarle cuál era la dirección de la consulta, para estrellarse con la voz de nuevo, decidida y rotunda: Sé perfectamente dónde está la consulta, dijo solo, y, tras añadir un buenos días igual de afilado, había colgado el teléfono. Laia no quería pensar pero pensaba que, misterio aparte, lo cierto era que la mujer había estado diez intrigantes minutos en la consulta y le había pagado ciento cincuenta euros. Y eso era lo único que realmente le importaba en unos tiempos en que sus ingresos dependían de los pacientes que le pudiera suministrar Emma con aquella legión de amigos y conocidos. Ella, que jamás había dependido de nadie desde que se fue de casa a los diecisiete años y se las apañó para no pedir ni un duro en toda la carrera, ni en los años siguientes, vivía ahora en la casa de Emma, del sueldo de Emma, y tenía una consulta cuyo alquiler apenas podía pagar con los pacientes que tenía. Esos ciento cincuenta euros no dejaban de ser una bendición. Valeria Santaclara había dicho que volvería el martes. Podía ser que lo hiciera o podía ser que no. Si lo hacía, tendría la ocasión de desentrañar el enigma que se ocultaba detrás de la frialdad de su fachada. Y si no, daba lo mismo: gracias a ese dinero y todavía a mitad de mes, ya tenía resuelto el tema del alquiler. Por primera vez desde que vivía en Gijón.

Estaba tan absorta en sus pensamientos que no vio llegar a Emma con aquella profusión de sonrisas con que envolvía a todos los presentes cuando entraba en cualquier reunión. Se quedó observándola aprovechando la columna, mientras abrazaba a su amiga Mercedes y a cuantas personas se cruzaban en su camino provocando explosiones controladas: saltitos, besos, achuchones, risas, como si el reencuentro, aunque se hubieran visto solo unos días antes, fuera un pequeño milagro (Hola, Maribel, guapísima, anda, Leticia, qué tal, hola, Cecilia, ¡Eva! ¡Adriana!... y más allá, Juan Carlos, Carmen... ¡Hola, Teresa!). No parecía que estuviera buscándola, y desde su rincón, Laia comprobó una vez más el irresistible encanto de aquella mujer pelirroja, de piel clara con pecas, y ojos también muy claros, como salida de las páginas de una guía de viajes de Irlanda, siempre sonriente, y siempre tarareando aquella inmensa colección de tontas canciones cuyas letras mezclaba, que cantaba a su manera, quitando y poniendo frases, adecuando en lo que le daba la gana y convirtiéndolas gran parte de las veces en algo irreconocible. Bajo el chaquetón de piel vuelta de color morado quedaban de manifiesto las formas generosas de su cuerpo. En algún momento del día debía de haber pasado por la peluquería, porque los rizos de su larga melena habían desaparecido. La veía sonreír, charlar con unos y con otros, ajena y suya, y recordó por qué la amaba tanto. Cerró los ojos por un instante, el tiempo justo para que Emma descubriera su presencia y se acercara a ella con los ojos brillantes:

—Cariño, ¡pero si estás aquí...! Qué ganas, pero qué ganas tenía de verte...

Y sin que ella acertara a decir apenas nada, Emma la besó en los labios con la alegría de una niña pequeña. Y eso que estaban rodeadas de gente.

8

A esa hora tendría que estar terminando la sesión del taller literario, pero en cambio acaba de coger el tren de cercanías para volver a Gijón. Ese martes le tocaba el turno de mañana, pero luego Rosina no ha podido ir por la varicela del crío pequeño, y la directora le pidió que se quedara un rato, aunque no fuera el turno completo. Que la semana siguiente libraría dos días más, de verdad, pero que por favor se quedara: había que terminar de arreglar la 104, que había quedado libre (quedar libre en una residencia de ancianos tenía su aquel) aquella misma mañana, hacer una limpieza a fondo de todo, porque la lista de espera (lista de espera brutal, con aquellos precios, quién lo diría) hay que moverla y un nuevo residente va a incorporarse mañana, y la directora quería que oliera a limpio, pero que no se notara que la desinfección había sido justo antes de entrar. No da buena impresión. Y ellos viven de dar buena impresión, entre otras cosas. Así que el taller literario se ha ido al carajo mientras ella arrancaba el olor de la muerte de la habitación donde vivió sus últimos años de ausencia y alzhéimer, reducida a un bultito de un puñado de kilos bajo la colcha, una mujer que un día fue dueña de una mercería, oronda y alegre, y parió hijos y hasta tuvo amantes después de quedarse viuda, con las carnes aún pellizcables y el deseo caníbal como nunca. Será por historias, pensaba Feli mientras dejaba los cristales de la ventana impecables, si no escribía no iba a ser por eso, si cada cuarto de cada residente albergaba vidas enteras preñadas de sucesos, de tristezas y renuncias, de alborozos, de coartadas, de alianzas. Vidas. Literatura. No ha elegido trabajar limpiando en una residencia de ancianos para cazar historias, no, eso no. En realidad ha tenido que coger ese trabajo porque la agencia de viajes en la que consumió su paciencia cerró (a ver quién va a una agencia de viajes pudiendo programarlo todo y encontrar vuelos baratísimos en internet, no había sido muy lista cuando aceptó entrar a trabajar allí: cinco meses, y echaron el cierre). Y antes se fue de unos grandes almacenes porque estaba hasta el gorro del jefe del departamento. (De ese también escribirá. Como no hay Dios, que escribirá de ese grandísimo gilipollas). Así que eso, unido a su propia vida, su historia familiar, su maldito matrimonio con el maldito Víctor y el maldito/bendito divorcio posterior, y alguna que otra cosilla que guarda de momento para sí misma pero que algún día convertirá en literatura, le proporciona material más que de sobra para escribir. Porque, además, tiene muchísima imaginación, que la imaginación, piensa, es un regalo cuando la vida se empeña en darte hostias, especialmente cuando eres pequeña...

No necesita, pues, para la prometedora carrera de escritora que sabe que tendrá algún día, conocer las vicisitudes que se alinean en los días y los años que han vivido los ancianos de la residencia. Además, muchos de ellos ni siquiera las recuerdan y a veces se ha encontrado con que la historia de un novio de alguna residente es en realidad el argumento de un capítulo de «Amar en tiempos revueltos». Una de ellas, incluso, le intentó colar, sin intención alguna, como algún recuerdo propio, una historia en la que salían unos esclavos que cultivaban el algodón y un novio que se llamaba Ré Baler.

Le da rabia no haber podido ir al taller literario. Saca la moleskine del bolso y la abre. La noche anterior hizo la tarea que les encargó Rafa: Todos tenemos un nombre, les dijo. Porque tuvimos un tío abuelo que se llamaba Rafael. O por lo que sea. Pero también pudimos tener otro nombre: el que nos habrían puesto si en vez de niño hubiéramos sido niña, o al revés. O el que estuvo ahí en la lista justo a punto y se quedó fuera. ¿Nunca os habéis preguntado quiénes seríais si os llamarais de esa otra manera? ¿Seríais la misma persona si os hubieran puesto ese otro nombre? Pues, hala, para el próximo día, ya sabéis: vais a escribir sobre quiénes seríais si os llamarais de esa otra manera.

Y ella lo ha escrito, solo que se pregunta, se preguntaba mientras escribía, si sería capaz de leer en el taller delante de las quince personas que lo forman el texto completo. Igual ha sido una suerte no haber podido ir, porque pasar del primer párrafo la habría abocado irremisiblemente a las lágrimas.

Me llamo Feli. Es decir, me llaman Feli. Nunca he sabido si hubo otro nombre con el que hubieran querido llamarme, aunque, si hubiera sido chico, creo que mi padre quería ponerme Héctor. Pero no, fui chica y, por lo que sé, ya no hubo discusión. Me llamaron Felicidad. Ese es mi nombre real, y a pesar de lo largo que es, y lo poco infantil que resulta, siempre, desde que nací, me llamaron así. Ese es mi nombre, pero dejé de tenerlo a los ocho años. A esa edad, sin que nadie me lo explicara, empecé a llamarme Feli, porque tenía esa edad cuando la felicidad desapareció de mi casa. Cuando hasta la palabra quedó prohibida, y yo quedé con mi nombre mutilado, diminuto. Para que no se me olvidara que así también, mutilada, diminuta y sin felicidad posible, había quedado mi vida.

9

Martes gijonés típico
(haciendo tiempo para no emprenderla con el chocolate)

Me enamoré de una foto de Emmanuel Sougez y busqué hasta debajo de las piedras una reproducción que pudiera enmarcar. Yo nunca había oído hablar de él y un día mencioné su nombre delante de Laia para ver si ella lo conocía y me quedé sorprendida, porque ella sí, sí que lo conocía, con lo cual se puso de manifiesto, una vez más, que mis lagunas en materia de cultura, cuando me mido con Laia, no es que sean charquitos: son océanos insalvables. Ella me habló de unas fotos de desnudo de mujer, pero no mencionó la que yo ya tenía encargada para una de las paredes de la casa (nuestra famosa casa de Richmond, en Gijón, que íbamos a compartir aunque ella aún no tuviera ni idea): la foto de las dos mujeres (*Deux amies*) que de espaldas, con el pelo recogido en un moño, contemplan el mar, de pie en mitad del campo. La que viste de oscuro es más alta, o más bien está colocada sobre una piedra o una irregularidad del terreno y pasa el brazo por encima del hombro de la que viste de claro, y esta, a su vez, la abraza por la cintura. Debe de ser verano, no solo por los vestidos que llevan, sino porque hay algo en el aire, una pereza de tarde cálida y de piernas desnudas, que no se ven, terminadas en alpargatas de esparto (que tampoco se ven).

Laia sabe más que yo de todo. Da igual de lo que hables (de la selva de Borneo, de los personajes de *La guerra de las galaxias* o de Heidegger), ella siempre va a saber más que yo. He intentado juegos, bastante infantiles, por cierto, de buscar una palabra rara, de esas que no se usan en ninguna conversación, glabro, por ejemplo, y ni se inmuta. Continúa hablando y, como mucho, sonríe con una extraña complicidad, como si se diera cuenta de que la estoy poniendo a prueba, incluso como si la divirtiera que yo le pusiera trampas. Pero ni una sorpresa, y ni el más mínimo atisbo de que no conozca el significado.

A lo mejor por eso me enamoré de ella. Por eso y por una gotita de sudor sobre su labio superior, muy cerca de la comisura, que se deshizo cuando me sonrió. Tengo esa sonrisa grabada en la memoria, porque en ella cabía un universo entero. Pero eso (la noche aquella, el despropósito con los más maravillosos resultados de toda mi vida) es materia de la escritura de otro día, no de hoy.

Porque hoy estaba hablando de la foto de Sougez, que fue una de las cosas en las que primero pensé para nuestra casa. Eso, y un póster gigante que elaboré con cientos de imágenes de mujeres leyendo. Parece mentira que haya tantos cuadros que tengan como objeto a una mujer con un libro, o con un papel. Leyendo. Ya, ya sé que también hay muchos cuadros con bodegones. Pero no es lo mismo. El póster lo coloqué en el pasillo, porque, después de mucho pensar, decidí que aunque me apasionara la idea de ofrecerle a Laia una casa en estado de revista (de revista de decoración, para ser exactos) igual no era del todo justo. También iba a ser su casa, y seguro que ella, que tenía opinión de todo y para todo, tendría mucho que decir.

Y claro que tuvo que decir. Tuvo tanto que decir que cuando uno de los fines de semana que vino a Gijón la llevé a casa, a la que en mi cabeza ya era «nuestra» casa desde hacía varios meses (vamos a un sitio, que quiero enseñarte un piso a ver qué te parece), se calló durante un interminable cuarto de hora, que eso, entre nosotras que no paramos de hablar, es como una era completa, con sus dinosaurios y todo.

Antes decía que no iba a olvidar nunca aquella sonrisa de la noche aquella, pero tampoco podré olvidar cómo se quedó en mitad del salón, con el sol entrando por las ventanas abiertas, con aquel olor a nuevo (la madera nueva de los suelos, la madera nueva de las puertas, los restos de olor de pintura, el olor a piel de los sofás, el olor de los muebles recién colocados y el olor a lilas de unas barritas de esas que perfuman). Se quedó de pie, como si no mirara a ningún sitio, aunque yo creo que estaba mirando el mar, y yo no tuve mejor ocurrencia que pensar en aquel momento si no sería un error, pero no por haber tomado yo sola todas esas decisiones, no: me dio por pensar que a lo mejor era un error que viviera frente al Cantábrico, que lo mismo eso le producía una nostalgia terrible del Mediterráneo y de Barcelona, y de su familia y de su vida.

A veces me gustaría saber, aunque ya me cuido muy mucho de preguntárselo, ~~porque sé que esas cosas no le gustan,~~ qué retahíla de pensamientos cruzó por su cabeza en aquellos larguísimos minutos. Pero por resumir, que, al fin y al cabo, esto es un diario y no una tesis doctoral ni nada parecido, diré que pasado ese tiempo interminable, cuando ya se habían producido varias glaciaciones, se habían extinguido los dinosaurios y el planeta había cambiado varias veces de apariencia, ella me miró y me dijo solo:

—Anda que tú, también... Tú estás perturbada, Emma, siempre lo he pensado.

Y yo quise abrazarla en aquel momento, y como casi siempre que quiero una cosa, lo hice y ya está, y bueno, entre que llevábamos casi dos semanas sin vernos, y la emoción que yo tenía con la casa, y la confusión en la que estaba viviendo ella en esos momentos, que nada, una cosa llevó a la otra, y acabamos inaugurando la casa en el suelo del salón no sé si de la mejor forma posible, pero de un modo distinto a como yo había previsto, que incluía unas sábanas preciosas en la cama y una botella de Moët Chandon que tenía en la nevera.

Eso sí: después vinieron las conversaciones interminables, el cómo voy a venirme a vivir aquí, y el vale que el trabajo en la clínica es una mierda, pero aquí qué voy a hacer, a vivir de ti, solo eso faltaba. Y entonces fue cuando le dije que había hablado con mi madre, y que íbamos a alquilarle un apartamento pequeñito que se había comprado meses atrás, después de que rehabilitaran un edificio muy bonito en la Plazuela y dividieran lo que había sido una inmensa vivienda en varios apartamentos en la primera planta. Se lo había dicho, que Laia lo alquilaría, me había tomado esa libertad, aunque naturalmente Laia no tenía que preocuparse por el alquiler, porque de momento, y mientras acudían las riadas de gente que yo estaba segura de que iban a acudir, yo me encargaría de los pagos. Esto se lo dije a ella, claro, no a mi madre, como para explicarle esos tejemanejes estaba la cosa, bastante me costó que cediera y me asegurara que tan pronto como Laia se instalase prepararía el contrato, aunque bueno, en realidad tampoco estaba muy convencida, y yo sé por qué, claro, o al menos lo supongo, porque secretamente esperaba que mi hermano abandonara su aventura musical en Madrid y volviera a Gijón y se dedicara a lo suyo, es decir, a ser podólogo. Y volviera a ser normal, que eso mi madre también lo decía mucho, aunque en voz más baja, porque incluso ella ya ha admitido que tener un hijo gay forma parte del conjunto de desgracias más o menos asumibles que le pueden pasar a una en la vida, situado en la escala de desdichas más o menos entre que se queme tu casa con todas tus pertenencias en un incendio y que te salga un hijo drogadicto. Mi hermano Richi.

Anda que... A veces lo pienso, y ya sé que esto excede el contenido de este diario, pero qué coño, mi madre siempre se queja, en voz baja, como hace ella, de forma que te lo hace notar aunque no pronuncie las palabras exactas, eso, que se lamenta de que mi hermano sea gay y de que yo sea gorda, bueno, gorda... que tenga este sobrepeso tan estupendo y estas formas de matrona... Pero la culpa es de ella. Los nombres marcan mucho, y si a un niño lo llamas Richi, por muy masculino que sea lo de Ricardo, oye, ya vas mostrándole el camino... Y si a una niña la llamas Emma, lo más probable es que te salga gorda. Emma es nombre de gorda, de mujer con las tetas grandes y con las caderas anchas. O con las caderas no muy anchas, pero con tetas, eso sí. Y yo tengo de todo: talla 44-46, y 95C de sujetador. Es lo que hay. Mi madre se quejará de ello, pero es su culpa, por ponernos estos nombres.

Lo que ya no sé es si lo de que yo sea lesbiana (aunque nunca me lo diga mí misma con esa palabra, porque, aunque ame a Laia con todas mis fuerzas, no sé si lo soy realmente) es ya culpa de mi nombre, de mi madre, o de que *lo siento mucho, la vida es así, no la he inventado yo*.

10

—Quiero disculparme por lo del otro día. No es propio de mí.

Esta vez, aunque su atuendo era muy similar, y el estado de su impecable pelo era una copia exacta (con el tiempo Laia descubriría que a Valeria Santaclara le venían muy bien los martes para la cita con ella porque era el día que desde muchos años atrás tenía hora en la peluquería de Ruiz Gómez, para que Carmen hiciera magia con su pelo escaso y le proporcionara el aspecto refinado, clásico y rotundo que exhibía después en la consulta) del que llevaba el martes anterior, había algo en la mirada de Valeria que difería sustancialmente. Era como si durante la semana hubiera hecho acopio, disponiendo, como en un ejército disciplinado y adiestrado para todo, los efectivos que acumulaba en su desgastada obstinación, de toda su energía y toda su voluntad para enfrentarse a la tarea que tenía por delante.

—Las cosas a veces parecen sencillas, pero no lo son tanto —comentó Laia por decir algo y mostrarse solidaria con el mal rato que obviamente la paciente había pasado una semana atrás.

—Tengo un montón de dinero. Dinero para aburrir.

Laia procuró no inmutarse. No era el tipo de frase que estaba acostumbrada a oír en una primera consulta. Por dos razones: porque sus pacientes no solían tener dinero (y menos para aburrir) y, segundo, porque solo la falta de él, y desde luego no siempre, parecía ser uno de los problemas que pudieran llevarlos a consulta. Sonrió con amabilidad y la invitó con la mirada a seguir hablando.

—Quiero decir que ni el precio ni el número de veces que tenga que venir son un problema para mí.

—Eso facilita las cosas. —Laia no lo dijo, pero en realidad se refería a sí misma y a los ingresos que eso le iba a reportar—. Yo tengo tiempo. Bastante tiempo, y ganas de escuchar... ¿te...? Suelo tutear a mis pacientes, pero solo si te parece bien.

—Sí, sí. No soy tan antigua, mujer. En general me molesta que me tuteen, que lo hagan porque sí, sin solicitar tu autorización. Tú me lo has preguntado, y sí, puedes tutearme.

Aquella ranura mínima que permitió a Laia ver los dientes alineados y perfectos (seguramente prótesis, claro) parecía una sonrisa. Y le produjeron un sobresalto las palabras que se escaparon por aquella fisura a continuación. Aquella mujer parecía leer su pensamiento, y, que Laia supiera, eso tendría que ser al revés.

—Me gasté un montón de dinero en ponerme implantes. Todos. Como si tuviera la dentadura de los quince años. Ni me acuerdo de cuánto gasté, ni cuánto tiempo estuve yendo y viniendo a la consulta del dentista, pero mira, me hice un cálculo: tengo ya muchos, muchos años, y qué puedo vivir, ¿diez más? Con quince pasaría ampliamente de los cien. Nadie de mi familia pasó de los setenta y cinco años, yo ya llevo más de diez de regalo. Hice mis cuentas, aparté lo que me supone la residencia, los gastos para mi entierro y todo eso, una parte para imprevistos... y aun así, me quedaría para vivir otros treinta y dos años. Así que me puse los dientes. Todos.

Laia se quedó en silencio mirándola. Hacía un sol débil, y de la plaza de San Miguel subía un rumor de niños recién salidos del colegio, y de coches que frenaban y volvían a arrancar en los dos semáforos que confluían justo debajo de los balcones. En cuanto le pareció que era el momento (un silencio de nube blanca se había instalado momentáneamente y pareció diluirse con la misma facilidad) miró fijamente a Valeria, sonrió con brevedad y dijo solo:

—¿Cuál es el motivo de la consulta?

Había que hacer esa pregunta, porque los pacientes, y eso Laia lo sabía, tenían tendencia a hablar de cincuenta cosas sin centrarse en lo que les estaba ocurriendo. Rodeos, excusas, justificaciones, lo que fuera, hasta que llegaba el momento del final de la consulta: entonces sí. Entonces trataban de apurar en cinco minutos todo lo que habían dispersado en los cincuenta y cinco anteriores...

Valeria miró como si no estuviera viendo. Se levantó, ante la disimulada alarma en la mirada de Laia, que pensó, vaya, ya empezamos, y se acercó hasta el balcón que daba a la Plazuela; desde allí, después de mirar brevemente hacia fuera, se giró y consideró la estancia como midiéndola.

—Este era mi cuarto.

La sorpresa de Laia quedó enseguida anulada por el alivio que le proporcionó entender de golpe el porqué de aquel comportamiento extraño que incluía la contundencia con la que aseguró conocer la dirección de la consulta cuando llamó por primera vez y el examen meticuloso de cuanto la rodeaba. Era una forma de empezar.

—Bueno, mío y de mi hermana. Ya ves, una casa de casi trescientos metros cuadrados y siempre compartimos el dormitorio. Mi cama iba aquí, y entonces, mi balcón era este, el que daba a la Plazuela. El de Gadea era ese otro, el que da a Uría. Así que acabo de estar sentada justo en el sitio donde estaba mi cama. Comprenderás que volver a esta casa me trastornara un poco.

Laia Vallverdú, transmutada en eficiente psicóloga, es decir, recuperado su aplomo y la conciencia de su posición frente a la paciente, y particularmente cuidadosa con la forma en que esta la escrutaba para ocultar los pensamientos que parecían expuestos en un escaparate ante sus ojos inspectores, dejó que Valeria Santaclara continuara por donde parecía querer conducir su discurso aquella tarde.

—Valeria y Gadea. Bonitos nombres.

—No lo eran entonces. Anda que no tuvimos que aguantar en el colegio que se rieran de nosotras. A mí me llamaban valeriana y de ahí pasaban a toda la gama de infusiones, particularmente manzanilla, porque tampoco conocían muchas más. Y del nombre de Gadea simplemente se reían, porque era raro, aunque ya más mayores, cuando leíamos lo del Cid Campeador y la jura de Santa Gadea, ella se lo pasó por el morro a todas las que decían que aquel nombre no era ni cristiano ni nada, cómo que no, les decía, una santa nada menos. Todo eran Rosas, Catalinas, Elviras, Celestinas... Lo que habría dado yo entonces por llamarme como mi madre, que se llamaba Mercedes. O como mi padre, que me hubieran puesto Gregoria, aunque ahora te dé la risa, entonces habría sonado a gloria bendita. O como mi tía la monja, que se llamaba Inés, que es un buen nombre, yo diría que un desperdicio para ser monja, y no solo por el nombre. Quiero decir, era un desperdicio que fuera monja, porque era guapísima, y como decía Gadea cuando empezó a ser un poco mayor: «Las monjas se casan con Dios porque no hay Dios que se case con ellas». Y ella iba a hablar, ya ves tú. Lo decía por las del colegio, que íbamos al San Vicente, el que está ahí, en la calle Caridad, no sé si lo conoces. Eran todas más bien feas, menos sor Asunción, que era muy joven y que murió justo antes de la guerra, por una tuberculosis. Eso, que una de mis tías se llamaba Inés y a mí me habría gustado llamarme así. O como la otra, Servanda, que era una siesa, la pobre, se quedó en casa de mis abuelos y nunca se casó: se pasaba el día lamentándose de todo, si llovía porque llovía y seguro que el agua estropeaba la yerba que se había segado por la mañana, y si hacía calor porque hacía calor, el caso era quejarse y ver desgracias en todo. Creo que heredó el carácter de mi abuela, otra quejica de campeonato, porque mi abuelo no era así: siempre lo recuerdo optimista y de buen humor, aunque luego se puso muy enfermo y padeció mucho, yo no me acuerdo muy bien, porque éramos pequeñas, pero su carácter no tenía nada que ver. Claro, que como mi abuelo no me habría gustado llamarme ni siquiera entonces. Honorino, Laia, figúrate. Menudos nombrecitos les puso mi bisabuelo a los tres hermanos: Clemenciano, que era cura, con ese nombre ya me contarás, Honorino y Liborio, mi tío Liborio, que ya ves, el nombre es feo, pero tengo tan buen recuerdo de él, a pesar de que era un bala perdida, que no me parece tan horroroso.

—¿Tenías más hermanos?

—No, no, éramos nosotras dos nada más. Las dos niñas del doctor Santaclara, porque no te lo he dicho, pero mi padre era médico. Mi abuelo se empeñó en que estudiara, él era un hombre del campo y no había podido estudiar, en aquellos tiempos si uno estudiaba, aunque fuera para cura, ya era un exceso, así que él se quedó con las ganas y, aunque se preocupó de ilustrarse a su manera, llevaba siempre la cosa de no haber estudiado, de modo que a mi padre, desde pequeño, no le metió otra cosa en la cabeza que no fueran los libros. Y fue un médico muy nombrado. Tú con ese nombre y ese apellido seguro que no eres de Gijón, pero si preguntas a alguien de aquí de toda la vida, seguro que lo recuerda. Aquí, en la Plazuela, la verdad es que había varios médicos, pero mi padre era muy famoso, porque era muy entendido. Y ya ves, nosotras dos, nada. En ningún momento se le ocurrió que podíamos estudiar una carrera, aunque eso también fue cosa de mi madre, que trató de hacernos a su imagen y semejanza, y si ella se había casado con un médico, nosotras teníamos que hacer lo propio. Nos educó como señoritas para ser señoras. Pero Gadea y yo queríamos ser princesas.

—Nunca fuisteis más reinas que aquellos días que

soñabais con ser princesas —dijo Laia sonriendo y buscando si no la complicidad, al menos el reconocimiento: que Valeria Santaclara pensara que no estaba tirando su dinero, que, por lo menos, su psicóloga la escuchaba y memorizaba todo lo que le decía.

Como si no recordara del todo haber dicho esa frase, la mujer entornó un poco los ojos y por un instante se perdió en un laberinto de pensamientos difusos, como si estuviera buscando un hilo de Ariadna o simplemente la puerta de salida.

—Éramos las niñas de organdí y terciopelo, vestidas por una modista que había aquí detrás, en Marqués de Casa Valdés, que nos hacía de todo: las enaguas más increíbles que te puedas imaginar y que había que almidonar hasta que Lolina, la chica que venía a casa para la plancha, se volvía loca de desesperación, los vestidos, los sombreros, hasta los zapatos, sobre todo los de verano, claro, nos los forraban a juego con los trajes. Y luego el pelo: tirabuzones perfectos. Yo los tenía de nacimiento, tenía un pelo rubio y precioso, y se me formaban muy bien, pero con Gadea, que era más morena, no había nada que hacer. Su pelo era como alambre, lo lavabas y bien, pero en cuanto secaba, no había manera de darle vida y ponerlo bonito. Era como eso que se llevó hace unos años, afro, creo que se llamaba. Así tenía ella el pelo, y mi madre lloraba de pura desesperación, y venga a intentar hacerle tirabuzones con agua y azúcar. Pero ¿tú crees que a ella le importaba? A Gadea, quiero decir. A ella le daba igual.

—¿Quién era la mayor?

—Yo, pero nos llevábamos poco, menos de dos años, aunque parecía que nos lleváramos más. Yo siempre fui muy alta, y espigada, y Gadea, en cambio, era chaparreta y gordita, un poco patizamba, y con el pelo muy poco agraciado...

—Dos hermanas muy distintas... ¿Crees que tu hermana tenía celos de ti?

—No lo sé, pero pensándolo, pobre, igual sí... No está bien que lo diga yo, pero éramos como el día y la noche. En todo. Yo era la primera de mi curso y hacía bien todo: la caligrafía, la costura, todas las labores, las cuentas, y era la que mejor recitaba cuando íbamos a la capilla en el mes de mayo a lo de las flores. Y sobre todo escribía muy bien, mis redacciones eran las mejores. Gadea era un desastre en todo: feúcha, gordita, bajita, despistada en clase, muy poco mañosa para las labores y cantaba tan mal, pero tan mal, que las monjas le decían que no cantara en la capilla, porque se oía su voz entre todas, que iba a su aire, como si estuviera cantando una canción diferente... Mi madre lloraba mucho por ella. Una vez la oí decir que Dios la había castigado con aquella niña, que ya se veía que Dios castigaba sin piedra ni palo y a ella bien que lo había hecho. Esa fue una bronca monumental, porque mi padre la oyó decir eso y le echó una filípica que no te imaginas. Y es que mi padre adoraba a Gadea, porque los dos tenían un carácter muy parecido: eran muy guasones, siempre riendo, y siempre sacándole punta a todo, ¿sabes lo que te quiero decir? Así eran los dos, podíamos estar en la mesa comiendo, y mientras mi madre vigilaba que todo estuviera perfecto y los platos colocados a los centímetros justos del borde de la mesa, y el mantel sin una arruga (pobre Lolina, también la tenía *podre* con los manteles), ellos dos iban a lo suyo y se hacían muecas o se tiraban bolitas de pan muy pequeñas. O se tapaban la cara con la servilleta y la apartaban sacándose la lengua. Todo sin que mi madre se enterara, claro, que si los veía, armaba una de las gordas... Por eso, porque mi padre era muy risón, y siempre estaba de buen humor, me pareció tan raro verlo tan enfadado aquel día cuando mi madre se puso a llorar, yo creía que con razón, porque a mí también me daba un poco de vergüenza ir con Gadea a todas partes, porque entre que su peinado era siempre un espanto y que siempre se le desarmaban los lazos de los vestidos, o se le descosía el bajo, o le asomaba la enagua, o... Siempre iba hecha un adefesio, y encima había gente que decía, mira ahí vienen las Santaclara, son como la ele y la o. Porque yo era alta y ella gordita y pequeñaja, así que yo entendía a mi madre, Gadea era como un castigo, pero mi padre no, no lo entendió, se enfadó muchísimo y le dijo algo a mi madre de que vergüenza le tendría que dar, y que no hablara de ella como un castigo: que si tenía que penar algo, y ella sabría qué y por qué, no se le ocurriera atribuirlo a su hija. Y lo gracioso es que mi madre abrió la boca varias veces, como si fuera a decir algo, y luego se calló y se encerró en su habitación. Y mi padre entró en nuestro cuarto, que estábamos las dos ya acostadas, y se fue al balcón de Gadea y allí se puso a fumar, mirando a la calle, yo me tapé muy bien y me quedé muy quieta, porque no quería que mi padre supiera que los había oído discutir, y entonces me di cuenta de que Gadea, en su cama, estaba canturreando. Tan feliz.

En el taller literario Feli suele estar callada. Toma nota de las cosas que dice Rafa, especialmente cada vez que menciona un libro que puede interesarles, y escucha con fingido interés las intervenciones de los compañeros, que en realidad le importan poquísimo, y eso que todos ellos, observados a la luz de lo que escriben, de lo que dicen, de cuál es su actitud corporal, parecen constituir un catálogo espléndido de personajes literarios. A veces le apetece entrar en las discusiones que se suscitan, sobre todo porque en ocasiones le resulta insoportable escuchar gilipolleces a propósito de, por ejemplo, las diferencias entre lo real y lo verosímil, pero suele tener paciencia porque, más pronto que tarde, Rafa siempre termina por zanjar la cuestión justamente con los mismos argumentos que ella tiene en la cabeza, y eso la hace sonreír por dentro, como quien está en posesión de un secreto. Hay mucho petulante en ese grupo, mucho tocado por las musas y mucho letraherido lamentándose del poco caso que las editoriales hacen a las maravillosas novelas de cerca de mil páginas que suele perpetrar con la coartada de las sagas, la fantasía y los plagios sistemáticos de los libros que plagian ya de por sí a *El señor de los anillos*. Ha estado en otros talleres, unos de Rafa, otros no, mucho más divertidos: con mujeres que salían del reino convencional y rutinario de sus casas y se convertían en otras personas cuando se ponían a escribir, menopáusicas y jubiladas hiperactivas que llegaban corriendo al taller y se marchaban a toda prisa porque tenían piscina, o taichí o teatro, universitarios con la humildad suficiente como para escuchar hasta los ripios más lamentables de los prejubilados ociosos. Pero este taller, la verdad, entre los poetas cursis y vanidosos, la tipa aquella que lo utiliza para ahorrarse la terapia, los letraheridos y los listos, es un horror que solo salva la sonrisa y la profesionalidad del profesor.

También está Guille.

Guillermo tiene más o menos su edad, y según contó se llama así porque sus padres eran fans de Guillermo Brown, y tenía toda la colección de los libros. En la versión antigua de editorial Molino, que era de sus padres que a su vez la habían heredado de los suyos y luego en otra publicada posteriormente, que las portadas eran de color blanco y las ilustraciones con las que se identificaba a los protagonistas eran mucho más modernas. Guille contó que de pequeño leía los libros aunque tuvieran el mismo título, como si fueran historias diferentes, porque él miraba las portadas y, claro, en nada se parecían unos personajes a los otros, por obra y gracia de los ilustradores. A Feli le hizo gracia aquello, se lo imaginó leyendo las mismas historias como si fueran diferentes, y no pudo evitar que aquella imagen la llevara a empezar a mirarlo de otra manera: su melena alborotada, su barba de unos días, aquel aspecto de descuido simpático de estudiante universitario, aunque ya ha terminado la carrera de Historia y ahora sobrevive como dependiente en Fnac, mientras trata de sacar tiempo para escribir un libro sobre la represión en Gijón tras la guerra civil, que es lo que le apasiona casi hasta la obsesión, o algo de eso debe de haber cuando consigue sacarlo a colación en cada ejercicio del taller independientemente de la consigna de escritura.

Es la primera vez que Feli, que no ha querido saber nada de hombres desde el divorcio, mira a un chico y lo ve mono. Se casó con Víctor, al que conoció una noche en que los planetas debieron encontrar el camino para alinearse y hacerle la pascua, porque, pasados los tiempos de mieles y palabras bonitas, como entonces, además de joven, era muy tonta, según le gusta repetirse una y otra vez, se le ocurrió que a lo mejor, casándose, la vida era más divertida que aquella sucesión de tardes, paseos, bares, sexo apresurado, conversaciones, cines, tedio. Como si para entonces no hubiera podido sospechar que Víctor no solo no la entendía en absoluto, sino que, además, era poco capaz de entender ninguna cosa, fuera esta de la naturaleza que fuera. Acostumbrado a cuadrar cuentas en el banco en que trabajaba, y poco dado a ninguna actividad que requiriera más esfuerzo que levantar un vaso con algo en la barra de algún bar donde la música estuviera tan alta que no le obligara a hablar demasiado, solo encontraba algo parecido a la felicidad en sentarse los domingos a ver la «Fórmula 1», y en eso no ahorraba ni entusiasmo ni locuacidad: aunque estuviera solo en el salón de su casa, hablaba en animada charla con Antonio Lobato que hacía caso omiso de sus opiniones acerca de neumáticos, estrategias, piezas, escuderías, *kers*, *parc fermé*, *grip*, *safety car* (él decía, claro, *septi car*), meteorología y sus repercusiones, sin olvidar el somero recuento de las maldades personales, envidias, faenas diversas y hasta gafes que rodeaban a su adorado Fernando Alonso, de quien conservaba como oro en paño una gorra de cuando estaba en Renault, que le había firmado. Se divorció, de todas formas, por otras razones, aunque estas hubieran sido más que suficientes, porque ya la estaban condenando sin remedio a una vida no solo triste, que era a lo que ya estaba acostumbrada: también desesperante, como si siempre fuera, sin posibilidad alguna de redención, domingo por la tarde. Se divorció, sin embargo, porque se murió su madre, a quien para mantener la leyenda inapelable de la desdicha familiar, de la desgracia como modo de vida, un tumor cerebral se la llevó por delante en poco menos de dos meses, el tiempo transcurrido entre el Gran Premio de Baréin y el de Montmeló. Para este último, Víctor tenía entradas desde mucho tiempo atrás, y llegó al hospital cuando su madre ya estaba sedada y apenas le quedaban horas para dejar de vivir. Feli, con las ojeras de las últimas noches en vela y una congoja de brazos largos por único abrazo, había mirado a Víctor, que había olvidado quitarse la gorra de Fernando Alonso y lo único que pudo pensar era que aquel hombre era lo más próximo a una ameba que iba a encontrarse en su vida. Lo había mirado y había pensado en su padre. Y no tuvo la más mínima duda acerca de dónde estaba su sitio y qué tenía que hacer.

Sí, otras veces sueño que estoy durmiendo y me ahogan. Es un sueño espantoso, porque puedo sentir que alguien se acerca con una almohada en la mano y yo lo sé, pero no puedo despertarme, como si estuviera drogada. Bueno, los sueños ya se sabe cómo son. Eso, yo estoy en la cama y sé que una almohada se acerca a mí y pienso en girarme un poco, en ponerme de lado para que me quede un hueco, qué tontería, me ahogarán igual aunque esté de lado, pero en el sueño se me ocurre que si consigo girarme no me ahogarán, pero no puedo. Todo mi cuerpo es de plomo, no puedo mover ni un dedo, ¿sabes cómo te quiero decir? Y entonces siento el contacto con mi almohada, la tela, puedo oler el detergente con que la han lavado, y el suavizante, puedo hasta adivinar el relleno y percibir la forma de las plumas, de cada una de ellas. Y justo en ese instante cuando los pulmones se quedan sin aire y la garganta me duele de un modo atroz, entonces me despierto, y pienso qué muerte tan horrible y me acuerdo de que en las monjas nos decían que había que rezar a san José para que nos diera una buena muerte, y me pongo a rezar en mitad de la noche, yo que en el fondo soy descreída, rezo por una buena muerte, no tan horrible como esa que acabo de tener en sueños. No tan horrible como aquella.

En Gijón, y este invierno que no se acaba,
y esta semana que es eterna

Esto está siendo un desastre. El cuaderno, quiero decir,
pero no sé por qué me extraño, si siempre me pasa lo
mismo. Una inconstante, eso es lo que soy, cuando se trata de cosas así: ni sé cuántas colecciones he empezado a lo
largo de mi vida y he ido dejando a la mitad, ni cuántos
diarios he querido escribir cada vez que caía en mis manos un cuaderno bonito. Una vez leí una novela (~~maldita~~
~~sea, ya no me acuerdo de qué novela era~~) creo que de
Nick Hornby, cuyo protagonista guardaba en un armario un montón de cuadernos que había ido comenzando
en distintos momentos de su vida, y ninguno de ellos estaba terminado, por supuesto, y la mayoría de ellos solo
tenían dos o tres páginas. Esa soy yo, pensé. Si no hubiera
ido deshaciéndome de ellos, yo sería ese personaje con
un armario entero de cuadernos sin apenas escribir más
allá de unas líneas, y casi siempre las mismas: una declaración de intenciones de mi deseo de escribir, escribir
para dejar constancia, escribir la vida, contarlo todo,
analizar pormenorizadamente lo que me ocurre, lo que
ocurre: he escrito diarios personales, diarios de lecturas
(para lo que me ha servido, que se me olvidan todos los
títulos, todos los pormenores), diarios de las letras de
canciones que escucho (y para lo que me ha servido tam-

bién, coño, si luego confundo y mezclo todo) desde que era cría y mi madre ponía sin parar sus ya por entonces viejos vinilos, diarios de las películas que veo, diarios de lo que ocurre, en plan comentarista de las tertulias, diarios de sueños. Y luego empecé con los blogs, pero eso mejor no lo menciono, que no sé cuántos blogs míos hay abandonados por el ancho ciberespacio. Hasta lo intenté con diarios en el ordenador. Y en el móvil. Todos con idénticos resultados. No sé por qué creí que esta vez sería diferente, que mantendría un orden, que sería sistemática. Pero ni *pa* Dios, va a ser verdad lo que dice Laia: que la gente no cambia.

No solo soy inconstante, es que, encima, ni siquiera mantengo el objetivo fundamental de este cuaderno, que como ya dije trata de reflejar nuestra vida en común, en nuestra casa, y voy yo y empiezo a hablar de cosas que no tienen nada que ver, porque no sé yo a qué venía lo del otro día, que me lie a hablar de mi madre y de mi hermano y de todo lo demás. ¿Que es importante? Sí, por supuesto. ¿Que eso es materia para otro tipo de diario, como el programa ese de la tele, «El Diario de Patricia», o como se llame, por ejemplo? Pues también.

Y, sin embargo, por alguna razón que desconozco, a lo mejor eso también forma parte de nuestra vida, aunque sea de forma tangencial. Una vez que hice un curso de guion cinematográfico (sí, queridos: soy una caja de sorpresas), el profe, un gafapasta muy simpático, aunque el pobre, para mi gusto, demasiado obsesionado con Cronenberg, decía que cuando se escribe para una película hay una fase en la que se recopila un montón de información (vamos, se inventa) sobre los personajes. Información que nunca va a aparecer en la película, pero que el director tiene que saber, por ejemplo, si el protagonista se operó de apendicitis a los doce años, aunque en la película nunca salga una mención, ni sea la excusa para que, por ejemplo, el personaje diga: vaya, parece que va a cambiar el tiempo, que lo noto yo en la cicatriz de la apendicetomía. Bueno, esto es una exageración, pero lo que quiero decir es que al margen del puro dejar constancia de las cosas que hacemos Laia y yo y cómo vivimos nuestra casa, se me hace bastante necesario que aparezca esa información que no se ve.

Por ejemplo: Laia acaba de salir con *Frida* a pasear por el Muro. Bien, pero yo tendría que contar que Laia llegó hace un rato de la consulta, que me besó (en realidad, tendría que decir que nos besamos muuuucho) y que se puso un chándal de color verde que me gusta un montón, y las zapatillas también verdes y que *Frida* empezó a mover el rabo feliz porque sabe que va a salir. Y entonces tendría que contar quién es *Frida* y por qué está con nosotras, y cómo resulta que tiene un ojo de cada color, lo que la hace única, y eso, lo único, está muy en consonancia con cómo es Laia, y su obsesión porque todo lo sea. Único, quiero decir. Cada cosa, cada momento, cada conversación. Todo tiene que ser único, como si viviera de modo sublime sin interrupción. Una vez se lo dije, acababa de leer esa frase en una actualización de facebook y se lo solté como quien no quiere la cosa, en ese empeño mío de demostrarle que no está equivocada conmigo, que también puedo ser única, aunque no sepa tantas cosas como ella, ni le encuentre demasiada gracia a eso de vivir permanentemente estresada buscando lo original y lo único de la vida.

Pero, claro, como Laia me ha contado que hoy ha tenido una paciente propia (ha dicho paciente propia y nos hemos reído las dos, porque hasta ahora tenía «mis» pacientes, los que yo le iba consiguiendo con esta capacidad mía para liar a la gente, que estoy segura de que la mayoría de las patologías de los que le he «enviado» eran tan leves que en casi ningún caso el diagnóstico sería otro que el de aburrimiento), le he pedido que me cuente, y entonces es cuando ha dicho que quería salir con *Frida*, que por qué no salía yo también a dar una vuelta, pero yo le he contado que tenía que terminar un informe sin falta, y que ya lo sentía, aunque me parece que ella sabe que es mentira, o que no es del todo verdad, que lo cierto es que a esta hora me da una pereza inmedible salir a la calle, porque ya me he puesto la ropa de estar por casa (en realidad un pijama viejo) y además me conozco el percal, sé cómo es *Frida* de cabezota y que sujetarla por la correa es una tarea casi imposible: siempre acaba siendo ella quien nos lleva a nosotras a pasear. Ha añadido que es su paciente, pero que lo mismo hasta la conozco, y se ha liado a hablar de que esto es un pueblo, que en esta ciudad la teoría de los seis grados de separación se reduce a dos, y, si una de ellas soy yo, entonces lo más probable es que haya un solo grado. No deja de sorprenderla que conozca a tanta gente, así que lo mismo, dice, la conozco. Le he preguntado si era joven, y me ha dicho: ¿joven? Más de ochenta, creo que es la paciente más anciana que he tenido en toda mi vida. En la mayor parte de tu vida, corazón, le he dicho, has trabajado con adolescentes, con mujeres maltratadas y con niños con enuresis. Me ha sacado la lengua y ha puesto ese gesto que me aboca irremediablemente a comérmela y, no sé si sospechando mis intenciones, ha salido pitando y riéndose.

Así que también tendría que contar que me he quedado aquí, que las he oído salir, loca de contenta *Frida* y armando bulla, y que estoy sentada en mi cuarto de trabajo, y que no, no se ve el mar. Los cuartos de trabajo, tanto el de Laia como el mío, dan al patio, de hecho quedan el uno frente al otro, y si estamos trabajando las dos nos vemos por la ventana. Es lo que tiene vivir en uno de esos pisos que son todo pasillo, que lo que crees que es la ventana del vecino, sigue siendo tu propia casa. Y entonces tendría que ponerme a describir cómo es este cuarto, y cada objeto tendría ganas de contar su propia historia, la razón por la que está ahí, y esto sería la historia interminable, y no me alcanzarían todos los árboles del mundo para proporcionarme papel para tanta palabra.

Así que, de momento, casi mejor digo que estamos bien y somos felices viviendo juntas, cómo era aquella canción, algo del texto que vive en el contexto, no, en el pretexto, bueno, al revés, lo que vive es *el pretexto en el texto, y la llama que vive en el centro de la claridad*, así, justamente. Y con eso se resume por ahora nuestra vida en nuestra casa de Richmond (Gijón).

14

—El otro día me quedé pensando en lo que me preguntaste.

Valeria Santaclara jugaba con los anillos que llevaba en sus dedos, piel sobre huesos largos y una manicura absolutamente perfecta, acabada de realizar, con las uñas pintadas de un rosa pálido casi transparente: la alianza de oro en el anular de la derecha, y un bonito anillo en el anular izquierdo, oro con una piedra de un considerable tamaño que Laia identificó casi con toda seguridad como una amatista siberiana (y no porque supiera nada de joyas: había mirado uno parecido, sin los brillantitos que llevaba alrededor de la piedra y que seguramente serían pequeños diamantes, pensando en regalárselo a Emma, porque, naturalmente, se trataba de una gema de color violeta). Los movimientos siempre eran los mismos: hacía amagos de quitarse la alianza y cuando había superado los nudillos volvía a ponérsela y movía el anillo a derecha y a izquierda hasta colocar la piedra exactamente centrada.

—Me refiero al motivo de la consulta.

Laia sonrió invitándola a que continuara.

—Creo que vengo porque necesito armarme de valor para abrir un sobre.

—Parecería que es algo sencillo. Pero las cosas casi nunca son lo que parecen... ¿Qué sobre es?

Laia pensó en informes médicos, en resultados de

pruebas, en la vida pendiente de un análisis, o de un TAC, en un diagnóstico. Por eso se sorprendió cuando Valeria extrajo de su bolso un sobre de carta normal, con los bordes marchitos y el deterioro del tiempo inscrito en cada arruga, y se lo dio.

—«Para Valeria. El perdón.» —leyó, y después de unos segundos de silencio, y tras comprobar que en el remite no había ningún nombre, invitándola a hablar, comentó—: Esto es lo que te da miedo abrir... Perdonar está bien siempre, ¿no? Es algo positivo. ¿Cuánto tiempo hace que lo tienes?

—Dieciocho años hará el 15 de septiembre. —Valeria dejó de jugar con la alianza y la emprendió con la pulsera, que comenzó a girar alrededor de la muñeca, por debajo de la manga del jersey de mohair de color tabaco que se había puesto aquel día—. Fue el día que se murió Gadea.

—¿Es su letra? —Laia observó aquella caligrafía un poco infantil, con un círculo pequeñito en lugar del punto de la i, y la uve mayúscula de Valeria con una prolongación en el remate, en su asta derecha, que protegía el nombre completo y acababa en un gracioso bucle ascendente. También era llamativo que después de la palabra perdón había puesto un punto. Y estaba muy marcado: parecía que hubiera pasado mucho rato con el bolígrafo sobre él.

—Sí —dijo Valeria, y como si de nuevo le estuviera leyendo el pensamiento, añadió—: ya, yo también lo pensé. Da la sensación de que después de escribirlo se quedó un tiempo pensando en ello, lo que ya no sé es si reafirmándose en lo que había escrito, o preguntándose si hacía bien. Para eso habría que abrir el sobre y es lo que aún no he podido hacer. No sé cuándo lo escribiría.

—Justo eso era lo que se preguntaba Laia en aquel instante—. Los últimos tiempos fueron muy malos, estaba muy enferma y con muchos dolores y no creo que tuviera mucha gracia para ponerse a escribir.

—A lo mejor está puesta la fecha dentro. Sería lo más probable... —Había algo de invitación a abrirlo en el comentario de la psicóloga, pero parecía que Valeria, al menos de momento, ni estaba preparada para ello, ni tenía la más mínima intención.

—Pues esa es la respuesta. —Valeria retomó el principio de la conversación—: Vengo a eso, a reunir el valor para abrirlo.

—Las personas de tu generación no confían mucho en los psicólogos. Tampoco nos ven mucha utilidad...

—Las personas de mi generación son más de ir a largarle los rollos a un cura. Demasiados años, demasiada costumbre, inercia. Pero yo de curas ya tuve bastante, en la familia para empezar, y luego cosas que pasaron, que te quitan la fe y hasta la inocencia. Y en cuanto a lo de la utilidad...

Valeria se quedó callada el tiempo suficiente como para que Laia considerara la posibilidad de comenzar a explicarle que una psicóloga, contrariamente a lo que podría pensar mucha gente, actúa únicamente según lo que la demandante requiera, y que la verbalización, incluidas las mentiras que se puedan contar, también es terapéutica. Pero entonces, de nuevo como si leyera su pensamiento, Valeria recuperó las palabras que se habían quedado suspendidas.

—... a mí me serás útil si me escuchas. Solo eso. No creo en el destino ni nada de eso, pero me parece demasiada casualidad tener la ocasión de revisar mi vida justamente aquí. Como si me regalaran una oportunidad.

—Y qué crees que puede haber dentro, qué piensas que pudo haber escrito. —Aunque no quería que se le notara más de lo estrictamente atribuible a su condición, a Laia se le había despertado la curiosidad.

—No, no me entiendes. Yo sé lo que hay dentro, casi podría asegurar lo que hay escrito en esa carta, aunque me despista un poco, porque parece tener más de una página, se habrá explayado, imagino. Pero de momento no puedo leerla, por eso vengo, porque quiero hacerlo, y antes tengo que sentir que puedo. Y aquí viene lo que te dije el otro día, lo del dinero. No me importa venir el tiempo que sea y gastarme lo que haga falta para revisar toda mi vida si es preciso. Yo te confieso que no es que crea mucho en los psicólogos, la verdad. Tampoco creo en los milagros de Lourdes, ni en los horóscopos. Así que no lo tomes como algo personal, es lo que hay, como dicen ahora mucho los que salen en la tele. Lo que ocurre es que quiero hablar con alguien, quiero contarle toda mi vida a alguien, y no, no me digas nada: ni familia ni amigos me sirve para esto. Además, no tengo. No tengo familia, y apenas tengo amigos, no sé si podría contarlos con los dedos de una mano. Si lo pienso bien, casi la persona con la que más hablo es Carmen, la peluquera que me peina todas las semanas, aquí al lado, una chica muy maja, y muy discreta, que habla cuando tiene que hablar. Yo no soporto a quienes se sienten en la obligación de darte conversación: peluqueros, taxistas... Los peores de todos son el personal de las clínicas dentales, porque esos se aprovechan: tú allí con la boca abierta y sin poder decirles que hagan el favor de no darte la murga... Antes de irme a la residencia, cuando vivía en mi piso, en Begoña, tenía una vecina con la que hablaba de vez en cuando, habíamos ido las dos al colegio San Vicente, y, cuando coincidíamos, recordábamos episodios de cuando éramos pequeñas, aunque ella era más joven que yo. Elisa. Pero empezó a hacer cosas raras, olvidos y eso, y un día me la encontré llorando como una niña pequeña, sentada en el descansillo y abrazada al gato. Para hacértelo corto, y como ya te podrás imaginar, que el alzhéimer se llevó a lo último parecido a una amiga que me quedaba. Fue por entonces cuando decidí irme a la residencia, hace como tres años o así, y allí coincidí con una persona que había conocido hace mucho tiempo, ufff, te estoy hablando de hace, qué sé yo, en los cuarenta, imagínate. Paloma, Paloma Montañés. Nos conocimos en París y tuvimos bastante relación, pero luego, curiosamente, dejamos de vernos y sabes qué es lo curioso, que las dos habíamos vuelto a Gijón: nos veíamos en París, pero no aquí, en una ciudad tan pequeña. Cuando nos encontramos en la residencia, pensé que hablaríamos mucho, pero ya ves, enseguida se murió, la pobrecita. A ella, por lo que habíamos vivido en París, y por estar las dos como al final de nuestra existencia, seguramente le habría contado toda mi vida, porque ella solo conoció una parte muy pequeña allí en Francia... Me daba mucha envidia: todos los días iba a verla una nieta, o una sobrina nieta y allí estaban, de cháchara, tan ricamente, y yo no tengo a nadie. Pero nadie, ¿eh? Se dice pronto. Todos muertos ya. Vives muchos años, y ya ves, total para qué: para que no te quede nadie y para tener que acabar comprando con dinero a alguien que te escuche y que te ayude a desentrañar qué fue de toda esa vida que se acumula en todos estos años.

15

Es la primera vez que Guille habla de ello. Nunca se lo contó a ninguna de las novias que tuvo, ni siquiera a María Eugenia, con la que convivió durante el último curso de la facultad, justo antes de que ella se liara con el monitor del gimnasio al que iba, todo un clásico, sonríe Guille pensando en ello ahora, pero cuánto dolió. Tampoco se lo contó a ningún amigo, ni a los profesores que en el instituto Jovellanos no entendieron por qué demonios aquel alumno tan brillante iba a echar a perder su vida estudiando Historia, si tenía cabeza para las ciencias, y seguramente habría sacado con la gorra cualquier ingeniería. Acaba de contárselo a Feli, que descansa su cabeza en el regazo de él, tirados los dos en el sofá de cuadros del piso de Guille, dejando que la tarde de domingo deslice su mirada perezosa sobre ellos, sobre los cuerpos cubiertos a medias por una manta de ganchillo de muchos tonos de azul que tejió su madre y él lleva consigo en cada una de sus mudanzas. No es que le haya contado lo de María Eugenia y el monitor del gimnasio, ni siquiera le ha hablado de ella, porque a quién le importa ahora lo uno y lo otro, con la piel dulce de Feli bajo sus dedos que leen en los poros de ella con la precisión de un ciego. Le ha contado por qué razón es como es y le importan las cosas que le importan. Y le ha hablado de su abuelo Esteban, que fue enfermero en el Hospital de Caridad y una mañana bajo el sol de julio, vio caer como mariposas blancas unas octavillas que sembraron la ciudad de amenazas, que abandonaran su irresponsable actitud, decían, pero Esteban tenía diecisiete años y aquel verano era el primero que trabajaba en el hospital, porque su padre jugaba al ajedrez con el director en el café del Dindurra, y le había dicho que podrían meterlo un par de meses, que sería un trabajo sencillo. Muy sencillo no, porque a Esteban no le gustaba para nada ni la sangre, ni la enfermedad, y él lo que quería era terminar la carrera de Derecho, pero bueno, trabajar un par de meses, hasta volver a Oviedo, no estaba mal. En el Hospital de Caridad había unas enfermeras muy guapas, y eran unas horas al día: vigilar un poco por las habitaciones que todo estuviera bien, ayudar a algún enfermo a levantarse para que le hicieran la cama, y luego la playa, que estaba justo al lado, y a última hora de la tarde, la calle Corrida, y un verano más, como el resto de los veranos gijoneses, festejando cada rayo de sol y suspirando cuando le daba por orballar. Guille habla de su abuelo cruzando la Plazuela de San Miguel, y luego Capua y saliendo al Muro para ir hasta el Náutico, que ahí estaba el hospital, y es una mañana tranquila, con sol, luminoso mes de julio, aunque por lo visto todo estaba revuelto, eso decían, menudos años llevaban de sobresaltos, sería otra como tantas, además en Gijón no pasaba nada. En África, decían. Lo del 34 Esteban lo había vivido en la distancia que daba el confinamiento a unas calles, a unos itinerarios conocidos, en el silencio terapéutico de las conversaciones que eludían el tema. En Cimavilla era otra cosa, y en el Llano, le habían contado, pero en las calles familiares, en las casas de los amigos, era como si se hubieran conjurado para hacer como si nada ocurriera. Feli cierra los ojos mientras Guille habla y puede ver como en una película antigua con rayaduras y cortes la secuencia, se imagina al abuelo adolescente, con el rostro del Unax Ugalde de los comienzos, y su mirada traviesa, a lo mejor porque Guille se da un aire al actor también, y en la voz tranquila del chico se deslizan como en un tobogán imágenes y palabras, la memoria de un tiempo tan inexistente para ellos, ahora que ha pasado casi un siglo, y sin embargo, en un segundo, el verano feliz y radiante de los trajes claros y los vestidos con aire marinero de las chicas que le sonríen a Esteban se ha transformado en el horror, está ahí, se ha colado en la placidez de la tarde del domingo, en el piso de Guille donde hace un rato el aire era jadeos y los besos una torrentera, cuando le dijo con la inocencia del amor recién nacido, y la osadía del superhéroe que nunca fue, voy a hacer que recuperes tu nombre, y voy a hacer que sea para siempre, y Feli piensa que puede oír la amenaza de los aviones, los cañonazos del *Cervera* desde el mar, y oye nombres que nunca ha oído (Heinkel 111 y Dornier 17), y se da cuenta de que no sabe nada de nada, ni siquiera de la historia de esta ciudad que es la suya, si apenas le suena lo de la Legión Cóndor, y sin embargo ahora es todo tan vivo que sabe que si se asoma a la calle verá correr a la gente hacia el refugio de la calle Uría en la esquina con Luciano Castañón, porque en sus oídos, y en la voz de Guille, ha oído sonar las sirenas, dos veces, y eso quiere decir que hay que echar a correr porque los ataques de la aviación serán inminentes. Está tan concentrada que de repente le produce un enorme sobresalto que Guille se levante y vuelva enseguida con un enorme archivador donde tiene copias de montones de fotos de Constantino Suárez, y fotocopias de documentos y hasta de páginas de periódico que apenas se pueden leer, y Guille sigue hablando, le cuenta de aquel verano y del viernes 14 de agosto, la víspera de Begoña, el día aquel terrible, y cómo se lo contó su abuelo, de modo que la imagen de Esteban, cada vez más Unax Ugalde en la retina de Feli, sale del hospital con otros sanitarios, y con camillas, y recogen heridos por la calle Jovellanos, descartan los muertos, y vuelven corriendo al hospital, entre los cascotes que han caído en la calle, sorteándolos como pueden con las camillas que llevan entre dos, oyendo crujir bajo los zapatos los cristales que se han hecho añicos, con el sabor a polvo y a destrucción en la boca, las vías del tranvía levantadas como si hubiera habido un terremoto, y una y otra vez, no sabe cuántas, cargando con gente que agoniza, hasta puede oír esa combinación espantosa del silencio sobrenatural roto por el pavor de los gritos, y entonces al pasar por un edificio que ha sido reventado en la calle Los Moros, cuando vuelven a recoger más heridos, hay una mujer gritando, y lo agarra del brazo, le arranca el brazalete con la cruz roja que lleva, y le dice algo acerca de sus hijos, que se han quedado dentro, y Esteban tiene tanto horror ya en la mirada, ha visto a un guardia de asalto con el vientre abierto y los intestinos sobre los adoquines, y se le ha muerto una mujer mientras la llevaban hacia el hospital, ya no se acuerda de los días de antes, cuando empezó a trabajar a principios de verano, y era tan tedioso aguardar al final de la jornada para salir pitando. Guille le cuenta que su abuelo le contó que aquel día, aquella víspera de Begoña, la muerte dejó de impresionarle con las primeras visiones, con aquellos primeros muertos, o eso pensaba, porque en ese momento, con aquella madre desgreñada y cubierta de polvo y las manos heridas de intentar apartar cascotes, y la voz ronca, todo el horror se le incrustó en el cerebro, justo en el instante en que con otras personas también empezó a apartar escombros y entonces tropezó con algo blando, algo pequeño, y tuvo en sus manos, como quien tiene un pájaro muerto, un pie diminuto, seccionado limpiamente, con su calcetín y su zapatilla de cuadros azules con cordones.

Guille se ha callado. Por fin le ha hablado a alguien de esa imagen que le obsesiona desde que era pequeño, desde el día en que su abuelo se lo contó cuando paseaban por la calle Los Moros, ya demasiado mayor para ir de su mano, porque ya tenía diez años, y se paró frente a un edificio y el niño pensó que miraba los elegantes muebles del escaparate, pero no era eso: miraba mucho más lejos, más allá de donde él y el bullicio de la calle podían ver. Entonces le habló de aquel pie que tuvo en sus manos, del calcetín y la zapatilla, y le dijo que jamás se lo había contado a nadie, pero tú tienes que saberlo, Guillermo, tú tienes que saber que fueron unos hijos de puta, de esto apenas se habla, porque llegó Picasso y pintó el Guernica, y nadie se acuerda de que en Gijón estuvimos quinientos días bajo las bombas, quinientos, pero eso nadie lo recuerda, Guernica sí, y aquí lo único que se hizo fue hablar de los bombardeos sobre Oviedo, que esos sí, como los hicieron los republicanos, esos sí contaban, unos hijos de puta, Guillermo, pero tú no olvides esto que te acabo de contar, porque no se lo conté nunca a nadie. Y ese pie, ese calcetín, esa zapatilla, habita en su mente como una obsesión, como si él mismo lo hubiera tenido en las manos aquel remoto día que nunca conoció y, sin embargo, forma parte de su memoria, más aún que el día que se cayó de un columpio en Begoña y se rompió un diente, más que el día que vio a Quini en el café Dindurra y se quedó sorprendido porque llevaba un jersey de pico verde y unos pantalones de pana.

—Mira, este era mi abuelo por esa época —dice Guille, y le enseña una foto amarillenta a Feli, y ella piensa que si no fuera por tanto, tantísimo espanto como se le ha encajado en el cerebro, sonreiría, porque mira la foto y se dice que es verdad, que Esteban, el abuelo de Guille, se parece a Unax Ugalde.

16

En Gijón, lunes, y no digo más

Yo no quería que nos viniéramos a vivir a esta casa hasta
que todo estuviera perfecto, y todo es todo: el bote de gel
y todos nuestros potingues en los baños, las toallas puestas, y el papel de cocina, y el estropajo, y los cestos para la
ropa sucia, y si me apuras, hasta la bolsa de basura colo-
cadita en el cubo. Bueno, «las» bolsas de basura, porque
menuda es Laia, y esto yo ya lo sabía, y lo del reciclaje en
esta casa se lleva por el libro: para el papel, para el plástico y los envases, para la materia orgánica, para el vidrio,
para el aceite, para las pilas, para las medicinas. Pero luego resultó que no, no sucedió como yo esperaba: un día
especial en el que inauguraríamos la casa, y no es que yo
pensara coger en brazos a Laia a la manera de recién casados (seamos realistas: ella no podría levantarme a mí),
pero sí me apetecía algún tipo de ceremonia, aunque
fuera sentarnos en la terraza con una copa de vino y
brindar. En cambio, durante algún tiempo esto fue un
laberinto de cajas con libros, cajas con discos, cajas con
ropa, cajas y bolsas y todo con esa sensación de provisional con vocación de estable que a mí me gusta tan poco y
que a Laia directamente ~~la hunde en un abismo~~ la pone
mala. Y luego, cuando por fin parecía que esto iba tomando el aspecto que queríamos, cuando las paredes
empezaron a estar salpicadas de fotos y de cuadros, y

hubo cojines en los sofás, y plantas por todas partes, y empezó a sonar la música, y a oler a nosotras, fue cuando *Frida* irrumpió en nuestras vidas con su alboroto de cachorrita sin educar y todo fue caos de nuevo. En realidad, creo que el caos, que las dos detestamos tanto, sigue instalado en nuestra vida. Y ya no tanto el desorden espacial, el desgarrón que descubres en una cortina (¡*Friiida!*) o los periódicos desperdigados por el salón los lunes por la mañana. No. Hablo de ese otro desorden, interno, algo que está ahí y que no acertamos a identificar del todo, como si nos faltara la serenidad que yo creía que tendríamos en cuanto estuviéramos juntas.

Acabo de escribir una cosa que me da miedo. Al hacerlo parece que estuviera dejando constancia de un fracaso, o de una decepción, y no es eso. Pero hay algo parecido al desconcierto, y lo adivino en los ojos de Laia algunas veces en los momentos más insospechados, cuando ella cree que no la estoy mirando. ~~Y me da mucho miedo.~~ Y me produce una miajita de desazón.

Los ojos de Laia son increíbles. No porque sean espectaculares, sin ir más lejos creo que la gente se fija más en los míos, que son azules, y los de ella, castaños, pasan más desapercibidos. Pero es que a poco que te fijes, te das cuenta de las chispitas que tienen brillando ahí. Tiene los ojos más centelleantes del mundo, nunca había visto una cosa igual. Y tardé en darme cuenta, porque, al principio, a mí Laia me parecía una chica mona, pero nada más. Claro que, al principio, yo no sabía que me iba a enamorar de una mujer. Pero esto lo cuento otro día. Ahora lo que estaba diciendo es que a esta sensación de no estar a gusto del todo, como si nos faltara algo, o como si estuviéramos esperando algo, no acabo de cogerle el tranquillo y aunque intento espantarlo, se queda ahí. Pensaba, sobre todo al principio, que tendría que ver con la inestabilidad laboral de Laia. En Madrid trabajaba en una clínica en la que no le pagaban mucho, pero era un sueldo a fin de mes. Aquí se ha hecho autónoma, y para empezar eso ha sido un sindiós de papeles y de burocracia, y luego hazte un hueco entre los (muchos) psicólogos de esta ciudad... Sé que a ella no le gusta mucho que yo haya movilizado a mis amigos para conseguirle los primeros pacientes, pero es que estoy convencida de que, si la conocen, el boca a boca funcionará, porque ella es maravillosa. Es la tía más valiosa, más inteligente del mundo, y si se lo digo se enfada porque cree que estoy tratando de elevar su autoestima (ella siempre utiliza expresiones más rigurosas, aunque yo luego lo escriba aquí así, a la pata la llana), pero lo cierto es que no termino de sentirme bien del todo, porque a veces el número de chispitas de sus ojos se reduce de un modo alarmante y a mí me asusta que no sea feliz. Que eche de menos Madrid y su trabajo. Que lamente estar aquí. Que no le guste la lluvia. Que no termine de encontrar su espacio. ~~Que no le guste yo tanto como ella me gusta a mí.~~

Tenemos todo para ser felices, pienso muchas veces, y no sé de dónde viene esta sombra, ni por qué, y me da rabia porque también pudiera ser que todo sea un invento de mi cabeza novelera, o que el amor con Laia fue tan espectacular desde su inicio que no es fácil mantenerlo así, en lo más alto. Tengo que contar un día cómo la conocí, aunque eso me suponga el esfuerzo de hablar de Rober y de aquel (que habría sido tonto si no hubiera sido tan pernicioso) amor, del que me salvó Laia, con las chispitas de sus ojos castaños. Esas que a veces me da terror no encontrar cuando la miro. Porque si algo temo, más que ninguna otra cosa, es que ella no sea feliz, que no le guste tanto como a mí vivir en esta casa asomadas al mar, tenernos cada noche y cada día, compartir la vida, a pesar de este runrún que pone en sordina la felicidad como plenitud, esta sensación de *vivimos siempre esperando una señal.*

17

—Y entonces ¿tú no tienes novio?

La pregunta era para Laia, y quien preguntaba era la madre de Emma, sentados todos a la mesa que habían preparado en el amplio porche, un domingo, en la casa familiar de La Providencia. La ciudad, ribeteada de mar, se extendía a sus pies, y por una vez el sol se había hecho presente en aquel principio de primavera. Había sido de hecho el sol, y la posibilidad de que *Frida* trotara a sus anchas por el amplio jardín, lo que había terminado de convencer a Laia para acompañar a Emma a la comida con sus padres y con su hermano Richi, que llevaba una semana en Gijón. Y hasta ahora había sido una gran idea. A veces se les olvidaba que, a un par de kilómetros de su casa, la primavera estallaba en verdes de mil tonalidades y el blanco, el amarillo, el rosa de los árboles tenían algo de niñas vestidas de domingo, vestidos con sobrefalda de plumeti y encaje y lazos de raso de colores en los hombros. Y olía a primavera, incluso por encima de los olores que, como un presagio de festín, habían estado saliendo de la cocina y ahora flotaban, confundiéndose con los de la wisteria, el jazmín de estrella y, sobre todo, las mimosas.

Laia agradeció al cielo tener la boca llena de lasaña de marisco: eso le permitió esbozar el gesto de lo que podía ser una sonrisa y negar con la cabeza.

—¡Pregúntamelo a mí! —chilló Richi con la alegría de un niño pequeño—. Pregúntame a mí si tengo novio.

—Vaya, hombre, no empieces a fastidiar. Tu vida sentimental no me importa gran cosa. Eres un provocador, y no creo que a la amiga de Emma le interese tampoco.

—Pues por si no te has dado cuenta, mamá, ellas dos entienden. Perfectamente.

—Sí, ya sé, ahora las cosas no son como antes, todo el mundo muy comprensivo, ya lo sé. —La madre de Emma ignoró las miradas que se cruzaron los tres jóvenes. A Emma le dio la risa, pero su madre no quería soltar la presa todavía—. Pues eres muy mona, Laia. No tendrás novio porque no quieres.

—Nah, tengo otras prioridades. —Laia se maldijo porque en aquel momento tenía la boca vacía, y no le quedaba más remedio que responder—. No me interesa mucho, y menos ahora que estoy tratando de situarme aquí. Y ya voy teniendo pacientes, en parte gracias a Emma, y a lo mucho que la quiere la gente, y la cantidad de contactos que tiene.

La madre de Emma miró a su invitada desdeñando su último comentario, y tratando, en cambio, de descifrar las razones secretas que la habían llevado a abandonar la ciudad. Seguramente un desengaño amoroso. Debía de tener la edad de Emma, más o menos, así que era posible pensar que huyera de una relación desgraciada, y en su imaginario de películas de serie B de las sobremesas televisivas, comenzó a tejerse enseguida un argumento con malos tratos, huida y quién sabe si hasta cambio de identidad para no ser encontrada por un marido que conforme avanzaban los segundos adquiría en su cabeza la siniestra apariencia de todos los malos de la tele, y qué pena con lo mona que era, tan delgadita, que ya podía Emma comer de un modo tan moderado, como un pajarito, y no de aquel modo, *pordiosbendito*, qué manera de engullir.

—Eres un poco rara, quiero decir, no por no querer tener novio, que, la verdad, para lo que sirven. —No pudo evitar que los ojos se le fueran imperceptiblemente al rostro masticante de su marido—. Lo digo porque te hayas venido a esta región de la que están escapando todos. Todos los jóvenes se están marchando a Madrid, y al extranjero, a donde sea que haya la más mínima oportunidad de trabajo, y tú te vienes aquí.

—Me gusta la vida tranquila. Y el piso está muy bien, con el mar, y eso. Además, las cosas no están yendo mal del todo, y son los primeros meses, así que la previsión es que mejoren.

—Emma, no repitas lasaña, por el amor de Dios. —Emma pareció contrariada y a punto de decir algo, pero a cambio miró a Laia de un modo que a Richi, que llevaba toda la comida muy divertido observándolas, no se le escapó, y enrojeció hasta las orejas—. No, claro, si luego querrás estar delgada... Tú, sí, Laia, tú come todo lo que quieras, que...

—A mí sí me interesa, y mucho —cortó Emma, con la voz afilada por cierto rencor hacia su madre, dirigiéndose a Richi—: ¿Tienes novio ahora?

—No, si ya quisiera yo. —Richi miró de reojo a su padre que a su vez echaba miradas furtivas, a través de la ventana abierta, a la tele en la que se disputaba la «Fórmula 1»—. Pero, hija, no hay manera. Rollos, todos, pero un tío que merezca la pena... Con lo que a mí me gustaría casarme y llevar a mamá de madrina...

La futura madrina sonrió con una mezcla de condescendencia y fastidio.

—No creas que me pinchas, Richi. Te conozco muy bien. Eso tuyo se pasará, todo lo confundís, el arte, la bohemia, el glamur y la mariconería. Pero es una moda todo. Ahora, si no eres gay, nada de nada.

—Y bien que lo sabrás tú, mamá, que en la tele que ves, no sé si se librará alguno de los informativos y el hombre del tiempo, y a saber...

—Pero eso es porque hay un *lobby* gay o como se llame, que lo he leído yo. Tienen poder, el poder rosa, creo que se llama. Y condicionan a los jefazos para que sean todos de su cuerda...

—No digas gilipolleces, mamá. Richi siempre ha sido así, y no se le va a pasar, así que vete haciéndote a la idea. —Emma aprovechó el fragor de la conversación para servirse más patatas fritas de las que había preparado su madre como guarnición de la carne asada—. Y lo único que ocurre es que la gente ahora simplemente no se esconde. Anda que no fliparías si supieras la cantidad de actores de tu época que no tenías ni idea de que eran gais, por muy apasionados que aparecieran en la pantalla con las actrices de turno. ¿No tuviste bastante con Rock Hudson, con lo que te gustaba? Insisto, hazte a la idea, Richi es así, y está muy bien que sea así.

—Cualquier día se descubre que tu Lex Barker era gay y te caes de culo. —El padre de Emma parecía divertido con la posibilidad.

—Sí, hombre, el de Tita Cervera, claro, que más quisieras tú que poder decírmelo. Yo estoy hecha a la idea, estaría bueno, de lo de Richi, quiero decir. Y de paso te diré, Emmita, que también te estoy viendo cómo te estás poniendo de patatas, y luego vendrán los llantos y te pondrás a ayunar unos días, que ya me lo conozco yo cómo va todo esto, y luego el efecto rebote... —Suspiró, y continuó con lo que estaba—: A mí no me digáis nada, que para madre comprensiva yo. Laia, mi hija te lo habrá contado, pero yo fui quien más la apoyó cuando decidió separarse, y eso que su marido era una persona encantadora, qué digo, una bellísima persona. Pero a mí que no me tachen de antigua, la entendí y la apoyé. Y a Richi también. Y su padre —al sentirse aludido, este sonrió como si descendiera de las alturas— lo mismo. Cuántos quisieran. Pero tampoco creo que sea tanto pedir que mi hija encuentre un hombre que la quiera y que ella lo quiera a él, y que a Richi se le pase la tontería y *aposiente*, que todo eso son pájaros de juventud que tiene en la cabeza...

—¿Pájaros de juventud? Ay, madre, qué poética e innovadora eres con el lenguaje... Creo que eso te lo voy a coger prestado para una canción.

—Bueno, pues como se diga. Que yo lo que quiero es que mis hijos se estabilicen y tengan un matrimonio como Dios manda, y que en vez de estar corriendo por ahí la *Frida*, haya cuatro o cinco niños que vengan a visitar a los abuelos... Eso es lo que quiero, pero yo entender, lo entiendo todo...

—Ay, mamá, tú qué vas a entender... En cambio Emma y Laia sí que entienden, ¿verdad?

Las dos sonrieron a Richi, y sin necesidad de mirarse, y sin que nadie se diera cuenta de que brevemente, durante un instante, se cogían de la mano por debajo de la mesa, concluyeron:

—Claro, Richi, nosotras sí que entendemos.

Y Emma se dijo que, se pusiera su madre como se pusiera, aquella tarta de tres chocolates que había visto en la nevera tenía los minutos contados.

18

A Laia empezaba a gustarle que fuera martes y que con rigurosa puntualidad sonara el timbre y apareciera Valeria Santaclara, con su ropa siempre impecable, como recién salida del tinte, o directamente estrenara los suéteres siempre de colores parecidos, pero siempre diferentes, y las faldas perfectamente conjuntadas, y el pelo como si acabara (que de hecho acababa y solo había caminado unos metros: aún llevaba consigo el inconfundible olor de la laca) de salir de la peluquería y de las sabias manos de Carmen.

Al principio, solo pensaba en el dinero que suponía escuchar pacientemente a aquella mujer, pero desde el episodio del sobre Laia no podía evitar sentir la suficiente intriga como para saludar con una sincera sonrisa a Valeria, y sentarse frente a ella como quien asiste, imperturbable el rostro y ligeramente alborotada el alma, a la perspectiva de descifrar un enigma, al desarrollo de una trama que, si bien en un principio podía pecar de un exceso de costumbrismo, poco a poco adquiría el ritmo suficiente como para encuadrarse en la categoría del folletín, y quién sabía en qué podía terminar.

—He pensado en lo que hablamos el otro día, y creo que me gusta venir aquí, aunque no soy idiota, y sé que me estoy comprando la compañía y la conversación. Claro, que me imagino que los que recalan en un burdel saben que hay dinero por el medio y que no están acudiendo a citas románticas, y sin embargo continúan haciéndolo.

A Laia también le divertía el lenguaje de Valeria, por lo esmerado y lo ajustado que pretendía ser siempre: «recalan». A ver cuántas personas con formación universitaria y jóvenes utilizaban esa palabra así, como si tal cosa, en una conversación normal. Había adquirido la costumbre de anotar el número de palabras de ese cariz que dejaba caer en cada sesión. Y luego el contraste. Podía utilizar expresiones como «largar rollos» y quedarse tan ancha. Cosas de haber convivido con una sobrina, decía.

—Más importante que el proceso son los resultados. —Laia no estaba segura de que lo que decía fuera cierto, pero se había establecido entre ellas una especie de ritual que consistía en que una frase, aparentemente «profesional», servía como disparo de salida para que Valeria Santaclara comenzara a situarse en posición de desenredar el ovillo de la lana de sus recuerdos. En muchas ocasiones, ni siquiera hacía falta que la psicóloga interviniera formulando una pregunta.

—Exacto, eso es lo que me interesa, pero me resulta agradable venir aquí. No creas que mi vida tiene muchos alicientes, la verdad. Vengo a Gijón un día a la semana, los martes, a eso de media mañana para comprar algo de ropa en el centro, y luego dar un paseo por el Muro y comer en alguna de las cafeterías desde las que se ve el mar, un plato combinado, un sándwich de esos con un agujero por el que asoma un huevo, alguna tontería de esas. Algún día comí en un burguer, o como se llame, un sitio de esos que pides hamburguesas en el mostrador y te lo ponen en una bandeja, ya ves: salgo de la residencia para comer porquerías... Pero me gusta, disfruto de la sensación de estar haciendo cosas que las personas de mi edad no hacen. Y luego me voy a la peluquería a peinarme y a hacerme las manos, y después vengo aquí. Ya ves cuánta diversión.

—¿Siempre sola? ¿No tienes ninguna amiga, algún familiar que te apetezca ver?

—No, siempre sola. Ya te he dicho que no me queda familia, nadie. Y los amigos se fueron esfumando: no es fácil mantener amigos a mi edad, la mayoría están muertos. Y tampoco tuve muchos de esos de verdad. Mi hermana decía siempre que los amigos de verdad se cuentan «con los dedos de las orejas», y, aparte de que vete tú a saber de dónde había sacado esa expresión, no sé por qué lo decía, porque ella tenía muchos. Su casa era una romería, siempre había gente, amigas suyas, amiguitos de la niña, vecinas que llamaban a la puerta, toda la parentela de su marido... Yo odiaba estar allí, la verdad, no sé cómo lo podían soportar. Mi hermana era un caso perdido, porque si llamaban a la puerta para venderle una aspiradora o para pedirle una limosna, los hacía pasar, y les daba conversación el tiempo que fuera. Y todavía decía que amigos, pocos... Pues no sé yo por qué dedicaba entonces todo ese tiempo a esa gente... Pero bueno, ella siempre fue igual, de niñas, lo mismo. Yo tenía mis tres amigas del alma, Dori, Matachús y Lina. Las dos últimas las llamábamos las gemelas, pero en realidad eran hermanas, solo que se llevaban únicamente diez meses, que era algo que a nadie le entraba en la cabeza. Eran hijas de un compañero médico de mi padre, el doctor Jenaro Reyero, especialista en garganta, nariz y oídos, todavía estoy viendo la placa que había en su casa, que también estaba en la Plazuela, mira, ahí, donde ahora está el Banco de Santander. Dori era la hija de un abogado que vivía aquí mismo, en Ruiz Gómez, y nuestros padres eran amigos. Nuestros padres y nuestras madres, así que ser amigas era lo más normal del mundo. Nos conocíamos desde siempre, íbamos al mismo colegio, crecimos juntas, nos echamos novio más o menos a la vez (y excepto el de Lina, que era militar, y el pobre falleció muy joven, no llevaban ni un año casados, los otros eran amigos entre ellos). Sin embargo, Gadea tenía amigos de lo más peculiares, y ya desde pequeña, porque no había cosa que le gustara más que colarse en el cuarto de la plancha, cuando venía Lolina, porque a veces traía a una sobrina suya que era más o menos de nuestra edad y que la ayudaba a doblar las sábanas. Bueno, pues Gadea siempre se las arreglaba para escabullirse y cuando mamá la buscaba aparecía allí, muerta de la risa con aquella cría, las dos doblando los almohadones y riendo, eso sí, entre ataques de tos, porque aquella niña debía de estar tísica o algo: era muy flaca y siempre tosía, y mi madre se ponía de los nervios cuando veía a Gadea con ella, porque no es que mi madre fuera así, clasista, no. Es que le aterrorizaban las enfermedades, y en aquella época, en cuanto te descuidabas, apañabas una tuberculosis por menos de nada, aunque también tengo que decir que no sé si tanta proximidad a las clases bajas a mi hermana la inmunizaba: nunca se ponía mala, en cambio yo, cada dos por tres, ya estaba moqueando y mi madre de los mismos nervios. Pero no era solo con la sobrina de Lolina: las niñas que estaban de gratis en el colegio, también. Y eso que nunca nos mezclábamos con ellas, y hasta entrábamos por dos puertas diferentes. Bueno, pues Gadea no tenía nada mejor que hacer que jugar con ellas y perseguirlas como suplicando que la dejaran disfrutar de su compañía. Yo ni lo entendí entonces, ni lo entiendo ahora, y eso que ahora todo está mezclado. No me digas que no era muy raro, porque ellas, que tendrían que estar como locas porque una niña de las de pago quisiera jugar con ellas, hasta la despreciaban, y la evitaban. Y eso que insistía, como si le fuera la vida en ello... A mi madre la desesperaba que se portara así, y se hartaba de decirle que se juntara con nosotras, cosa que a mí tampoco me hacía maldita la gracia, porque era más pequeña y nosotras queríamos hablar de nuestras cosas, sin una enana que nos entorpeciera. Además, a mí me parecía tan feúcha, y tan maltrazada... En esa época importa mucho el aspecto, porque vives tratando de reafirmarte y todo eso que tú sabrás mejor que yo, por eso las niñas tendíamos a ser amigas de las más guapas de la clase. Y nosotras cuatro lo éramos. Llevar a Gadea con nosotras era como admitir la existencia de un grano horrible en nuestra nariz. Ninguna lo queríamos. O eso pensaba yo, porque, ya ves tú, resulta que a mis amigas sí que les gustaba mi hermana. Decían que era muy graciosa. Graciosa... si era un pato mareado, por Dios...

—Llama mucho la atención lo distintas que erais...

—Ya lo creo. En aquella época yo la hacía rabiar y le decía que ella no era hija de mis padres, que habían venido los gitanos y se habían llevado a mi hermanita porque era muy guapa y la habían dejado a ella. Menuda bofetada me cayó un día que mi madre me oyó decírselo: se puso como loca. Las dos sabíamos que era mentira, pero Gadea pillaba unos berrinches increíbles y, como siempre andaba enredando por los sitios más polvorientos, se le hacían unos churretones en la cara, que mi madre la cogía y le decía, anda, anda, que mira cómo te pones, pareces una gitana, y ella entonces lloraba a gritos y no había consuelo. Pero lo mismo que venía, se le iba. Quiero decir, estaba llorando como una loca y un segundo más tarde ya se estaba riendo, porque había visto algo gracioso. Yo creo que siempre fue un poco simple emocionalmente. Yo, en cambio, soy muy sentida. Cuando me disgusto, me dura muchísimo. Como tiene que ser.

—¿Y qué cosas son las que te disgustan?

Valeria se quedó un instante en silencio, y apartó los ojos de Laia para hacer viajar su mirada más allá de los visillos del balcón, más allá de la Plazuela. Como si mirara mucho más lejos, pero no en el espacio, sino en el tiempo. Cuando se volvió a encontrar con la mirada de Laia, parecía estar de vuelta de un larguísimo viaje.

—¿Ahora?

—No sé. O antes.

—Ahora, muy pocas cosas, pero no sé si no será porque vivo en un estado de disgusto permanente. Me parece tan mal casi todo lo que hay alrededor que no hay hueco para disgustarme por cosas concretas. Antes sí, antes cualquier cosa me hacía sufrir, porque yo siempre he sido muy sensible.

A Laia se le encendió la alarma: sabía por experiencia que cada vez que alguien se definía como muy sensible estaba a punto de aparecer un ser capaz de infligir cualquier daño sin ningún tipo de miramiento, convencido además de la grandeza de sus sentimientos. Aun así, y procurando que Valeria no le leyera el pensamiento, como tenía por costumbre, la animó a seguir.

—Es que todo está mal, Laia. Todo. Da igual donde mires, el mundo se ha ido al traste, ¿sabes lo que te quiero decir? No seré yo quien eche de menos a Franco, claro, ni siquiera durante el franquismo fuimos franquistas, aunque Alfredo, mi marido, estuvo muy relacionado con el Régimen, más que nada por amistad de siempre con algunas de las personas que tenían relevancia, y eso que, fíjate, era al revés, porque eran personas ya importantes antes de ser franquistas, de familias que cuando terminó la guerra se arrimaron al poder. Pero lo que te decía, no echo eso de menos, pero sí que se han perdido los modales, la educación, el respeto. Todo es feo. Y sucio.

—Tiene gracia que digas eso, mujer. Si antes la gente escupía en la calle, y en los bares, y tiraban papeles al suelo, y había mucha menos higiene, y...

—También hay suciedad sonora. Antes no se podía blasfemar. Y ahora las chicas hablan como carreteros... Pero bueno, no es eso. Será que se me ha amargado el carácter, o no sé, pero tengo la sensación de vivir en un entorno hostil. El otro día cogí el autobús, que es algo que no he hecho casi nunca, y tenía curiosidad. Casi me empujan porque esperaban a que pusiera no sé qué tarjeta en no sé dónde, y yo allí con el dinero en la mano intentando que me cobrara el mismo chófer, y la gente que intentaba entrar, venga a decirme que me hiciera a un lado. Y ¿te quieres creer que ninguno de los mocetones se levantó para cederme el asiento? Y no solo eso, una madre con un cochecito me dijo de malos modos que me apartara de donde estaba, que allí tenía que sujetar la silla donde llevaba el bebé. Me bajé en la parada siguiente. Espantada.

Pobre, pensó Laia casi disimulando la sonrisa. Pobrecita.

—Y sin embargo antes, cuando todo era menos hostil, por usar tus palabras, te disgustabas más, que es lo mismo que decir que eras más infeliz, puesto que has mencionado lo mucho que te afectaban los disgustos.

—He visto morir a toda mi familia. Incluso a quienes tendrían que haberme sobrevivido, y aunque parezca que no, porque a la muerte uno nunca se acostumbra, a mí me ha endurecido el corazón. Lo suficiente para que ahora nada me haga daño, aunque todo me fastidie. Y ya, ya sé, porque te conozco, que vas a preguntarme si recuerdo la primera vez que tuve conciencia de la muerte y todo eso. Si te hablara de todas las muertes de mi vida, con las que son, no acabaríamos nunca, pero hoy quiero irme un poco antes, si no te importa. Voy a subir hasta el tanatorio para dar el pésame a unos conocidos, aunque, si quieres que te diga la verdad, creo que lo de conocidos es un decir. A la que conocía vagamente era a la fallecida, de hace muchos años; a su familia, ni idea, pero a estas cosas hay que ir, es la última gran ceremonia. La muerte siempre, ya ves.

19

Gijón, con marea alta y cielo cubierto

Algo he ido aprendiendo con los años, y es a no inventarme los problemas. Que soy yo mucho de tener preocupaciones, vaya, así que mi aprendizaje en la vida es tratar de que estas no sean ni demasiadas ni demasiado atosigantes. Eso me convierte en un ser que a menudo peca de superficial, según Laia, «eres muy leve a veces», y a mí eso me gusta, aunque sospecho que lo dice más bien como un demérito. Pero cuando se ~~está tan gorda~~ anda sobrada de peso, como es mi caso, que te atribuyan la levedad como una característica hasta emociona. Por eso, aunque tengo la sospecha de que hay algo indefinible en el ánimo de Laia, pienso que es mejor no mencionarlo, hacer como si no existiera y ya, cerrar los ojos como los niños pequeños y que se marchen los monstruos. La mayor parte de las discusiones que tenemos suelen, o solían, venir por ahí: Te pasa algo, ¿verdad? ¿A mí? No, qué me va a pasar. Pues parece que te pasa algo. No sé de dónde sacas eso. ¿De que llevas un rato ~~viendo «Gran Hermano» sin enterarte de que es «Gran Hermano»~~ mirando la tele sin verla, tal vez? No me pasa nada, Emma, no siempre puedo estar exultante, como tú, pero si sigues diciéndolo, terminará por pasarme algo.

Y así siempre.

De modo que últimamente no hago caso de esas ausencias suyas, eso de que su pensamiento vague por territorios que yo no conozco, y me limito a pensar que no tengo que inventarme los problemas, que total para qué. Convivir no siempre es sencillo, y nosotras podemos darnos con un canto en los dientes, porque la verdad es que estamos siendo muy felices, nos gusta pasear, leer sentadas espalda contra espalda, nos gusta encontrarnos por la calle cuando no esperamos hacerlo, a Laia le gusta que le hable de las historias que me están contando las pacientes del grupo de Memoria, a mí me gusta que Laia tenga puesta la mesa cuando llego, a las dos nos encanta ~~todavía~~ el sexo que tenemos, y, en definitiva, creo que esto va bien.

Sé que Laia es especial, no es como yo, que voy siempre a pecho descubierto, y se me ve venir de lejos ~~(por el volumen)~~. A ella hay que sonsacarle las cosas, hay que explorar, interpretar, adivinar... a veces es cansado, pero yo sé que es eso lo que hay. Cuando me enamoré de ella lo hice justamente por ese velo ~~que ocultaba cosas~~, porque me parecía que había mucho por descubrir. Ella dice que se enamoró de mí precisamente por lo mismo, porque dio por hecho que, bajo esta apariencia de franqueza que me caracteriza, tenía que haber un fondo que no mostraba a nadie y que sin duda sería maravilloso desvelar. Y qué coño, a mí me gustó que me dijera eso, que intuyera en mí cosas que nadie había intuido. Por lo pronto mi condición sexual, mira tú por dónde, que yo hasta ese momento había sido completamente heterosexual. Ni se me había ocurrido. Fue suficiente ese descubrimiento para convencerme de que tal vez ella tenía razón, y había mucho más sustrato del que se me podía ocurrir, y era bueno iniciar ese camino con ella: la única persona que había sabido ver en mí cosas que nadie veía. Y menos que nadie mi exmarido, la colección de novios que me eché después de la separación, y el imbécil de Rober que estuvo a punto de acabar conmigo, y al que lo único que le agradezco es Laia.

Laia y yo nos conocimos por Rober, aunque fue una forma un poco peculiar de conocernos. Nos conocimos follando, podría decir, pero parece un chiste. Y además una simplificación, y eso está bien para reírnos entre nosotras, pero no sé si para escribirlo aquí, en el diario de nuestra casa de Richmond, que ni es diario, ni es Richmond, ni cuento el día a día, ni nada de nada. Así que por qué no decir que nos conocimos follando realmente, y todo por culpa de Rober y su dichosa fantasía (yo soy bisexual, decía el muy payaso, lo que más me gusta es hacérmelo con dos tías a la vez). Estábamos en un congreso en Madrid, que reunía a psicólogos y gente del Derecho por lo de los grupos estos multidisciplinares. A mí me interesaba más bien poco, pero Rober andaba detrás de un puestecito en la consejería y quería sumar puntos para su currículum, así que allá nos fuimos los dos. Yo en Laia ni me había fijado, pero él sí lo hizo y enseguida, y no sé por qué, porque por lo que yo sabía a él le ponían más las neumáticas tipo Beyoncé, y Laia tiene una languidez francesa que a mí me vuelve loca, pero que está lejos de las redondeces que poblaban el patético deseo de Rober. Tampoco tengo muy claro cómo lo hizo, pero supongo que, listo como es para según qué cosas, se dio cuenta enseguida, que yo ni me había enterado de nada, ni siquiera de que era lesbiana, que aquella chica catalana que estaba en nuestro grupo de debate me miraba con ojos golositos. El caso es que sucedió. Lo hemos hablado muchas veces y yo sé que lo hice porque por entonces yo me sometía a cualquier fantasía de Rober, hasta ese punto era mi dependencia de él, anda que no me he disfrazado de enfermera y de puta y de todo, y Laia me confesó que, aunque le daba mucho asco la situación, había pactado con Rober que no podía tocarla a ella, que solo asistiría como espectador a lo que nos hiciéramos nosotras, y que él podría hacer lo que quisiera, pero solo conmigo.

Ay. Es curioso, creí que podría escribir esto, pero no puedo. No sé poner en palabras toda la emoción de aquel momento, la pura sorpresa, los ojos de Laia, su forma de mirarme, la extraña complicidad de su sonrisa, el modo en que su mirada decía «Ven conmigo y pasa de este idiota», pero así, sin decirlo. Y lo dulce que era su boca. Y lo dulce que era todo. Y la gotita de sudor que se le quedó sobre el labio superior, justo en la comisura, pequeña, levísima. Y el modo en que se deshizo cuando me sonrió, y lo lejos que ambas nos fuimos en aquel momento, como si hubiéramos empezado a compartir un mundo en el que no cabía nadie más, y menos que nadie, aquel tipo que ni siquiera miramos mientras se ponía los calcetines y decía, sois fantásticas, chicas, qué bien ha estado, y nos preguntaba si queríamos bajar a tomar una copa, y en algún momento salía por la puerta, satisfecha por fin su dichosa fantasía, dejándonos allí a las dos, con los dedos enlazados y las miradas prendidas la una de la otra, como si el universo entero se hubiera detenido, de forma que en algún momento nos quedamos dormidas, justo después de que Laia nos tapara a ambas con la colcha de poliéster de la cama del hotel, respirándonos, tan cerca nuestras caras, casi sin atrever a tocarnos más, no fuera a romperse no sé qué burbuja de la que parecía estar hecho aquello, y solo mucho más tarde cuando abrimos los ojos y descubrimos un sol a rayas que traía la noticia a través de la persiana de que ya nos habíamos perdido la primera de las comunicaciones del día, nos pasó eso de *callar la boca con los besos y dejar que pasen muchas horas.*

20

Como los martes son los días en que Valeria Santaclara va a Gijón, Feli dedica más tiempo a hacer una limpieza a fondo del cuarto. Por indicación expresa de ella (en realidad es una orden) aspira el colchón para liberarlo de ácaros, cambia las sábanas, limpia con esmero los cristales, deja el baño impecable, el suelo de la habitación resplandeciente, y quita el polvo con todo cuidado a los muebles y a las innumerables figuras, recuerdos, cajitas y tonterías diversas que ocupan cualquier rincón. La curiosidad de Feli, que es muy grande, suele tener suficiente alimento en el tiempo que consigue escamotearle a la tarea, gracias a la prodigiosa velocidad y eficiencia que es capaz de desarrollar, con lo que está a la vista, los pequeños detalles que parecen ser la huella de una vida convencional de señora más o menos bien. Objetos de marfil, de jade, de plata, mucha plata, figuras de pastorcillas de Lladró. Ni uno solo de esos recuerdos de Valladolid o de Tarazona, y tampoco de Praga ni de Guayaquil. Tampoco insufribles detalles de bautizo, primera comunión o boda, a los que tan aficionados son la mayor parte de los que habitan en la residencia. Y algunas fotos, en marcos de plata, naturalmente. Una foto familiar antigua, hecha en un estudio, dos niñas, la una larguirucha y cariacontecida, el rostro afilado, enmarcado por un peinado impecable, y la otra, más pequeña, morenita, de rizos graciosos, rechoncha y sonriente. Las dos llevan unos vestidos iguales, con los cuellos redondos, y una cadena seguramente de oro, con una medalla, pero mientras que el de la mayor parece recién planchado, el de la pequeña carece de esa prestancia, y a ello contribuye el descuido con que está sentada en las rodillas del padre. La mayor, y a esas alturas Feli ya ha concluido que se trata de Valeria, permanece rígida, de pie, al lado de la madre, una mujer morena, con una melena corta ondulada, un vestido oscuro y zapatos de medio tacón. El padre, con bigote y pelo no muy abundante, peinado hacia atrás, lleva una corbata de rayas, y tiene una mirada divertida, como si entre la niña pequeña, que rodea por la cintura sobre sus rodillas, y él hubiera una vida secreta que las otras dos ignoran absolutamente. Está claro, piensa Feli, que la niña pequeña ha heredado la alegría de su padre. Ese mismo hombre, el padre, es el que está en una foto, casi adolescente, con dos niñas, tal vez sus hermanas, con vestidos claros y gesto sombrío, y con sus padres, el padre con camisa blanca abrochada hasta el último botón, y chaleco oscuro, y unas botas lustradas que asoman bajo unos pantalones tal vez un poco cortos, y la madre, una mujer adusta, y a la vez quebradiza, como si estuviera asustada de sí misma o del propio aire. En la foto hay dos personas más: un cura con teja, que se envuelve en su manteo y mira desafiante a la cámara, y un hombre joven, que tal vez podría ser el hermano mayor de los chicos, pero no, si se fija bien, a pesar de ese aire juvenil, las huellas del tiempo son inconfundibles en su cara e incluso en el pelo que sigue siendo abundante, pero se adivinan canas. La juventud, sin embargo, se ha quedado instalada en la mirada traviesa de quien se sabe capaz de seducir. El marco parece antiguo de verdad, como si la foto se hubiera colocado cuando se hizo, tal vez en el mismo estudio del fotógrafo, y así hubiera permanecido, durante años, ocupando un lugar principal en el aparador de un comedor de aldea, y más tarde en la propia casa del padre de Valeria, para pasar a la casa de esta, siempre el mismo marco, el mismo cristal, la foto amarilleando, como la piel de las muchachas que no se casaban tras los visillos de los balcones, para terminar en una habitación de una residencia, condenada a la destrucción cuando Valeria se muera.

Feli, de pronto, siente unas ingobernables ganas de llorar, y no sabe muy bien por qué, pero es algo que tiene que ver con las fotos, con los muertos que habitan en el papel, en el nitrato de plata, con las vidas pasajeras, tan frágiles al final. Inesperadamente siente que necesita llorar por todos los muertos presentes en aquella habitación, por los muertos que lleva consigo, por los que conserva en su memoria sin haberlos conocido jamás, sin nombre y sin apenas historia, Guille, en sus carpetas de la guerra y la represión. La conmoción es tan fuerte que sabe que, si no espanta esos pensamientos, el llanto aparecerá imparable, y cualquiera de sus compañeras puede entrar y preguntarle qué diablos hace tanto rato en la habitación de la Marquesa. Y no quiere llorar, no por ahora: es una especialista en acumular lágrimas por dentro, en poner diques, en ahogar penas. Además, sabe que todo esto es una tontería, que lo de llorar seguramente será porque le va a venir la regla, y el síndrome premenstrual cada vez se le agudiza más, las hormonas revueltas y las vidas que flotan como tercos fantasmas, incapaces de abrir la puerta y perderse en la eternidad.

Y eso que no sabe, ni puede imaginar cuánta historia hay detrás de esas fotos, aunque la novelista que lleva dentro sea capaz de inventar atroces historias urbanas de desesperanza y alcohol. No puede saber qué pensamientos se guarecían bajo las cejas pobladas de Gregorio Santaclara mientras acudían al estudio fotográfico de la calle Covadonga, vestidos de domingo para hacerse el retrato, los cuatro juntos, con el sol de medio día, tibio y sin aristas en la primavera de 1936, es el día del cumpleaños de Gadea, esto no lo sabe Feli, ni podría imaginárselo, acaba de cumplir diez años, y ha estado bromeando con su padre, porque este le ha dicho que el año próximo no podrá cumplir más, porque a ver cómo va a hacer para responder mostrando los dedos a la pregunta de cuántos añitos tienes, si ya soy mayor, papá, qué cosas se te ocurren, soy una chica de diez años y ya no enseño los dedos cuando me preguntan, lo digo y ya está. Feli no es capaz de adivinar aunque escudriñe hasta los últimos detalles de la foto, aunque indague en las miradas y en los gestos, el inmenso amor que Gregorio no puede evitar sentir por la pequeña, y lo raro que se le hace lo inexplicable de esa pasión. Tampoco puede advertir la mirada de desagrado que Valeria dirige a los pies de su hermana, mientras cruzan la Plazuela, torcidos hacia dentro al caminar. Le da mucha rabia, tanta que cuanto más se tuercen los pies de Gadea, más derecha camina Valeria, más en línea recta, tratando de diferenciarse lo más posible de su hermana, en todo, feliz porque su pelo, contrariamente a lo que pronosticaron todos, permanece claro a pesar de que ya tiene casi doce años, su pelo fino, liso, tan distinto del de Gadea. Sabe que su actitud es la adecuada, y que ella es la que tiene razón, porque su madre siempre la elogia y siempre reprende a Gadea, no solo por las cosas de las que es responsable, como su aspecto desastrado habitual, sino por aquello que no puede evitar; así, su forma de caminar es objeto continuo de reprimendas, o su pelo rizado, o lo mal que canta. Como ahora, en ese momento, antes de la foto, cuando ya han pasado la iglesia de San Lorenzo, con sus dos torres terminadas en agujas, sin imaginar siquiera que faltan apenas meses para que ese perfil de las dos torres afiladas de madera con cobertura metálica desaparezca, como tampoco saben lo poco que falta para que el país se vaya al traste y para que su vida también cambie; justo cuando se han encontrado con un señor muy serio que ha saludado a Gregorio quitándose un imaginario sombrero, la niña ha comenzado a canturrear a voz en grito:

Ven, Cirila, ven, y verás, y verás a un oficial.
Ven, Cirila, ven, que te aguarda el teniente más
[juncal y que te quiere decir:
ven, Cirila, ven, que me la, que me late el corazón;
ven, Cirila, ven y cálmame este trip tripi tripi tripi trap.

Pero no ha podido terminar siquiera el estribillo, porque la madre, escandalizada, le ha arreado un sopapo y le ha preguntado dónde ha escuchado esa cochinada, ante el estupor de Gadea, por la bofetada y por la reconvención, porque ella no tiene constancia de que haya dicho ninguna cochinada, es una canción que ha oído a sus amigas del cole, y es cierto que ellas se ríen cuando la cantan, aunque no sepan por qué. El padre la coge en brazos y mira con gelidez a su esposa, sin hacer caso del malestar que está ocupándola en estos momentos, porque sabe que a Gregorio le horroriza que pegue a las niñas, y porque además le ha pegado a Gadea, y hoy es su cumpleaños, pero, sobre todo, se siente fatal porque ya está viendo venir la cara churretosa que se le va a poner a la niña, justo lo que necesitan para hacerse esa fotografía que llevan tanto tiempo proyectando. Feli no puede saber que el rostro reluciente de Gadea en la foto es el resultado de un buen lavado de cara para alejar las lágrimas y de tiempo suficiente para que los ojos no tengan la huella del llanto, que por otro lado es tan efímero en Gadea que la sonrisa que exhibe en el retrato, lejos de ser la pose perfecta para cederle su imagen a la posteridad, es lo que le nace del alma, la gratitud por tener diez años y una familia y una casa bonita, y juguetes y todas esas cosas que la convierten, y ella lo sabe, en una privilegiada.

Feli vuelve a colocar la foto, con su marco de plata, que ha frotado especialmente, en la vitrina, y entonces repara en una foto pequeña, de fotomatón, en la que nunca se había fijado. Está en un pequeño marco de cerámica sin cristal y no casa en absoluto con nada de lo que parece ser la tónica general de la habitación, tan formal todo, tan clásico. El rostro de la chica de la foto está maquillado con los excesos de los primeros ochenta, y su pelo podría ser asumido como propio por la Ana Curra o la misma Alaska de aquellos años.

La Marquesa, de quien saben que ni tiene ni ha tenido hijos, guarda, como un enigma más de esa vida suya, una foto de una chica ochentera con el pelo de colores y la mirada, que seguramente fue hermosa, prisionera de una desesperanzada rebeldía, como quien está a punto de apearse de un sueño que le queda demasiado grande. Esta chica de la foto, y no esas personas antiguas que conmueven a Feli, pero le resultan lejanas, podría ser la protagonista de su novela. Ella, con toda su desconocida historia y con esa agonía de pasadizos oscuros y noche sin respiro.

Ya sé que los sueños por definición son raros, pero es que a veces se pasan. El otro día soñé con el Café de Flore, y no sé por qué, porque nunca entré. En todo el tiempo que vivimos en París, jamás entramos porque para Alfredo era un nido de comunistas, ahora se llaman existencialistas, pero son los mismos bolcheviques de toda la vida, decía. Pero no creo que fuera así, porque una vez vimos a Paloma Montañés allí con los dos chicos que iba siempre, que eran gemelos. No me había vuelto a acordar de que la habíamos visto sentada en la terrasse, *pero mi cabeza guardaba ese dato, porque soñé con ella en el Café de Flore, que me cogía de la mano, y me decía vamos a entrar que tengo que enseñarte una cosa, y cuando entrábamos era como una nave industrial, enorme, y había una avioneta, muy absurdo ahora que lo pienso, sabes cómo te quiero decir, y Paloma me enseñaba unas fotos, en ellas está toda tu historia, decía, y yo no era capaz de reconocer las caras de las fotos, la historia de los muertos que aún no conoces, y sin embargo al despertarme me daba cuenta de que en esas fotos quienes estaban eran personas que conocí después, como Olvido. Y lloré mucho.*

Inexplicablemente, porque ya comenzaba a considerar en serio la posibilidad de estar mutando en anfibio, en mayo dejó de llover y Laia comenzó a sentir que con la primavera le revivían algunas de las células dormidas que aguardaban la orden de su cerebro para activarse. Descubrió el placer de bajar con *Frida* a la calle muy temprano y caminar con ella hasta llegar a la casa de Rosario Acuña, en el paseo que iba hasta el parque de La Providencia. Para cuando volvían, cansadas las dos por la caminata, pero extrañamente vivas, Emma solía estar a punto de salir hacia el trabajo, alegre como unas castañuelas, aunque dos minutos antes hubiera librado sus batallas matinales: primero con la báscula que le escupía la atroz evidencia de que hacer dieta durante las primeras horas del día anterior, y sucumbir a la tentación por la tarde, y sobre todo por la noche, se traducía en que una vez más no había perdido ni un solo gramo. Y en según qué casos hasta había cogido unos cuantos. La batalla siguiente era con el pelo: sus «de hoy no pasa, me lo corto» formaban parte del paisaje sonoro de las mañanas cuando peleaba para desenredar los rizos. La elección de la ropa incrementaba su malhumor. «Nada me queda bien, esto es una mierda», se convertía en una letanía y finalmente terminaba por reconciliarse con el mundo, consigo misma y con su cuerpo mientras tomaba el café en la pequeña mesa de la terraza, de modo que, para cuando entraban Laia y *Frida*, todo eran risas, besos y buen humor. Curiosamente, y sin que pudiera explicarse del todo la razón, era ese buen humor el que cambiaba a negativo el signo del que Laia traía consigo. Trataba de que Emma no lo notara, más que nada para evitarse que comenzara aquella indagación detectivesca que solía abrirse con el ya archiconocido «¿Te pasa algo?», y cuando se quedaba sola el desaliento venía a visitarla para quedarse agazapado en su conciencia. Como si el día se hubiera arruinado y no supiera por qué.

Laia nunca había sido particularmente feliz, pero tampoco había sido particularmente desgraciada, y en esa medianía de sentimientos tibios había dejado que su vida transcurriera sin demasiados sobresaltos. A los diecinueve años se dio cuenta de que definitivamente los chicos le producían algo que no tardó en identificar como asco, y que aquellos conatos de intimidad le suscitaban verdadero espanto, en tanto que la proximidad de algunas mujeres le suscitaba un deseo que no sabía explicarse. Durante mucho tiempo lo atribuyó a algo puramente estético: se había criado en una casa con demasiados chicos, su padre y tres hermanos de edades muy próximas a la suya, y la constante exposición a sus cuerpos desnudos, tan feos según se acercaban a la adolescencia, la conducía de forma inexorable a buscar en las imágenes de cuerpos femeninos, especialmente en el mundo de la pintura, la deseada belleza. Su mismo cuerpo, transformándose de las líneas rectas a las curvas, le resultaba mucho más atractivo. Y ese sentimiento fue a más a medida que se hacía mayor, aunque nunca se planteó que aquello tenía que ver con «una desviación». Le gustaba más el cuerpo de la mujer, porque era más bonito, así de sencillo. Era más bonito incluso el cuerpo rectilíneo de su madre, pero también el de las amigas de su madre, aquellas compañeras de su trabajo en la facultad, con las que, además, arreglaba el mundo.

Y le gustaba más estar con chicas, hablando, riendo y compartiendo la vida, porque estaba claro que se entendían mejor, porque los hombres, en su simpleza extraordinaria, que tan cerca tenía en casa, la exasperaban, y sobre todo, la aburrían. Aun así, daba por hecho que un día encontraría a uno que fuera especial y se enamoraría y se casaría. No podía entrar en demasiados detalles cuando pensaba eso, porque el simple procedimiento, y lo extravagante que le había resultado en una revista pornográfica que había caído en sus manos cuando buscaba una grapadora en el escritorio de uno de sus hermanos, más bien le producía asco. Que hubiera llegado a los diecisiete años, a punto de terminar COU, sin tener ningún novio no le parecía nada raro, a ver quién querría estar con alguno de aquellos chicos, desmañados y ásperos, que compartían aula en el instituto. No podía entender cómo sus amigas perdían el culo por cualquiera de aquellos patanes. Solía pensar que más adelante ocurriría: un día habría alguien que fuera especial, alguien que se pareciera a los príncipes que llegaban a caballo en los cuentos de hadas, que eran los únicos que le parecían dignos, tal vez por su improbable existencia, que tal vez cuando empezara a ir a la facultad, y entonces se enamoraría.

Y sucedió, claro. Un día, a pocas semanas de empezar su primer curso de psicología, se dio cuenta de que se había enamorado de alguien muy especial. Solo que se llamaba Silvia y era la profesora de Fundamentos de Psicobiología. Incluso así, Laia se decía a sí misma que lo que le despertaba aquella mujer tenía que ver con la admiración: era inteligente, se expresaba muy bien, era guapa... Y así vivió en ese engaño, hasta que descubrió que cuando se masturbaba (aquella sensación confusa que no relacionaba con nada ni con nadie más allá de la pura liberación física) era la imagen de su profesora la que acudía al rescate de la asepsia y de la inconcreción que hasta ese momento constituían sus desahogos, convirtiendo la experiencia en algo desconocido y gozoso.

Nunca le dijo nada, aunque estaba segura de que ella tendría que notar algo en aquella mirada hambrienta que le dirigía desde la primera fila, en el modo en que solicitaba explicaciones complementarias, en las extraordinarias notas que conseguía en cada examen. Las noches se habían convertido en un ir y venir por los vericuetos del deseo inexplicable, y el perfume de Silvia, un inconfundible olor a lilas, le erizaba la piel, la memoria y la voluntad. Claro que sabía que había lesbianas. En el instituto había una convicta y confesa, y en la facultad, muchas. Era fácil identificarlas: el pelo cortito, sin apenas maquillaje, su forma de relacionarse. Ella no, ella nunca se había sentido así, y por eso todo era tan raro. Sus escasas incursiones en los bares en los que tendría que haberse sentido cómoda le producían una angustia insoportable. Como si estuviera aún más fuera de lugar.

Daba igual que leyera mucho, que leía. Más allá de todos los planteamientos teóricos, de todos sus conocimientos en antropología de género y neurociencia, y psicoanálisis y cualquier otro enfoque acerca de la homosexualidad femenina, Laia seguía sin verse, y sin explicarse. Y se negaba continuamente que todo lo que le pudiera ocurrir tuviera que ver precisamente con aquella «condición» suya. Y sin embargo, por más que quisiera evitarlo, todo parecía gravitar en lo mismo.

Muchos años después de los primeros y toscos intentos de entenderse a través de lo que parecía ser ella misma, Laia seguía en el empeño de reconocerse, mientras reflexionaba permanentemente acerca de la felicidad, de aquella tara insalvable que parecía acompañarla desde casi siempre, la fuga continua de cualquier estado próximo a la dicha, como si hubiera quedado incapacitada para ello, seguramente desde el momento en que la primera muerte de alguien querido decretó que se había acabado el tiempo en que la felicidad todavía tenía nombre y, aunque frágil y episódica, aún servía para que los días, algunos días, se pintaran de colores.

23

—Mi padre y mi madre se casaron en la primavera de
1923. Creo que llovía a cántaros aquel día, me acordé
cuando se casaron los príncipes el otro día, bueno, el otro
día no, hace ya unos años, a mí el tiempo me pasa tan
deprisa que todo me parece que fue hace nada. Todo el
mundo decía en la tele que eso de que lloviera daba muy
buena suerte a los novios. Yo creo que lo decían porque
qué iban a decir, que menudo asco de día para casarse, ni
lució el vestido, ni nada de nada... Mi madre siempre decía que su boda había sido de lo más accidentada, porque justo la víspera, con las lluvias, había crecido el río que
pasaba por su pueblo y se había llevado el puente, que muy
allá no debía de ser, digo yo. Total, que los invitados a la
boda, incluido mi padre, tuvieron que hacer un recorrido de dos kilómetros más para poder cruzar al otro lado
del río. Los casó mi tío abuelo Clemenciano, y yo recuerdo el retrato que había en mi casa cuando era pequeña:
mi padre con traje oscuro, con levita y chistera, y guantes blancos, aunque tanto los guantes como la chistera
los llevaba en la mano, y mi madre con un vestido blanco que no era largo del todo, con mucho encaje y mucha blonda, y unos zapatos blancos también, y un velo
en la cabeza que según me contó le había visto a Clara
Bow, que era una actriz que le gustaba mucho cuando
mi padre la llevaba al cine de novios. A mi padre siempre
le gustó mucho el cine, el pobrecito iba siempre que po-

día hasta que se murió, no puedo ni imaginar cómo estaría hoy en día con todos los avances, eso de las tres dimensiones y tantas películas en la tele y en los videoclubs. En la foto está ella sentada y mi padre de pie, con la mano apoyada en su hombro, y eso es bastante raro, porque las fotos solían ser al revés, él sentado y ella de pie. Ella lleva en el regazo un ramo enorme de rosas, que por lo visto se lo habían preparado sus primas el día anterior escogiendo muy bien porque con las lluvias creo que estaban hechas una pena, y los dos miran al fotógrafo con una sonrisa un poco forzada, mientras a sus espaldas hay un decorado como oriental, que el fotógrafo llevaba consigo, una tela estampada que colgaron de no sé qué manera del techo del salón donde hicieron el banquete. Me acuerdo de que veía a mis abuelos maternos a quienes traté menos, porque vivían en un pueblo cerca de Ribadesella, y me parecían muy distinguidos, él era boticario y a mi madre la había enviado a estudiar con las Damas Negras, les Dames de Saint Maur. Todo el mundo creía que había ido a estudiar a Francia, porque volvía hablando francés, y de hecho a nosotras nos hablaba mucho en francés, pero el colegio realmente estaba en Madrid, aunque por entonces ya aplicaban el bilingüismo sin necesidad de estar más allá de los Pirineos. Además, mi madre vivió mucho tiempo en Gijón, en casa de una tía suya, creo que el pueblo le tiraba más bien poco. Apenas traté a mis abuelos porque mi madre tampoco tenía mucha relación con ellos, especialmente desde que nació Gadea. Sé que tuvieron una discusión muy gorda cuando vinieron a verla, y se marcharon muy disgustados. No me extraña, sería porque la pobre era fea, aunque, para ser sincera, nunca conseguí averiguar el motivo. Mi madre decía siempre que cuando una mujer se casa, su única familia es su marido y sus hijos, pero había quedado algo en el aire, una frase que a veces oía a las criadas y que, por lo visto, pronunció mi abuelo muy enfadado: «Se creerá esta mocosa que no sé hacer cuentas», así que lo mismo fue por algo relacionado con el dinero, pero nunca pude saber cuál era la razón.

»Había más fotos, pero no sé qué se hizo de ellas, a Gadea y a mí nos gustaba mirarlas de pequeñas, todos nos parecían muy antiguos, y eso que no habían pasado ni diez años, que nos parecía una eternidad, hay que ver cómo es el tiempo y cómo lo percibimos. Nos gustaba reconocer a nuestros parientes, a los abuelos, a gente que conocíamos de Nozaleda, a nuestros tíos, y jugábamos a imaginar quiénes serían todos aquellos, seguramente familia materna, que no conocíamos de nada, incluidos unos niños pequeños que posiblemente serían nuestros primos, y que enfurecían a Gadea, que la pobre no era muy lista, y le chillaba a mamá, reprochándole que nosotras no habíamos sido invitadas a la boda. Cuando por fin conseguías meterle en aquella cabeza rizada que aún no habíamos nacido, se le quitaban los pucheros y de pronto empezaba a palmear convencida de que había dado con la solución perfecta: ¡Entonces volvéis a casaros!, decía, y como enseguida la convencíamos de que aquello no era posible, que el matrimonio solo se contraía una vez en la vida, Gadea volvía a llorar como si tuviera un disgusto horrible, hasta que se entretenía con cualquier cosa, con una mosca que estuviera estrellándose contra el cristal, por ejemplo, que así se podía pasar horas, y ya no había berrinche ni nada.

»Entre los invitados a la boda de mis padres el que más nos gustaba era Onel, el amigo de mi padre, que venía mucho por casa y siempre nos hacía muchas fiestas y nos traía caramelos y nos mostraba trucos de magia. Mi padre y él tenían una amistad de muchos años, desde pequeños, y fue a él a quien le compró el coche, cuando yo tenía ocho años. Todo un acontecimiento, te lo aseguro, todavía se podían contar los coches que había en toda la ciudad, y casi todos los vendía Onel, que trabajaba en el negocio de su padre, que se había dedicado a la venta de coches, después de que vino de Cuba donde estuvo embarcado. Pero a Onel lo que le gustaba de verdad era cantar, y actuaba en el Setién, que era un café cantante que había en la calle Corrida. Bueno, actuaba... Quiero decir que, a veces, lo dejaban que cantara algunas piezas, como invitado, ¿sabes? Mis padres iban cuando él actuaba y, como nosotras no podíamos, a veces nos hacía conciertos especiales: nosotras en la cama y él cantando como si tuviera un micrófono delante. Todavía me acuerdo cómo cantaba *Siboney*, y *Caminito*, y otras canciones así. La última vez que lo vi, nos cantó *Cambalache*. ¿Conoces el tango de *Cambalache*? Había visto una película en el cine, con mi padre, y le había gustado tanto, que fue a varias sesiones, hasta que se aprendió la canción entera. Qué gracia, él quería que Gadea cantara con él, pero se quedaba muy sorprendido de que no afinara ni a la de tres. Y el caso es que a mí, que afinaba muy bien, nunca me pedía que cantara con él, lo cierto es que a quien quería más era a Gadea, él decía que nos quería a las dos igual, que no me celara, pero aunque seas pequeña te das cuenta. Mi padre lo mismo, no sé qué le veían a mi hermana. Mamá era la única que parecía verla como en realidad era, un desastre de cría. Luego pasó lo que pasó, y a Onel ya no lo volvimos a ver.

—¿Onel? Qué nombre más raro...

—Sí, nos parecía normal porque lo habíamos oído siempre en casa, pero la verdad es que nunca en toda mi vida conocí a nadie más que llevara ese nombre. Él había nacido en Cuba y de su madre nunca se había sabido nada, según me contó mi madre un día, aunque circulaban toda clase de chismes. Había quien decía que su madre había muerto cuando dio a luz a una hermana de Onel, pero no, esa no era su madre de verdad. Él había venido con su padre y el nombre seguramente era de allí de Cuba. Era un hombre muy guapo, pero eso lo pienso ahora, entonces me parecía muy mayor, casi como mi padre, y los hombres de esa edad no eran guapos, eran simplemente viejos. Mi padre y él tenían una amistad muy especial. ¿Sabes que cuando deshice la casa de mis padres encontré un fajo de cartas con una goma sujetándolas? Eran las que se escribieron Onel y mi padre, cuando mi padre estuvo estudiando en Valladolid. Me las leí todas, en el mismo orden en que fueron escritas: las que había recibido mi padre y las que había escrito él; supongo que en algún momento Onel se las había dado, o accedió a ellas cuando Onel...

—Has dicho que luego pasó algo y ya no lo visteis más...

—La guerra, que es muy mala, Laia, qué iba a ser, pasaron tantas cosas y tan terribles. Entonces no lo entendíamos, porque al poco de empezar la guerra nos fuimos a la casa de Nozaleda. Mi padre nos sacó pitando de Gijón, porque empezaron los bombardeos, y allí era como si no hubiera guerra, aunque a veces oíamos los aviones, pero la vida tenía un ritmo diferente. Fue mucho tiempo después cuando empecé a caer en la cuenta de muchas cosas y a encontrarles sentido a las conversaciones escuchadas a medias, palabras que pillabas aquí y allá, gestos.

—Entonces Onel...

—Te ha caído en gracia el nombre, por lo que veo. Tendrías que haberlo conocido. Tengo que traerte alguna foto. Pobre Onel, ahora lo pienso y me da mucha pena, y es curioso cómo en aquel momento todo parecía natural, yo creo que estábamos acostumbradas a oír tantas cosas de muertes sin parar, que lo raro era estar vivos...

—¿Murió en la guerra?

—Lo mataron, Laia. Como a un perro. Y mi familia fue la culpable.

24

En Gijón, un viernes soleado de principios de mayo
florido y hermoso (eso espero)

Desde que Laia entró en mi vida es como si yo hubiera empezado a hacer un máster en felicidad.

(~~Esta frase es buena, ¿eh?~~...)

Quiero decir: nunca había hablado tanto, ni reflexionado tanto acerca de la felicidad, que es un tema que a ella la obsesiona hasta extremos que a veces me sorprenden. Mi máximo de concesión filosófica al respecto consistía en decir con la voz que pongo a veces cuando quiero demostrar lo segurísima que estoy de las cosas que la felicidad es como una mantita que nunca tapa del todo. Y a continuación, para dotarlo de credibilidad, mencionaba que eso se lo había leído una vez a Rosa Montero. Pero ahí se quedaba todo. Laia no. Ella escarba y escarba, en ella misma, en mí, desmenuza los pensamientos que parecen más sencillos o los hechos o las decisiones que parecían planos, y los convierte en otra cosa. Pensaría que le divierte todo eso, pero no es verdad, o al menos no lo parece, porque se lo toma todo muy en serio. Me acuerdo a veces, cuando indaga e indaga, de un verso de Pedro Salinas que me aprendí de memoria hace muchos años: «Es que quiero sacar de ti tu mejor tú». Pues eso. Ella me dice frases parecidas si yo reniego de tanta exploración, cuando para apoyarme le recuerdo lo mucho que detesta ella a los psicoanalíticos, y lo permanentemente que cuestiona el método. Pero ahí está, venga a escarbar y escarbar.

Claro que yo sé que todo eso tiene que ver con la búsqueda de la felicidad. Recuerdo que al principio estaba obsesionada con que yo le contara los momentos en que había sido plenamente feliz. Y yo picaba: le contaba los viajes que hacíamos de niños en el Renault 18 de mi padre, o cómo me sentí cuando en tercero de BUP saqué cuatro matrículas de honor, o los momentos mágicos cuando algún chico me besaba. Y entonces, después de dejarme hablar, no sé muy bien por qué, Laia diseccionaba cada una de esas emociones y me dejaba con la sensación de que eran una porquería. Yo pensaba por entonces que lo que pretendía era hacerme sentir que ninguna felicidad era tan buena como la que teníamos en aquel instante justamente, arrebujadas entre las sábanas, respirándonos. Y yo misma, no sé si hacía bien o mal, pero me daba cuenta de que era cierto: que hasta que llegó ella a mi vida, mi felicidad había sido de tercera regional. Por aquel tiempo, el de la pasión sin límites, llegué a dudar de si alguna vez había sido de verdad feliz. Cómo iba a ser felicidad mi padre cantando *Ebony and Ivory* en su inglés macarrónico, a grito pelado en el coche con aquella casete de fondo, que le había grabado no sé quién, lo mejor de 1981, creo, o el olor a bebé de mi hermano Richi en su sillita a mi lado en el asiento de atrás, mientras sonaba Tequila, *Ah, ah, ah, dime que me quieres*... Qué tipo de felicidad era eso de quedarme sentada en el columpio que preparó mi padre con una tabla y una soga, dejando que al atardecer le ganaran la partida las sombras, en junio en el jardín de casa mientras soñaba con no se sabe muy bien qué, pero algo que tenía que ver con el futuro, y seguramente con un hombre que me amaría y que encarnaría todo el romanticismo que las películas de la tele podían inyectar en mi corazón de once años. ¿Era realmente ser feliz la risa con mis amigas camino del instituto? ¿Era felicidad comer las primeras cerezas? ¿Fui realmente feliz el día que me casé? (bueno, de eso no tenía ninguna duda: no lo había sido ni de lejos, me pasé todo el tiempo pensando en el maldito recogido que me hizo el peluquero, y que para mi gusto, y como luego quedó patente en las fotos, me hacía unas orejas espantosas, y me produjo tal estrés el despliegue de actividad de mi madre, empeñada en que todo el mundo estuviese a gusto, que lo recuerdo como un día próximo a la pesadilla). ¿Se podía dar un nombre tan supremo al placer de meterse en el agua de la playa por primera vez sabiendo que tenías por delante un verano que parecía interminable?

Cuando le planteaba a Laia mis propias dudas al respecto, ella parecía retroceder desde aquella posición que a mí me parecía un poco displicente, ~~y no sé si incluso despectiva,~~ como si mirara mis retazos de felicidad con la frialdad de un entomólogo en cualquier caso, y entonces salía toda su ternura y confesaba bajito que lo único que deseaba en esta vida era que yo fuera más feliz de lo que nunca había sido, y por eso todo, por eso aquel análisis sistemático, porque quería saber exactamente quién era yo, hasta dónde sabía ser feliz.

En eso yo también manifestaba mi desacuerdo. Ya sé que es muy discutible, pero a pesar de todos los planteamientos teóricos, yo que me pasé la carrera entendiendo solo a medias lo que estudiaba, y aprobando exámenes como quien salta obstáculos, con la mirada puesta únicamente en la meta, siempre he pensado que la felicidad y la capacidad para ser felices están ahí, y no hay más. Hay quien es feliz y quien no aprenderá a serlo en la vida, por mucha terapia que haga. Laia se escandalizaba cuando decía esto, y entonces a mí me daba un poco de vergüenza, siempre me pasa con ella, me siento burra, pero burra de verdad, no entiendo cómo las dos podemos tener el mismo título colgado en la pared (bueno, yo no lo tengo colgado en ninguna pared porque me da vergüenza, y a

Laia maldita la gracia que le hace, pero yo me encargué de ponerles marco a todos sus títulos, los oficiales, los de todos los cursos que ha hecho, para colgarlos en la sala de espera de la consulta, que a la gente que va le impresiona mucho saber que su psicóloga ha hecho un máster en Psicología clínica infantojuvenil, o un curso en Habilidades clínicas sistémicas: psicología positiva y psicoterapia, o uno de Evaluación psicológica y clínica en violencia familiar, y mejor aún, uno en Hipnosis en psicología clínica y medicina: técnicas y aplicaciones) y que nos separe este abismo de conocimientos. Así que siempre me sentía terriblemente tonta, pero luego, cuando me quedaba sola, me daba por pensar que había algo enfermizo en todo aquello, me preguntaba por qué tanto empeño, y si no sería que en realidad eso de ser feliz en Laia era ~~como una excusa,~~ como un instrumento para extraer de mí mi mejor yo, eso en el mejor de los casos, porque también podía ser un simple instrumento de dominación, y me daba un poco de miedo. Solo que enseguida recordaba sus ojos y la dulzura de su boca y lo triste que se quedaba cuando nos separábamos en la estación, y entonces volvía a mí la idea de felicidad auténtica, esa en la que Albano y Romina se miraban embelesados y que si *un beso en la calle y otro en el cine, la felicidad, y el trago de vino que hace camino al andar*, o como fuera, que ya no me acuerdo bien, la *felicidad*...

25

Tiene que elegir una de entre las tres emociones (la ternura, el rencor, la envidia) que Rafa les ha propuesto para armar un texto en el que se hable de ellas, pero sin mencionarlas. Feli mira por la ventanilla del tren que la devuelve a Gijón por la costa, como cada tarde, y hace una porra imaginaria: de los doce miembros habituales del taller, puede jurar que al menos nueve escribirán un texto rebosante de envidia, incluso cuando ellos mismos crean que están hablando de otra cosa. Escribirán textos petulantes, con muchas esdrújulas y tortuosa sintaxis para dejar por escrito, en inclasificables textos largos y quejumbrosos, a los que son adictos, todas esas lamentaciones que forman el núcleo de su obra y de los que ella suele desconectar cuando los leen en voz alta. Guille, que es el único al que realmente escucha, seguramente elegirá el rencor y tratará de hilvanar una historia en la que dejará sus obsesiones habituales: los fantasmas de la guerra y la represión, y conseguirá, aun sin proponérselo, que en su texto la ternura (que seguramente habrá desechado como una emoción innecesaria, porque el escritor, dice él, tiene que tomar partido, y la injusticia, y todo eso) se imponga y le toque el corazón como tantas veces. Ella misma lleva desde la última reunión del taller dándole vueltas a lo que va a escribir y sin tomar ninguna decisión. Sabe que solo tendría que echar mano de su experiencia laboral y aliñar un par de anécdotas con la carga emocional suficiente para salir airosa en la tarea encomendada. Y podría elegir cualquiera de las tres sin que le costara demasiado esfuerzo, de modo que la misma anécdota apareciera ante el lector (ante los oyentes que la escucharán en silencio sentados en círculo en el taller) como el inequívoco paradigma de esa emoción. En realidad, ya hace tiempo que no aprende gran cosa en ese taller. Sigue acudiendo y no sabe del todo cuál es la razón para hacerlo con esa obstinación que hace que su semana laboral se organice, siempre que es posible, en torno al eje de la escritura en la trastienda de la librería convertida en laboratorio de palabras y emociones. Al principio era porque había tenido experiencias agradables en otros talleres y sabe que la disciplina le viene bien. Sabe que le gusta escribir y quiere hacerlo, pero siempre encuentra millones de razones para no sentarse ante su portátil, ante un cuaderno con las páginas en blanco, ante un folio. Luego empezó a hacerlo exclusivamente por Rafa y su maravillosa forma de enseñar. Hubo un momento en que llegó a creer que la razón para escribir era Guille y aquel amor recién nacido, pero eso fue, en realidad, justo antes de darse cuenta de que había un amor, cuando lo miraba con la incredulidad de quien asiste al milagro de que el corazón partido en pedazos se reconstruye aunque sea cosido con bramante. Ahora, mientras el sol se pone al otro lado de la ventanilla del tren y lleva consigo un olor a lejía que no consigue arrancarse, y a medicinas, y a soledades glaciales, le da por pensar que la única razón para seguir dedicando un par de horas a la semana a esa actividad tiene un nombre y un rostro y una tristeza. Seguramente la única razón por la que sigue acudiendo al taller es para no llegar a casa. Para demorar ese momento borroso en que los pasos la llevan al portal de la calle Puerto de Tarna, como si otra voluntad calzara sus botas. Para no cerrar la puerta tras de sí y sumergirse en la atmósfera de la derrota, en el olor de la desdicha, en la textura inclemente de los días desiertos y las horas inhóspitas. El mismo sonido de la llave en la cerradura, y el silencio que puede masticarse, la penumbra crónica, sus propios pasos resonando por el pasillo mientras con voz animosa dice: Hola, papá, con la alegría que ha ido acumulando a fuerza de pensar en cosas bonitas, de elaborar listas de las-cosas-que-me-hacen-feliz, de hacer acopio de sonrisas y de flores para que él la vea radiante. Verla radiante. La vería, claro, porque el esfuerzo suele traducirse en un rostro risueño, como si la vida fuera una fiesta y ella, la chica más guapa con el vestido más espectacular: vería cómo los ojos le brillan porque se ha esforzado en pensar en cualquier cosa, en los viajes que nunca hará como si los estuviera preparando para la próxima semana, en la casa en el campo donde le gustaría vivir, en los besos de Guille y en su forma de reír, vería cómo a fuerza de empeñarse en iluminar la casa con su sola presencia, mientras despreocupadamente se quita los zapatos y se calza las zapatillas y enhebra un par de frases con las que dibuja en el aire la cena que va a preparar enseguida. Vería que Feli se empeña en encontrar en el fondo de sí misma cualquier emoción que no sea el rencor, lo que sea, con tal de escribir de horas felices, y de ternura, pero para eso tendría que mirarla, y ocurre que el padre de Feli deja que las horas transcurran oscurecidas, sumando minutos insoportables a su duración habitual, sin mirar a nadie, ni a su hermana Lola, que se pasa un par de horas cuando no está Feli, para echar una mano. Ni a Mayka, esa mujer del servicio municipal de ayuda a la dependencia, que cada vez que llega a casa parece traer consigo el optimismo recién planchado y el ánimo fuerte de quien seguramente ha lidiado con sus propios demonios y los ha vencido uno a uno, lo que la hace resistente, inquebrantable, y aunque él no se da cuenta, lo mira sabiendo cómo es de oscuro su dolor, mientras se encarga de las tareas más duras, ni al voluntario de Cruz Roja que dos días a la semana se empeña en sacarlo a dar una vuelta hasta el Muro y que siempre silba canciones de

Police, que le recuerdan vagamente otros años, tal vez otros planetas. Ni siquiera a Feli, su hija única, la niña que dejó de llamarse Felicidad el mismo día en que un coche que invadió el carril por el que volvían a casa sus padres (en la memoria quedó archivada aquella tarde, las horas previas paseando con su mujer por el cabo Peñas, el rato que había estado nadando en la playa por la mañana, y, hay que fastidiarse, ni siquiera la épica, ni la estética, la maldita canción, aquel «*Loco mía keeps your body movin' abanicos will be groovin*» que sonaba en ese instante en la radio) le arrancó la suya de una historia que hasta ese mismo momento había escrito con los renglones de la despreocupación y la risa.

26

—Tenía ganas de preguntarte, Laia. El otro día, al salir de aquí, en la puerta, me encontré con una chica que me parecía conocida.

—¿Aquí en la puerta? Sería una paciente...

—Sí, justo al salir, por eso te lo digo, porque debe de ser paciente tuya. Estuve un buen rato dándole vueltas, y aunque me era muy familiar su cara, no podía situarla. ¿Sabes lo que te quiero decir? Es como cuando ves paseando por la calle a la chica que te despacha el pan, que está sin el uniforme y sabes que la conoces, pero no caes. Pues eso. Oye, estuve días y días tratando de recordar de qué la conocía, así, bastante mona, de unos cuarenta y tantos años, delgada, pensé si sería que la había visto en la tele, o algo, porque no acababa de acordarme. Y de pronto, la otra noche me desperté y me acordé. La nieta, o sobrina nieta, o lo que sea, de Paloma Montañés, la amiga que te dije.

Laia asintió, aunque estaba tratando de simultanear dos recuerdos en su cabeza: quién había estado en la consulta a continuación de Valeria el martes anterior, y quién diablos era esa amiga de la que seguramente le había hablado.

—Paloma Montañés... —repitió su nombre tratando de ganar tiempo para recomponer la escasa información que su paciente le había suministrado, y a la vez invitando a Valeria a avanzar por ahí.

—¿Sabes cómo es esa sensación de llegar a una fiesta cuando ya ha terminado? Me sentí así muchas veces en la vida, supongo que a todos nos pasa, pero una de las últimas fue ya en la residencia, cuando supe que allí vivía también Paloma. Se murió casi enseguida la pobre, y me quedé con las ganas de recuperarla como amiga. Hubo un par de veces que me pasé por su cuarto para charlar, pero estaba con ella esta chica que te digo, la que me encontré aquí, que era familiar suya, creo que nieta de su hermana, porque ella no tuvo hijos nunca.

Claro. Aida, una amiga de Emma, para variar. La semana anterior se había pasado por la consulta, habían charlado y aunque Laia fue consciente de la cantidad de nudos que tenía su existencia, también sospechaba que no había muchas posibilidades de que ella deseara iniciar una terapia. Y se había sentido particularmente triste, porque sospechaba que estaba allí únicamente porque Emma o su red mágica de amigos la habrían conducido a la consulta, para echarle una mano a Laia, que estaba empezando...

—Como yo. Yo tampoco los tuve.

—¿Los deseabas?

—No lo sé. Bueno, sí lo sé, qué diablos. Cuando éramos pequeñas Gadea y yo dábamos por hecho que seríamos madres, y todo se encaminaba a eso: nuestras muñecas, los cochecitos en los que las paseábamos, que eran una maravilla. Las muñecas siempre iban vestidas como nosotras, porque de cada vestido que nos hacían, siempre, siempre, había que hacer otro igual en todos los detalles (tiras bordadas por aquí, encajes por allá, nido de abeja, todo, hasta los botones eran iguales) para nuestras muñecas. Y luego los cochecitos que eran una preciosidad, y la envidia de todas las niñas con las que salíamos a jugar a la Plazuela. Y eso que algunas de ellas tenían un poder adquisitivo como el nuestro, o mayor, pero, ay, amiga, no tenían a nuestro padre, que tú no sabes cómo se las gastaba a la hora de mimarnos. Ya ves, es hablarte de ello, y de pronto me he acordado de una cosa que se me había olvidado totalmente.

Laia elevó una de sus cejas invitándola a continuar.

—Nuestras muñecas. Teníamos varias, casi todas de trapo, pero de todas ellas, había una que era nuestra hijita, y a esa era a la que vestían como nosotras, y era esa la que sacábamos a pasear en el cochecito a la Plazuela, con infinito cuidado. Sabíamos que si se caían al suelo, ya podíamos darnos por perdidas, porque eran de porcelana: la cabeza, los brazos desde los codos y las piernas desde las rodillas. El resto era de trapo. La mía era rubia, con tirabuzones, y me encantaba que me dijeran que se parecía a mí. Se llamaba Polita. No me preguntes de dónde salió el nombre, no lo sé. La de Gadea se llamaba Ramonita porque ese era el nombre de una de las amigas de mi hermana, una de aquellas niñas pobres con las que le encantaba jugar en el colegio. Pero de regreso de un viaje que mi padre hizo a París con Onel, llegó con dos muñecas: la mía era preciosa, también rubia, también con tirabuzones y un sombrero, y con un impresionante vestido de dama antigua. Gadea empezó a palmear mientras abría su regalo, supongo que esperaba una muñeca como la mía, pero nos quedamos de una pieza: mi padre le había traído un muñeco negro como la pez. Era como un bebé, de yeso pintado, con cuatro pelos en la cabeza hechos con lana negra, y eso sí, con un trajecito muy elegante. Papá nos contó que lo había traído de la Exposición Colonial o no sé qué, y añadió: «A ti, Valeria, iba a traerte una muñeca chinita, pero pensé que te gustaría más esta». Gadea estaba mirando fijamente su muñeco, como si no acabara de creerse que a ella le hubieran dado algo tan feo, tan distinto a mi maravillosa muñeca. Recuerdo que me sorprendió la cara de mi madre, el modo en que parecía preguntarle a mi padre qué era lo que había hecho, mientras Onel, divertido, miraba la escena apoyado en el quicio de la puerta y fumando un cigarrillo. Yo estaba contando hasta diez, sabiendo que faltaban segundos para que prorrumpiera en uno de aquellos llantos como explosiones, como la erupción de un volcán enloquecido... Pero de pronto rompió a reír y a apretar contra su pecho al muñeco negrito mientras chillaba feliz. Decía: qué bonito es mi bebé chocolate, qué bonito es, gracias, papá. Mamá torció el gesto y salió apresurada del salón, con el regalo que le había traído a ella, una gargantilla muy bonita, y yo me quedé sin saber qué hacer. De pronto, ante aquel entusiasmo de Gadea, yo sentía que mi muñeca, tan espectacularmente hermosa, era vulgar y no tenía ninguna gracia. Se me había olvidado este episodio, y es curioso, esto de los recuerdos es muy raro, tiras de uno, de un hilo que asoma, y de pronto sale todo, pasa como con esas prendas de vestir que están hechas vete tú a saber dónde y de qué manera, que puedes quedarte en bragas en la calle si tiras de un hilo diminuto: se te deshace el vestido entero... Hacía cerca de ochenta años que no me acordaba de Chocolate, ni de mi muñeca (le puse Monique, que era el nombre que venía en la caja) pero nunca quise sacarla a la calle, ni siquiera la sacaba fuera de aquí, de este cuarto en el que ahora estamos, y en cambio Gadea con su Chocolate iba a todas partes. Ni siquiera le importaba que con el tiempo tuviera desconchones y apareciera el yeso blanco en una mano, en la punta de la nariz, en un pómulo. No se desprendía de él ni un instante.

El personaje de Gadea empezaba a dibujarse de un modo mucho más claro a través de las palabras de Valeria. Más bien a través de los huecos que se formaban entre ellas. No era un conflicto demasiado complicado, pero al margen de la justificación que Valeria había exhibido en forma de sobre cerrado, Laia tenía la sospecha de que lo único que necesitaba aquella mujer cuya rigidez no cedía ni un solo instante en el curso de la sesión (sentada en el borde de la silla, la espalda erguida, el mentón desafiante) era, como tantos otros, sencillamente hablar con alguien.

—Me estabas hablando de Paloma, cómo era..., ¿Montañés?

—Era una mujer muy extraña. La recuerdo siempre acompañada por un chico pelirrojo, con pecas, por los cafés de París. Yo creía que era un chico, pero un día resulta que la vi con dos.

Laia, que por un instante había dejado vagar su pensamiento por un desierto de extravagantes arenas azules que era por donde solía pasear cuando huía aunque fuera momentáneamente de la realidad, la miró como si no la hubiera entendido bien.

Valeria rio abiertamente. Sorprender a su psicóloga parecía producirle un extraño placer, una franca sensación de triunfo.

—Sí, dos. Dos pelirrojos idénticos. Por lo visto eran gemelos, esto me lo contó después, y aunque no me detalló el tipo de historia que mantenía con ellos era fácil concluir que era una relación de todo menos normal.

—¿Y tú a qué llamas una relación normal?

—Ya, ya he caído en la trampa, empiezo a conocerte, señorita psicóloga. He vivido mucho, y cuando digo mucho, me refiero específicamente a tiempo, porque mi vida ha sido bastante normal. Y no me vengas ahora con eso de qué entiendo yo por una vida normal, porque en este caso, a lo único que me refiero es a eso, una vida en los márgenes de lo esperable para una mujer de mi edad y condición. Solo eso. Pero aunque mi vida haya sido así, también sé que hay cosas que se salen de esa norma... Si yo te contara. Que te contaré, conste. Para eso vengo cada martes. En cualquier caso, que era de lo que hablábamos, se veía a la legua que lo que se traía esa mujer, Paloma, con aquellos dos pelirrojos, muy normal no era. No sé si era novia de uno, o del otro. O de los dos, vete tú a saber.

—¿Y eso en qué año fue, bueno, en qué época más o menos?

—Pues es fácil de saber. Tenía yo diecinueve años recién cumplidos, acababa de casarme, así que tuvo que ser en 1944. No, a finales de 1943.

—¿Te casaste a los diecinueve?

—Tenía dieciocho. Y no me digas nada, ya sé que pensarás que era muy joven, pero no es cierto. Yo siempre fui mayor de lo que podría pensarse por mi fecha de nacimiento. Y había estado preparándome para casarme toda mi vida. Así que cuando apareció el candidato ideal, ya me dirás a qué íbamos a esperar. Paloma era bastante mayor que yo, ya pasaba de los treinta y llevaba unos cuantos años en París, pero a pesar de la edad, tenía una vitalidad infantil en la forma de comportarse que contrastaba muchísimo con la tormenta que podía adivinarse en ella cuando la mirabas bien. Como si fuera una y fueran dos realmente, una cosa muy extraña. Luego supe más cosas, aunque no estoy segura de saber el origen de aquella mirada atormentada. Supe que se había marchado de España cuando la guerra y por eso Alfredo pensaba que era roja, y por eso... Bueno, esta es una historia un poco más complicada, otro día te la cuento, porque además me gusta hacerlo, sabes cómo te quiero decir, me he dado cuenta de que me entretienen mis propias aventuras, aunque sean tan poco aventuras, entiéndeme, yo no he tenido una vida emocionante, pero cuando hablo de las personas que he conocido y eso... bueno, que recordar me entretiene. Y cuando se lo cuento a alguien es como si me lo estuviera contando a mí. Y eso está bien. Ya sabes que también por eso vengo aquí.

La tarde por fin se había hecho eco de la existencia, tan poco probable algunas semanas atrás, de la primavera. En la Plazuela había niñas con uniforme del colegio San Vicente jugando a saltar la goma. Laia había liberado a los balcones de la tenue máscara de los estores, y gracias a ello el que daba a la Plazuela aportaba un fondo verde de árboles imprevistos y brillantes. Valeria había adaptado a los tiempos, que por fin parecían querer espantar los fríos y las lluvias del invierno, los colores de su atuendo, y se había presentado con un impensable traje de chaqueta de un color próximo al pistacho y una blusa amarilla, que llevaron a Laia a preguntarse con qué la sorprendería, hasta qué punto podían incorporarse los colores claros a su ropa cuando llegara el verano. Ya se había acostumbrado a que durante la consulta Valeria se levantara, se asomara al balcón, curioseara por las estanterías... Aprovechando la pausa, y huyendo de la mirada indagadora de Laia, se había acercado a contemplar la actividad bulliciosa de la tarde a través de los inmaculados cristales.

—El otro día me acordé de algunas canciones que cantábamos mientras saltábamos a la cuerda: «La una y las dos/María Tacón/taconeando/pisó un ratón/le sacó las tripas/y se lo comió». Cantábamos eso, mientras una por una íbamos saltando a la cuerda, y nos quedábamos tan tranquilas. Qué cosas tan terribles se cantaban en los juegos de niños... Mira, dame las palmas, así... —Valeria inició un juego de palmas: sus manos abiertas iban entrechocando rítmicamente con las de Laia, que no sabía muy bien qué decir—. «En el barranco del Lobo/hay una fuente que mana/sangre de los españoles/que murieron por España. Pobrecitas madres, cuánto llorarán, al ver a sus hijos que a la guerra van...».

Laia dejó de palmear. No había conseguido hacer una a derechas, queriendo seguir el ritmo de Valeria, que parecía haber jugado a eso toda su vida.

—Qué terrible, la verdad.

—No es nada, te lo aseguro. La segunda estrofa decía: «Ni me lavo ni me peino, ni me pongo la mantilla, hasta que venga mi novio de la guerra de Melilla». Y otra vez lo de las pobrecitas madres... Repetíamos eso cantando mientras jugábamos y nadie parecía caer en la cuenta de lo que estábamos diciendo.

—No te creas. Pasa ahora también. Las canciones de Juan Luis Guerra, no sé si lo conocerás. —Laia empezó a canturrear—: «Me sube la bilirrubina, ay, cuando te miro y no me miras».

—Me suena un poco, sí

—Es el mismo que cantaba aquello de «Ojalá que llueva café en el campo». —Laia pensó horrorizada que el espíritu de Emma se había apoderado de ella: allí estaba cantando como haría ella, pero para su sorpresa, se encontró con que Valeria también la tarareaba—. Tiene unas canciones con mucho, digamos, mensaje. Pero les pone una música que la gente va y se pone a bailar y si uno observa la escena desde fuera, parece raro ver a gente bailando merengue tan feliz y sonriente, al son de unas canciones en las que se denuncian situaciones terribles, de miseria y de injusticias.

—Yo no tuve hijos —dijo de pronto Valeria, dejando a medio terminar aquello de pitisalé, fuera el pitisalé lo que fuera, y Laia la miró con un signo de interrogación pintado en los ojos. La consulta estaba próxima a su fin, y ella tenía la sensación de que con la parte musical se echaba el cierre a las confidencias, porque algo así, bastante lejos de lo puramente terapéutico, constituía la materia prima de sus conversaciones—. No sé por qué, pero no vinieron. En aquella época era todo muy sencillo: los hijos te los daba Dios, y ahí se quedaba todo. Pasados unos años, me resigné, y con el tiempo llegué a agradecerlo. Siempre se dice que a quien Dios no da hijos, los colma de sobrinos. Y bueno, a mí no me colmó, que eso sería si me hubiera dado muchos, y solo fueron dos.

Laia constató la existencia de un rayo de tristeza que atravesó la mirada desnuda de Valeria.

—Solo fueron dos. Y ninguno de ellos vive.

27

En Gijón, lunes y con todos los demonios
llevándoseme del dolor de ovarios que tengo

Estoy pensando en cambiar el título de este cuaderno
y llamarlo, aunque sea con carácter provisional, el Libro
de la felicidad improbable. No. El Libro de la felicidad
esquiva. O el Libro de la felicidad a secas, porque, si soy
justa (y eso es algo que no siempre me caracteriza), lo
cierto es que desde que Laia vive aquí conmigo somos
felices. Iba a escribir (me he propuesto no llenar de tachaduras este cuaderno, como hacía con los de limpio
cuando era pequeña) que somos razonablemente felices,
pero no. Somos felices sin más. Aunque también es cierto que yo a Laia no siempre la entiendo, bueno, sí, no es
que no la entienda, porque hablamos mucho y no hay
mucho espacio para esa colección de frases sin decir y
pensamientos sin expresar que se enquistan en las relaciones y terminan aflorando cuando menos te lo esperas,
en mitad de una discusión absurda por lo malas que son
las ciruelas que compraste, porque se empieza hablando
de un espejo salpicado y se acaba hablando de lo poco felices que somos.

Ay, que me lío.

Que no digo yo que esto nos pase a nosotras. La
apuesta que hicimos, el cambio que yo le di a mi vida
para entender lo que me ocurría, el desafío que supuso

para Laia dejar su vida y venirse conmigo al norte, todo eso y más, es tan enorme, que no es posible la infelicidad. Pero hablaba en general.

Por ejemplo, a mí me ha pasado otras veces. Con mi exmarido, sin ir más lejos, y con el impresentable de Rober no digamos, que ese era especialista en psicología de la buena, que para eso se había leído los libros de Paulo Coelho y flipaba con lo del eneagrama y eso, y se permitía darme lecciones y discutir conmigo, convencido de que él sí podía vencerme a mí en mi campo (qué coño, si eso de la psicología es cultura general, al fin y al cabo él tenía siempre por casa alguna revista de esas que siempre tienen test para descubrir cómo anda uno de autoestima, si estás superando adecuadamente un duelo, o cómo te manejas con la asertividad) pero yo no podía ni por asomo hacer el más mínimo comentario acerca de cualquier decisión judicial, porque enseguida salía con aquello de la fundamentación jurídica, lo de no ajustarse a derecho, la jurisprudencia y otras simplezas por el estilo, como si yo fuera idiota. Y bueno, un poco idiota sí que lo era, por estar con él, pero no era eso, y este párrafo es un poco largo para tacharlo entero, así que sigo sin más. Decía que con Rober siempre pasaba eso: que él presumía de lo mucho que sabía acerca de la conducta de los humanos, y sobre todo de tener las claves que otros obviamente no tenían, para el buen funcionamiento de la convivencia, pero a la hora de la verdad cometía auténticas tropelías al respecto, y lo de ser incapaz de mantener las discusiones en los márgenes era una de sus características. Así que a la vuelta de aquel cursillo en Madrid, empezamos discutiendo porque a ver si te sacas el carnet de una puta vez, y así los viajes más largos podemos turnarnos, y acabamos reprochándonos lo poco felices que nos hacíamos mutuamente. Y eso fue un descubrimiento, porque aunque yo ya sabía que la felicidad no podía ser aquella suma ridícula de momentos ligera y fugazmente brillantes, creía que él al menos sería feliz, aunque fuera por el hecho de que yo no le negaba nada de lo que él pudiera desear. Bueno, conducir no. Y ahora que lo pienso, seguro que había otras cosas. Pero eso, empezamos hablando de mi negativa a motorizarme y acabamos hablando de infelicidad, de modo que cuando llegamos a casa, tras un silencio que se prolongó desde el túnel del Negrón hasta la entrada misma en la calle Ramón y Cajal desde la autovía minera, ya sabíamos con toda certeza que aquello se había acabado. Además yo solo tenía en la cabeza a Laia, y lo que había pasado la noche anterior, aquel laberinto de piernas y besos, y su forma de mirarme y el silencio de sus ojos, tan elocuentes, las historias que me contaron en apenas unos minutos, todo ello, como un indescifrable cóctel de confusión y certeza, ya circulaba por mis venas con la inexorabilidad de una plaga, como una epidemia que a su paso derribaba todas mis defensas, si es que las hubiera (que no). Ya todo era Laia.

A lo mejor por eso me empeño en conjurar cualquier atisbo de amenaza con la expresión por escrito de que todo va bien y somos felices. No pronunciar en voz alta los miedos es privarlos de carta de naturaleza. Lo que no se menciona no existe, y ya me estoy cabreando mientras escribo esto, porque a ver, de qué. Si todo va bien, y Laia y yo estamos genial, y nos reímos y tenemos sexo (casi) todos los días, y hablamos durante horas, y con todo lo difícil que podía resultar esto, estamos saliendo adelante muy bien, y me da rabia, porque al escribirlo parece (otra vez) que estoy forzándolo, repitiéndolo para creérmelo, y no.

Es cierto: Laia y yo somos muy distintas en muchas cosas. Un día tuvimos una discusión por culpa de la puta media naranja. Que si yo era su media naranja y ella la mía y tal y cual. Yo creo que le sorprendió porque yo, que soy la que siempre está repitiendo lo mucho que la quiero, preguntándole a ella si me quiere a mí, dando la barrila con cuánto, cómo, desde cuándo me quiere... voy y para una vez que ella se pone en ese nivel de tontería congénita que tanto me reprocha, me da por decirle que las medias naranjas no existen. Le pareció fatal, creo que justamente se maldijo por haber abandonado el territorio ese en el que ella es fuerte, el que no hace ni la más mínima concesión a la expresión de los sentimientos (qué tontería, Emma, dice siempre, quién quiere sentimientos que se expresan con frases hechas, con lugares comunes, para qué quieres que te diga lo que te han dicho tantas veces y que resultó ocultar sentimientos más falsos que un billete de treinta euros) y yo, por mi parte, por una vez había querido demostrarle que puedo ser como ella, y no una ñoña que siempre está reclamando que le digan cuánto la han echado de menos, cómo la quieren, y que la querrán hasta el último día sobre la tierra.

Pero a lo que iba, es que yo lo que quería decirle, lo que trataba de explicar en aquel momento, situándome momentáneamente en la geografía de la tibieza emocional, es que en realidad somos muy distintas, lo cual, por otra parte, es una obviedad. Quería decirle que mientras ella lee a Spinoza (y yo flipo) o a Judith Butler, y en inglés, yo me paso horas en la red curioseando por flickr o por picasa para encontrar recortables, las mariquitas que tanto me gustan y que a ella le parecen el no va más de la educación sexista. O que mientras ella ve los documentales de La dos en la tele grande del salón, yo me meto en mi cuarto y en la tele pequeñaja veo un rato de «Sálvame», lo justo para estar al día de los culebrones de los personajes del corazón. O que mientras ella escucha en el equipo del salón música de jazz, yo llevo los cascos puestos con todas esas canciones que ella insiste en decir que están desafinadas, esa colección inmensa que me he ido haciendo de toda la música pachanguera y de éxitos radiofónicos, la que ponía mi madre en casa de sus más de mil discos de su adolescencia, unos suyos cuidadísimos y otros que había ido comprando en el rastro casi por kilos, y de las casetes que ponía mi padre en el coche, música de los últimos treinta o cuarenta años, principalmente en español. O cincuenta, no sé, y que si lo pongo en aleatorio, lo mismo puede sonar Joan Manuel Serrat al lado de Pimpinela o Gelu, o Domenico Modugno o Duncan Dhu. Así tengo el lío que tengo en la cabeza con tantas palabras y tantas canciones. Vamos, que si lo de la media naranja hace referencia a la igualdad, a la similitud, a compartir gustos, etcétera, Laia y yo, de media naranja, *ná de ná*.

Yo quería decirle que, al margen de esa circunstancia, más que lo de la igualdad, lo de la complementariedad, y eso. Pero no me dio ni tiempo, porque agarró tal mosqueo que lo que podía haber sido el prólogo de uno de esos ratos de pasión desatada se quedó en una especie de morros que yo resolví dándome un atracón de gominolas de naranja alternadas con trocitos de chocolate negro que guardo en un bote de cristal para emergencias, y ella salió a dar una vuelta con *Frida*, que está visto que la mayoría de las veces se entiende mejor con ella.

Como ahora. Ahora estoy sola, amarrada a mi particular botella (el ya mencionado tarro de los trocitos de chocolate) porque Laia se ha mosqueado y se ha ido con *Frida*, con la excusa de que estaba insoportable (la perra) y había que sacarla, pero yo le he visto en los ojos ese hastío, ese enfado que pilla cuando algo no le gusta, cuando desde su punto de vista he dicho una tontería muy gorda, o no he estado a la altura de la conversación, o... y yo escribo sobre la felicidad, plenamente convencida de que aunque a veces no lo parezca esto es amor, y *si esto es amor no sé qué me da miedo, ni sé qué es lo que duele, si es tan solo amor...*

28

A Feli le gusta escuchar a Guille y sus historias, aunque sean tan tristes. Le gustaría que los domingos fueran eternos y tener tiempo para todo: para pasarlo con su padre, y arrancarle una sonrisa de esas que vende tan caras, para preparar comida para toda la semana y dejarla perfectamente organizada en los *tuppers* en la nevera, para dedicarse tiempo a sí misma, que ya no recuerda cuándo fue la última vez que se sumergió en una bañera de burbujas con velitas y música. O para limpiar a fondo la casa, como si no tuviera bastante con las jornadas laborales de fregoteo y abrillantadora en la residencia. A cambio, lo único que hace es pasear con su padre por la mañana empujando su silla por el Muro hasta llegar al Rastro, y llevarlo hasta la zona donde se acumulan los puestos de cachivaches rescatados de la basura, donde a veces se pueden encontrar auténticos tesoros que su padre no tiene más remedio que permitir que los ojos le brillen aunque sea por un instante: un viejo vinilo, un pretérito ejemplar de *Blanco y Negro*, un juguete de lata, un cuaderno con monedas antiguas. Desde que se lo contó a Guille, casi siempre los acompaña y también él se emociona con algunos de los hallazgos: un puñado de postales desvaídas, fotografías de los álbumes familiares de desconocidos que no quisieron ser conservados por herederos descastados. Gracias a Guille, Feli tiene más ocasiones para suspirar aliviada cuando la sonrisa asoma esquinada a los ojos de su padre, aunque sea tan leve que no tenga fuerza para llegar a su boca y despegar esos labios que escriben cada día, con un rictus de abandono, la profunda tristeza que para su desgracia lo ata a la vida.

Pero las tardes, siempre que su tía Lola, fugitiva también del aburrimiento de su propio hogar y de los problemas mayúsculos que su propia situación familiar le regala, aparece por casa para tomarse con ellos el café, Feli sale corriendo a toda velocidad para encontrarse con Guille, para subir las escaleras de su casa en la calle San Antonio, sesenta y cuatro escalones que separan la calle del piso diminuto y antiguo que tiene, sin embargo, o tal vez por ello, tanto de paraíso, aunque se pueble con las historias en las que el muchacho trabaja, siempre con olor a sangre y a metralla, con las cabezas rapadas de la represión brutal y las pulgas entre las costuras de la ropa de los presos que se hacinaban en la cárcel de El Coto.

Feli, a veces, querría hablarle de los ancianos de la residencia. También ellos, le ha dicho más de una vez, son la memoria de estas historias tuyas, lástima que casi todos están como maracas, y los que aún recuerdan se empeñan en recordar únicamente aquello que no les hace daño, como si se agarraran a un salvavidas que les permite mantenerse a flote y vivir sus últimos días ajenos al dolor. O intentándolo, porque, no creas, no lo consiguen, y lo notas porque a veces, cuando están sentados al sol, el rostro se les contrae, y parece que de pronto se han trasladado a un lugar muy lejano, diferente de los retazos de paraíso perdido que los lleva a los juegos de la infancia. No, ahí está el dolor y se nota en lo turbia que se les pone la mirada, como si lo que ven ya no fuera el patio con los bancos de madera y las mesas con parasoles, como si miraran más allá de la verja y de los setos, y el horror dibujara los contornos.

Guille siempre le dice que a él le gustaría trabajar ahí, estar en contacto con ancianos y conseguir información, y Feli le responde que los cojones, que ya verías tú lo que era limpiar tanta porquería y arrancar como sea el olor a viejo que se impregna en las cosas y que desde la dirección les conminan a disfrazar, a eliminar, que huela a limpio, que huela aunque sea a ambientador de pino, cualquier cosa, menos ese olor que espanta a los posibles clientes: nadie quiere dejar a su madre en un lugar que huele exactamente igual —solo que multiplicado por tantos ancianos como habitan ese espacio— que el olor del que huyen, el que no quieren en su casa. La asepsia, incluso para envejecer. Y además, añade, te cansarías enseguida de su discurso. No creo que puedas conseguir nada medianamente coherente, eso en el hipotético caso de que pudieras dedicar siquiera diez minutos a escucharlos. También yo me las prometía muy felices, y creía, ya ves qué ilusa, que encontraría mucho material para escribir, pero si quieres que te diga la verdad, cada vez tengo más ganas de escribir de algo trivial y ligerito, y hacerlo con mala hostia, ya sabes, así que estoy tomando notas de mi trabajo en el departamento de Perfumería. Ahí sí que hay un filón, pero en la residencia... o a lo mejor soy yo, que estoy en otro momento, o yo qué sé, pero más bien se me ocurre pensar que me decepcionan todos. O casi.

Le habla entonces, mientras con los dedos dibuja en el pecho de él círculos y corazones, de la Marquesa. Esa sí, dice, con esa sí que se puede hablar, aunque si quieres que te diga la verdad, poca cosa podría aportarte para esas historias tuyas, porque si algo me da en la nariz es que ella de vencida nada, tiene esa clase de los ricos de toda la vida, jamás he visto a nadie caminar tan erguida, ni poner tanto cuidado en su aspecto, en su ropa, en su cuarto. Guille le pregunta si es marquesa de verdad, y Feli le dice que no, que la llaman así porque su vida en la residencia poco tiene que ver con la del resto, empezando por el hecho de que ocupa el doble de espacio que cualquiera de los residentes y siguiendo por todo lo demás. Ni siquiera suele hablar con nadie. Se pasa las horas en su cuarto, viendo su propia televisión o escuchando canciones de Edith Piaf y de... este, cómo se llama, el de las hojas muertas, en un tocadiscos, siempre canciones en francés, y notas la clase que tiene en que come las manzanas con cuchillo y tenedor, te lo juro, y las naranjas. Primero las parte por la mitad, y luego en cuartos, y luego, cuidadosamente con el tenedor en un extremo, comienza a quitar la piel de la naranja, o de la manzana, o de lo que sea, y luego lo parte en trozos más pequeños y se la va llevando a la boca poco a poco, comiendo con parsimonia y masticando bien, y secándose apenas los labios con la servilleta antes de beber. Es la única que tiene auténticos modales de todos los de la residencia, te lo aseguro, y algunos hasta se descojonan cuando la ven, y cuanto más cuidadosa y formal se muestra ella más maleducados se portan en su presencia. No tiene muchos amigos, eso ya te lo puedo asegurar. Pero luego, tendrías que ver su cuarto... Y esa forma suya de caminar por los pasillos, siempre con tacones, porque no la verás salir de su cuarto en zapatillas ni loca, y siempre mirando sin ver, como si estuviera en otro sitio, y con ese gesto como de quien está oliendo mierda todo el día...

Guille no está particularmente interesado en la Marquesa. Feli tiene razón, a él lo que le interesan son los perdedores, las personas zarandeadas y destrozadas por la historia, los que arrinconaron sus sueños, los que perdieron la vida, o la salud, o las posibilidades de ser quienes querían ser. Los destruidos por el zarpazo. Y entonces interrumpe a Feli, la besa en la boca para hacerla callar sin decírselo, y después de arrebatarle el aliento durante unos segundos, le empieza a hablar de la maestra de Nozaleda, de la historia terrible que ha conocido esa misma semana, de la forma en que desapareció un día, durante la terrible represión que siguió a la revolución del 34, sin que se supiera muy bien por qué, que al fin y al cabo se sabía cuáles eran sus ideas, pero nunca hubo constancia de hecho alguno que la relacionara con todo lo que pasó entonces, el caso es que se la llevaron, continúa Guille, algunos dicen que si albergó en su casa a algunos de los anarquistas a los que se buscaba, otros, que la cosa fue porque le tenían muchísimas ganas a su hermano, que formó parte activa de los comités revolucionarios, pero nada parece tener entidad suficiente para llevarse a una maestra de más de cuarenta años, que se había instalado en el pueblo veinte años antes y que gozaba del cariño y del respeto de todos. Nada tenía entidad suficiente entonces, cariño, dice Feli, es lo que dices siempre. Ya, bueno, pero aun así, la barbarie siempre tiene su parte de lógica por terrible o por irracional que sea, algún tipo de explicación. En el caso de esta maestra que te digo no se entiende muy bien, pero desapareció. Y no sirvió de nada que uno de los miembros de la familia facha del pueblo moviera Roma con Santiago para localizarla. Dos días más tarde apareció a las afueras, al borde de la carretera, el cuerpo en una postura inverosímil, como si la hubieran arrojado allí desde un camión en marcha, con un par de agujeros de bala. Ya te digo, no sirvió de nada que uno de los Santaclara intercediera por ella. ¿Santaclara?, pregunta entonces Feli, que ha permanecido estremecida pegando su piel a la piel de Guille, creo que ese es el apellido de la Marquesa...

29

A medida que transcurría la primavera, y se sucedían las consultas semanales de Valeria, Laia se preguntaba si el concepto de sí misma como íntegra profesional no corría el riesgo de deshilacharse. Le venía tan bien el dinero que con exacta puntualidad Valeria dejaba sobre su mesa, martes tras martes, que por momentos se le nublaban las certezas, y la duda de si realmente estaba siguiendo la pauta que de un modo tan estricto aplicaba a su vida en lo que a su trabajo se refería, la honradez por encima de todo, le producía una desazón inespecífica, el temor a estar haciendo algo malo. La culpa, se decía con cierta rabia, siempre la maldita culpa incrustada en lo más recóndito de la conciencia.

Por otro lado, y este pensamiento era consolador, Valeria parecía encontrarse tan a gusto que al menos eso no podía reprochárselo. Para la mujer, los encuentros en la consulta con su psicóloga habían convertido los martes en un día que se marcaba en el calendario con un círculo rojo, y que deparaban, además de su paso por la peluquería —que tenía la virtud de reconciliarla con el espejo—, la ocasión de hablar. De hablar como no lo había hecho nunca.

—Pero has tenido amigas, Valeria. Quiero decir, con ellas hablarías, y con tu hermana, y con tu marido.

—No, no. Qué va. Con mi hermana solo lo justo. Conversaciones... cómo podríamos llamar...

—¿Funcionales?

—Si eso se puede traducir por que hablábamos de asuntos relacionados con el funcionamiento de la casa, del colegio, y poco más, pues sí. Y la cosa no cambió cuando nos hicimos mayores. Nunca tuvimos confidencias de novios, ni de nada. Ni qué pensábamos, ni qué sentíamos.

—¿A ti te habría gustado haberlo hecho, haber hablado con ella de otra manera?

—Ahora que ha pasado tanto tiempo, te diré que sí. Ahora, quiero decir, me habría gustado haber tenido otro tipo de relación, pero para eso tendríamos que haber sido otras personas. Mientras vivió era imposible, y no me preguntes por qué.

—Pues eso justamente era lo que iba a preguntarte.

—Nunca establecimos esa relación, era impensable. De pequeña era rara, como si fuera extraterrestre, como si no perteneciera a la familia, era algo así como una anomalía. Sé que esto te resultará duro de oír, pero a veces pensaba que era como un animalito, como si tuviéramos un perro, que sí es gracioso y eso, pero no es de la familia.

—Y sin embargo creo que me habías dicho que tenía muy buen rollo con tu padre, que se divertían mucho juntos...

—Sí, pero con mi madre las cosas no eran así. Yo era su favorita, me parecía a ella y hacía las cosas como había que hacerlas. Gadea, no. Mi madre vivía en un disgusto permanente con ella. Ahora lo pienso y me doy cuenta de que todo era muy raro, aunque en aquel momento todo tenía sentido: yo era la hija buena, la que hacía las cosas bien, y Gadea era un desastre, así que era normal que mi madre... pero no, no era normal. Estos días he pensado mucho en ello y he recordado alguna de esas cosas que se me habían olvidado. ¿Sabes? Me pasa últimamente que algunas escenas, detalles, incluso conversaciones del pasado, aparecen con sorprendente nitidez, no sé si será la edad, o será por estas conversaciones contigo, que, por cierto, tengo que decirte, porque el otro día lo pensaba mientras volvía a la residencia, que te estoy muy agradecida, porque creo que al margen del propósito principal, que ya veremos qué ocurre, si consigo reunir el valor o la serenidad o lo que sea para abrir ese sobre, al margen de eso, digo, me está sentando muy bien venir aquí los martes y hablar de todo. Pues lo que te decía, que me lío... Estos días he pensado mucho en todo lo que tiene que ver con mi infancia y particularmente en Gadea, y he recordado que siempre sobrevoló una especie de misterio, ya sabes, eso de las conversaciones en voz baja, o las cosas que se sobreentienden, lo que se habla en clave en presencia de los niños...

—Pero los niños se dan cuenta...

—No. No demasiado, o no entonces. Ahora, tantísimos años después, caigo en la cuenta de algunos detalles que estaban ahí. O de la cantidad de veces que oía la frase aquella de calla, que hay ropa tendida, y que poco a poco entendí que tenía que ver con mi presencia, es decir, que cuando Visi, la criada que teníamos en casa, hablaba con Lolina en el cuarto de la plancha y aparecía yo, hacían un silencio y hablaban de la ropa tendida, que yo al principio pensaba que era en serio y todavía me duele la cara de la vergüenza que sentí cuando les oí decir eso y dije muy seria: Pues anda, que tal como está lloviendo, se os va a poner buena. Las risotadas de las dos me persiguieron durante días en la memoria. No había cosa que más me fastidiara que pensar que alguien se podía reír de mí. Ya te digo, estos días le doy vueltas y empiezo a sumar y se me ocurren cosas muy raras.

—¿Cosas raras? ¿Como cuáles?

—No sé. A lo mejor es una barbaridad, pero de pronto recordé algo que me atormentó durante unos días cuando era pequeña, a raíz de los comentarios, los misterios y las risas. Me dio por pensar que tal vez Gadea no era en realidad mi hermana. Entonces pensaba que a lo mejor mis padres se la habían encontrado en algún sitio y la habían traído a casa por pena. Como cuando se coge a un gatito abandonado. Imaginaba que a Gadea sus auténticos padres la habían abandonado porque era tan feíta, y los míos, que eran muy buenos, la habían recogido. Y me daba rabia, porque la veía como una intrusa, siempre creí que yo tendría que haber sido hija única, y Gadea era un error, una equivocación de Dios, o el resultado de la compasión de mis padres. Después ya descubrí que eso no se podía hacer así, que las cosas tenían que ser legales y eso, y descarté esa idea. Sin embargo, estos días volví a pensar en ello, y tengo otra teoría.

—Gadea podía ser adoptada, piensas...

—No, ahora me he apuntado a una tesis mucho más novelera. Como de culebrón. ¿Y si Gadea fuera hija de mi padre y por eso la quería tanto, mientras que mi madre no podía ocultar el malestar que le producía? Tal vez mi padre la había tenido con alguna criada o algo. Sí, ya sé que es muy peliculero.

—Hombre, no parece muy probable.

—Algo había, de eso estoy segura, pero no sé qué. Está el episodio de mis abuelos enfadándose con mi madre después del nacimiento de Gadea. Y me da rabia, porque ya nunca lo sabré. Todos los que podrían descifrar ese enigma están muertos.

—Bueno, lo que importa es lo que pienses tú. A veces la verdad de las cosas no es tan importante.

—Lo que yo pienso ahora es que me habría gustado que todo fuera de otra manera. Cuando se murió Gadea yo me sentí extraña allí en el tanatorio y en el funeral y todo eso. A mí me daba el pésame todo el mundo, porque era su familia, en realidad era la única familia de sangre que le quedaba: estaban sus cuñadas y los sobrinos de su marido, pero la única familiar directa era yo, y todo el mundo me mostraba su respeto y me ofrecía sus condolencias, y yo no hacía más que pensar que esa gente que se inclinaba para darme la mano o dos besos lo sentía más que yo, que la situación tenía que ser al revés: sus amigas sí que lo sentían. Y tanta gente que lloraba de verdad mientras yo no derramaba ni una lágrima.

—¿No sentiste su muerte?

—No sé, fue raro. Yo ya estaba sola, porque Alfredo había muerto unos años atrás, y Gadea era lo único que me quedaba... Pero ¿se puede perder algo que nunca te perteneció, algo a lo que no te sentiste nunca vinculada con el amor ese fraternal? Y sin embargo, sabes, fue curioso, porque hubo un momento en que se me acercó una mujer que me resultaba conocida, así como de unos cuarenta años. Y me dijo, no sé si se acordará de mí, Valeria. Yo forcé la memoria, pero no caía en la cuenta, y entonces ella me dijo, soy Mari Paz, la amiga de Olvido, y de pronto me vino a la memoria todo, las vi a las dos de pequeñas jugando en mi casa, recortando mariquitas, que era lo que más les gustaba del mundo, y mordisqueando los bocadillos de jamón que les hacía, con el uniforme del colegio: el jersey azul, la falda de cuadros, y las coletas, y oí las voces, las de las dos, la voz de Olvido, hasta recordé una canción que cantaban mucho, «Cállate, niña, no llores más», que era muy triste y a mí siempre me daba mucha pena, y más cuando las oía a ellas cantar con tanto sentimiento, y con tan buena voz, porque Olvido cantaba tan bien, y entonces me eché a llorar de verdad, pero no era por Gadea, sino por Olvido, lo más parecido a una hija que tuve jamás...

Hay sueños terribles que se esconden bajo la apariencia de sueños gratos, pero son afilados y matan. Yo sueño muchas veces con un hombre moreno, de pelo ensortijado, muy muy guapo, como Tyrone Power, que ahora que lo pienso tenía el pelo liso, pero da igual, entiendes lo que te quiero decir, guapo, que me sonríe. Está apoyado en la marcación de una puerta y fuma, y hay algo en ese gesto que me resulta familiar, como si en cualquier momento estuviera a punto de identificarlo. De hecho, a veces, como el sueño se repite, incorporo a la situación mi propio convencimiento de que sé quién es, por qué me mira y sonríe, pero también en el propio sueño (esa mezcla entre lo que soñamos y la parte de nosotros que se queda fuera y que interviene como espectador) sé que es un farol, que no tengo ni la más remota idea de quién es, y entonces me sonríe, una dentadura perfecta y en cuanto le veo los dientes empieza todo a ser inquietante, sabes cómo te digo, como si yo supiera que eso me da miedo, sus dientes me dan mucho miedo, pero no es que sean como los de las películas de vampiros, no, es algo mucho más profundo y más aterrador, y yo quiero preguntarle quién es y por qué sabe mi nombre, porque me llama por mi nombre, sabes, me llama como si me conociera de siempre, y en ese momento, sin dejar de sonreír dice: «Yo soy el que podría haber sido», y como sé que la frase está sin terminar y sé cuál es ese final, hago lo posible para despertarme. Y casi siempre lo hago gritando.

Piensa Feli que el tiempo es un asunto muy extraño. Las cosas suceden en una línea cronológica y parece que ahí se quedan, prendidas y tan inmóviles como los relatos de las batallas se instalan en las páginas de los libros de historia. Pero no es cierto, y ella lo descubre cada día. Por ejemplo, la Marquesa. Desde que Guille le contó la historia de la maestra de Nozaleda y ambos consideraron que el apellido Santaclara podría ser el de Valeria, no consigue evitar mirar a la anciana residente como si eso (la muerte, la cuneta, los disparos, la traición, la revolución, la escuela, en orden inverso) acabara de suceder y la Marquesa tuviera exactamente el mismo conocimiento (quizá mucho más) sobre los hechos y los tuviera tan recientes como si también para ella fueran tan próximos como resultaron ser para Feli en el sofá del piso de Guille en el que las tardes de los domingos dibujan un bies de eternidades diminutas y se alternan las historias antiguas que apasionan al chico y que tienen vocación de puzle, con los besos que ella colecciona como cromos de un álbum. Da igual que hayan pasado tantas décadas desde aquello: a Feli la historia la persigue desde que Guille la pintó en el aire con esas palabras que convocan las emociones más escondidas, y es como si hubiera sucedido ayer mismo, como si acabara de pasar al otro lado de las ventanas por las que se cuela el sol y el ruido de la calle, los sonidos del domingo. Algo tiene la voz del chico, la melodía de sus frases, la convicción con que rescata del olvido las historias, que hace que para Feli todo sea presente, como si los tiempos verbales hubieran sido eliminados por un decreto que no se apoya en otra cosa que en la voluntad inquebrantable de domesticar el viento que arranca las hojas de los calendarios y condena al abandono las vidas de tantas personas.

Medita sobre ello Feli mientras pasa con cuidado una gamuza por los muebles de la habitación de la Marquesa, y se pregunta, más allá de la intriga de su apellido y su posible relación con lo que ha sabido, qué historia habrá detrás de cada uno de los objetos que Valeria Santaclara ha querido conservar hasta el fin de sus días. El día que la llamaron para firmar el contrato en la residencia acababa de ver con su padre una película que tenían en una colección de deuvedés de los que venían con algún periódico. Ella recordaba haberla visto en el cine años atrás, muchos años atrás, recién iniciada la adolescencia, en alguna de aquellas primeras salidas con amigas que estudiaban con ella en el Patronato, y a quienes difícilmente podría poner cara y mucho menos nombre. Y, como aquel día, volvió a emocionarse con lo que, eso lo recordaba muy bien, a ninguna de sus amigas le había suscitado la más mínima revolución: el momento en que Ninny camina acompañada por Kathy Bates con la pequeña caja en la que guarda todos sus tesoros, las cosas que no quiere olvidar. Pensó entonces en que la residencia donde iba a pasar sus jornadas laborales estaría llena de Ninnys con sus pequeñas cajas de recuerdos y a la novelista que la habitaba le pareció absolutamente seductor. Luego vendría la realidad con su equipaje de decepciones en forma de olores difíciles de enmascarar, bocas desdentadas, gestos huraños y una ausencia absoluta de ingredientes novelescos, pero aquella tarde sentada en el sofá y mirando de reojo a su padre, que mantenía la mirada tan perdida como siempre, sin inmutarse apenas con los avatares de la historia, edificó en un instante un futuro de vidas y secretos encerrados en los límites enigmáticos de cartón, o de lata. No parece haber nada, sin embargo, aunque queda el tentador mundo de los cajones de las cómodas por más que en ese campo de batalla que puede ser Feli el pudor siempre le ganará la partida a la curiosidad. O casi siempre.

De momento quita el polvo meticulosamente a los estantes, a esa pequeña torre Eiffel de plata, o a la cajita de madera tallada con su nombre en la tapa, que, a pesar de la promesa de secretos inconfesables, no alberga nada en su interior que no sean pañuelos finísimos con iniciales bordadas más finas aún, seguramente obra de monjas, pañuelos que llevan doblados y sin usar décadas enteras, o a la figura de Lladró de una madre con una niña en brazos. Una madre y una niña que podría ser rubia.

Más que por los objetos que tienen las claves secretas para sus dueños y nada o poco pueden contar a los curiosos desconocidos, Feli siente especial querencia por las fotos. En esos instantes congelados en el tiempo se resume la biografía de las personas y por eso se detiene en otras fotos con sus marcos de plata, tratando de encontrar las respuestas de la vida de esa mujer: algo tendría que saber de ella mirando los retratos que pueblan los estantes de ese mueble librería, tendría que ser capaz de establecer un hilo cronológico atendiendo a la piel más o menos joven, a los atuendos, a los gestos, incluso a la cantidad de decepción que se ha ido depositando en la mirada. Esa foto tan años cincuenta, tan tópica: el vuelo del vestido de lunares ajustado en la cintura, el pañuelo anudado en la cabeza, las gafas de sol. Con todo, lo más llamativo no es la elegancia de la ropa y los complementos (¡ese bolso podría ser de Dior!), sino la risa: es la primera foto en que Valeria Santaclara ríe. No es que sea una risa espectacular, pero al menos se le ven los dientes, que ni en las fotos de niña sale sonriendo. La foto está hecha en un parque y Valeria está acompañada de otra mujer, muy morena, con el pelo rizado, y con lo que parece un incipiente embarazo que hace que su vestido, estampado y no demasiado bonito, si se compara con el de la estilizada Valeria, parezca vulgar, pobre incluso, como si el de una se hubiera hecho a medida y el de la otra fuera una compra de mercadillo, si es que en esa época existían. Feli supone, y supone bien, que la embarazada es la misma niña de la foto familiar, la hermana de Valeria, más que nada por la risa, pero ignora las circunstancias en que fue tomada esa foto. No puede saber que el vestido que lleva Valeria se lo había comprado en unas galerías parisinas apenas una semana atrás, justo antes de emprender el viaje de vuelta desde París para instalarse definitivamente en Gijón, con aquella mezcla de nostalgia vivida por adelantado que la hacía caminar por las calles mirando los escaparates como quien trata de grabar en la memoria imágenes para un recuerdo, del mismo modo que para espanto de su marido compraba tonterías sin parar: unos guantes, un sombrero, unas gafas de sol, un bolso, otros guantes, blusas, zapatos y pañuelos, ropa interior de seda que sabía con certeza que nunca se pondría, rebecas de colores seductores, turbantes para el pelo, jabones perfumados, todo aquello que, le constaba, no sería fácil encontrar en su ciudad, a pesar de que los años de posguerra habían ido dando paso a una situación de cierta normalidad que, según le contaba su hermana en algunas de las cartas que le enviaba, alejaban el recuerdo afilado de los días no tan lejanos de racionamiento y escasez. No puede saber Feli cómo resonaban los tacones de los zapatos de Valeria en aquellos últimos días en París, cuando jugaba al parchís con el desasosiego y se enamoraba de cualquier atisbo de una bohemia que siempre había despreciado, solo porque intuía que era algo particular y específico de aquella ciudad que pronto se convertiría en el artefacto de las nostalgias. Echo de menos París, les diría a sus amigas, a las parejas con las que sin duda cenarían los sábados en el Club de Regatas con la certeza de que eso la convertiría en la envidia de todas ellas, protagonistas de vidas estrechas, tan diferentes a ella, que había vivido en la ciudad de la luz, la ciudad del amor. Por todo ello, las últimas semanas las había vivido aferrada a sentimientos que no estaba segura de que le pertenecieran del todo. No era más que una impostura, como tantas otras de su vida, porque en realidad se había pasado años viviendo en una ciudad como quien vive en un enorme centro comercial: su existencia se había limitado a patear las calles y extasiarse ante escaparates y comprar, comprar, comprar, combatir la soledad en que vivía, con un marido casi siempre ausente. Impostura, sí, pero qué diablos, a ver qué sentimiento le había pertenecido de verdad, como no fuera el de la culpa que la acompañaba ya para siempre, y el terror a las verdades que nunca han de saberse porque solo instalados en la ignorancia es posible que los días se sucedan sin desear la muerte como única puerta de salida. Esto sí podría entenderlo Feli, pero no puede ni imaginar cuánta agonía se oculta detrás de la sonrisa de Valeria, que parece feliz, y en parte lo es, pero no del todo, y no porque eche de menos París, como se esfuerza en decirle a todo el mundo esos días, esas semanas de la vuelta a la vida provinciana de Gijón, al café Dindurra y su leche merengada, al paseo por Begoña y a la misa de doce en San Pedro, a la lluvia retorcida y al inclemente viento. No, no es la añoranza de París, de los escaparates del Boulevard Haussmann y el café Le Select, ni la sonrisa de la *boulangère* que siempre se esforzaba en hablarle en español cuando acudía en las mañanas perezosas a comprar una *baguette* y un *croissant* (y cómo sonreiría después, a su vuelta a Gijón, cuando sus amigas, en un alarde de cosmopolitismo y finura, hablaban de los *curasanes*) para desayunar. Parece feliz con su sonrisa de mujer que ha afilado su natural distinción en los salones de té parisinos, en las salas de exposiciones, en los teatros, en las boutiques, y que una vez hasta coincidió en una fiesta de la embajada americana con Jane Russell, aunque no llegó a verla bien del todo; pero si una se fija bien, y Feli tiene sensibilidad suficiente para ello, puede adivinarse que hay una tristeza seca al otro lado de la sonrisa, alejada de la bruma que suaviza. Mirándola ahora que han pasado cincuenta y tantos años, y que la mujer que sonríe —el óvalo de la cara sobre un cuello tenue, como la corola de una flor que naciera en el escote en uve del vestido, tal vez demasiado abierto, sin mostrar ni el menor atisbo de unos pechos que por lo demás se adivinan exiguos, pero sí una ración leve de hombros, las clavículas desprovistas de carne— se ha convertido en la anciana severa y arrogante de labios apretados y gesto desdeñoso por quien Feli siente una mezcla de insólita curiosidad y desprecio. No puede saber mientras mira la foto que está hecha una tarde de julio en el elegante parque de Isabel la Católica, muy cerca de la escultura erigida a la memoria de Fleming que acaba de inaugurarse, gracias a lo cual muchos gijoneses que frecuentan el nuevo espacio se han enterado de que es el descubridor de la penicilina, que tantas vidas está salvando. No puede saber tampoco que para Valeria, que acaba de reincorporarse a la vida gijonesa, el lugar sigue siendo la Llamarga del Molinón, o la Charca del Piles, y así está tentada de llamar a lo que había sido una zona pantanosa antes de que tras la guerra se proyectara construir un parque, para lo que se fue rellenando con toda clase de escombros, por todos los constructores que de forma obligatoria debían depositarlos allí. Y Valeria no puede sino manifestar, ya que no su entusiasmo, porque esa emoción le ha sido vedada desde siempre, sí cierta satisfacción: aún muy lejos de los espectaculares jardines des Tuileries, o el de Luxembourg o el del Palais Royal, no podía imaginar que en su ciudad, gris y triste, tanto que parecía que el sol de verdad se había olvidado de salir en los meses, incluso en los años inmediatamente posteriores a la guerra, de modo que todo tenía la luz olvidadiza y fugitiva de los domingos de invierno, disponía de un espacio en el que crecían

árboles y setos y hasta pequeños lagos allí donde las toneladas de escombro no habían podido dar con el fondo de
la *llamarga*, y familias de patos nadan tranquilos. Y aquí
Valeria no puede evitar pensar que tal vez acaben siendo
robados por algún listo, porque tiene que haber hambre
todavía y muchos desharrapados dispuestos a lo que sea
por un guiso, para a continuación caer en la cuenta de
que no, que las cosas no son así, que ya lo dice Alfredo, el
Caudillo no solo ha traído la paz a este país devastado
por la guerra fratricida, también la prosperidad, y ya no
hay hambre, ya no puede haberla, y se nota en el lustre
de las caras de la gente que se encuentran por la calle.
Hay tantas cosas que agradecer al Generalísimo, solo él
está consiguiendo que el atraso secular (Alfredo dice
mucho lo de secular) en que los gobiernos de antes de la
guerra habían sumido a la patria se transforme en una
época de bienestar y progreso, y el parque por el que pa-
sean es un ejemplo de ello. Piensa en todo eso mientras
caminan despacio bajo los arcos que forman las rosale-
das que han crecido hasta cubrir la estructura metálica
gracias a las lluvias de la última primavera y el sol es-
plendoroso con que se han ido alternando, y como un
eco lejano oye a Gadea, que parlotea incansable. Algo de
ella se murió años atrás y el brillo de los ojos se tornó ligeramente ceniciento y, sin embargo, sigue manteniendo
esa exasperante costumbre de charlar por los codos, de
entusiasmarse con sus propias palabras y reír sin ton ni
son. Aunque también es cierto que tiene motivos para la
felicidad, y hasta Valeria se ha contagiado de ellos, a pesar de la sombra de involuntario terror que le cubrió la
mirada en cuanto Gadea le abrió la puerta de su casa en
la esquina de la calle Caridad con Marqués de Casa Valdés, muy cerca del San Vicente donde ambas habían estudiado, a donde se trasladó años atrás, y al primer vistazo, sin viajar con la mirada hacia el sur de su rostro,
entendió que la sorpresa que le había prometido en la
última carta crecía en su vientre que, solo para compro-

bar, miró a continuación, y entonces se cercioró de que sí, de que había una curva lo suficientemente explícita. Gadea estaba embarazada y Valeria, superado ese latigazo de pánico inicial que había procurado disimular con la emoción de lo inesperado de la noticia, no pudo evitar pensar que esta vez todo sería perfecto, y esta vez amaría a su sobrino o sobrina con toda la fuerza de su imperfecto corazón.

32

En Gijón, martes de mayo,
haciéndole hueco al desasosiego (y otra vez a la lluvia)

No me apetece consignar las broncas, la verdad, y últimamente hay una corriente de desazón que hace que yo camine de puntillas (yo, que soy como un elefante en una cacharrería) por todos aquellos temas que sospecho que pueden molestar a Laia. Yo ya sabía que ella es muy suya, pero es que yo también lo soy, qué demonios. Soy muy mía, quiero decir, o sea, una blanda de narices, o muy condescendiente, o muy buenrollera, con lo mal que lleva Laia eso. Dice que no es normal este optimismo mío, que debería saber que eso responde a algún tipo de tara cerebral. Parece mentira que ella precisamente hable tan a la ligera de taras cerebrales, pero ya me he dado cuenta de que a veces Laia dice cosas incomprensibles, o inexplicables, es como si por un instante renunciara voluntariamente a todo lo que sabe, que es mucho, y dijera algo que nace de lo más profundo del estómago, o donde quiera que se puedan situar las emociones más básicas.

Yo ya sé que para ella esto es difícil, que su apuesta fue más fuerte que la mía: fue ella quien abandonó Madrid, quien se instaló aquí conmigo de una forma que sé cuánto le jode, medio clandestina, porque ni mi familia ni apenas nadie sabe que somos una pareja, y no esas dos amigas tan simpáticas que comparten piso. Yo ya sé que ella no lo pasa bien, porque yo tengo un trabajo estupendo, pero ella tiene que abrirse paso, y no es nada fácil, y encontrar un hueco en esta ciudad. Y sobre todo, lo más terrible, yo creo que entre las dos, aunque hablemos hasta la saciedad, porque otra cosa igual no, pero hablar... pues eso, que aunque hablemos hasta la saciedad, ella siempre se guarda algo, un temor que jamás pondrá sobre la mesa, porque ya lo hizo en su momento y yo me maté tratando de explicarle, y parecía que todo quedaba clarísimo, pero no, igual no, yo siempre tengo la impresión de que no me cree, y de ahí esa manchita de tristeza que se le ve en el fondo del ojo cuando la miro de muy cerca, cuando, como decía Cortázar (si Laia leyera esto seguro que se sentiría orgullosa de mí, que también puedo ser erudita y citar a gente muy culta), hacemos el cíclope, y yo sé que en lo más profundo no se fía de mí, porque ella ha sido lesbiana (qué raro me resulta escribir esta palabra) siempre, pero yo no, y seguro que no se quita de la cabeza la idea de que lo mismo para mí es una chifladura sin más, una de las mías, y la culpa no es de nadie más que de mi bocachanclez, porque en la tarea de contarnos la vida, yo no le he escatimado detalles acerca de mi tendencia a la inconstancia. Sé que Laia piensa que lo mismo esto es como cuando me dio por tocar el violonchelo. Bueno. Tocar, tocar... digamos que busqué un profesor, me compré un violonchelo y fui a tres clases exactamente. Nunca conseguí arrancar ni una nota, y tuve que admitir que lo único que me gustaba de todo aquello era la postura y la forma del instrumento, pero nada más. Hasta me resultaba latoso ir cargando con él, que ahora, ay, duerme el sueño de las batallas perdidas en el trastero de la casa de mis padres. O cuando me dio por la jardinería y le pedí a mi madre que me dejara montar un minijardín en una parcelita del prado de delante de su casa, y lo único que conseguí fue joderle el césped, porque me puse con mucho ánimo un día a mover la tierra y así lo dejé, profundamente cansada y convencida de que nunca tendría uno de esos jardincitos que me montaba en mi cabeza, así quedó, la tierra removida, para cabreo de mi madre, y todos los bulbos (de narcisos, de tulipanes, jacintos, crocus, amarilis, ranúnculos, iris, anémonas y hasta de rosa de Jericó, que otra cosa no, pero yo la teoría la tenía muy clarita, y el jardín de mis sueños estaba perfectamente diseñado en mi imaginación, que otra cosa era doblar el espinazo y ensuciarme las manos, aunque me hubiera comprado unos guantes monísimos y una colección de herramientas que iban en los bolsillos de un delantal), todos los bulbos, digo, que escribo frases tan largas que luego pierdo el hilo, todos los bulbos terminaron por pudrirse en el cobertizo, porque mi madre, rencorosa como ella sola y además claramente dispuesta a que quedara bien patente que esa era otra más de mis volubles chifladuras, ni siquiera los aprovechó en sus macetas. Otro de los hitos que dan cuenta de mi rosario de deserciones tiene que ver con cuando me dio por salir al monte todos los fines de semana: exactamente dos. Eso sí, el equipo me lo compré completito, incluidas unas botas que me hacían un daño del copón y unos pantalones que, llevada por mi entusiasmo inicial y el firme propósito (y la convicción) de que las caminatas me hicieran adelgazar, compré de una talla menos y caminar con ellos fue un horror, me pasé la primera excursión pensando que en cualquier momento se me iban a romper cada vez que tenía que *arroblagarme* más de la cuenta. Todavía tengo media docena de camisetas térmicas durmiendo en el fondo de uno de los cajones de la cómoda, porque eso sí, mis propósitos siempre van unidos a una planificación exhaustiva y a una equipación sistemática que incluye pasarme por El Corte Inglés y arrasar con la tarjeta. No, no me extrañan los temores de Laia, el miedo a que «se me pase» por más que ya sean un par de años desde aquella noche, desde el hechizo de aquella noche, y no hayamos pasado ni un solo día, desde aquel, sin hablar durante horas, por más que no haya habido ni un solo día en que no me haya ocupado entera: mis pensamientos, mi deseo, mis proyectos. En todo está ella, pero hay veces en que adivino el miedo a no sé qué cosa extraña, los celos tal vez, aunque si se lo mencionara, que ya me cuido de no hacerlo, se pondría hecha un basilisco, porque me diría que ese es el tipo de emoción que ella no se permite, porque le parece tan absurdo, tan inútil, tan impropio. Y no dice lo que yo sé: que es una manifestación de la inseguridad, y otra cosa no, pero Laia es la persona más segura que he visto en toda mi vida, tanto que a su lado, con lo frágil que es, yo que soy grandota, me siento protegida. Es como con mi padre, salvando las distancias: mira que ya está un poco mayor, y fatal con lo suyo de la espalda y eso, pero siempre que pienso en un peligro, tengo la sensación de que él puede evitarlo, que puede librarme de cualquier amenaza, cogerme en brazos (aunque yo pese más que él) y arrancarme de las garras de los dragones. Pues con Laia igual. Si admitiera que tiene celos, aunque yo pueda sospecharlo, su fortaleza, su seguridad, su aplomo se vendrían abajo, y quedaría patente la fragilidad, la vulnerabilidad que otorga poner tu corazón en las manos de alguien. Ella no, ella no siente celos, jamás lo admitiría, y sin embargo tengo la sospecha de que algo la quema, y eso que yo no dejo de repetirle que es mi vida entera, que da igual que haya millones de personas, que solo la veo a ella que es como si estuviese en el centro de un escenario con un foco iluminándola y todo lo demás es oscuridad, solo puedo verla a ella, sentirla a ella. Mira que me esfuerzo en explicarlo, pero aun así, de un tiempo a esta parte tengo la impresión de que se cuece algo, y yo vivo con un temor impreciso, y no me gusta. No me gusta el miedo, porque es el padre de todas las derrotas, no me gusta el miedo que a veces atisbo en los ojos de Laia, ni mi miedo a su miedo, así que voy a poner una canción de Rosana, y voy a salir a buscar a Laia, que hoy es el día que tiene a ~~esa paciente vieja~~ esa señora mayor, y antes pasaré por la floristería de Jana y le llevaré un par de rosas amarillas y la esperaré, y le daré un beso de esos que dejan boquiabierto al personal, y me da igual quién nos vea, porque, qué coño, no quiero tener miedo, porque *sin miedo, no hay sueños imposibles ni tan lejos, si somos como niños, sin miedo a la locura, sin miedo a sonreír, así sin miedo de volver a los infiernos, sin miedo a que me tengas miedo, a tenerte que olvidar...*

33

Inesperadamente, y en plena primavera, la ciudad había acogido con resignación uno de los temporales más intensos de los últimos tiempos. Desde casa, el mar era un bramido y Emma espiaba las olas con la cámara en mano dispuesta a atrapar la más alta. Ya le había arrancado a los instantes varias imágenes en que una masa inconmovible de color blanco, pura espuma feroz, superaba con creces el tejado del Club de Regatas, y aspiraba a conseguir alguna que se impusiera a las del temporal del año anterior, aquella foto maravillosa en que la altura de la ola sobrepasaba los edificios del Martillo de Capua. Para ello, consultaba los horarios de las pleamares y se instalaba en la terraza, sentada en un taburete tarareando lo de ocuparse del mar y vigilar las mareas y eso, mientras de reojo trataba de interpretar el gesto de Laia, aquel malestar profundo que se asomaba a sus ojos como un huésped indeseable. No se atrevía a interpretar cuál era el origen, pero seguramente tendría que ver con la dificultad para dormir que los días de temporal (el viento que a veces bramaba y a veces parecía gemir, la lluvia golpeando los cristales como piedras diminutas y lacerantes, y el estrépito de las olas) se le había instalado en la voluntad y la condenaba a un insomnio fastidioso mientras Emma dormía como una niña. Para subrayar esa placidez el aire se llenaba con los ronquiditos leves («coño, Laia, que tengo vegetaciones, te lo juro, si no, de qué iba a roncar») que, si bien generalmente le producían una sensación de sosiego y de extraña felicidad, al mezclarse con el estrépito de la marea, con el inquietante bufido del vendaval, y con el infatigable tamborileo de la lluvia, a Laia terminaban por irritarla profundamente. Entonces se levantaba con cuidado de no despertar a Emma y avanzaba a oscuras por el pasillo hasta la cocina, que, asomada al patio, constituía un refugio del inclemente aguacero atronador, y se preparaba una taza de rooibos, por tercera noche consecutiva. Le daba en ese momento por pensar en todos los temores que se iban haciendo hueco en su costado, muy cerca del corazón, amontonados desde los años más inciertos de la infancia, y rastreaba en el origen de ese pánico al viento y al mar enfurecido, y solo encontraba unas imágenes estremecedoras en alguna película de serie B de sábado por la tarde, las olas de un tsunami que arrasaban ciudades enteras y la sospecha que aquellos fotogramas sembraron en su corazón de modo que cada vez que miraba al Mediterráneo adivinaba en su quietud una furia indescifrable que habitaba como un monstruo en el fondo. Ese monstruo tal vez era el que estaba ahora ahí rugiendo en un Cantábrico bastante más dado que su propio mar a la cólera y al rencor. Imposible evitar contagiarse de esos sentimientos que atribuía a algo tan poco personal como las olas, y como una marea también en ella crecía el malestar que no se veía aliviado con el sabor a frambuesa del rooibos, ni con el hecho de que los bramidos se convirtieran en rumor en el espacio de luz aséptica de la cocina, y en la sensación de hogar que la acumulación de olores, de guisos, de especias, de uso, iban haciendo de aquel ámbito algo propio. Y luchaba también por no culpar a Emma, por no odiarla por su sueño tranquilo, por estar ajena a su insomnio, por imponer su costumbre de dormir con la persiana levantada y con la puerta del dormitorio abierta, por haber entrado en su vida de una forma tan impetuosa, por haberla arrancado de su existencia y diseñarle otra a la medida de su deseo, de su propia vida, de forma que Laia, la independiente Laia, la libre Laia, la insobornable Laia, había sucumbido a otro huracán, al del amor desmedido de Emma, a su risa y a su voluntad inagotable, a su optimismo abrumador y a veces hiriente, y había descubierto que podía arrastrar con más violencia que el tsunami más aterrador. Se bebía a sorbos la infusión en aquella taza tan bonita que Emma había comprado especialmente para ella, de finísima porcelana decorada con flores de color violeta, y lejos de tranquilizarse, la ira crecía por momentos, como si en su corazón también la marea estuviera subiendo y alcanzara una violencia inesperada, de forma que, por primera vez, le molestaba el sueño de Emma, sus vegetaciones que se traducían en ronquidos que ya no le parecían ni tan leves ni tan encantadores, le contrariaba el pensamiento que se abría un espacio en su cerebro: la imagen de Emma que en la inconsciencia del sueño habría descubierto que tenía todo el espacio de la cama para ella y se habría situado en esa exasperante postura suya de ocupar en diagonal el colchón, y sentía una vergonzante irritación, porque no debería dejar que su mente se viera invadida por pensamientos tan poco generosos, porque caía en la cuenta de que Emma no había limpiado la nevera como ya le había jurado que haría al menos dos semanas atrás, y a esa molestia se sumaban otras, encadenadas entre sí, detalles de la vida cotidiana, gestos que le producían cansancio, una risa intempestiva, aquellas muestras de malestar con la existencia que como explosiones salían de la mirada o de la garganta de Emma y que eran tan fugaces que, cuando Laia estaba tratando de encontrar palabras de consuelo, ya se habían traducido en risa o en la formulación de nuevos proyectos, la colección de manías como un rosario de mortificaciones, la impaciencia, o su cobardía, porque no había querido confesar que eran pareja, y en ese punto, cuando empezaba a sentir que el malestar amenazaba con ahogarla, los pasos cautelosos de *Frida* recorrían el pasillo hasta la cocina, y la miraba con sus ojos disparejos como si fuera su hija, la hija de ella y de Emma, y estuviera intercediendo asustada en una discusión, como si le estuviera pidiendo que no fuera dura con Emma en sus pensamientos y que ni siquiera cayera en la tentación que sobrevolaba, la de pensar que otra más, lo de *Frida* también había sido cosa suya, una ventolera que le dio de desear un perro con toda su alma, ella que había sido siempre más de gatos, y una vez pasados los primeros achuchones, cuando el tamaño de *Frida* empezó a alejarla de su condición de peluche querible, paulatinamente abandonó la pasión y delegó en Laia la mayor parte de la responsabilidad, lo de siempre. Pero *Frida* no estaba dispuesta a que se generaran pensamientos afilados, por eso el calor impagable de su gesto, por eso buscaba su caricia, y Laia abrazaba a la perra como si se agarrara a una tabla de salvación en mitad de un océano, y de pronto todos los temores, el catálogo de malestares y de silenciosos y clandestinos reproches que nunca se convertirían en voz en una conversación con Emma, se volvían nada, porque la vida también era eso, y porque sabía que cuando volviera a la cama, aún con el tacto de la porcelana en sus dedos y el sabor del rooibos en los labios, estarían los brazos de Emma, su voz soñolienta de niña pequeña, su calor como un pan recién hecho y recuperaría el olor de la felicidad mientras ella le decía, venga, va, que son las tres y cuarto, duérmete, que ahora ya está bajando la marea, y medio dormida todavía se levantaría para ir en un estado próximo al sonambulismo y bajaría la persiana murmurando algo que podría querer decir si no estuviera trabado por la inconcreción de las palabras musitadas en mitad del sueño, «mar malo, que no deja dormir a mi niña... te quiero, cariño, te quiero muchísimo».

34

—No sabía que me gustaba tanto hablar de mi vida.

La primavera le sentaba bien a Valeria a pesar de que los colores de su atuendo, esta vez, seguían conjugando todos los tonos del otoño. Laia pensó en decirle que tenía buen aspecto: se le había redondeado la cara, quizá porque había cogido algún kilo. También podría ser que alguna afección cardíaca la estuviera haciendo retener líquidos, así que optó por no decirle nada y prestó atención a la afirmación que acababa de hacer la anciana. Había algo parecido al alivio en el tono en que hablaba, y Laia pensó que formaba parte de aquel grupo tan amplio de personas que vivían permanentemente en la ocultación de sí mismas, como si se dieran miedo. Hablaba mucho con Emma al respecto. En el trabajo de esta última, que coordinaba un equipo multiprofesional en Atención Psicosocial de la Mujer, veía a diario de qué forma salían a la superficie, como una explosión volcánica, todas las angustias, todos los silencios, todo lo que a lo largo de años y años había ido guardándose, confiándolo al olvido, creyendo que estaba a salvo bajo llave. Hasta que estallaba y salía todo: acompañado por lágrimas, mocos, gemidos, que como en un parto complicado y doloroso traían consigo la vida. Una vida nueva.

—Bueno, de eso se trata, ¿no?

Como frase no era muy brillante, ni muy profesional, y a Laia le dejó, en cuanto las palabras salieron de su boca, un regusto a fracaso y un temor a ser descubierta. Como si fuera una impostora, que era como se sentía con Valeria, a pesar de que sabía y se repetía una y otra vez que su función era esa: todos los años de carrera, todos los másteres, todos los libros leídos para terminar escuchando a una anciana, como si fuera su amiga. No creía que estuviera enferma, que necesitara una terapia más allá del consuelo que podría darle la religión y un cura espabilado, porque cuando llega el momento en que el futuro es un pensamiento que nos prohibimos porque da vértigo, parece que solo se conjura la incertidumbre deshaciendo los nudos del pasado. A veces pensaba que en la historia de Valeria sin duda había nudos apretados, alguna situación que si producía angustia estaba tan oculta que tenía serias dudas de que la mujer estuviera interesada en hacerla florecer. Aunque fuera para reconciliarse consigo misma. Aunque fuera para tener las fuerzas suficientes como para abrir aquel sobre misterioso.

—Un día de estos tendrás que contarme cómo viviste la guerra...

—Sí, y antes de la guerra, la revolución.

—¿La revolución? ¿La de octubre? ¿También hubo en Gijón? Yo pensaba que solo había sido en las cuencas y en Oviedo...

Valeria la miró con cierta condescendencia. Cuánta ignorancia.

—Y aquí, aunque lo cierto es que como vivíamos en el centro tampoco fuimos demasiado conscientes, en los barrios se vivió más. Pero no te creas, a veces es peor lo que te imaginas que lo que ves. Y no sabes qué cosas imaginaba yo de aquella.

—Tenías... ¿diez años?

—Sí, casi diez años. Y me sentía ya muy mayor, porque era muy alta, y además por oposición a Gadea, que era tan infantil. Nos asomábamos al balcón, a ese de ahí, el que tienes a tu espalda, esperando ver a «los obreros» venir como una mancha oscura que avanzara por las calles, y yo siempre miraba hacia la calle Covadonga, no sé por qué, pensaba que vendrían por ahí, con cuchillos en los dientes, como los piratas que había visto en una película a la que nos había llevado mi padre. Para mí los obreros venían a ser algo así, la encarnación del mal, porque las amigas de mi madre que venían al saloncito los martes hablaban barbaridades de «lo que estaba pasando», pero sin concretar o, si lo hacían, era en voz tan baja que la fuerza del secreto lo convertía en mucho más terrible. Oíamos hablar de una huelga, y de la revolución, y de los obreros, y de las armas, y de que iban a quemar todas las iglesias y matar a todos los curas, y yo pensaba en mi tío Clemenciano, y tenía miedo, pero a la vez pensaba que ya, ya, con ese iban a poder, con la mala baba que tenía y el miedo que daba a pesar de que ya era tan mayor, pero entonces oía expresiones como pegar cuatro tiros, y me horrorizaba.

—Para una niña tenía que ser tremendo.

—Lo era. Y no solo en casa. En el colegio nos contaban las perrerías que hacían los obreros revolucionarios, porque eran antirreligiosos, nos decían, y un día nos mandaron para casa, se suspendían las clases y nos pidieron aterrorizadas que rezáramos por ellas y por el colegio. Y nosotras también estábamos asustadas, aunque yo creo que por encima del miedo había otro sentimiento, sabes lo que te quiero decir, emoción, algo así. La sensación de estar viviendo algo extraordinario, que se salía de lo cotidiano, y aunque fuera terrible, que lo era por lo que oíamos, también era emocionante. Y en el fondo, fíjate que ahora lo pienso y me parece espantoso, pero creo que yo deseaba que ocurriera algo. Una mezcla muy rara: el miedo y a la vez el deseo de que sucedieran cosas extraordinarias. Sería la inconsciencia de los años.

—No creas. Es el vértigo del abismo y la atracción que provoca. Nos da miedo el peligro, pero a la vez no podemos evitar asomarnos, desear lo tremendo. Aunque sea terrible.

—En casa había una situación rara. Mi madre no hacía más que dar órdenes para aprovisionar la despensa por lo que pudiera suceder, pero Visi volvía del mercado contando que estaba todo arrasado, porque parece que la idea de mi madre era compartida por otras madres. De hecho, en los días anteriores en el colegio, con mis amigas no se hablaba de otra cosa: de la cantidad de litros de aceite, del número de kilos de harina y de azúcar. Y jabón, que yo no sé por qué mi madre quería tanta provisión de jabón. Pasaremos hambre, dijo Visi, pero limpios como una patena. Visi se quedó con nosotros aquellos días. Vivía en el Llano y venía a casa a diario, pero como había barricadas y eso, se quedó con nosotros en casa. Y por ella me quedé yo sin bicicleta. Por culpa de Visi y de la revolución.

—¿Y eso?

—La historia la conocí mucho después, pero en aquel momento lo único que supe fue que me quedé sin una bicicleta preciosa que había en la carbonera. Yo la había visto siempre allí y sabía que había sido de mi padre un montón de años atrás, cuando estaba estudiando en Valladolid la carrera y venía de vacaciones por el verano. Con esa bicicleta había venido desde Nozaleda a Gijón, entre otras cosas para ver a mi madre de novios, pero a pesar del uso se conservaba impecable, y a mí me gustaba ir a la carbonera con Visi a cargar la lata con carbón para la cocina, porque podía mirar aquella maravilla, que estaba colgada en una pared, y era brillante, resplandeciente, en mitad de aquella penumbra que se iluminaba con el candil que llevaba Visi, porque en las carboneras no había luz. Mi padre me había dicho que cuando fuera un poco mayor y pudiera alcanzar los pedales aquella bicicleta sería para mí, aunque mi madre no lo veía nada claro: era una bicicleta de hombre, con barra, y ya sabes que para una señorita... Algunas veces, yo conseguía que Visi me bajara la que iba a ser mi bicicleta y me subía a ella por el pasillo de las carboneras, metiendo un pie por debajo de la barra. No era sencillo, pero casi logré aprender de ese modo, porque ni soñar con alcanzar los pedales desde el sillín, que aún lo estoy viendo, de cuero, tan bonito... Ay. Mi bicicleta... ya ves, de mi familia yo fui la única damnificada, me quedé sin ella, y hala.

—¿Te das cuenta de lo que es la ilusión? Mira los años que han pasado y aún suspiras por ella... —Laia estaba realmente intrigada y quería que Valeria continuara su historia—. ¿Qué fue lo que pasó?

—Pues eso: que desapareció. Un día bajé con Visi y vi el hueco en la pared, y pregunté por ella. Visi me dio largas, o me respondió algo inconcreto, no recuerdo muy bien, y a mí me faltó tiempo para correr escaleras arriba y preguntarle a mi madre qué había pasado con mi bicicleta. La única respuesta que obtuve fue que le preguntara a mi padre. Ese «pregúntaselo a tu padre» así con esa entonación se traducía por un «yo no quiero saber nada de las decisiones que toma este hombre». Y allí que fui, claro. Me salté a la torera la norma sagrada que había en casa de que bajo ningún concepto entráramos en la consulta, y cuando lo hice me encontré con un hombre sentado en la camilla vestido solo con el pantalón al que mi padre estaba limpiando con unas pinzas y una gasa unas heridas que tenía por la espalda. Entonces me pareció que era un hombre, pero ahora lo pienso y me doy cuenta de que era un muchacho muy joven, y cuando se volvió, sobresaltado por la puerta que se abría, me asusté mucho: su rostro estaba desfigurado por los golpes y uno de sus ojos estaba cerrado, una especie de ranura en una cara tumefacta. Eso, unido al grito de enfado de mi padre, a quien nunca había visto tan furioso (seguramente porque también estaba asustado), hizo que me refugiara en mi cuarto y entendiera que la revolución era terrible, por más que nosotros apenas supiéramos nada.

—¿Y no supiste qué había sucedido con tu bicicleta?

—Sí, bueno, en realidad seguía siendo la bicicleta de mi padre, que ni se disculpó siquiera por ello. Aunque yo la viera y la viviera como mía, no se había producido la entrega, y mi padre ni se lo planteó. Parece ser que los guardias de asalto, que se encargaban de la defensa de Gijón, es decir, del centro de Gijón, de los revolucionarios que intentaban entrar para tomar la ciudad por la Puerta de la Villa, y por Cimavilla, y por el Humedal... pues eso, que como habían observado un ir y venir sospechoso de venga bicicletas para acá y para allá, porque era la forma de trasladarse hasta Oviedo y hasta la cuenca y eso, para tener noticia de cómo iban las cosas y pasarse información, los enlaces se llamaban, pues lo que te decía, que los de asalto habían empezado a requisar bicicletas, y a todo el que se encontraban, zaca, le quitaban la rueda delantera, se la requisaban, y le aseguraban que ya se la devolverían cuando pasara todo aquello, y claro, quedaban inservibles. Así que los revolucionarios se quedaban sin medio de transporte suficiente para estar enlazados con el resto de los rebeldes de las demás zonas de Asturias.

—¿Y requisaron la de tu padre?

—No, hija. Mi padre tenía algo de sangre de rojo, o de no sé qué. Bueno, y tenía a Onel, que no escondía sus simpatías por la revolución. Así que ni corto ni perezoso, mi padre sacó la bicicleta de la carbonera, se montó en ella y con su maletín de médico y el salvoconducto de su prestigio, porque todo el mundo lo conocía, pasó sin problemas los controles que había en la Puerta de la Villa porque tenía que ir a visitar a un enfermo. Un par de calles más allá entregó la bicicleta al hermano de Visi, que estaba con los revolucionarios, y volvió sin problemas por cualquier otra calle, porque ya te digo que a él lo conocían mucho, y estaba fuera de toda sospecha.

—¿Y el herido que viste en su consulta?

—Todo esto lo supe después. Onel tenía establecido un sistema muy complicado para ir colando por distintos puntos de la ciudad a algunos heridos a los que mi padre curó durante el tiempo que duró la revolución. Por eso a veces se oían ruidos y voces y hasta quejidos por la noche.

Yo pensaba que eran pesadillas que tenía, pero no, ahora sé que en mi casa se cosían heridas y se entablillaban brazos y se aplicaban remedios para las infecciones.

—Te sentirías orgullosa de tu padre.

—¿Orgullosa? Yo cuando lo intuí, cuando lo supe, me horroricé. Mi padre curaba a los malos, Laia. Yo no podía entenderlo, no sabes qué vergüenza sentía. Eran los mismos que quemaban iglesias y que mataban curas, y que hacían toda clase de tropelías, y mi padre los curaba, y eso lo convertía en tan malo como ellos. Yo no me atrevía a mirarlo a la cara, y además me daba pánico que las autoridades pudieran detenernos por aquello a toda la familia.

—No te habían explicado nada, es lógico que sintieras miedo...

—Más que miedo, Laia. Durante algún tiempo pensé que lo que tenía que hacer era denunciar a mi padre y a Onel. Me sentía fatal, pero fatal de verdad. ¿Y sabes lo peor de todo? Al final fue Gadea la que consiguió una bicicleta antes que yo. A lo tonto, al año siguiente mi padre nos compró una a cada una, y la suya llegó dos semanas antes que la mía, con la excusa de que era una bicicleta más pequeña y la mía tenía un tamaño menos habitual. Ya ves tú.

35

No hay nada mejor que la actividad física cuando la pena cae sobre ti como una lluvia inevitable. Pero nada de pilates, ni de *spinning*, no. La pena se espanta limpiando el polvo, fregando los suelos, haciendo brillar los cristales, y Feli lo sabe desde siempre, desde que era muy pequeña y la desdicha se hizo un hueco sin que nadie la hubiera llamado. Aquel día.

A ella le gustaba que su padre la llevara a caballito. Que la cogiera en brazos y trotaran por casa. Le gustaba trepar por las piernas fuertes de él hasta llegar a sus brazos, como si fuera un árbol. Y le gustaba ver reír a su padre, y ver a su madre detrás contemplando la escena, riendo también. Entonces no lo sabía, pero aquello era la felicidad, y ella todavía se llamaba así. Después, sus padres le cogieron miedo a la palabra, a nombrar siquiera lo que les había sido arrebatado. Y Feli tardó en entenderlo.

Del día del accidente solo recuerda la espera. Ella estaba en casa de su tía Lola, que la había llevado a la playa. Papá y mamá habían salido a dar una vuelta con el coche, porque, aunque ella no tenía ni idea, había cosas de que hablar, mamá y papá querían hacer todo bien, pero es que aquello ya no era como antes, mamá se quejaba de que no era feliz. La felicidad era importante, repetía tantas veces, me niego a pensar que estamos en esta vida para otra cosa que no sea ser felices, y tenemos la obligación de buscarla. Por eso a ella le habían puesto ese nombre, porque su madre, y también su padre, creían que la vida era felicidad o no era. Y por eso querían hablar ese día de sus cosas, paseando por el cabo Peñas donde se habían querido tanto, valorando las posibilidades que tenían para seguir siendo felices, lo que fuera, tal vez separarse, pero hacerlo bien. O no, intentarlo, tratar de salvar su historia, pero haciéndolo bien, repetían, lo que fuera, todo por la niña, por ellos mismos, por la felicidad. Feli recuerda de aquel día que había dibujos animados de los Snorkels, que a ella no le gustaban mucho, y que pasaba el tiempo. Habían vuelto de la playa, la habían duchado y le habían tirado del pelo al peinarla, y ya empezaba a cansarse de jugar y peinar la crin con un pequeño peine con corazones de un pequeño pony que llevaba en su mochila de la playa, y empezó el telediario, y eso sí que era raro, porque siempre, siempre, cuando empezaba el telediario, ella siempre estaba en su casa, recién bañada, sentada para cenar. Y luego su tía Lola, que se había pasado el tiempo diciendo qué raro, cómo no vendrán, si dijeron que, se habrán entretenido, mira que es raro, recibió una llamada, y se puso muy nerviosa, parecía que iba a llorar, pero no lo hacía y venga de un lado para otro, hasta que llamó a la hija de una vecina para que acostara a la niña, o sea, que no iba a dormir en su casa, y eso sí que era raro, más aún, y cuando preguntó por papá y mamá, su tía Lola que se ponía una chaqueta para salir, ni siquiera le contestó, y la abrazó tan fuerte que le dejó marcados en la cara los botones de madera.

Luego fue sabiendo. Papá y mamá estaban en el hospital. Mamá estaba mejor, pero papá estaba muy malito. Mamá iba a ponerse bien, papá, no sabían. Mamá volvió pronto del hospital, y se fueron juntas a casa, y la abuela se instaló con ellas. A Feli le gustaba la abuela, porque era de un pueblo de Zaragoza y le decía palabras que no entendía bien pero que la hacían sonreír: muy laminera eres tú, cuando la veía rebañar el petit suisse, o los flanes de huevo que hacía y que tenían aquellos agujeritos, y aquel caramelo líquido tan rico. Todo el tiempo que mamá pasaba en el hospital con papá, que era mucho, Feli lo pasaba con la abuela, que además de jugar con ella a Tabú y a encontrar palabras escondidas dentro de otras palabras como quien busca un tesoro («A ver, nena, a ver cuántas palabras puedes sacar de aquí: uperisada», porque tenía un brik de leche en la mano, y ella se mataba a encontrar pera, y persa, y pies, y usada, y risa, y pida, y la más fácil: día, «pero esa no te vale, nena, esa no vale porque día lleva acento». «¿Acento? Querrás decir tilde...») y la enseñó a limpiar el polvo, a fregar los suelos, a hacer brillar los espejos, todo como si fuera un juego. Luego, a papá lo llevaron a un sitio que se llamaba Toledo, que ella creía que era una ciudad, pero por lo visto era un hospital, porque papá estaba malito, sin que ella supiera muy bien qué era lo que le ocurría, hasta que le dijeron que nunca iba a poder caminar de nuevo, y la niña Feli pensó en las fuertes piernas de papá cuando trepaba. Y en los pies grandes de papá cuando colocaba los suyos sobre ellos y él empezaba a bailar y la llevaba como si se deslizaran por uno de los salones de la emperatriz Sissi a ritmo de vals, o por un *saloon* del oeste, o por un cabaret. Eso la puso tan triste que aquel día sacó todos sus juguetes del baúl y los fue metiendo uno a uno, en orden. Después bajó todos los peluches de la estantería y volvió a colocarlos por colores y por tamaños. Y descubrió que eso le gustaba mucho y que con la abuela le encantaba ordenar el cajón de los cubiertos subida a una banqueta, y establecer con ella una complicidad de la que estaban excluidos todos los demás, porque mientras ponía todas las cucharas juntas y todos los tenedores, y vigilaba que ninguno se saliera del estricto orden que habían establecido, como si estuvieran formando militarmente, no oía aquellas frases, ni las lágrimas de mamá, que hablaba de abogados, y de seguros, y de dinero que hacía falta, y de qué va a ser ahora de nosotros, y maldecía a aquella loca, y la abuela la reñía, pero mujer no digas eso, ella se llevó la peor parte, la chica murió y eso le queda para siempre, y todo aquello que se diluía, que perdía sus contornos mientras hacía brillar el espejo de su armario. Fue entonces cuando aprendió que la pena se espantaba limpiando, poniendo orden, dejando las encimeras de la cocina relucientes y despejadas. Y tuvo ocasiones para seguir comprobando cómo funcionaba de bien aquella receta que tenía su abuela para conjurar, ella también, la pesadumbre. Nunca tuvo su casa más reluciente que en los años breves que duró su matrimonio. Víctor le decía que era una obsesiva de la limpieza, como si ese fuera uno de los males que ponía en peligro su relación, pero no tenía ni idea de qué forma ella asustaba a los demonios a golpe de gamuza y de mopa, y de estropajo y de aspiradora. Debe de ser que ahora que Guille se ha instalado en su vida con la ternura frágil con la que alimenta los días, vuelve a ser un poco feliz, porque se da cuenta de que apenas friega los platos de la cena de un modo apresurado, y todas sus bragas y sujetadores han decretado un estado de rebelión tan lejano de cuando se alineaban por colores, perfectamente doblados. Debe de ser por eso que su armario parece la cueva de los dragones, y un día, por qué no ahora mismo, sacará todo y se decidirá a tirar gran parte de su ropa, y a comprarse otra nueva, de colores alegres: vestidos, que es primavera, pantalones cortos para el verano, hay tantas cosas que tirar, eliminar lo viejo y hacerle sitio a la risa. Y vivir, porque no puede ya con la tristeza que vive sentada en la silla de ruedas y que tiene la forma de un padre al que la vida le importa nada.

Entre el revoltijo de ropa que ha dejado sobre la cama con la firme intención de deshacerse de casi todo, ha aparecido una tela roja con lunares blancos, y a Feli por un instante le vuelve a la memoria todo aquello. Ahí está el delantal que le hizo la abuela, con volantitos como si fuera una bata de cola de flamenca. Y le bordó en la pechera su nombre: Feli. Cuando ella protestó, porque su nombre era Felicidad, la abuela le respondió que no importaba, que Feli también era bonito para una niña, y que además en el delantal no cabía el nombre completo. Pero no era cierto. Lo que ocurría era que la felicidad había salido huyendo y le había arrebatado también su nombre.

36

En Gijón, en el ecuador del mes de mayo que,
como no mejore, ni florido, ni hermoso, ni ná

Tendría que recuperar el espíritu del cuaderno, lo del
Diario de nuestra casa. Yo he tenido muchas ilusiones a
lo largo de mi vida, o tal vez debería decir proyectos.
O intenciones, o no sé qué. Tal vez pasión. Me refiero a esa
entrega incondicional a algo que te apetece. Si hago memoria, desde pequeña he tenido chifladuras (mi madre
las llamaba así, aunque ahora que recuerdo también las
llamaba las ventoleras de la niña) por determinadas cosas a las que me entrego como si no hubiera mañana. Ya,
ya he dejado constancia aquí precisamente de mi inconstancia. Pero es lo que hay. Yo mejor que nadie debería
saber que se pueden modificar las conductas, pero no estoy muy segura de querer hacerlo. Creo que no me disgusta ser así, o será que disfrazo de personalidad lo que
en realidad es una enorme pereza para introducir cambios en mi existencia. De todos modos, lo que quería decir es que de todas las ventoleras que he tenido a lo largo
de mi vida, seguramente a la que más tiempo, energía,
ganas y de todo he dedicado ha sido precisamente a esta
casa, a nuestra casa, a hacer de estas cuatro paredes un
hogar para Laia y para mí. Y tengo que decir en su honor que ella también se entusiasmó. Una vez que venció
aquellas reticencias iniciales, claro, pero durante un

tiempo se dejó llevar por la locura de los colores, de las telas para las cortinas, de los viajes a Ikea, de los objetos maravillosos que buscábamos en el Rastro los domingos, pequeños (y alguno gigante, como el baúl) tesoros que aparecían mezclados con herramientas oxidadas, monedas roñosas, manoseadas novelas del oeste y *singles* de Peret. Una benditera, por ejemplo. O aquella jofaina, con el aguamanil y la palangana de loza azul que tuvimos que limpiar durante días para arrancarle toda la roña y que ahora es una de las cosas más bonitas que tenemos en casa. Y el baúl de madera tallada y tapa de metal que limpiamos como locas con el cepillo de aluminio, que nos descubrió las maravillas que se ocultaban bajo el óxido, y la lana de acero para limpiar la madera que resultó tener carcoma y que nos llevó (a mí, porque Laia se cansó enseguida y quiso que tiráramos la toalla) un mes de inyectar un líquido, agujerito por agujerito...¡y tenía miles!, y luego envolverlo todo en papel film, y otra vez la operación, y otra vez envolver... Para mí fue un hallazgo, porque nunca imaginé que podía tener tanta paciencia, yo que empiezo las cosas y las abandono, y ahí estuve, para pasmo de Laia, que al principio repetía sin parar: Esto es mejor tirarlo, y luego ya me miraba con resignación, hasta que terminó por transformar la mirada, y yo veía en ella cierta admiración, como si no se creyese que yo fuera capaz de realizar una tarea que implicaba paciencia y constancia. Me dio por contárselo a mi madre, y en buena hora. Empezó diciéndome que ya eran ganas, que con los armarios que tiene este piso para qué quería yo un baúl, y que si metía algo con carcoma en casa, que me preparara, porque me invadirían todos los muebles, y que además, añadió, «como si no nos conociéramos, Emma, que tú no tienes paciencia para esas cosas, y además hay que saber, y tú eres una manazas, mujer, si fuera tu prima Maite, que tenías que ver las cosas que hace, pero tú eres muy torpe, o no te acuerdas que tuviste que hacer ejercicios de psicomotricidad fina cuando eras pequeña, y nunca eras capaz de recortar bien por la línea, ni las dichosas mariquitas, siempre tenían bordes blancos o les rebanabas un trozo de pierna, si hasta Richi era más hábil que tú recortando, mira ahora lo pienso y me resultaba muy gracioso que le gustara recortar mariquitas, pensaba que era por influencia tuya, que como eras mayor, y mecachis, tenía que haberme dado cuenta de que algo no iba bien, que muy normal no era, pero claro, la culpa era de las revistas que yo leía, *Ser Padres* y eso, que decían que no había que hacer distinciones en los juegos de niños y los de niñas, y yo me lo creí, y a lo mejor fue por culpa mía, si solo le hubiera dado pistolas y coches, tal vez él sería normal, vale, vale, ya sé lo que me vas a decir, sabes a qué me refiero, pero bueno, mejor no hablamos de eso, que me agobia mucho y no vivo, pensando en el día en que se le pase la tontería y se encuentre a una chica en condiciones, y deje la boba-da de la música y... y, cambiando de tercio, Emma, una cosa, oye, tu amiga va a seguir viviendo mucho tiempo contigo, porque digo yo que querrá buscarse piso pro-pio», y así todo el rato, que cada vez que la llamo me arrepiento, a veces creo que soy un poco masoquista, a ver qué necesidad tengo yo de llamarla, y sin embargo una y otra vez lo mismo. Laia se ríe cada vez que me ve coger el teléfono, y en los mejores momentos pasa a mi lado y me hace muecas para hacerme reír mientras escu-cho, porque hablar hablo más bien poco, y siempre cuel-go reconviniéndome, a mí quién coño me manda lla-marla, pero ahí estamos. Ella sí que no me creía capaz de semejante hazaña, la del baúl digo, que incluyó, una vez saneado de carcoma, una aplicación de betún de Judea, y todo el tiempo con una canción de Coti en la cabeza. Hasta lo forré con un papel precioso, muy *shabby*, un poco en precario, y de forma provisional, porque ahí ya se me acabó la paciencia, y un día de estos sacaré toda la ropa de cama que guardé en él, porque es enorme, y lo forraré bien con una tela bonita, aunque me dará lata, como me dio forrarlo con papel, porque es muy irregular, tiene como unos salientes de madera, que no sé qué objeto pueden tener. Intentamos manipularlo, con la esperanza de que albergara algún compartimento secreto, pero si era un mecanismo quedó inutilizado hace tiempo, porque allí no se movía nada, y bien que lo sentí, porque durante algún tiempo albergué la esperanza de que hubiera algún tesoro oculto, monedas de oro o algo, o documentos valiosos, lo que fuera. Un día le pregunté a Laia qué creía ella que había guardado, para qué lo habrían utilizado, y soltó lo primero que se le vino a la mente, que para esconder un cadáver, me dijo, y yo la miré con rencor, a quién se le ocurre, si yo te lo decía solo porque me lo estaba imaginando lleno de sábanas de hilo bordadas y perfumadas de lavanda... Laia entonces me miró y me dijo que no me engañara, que los baúles siempre guardaban secretos, y que a saber, y la canción siguió sonando en mi cabeza. *Buscando en el baúl de los recuerdos me vi desafilando una mentira, cualquier tiempo pasado nos parece mejor, me vi en un mano a mano con el tiempo que queda por delante todavía, mirar siempre adelante es vivir sin temor...*

37

—Me has dicho que sabes lo que hay dentro de ese sobre, pero que lo que necesitas es estar preparada para abrirlo. No parece que sea algo tan complicado, si estás tan segura de lo que hay escrito.

—Una cosa es saberlo y otra muy distinta comprobar que tienes razón. Mientras sigue cerrado, me queda la posibilidad remota de equivocarme, ¿sabes lo que te quiero decir? Pues eso.

Laia miró a la calle de reojo por el balcón abierto. Los bancos de la plaza de San Miguel estaban ocupados por jubilados y por algunas madres, muy pocas, que daban de merendar a bebés en sus sillitas, islas diminutas en el proceloso océano de la desocupación y la vejez. Valeria, como de costumbre, pareció leer su pensamiento.

—Qué distinta era la Plazuela entonces... Llena de niños, jugando al aro, a la peonza, niñas con las muñecas, y jugando al cascayu.

—¿Cascayu?

—Sí, dibujábamos con tiza unos cuadrados en el suelo, doce en total, tres por cuatro, y con una piedra arrastrada por el pie, íbamos pasando de unos a otros a la pata coja...

—Una especie de rayuela...

—Ay, hija, no sé, aquí era el cascayu. Había otro también que tirabas la piedra al cuadrado que te correspondía y luego ibas saltando. No me acuerdo muy bien cómo era... ay, qué rabia me da que se me olvide todo.

—Tienes una memoria fantástica, Valeria. Ya quisieran. Seguro que eres la mujer con más memoria de la residencia.

—No lo sé. Si quieres que te diga la verdad, apenas hablo con ningún residente, podría decirte que no hay nivel, pero seguro que me calificarías de clasista. Sentí que se muriera Paloma, y cuanto más tiempo pasa, más lo siento. Ahora que me estoy dedicando a esta especie de arqueología emocional contigo, charlar con ella creo que me vendría bien. Hablaríamos de París, y seguramente entre sus recuerdos y los míos podríamos componer el rompecabezas, porque a mí hay muchas cosas que se me escapan. Además, con Paloma pasaba una cosa que descubrimos mucho después, ya sabes cómo son las casualidades, pasan cosas increíbles.

—Bueno, eso, y que esta ciudad en realidad es muy pequeña y todos acaban por conocerse. —Laia sonrió mientras lo decía recordando a Emma y su increíble capacidad para estar relacionada con casi todo el mundo.

—Y antes más, la verdad. Pero fíjate qué curioso, yo conocí a Paloma en Francia, y resulta que mi hermana Gadea era amiga de la hermana de Paloma, que me parece que se llamaba Claudia. Una muy roja.

—Lo dices como si fuera algo muy negativo.

—Ni negativo ni positivo. La hermana de Paloma era rojísima, y yo nunca entendí qué pintaba Gadea con aquella gente, porque Claudia no era la única. Tenía unas cuantas amigas así. Y pase porque en la época de la cárcel tuviera relación con ellas...

—¿La cárcel?

—Ay, claro, es que tendría que contarte toda la historia. No pensaba hablar de ello hoy, pero bueno, también de esto hay que hablar, supongo, así que lo mismo da que demos saltos hacia atrás o hacia adelante. Fue después de la guerra.

—Cuando la guerra erais muy niñas...

—Once años yo, y diez Gadea. Para cuando entraron

los nacionales en Gijón, yo ya iba para los trece, y Gadea iba para los doce. Pero después, cuando Gadea tenía quince o así, calculo más o menos, porque Alfredo y yo ya éramos novios pero no nos habíamos casado, se enamoró de Arsenio, bueno, con el que luego se casó. Él era el hermano más joven de un anarquista muy nombrado, y andaban detrás de él, porque se decía que si se había echado al monte, que andaba con los maquis, aunque también se decía que ya no estaba por aquí, que había pasado a Francia, como tantos. El caso es que cada poco, a la familia los metían en la cárcel con cualquier excusa. Bueno, algo harían, no sé, o no, en aquellos tiempos pasaban cosas tan raras. Yo creo que Arsenio nunca hizo nada. Era muy buen chaval, y mi hermana se enamoró de él como una tonta, con calcetines iba todavía, y él resulta que se enamoró de ella también, contra todo pronóstico.

—¿Por qué contra todo pronóstico?

—Pues por qué va a ser, mujer. Gadea no era ni guapa, ni nada, y Arsenio era un rapaz como un castillo, y muy salado. Hombre, era lo que era, un obrero, y no lo que se esperaba para Gadea, pero menos da una piedra, y la verdad, con lo feúcha que era ella, tampoco podía aspirar a mucho más. Y, bueno, a lo que íbamos. Que cada poco lo metían en la cárcel, por uno o por otro, siempre trataban de sacarle información de dónde podía estar el hermano, que ese sí que era un pieza, se decía que durante la guerra había sido de armas tomar y nunca mejor dicho. Cómo se llamaba aquel anarquista tan famoso, el del robo en el banco de aquí de Gijón.

—Durruti...

—Hija, lo sabes todo, qué barbaridad... Pues eso, que el hermano de Arsenio, que era ebanista como él, había estado con ese Durruti cuando estuvo en Gijón, pero eso fue antes de la guerra, y fue a peor, y era uno de los más buscados. Él y un tal Emilio, que por lo visto era el hermano de la madrastra de Onel, otro pieza de campeonato, la de cosas que se decían de ellos y, como no daban con él, a la familia la tenían frita. A una hermana de Arsenio, que era muy guapa, dependienta en una tienda de ultramarinos, le raparon la cabeza y la pobre perdió el trabajo porque aunque el dueño de la tienda quería que siguiera yendo, y que se pusiera una pañoleta en la cabeza, los clientes fueron un poco puñeteros y alguno había que no quería que le despachara (no, con esas manos de roja no quiero que me peses la harina, que a saber si no las tendrás ensangrentadas), y a mí eso tampoco me parece que esté bien, a ver qué culpa tenía ella de lo del hermano, como Arsenio, que ya te digo, a la mínima lo metían preso: lo acusaban de una cosa y otra, y todo para tenerlo allí y darle buenas tundas a ver si le sacaban algo de dónde andaba el hermano, que decían que andaba con los fugados.

—Pero Gadea era muy niña entonces.

—No, esto ya fue después, por el cuarenta y tantos, creo que tenía ella quince años, y seguía con aquella manía suya de hacerse amiga de gente rara, porque cuando acabó la guerra y volvieron a ser las cosas como antes, y volvimos al colegio, no hubo forma de que ella se colocara en el sitio que le correspondía, entonces más que nunca, porque si algo trajo de bueno la guerra fue que colocó las cosas en su lugar, que antes era todo un galimatías, los pobres querían ser ricos o por lo menos querían que los ricos no lo fueran, una sociedad igualitaria, decían, el comunismo, todos iguales. Como si eso fuera posible. Mira ahora lo que está pasando: o te crees tú que esto es normal, lo de estos últimos años, todo el mundo viviendo como si fueran potentados, ahora dicen que si hay una crisis. No me extraña. Pues eso, que antes de la guerra ya lo decía mi madre: Hasta los gatos quieren zapatos, Gregorio, y esto no puede ser. Y mi padre callaba, y a veces discutía con ella, pero curiosamente cuando mi padre hablaba con Onel le decía lo mismo que mi madre le decía a él, era como si ante Onel quisiera reforzar sus argumentos con lo que este le dijera, para luego soltárselo a mi madre.

—No creo que le hiciera falta a tu padre eso. Tengo la sensación de que era muy inteligente.

—Sí, sí lo era, pero es curioso. Onel no tenía carrera, había estado en los jesuitas con mi padre, pero luego volvió a la aldea y allí terminó la escuela y ya se metió con el padre a trabajar. Pero era muy listo y sabía muchas cosas. Más que mi padre, porque leía muchísimo, y además tenía amigos muy cultos, toda la gente del Ateneo Obrero y los de la Sociedad de Cultura e Higiene, que me acuerdo que Gadea se reía mucho y le preguntaba a Onel que si a esas reuniones iban a aprender a lavarse las orejas. Bueno, que me despisto. La cosa fue que después la gente se situó donde le correspondía. Menos Gadea, que seguía siendo amiga de las pobretonas del colegio, las que no eran de pago. Y fue con una de ellas, que era prima de Arsenio, como lo conoció. A él y a toda esa caterva que fueron sus amigos, el núcleo principal de sus amigos toda la vida... Que es a lo que iba. La hermana de Paloma era una de ellas. Era mayor que Gadea, claro, tenía una niña pequeña y nunca supe muy bien, pero creo que a su marido lo habían matado en la guerra. A mí no me gustaba nada que Gadea me hablara de esa gente, me daba miedo porque eran claramente de la cáscara amarga, y tenía miedo de que mi hermana se metiera en algún lío. Había pasado ya lo más gordo, pero tener simpatías entre esa chusma no podía traer nada bueno. Mi madre estaba horrorizada: le prohibió que los viera, pero buena era Gadea, a la que nos descuidábamos se iba y se reunía con ellas, con otras chicas del mismo pelaje: hijas o hermanas o novias de presos. Eso sí, cuando se iba con ellas siempre se pasaba por la despensa y arramblaba con comestible, que si azúcar, que si garbanzos, no sé si pensaba que no nos dábamos cuenta, con lo tasado que estaba todo, incluso en nuestra casa, pero ella era tozuda como una mula, daba igual que mi madre la castigara, porque también es cierto que yo creo que no tenía ni argumentos siquiera, ni energía. Ni ella ni mi padre, que no volvió a ser el mismo después de la guerra, y yo creo que aparte de todo, lo que los destrozó a los dos, y a nosotras también, fue la muerte de Onel, pero de eso no quiero hablar hoy, estaba con Gadea, con aquella rebeldía que siempre tuvo, y aquella terquedad. Además se enamoró como... como...

—Bueno, como tú, imagino. Tú también estabas enamorada de... Alfredo, ¿no?

—No era lo mismo.

La mirada de Valeria Santaclara inició un viaje hacia algún punto del exterior de la ventana. Ahí había un nudo, en esa frase precisamente, y Laia pensó que era la situación más propicia para hurgar, porque a pesar de aquella mirada perdida algo había en la actitud de Valeria que invitaba a entrar en esa zona de su memoria, como quien se encuentra una puerta entreabierta. Temía, sin embargo, no ser capaz de hacer la pregunta adecuada, así que esperó pacientemente a que la mirada de Valeria regresara a posarse sobre los objetos de la consulta, sobre la propia Laia, que permanecía inmóvil como uno de ellos.

—¿Sabes qué, Laia? No tenían un duro, siempre anduvieron a la cuarta pregunta, y ella no era ni guapa, ni nada, apenas se compraba ropa, y nunca la veías en los sitios donde iba todo el mundo, y sin embargo siempre parecían felices. —Y luego, musitó, como si estuviera hablando consigo misma—: Y yo no podía soportarlo.

Hay otro sueño que se repite mucho. Estoy saltando a la comba. Hay dos niñas que la sujetan una a cada lado y una fila de niñas que van saltando, y suena la canción que cantamos todas: La una, las dos y las tres (sale una niña y entra la siguiente), pluma, tintero y papel (sale la niña sujetándose la falda para que la cuerda al pasar no se la levante), para escribirle una carta (yo me preparo porque solo me quedan dos para entrar yo) a mi querido Manuel, para decirle que venga (ahora me toca) para casarme con él... Pero cuando he entrado a saltar, sujetándome bien la falda, porque siempre nos da mucho miedo que al saltar se nos levante, o nos la enganche la cuerda y se nos vean las bragas, no hay nada peor que te puedan decir que te han visto las bragas, pues eso, pienso que me he recogido muy bien la falda, pero entonces resulta que el suelo se ha abierto y entonces empiezo a caer, y no sé cómo me sujeto a la cuerda, y quedo colgando en el vacío, y veo las caras de las dos niñas que estaban dando, su terror, y sé que van a soltarme y me caeré, me caeré... y en ese momento en que caigo, de pronto me doy un golpe, como si cayera sobre el colchón, y pienso que esta vez me he salvado, pero la próxima no tendré tanta suerte, y una frase como un martillo en la cabeza, en esta vida todo se acaba pagando, y yo sé que es verdad y me da verdadero pavor.

En los brazos de Guille, con la piel tatuada por la piel del chico, y la boca llena de besos que él deja con la pasión de los comienzos, a Feli le cuesta trabajo reconocerse en esas otras mujeres que ha sido: la insulsa que se casó con Víctor, la que perdió sus días en unos grandes almacenes conociendo a quienes no saben distinguir entre valor y precio, la que transitaba por el territorio del deber sin concederse apenas la posibilidad de que existiera la felicidad. En los brazos de Guille agonizan los domingos, y se desdibujan los contornos de las dudas, y se deja querer con la confianza infantil perdida tanto tiempo atrás, y se emociona con las vidas remotas que parecen habitar allí mismo, porque en cuanto se abren las carpetas donde él guarda las notas que va tomando, las fotocopias de documentos, los recortes, los cuadernos, las fotos, una pléyade de existencias truncadas, se corporeízan, aparecen como fantasmas que poco a poco, y gracias a las palabras, adquieren consistencia real. Son hombres y mujeres que habitan allí mismo, que comparten con ellos las horas y las heridas, en un desfile de desdichas y catástrofe, de injusticias y de horror, pero curiosamente, también de vida, de la risa que tuvieron, de los abrazos en los que se les fundió el amor, de la mirada que alguna vez acarició la ilusión de que el futuro fuera otra cosa, o al menos fuera, y no estuviera roto por una serie de disparos al amanecer. Son esas personas que tienen nombre, y tantos días habrían caminado por las calles que ella pisa tantas veces, y se asomaron al Cantábrico para extasiarse con las olas gigantes del temporal, o respiraron agradecidos la brisa de los días de sol, cuando el mar es un espejo de azul azogue, y las nubes parecen haberse escapado de la postal de unas vacaciones improbables, son los hombres que llevaron camisas blancas recién planchadas, con los cuellos almidonados, y zapatos brillantes, o quienes vivieron desde la adolescencia bajo el amparo protector de una boina heredada, los que fueron detenidos cuando acudían a su casa, los que participaron en algaradas, los que no cometieron otro pecado que resultarles antipáticos a los vecinos, tan dados a la colaboración con los vencedores. Las muchachas en flor que apenas tuvieron tiempo para besar en la boca a un muchacho que murió en el frente, los abuelos que sobrevivieron a otras batallas, a la revolución, a la cárcel, al miedo, y terminaron por perder la vida en el Sucu, en un fusilamiento al amanecer, bajo una lluvia fina que fue el último beso que recibieron en la piel a falta de los labios de quienes los amaron tanto. Todos esos y tantos otros que se hacen reales, que Guille vive con la intensidad de lo que sin haber conocido se ama, y le contagia a ella, que construye en su cabeza historias imposibles y que empieza a pensar que escribir debe de ser otra cosa mucho más intensa que la crónica urbana de la mediocridad, el recuento de los fracasos, de los personajes que abren la nevera cuando vuelven a casa y se encuentran tan solo un yogur caducado y un limón, las chicas que apoyan la cabeza en la ventanilla del tren (ella misma tantas veces) cuando vuelven a casa del trabajo y la noche convierte en un catálogo de sueños rotos cualquier decisión de que la vida sea otra. Otra como esta, la de los domingos por la tarde en los brazos de Guille, en la piel de Guille, en los besos de Guille, que le habla de la maestra de Nozaleda, del modo en que desapareció una noche, hacía muy poco tiempo que había quedado viuda, a su marido lo adoraba todo el mundo, como a ella, nadie entendió nunca por qué, de qué oscura conciencia salió la orden de llevársela, si no había hecho otra cosa que enseñar a generaciones de niños, si se había ganado el afecto de todos, si las mujeres la adoraban y todo el mundo la respetaba, quién escribió el guion de la última secuencia de su vida, de qué alma sedienta de venganza, alimentada por el rencor o la envidia, salió la sentencia que terminó con su aliento. Guille le enseña la foto de una mujer ya no tan joven porque tiene que pasar con mucho de los treinta a pesar de la jovialidad con que sonríe, con la piel clara, y una melena corta, como la de las artistas de cine de los años veinte, pero más cerca de la rebeldía de Anita Loos que de las líneas geométricas de flequillo cortado con tiralíneas de Louise Brooks. Está sentada en lo que tiene que ser su mesa de la escuela, a sus espaldas una gran ventana con contraventanas de madera, se ve parte de una pizarra a su izquierda y lo que puede ser un armario a la derecha. Sobre la mesa, además de una especie de frasco que debe de contener tinta para ir rellenando los tinteros, hay varias figuras geométricas de madera: una esfera, un cono, una pirámide, un icosaedro, también varios libros, una pizarra pequeña, un cartabón y una escuadra de madera, un compás para la pizarra, y una bola del mundo. Ella tiene las manos sobre la mesa, una blusa clara y un chaleco oscuro que parece de lana, y todo en ella es apacible. Y aunque ambos tienen la sensibilidad suficiente para mirar e interpretar, carecen de los datos para saber que es una mañana de mayo, y que Canor se ha presentado en la escuela mientras los niños están en el recreo, porque se ha hecho con una cámara de cajón con acabado de cuerina roja, con la que se dedica a hacer retratos de su familia, en la mayor parte de los cuales apenas se ven los protagonistas, pero de vez en cuando consigue fotos como la que le hace a su mujer esa mañana en la escuela, aunque ella se queja de que no está para retratarse, «mira qué feo está este chaleco», que es azul, aunque en la foto no se vaya a ver, como tampoco nadie sabrá que la blusa es de un amarillo pálido, con flores apenas perceptibles, la misma tela con la que hizo un vestido para la niña, para Camila, que empieza a crecer más de lo que les gustaría y parece estirar y abandonar las redondeces y en cuanto se descuiden será tan adulta casi como es Onel, que gasta sus días entre el negocio de coches, la amistad con Gregorio, con quien pasa mucho tiempo en Gijón, los trabajos en el campo con el abuelo, que apenas se mantiene ya en pie, y se empeña en segar la pación, y cabruñar, y a veces da la sensación de que no puede con el *gadañu*, y Onel se deshace de ternura por él, que aunque parezca un tipo duro, Onel sabe que su abuelo se puede morir y se le para el corazón. Ya fue tremenda la muerte de la abuela, cuando la gripe, y de tantos otros, cuando ver a don Clemenciano con el monaguillo yendo de un lado a otro con los santos óleos para dar extremaunciones como quien reparte caramelos le suscitaba a Onel un rencor inexplicable porque le molestaba aquella invulnerabilidad del cura a la enfermedad, a pesar de entrar en todas las casas donde la gente moría como moscas. Y las discusiones con Emilio cuando aparece por casa en alguna de sus idas y venidas, que tan pronto anda por Langreo como por Valencia, o Andalucía o por Madrid y sobre todo por Barcelona, pero siempre vuelve y Onel lo recibe como a un héroe, por mucho que su padre, con infinito cuidado, lo prevenga acerca de los pies de barro que tienen todos los héroes. No pueden saber, aunque miren la foto escudriñando, el miedo que a veces tiene ella por su hermano, porque sabe que los pasos en los que anda traen complicaciones, porque hace tiempo que se viene hablando de que el ejército se está cabreando, y hay quien habla de que está cercano un pronunciamiento, y Emilio estará sin duda en el punto de mira, tanto por él mismo como por las amistades que se gasta, y eso que ella no quiere saber, no más de lo que sabe o de lo que imagina. Todas esas cosas que habitan en una foto y que no se ven, como lo que está mirando Flora Mateo en ese momento, el rostro amado de Canor y su cuerpo cada vez más denso, cada vez menos joven, su gesto de concentración, porque quiere, para variar, hacer una buena fotografía, y ella trata de no apartar los ojos de donde él le ha dicho que mirara, el cajón que está sobre el trípode y que él carga con un mimo infinito, aunque le gustaría más mirar los pupitres de sus niños que juegan en el patio y los oye desde donde está: un rumor confuso de canciones para saltar a la comba y de gritos, y alguien que canta «Tres marinos a la mar», para ser respondidos por un «Y otros tres en busca van», y el mundo parece tener el orden que ella misma se ha inventado con lo que puede controlar: la escuela, las telas y las agujas, la exactitud de los paralelepípedos, los accidentes geográficos de esos países que ninguno de los que están allí van a visitar, pero que resultan tan sugestivos: el desierto del Gobi, la selvas de Borneo, la isla de Pascua, los canales de Venecia, los hielos de Groenlandia, la Patagonia, donde vive un tío de uno de los niños, Roma, donde dice don Clemenciano que vive el papa, y París, donde han construido una torre, la torre Eiffel, o torre de los trescientos treinta metros, que es la edificación más alta del mundo, o los volcanes que hay en Japón, pero también los apólogos del Conde Lucanor, lo mucho que se ríen los niños con la historia del padre y el hijo y el burro, que Flora quiere creer que también los lleva a pensar: «Por miedo a las críticas no dejéis de hacer lo que más conveniente pareciere ser», y la costura, el escándalo: la maestra hace coser a los rapacinos, cuándo se vio, en tiempos de doña Alejandrina, mientras las niñas hacían punto de cruz o aprendían a sobrehilar y a echar una pieza a una sábana, los chicos seguían haciendo cuentas, pero ella no, ella ha decidido que para qué van a esperar a ir a servir al rey para aprender a coser botones, mejor que lo hagan ahora, y ya de paso que aprendan a hacer una costura, o a zurcir un calcetín, y que, curiosamente, tantas voces se alcen para defenderla, tan distinta de doña Alejandrina, que enhebraba avemarías mientras cosían, ahora no, ahora leen por turnos en voz alta, la historia de *Corazón*, o *David Copperfield*, o *La pequeña Dorrit*, igual que en las tardes de las mujeres se leen novelas, o poesía. Ese es el mundo que tiene sentido, el que se ordena en cuanto escribe la fecha del día en la pizarra justo antes de que entren los niños, el que se prolonga en el encuentro con las mujeres que se pasan por su casa algunas tardes, aunque la presencia de Emilio haya trastocado las conciencias y más de una y de dos, y en realidad casi todas, habrían sucumbido a su encanto irresistible y se habrían puesto a prueba las defensas de todas ellas. El mundo que tiene sentido, el de Camila sentada con ellos y con Onel cuando está, cenando sopa de fideos hecha con caldo de gallina que siempre le trae alguna de las mujeres del pueblo, da igual que hayan pasado los años y ella esté casada con uno de los hombres más ricos de la aldea, el caldo es el caldo y es como si se organizaran para traérselo a casa, porque tal vez no saben de qué otro modo pueden agradecerle a la maestra todo ese cariño y esa dedicación que pone con todos. Tampoco se ve en la foto, no puede verse, que esa mañana Flora tiene aún en el recuerdo las imágenes del entierro de Rosario Acuña, el último domingo, aquella manifestación de duelo en el más estricto sentido; el féretro de la escritora llevado a hombros desde su casa, donde tantas horas compartieron ambas asomadas al mar, hablando de la vida, de la historia, de política, de la condición de la mujer, por la carretera del Infanzón hasta el cementerio de Ceares, pasando por Rufo Rendueles, Juan Alonso, plaza de San Miguel, y en cada calle, en cada rincón, un recuerdo, unas palabras, gente que la admiraba, que comentaba el modo en que socorría a los necesitados, o peleaba por los derechos de los obreros, la reclusión que mantuvo en los primeros años de su vida en la casa que se hizo construir en el Cervigón, donde durante algún tiempo tenía colgado un cartel que decía «Inútil llamar: no se recibe a nadie», su tímida apertura a la gente, incluida su participación en algunos actos, las tertulias en su casa donde los obreros disfrutaban de su inteligencia y su consejo, su admiración por Melquíades Álvarez, sus textos escritos, su vida.

Feli aleja un poco la foto y se acurruca en los brazos de Guille. Creo que debería escribir esta historia, ¿no crees? Me parece que voy a decírselo a Rafa para el proyecto de novela que nos propuso el otro día, y a lo mejor podíamos hacerlo juntos, a cuatro manos, Guille, qué te parece. El chico se queda callado, se toca la barba de días que siempre le subraya el encanto de un rostro en el que la travesura dejó unos hoyuelos que son siempre el prólogo de la sonrisa. Y piensa que tal vez podrían hacerlo, y le dice que por qué no, que habría que seguir buscando documentación, que habría que conseguir, tal vez, conocer más datos a través de Valeria Santaclara, que sería fantástico escribir juntos, y que el rigor, y que las fuentes. Feli parece entusiasmada, insiste en que no, que tampoco es eso, que se trata de escribir una novela, no es necesario ser riguroso, no es uno de tus libros de historia, podemos imaginar, tenemos lo suficiente para empezar, tendremos más y conseguiré de la Marquesa todo lo que sea necesario, pero será ficción, no lo olvides, y vuelve a mirar la foto, porque se ha quedado colgada de los ojos de Flora Mateo, del modo que mira a la cámara, la serenidad con que se asoma a la muerte que vendrá y que ahí, en esa mañana de mayo, ni siquiera tenía la consistencia de una sombra.

40

Una noche Laia soñó que en el baúl en el que Emma y ella, pero sobre todo, e inexplicablemente, Emma, habían dejado días enteros de su vida para que recuperara un esplendor que seguramente, aunque ella no estaba del todo segura, un día había tenido, había un cadáver. El sueño era tan real como que se veía a sí misma levantándose de la cama porque no podía dormir, y calzándose las zapatillas para avanzar, y aquí ya empezaba a parecer raro, por un espacio interminable, el que separaba la cama, que era la misma, con Emma arrebujada incluida, de la puerta. Pero antes de alcanzarla, a Laia le llamaba la atención que del lugar donde estaba el baúl venía un resplandor leve, como si en la noche, en el campo (y Laia recordaba algún verano en Vilasar de Dalt) se viera a lo lejos, en la negrura, la luz encendida de una casa, una especie de luciérnaga cálida, y algo así venía del baúl, como si se hubieran dejado una linterna encendida, o una vela, más bien una vela, temblorosa y sutil, algo muy raro, incluso para un sueño, y ella, por momentos, sentía la consciencia extravagante de estar soñando y a la vez de no estarlo. Así que, con esa decisión asustadiza de los estados oníricos de autorregulación fisiológica (hasta en sueños, Laia no podía evitar la necesidad de la precisión), se había aproximado al baúl, que era exactamente el mismo, con todos los detalles, por tanto no podía estar soñando. Lo único raro era la luz insólita que se colaba por unas rendijas que ella no recordaba que hubiera, y entonces pensaba en levantar la tapa, la pesada tapa cubierta por las incrustaciones metálicas que tanto habían trabajado para limpiar y descubrir aquella maravilla de hojas y flores en relieve. Con esa lucidez misteriosa que a veces otorgan los sueños, Laia pensaba que era una estupidez lo que estaba haciendo, allí no había ni podía haber linterna encendida alguna, allí, en el baúl, estaban las sábanas, las fundas nórdicas, alguna manta, la ropa de cama en definitiva, que semanas atrás habían colocado, liberando así parte del armario, eso, y como mucho algunos saquitos de lavanda, pero qué tontería pensar en una linterna. Y sin embargo ahí estaba la sensación de parálisis, el temor a levantar la tapa y mirar, en lucha con la decisión de hacerlo, hasta que por fin agarraba el tirador de hierro y levantaba la tapa, y sí —porque aquello era una pesadilla, sin duda lo era, ya no había ni un solo espacio para que la realidad se mezclara en aquello, solo podía estar durmiendo, y profundamente además, para que al abrir el baúl, retorcido de un modo inverosímil— el cadáver de un hombre: la palidez extrema, la sangre reseca entre los mechones de pelo ralo, los zapatos que se adivinaban brillantes aun bajo el polvo, un viejo uniforme salpicado de goterones oscuros que Laia supo que también eran sangre. Y una vela encendida entre las manos que tal vez nunca pasaron las cuentas de un rosario.

Laia, que siempre se reía de Emma porque cuando estaban viendo una película en el salón y había el más mínimo suspense, la música que presagia problemas en forma de cuchillada para la protagonista, la mano que está a punto de abrir una puerta, siempre se levantaba y se iba a la cocina, directa a la nevera, a meterse en la boca lo primero que pillara, ya fuera una loncha de jamón, o un tranchette, una cereza o una cucharada de mermelada, se había despertado aterrorizada, con la imagen del hombre muerto grabada en la retina, sin ánimo para preguntarse qué quería decir aquel sueño, qué conflicto se estaba resolviendo en su cabeza a través de aquellas imágenes, qué explicación tenía. Solo el baúl, el cadáver, la luz imprecisa de la vela. Y el sudor frío.

Emma no llegó a despertarse a pesar del grito ahogado de Laia, que en su garganta tuvo el efecto de un cuchillo seccionando la faringe y que le dejó durante un par de días una inaudita afonía. El mismo tiempo que tardó en armarse de valor para abrir el baúl, para enfrentarse a los miedos absurdos, a la huella del pánico nocturno. Allí estaban: las sábanas, una manta de cuadros, las fundas de colores para las nórdicas, las fundas para las almohadas. Todo tan doméstico, tan suyo. Todo impregnado del olor a la lavanda que era también el olor de la obsesión de Emma, su deseo de convertir aquello en un hogar. Estaba a punto de volver a cerrar el pesado baúl, cuando una decisión inesperada, un ansia que no podría decir de qué remoto punto de su conciencia venía, se tradujo en una apremiante necesidad: como poseída por el espíritu de una audacia desconocida y lejana, sacó sin demasiados miramientos las sábanas, las fundas, las mantas, y las dejó en el suelo. Y a continuación, sin pensar demasiado en lo que hacía, sin calcular el cabreo que iba a pillar Emma cuando comprobara de qué manera había arrancado aquel papel tan bonito de delicadas flores blancas sobre fondo rosa, procedió a dejar el interior del baúl desnudo. Y en ese momento comprobó lo que ya sabía (y su mente, cartesiana y racional, ya había previsto explicaciones basadas en imágenes archivadas en la memoria mientras limpiaban el baúl): que justo en el lugar en el que en su sueño el cadáver apoyaba la cabeza, en la esquina, ya muy cerca del borde superior, había restos de una mancha oscura: la que en su momento atribuyeron a la humedad, y ahora sabía con certeza que no era otra cosa que una mancha de sangre.

41

—El otro día me dijiste una cosa que me llamó la atención. Bueno, que me llamó la atención más que de costumbre.

Laia se había apresurado a corregir, porque Valeria Santaclara tenía una tendencia a la suspicacia que en más de una ocasión, y a pesar del cuidado extra que la psicóloga añadía a la profesionalidad, la inteligencia natural y la experiencia de años, había estado a punto de conseguir que el camino por el que ambas transitaban se convirtiera en algo parecido a un lodazal del que podía costar mucho salir.

—Ya, ya sé a qué te refieres. La verdad es que yo misma me quedé muy sorprendida cuando lo dije, porque no era verdad.

—¿No lo era?

Valeria Santaclara inició su acostumbrado juego con los anillos. La alianza moviéndose dedo arriba hasta dar la sensación de que se la iba a quitar, y justo en ese momento volvía a colocarla en su sitio. Laia no perdía de vista aquel movimiento, y siempre pensaba qué oculta decisión sin cumplir, qué lenguaje secreto, como un río subterráneo, enmascaraba: ¿propósitos que nunca fue capaz de concluir?, ¿determinaciones para las que faltó el valor? Parecía, sin embargo, que el movimiento era mecánico y Laia haría bien, se reconvenía, en pensar que a lo mejor no todas las cosas que uno hace, no todos los gestos, albergan un significado, no todos son la traducción fidedigna de un sentimiento, de un nudo, de un trauma.

—Como imagino que te refieres a lo que te dije de que yo no podía soportar lo felices que eran Gadea y Arsenio, te diré que no tengo ni idea de por qué lo dije. De hecho fui pensándolo hasta la residencia y estos días le he dado vueltas y más vueltas. No soy tonta, Laia, sé que cuando se explora el pasado, cuando se revuelve, acaban saliendo cosas que uno no pensaba, y a veces, según dicen tus colegas, se dice una frase o una palabra sin que aparentemente tenga explicación, y luego resulta que es la clave...

—Bueno, no es así exactamente... —Laia hizo ademán de seguir con una explicación teórica, pero se dio cuenta a tiempo de que no merecía la pena interrumpir a su paciente.

—Da igual, yo lo leí en una revista que hay en la residencia y supongo que es verdad, porque a ver si no, de qué. Nadie en su sano juicio envidiaría a Gadea. Ya te dije que además de ser un poco rara, que siempre lo fue, que tan pronto reía a carcajadas como rompía a llorar, era feúcha, con el pelo muy poco agraciado, en fin, ya te lo he dicho más veces, no voy a repetirme... Y en cuanto a Arsenio... El otro día ya te conté que tanto él como su familia eran de la cáscara amarga, y eso, en aquellos tiempos, era una auténtica vergüenza. Gadea era como era, pero por la posición podría haberse casado con algún muchacho de alguna familia amiga, que los había, no te vayas a pensar, incluso para ella. Pero no, se enamoriscó de Arsenio y no hubo forma de bajarla del burro. Mi madre puso el grito en el cielo, y además culpó a mi padre, que todo eso pasaba porque él nunca había tenido muy claro cuál era su sitio, y por lo tanto le había enviado un mensaje equivocado a Gadea, y como la pobre no tenía muchos alcances... Y él se enfadó mucho, fue una de las pocas veces que lo vi con energía después de la guerra, porque mi padre se convirtió en otro después de la guerra, parecía uno de los vencidos, no se sentía orgulloso de haber ganado, ni de que estuviéramos en el bando de los que podían ir por la calle con la cabeza bien alta. Él parecía avergonzado y sobre todo muy triste. Yo no sabía muy bien por qué, pero creo que todo tenía que ver con Onel. Creo que nunca se repuso del todo de su muerte. Pero lo que te decía, ese día se enfadó, parecía por un momento que le había vuelto la alegría, y le espetó a mi madre que por qué le molestaba tanto que Gadea fuera feliz, que para una persona que había en casa que tenía el secreto para encontrar la felicidad, por qué se pasaba la vida haciéndola de menos. No es que la hiciéramos de menos, Laia, te lo aseguro. Ella era menos, no sé cómo decirlo. No íbamos a estar equivocadas las dos, mi madre y yo. Y mi padre, si fuera sincero, también lo vería, pero creo que le hacía gracia, y por eso la defendía. Total, que mi padre, muy enfadado, le dijo a mi madre que lo que le molestaba era que Gadea fuera feliz porque tenía a quién salir, eso es lo que te jode, dijo furioso, y a mí me sorprendió mucho porque, a no ser cuando hablaba con Onel, a mi padre nunca lo había oído decir palabrotas, y menos a mi madre, y añadió que hiciera el favor de dejarla en paz, y que, si quería casarse con Arsenio, que se casara, que al fin y al cabo yo me había casado con quien había querido.

—Y eso era verdad, ¿no? Tú te habías casado con quien habías querido...

—Yo hacía las cosas como se tenían que hacer. A mí me gustaba más Leandrito, y no te rías del nombre, que era un chaval que veíamos en la Plazuela, «el caramelín» lo llamábamos, porque era guapo a rabiar, y muy simpático, y siempre iba impecable. Pero no tenía oficio ni beneficio, bueno, oficio sí, trabajaba en el cine Roma, que había que hacer esfuerzos para que no se nos escapara decir el Roxy, que era como se llamaba antes de la guerra.

—¿Cambió de nombre?

—Claro, mujer, parece mentira. A Franco no le gustaban nada los extranjerismos, ya sabes, bueno, qué vas a saber, no tienes por qué, pero eso, no le gustaban nada de nada, y todo cambió. No te digo más que el Sporting dejó de ser Sporting...

—¿Sí?

—Real Gijón se llamó... Aunque la gente siguió llamándole Sporting. Y al Roxy lo mismo, pero nosotros teníamos que dar ejemplo y decir siempre el Roma... ¿por qué estaba hablando yo de esto?

—Por Leandrito.

—Ah, sí. Que trabajaba allí, en el cine. Antes de la guerra, cuando era más crío, había estado trabajando en el balneario de Las Carolinas, el que estaba en la playa.

—¿Había un balneario en la playa?

—Ay, hija, cómo se nota que eres forastera. A cualquiera de Gijón que preguntes te contará que había un balneario, el de Las Carolinas. Bueno, hubo más, pero con la guerra se terminó todo.

—Total, que te gustaba Leandrito, pero te casaste con Alfredo.

—Leandrito nos gustaba a todas, pero ocurría algo muy curioso: él nos enamoraba a todas, siempre tenía palabritas para todas, unos días para una, otros para otra, como si jugara, y todas coladitas por él. Era muy curioso, porque no tenía nada que ver con el resto de los que andaban por la Plazuela, ni por Begoña, ni por Corrida... Los demás iban en manada, y a la que nos descuidábamos nos decían alguna barbaridad, incluso los más formales, y no te digo ya los que venían de Ceares, o del Natahoyo. De esos huíamos como de la peste. Leandrito, siempre en solitario, siempre educadísimo, y tan guapo... pero mira tú por dónde, él se quedó soltero. Vete tú a saber si no sería un poco sarasa. En aquella época quedarse soltero era muy sospechoso. Alfredo no era tan guapo, aunque no estaba mal, pero además reunía todas las condiciones que una chica podía desear: pertenecía a una buena familia, era muy trabajador y, aunque solo había estudiado en la Escuela de Comercio, era muy espabilado y desde muy joven había estado viajando por Europa y eso era tan exótico entonces...

—Supongo que antes, de educación sexual, cero, ¿no?

—Pues claro, mujer, qué íbamos a tener. Y eso que Gadea y yo habíamos estado en la aldea casi toda la guerra, y allí habíamos visto cosas que no te creas... Algo nos habían espabilado.

Valeria pareció ruborizarse, y el movimiento con el anillo de la mano derecha se hizo mucho más patente. Laia la miró invitándola a que continuara por ahí, y quiso preguntarle qué le había sucedido en Dios sabe qué pajar o qué sebe, detrás de un castaño, o protegida por unas zarzas, pero como no le pareció que ella estuviera por la labor, condujo sus pasos por un camino que le pareció un poco más seguro.

—¿A tu padre le gustaba? Le parecería bien que te casaras con él, ¿no?

—A mi padre, vete tú a saber por qué, yo creo que siempre le gustó más Arsenio. Con Alfredo hablaba cuatro frases, muy educado, eso sí, y le preguntaba por sus negocios, pero como si no le importara. Solo tenía curiosidad por saber qué se decía de España en el extranjero, y Alfredo siempre le contestaba lo mismo, que qué se iba a decir, que todos estaban admirados del trabajo que estaba llevando a cabo el Generalísimo con una nación tan arrasada como había quedado. Entonces mi padre parecía perder todo interés y volvía la vista al periódico, o a lo que estuviera haciendo. Con Arsenio, en cambio, podía estar horas hablando de cine, que le gustaba mucho, bueno, les gustaba mucho a los dos, o de cualquier cosa, porque mi padre, de pronto, parecía muy interesado por el trabajo de Arsenio, la ebanistería, ya ves tú qué podía interesarle, vas a comparar con todo lo que hacía Alfredo en Berlín, o en Copenhague, o en París. Pues nada. Digo yo que mi marido tenía paciencia con él, aunque muchas veces cuando volvíamos a casa después de comer los domingos allí, cuando pasábamos temporadas en Gijón, siempre se me quejaba, el pobre con razón, de que mi padre lo hacía de menos, que no le daba su sitio en aquella familia, y que yo tenía que valorar cuánto me quería él, para que luego yo dijera, que si no fuera por eso, de qué iba él a someterse a esa humillación, y yo, a veces, me atrevía a decirle, hombre, Alfredo, tanta humillación no será, y él me decía, pero te parece poco tener que compartir la mesa con tu cuñado, que cuando no está preso andan buscándolo, y yo, Alfredo, hombre, eso era antes, ahora... además, esa frase no es adecuada, eso se dice cuando... y él me cortaba y me decía que sabía perfectamente cuándo se usaba esa frase, y yo entonces me callaba, porque con Alfredo siempre había un momento en que los ojos se le ponían como fríos, y a mí no me gustaba nada verlo así y me daba cuenta de que, aunque yo defendiera a mi padre, tenía toda la razón del mundo para sentirse de aquella manera. Menos mal que mi madre ponía un poco de cordura y las cosas en su sitio, y siempre hacía que sirvieran a Alfredo antes que a Arsenio, como tenía que ser, porque, además, con los modales que tenía mi cuñado, podía suceder que si le servían antes se pusiera a comer sin esperar ni a los demás, ni a la bendición de los alimentos. Aunque esto último mi padre lo desterró. Ya lo había desterrado antes de la guerra, mucho antes, cuando éramos pequeñas, pero mi madre, convencida de que los nuevos tiempos marcaban un modo de comportarse diferente, había tratado de reimplantar la costumbre después, cuando acabó todo, ella decía que qué menos que agradecer a Dios no solo que tuviéramos alimentos para comer, sino también que nos hubiera librado del enemigo. Mi padre enseguida se lo quitó, y eso que mi madre decía que quién lo iba a decir, que al fin y al cabo el que era sobrino de un cura era mi padre, y a ver qué decía el tío Clemenciano de que no quisiera rezar antes de las comidas. Cada vez que mi madre hablaba del enemigo, y lo hacía con frecuencia, todos teníamos en la cabeza aquella frase de Gadea, y la paliza que le dio mi madre después de pronunciarla, la primera vez que mamá nos hizo rezar dando gracias a Dios por librarnos del enemigo, por haberlos hecho huir o sucumbir bajo su espada.

—¿Qué fue lo que dijo?

—Todavía la estoy viendo: separó las manos de como nos hacía ponerlas mi madre para rezar, así con los dedos entrelazados, y con la mirada tan vacía que daba miedo se puso muy seria y dijo: Si el enemigo era Onel, a Dios que le den por el culo.

42

*En Gijón, lunes y maquinando escapar
para huir de la dichosa lluvia*

Le dije a mi madre que iba a marcharme unos días, y añadí, por ahí, cuando me preguntó, inquisitiva como es ella,
que adónde. También preguntó con quién y entonces le
dije, procurando que fuera muy natural, que con Laia.
Juraría que en ese mismo instante mi madre cayó en la
cuenta de que lo mío con Laia muy normal no era. Digo
normal desde su punto de vista, claro, porque inesperadamente se calló. Que mi madre se calle es tan raro como
que de pronto empiece a llover hacia arriba, o después de
un fin de semana comiendo de todo, la báscula indique
que he bajado de peso. Imposible, ya te lo digo yo. Se me
hizo raro que fuera así, hasta ternura me dio su silencio, y
por un instante se instaló en el espacio que mediaba entre
nosotras (estábamos en el café Gregorio, yo con un té, y
ella con su pepsi) un espejismo de lo que tal vez habría
podido ser comprensión si yo hubiera optado por acercar
posiciones por el procedimiento de la confidencia. Solo
que el terror al fracaso con mi madre es tan ~~brutal~~ grande, que rápidamente me replegué y le pregunté por Richi,
que siempre me funciona bien en estos casos, porque le da
la ocasión de largarme una buena perorata acerca de la
forma en que ese hijo suyo, que resulta ser mi hermano,
está acabando con ella y matándola a disgustos.

El caso es que Laia y yo queremos marcharnos unos días, aprovechando que tengo casi una semana que me deben y que debería coger para no acercarlo demasiado a las vacaciones de verano, y entonces yo le dije a Laia que organizara sus consultas para dejar libres algunos días y marcharnos a Creta o a Berlín, o a Menorca, sin ir más lejos, pero resulta que ella no quiere dejar la consulta con la paciente esa que tiene los martes. Que nos vayamos el miércoles, dice, y que volvamos el lunes, o el martes por la mañana, pero que ella la consulta con ~~nomeacuerdocómosellama~~ Valeria no la deja. Le pregunté qué tenía de especial esa mujer, si es que está muy mal y necesita terapia continua y no puede pasarse una semana sin consulta. Laia apenas me contestó, se limitó a musitar una serie de evasivas del tipo, ya sabes cómo soy, tengo un compromiso con ella, total qué más te da... Vamos, que esa forma de decírmelo, y caer en la cuenta de que apenas me habla de ella aunque sí me comenta montones de detalles de otros pacientes, y eso que siempre tengo la impresión de que mi opinión le importa más bien tirando a poco, me hizo sentir una curiosidad enorme. Bueno, eso, y para qué vamos a engañarnos, que es la única paciente que no viene de mi mano. Al resto los tengo controlados, porque llegaron a consulta a través de gente conocida. Esta es la única paciente de Laia verdaderamente suya. Y me jode que parezca que la tiene solo para ella. Ese pensamiento últimamente va unido a la sensación de malestar que me procura el hecho de que apenas me pregunte por mi trabajo, como si ~~le molestara~~ no le interesara, tanto que a veces me cuesta hablar de ello porque me da la impresión de que contesta con monosílabos mientras piensa en otra cosa, o de pronto es hablar de todo lo que está pasando con el programa y ella, aunque hace unos sospechosos gestos de asentimiento, parece mucho más interesada en rascar a *Frida* detrás de las orejas.

No sé si es que me va a venir la regla, pero estoy un poco picajosa, ya lo sé. Y suspicaz. De pronto me dio por pensar que a lo mejor a Laia no le apetece tanto como a mí que nos vayamos unos días a algún sitio y eso hizo que el suelo empezara a temblar bajo mis pies. Poca cosa, como avisando. Pero la amenaza de terremoto está ahí.

Sé que ella lleva un tiempo un poco rara, a lo mejor es solo por el insomnio, y por las pesadillas, incluido el asunto del baúl, que cuando me lo contó me puso los pelos de punta: el trabajo que me costó convencerla de que la mancha no podía ser sangre, que parecía mentira, que no supiera que se le había colado en la cabeza mientras lo restaurábamos y el subconsciente había hecho el resto, pero vamos, que era humedad seguro. O cualquier otra cosa. Todo empezó con el temporal, que el ruido de las olas no la dejaba dormir, pero no era eso, estoy segura. Los ruidos que de verdad impiden dormir no son los de afuera, que a esos te acostumbras y los incorporas en el sueño, si lo sabré yo. No, los que te impiden dormir de verdad son los de dentro, los que hacen túneles en tu cerebro y te trasladan de golpe a las zonas más oscuras de la memoria y de la voluntad, y del miedo. Los ruidos que no te dejan dormir son los que se generan en ese hueco donde habitualmente duermen tranquilos los deseos sin cumplir. Cuando se despiertan y una empieza a tener conciencia de que hay cosas que desea y no está haciendo, y qué coño hace haciendo lo que no desea, ahí sí que hay ruido. Atronador.

Por un momento quise tener entonces una madre como las de las películas. Poder contarle lo que me pasa y lo que siento, y el temor, y todas estas cosas que tienen que ver con Laia y con el miedo a que no me quiera. Hala, ya lo he dicho, y esta vez no voy a tacharlo: el miedo a que no me quiera, así de crudo. Quise, por un instante, protagonizar una de esas secuencias de peli americana, y encontrar en mi madre lo que jamás he encontrado, porque ella muy comprensiva no es, eso no, pero cariñosa tampoco. Ay.

El caso es que faltó el canto de un duro para decirle que estoy con Laia, que vivimos juntas, que es mi pareja, que somos felices, y me doy cuenta de que ahora lo escribo para creérmelo yo misma. Y me doy cuenta también de que en el fondo de mí misma, no quise decirle nada a mi madre, por una cuestión meramente práctica: para qué hacer que se pille un berrinche del copón, con las repercusiones que ello puede tener, si lo mismo esta es una historia con la fecha de caducidad escrita en la forma en que a veces Laia me besa y me deja en los labios uno más para la colección de besos distraídos que estoy haciendo. Y que lo cierto es que tengo la mirada *cansada de tanto buscar tus pupilas, pidiendo respuestas a cada por qué.*

43

La primavera, como cada año, aunque Laia esto no lo
sabía, estallaba en la plaza del Parchís. Emma parloteaba
a su lado mientras caminaban con *Frida* enredándose entre sus piernas, y le decía que ahora ya no tanto, pero antes era muy curioso, porque en medio del invierno, un
día, de pronto, un rayo de sol, y pasabas por delante de la
plaza del Parchís y la primavera se había materializado
en las piernas de las adolescentes, que de improviso parecían liberarse de la dictadura que las condenaba a ir cubiertas, y descubrían la existencia de las faldas cortas.
Laia sonrió, vaya, no sabía yo que tú mirabas las piernas
de las adolescentes... ¿ves cómo yo no vine a descubrirte
nada? Y Emma sorprendida también con la observa-
ción, y con sus propias palabras que le habrían parecido
tan inocentes tan solo unos años atrás, balbuceaba que
aquello era una cuestión estética, que le pasaba lo mismo
cuando pasaba por el Tostaderu, el rincón de la playa en
la zona del Piles donde la física se materializaba en su
teoría de la reflexión y la refracción para que la más mínima efusión solar multiplicara sus efectos sobre los
cuerpos de unas docenas de gijoneses adictos a la more-
nez como forma de vida, ávidos por atezarse y hacer honor, tostándose literalmente, al nombre tan sabiamente
asignado por los playos de pro al trozo de arena arrima-
do al Muro. Chicas en *topless*, lo que yo te diga, sonrió
Laia guiñándole un ojo y agarrando con fuerza la correa

de *Frida*, que estaba imposible en los últimos tiempos. Emma se obstinaba en explicarle lo de la estética, desde pequeña, que me chiflaba el anuncio de Anaïs Anaïs, y las fotos de David Hamilton. Serás hortera..., Emma, por Dios... Bueno, eso cuando era pequeña, después me dio por leer solo novelas escritas por mujeres, novela negra sobre todo, el alfabeto completo de Sue Grafton, y todo Ruth Rendell, y P. D. James y Patricia Cornwell, pero era todo por pura estética, repito, ya sé lo que me vas a decir, eso que te decía el sabio ese que era tu profe de filosofía, eso de que la estética es el desprecio de la vida, pero yo no pensaba que... bueno, da igual, que leía a Virginia Woolf, sí, y qué, y tenía una camiseta blanca muy chula con un montón de nombres de mujeres sublimes, pero eso era por el feminismo, no sabes cómo era yo de combativa hace años, bueno, sí, ahora también, lo que quiero decirte es que yo hasta que tú... Bueno, o eso creo al menos, que ahora ya dudo. Coño, siempre me haces dudar, de eso y de todo, te parecerá bonito. Bueno, nada, Laia, que la primavera estallaba en el Parchís... si yo solo quería decirte eso.

—Pues yo sí tengo que decirte algo.

Aunque Laia hablaba con seriedad siempre, incluso cuando bromeaba, el tono en que dijo esa frase puso en rojo todas las alertas de Emma, a pesar de que no podía ser una frase que augurara grandes revelaciones si se decía como al desgaire, mientras cruzaban por delante del Antiguo Instituto, ese trocito de Gijón en que queda patente el enfrentamiento de la razón, la cultura, la ciencia y la religión: a un lado el edificio de la institución pedagógica creada por Jovellanos, tan presente en toda la ciudad, y el edificio de la Biblioteca Provincial, en lo que en su tiempo fue el Banco de España, el mismo sitio en que Durruti cometió con los suyos aquel atraco memorable; y al otro lado de la calle, la iglesia más representativa de la ciudad, la del Sagrado Corazón, visible la imagen que corona la torre desde muchos puntos de la ciudad, con su propia historia escrita en tiempos de revolución y de guerra. Iban camino de la estación de autobuses para recibir a Richi, que llegaba desde Madrid, y Emma tenía unas ganas locas de verlo, antes de que la letal mezcla materna de mimos, reconvenciones, sugerencias, chantajes emocionales, intentos de negociación y enfado hiciera de él alguien mucho menos feliz que el que llegaba todavía con el eco de las calles de Madrid en los bolsillos.

Habían sido seis palabras: Yo sí tengo que decirte algo, y a Emma se le había anudado el corazón, el pánico a la formulación de una intención o, peor aún, de una decisión ya tomada. Las dos sabían que Laia no iba a decir el trillado tenemos-que-hablar, pero aquello había sonado igual de mal.

Laia se había sorprendido a sí misma cuando se oyó decir que había algo que tenía que decirle, justo porque lo que había en ella, desordenando su conciencia, sumiéndola en pensamientos contradictorios, era precisamente lo que no pensaba decirle a Emma. No de momento, al menos. No hasta que tuviera una decisión tomada. Y ahora sentía la incertidumbre corriendo a toda velocidad por los circuitos cerebrales de la mujer de los rizos pelirrojos con quien compartía su vida y sus miedos, y aquel futuro impreciso al que se asomaban con más osadía que certezas. Sentía, porque conocía de memoria el corazón de Emma, lo que podían hacerle solo seis palabras pronunciadas así, sin querer. Sin querer queriendo, como diría el Cantinflas de su infancia, con más razón que un santo, que ella no habría querido decirlo, pero algo más fuerte se había apoderado de sus cuerdas vocales, de su aparato fonador, algo más fuerte que su capacidad consciente había escrito en el aire unas palabras que, conociendo a Emma, sin duda la habían conducido al borde exacto desde el que se contempla el abismo. Un día se lo había dicho después de una de aquellas discusiones sin gritos pero con la amenaza, infinitamente peor, de la ruptura. Le dijo que la amaba de tal modo que pensar en perderla la ponía en el borde del abismo, y sabía que si la perdía, si no era solo el pensamiento, si algún día se iba de su vida, la oquedad que quedaría a sus pies se la tragaría entera. Y Emma, que siempre encontraba la forma de sacarle punta a las situaciones, y que en cualquier otro momento habría hecho una alusión a su tamaño, algo así como que el abismo la tragaría entera, y eso que llevaba una talla 46, había callado ese extremo.

No había querido decirlo, pero lo había dicho. Y Emma se había quedado callada masticando sus propios pensamientos, y seguramente desechando una tras otra las frases que se le venían a la garganta, unas por el pánico que suscita querer saber cuando se teme lo que pueden decirte, otras porque no quería dar carta de naturaleza a lo que acababa de oír, y por primera vez entendía que la técnica del avestruz no era tan mala cosa. Tapar los ojos para que no te vea quien tú no ves. Hacer como que no has oído y que gracias a ello las palabras no se hayan pronunciado.

Así que, inexplicablemente para Laia, que se sentía muy culpable por la zozobra que sabía que había provocado en Emma, esta se paró ante el escaparate de Verdú y soltó:

—Ay, cariño, qué bien, enseguida estará aquí el verano, y este año me da lo mismo ocho que ochenta: pienso comer todos los helados que me apetezcan.

44

Estaba muy cansada. Acababa de llegar a la residencia y se había tumbado sobre la cama, cubriéndose con una manta de ganchillo que en su día había hecho Gadea y que fue de las pocas cosas con las que se quedó a su muerte. A veces tenía la sensación de que olía a ella, el olor de su piel de niña, como a canela, que nunca la había abandonado. La había tejido con lana de colores alegres: un verde pistacho, otro verde más oscuro, amarillo limón, violeta y añil. Nunca había entendido por qué se había quedado con una manta con unos colores tan ajenos a sus gustos, pero de algún modo le gustaba pensar que, más allá de su control sobre todo lo que le ocurría, a veces era capaz de ceder a la improvisación y a la espontaneidad, aunque fuera excepcionalmente. Pronto sería la hora de la cena, pero como cada martes, mientras aguardaba el momento de bajar al comedor, todavía con el eco de la conversación en la consulta, había sacado el sobre del cajón donde dormía su sueño preñado de amenazas, y lo había contemplado sin tocarlo siquiera. Un buen gesto de espontaneidad de la buena sería abrirlo sin más. Y leerlo. Pero estaba demasiado cansada.

La sesión con Laia había sido agotadora, pero no tanto por lo que suponía escarbar en su biografía, con el desgaste que eso generaba, y en las motivaciones que habían concurrido para que las cosas fueran del modo que habían sido, como por el día en sí, la jornada de aquel martes que había comenzado con un rato de compras en El Corte Inglés, seducida por el anuncio de una primavera que llegaba en forma de ropa de temporada allí antes que a ningún otro sitio. Y aunque solo se había probado un traje (chaqueta y falda en color gris perla, de Laserre) al salir a la calle y comprobar que la primavera también habitaba fuera de los muros de la tienda, había tomado la decisión de bajar caminando, desdeñando la larga fila de taxis. Contribuía a ello que providencialmente al vestirse por la mañana había descartado los zapatos de medio tacón a favor de unos mocasines pitillos, poco atractivos, pero que le permitían caminar como si tuviera veinte años menos. Así que emprendió la caminata, cautivada por la brisa cálida y por la perspectiva de patear una parte de la ciudad por la que, que ella recordara, jamás había caminado, por lo menos en el tramo que iba desde la tienda hasta la gasolinera de Foro, y aquella rotonda con el Obelisco de Rubio Camín, ante el que, inexplicablemente, se sintió maravillada y se descubrió contando el número de bloques de hormigón que como una escalera que no parece ir a ningún sitio apunta a todas las direcciones posibles. Recordó entonces vagamente que esa escultura había estado en Begoña años atrás, qué raro es esto de la planificación urbana, pensó, y siguió adelante, avenida de la Constitución abajo, después de dejar atrás las torres del Polígono, sorprendida de que hubiera más de las que creía recordar, y enfrentándose a las farolas de acero corten, aunque a ella le parecía que eran de puro hierro, oxidado para más señas, como la escultura de las chapas que había en el Muro y por donde le gustaba pasear. Allí se reprimía siempre las ganas de asomarse por alguno de los agujeros que permiten enmarcar pedazos más o menos amplios de ciudad o de mar, con lo bonito que es el acero inoxidable, tan brillante y tan pulido, como la escultura que está al final del paseo, en el Rinconín, justo antes de empezar el empedrado, la de los eslabones entrelazados, y no esas farolas que parecen de una película de esas de futuros imposibles. Pero qué agradable caminar, el sol de la mañana, avenida abajo, y recordar que esa era la carretera de Oviedo, cuando era niña, y más tarde se llamó Fernández Ladreda, la manía de cambiar los nombres a las calles, como si eso cambiara la esencia de las cosas. Le pasaba con Laia, que a veces cuando hablaban de algún lugar tenía que hacer esfuerzos, ante la mirada inquisitiva de la psicóloga, para recordar cómo se llamaba en la actualidad alguna calle, menos mal que la plaza de San Miguel y su entorno, lo que había sido el escenario de su vida, seguía siendo básicamente lo mismo, con los mismos nombres, aunque a veces no reconociera tantas cosas. Y le bastaba con que después de pasar la Puerta de la Villa y dedicarle una mirada nostálgica al Asilo Pola, que ahora era el museo de Nicanor Piñole (y cómo recordaba ella de pronto a Enriqueta, la mujer del pintor, y al propio pintor, que habían vivido allí mismo, en la plaza Europa, cuánta vida, cuánto tiempo ya ido). El Asilo Pola. Por un momento creyó que vivía una alucinación, como si los fantasmas la visitaran, porque le pareció oír el eco de las risas de los niños que habían habitado aquellos muros, por obra y gracia del empresario y filántropo (antes, hay que ver, pensó, cuando había empresarios filántropos...) Mariano Suárez Pola. Pero no, no eran fantasmas, era un grupo de niños de algún colegio que seguramente salían de una visita escolar al museo. Sin embargo, esas voces, ese barullo infantil ya había conseguido colocar a Valeria en otro tiempo, en otras historias, en los ecos terribles de la guerra cuando llegó la noticia de que habían expulsado a las monjas de la Caridad, de la misma orden que las del colegio San Vicente, y se temió tanto por sus vidas, y los rosarios que rezaron para que nada les ocurriera. De un pensamiento a otro, Valeria recordó de pronto que uno de los

Pola (¿sería hijo del filántropo?) había muerto en un accidente de avión, muchos años antes de que ella naciera, se lo había oído contar a su madre, y se sorprendió como si aquel fuera un recuerdo propio, y los gritos de aflicción de las hermanas que habían conocido la noticia mientras paseaban por la calle Corrida sonaban en sus oídos como si ella hubiera sido testigo. Qué cosa tan curiosa esto de los recuerdos, pensó, de qué forma reconstruimos el pasado si a veces ni siquiera nos pertenece. Y se dijo que un día tendría que hablar de eso con Laia.

Había sido un día agotador: la caminata había concluido en Begoña, en el Dindurra. Qué bueno encontrarse en un lugar por el que no pasaban las décadas, a pesar de la reforma, que incluso había recuperado elementos que parecían perdidos. Allí había dejado transcurrir el tiempo, primero con una coca-cola contemplando el paseo de Begoña y la gente que pasaba, y después había pedido unas croquetas y un trozo de tortilla humeante, recién hecha, deliciosa, y había dado por concluida la comida, mientras la mirada también se le iba al interior, a los clientes de las mesas vecinas: los que hojeaban los periódicos en la barra, los estudiantes con los apuntes desparramados; una pareja con las manos entrelazadas, inventando una vez más el milagro de enamorarse; dos chicos jóvenes que, de pronto se dio cuenta, mostraban una complicidad excesiva para ser solamente amigos; un grupo de mujeres de cierta edad, tan acostumbradas a estar juntas que parecían comunicarse con miradas y monosílabos, como los matrimonios veteranos. Había sido un día agotador sí, porque en la peluquería había tenido que escuchar varias conversaciones simultáneas, con lo que eso la mareaba, especialmente cuando esas conversaciones tenían que ver con los ires y venires de personajes ordinarios que poblaban los programas de televisión y las páginas de las revistas. Y finalmente había sido un día particularmente agotador porque en la consulta habían flotado demasiados fantasmas, lo que resultaba inevitable, y así se lo había hecho saber a Laia: llegas a una edad en que la mayor parte de la gente que has conocido ya está muerta; y la psicóloga le había preguntado si había visto una película francesa, de Truffaut, *La habitación verde*, en París iba mucho al cine, pero para esa época ya estaba en España, y entonces habían hablado de aquellos años, aunque quedaban lagunas atrás, pero Laia parecía interesada en hablar de su amiga Paloma, y a ella le había extrañado, pero luego se dio cuenta de algo: en la pequeña sala de espera, cuando salió, aguardaba aquella chica, la sobrina de Paloma Montañés, así que parecía que finalmente también era paciente, a lo mejor por eso Laia tenía interés en saber cómo era la vida de Paloma en el tiempo que coincidieron, a pesar de que tampoco podía contarle tantas cosas: solo que le había parecido una mujer con mucha vida, una de esas mujeres que cargan con maletas muy pesadas en las que se ocultan demasiados secretos, y en realidad nunca había llegado a saber por qué estaba allí. El modo en que había salido de España había sido muy confuso y tal vez tenía que ver con la guerra, con la nuestra, la civil, había aclarado. Valeria había hecho un esfuerzo de memoria y había recordado una tarde en concreto, del mes de septiembre: tuvo que ser en el año cuarenta y seis, sí, creo que fue ese año, pero está fácil saberlo, porque me acuerdo de que habían empezado los juicios de Núremberg, y no se hablaba de otra cosa. Bueno, de eso y del festival de cine de Cannes, que también se hablaba mucho de ello en los periódicos, como para borrar todo lo feo que la guerra (la de ellos, la europea) había dejado, y venga a hablar de actrices y de actores. Era septiembre, recuerdo el olor ese tan especial que tenían las calles cuando pasabas por delante de algún café y te atacaba la nariz una calidez blanda y feliz, de bollos recién hechos, cruasanes de pura mantequilla que prometían fundirse en tu boca, y septiembre empezaba a presagiar un otoño que sería frío, pero entretanto era agradable pasear y sentir el sol iniciando una despedida, y allí íbamos Paloma y yo, paseando por la rue de Saint Benoît, después de dejar atrás el Café de Flore. Yo quería que me acompañara a unas galerías que había en el Boulevard Saint Germain, y entonces nos encontramos a dos mujeres, podrían ser madre e hija, que llevaban el pelo muy corto las dos, y una expresión en la que se mezclaba la rabia y el orgullo. Paloma me apretó el brazo, porque íbamos cogidas, para que me fijara y en cuanto pasaron me señaló que seguramente habían colaborado con los alemanes y las habían rapado, no era necesario demostrar que había habido una traición manifiesta, simplemente haber sido amantes de algún soldado alemán ya era motivo suficiente para afeitarles la cabeza. Como en España, le dije yo, a las rojas las raparon a todas, y Paloma me miró con una mezcla de tristeza y de preocupación como si de pronto pensara en algo que le dolía, y yo caí en la cuenta de que tal vez había dejado en España familia o amigos y que a lo mejor no sabía qué suerte habían corrido. No sé qué habrá sido de mi hermana, dijo entonces, y yo le pregunté si tenía una hermana, tengo varias, me contestó, pero una de ellas hizo justo lo que no tendría que haber hecho y no sé ahora cómo le irá. Quise preguntarle si ella había hecho lo que debía, pero parecía claro que no, por algo estaba allí, aunque yo también estaba y era de orden. No era lo mismo. Yo estaba porque Alfredo tenía intereses de la familia en distintas ciudades de Europa, minas entre otras cosas, y con la guerra (la de ellos, la de Europa) todo había sido como una montaña rusa de subidas y bajadas, lo que en un país era bueno, en el otro era un desastre, y ahí estaba Alfredo, dejándose la vida para reflotarlo todo, perdiendo y ganando, desesperándose y felicitándose, según los días. Pero Paloma, por lo que yo sabía, trabajaba por las mañanas de *stenodactylo* en unas oficinas muy cerca de la Gare de L'Est. Con los pelirrojos, que creo que eran sobrinos del dueño. Con el tiempo, aunque apenas supe de la vida de Paloma porque era reservada como ella sola y siempre parecía medir mucho sus palabras, creo que se puede decir que tuvimos algo parecido a la amistad. Y eso a pesar de la diferencia de edad, treinta y tantos tendría por entonces, aunque parecía bastante joven, si no fuera porque en torno a los ojos se le formaban unos círculos oscuros que yo creo que tenían bastante que ver con la pena, o la nostalgia de lo que había dejado aquí en España. Yo le pregunté si alguno de los dos gemelos era novio suyo, aunque era mayor para tener novios, al menos aquí. En París era otra cosa: allí veías a mujeres que aunque tuvieran una edad iban con hombres en actitud de novios por las calles. El caso es que yo siempre la veía con uno, no sé cuál, no se distinguían porque eran iguales, y ella me dijo solo: *C'est compliqué*, porque casi siempre hablábamos en francés, se lo había pedido para aprender antes el idioma, que, aunque yo había estudiado, a la hora de la verdad me arreglaba bastante mal. Era complicado, dijo, y creo que sé a qué se refería, lo fui intuyendo con el tiempo y, a pesar de que en la residencia tuvimos pocas ocasiones de hablar, me lo confirmó un día, poco antes de morirse, la pobre. Yo tampoco entendía por qué Alfredo estaba tan interesado en hablar con ella, y en que viniera a casa, que en cuanto la tenía a tiro, todo se volvía preguntarle y preguntarle por los españoles que conocía que vivían en París, y ella al principio le contaba, pero luego empezó a mirarlo con desconfianza, y a restringir la información que le daba. Con lo que supe después, no me extraña, pero entonces yo no tenía ni idea de que Alfredo no solo se ocupaba de sus negocios por Europa, también recababa información de los rojos que andaban por ahí, especialmente aquellos que podían tener entre sus planes la vuelta a España. Se enteraba, pasaba los datos, y muchos de ellos eran capturados inexplicablemente cuando conseguían regresar. Y Paloma suministró sin saberlo, con la inocencia de su propio nombre, informaciones valiosas para que al menos un par de ellos fueran apresados y encarcelados. Y yo creo que eso no se lo perdonó jamás.

45

Guille le ha propuesto que se marchen unos días: la primavera es esa invitación a la vida, a los caminos entre árboles floridos, al estallido. Podíamos irnos al Jerte, a ver los cerezos, le ha dicho, si no fuera porque ahora aquello es una romería, gente a patadas, pero también podemos irnos a Somiedo o al alto Aller, o a Ibias, cualquier sitio en el que podamos darnos un paseo y oír a los pájaros cuando nos despertemos. Y Feli lo ha mirado con la misma expresión de la niña que contempla la muñeca más bonita del mundo en un escaparate imposible, antes de suspirar que no puede ser, que imposible, antes de volver a mencionar una silla de ruedas, y una dependencia, y una tristeza interminable con brazos de cemento.

Siempre le preocupa su padre, pero lleva unos días particularmente apagado. Ni siquiera parece prestarle atención a las carreras de motos en la tele, y últimamente come poco, menos aún que lo que come habitualmente. Y no hace los ejercicios que le ayudan a tener los brazos más fuertes para incorporarse. Feli piensa en ir a la médica y contárselo a ver si considera que es necesario incrementar el Dobupal, pero por otro lado le produce un cansancio tan infinito, una tristeza tan enorme todo, que lo único que querría sería abandonarse a los brazos de Guille, borrar con una goma de nata todo lo que no sea el amor de Guille, todo lo que no sean los ojos de Guille mirándola hambrientos, todo lo que no sea la

sonrisa de Guille y el proyecto de las cosas que seguramente no harán jamás, y mientras su mente deambula
por las sombrías galerías de los sueños rotos antes de nacer, apenas escucha a Guille que de pronto está hablando
de otra cosa mientras caminan por Menéndez Valdés,
después de salir del taller de escritura en la librería de
Rafa, el día todavía arrancándole minutos a la oscuridad, y avanzan hacia la plaza del Parchís, para llegar
después de cruzar Los Moros y Libertad hacia Álvarez
Garaya para coger el autobús, mirando distraída los colores pastel en los escaparates, los marineros que vuelven a ser moda, los zapatos que no va a ponerse, y es entonces cuando se da cuenta de que no está escuchándolo,
que se le ha ido el hilo de la conversación, que hablaban
de unos días juntos en algún sitio, y a ella la había ane-
gado la evidencia de lo imposible, tanto como para perderse y ahora él habla de una sorpresa, de algo que no le
ha dicho y que quiere que vea, y algo de la novela que
van a escribir juntos, y entonces ella se detiene y se pone
frente a él y lo hace callar con un beso en la boca, esperando que con este gesto él pierda el hilo de lo que está
diciendo y retome la frase en algún sitio que a ella le
permita saber de qué está hablando. Y también porque
besar la boca de Guille es una de las mejores cosas de la
tierra.

—No me estabas escuchando, así que repito. —Sonríe el chico y se aparta el mechón de pelo que se empeña
en taparle el ojo derecho—: Que tengo algo que te va a
gustar y quería enseñártelo.

—Pero ahora...

Aunque no termina la frase, Guille sabe que en su
cabeza hay un reloj, una cena por hacer, una serie de rutinas, los eslabones invisibles de la obligación.

—Ya, ya, ya lo sé, no te preocupes, que lo sé. Te lo
voy a dar para que te lo lleves y lo mires con calma.

Y ya en el autobús, después de capturar la última
sonrisa de Guille en la acera, el modo en que le guiña el

ojo, Feli abre el sobre que el chico acaba de darle y comprueba que hay un folio escrito y dos fotos.

Esto te va a encantar, señorita Felicidad. Estos días estuve pensando en lo que hablamos el otro día acerca de escribir juntos una novela. Tenías mucha razón en lo de que hay muchas posibilidades de que a mí me dé el arrebato histórico, la necesidad de ajustarme a la realidad más estricta, en detrimento de la fabulación que supone una novela. Lo sé, soy consciente de ello, y a lo mejor estaría bien organizarnos el trabajo de forma que yo me ocupe sobre todo de los datos y tú de los sentimientos, y mientras escribo esto me parece una frase que es carne de escarnio porque suena muy machista, pero sé que tú me entiendes. No sé si habría muchas posibilidades de indagar en la historia real de la maestra de Nozaleda y conseguir más datos de los que ya tengo. Estoy en ello de todas formas, y puede que la semana que viene consiga hablar con un familiar, que es la persona que le hizo llegar esto a Asier, el de la Asociación de la Recuperación de la Memoria Histórica, ya sabes, el fotógrafo que nos encontramos el otro día en el Trisquel. Por cierto, que si al final esto sale bien y la cita se concreta, me encantaría que vinieras conmigo, porque seguro que entre los dos se nos ocurrirían más cosas.

Bueno, a lo que iba, que a estas horas, conociéndote, seguro que ya has mirado las fotos, y habrás pasado de este papel... Son fotos de la boda de la maestra, que se llamaba Flora, como Flora Tristán, que por si no lo sabes fue una feminista francesa (no me riñas, ya sé que soy un redicho). Una boda tardía, porque el novio, como ves, ya es un señor, seguramente un viudo. Lo que me seducía de enseñarte estas fotos es, ya lo habrás adivinado, sobre todo por la grande de grupo, que parece la de todos los invitados a la boda. Si te fijas, al lado del guardia civil vestido con el uniforme de gala, hay un cura, seguramente el que los casó, y por lo que sé era un Santaclara, o sea, que sería familia de tu marquesa. Si tienes ocasión, igual puedes enseñársela a ver qué te dice. O no. Bueno, ya lo hablamos. Ahí tenemos un montón de personajes, y si los miras bien, todos ellos tienen una historia que están deseando contar.

Sigue pensando en ello Feli, en los rostros de quienes quedaron con la mirada congelada en un instante de su historia, en un día que seguramente fue soleado y feliz, mientras abre la puerta de su casa, tan silenciosa que parece deshabitada, y comienza a chacharear, como si la vida fuera trivial y una sucesión de pequeños acontecimientos tan festivos como insustanciales, inasequible a la desazón que le provoca el silencio del padre, la habitual falta de respuesta, que, sin embargo, de pronto, en esta ocasión parece tener una consistencia de losa, igual que si acabara de entrar en un panteón, y este pensamiento le produce un escalofrío, y llama a su padre, mientras termina de quitarse los zapatos. Descalza, con el corazón en la boca, corre hasta el salón: la tele apagada, su padre en la silla, con la cabeza doblada sobre el pecho, y un par de envases de pastillas (Dobupal y Trapax) en el suelo, y un vaso también en el suelo, y Feli sigue llamando a su padre, a gritos, haciendo lo que ha visto hacer tantas veces en la tele, tratar de encontrar el pulso en el cuello, y a la vez buscando su móvil en el bolso, a qué número hay que llamar, y solo se le ocurre el 911, demasiadas películas, poca vida real, y eso que lo ha pensado tantas veces, el 112, sí, marca, y a la vez comprueba, o cree comprobar que hay pulso, al menos no está frío, al menos parece que puede respirar, y explica todo tratando de que las frases estén bien construidas, que haya un orden, y justo en ese instante, mientras persigue elaborar frases completas y comprensibles, en virtud de una geometría gramatical impensable y contradictoria, todo se ordena, y habla con claridad, indica la dirección y trata de hacer memoria y recordar cuántas pastillas quedaban en los envases, no muchas, afortunadamente las cajas de reserva están muy arriba en el armarito del baño, y su padre no ha podido llegar, y sí, esperará a la ambulancia, y después de colgar el teléfono se limita a abrazar a su padre, como si fuera un niño pequeño y el calor del pecho de ella, maternal y dulce, pudiera regresarlo a la vida, incluso a esta vida que tan poco parece importarle, ya me dejaste una vez, papá, no me dejes de nuevo, por favor, no me dejes...

46

En Gijón, lunes con el mar como amenaza
y la primavera a tomar por saco

Ahora que por fin me he sentado a escribir, me doy cuenta de la tensión que me gasto estos días, y el daño que me está haciendo refugiarme en la cobardía, y callarme, y hacer como que nada ocurre, y desplegar un entusiasmo que no es verdad y que me agota. Cada vez que pienso en el particular tenemos-que-hablar que pronunció Laia el otro día (aunque no lo dijera así, que solo faltaba) vuelve a moverse el suelo bajo mis pies y tengo una sensación de abismo increíble, un vértigo que solo con pensarlo me marea de verdad. He leído mucho sobre la forma en que la cabeza puede generar respuestas físicas, de hecho es un tema del que hablo muchas veces con Laia, pero no sabía, no había probado nunca en mí misma de qué forma funciona el sistema nervioso entérico. Vamos, que fue decirme Laia aquello, y desde entonces mi intestino anda como anda: yo que siempre he presumido de lo regular que soy con todas mis cosillas internas, alterno ahora unas diarreas imparables con un estreñimiento feroz. Y en mitad de una tarde de sol me pongo a tiritar. O la cosa del temblor fino distal. Por no hablar, en términos que me resultan más inteligibles, de que estoy hecha un manojo de nervios.

Hasta Richi me lo notó, y eso que él venía con sus

propias cositas, suyas, sus cosas de Richi. Está pensando en volverse a vivir a Gijón, que también son ganas, eso le dije, y él me dijo, pues anda, como tú, va a hablar la que no aguantó ni medio año en Madrid, y venga que si el mar, que si te ahogaba la ciudad, hija por Dios, que parecías Paco Martínez Soria, pero yo casi ni lo oía, y yo creo que fue lo que le mosqueó a él, que yo no afilara la lengua para la cosa de discutir, que somos muy dados los dos a lanzarnos toda clase de platos verbales a la cabeza. Eso, y que, inesperadamente, Laia se puso a charlar por los codos, que es algo que apenas hace, y todo se volvía preguntarle a Richi por unas cosas y otras, como si se le hubiera despertado un inusitado interés madrileño y de pronto no pudiera vivir sin saber qué locales habían cerrado, o qué tal estaba la exposición de no sé qué artista checo que yo ni sabía que existía (y, oh, sorpresa, resulta que Richi sí). Sospeché entonces que esa curiosidad tan enorme tenía que ver con la añoranza de Laia que para mí es como una amenaza, una espada encima de mi cabeza permanentemente, y que lo que le ocurría era que quería volverse a Madrid, que le agobia Gijón, que le agobio yo, y entonces empezaron los retortijones, el dichoso plexo de Auerbach, y yo tratando de controlarme, de convencerme de que lo que me estaba pasando nada tenía que ver con otra cosa que no fuera el pánico, así que me concentré en respirar, en dominar aquel vendaval que me azotaba por dentro, sin que supiera muy bien qué parte tenía que ver con mi cabeza, con mi corazón o con mis tripas, solo remolinos, toda yo un remolino de miedo y de angustia, ajena a las risas de ellos dos (aunque sé que de vez en cuando me miraban de reojo, y estoy convencida, además, de que la risa de Laia era impostada), ajena a las calles, que de pronto parecían haber perdido la horizontalidad y hacían extraños desniveles donde me costaba poner los pies, la pérdida de equilibrio. Yo iba pensando que en cuanto me quedara a solas con Laia hablaríamos del asunto, pero han pasado los días y ninguna de las dos dice nada. Es como si no hubiera ocurrido, como si ella no hubiera pronunciado esa frase, o como si después de pronunciarla se hubiera arrepentido de hacerlo, como si.

Tendría que ser valiente. Sentarme frente a ella y preguntarle si se va a ir, si me va a dejar. Pero me muero de miedo, y soy una auténtica gallina. Y además, hay momentos en que, como no hablamos de ello, es como si no existiera. A veces hasta la veo reír, y aunque en general parece tan concentrada en sí misma, también me pregunta por mis cosas, pero hay algo de impostura en eso. Como si ella estuviera haciendo esfuerzos para que no se produjeran fricciones, para evitar «eso» que no sé qué es (que me va a dejar, qué otra cosa puede ser) y que flota en el aire, y a veces se hace tan denso que nos llena de cemento los pulmones.

Y el caso es que todo esto está modificando aspectos de mi conducta hasta un punto que a mí me parecía innegociable. Yo, que he sido una confiada total, que ni me enteré cuando mi marido se lio con una compañera suya, que nunca me dediqué a investigar a Rober, y mira que había motivos para ello, me he sorprendido a mí misma preguntándome cosas que no pensé que se me fueran a cruzar por la cabeza. Por ejemplo: por qué razón Laia se pasa tanto tiempo metida en internet. Por qué a veces, y ya sé que tiene insomnio, se levanta y se va a su cuarto y abre el ordenador y navega por la red. ¿Tendrá algún rollo cíber? Al principio ese era un pensamiento que ni me permitía, pero el otro día llegué al fondo de mí misma y cometí la barbaridad de entrar en su portátil mientras ella sacaba a *Frida*. Antes me cercioré desde la ventana de que estaba paseando por el Muro, y que *Frida* jugaba encantada con *Brel*, el golden de un vecino nuestro que siempre es muy amable, y entonces corrí a su cuarto y me metí en el historial, y el resultado fue terriblemente desalentador: vacío. Había borrado los restos de su navegación, o bien había utilizado la opción de navegación anónima. Y supongo (este pensamiento me rompió en dos y me hizo maldecirme por curiosear) que cuando uno borra el historial es porque no quiere que alguien sepa por dónde anda. Y el único «alguien» soy yo.

Y luego está el dichoso asunto del baúl. Desde aquel día que tuvo la pesadilla, no hace más que mirarlo con aprensión. Dice que está convencida de que ha habido un cadáver, y yo trato de explicarle que es imposible, que un hombre no cabe ahí. Así que sacamos todo de nuevo, y me metí dentro. Y sí, sí que cabe un hombre, porque a mí me sobraba espacio, no me imaginaba que era tan grande. Ella me hizo adoptar la postura que tenía el cadáver en su sueño, y es cierto que podía encajar tal como ella me lo decía: colocada así, con las piernas flexionadas, la cabeza quedaba justo en el punto de la mancha, que yo sigo diciendo que seguramente es de humedad o a saber de qué. O de grasa, que a lo mejor en algún momento se guardó comida. Laia es una exagerada, pero también tengo que reconocer que me dio un escalofrío, pero sé que eso es porque soy impresionable y porque tengo mucha sensación de muerte metida dentro, o de temor de muerte, y no hablo de otra cosa que de estertores de lo que somos y lo que tenemos las dos. Eso sí que me da miedo, más que alguna muerte antigua, que a saber.

Tengo mucho miedo al final, y aún más al desamor que lo precede. Muchísimo. Lo engaño como puedo, sonriendo mucho, tratando de ser muy cariñosa con Laia, pero huyendo del empalago, que sé que le horroriza. Escarbo en la memoria de los mejores días, buscando qué nos hacía felices, con qué cosas la hacía reír, qué la emocionaba, y me ajusto al espíritu que gobernaba nuestros primeros tiempos, las semanas en que la felicidad me reventaba por dentro y no me creía que fuera posible tanto amor, cuando solo pensábamos aquello de *a volar que el amor no es nada más, a jugar que si lo aburres marchará, que vivir amando es vivir siempre imaginando, e imaginar es libertad...*

47

Después de sentarse como cada tarde de martes, estirando cuidadosamente la falda para no hacer arrugas, Valeria Santaclara extrajo de su bolso el sobre, ya un poco manoseado, y Laia se quedó muy sorprendida. Consiguió morder en los labios la pregunta que se escapaba acerca de si ya consideraba que podía abrirlo, pero la mujer lo dejó sobre la mesa y automáticamente pareció olvidarlo. Solo después de unos instantes, que dedicó a su habitual juego de anillos y a cerrar y a abrir en varias ocasiones la cremallera de su bolso de piel, y de mirarse las uñas con mucha atención, como tratando de descubrir algún fallo en la manicura que acababan de practicarle sin duda alguna, porque aún traía consigo efluvios del esmalte y de la laca del pelo, que no se habían disipado en el aire en los escasos metros que separaban la peluquería de la consulta, Valeria pareció percatarse de que Laia la miraba con una sonrisa que quería ser franca pero albergaba su propia pesadumbre.

—Hoy podías decirme tú a mí qué es lo que te pasa. ¿O lo tenéis prohibido por algún código de esos hipocrático o deontológico o lo que sea?

—¿A mí? A mí no me pasa nada reseñable. En lo que a mi código se refiere, tú eliges cómo te gastas el dinero, pero te advierto que no hay mucho que contar. Que te será mucho más útil, y hasta más entretenido hablar de ti. O de tu sobre.

Era la primera vez en que Laia se preguntaba cómo la estaría viendo Valeria a ella. No ya como profesional, que esa era una de sus principales preocupaciones y siempre estaba pendiente de que su imagen, sus gestos, sus palabras fueran los de una psicóloga perfecta, sino como ella misma, como Laia Vallverdú. Sin apartar la mirada de Valeria trató de verse: el pelo recién lavado, la melena corta y clara que había estado alisando con la plancha, la cara sin maquillaje, las gafas sin montura que se ponía a veces, cuando trabajaba, tan diferentes de las de sol que se ponía por la calle, de ojo de gato con florituras en las esquinas, unas Polaroid que le había regalado Emma después de ver cómo se le caía la baba ante ellas en el escaparate. Trató de recordar, sin mirar, qué ropa llevaba, y pasó el examen: unos vaqueros negros, una camisa blanca, un chaleco masculino negro. Las uñas sin pintar, y solo un anillo en el anular izquierdo. Sin reloj, pero a cambio con tres pulseritas de cuero en la muñeca derecha. Seguramente podría pasar ese examen, pero sospechaba que la curiosidad de Valeria iba más allá de eso.

—Bueno, a lo mejor hoy no te apetece, pero quiero que sepas que si un día no tienes ganas de hablar de mí, también podemos hablar de ti. Estoy segura de que también me servirá. —Y luego señaló el sobre—. ¿Sabes que cada vez que vengo lo traigo conmigo?

Laia le sonrió y trató de sepultar la desazón que la acompañaba desde hacía varios días.

—Podemos hablar, si te parece bien, de la guerra. Que ya sé que no es un tema precisamente agradable...

—Pero es la vida, y creo que cada uno tiene que arreglarse para jugar con las cartas que le tocan. El otro día estaba viendo la tele en la residencia, y pusieron un programa en el que hablaban de las condiciones de vida que tiene la gente que está en el paro y que no recibe ayudas, todo eso de la crisis. Me dio por pensar que la gente de mi generación siempre ha estado con la matraca de lo que sufrimos, que si la guerra, que si el hambre que si tal y cual... Y resulta que a cada generación le toca lo suyo. Yo veía las miradas de los niños, que no tienen calefacción y no tienen más comida que la que les dan de caridad, y me decía que tampoco era tan distinto de lo que se pasó cuando la guerra. Aunque bueno, a lo mejor dentro de un tiempo ellos construyen su propio relato en los mismos términos que lo hizo mi generación.

—Sea como sea, una guerra es mucho peor.

—Sí, eso sí. Pero también tengo que decirte que nosotras lo vivimos un poco al margen. Al principio no. Al principio fue terrible, porque los bombardeos empezaron enseguida, porque estaba lo del Simancas, más de un mes de asedio, con el *Cervera* disparando desde el mar, y los milicianos. Nosotras no podíamos salir de casa y era un aburrimiento, y empezaron los aviones a bombardear, porque aquí los nacionales no pudieron entrar hasta el final, hasta octubre del treinta y siete.

—El final fue en el treinta y nueve...

—Ya, mujer, digo el final aquí, en el norte. Me acuerdo de cuando entraron los nacionales. Nosotros habíamos vuelto de Nozaleda justo el día anterior, porque se sabía que iban a entrar desde unos días antes y mi madre quería estar aquí para el desfile glorioso, así decían en la radio cada vez que entraban en alguna ciudad. Llovió toda la noche y las calles estaban mojadas y sucias, se formaba una especie de barro, pero la gente se lanzó a la calle. Los que tenían alguna bandera rojigualda, que habían guardado en su casa, la sacaron a los balcones, y los que no, sacaban lo que fuera: toallas o sábanas, lo que fuera, y estábamos todos muy contentos.

—¿Todos? No creo...

—Bueno, todos los de bien, la gente de orden estaba hasta arriba de tanto como se había pasado, y de los comités, y de las bombas y de que cada día llegaran noticias horribles, y de la escasez, y de todo lo malo que trae una guerra. Queríamos recuperar nuestra ciudad, y nuestras iglesias. Mira, ahí mismo, en el paseo de Begoña, la iglesia de los Carmelitas, la que está justo enfrente del hotel, haciendo esquina con la carretera de la Costa... Tuvieron que marcharse todos para que no los mataran, unos se escondieron en casas de gente conocida, otros consiguieron escapar... Y la iglesia se convirtió en el Cuartel Gorki. Ahí almacenaban municiones, y una parte se dedicaba a hospital. Y mi colegio también fue un hospital durante la guerra. Todo manga por hombro.

—Los bombardeos tienen que ser terribles. Yo no sabía que en Gijón había habido tantos, es algo que fuera de aquí apenas ha trascendido, y me sorprendió mucho cuando me lo contaron.

—Eso no lo hicieron bien los nacionales, la verdad. Mi madre decía que no había otro remedio, que a ver cómo iban a hacer si no, si aquí estábamos bajo el imperio del Ejército Rojo, y que tenían que liberarnos, pero, claro, las bombas no distinguían entre unos y otros, y muchos de los nuestros también murieron. Por eso nos marchamos a Nozaleda. Mi madre no estaba muy por la labor, pero no hubo discusión posible después de que nos sucediera lo del refugio...

—¿Lo del refugio? ¿Qué fue lo que os pasó?

—Pues nada, que un día salimos con mi madre, porque ella quería ir a ver a una amiga suya que estaba muy preocupada porque no sabía nada de su hermano y, como no quería dejarnos solas en casa, nos llevó con ella. Hacía calor, y yo echaba de menos a mis amigas, que como apenas salíamos de casa ni nos veíamos ni nada, y no era como ahora, que hay teléfonos, y hay internet y todo eso, apenas bajábamos a la Plazuela. Así que yo esperaba ver a alguna de ellas a lo mejor en Begoña, pero justo cuando estábamos llegando, oímos las sirenas y empezamos a ver a la gente correr. Mi madre se asustó mucho, cuando estábamos en casa y sonaban las sirenas bajábamos al sótano, pero en la calle era otra cosa. Vimos que la gente corría hacia una entrada y allí nos fuimos nosotras. Era un túnel y estaba iluminado, no sé cuánto tendría de largo, pero había mucha gente y en algunos sitios se hacía más ancho. La gente seguía llegando, y había mucho revuelo, algunos decían jaculatorias, otros maldecían, y había muchos gritos para que los niños no se separaran, y de pronto hubo una explosión enorme, una bomba que nos pareció a todos que tenía que haber caído muy cerca. Y en ese momento se hizo el silencio, un silencio brutal, Laia, pienso en ello y me da mucho más miedo ese silencio que el ruido de las bombas. Cuando cayó la tercera se fue la luz y nos quedamos a oscuras. La oscuridad y el silencio ya eran demasiado, así que la gente empezó a hablar, seguramente porque necesitaban saber que no estaban solos. Mi madre nos apretaba la mano muy fuerte a Gadea y a mí, y yo la notaba que temblaba. Algunos preguntaban si alguien tenía un mechero, pero parecía que nadie fumaba, casi todos éramos mujeres y niños, además los mecheros aquellos poco podían iluminar. Así permanecimos en un silencio roto por algún niño que lloraba y por el bisbiseo de oraciones que eran contestadas por otra gente enfadada que decía que, en vez de rezar, mejor les decían a esos hijos de puta que no nos bombardearan, que para eso eran de los suyos, pero lo decían en voz muy baja, los unos y los otros, porque en el fondo todos sabíamos que estábamos en la misma ratonera y a ver de qué nos servía pelearnos entre nosotros. No sé cuánto tiempo pasó, pero hubo un momento en que alguien dijo que ya podíamos salir, y la gente empezó a intentar caminar a oscuras por donde habíamos venido. Enseguida llegaron voces diciendo que no se podía salir, que la entrada había quedado bloqueada, y entonces alguien habló de otra entrada, pero llegaba un momento en que nadie sabía hacia dónde estaba revuelto, y a oscuras de esa manera, no te imaginas lo difícil que es. Y en ese momento empezó a haber un rumor, que iba creciendo a medida que se lo decían unos a otros: al parecer había una ciega, una tal Blanca, y ella podía orientarse y sacarnos de allí por otra entrada, lo importante era mantener el contacto, cogidos de las manos para poder salir. Así que como niños pequeños y guiados por una ciega y su sentido de la orientación, conseguimos salir por el otro extremo del refugio y marcharnos corriendo a casa. Cuando mi padre se enteró del asunto se enfadó muchísimo y dijo que hasta ahí habíamos llegado y que sin falta nos íbamos a Nozaleda, que al menos allí no iban a bombardear. Así que nada. Allí vino Onel con el coche, y nos montamos todos, con las maletas amontonadas, que mi padre se empeñó en que metiéramos muchas cosas, aunque mi madre decía que total para qué, si íbamos a volver en un par de semanas, a ver si te crees que esto va a durar mucho más, y mi padre muy serio diciendo que sí que iba a durar, y mucho.

—Dices que fue Onel a llevaros con el coche...

—Bueno, es que los coches andaban escasos, se requisaban, y mi padre tenía el suyo guardado, así que vino Onel con uno muy destartalado que utilizaban en el comité de no sé qué, que era donde andaba él metido, y nos llevó muy temprano, al amanecer. Yo recuerdo muy bien esa sensación de salir de la ciudad tan pronto, con Gadea adormilada apoyada en mí, y el sol que aparecía por Somió, y yo no hacía más que pensar que qué raro era todo, qué raro aquel verano sin playa, sin amigas, sin calle, y para colmo tener que irnos a la aldea, que era lo más espantoso del mundo. Qué mala era la guerra, eso pensaba. Mis padres estaban enfadados, porque mi madre no quería marcharse, decía que tampoco estábamos tan seguros en la aldea, que seguro que los rojos irían a robar a los abuelos todo el ganado y a requisarlo todo, y lo decía mirando a Onel, que iba conduciendo en silencio, lo recuerdo tan moreno, llevaba el pelo un poco más largo de lo normal, y entonces se le formaban los rizos más que otras veces, y miró a mi madre como si se estuviera aguantando las ganas de decir algo y se callara porque mi padre le puso una mano en el antebrazo, así, muy brevemente, para calmarlo, y parecía decirle que no hiciera caso de mi madre que ya sabía cómo era. Pero yo también lo pensaba: que a ver qué hacíamos si los rojos nos asaltaban en la casa de los abuelos, que ya se sabía cómo se las gastaban, se lo llevaban todo con la excusa de que la gente tenía que comer, como si comer fuera solo un derecho de los pobres.

—Onel estaba con los republicanos, claro...

—Sí, naturalmente. Y mi padre también, aunque no dijera nada. Quiero decir, él no se pronunciaba públicamente, a pesar de que durante la República, sobre todo al principio, sí que se significó. Después yo creo que le espantaban los desmanes, lo dejaban sin argumentos cada vez que sabíamos las cosas que pasaban. Recuerdo a mi padre y a Onel hablando en la galería que daba al patio, sentados en unos sillones de mimbre que teníamos, con los periódicos abiertos encima de la mesa y discutiendo. Siempre discutían, pero eran como uña y carne. Onel le reprochaba a mi padre que no tomara parte activa, que no se mojara más por la causa, y mi padre siempre estaba previniendo a Onel, que tuviera cuidado, que no se significara tanto. Sobre todo después de que mataran a su madre.

—¿A la madre de Onel la mataron?

—No, bueno, no era su madre. Su padre se había casado con ella cuando Onel ya era adolescente. Fue una temporada mala para Onel: se murió su padre en verano, poco antes de la revolución, y además fue una muerte tremenda, se cayó por un precipicio. Por lo visto siempre paseaba por una senda que había a la salida del pueblo, por los acantilados y le dio mal, o se resbaló, no se supo muy bien. Y luego, unos meses después, su madrastra, que era la maestra de Nozaleda, desapareció.

—¿Se marchó?

—No, no. Bueno, al principio no se sabía qué pensar, pero entonces las mujeres no desaparecían porque sí. Parece que la habían detenido después de todo lo de la revolución y eso, por un hermano que tenía, y porque ella muy de derechas no era, la verdad. Aunque también parecía un poco raro, porque no era para tanto. El caso es que, la hubieran detenido o no, apareció muerta a las afueras, más allá de la fuente y el lavadero, y tenía un montón de golpes y un disparo. Onel se puso como loco, yo lo recuerdo una tarde que llegó a casa y le abrió Gadea y, sin decirle apenas nada, entró en el despacho de mi padre a grandes zancadas, con la cara muy pálida, y aunque cerraron la puerta oí que decía muchas palabrotas, y venga con que iba a matar a no sé quién, porque no decía el nombre, solo que era un hijo de puta, que menos mal que su padre ya no estaba para verlo, porque se habría muerto de la pena, y luego empezó a llorar, pero no era un llanto como cuando Gadea lloraba, o cuando mi madre lloraba, no, era como si a un lobo le arrancaran las entrañas, unos aullidos terribles, era la pena, pero también era el odio, y luego, según oí contar a mi padre, quería emprenderla con la guardia civil y con todo lo que se moviera.

—Onel no estaba casado, ¿no?

—No, ahora que lo pienso es curioso que nunca se casara, y mira que era guapo, y aunque entonces éramos unas niñas y no nos dábamos cuenta, seguro que tenía que traer locas a todas las chicas, porque era muy simpático. Pero no le conocimos novia, que seguro que tenía alguna. Gadea siempre decía que era su novio y se iba a casar con él, lo queríamos las dos, pero ella más. A ella siempre le hacía más caso, no me preguntes por qué, era como si siempre estuvieran con secretitos, y no se enfadaba cuando Gadea le estropeaba las canciones que nos cantaba con aquella voz suya que parecía una rana croando, tan desafinada. Pero él se reía y la cogía en brazos y no le importaba en absoluto que yo sí que afinara, de hecho me pasaba el tiempo tratando de memorizar las canciones que cantaba Onel, y hasta les sacaba la segunda voz, que era algo que hacíamos en la capilla del colegio con las monjas, yo siempre era de las que hacían la segunda, porque decían las monjas que armonizaba muy bien, que a saber qué querían decir exactamente. Bueno, pues no importaba: él siempre con Gadea, aunque le arruinara las canciones.

Valeria empezó a tararear y Laia reconoció al instante la canción como banda sonora de alguna película. Y de algún anuncio...

—¿Sabes que Onel la cantaba en inglés?

—¿Sabía inglés?

—Pues no sé si lo sabía o no, pero esta canción no la olvidaré jamás. La última noche que practicó la ceremonia de cantarnos, estábamos en las camitas de la habitación de la aldea, y él entró antes de que nos quedáramos dormidas, como hacía tantas veces en esta habitación en la que estamos ahora. Y nos tarareó esta canción. Sonreía, pero tenía los ojos tristes, era finales de verano y entraba por la ventana el olor de las manzanas que empezaban a estar maduras en la pomarada. Él se quedó apoyado en la ventana y nos cantó como siempre: primero *Mi Buenos Aires querido*, y luego *Cambalache*, y cuando Gadea le dijo: ahora la de Chituchí, que era una como de charlestón, que, cuando la cantaba, Gadea bailaba encima de la cama...

—¿*Cheek to cheek*?—Laia la tarareó brevemente y Valeria asintió.

—Sí, esa misma. Bueno, pues nos dijo, no, hoy esa no, hoy esta, y entonces cantó la que te canté antes que no sé cómo se llamaba, y las dos nos quedamos muy tranquilas, casi dormidas. Yo cerré los ojos y me hice la dormida y sentí que me daba un beso en la frente, mientras seguía cantando muy bajito. Y luego se sentó en la cama de Gadea, que ya estaba durmiendo (podía pasar de estar espabiladísima a dormir como un tronco en cuestión de segundos, del mismo modo que podía pasar de la risa al llanto y al revés), y vi que le acariciaba los rizos y entonces dejó de cantar y dijo algo así como: Dulces sueños hasta que los rayos del sol te encuentren y dejes atrás tus problemas, pero en tus sueños, cualesquiera que sean, sueña un pequeño sueño conmigo.

Y cuando salió de la habitación, que fue también el momento en que salió para siempre de nuestras vidas, porque solo lo volvimos a ver la última noche, lloraba.

48

Volver a la residencia, volver al trabajo, es, a pesar de los pesares, un respiro para Feli en esta primavera incierta de aristas afiladas unas veces y de felicidad inesperada otras. En menos de una semana, se ha aprendido los ritmos del hospital, los horarios, los sonidos, desde que tras el lavado de estómago, y siguiendo el protocolo habitual, su padre quedara ingresado en la planta de Psiquiatría. Consumidos los días que la empresa le concedió por ingreso hospitalario, y con la cabeza transitando por los pasillos del hospital de Jove, y el trozo de cielo, montaña y edificios que enmarca el PVC blanco de la ventana a donde se le van los ojos cuando su padre cierra los suyos y dormita, la vuelta al trabajo tiene algo de liberación, un espejismo sutil de normalidad a la que le gustaría aferrarse. Al menos permite olvidar, en ese bendito ritmo de la enceradora, la fregona y la eliminación sistemática del polvo y la suciedad, en el olor de la ropa limpia para cambiar las sábanas y el apresto, la tristeza, la amenaza de la muerte, la angustia de haber sentido tan cerca la proximidad de la pérdida. Y mirar a los viejos en el jardín y percibir en ellos ese revuelo de mariposas azules que parece acompañarlos porque la primavera ha traído como cada año el milagro de la revolución en la sangre, ese motín de consecuencias no siempre controlables que, como las golondrinas, extiende su acción sin olvidarse de las personas que viven en la residencia, y siembra de miradas nerviosas y de palabras en las que la osadía se abre paso entre las timideces del invierno, como si la tregua del sol recién nacido animara a pensar que aún es posible la vida, y que los huesos castigados por la artrosis albergan en sí mismos la promesa de un futuro diferente al que dictan la consciencia y hasta la prudencia.

Con la cabeza aún en el hospital, Feli abre las ventanas de Valeria Santaclara y mira con curiosidad el modo en que se organiza el jardín, cómo se rompe el orden, los avances y retrocesos, las conversaciones que se animan por momentos, las miradas que se cruzan y el aleteo apenas perceptible que provocan, y se le va la imaginación con voluntad de construir historias imposibles, tragicomedias de amores seniles y oportunidades perdidas. De un manotazo espanta esos pensamientos y trata de concentrarse en la habitación que tiene que arreglar. Abre el armario para guardar un traje que le han traído de la tintorería y comprueba una vez más aquel catálogo de prendas en perfecta formación, impregnadas todas del perfume de Valeria, un poco dulzón, pero seguro que muy caro. Siempre piensa en mirar la marca en el armarito del baño, así que decide no dejarlo para ningún otro momento, pero cuando va a hacerlo tiene la sensación de que una puerta no cierra bien del todo, y comprueba que en el estante superior hay una caja de cartón de esas que se ven en las tiendas de los chinos en una montaña enorme construida con las cajas del mismo diseño puestas una sobre otra desde la más grande hasta la más pequeña, y, al intentar moverla para impedir que la puerta tropiece, descubre que pesa, que tiene algo dentro, y le pica la curiosidad. La posibilidad de que haya fotos, o cartas o incluso diarios, le hace desafiar cualquier sentido de la profesionalidad y la discreción y se hace con la caja para mirar lo que contiene.

Sabe que faltan al menos dos horas para que Valeria aparezca por la puerta. Sabe también que con el personal bajo mínimos ninguno de sus compañeros, atareados a esta hora con las meriendas y con la atención a las visitas, va a entrar en las habitaciones, y por tanto no hay peligro de que la pillen protagonizando un episodio que pone de manifiesto que es una cotilla en el mejor de los casos, porque, bien mirado, y eso le provoca un estremecimiento, también podrían acusarla, si la descubrieran, de estar buscando algo de valor. Y la bronca al menos, si no el despido, no se lo quitaría nadie. Aun así, se sienta en la cama con la caja ante sí: flores y gatitos constituyen los motivos del estampado, y Feli piensa que seguramente se la compró antes de ir a la residencia pensando en empaquetar algunas cosas. Cuando quita la tapa el contenido no la decepciona: otra caja con el mismo diseño pero mucho más pequeña, más o menos del tamaño de una caja de zapatos de niño, y lo que sin duda son tres álbumes de fotos. Ya le resultaba raro que la vida de Valeria se redujera a las fotos que la observan desde los portarretratos de la librería. Dos de los álbumes son iguales, uno de color verde y otro de color marrón, y parecen estar repletos de hojas recubiertas de plástico para proteger las fotos, la mayor parte de ellas en blanco y negro, aunque hay algunas en color, esos tonos desvaídos de las kodak instamatic de los años setenta. En el marrón, la mayor parte de las fotos son de Valeria: sola, acompañada de su marido, el mismo que ocupa las primeras páginas en lo que debió de ser el reportaje de boda, Valeria elegante y muy seria posando en decorados que Feli identifica como parisinos más que nada porque en una de las fotos se ve al fondo la torre Eiffel. Valeria con otras personas, tal vez familiares, o amigos, entre ellos la misma mujer que está con ella en la foto del parque, y que debe de ser la madre de la niña que protagoniza la casi totalidad de las fotos del álbum verde, desde bebé, rodeada siempre de muñecas, de tartas de cumpleaños y de juguetes, todos los juguetes que seguramente se anunciaban en la tele en blanco y negro de los años sesenta, achuchada por una mujer que sin duda es Valeria mucho más joven, de primera comunión como una princesa, enfurruñada y poco feliz; poco feliz casi siempre, en todas las fotos menos en las que estaba ante un micrófono cantando, seguramente en algún festival escolar, y luego, ya más tarde, cada vez menos feliz, como si odiara todo lo que la rodeaba, incluido al eventual fotógrafo; punki en las calles de Londres a finales de los setenta, bebiendo a morro de una botella, como quien enarbola con energía una bandera, con un imperdible en la nariz, y algunas páginas más adelante con una guitarra y con el pelo de colores, rodeada de otros seres tan asqueados con el mundo como ella misma, y la portada de un disco, *Voy a rajarte el corazón*, de Sinónimo de Lucro, que le suena el nombre, un grupo gijonés que tuvo cierto éxito, engullido como tantos. Así que la niña de los cumpleaños terminó en aquel grupo, ahí está en las fotos borrosas de actuaciones en garitos, con la mirada colgada de un abismo que seguramente acababa de descubrir, cada vez más enfadada con el mundo, cada vez más vidriosa el alma que se asoma a los ojos nublados. El otro álbum es más pequeño, y más gordo, parece de piel y se ve que es mucho más antiguo, con páginas de cartulina negra en las que las fotos se sujetan mediante unas esquineras. Feli abriría la caja pequeña, que por el peso también alberga en su interior algún tipo de tesoro sentimental, pero no se atreve, porque, con una cinta, Valeria la ha cerrado con lazada de regalo incluida, y teme no ser capaz de volver a dejarlo como estaba, lo que sin duda suscitaría las sospechas de su dueña. Y, además, por el momento tiene de sobra con los álbumes de fotos que ha colocado sobre la cama y que abre con cuidado, como si en su interior se ocultara un enorme secreto, y esto casi la hace sonreír. Qué más da que vea fotos, si no podrá saber quiénes son los que sonríen a la cámara. Y siente de repente una extraña angustia, como si por nada del mundo pudiera soportar la cantidad de olvido que se acumula en esas imágenes, y la irremediable condena al silencio eterno y a la desmemoria que se cierne sobre los habitantes de aquel espacio, todos aquellos que fueron jóvenes y amaron, y se hicieron toda clase de faenas, y bromearon, y sufrieron, y sonrieron en muchas más ocasiones que las que se recogen en las fotos, y tuvieron sueño y dolor de barriga, y muelas careadas, y disgustos, y miedo, y se divirtieron bailando, y les tembló la mirada, y se ilusionaron con un vestido nuevo, y se hicieron fotos creyendo que disparaban contra el olvido, y no era cierto, porque ahí están, cadáveres de papel, alentados únicamente por la memoria de Valeria, que cortará definitivamente el hilo sutil que los une a la vida en el momento en que ella misma cierre los ojos y se entregue a la eternidad de un sueño de polvo y vacío.

*En Gijón, sábado por la mañana,
un rayín de sol y la marea muy baja*

Un día de estos, cuando deje de ser una gallina, lo cual no
está probado que sea posible, le preguntaré a Laia qué
coño le pasa, y si es que me va a dejar... Pero automáticamente pienso lo contrario, que para qué saber, mejor vivir en este limbo en el que las cosas parecen, aunque no
sean. Este universo de nuestra casa de Richmond en Gijón, el mar tras las ventanas rugiendo a veces. Los vecinos
escoceses en el piso de al lado tocando la guitarra, y jugando con *Frida* cuando coincidimos en el ascensor y ellos ba-
jan con su bici, o con la tabla de surf y su sonrisa pelirroja.
Las paredes que empiezan a ser nuestras del todo, porque
han ido poblándose de nuestras fotos, nuestras cosas. La
nevera en la que apenas cabe un imán más. Nuestro olor.
El olor de *Frida* y los pelos que va dejando por todas partes. El modo en que Laia se quita las botas a la entrada y
se pone las zapatillas. El pijama de Laia en el suelo del
baño mientras se ducha. La inmediatez con que lava la
taza en la que ha tomado el café por la mañana. Su sacari-
na, y el tarro de miel. Sus canciones de Melody Gardot y
el modo en que cierra los ojos, acurrucada en el sofá,
cuando la escucha. Los ruidos del patio. Sentarnos juntas
a ver a Wyoming, y a Buenafuente. El modo de entender-
nos con una mirada. La lluvia en los cristales cuando repi-

quetea y la cama es un refugio. Todo esto que es paraíso y es tormenta porque hay un no sé qué de amenaza que vive agazapado en cada sonrisa.

Que Laia está en otra parte no es algo que sienta solo yo. También *Frida* mendiga las caricias que antes hasta la atosigaban, y que ahora no es que se las niegue, es que son caricias distraídas, y buena es la perra para notar esas cosas. Por eso ahora se refugia en mí y todo el día de Dios anda enredándoseme entre las piernas, que cualquier día nos damos una leche ambas que va a ser antológica, seguro.

No sé si quiero saber qué le pasa a Laia, aunque ahora, poco a poco, se me va el pánico de que sea que quiere dejarme. Si fuera eso, ya lo habría dicho, y además es distinto. Cuando alguien quiere dejar a alguien, y eso lo sé yo que alguna experiencia tengo a los dos lados de la trinchera, no se limita a estar meditabundo. Hay otros gestos que van dejando pistas en este trayecto: desde el malhumor hasta la ausencia total de sexo. Y Laia ni está malhumorada ni particularmente inapetente. Solo está meditabunda.

Como soy tan boba, he llegado a pensar si será que esta relación tampoco se parece a ninguna que haya tenido yo antes (qué coño, yo siempre he estado con tíos, y ya sabemos que en lo emocional son más simples que el mecanismo del chupete). Igual resulta que las relaciones entre mujeres son así, y esa especie de ausencia, ese silencio que se atrinchera detrás de las palabras que dibujan el panorama de lo cotidiano, forma parte de la normalidad, de la complejidad de todo el sistema de emociones que configuran esto. En una relación heterosexual, solo es una de las partes la complicada. Aquí somos las dos. Pero esto, sobre ser una soberana estupidez (en realidad, es la manifestación de lo loca que me estoy volviendo y de las gilipolleces que puedo llegar a pensar), tampoco tiene ninguna base científica, más allá de la que le puedan proporcionar esos miles de horas de conversaciones con amigas. Ni siquiera en mi condición de profesional de las que andan a vueltas con el cerebro, tiene un pase.

Sé que maquina algo, y, a medida que pasan los días, dudo que tenga que ver con el abandono. A lo mejor es que ~~no se siente bien consigo misma~~ es una pura crisis de identidad, que eso de estar en la cuesta abajo de la treintena es mala cosa. También podría ser la lluvia, porque vuelve a llover y esta primavera está viniendo más rara que otro poco, y ella necesita el sol. O el trabajo, porque aunque es cierto que el número de pacientes se va incrementando, tampoco la veo tan contenta como tal vez debería estar: de hecho soy yo la que salta de alegría cada vez que me cuenta de alguien nuevo que va a la consulta y que desea iniciar terapia. Eso podría ser, porque sigue esa especie de desprecio sistemático hacia mi trabajo, tanto que más de una vez me he jurado a mí misma que no vuelvo ni a mencionarlo, para no acabar estrellándome contra su silencio. Y a la vez, pensarlo me hace sentir culpable. Es decir, pensar que ella piensa eso. Un lío.

No sé si debería agarrar el toro por los cuernos y preguntarle. O dejar que pase esto, sea lo que sea, y Laia vuelva a ser la misma. Pero sé que no voy a dejar que se vaya de mí y que cualquiera de las cosas que haga es plantar batalla: *Yo no te dejo marchar, porque me noto que tiemblo, no notas que estoy temblando, que he humillado mirada y es que no notas... Yo no te dejo marchar porque me muero de frío, porque lo prefiero a vivir en el vacío, no es perfecta mas se acerca, porque te me rompes dentro, porque hay cosas sin repuesto...*

El domingo volví a tener el mismo sueño, el que ya te he contado, ese en que él sonríe. No, no voy a hablar de momento de ello, vas a tener que aguardar, no puedo, solo quiero contarle a alguien cómo es la angustia que me provoca esa sonrisa, ese pánico insuperable. Era el mismo sueño, pero el escenario era otro, lo que tampoco quiere decir nada. Además, lo mismo da, porque apenas puedo recordar ningún detalle, solo el olor de los hospitales, y pasillos muy largos, puertas que se abren por la mitad cuando las empujas, y que dan a otro pasillo también interminable al final del cual vuelve a haber una puerta y así una y otra vez, y entonces dos médicos de espaldas que se vuelven, y uno de ellos es mi padre, se miran entre ellos y luego me miran a mí muy fijamente y hablan el uno con el otro, pero mirándome. Mi padre dice: cuál diría usted que es el diagnóstico, doctor Rubiera, se trata de una muerte natural, ¿verdad? Y entonces el otro médico, Rubiera, que me suena mucho, y no sé de dónde he sacado ese apellido, me mira, sonríe, y su sonrisa se funde con la de él, y me muero de miedo, porque dice: no, doctor, el diagnóstico es asesinato.

—Más miedo que el ruido de los aviones, que era aterrador, y más miedo aún que el ruido de las bombas, a mí el que más miedo me daba era el de las sirenas. Es el día de hoy que oigo la sirena de una ambulancia, o de algún coche de policía, y me dan respingos. Hasta cuando lo oigo en la tele, fíjate. A veces tengo la tele puesta sin hacerle caso, y de pronto oigo una sirena y me tiro a la ventana a mirar qué pasa. Y, claro, no pasa nada. Desde la residencia no se oyen apenas sirenas. Pero nos queda ahí, ya sabes. Es como Paloma, mi amiga de la residencia, ya te conté, siempre miraba los trenes, se sabía los horarios y si estabas hablando con ella, ya notabas como un estremecimiento, antes incluso de que se oyera el ruido del tren. Como los perros que perciben las cosas antes de que sucedan, o eso dicen. Bueno, pues a mí me pasa con las sirenas. Así que en Nozaleda, si había suerte y si no había nordeste, vivía ajena a lo que había dejado en Gijón, al espanto de los bombardeos.

—Y al hambre, imagino, porque vivir en la aldea garantizaría la supervivencia.

—Sí, claro. Mi abuelo Honorino tenía varias vacas, y aunque le habían requisado alguna, le habían dejado dos, que nos daban leche suficiente, y que nos permitían hacer unas mantecas amarillentas y deliciosas que no he vuelto a comer en la vida. Y había manzanas siempre, guardadas en la panera, que mi tía Servanda colocaba con sumo cuidado, sin que se rozaran una con otra para que no se estropearan, sobre un lecho de hierba seca, en el suelo. Así aguantaban meses: se iban arrugando, eso sí, pero teníamos manzanas todo el invierno. Y cuando ya no estaban muy presentables, se hacía compota, con cuidado, porque el azúcar escaseaba. Y había sanmartín.

—¿Sanmartín?

—Ay, madre, Laia, tú de dónde saliste, que no sabes lo que es el sanmartín.

Laia encogió los hombros y esbozó una sonrisa. Nunca estaba muy segura de a dónde llevaba aquel tránsito por los recuerdos de Valeria, y a veces se perdía en un laberinto de disyuntivas entre la reconstrucción de la historia de la mujer que pudiera conducirla a aquella curación que parecía necesitar, y el mezquino pensamiento que agazapado como un infame usurero le recordaba que daba igual de qué hablara, si al final, después de una hora, aquella retahíla de recuerdos, palabras y flecos, se traducirían en unos billetes que con precisión milimétrica la mujer dejaría sobre su mesa.

Y el dinero le venía muy bien para los planes que albergaba tan en secreto que apenas se los contaba a sí misma.

—Pues mira, el sanmartín es todo lo que se saca del cerdo...

—Ah, claro. Bueno, yo pensaba que hacer el sanmartín era matar al cerdo.

—Bueno, pues eso. Hacer un sanmartín es matar a un cerdo y convertirlo en lo que luego servirá para alimentar a una familia durante casi un año. ¿Tú sabes la cantidad de cosas que se sacan de un cerdo? Yo me quedé muy sorprendida, y, la verdad, me gustaba mucho todo, bueno, el acto mismo de la matanza, cuando se coraban con el cuchillo... pues no. Y mi abuelo no nos dejaba, decía que nada de rapacinos por allí mientras se mataba. Y nosotras nos escondíamos en casa y yo estaba muy atenta a ver cuándo dejaba de chillar, pero Gadea, ufff, Gadea lloraba, pataleaba, oía los chillidos del cerdo y los de ella eran todavía más agudos. Pero luego bien que le gustaba comer de todo, hasta los huesos adobados.

—Qué raro, no me pega mucho que te entusiasmara eso.

—Entusiasmar, entusiasmar... Tampoco es eso. Me gustaba aquella especie de *xareu*, que nos sacaba de la rutina, de los días iguales, era como una liturgia: primero la matanza, luego se le echaba agua hirviendo y con unos cuchillos se raspaba y se le quitaban los pelos. A mí me dejaban ir echando agua caliente sobre la piel cada vez más blanca del cerdo muerto, y luego entre varias personas lo ponían en vertical, sujeto a unos palos, y a mí me recordaba una crucifixión. Se sacaban unos tendones de las patas de atrás a un palo que iba en horizontal. Y entonces mi abuelo, con un cuchillo muy afilado, iba abriendo la barriga de arriba abajo y se recogían las tripas en un balde y luego se lavaban, y... Ay, hija, estás poniendo mala cara... ya sé que parece desagradable, y más ahora, que parece que todo está tan aséptico... Antes matábamos los pollos en casa, sin ningún problema, y los conejos, pero, ahora, todo el mundo es tan tiquismiquis. Tranquila, ya no te cuento más. Pero es que la vida en Nozaleda era tan aburrida socialmente que cuando había una cosa así, siempre había gente, aunque fuera gente del pueblo, que bueno... no quiero decir... vamos, no era lo mismo, pero al menos era algo. Y además...

—... además había alguien, a que sí.

Valeria se ruborizó un poco y por una vez el anillo con el que siempre jugaba sin pasar de la última articulación del dedo salió del todo, y comenzó a juguetear con él sobre la mesa...

—Alguien, alguien... mujer, qué cosas tienes. Poca cosa. Un chico sí, yo lo veía muy mayor, pero no tendría ni quince años. Creo que era un primo pequeño de Onel. Mi abuelo quería mucho a esa familia, me parece que antes de que el padre de Onel hiciera fortuna en Cuba habían trabajado allí para él... A mí me gustaba un poco, pero bah, tampoco te creas. No podía perder de vista que era alguien de la aldea, y entonces eso se notaba mucho: no es como ahora que visten igual los de los pueblos que los de las ciudades, pero entonces... menuda diferencia.

—Y aun así...

Por un momento la mirada de Valeria pareció que iba a desembocar en algo muy próximo a la complicidad. Fue solo un instante, porque muy pronto emprendió una apresurada retirada hacia el reducto donde había vivido refugiada toda su existencia: aquel en el que no tenía cabida ni una sola duda, ni un solo desorden.

—No sé qué quieres decir.

—Nada, no te preocupes, no tiene ninguna importancia.

Los pensamientos de Laia habían aprendido a viajar por los circuitos de su cerebro a una velocidad desorbitada, sin que se produjera ninguna colisión a pesar de que cada uno de ellos seguía su propio rumbo, ajeno a cualquier coincidencia ni en contenido ni en forma. Por eso mientras trataba de leer en los ojos esquivos de Valeria cuánto había habido de carnal en aquella historia con el muchacho de Nozaleda, convencida de que algún tipo de revelación relacionada con el sexo se había producido, a saber en qué pajar o detrás de qué zarza, se enfrentaba a sus propios temores, a las determinaciones que tanto iban a modificar su existencia. Y posiblemente ello podía suceder a costa de que la relación con Emma se fuera al carajo.

—Me da un poco de vergüenza decirte esto, pero ya tengo una edad en que me lo puedo permitir.

Laia aparcó por un instante los ojos arrasados de Emma que se habían abierto paso en su cerebro.

—Mujer, vergüenza... tú ya sabes que hay gente que piensa que esto es como un confesionario, por lo de la confidencialidad. Pero mucho mejor, claro: ni es obligatorio decir la verdad, ni se juzga, ni se perdona, ni se condena... y tampoco se pone penitencia.

—Mucho mejor, claro, tienes razón. Los confesionarios no me traen muy buenos recuerdos, si quieres que te diga la verdad. El otro día lo pensaba y creo que llevo, no sé, lo menos veinte años sin cumplir con pascua. O más. No me fío del secreto de confesión, y tengo motivos para ello, te lo aseguro, más de uno seguiría vivo (bueno, a estas alturas no, pero quiero decir que se habrían muerto de viejos y no de una forma tan horrible como murieron) si no hubiera sido porque más de un cura se fue de la lengua. Mi tío Clemenciano, sin ir más lejos. Pero de ese elemento no quiero hablar hoy, aunque su presencia en Nozaleda durante la guerra fue fundamental en mi vida. No, lo que te decía es que un día leyendo una revista en París, ya muy tarde, que ya había nacido Olvido y todo...

—¿Olvido?

—Sí, no te habré dicho su nombre. Olvido era mi sobrina, la hija pequeña de mi hermana Gadea. Así que ya te digo, tenían que ser los sesenta o así, en una revista francesa leí un artículo en el que hablaban del orgasmo. Y decían que las mujeres también lo sentían, no solo los hombres, que eso yo ya sabía que sí, y por eso lo de hacer de matrimonio. Pero no creía que las mujeres...

—Bueno, eso les ocurre a muchas mujeres de tu generación. La educación que os han dado, o, para ser exactos, las carencias en la educación...

—Ya, ya lo sé. Es que, eso yo creo que tuvo que ver con lo que me pasó en Nozaleda.

Laia sonrió para sus adentros. Justo lo que pensaba.

—¿El chico que te gustaba? ¿Pasó algo con él?

—Me hace gracia, porque durante muchos años olvidé todo esto. Bueno, no, gracia no me hace. Aún me da mucha vergüenza, y fíjate la cantidad de años que han pasado, y yo nunca llegué a hablar de ello con nadie, con quién iba a hablarlo, ahora que lo pienso. Y ahora me parece que si te lo cuento a ti, igual te da la risa, porque algo sí que he leído, ya sabes, en revistas y eso, y he ido sacando mis conclusiones... Pero bueno, lo que te decía.

El chaval que te digo se llamaba Tino, y yo lo había visto en alguna ocasión cuando íbamos por Nozaleda antes de la guerra, en momentos especiales: las fiestas del Carmen y cosas así. Era mayor que yo, a mí me parecía mucho mayor, pero solo serían tres años. Me miraba. Me miraba todo el rato, y cuando me hablaba se ponía rojo. Eso pasaba mucho antes, ya ves, yo ahora no veo que la gente se ponga colorada, supongo que tiene que ver con que directamente se haya perdido la vergüenza. Pero antes era muy frecuente, y aquel chico, Tino, se ponía como un tomate cada vez que me decía algo. Gadea se dio cuenta antes que yo, porque ella muy lista no era, pero de vez en cuando sabía mirar las cosas, y un día empezó a reírse de mí porque, según dijo, Tino quería ser mi novio, y yo me enfadé mucho: yo no quería que un aldeano quisiera ser novio mío. Yo era una señorita de Gijón, por Dios. Pero la verdad es que, por otro lado, era el primer chico que, aunque fuera según la opinión estrafalaria de Gadea, quería ser novio mío. Total, que yo, supongo que poniéndome colorada también, comencé a mirarlo con otros ojos, y no me disgustó demasiado lo que vi. Era todo raro, pero iniciamos un lenguaje de miradas, que en algún momento, no sé en cuál ni de qué manera, pasó a las manos.

—¿A las manos?

—Ay, Laia, que me da mucha vergüenza... Lo que quiero decir es que aunque apenas habíamos hablado ni una palabra, hacíamos por encontrarnos. Yo pensaba que era él el que hacía por encontrarse conmigo en rincones, cuando yo iba a la panera, o cuando tenía que ir a cerrar la pitera, o cuando me enviaban a hacer algún recado. Pero yo también lo hacía, o por lo menos esperaba encontrarme con él, y que me rozara así al pasar, y de ahí a que me acorralara y me tocara las rodillas... ay, no sé, qué vergüenza me da contar todo esto.

—Valeria, son cosas muy normales, mujer. No sé por qué te iba a dar vergüenza...

—Yo sabía que no estaba bien, no podía estar bien porque... no sé por qué, pero era algo que seguramente atentaba con lo de la pureza que tanto nos decían en el colegio, y en misa, y en casa, y en todas partes. Y cada vez iba a más. Una vez, hasta me besó. Así, en los labios, muy torpe, muy apresurado. Y a mí me dio mucha vergüenza, pero me gustó. No, no creo que fuera gustar. Me emocionó, me puso nerviosa. Aquella noche no pegué ojo. Me levantaba cada poco de la camita del cuarto que compartía con Gadea y me asomaba al balcón. Era otoño, el otoño del año que empezó la guerra, y yo miraba los castaños y el monte que se veía y pensaba que al otro lado, a unos cuantos kilómetros, estaba mi casa en la ciudad, y no terminaba de amanecer, y yo seguía con los labios ardiendo, por el efecto del beso, pero también de la vergüenza.

—Y todo esto, sin hablar...

—Ni una palabra. Tino era muy reservado, un chico tímido de pueblo, ya sabes, siempre con la cabeza baja, y con aquellas alpargatas con un agujero por el que se le veía el dedo gordo, que parece que lo estoy viendo, con una uña oscura, ay, ahora lo pienso y hasta asco me da... O pena, no sé, es una sensación muy rara.

—La ternura.

—Pues será eso. Ternura. En aquel momento, cuando nos encontrábamos de aquella forma tan furtiva, ni me enteraba de los detalles. Yo solo quería que me tocara. Por todas partes. Porque aquello era... no sé explicarlo: emocionante, sobre todo. Nuevo. No sabía qué era, aunque con los años llegué a la conclusión de que no se trataba de nada nuevo, que antes que yo y después de mí millones de personas sentirían aquellas cosas.

Valeria se quedó callada un instante, como si estuviera planteándose si aquel laberinto en el que la habían metido sus propias palabras la conducía directamente a los sótanos de los infiernos que, por más que disimulara, sabía que la habitaban. Pero la mirada de Laia, aquellas chispitas brillantes que se formaban cuando Valeria se sentía escuchada atentamente, invitaba a seguir. Y después de todo, qué más daba.

—Bueno, pues un día... me tocó.

—Cómo que te tocó. Me estás diciendo que te tocaba a la menor oportunidad que tenía...

—Quiero decir que me tocó... ahí. Ahí abajo, ya sabes...

Parecía una niña pequeña muerta de la vergüenza, y Laia se preguntó si sería mejor guardar silencio o animarla trivializando aquello que tanto trabajo le había costado verbalizar. Como se quedó en silencio mirándola, se decidió por decir algo.

—Luego, de mayor, descubrirías que no era algo tan raro... ¿no?

—Sí que fue raro, Laia, fue rarísimo. Mira que, ahora ya puedo decírtelo, Alfredo también me tocaba ahí algunas veces, pero nada que ver. Nada de nada, te lo aseguro. Tino me tocó de una forma que... podría decirte que me incendió, pero me quedaría corta. Me pasaron cosas en aquellos instantes, no me preguntes qué, porque no lo entiendo, ni lo entendí entonces, aunque, ahora que lo pienso, igual eso era un orgasmo, yo estaba aterrada pensando que alguien podía vernos y a la vez me daba igual, y sentía un calor increíble, y encima él cogió mi mano y la llevó a su pantalón, y... bueno, que fue todo... Pensé que me estaba poniendo enferma pero muy enferma, y que igual hasta me moría o como mínimo iba a desmayarme. Y en ese momento, cuando yo creí que aquello era la muerte, pero era maravilloso, tanto que yo no podía entenderlo, cerré los ojos y me fui a otro sitio, no sé a dónde, no sé si me desmayé, pero no creo, porque cuando abrí los ojos yo seguía de pie apoyada en la pared de la cuadra, y Tino estaba dándome un beso en la mejilla y se marchaba a toda prisa. Fue la única vez que me dijo algo, solo dijo, guapa, solo eso. Y se marchó, y yo me quedé como en una nube, hecha un lío, sin saber qué me había ocurrido. Aquella tarde, y luego por la noche, traté de reproducir lo que él me había hecho, y sí, pero no era lo mismo. Lo intenté un montón de veces, y en una de ellas, ya estaba amaneciendo, de pronto noté los dedos como viscosos, mojados, y cuando fui corriendo al retrete que había al final de la galería descubrí que tenía sangre, y empecé a gritar como una loca, pensando que aquello que me había hecho Tino era tan malo que me había roto por dentro algo, a saber, y que sin duda alguna iba a morir desangrada. Mis padres (ese día mi padre dormía allí) se despertaron y acudieron a mis gritos. Mi madre dijo solo vaya por Dios, qué pronto, y yo me quedé todavía más confusa y chillé: pero qué me pasa, qué me está pasando, y mi padre miró con aspereza a mi madre y le preguntó que cómo era posible que no me hubiera dicho nada. Díselo tú, que eres médico, y mi padre respondió: díselo tú que eres mujer y su madre, y dio media vuelta y se volvió a la habitación. A todo esto, Gadea se había despertado con los gritos y estaba frotándose los ojos en el quicio de la puerta. Mi padre la cogió en brazos (nunca entendí por qué la cogía en brazos con lo mayor que era) y mi madre, como si se enfadara por lo que me había pasado, lo cual venía a confirmar que aquello era el resultado de mi mal comportamiento, de mi pecado, me dijo solo: nada, que esto te va a pasar todos los meses, porque tienes el desarrollo, pero hay que ver qué pronto te ha venido. Voy a darte unas toallas para que las uses. Las doblas así, ¿ves? Y las sujetas con estos imperdibles. Ahora nada de jugar a lo loco, ni nada de lavarte la cabeza, ni nada de nada, seguramente te dolerá bastante la barriga. Y sobre todo mantente alejada de los hombres, porque esto, por si te interesa saberlo, significa que puedes ser madre.

—Menuda clase de biología en un minuto.

—Así te lo digo. Me quedé de piedra. Nadie me había dicho nada, como llevábamos meses sin ir al colegio, me había quedado sin ese período de tiempo en que las niñas hablan de esas cosas. Pero lo más sorprendente de todo fue que cuando volví a mi cuarto, un poco más calmada, Gadea me dijo con toda la tranquilidad del mundo que ya sabía lo que me pasaba, que tenía la «mensunción», y que eso era porque las mujeres, como tienen el cuerpo para poder tener hijos, cada mes madura un óvulo y si no se encuentra con uno de los bichitos que pone el papá dentro de la mamá, pues ya no sirve para crear un niño, y entonces se expulsa en forma de sangre. Me lo explicó todo papá hace un rato, concluyó soñolienta, y lo bonito de esto, según me dijo, es que eso significa que tu cuerpo puede guardar un niño hasta que nazca, y me dijo papá que lo de las cigüeñas era un cuento.

—Tu padre también... ya podía habértelo dicho a ti.

—Eso digo yo. Pero por hache o por be, siempre Gadea salía ganando en todo. Y además, no sé siquiera si el hecho de que mi padre me lo contara habría disipado aquella angustia que tenía: yo estaba convencida de que aquello me pasaba por lo de Tino.

—Jo, pobre. Qué angustia pasarías.

—Pues eso no es nada, porque en los días siguientes empecé a sufrir pensando que a lo mejor, como nadie me había explicado lo que ocurría para que una mujer se quedara embarazada, lo que me había hecho Tino ya era más que suficiente, y casi me vuelvo loca de miedo pensándolo, mirándome la barriga cada diez minutos a ver si me crecía (porque eso sí lo sabía), y aterrada.

Valeria parecía aliviada después de haber hablado de todo aquello, tanto que Laia se preguntó si no estarían ante la revelación del gran secreto de una mujer tan convencional como era su paciente, pero desechó ese pensamiento casi de inmediato. Allí aún había mucha más tormenta.

—Ya ves tú. Tanto sufrimiento, y total, para no volver a sentir placer en mi vida. Y ni siquiera pude tener hijos.

52

En Gijón, martes,
agotada por la cháchara de mi madre (y encima llueve)

Mi madre llegó esta tarde con ganas de hablar. No suele venir a casa, y menos de improviso, porque la tengo muy avisada, pero hoy ya sabía yo que se traía algo entre manos. Desde que ha descubierto que existe el whatsapp, que en buena hora se lo instalé, me adelanta por escrito y con frecuencia los «temas» que la ocupan y sus planes, aunque también es cierto que, si miro sus chats, la mayor parte de ellos responde a dos frases con sus (pocas) variantes: ¿dónde estás? y ¿por qué no me contestas? Bueno, para ser exactos, «Dnd estas y Pk no me contests», que ha descubierto que uno puede prescindir de algunas letras y no pasa nada, porque así va más rápido. Ay. Afortunadamente Laia estaba en la consulta y ya procuré cerrar a cal y canto nuestra habitación (que mi madre da por hecho que es la mía, que para eso soy la dueña de la casa, mientras que Laia duerme en el diván Hemnes de Ikea de su cuarto) no fuera a meter sus narices allí y a lo tonto encontrara vete tú a saber qué inconveniencia, aunque de encontrar algo (unas bragas por el suelo o similar) solo podrían ser mías, porque Laia es el orden personificado. Bueno, y para qué engañarnos, tampoco puede haber mucha duda. Por el tamaño. De las bragas, digo.

En la calle había empezado a llover, y el mar al otro lado de los ventanales de la terraza estaba coronado por una neblina gris. Mi madre, sin fijarse demasiado en la belleza de la tarde, empezó despotricando, porque acababa de ir a la peluquería y total, ya me dirás para qué, con esta humedad lo mismo da, enseguida el pelo se te pone encrespado, que ya lo decían en *La guía secreta de Asturias*: Gijón es la ciudad de más peluquerías per cápita (nunca mejor dicho) por la cosa de la humedad, ¿o era Oviedo?, un asco, ya te digo, y eso que tú qué vas a saber. Así que nos enzarzamos en una animada discusión en la que yo trataba de hacerle entender que si llevaba la melena rizada las más de las veces era justamente porque alisar el pelo, con esta humedad, era como uno de los trabajos de Hércules, y en esas estaba cuando mi madre de pronto me hizo callar, de esa forma tan estupenda que tiene ella de cortar mis argumentos sin más ni más, y se me descolgó con un ay, hija, qué disgusto tengo.

El disgusto que tenía, sobre ser una estupidez, ni siquiera logró que se me despeinara el flequillo, al menos mientras la tuve frente a mí, que después fue otra cosa, y por eso he cogido el cuaderno ahora que mi madre se ha ido con su disgusto convenientemente mojado en su pepsi acompañada de unas *cookies* de plátano y chocolate que hizo Laia ayer (cuando está reconcentrada y así como para adentro le da por cocinar las cosas más ricas del mundo, y de ese modo lo de perder peso es una misión imposible).

La cosa era que mi madre se había encontrado justo al salir de la peluquería con Marcos, o sea, mi exmarido, y con Marina, su mujer. Tal vez debería decir su mujer y media, porque parece ser que van a tener un bebé muy pronto porque según mi madre la barriga era descomunal. Marcos le dijo incluso para cuándo esperaban al vástago, pero ella se sintió tan disgustada (si me dan una puñalada, no sangro, me explicó gráficamente) que ni se acordaba. Había hecho el esfuerzo de felicitarlos y todo eso, y no había podido evitar venir a contármelo, aunque tal vez debería haberlo pensado, que a ver si yo me iba a disgustar.

En ese momento traté de no reírme, porque aunque me hacía gracia pensar que podía atribuirme a mí semejante sentimiento, no quise que en su confuso corazón se mezclara el cabreo que sé que le iba a procurar mi risa y no supiera qué hacer con tanta emoción anudada y en liza. Vamos, que traté de tranquilizarla, quitar hierro, decirle que a mí no me importaba y que no estuviera disgustada por mí.

Y no aprendo, oye. ¿Por mí? Era por ella, faltaría más. Ella, que a pesar de lo muchísimo que lo deseaba, se estaba quedando sin ser abuela. Ese hijo tendría que ser tuyo, Emma, tendría que ser mi nieto, mira lo que hiciste separándote de él.

Yo nunca he querido tener hijos, ni siquiera estoy segura de haber tenido algún tipo de instinto maternal ni cuando jugaba con la colección de Barriguitas que tenía. Y cuando Marcos y yo nos casamos apenas tuvimos tiempo para contemplar la posibilidad, porque nos vino el desamor antes de que tuviéramos la ocurrencia de salvar aquellas crisis que siempre estuvieron instaladas en nuestro matrimonio, perpetrando un hijo. Pensar en un embarazo ~~me produce un repelús horrible,~~ me asusta un poco, y cada vez que veo en la tele o en el cine imágenes de un parto se me ponen los pelos de punta. Es algo por lo que no quiero pasar y ya está. Si mi madre supiera cuál es mi condición sexual, atribuiría ese inexistente instinto a lo desviado de mi conducta. Pero no creo que tenga nada que ver.

Al principio de conocer a Laia, en aquellas tardes que pasábamos encamadas en su piso madrileño, cuando hilvanábamos las horas con las palabras que contaban nuestras historias, alguna vez hablábamos acerca de la maternidad, y ambas estábamos de acuerdo en que, aparte de ser una cuestión de elección, la decisión de no tener hijos era una de las libertades irrenunciables, y que si el cuerpo como mero recipiente, que si la cosa patriarcal. Esas cosas a las que Laia es tan aficionada. En cualquier caso, pensábamos lo mismo: ella lo formulaba muy bien y yo asentía plenamente convencida de que aquella coincidencia era una prueba más de lo hechas que estábamos la una para la otra. Tan iguales como si cada una se reflejara en el espejo que era la mirada de la otra.

Sí, yo entonces era capaz de decir ese tipo de cosas, y encontrar similitudes de lo que Laia y yo sentíamos, hasta en las canciones de Julio Iglesias si cuadraba.

Mi madre, a todo esto, seguía hablando y hablando, desgranando lamentaciones que iban de lo sola que se sentía en su grupo de amigas, lo «desubicada», dijo, porque todas ellas presumían de nietos, llevaban el móvil repleto de fotos y ella se limitaba a asentir y a decir que qué monos, y por dentro se moría de pena, porque su hija no tenía ningún plan, y Richi le había salido como le había salido, y que qué pena, hija, porque encima a tu padre no le puedo decir nada de eso, que él todo se vuelve decirme que os deje en paz, pero ya sabes que él lo quitas de los deportes en la tele, y le da igual.

Nada, no escarmiento. No con mi madre, no puedo evitarlo. Mira que la conozco desde que nací, oye, pero no hay manera, que me dio hasta pena, porque soy boba del todo, y entonces traté de consolarla, bueno, mamá, no te preocupes, a lo mejor, en algún momento... ya tendrás nietos, mujer...

Y ella, todo tacto, me miró como si hubiera bajado un extraterrestre a consolarla y me soltó que bueno, sí, mira qué graciosa, pues sí que está fácil el asunto, como tu hermano no vuelva al buen camino, lo tengo claro. Que tú ya empiezas a estar mayor, hija, no me lo tomes a mal, se te está pasando el arroz, y no me lo fías largo ni nada, mientras encuentras un novio, te casas y adelgazas lo suficiente como para tener un embarazo sin peligro y un niño sano... uf, por Dios, te dan las uvas.

Así es mi madre. Y por su culpa ando con una canción en la cabeza que se me mezcla estúpidamente con otra: *Voy a ser mamá, voy a tener un bebé, no es una broma, amor, es muy de veras, voy a tener un niño. Le llamaré Lucifer, le enseñaré a matar. Ah sí, voy a ser mamá...*

53

Ha terminado por imponerse la curiosidad, el deseo de indagar en la vida de Valeria y, por tanto, trabajar los martes por la tarde y perderse el taller de escritura, o llegar tan pillada de tiempo, si el cercanías se porta bien, que la sesión ya ha comenzado cuando aparece, lo que supone encontrarse con un catálogo de miradas, desde la recriminación hasta la piadosa comprensión, pasando por el fastidio. Y al fondo, siempre entre papeles y libros, la mirada amorosa de Guille. Elige, por tanto, hacerse con la responsabilidad de arreglar los aposentos de la Marquesa, que no deja de ser un buen embolado. El resto del personal escurre el bulto como puede ante tal tarea, porque jamás se ha dado la circunstancia de que Valeria Santaclara halle todo de su agrado y no se queje por un invisible resto de limpiacristales en la ventana, por la deficiente limpieza del baño (esos cercos alrededor mismo de los grifos que nunca le parecen suficientemente limpios), ese espejo, esas almohadas poco ahuecadas.

Desde que es Feli quien se ocupa de la tarea, el nivel de protesta de Valeria ha descendido varios puntos, y la directora suele recordárselo con frecuencia, apelando sutilmente a su deseo de que con independencia del turno que tenga, sea ella quien se encargue los martes de la limpieza a fondo de las habitaciones de la señora Santaclara, con la específica indicación de que no importa demasiado cuánto tiempo tenga que dedicarle, que lo primordial es que esté contenta (la Marquesa, claro). Y en esas palabras va implícito el reconocimiento de que es la mejor de sus residentes y que, si paga muchísimo más que el resto, es normal que se la trate con deferencia.

Tal vez por eso, Feli se aplica con un esmero y con una pulcritud más cercana a la asepsia hospitalaria que a la limpieza de un hogar para que nada en absoluto suscite la protesta, o la reticencia siquiera, de la mujer. Y lo hace, sin embargo, con una rapidez inusitada, arañando segundos que le permitan escudriñar en las pertenencias de Valeria Santaclara, rastrear su historia a través de los objetos, de las fotos, de los fragmentos de vida que se quedaron impresos en un lenguaje incomprensible en un pañuelo de seda doblado con esmero en un cajón, en una libreta de colegio escrita con tinta desvaída: «Vivo en la ciudad de Gijón, perteneciente a Asturias, República Española, y mi ciudad es muy bonita porque tiene una playa y muchos y esplendorosos edificios», cuentas de dividir por tres cifras, problemas de manzanas y peras, de trenes en movimiento, oraciones a san Vicente de Paúl y santa Luisa de Marillac, ejercicios de gramática, inexactas figuras geométricas y cálculo del área y del perímetro y del volumen. La infancia de Valeria Santaclara en una estampa de la Virgen de Begoña en cuyo dorso apenas puede leerse: «Mis amigas del alma, para siempre Matachús, Dori y Lina» y lo que parecían ser las firmas de las susodichas. Qué habrá sido de ellas, se pregunta Feli, seguro que Valeria es la única que ha sobrevivido a aquella alianza, a aquel para siempre. Una foto pegada al final del cuaderno, cuatro niñas con uniforme, seguramente las cuatro amigas del alma, una de ellas sin duda Valeria, su imagen de niña se le ha ido haciendo familiar, flacucha y más alta que las demás, con las trenzas muy apretadas, y con la misma mirada de estar perdonándole al mundo su imperfección que exhiben las otras tres, y Feli no puede evitar sonreír, la aristocracia del colegio, piensa, las niñas que siempre miran al resto desde esa superioridad que les permite arrugar la nariz como si estuvieran oliendo estiércol permanentemente. En nuestro colegio, mes de María de 1935. ¿Mes de María? La educación poco cristiana de Feli le permite, sin embargo, sospechar que se refieren al mes de mayo, el mes de las flores. Es curioso cómo esa sola palabra, de pronto la haya trasladado, tanto cine, tantas novelas, a una capilla con niñas cantando, el aire perfumado con los cirios encendidos y las flores, pequeños ramilletes de margaritas recogidas la víspera en las afueras de la ciudad, en los jardines de las que tienen la suerte de poseerlos, conservados en agua durante la noche, que ordenadamente las niñas van colocando ante una imagen de la Virgen mientras cantan sin que ninguna entienda quién es esa Porfía a la que todas llevan flores, además de a María que madre nuestra es. Y postales de un París en blanco y negro, mucha torre Eiffel, muchos campos Elíseos, en una caja que alguna vez contuvo bombones, y un misal en su estuche negro. Feli nunca ha visto ninguno y al principio piensa que se trata de una Biblia, aunque la despista el grosor, y solo cuando lo extrae de su caja comprueba que se trata de un misal, un libro con oraciones, y, doblado en una de las páginas del final, hay un papel muy fino en el que se lee, con la dificultad que el tiempo otorga a la tinta que un día fue de un vibrante azul, la picuda y ya reconocible letra de Valeria, la misma que en el cuaderno se deshacía en loas a santa Luisa de Marillac y describía la decisiva importancia de los Reyes Católicos en la cristianización del continente americano, «Virgen Santa, Virgen pura, yo te ruego que atiendas mi plegaria y en tu infinita bondad te suplico que te lleves a Gadea, para gozar de la gloria contigo, así sea».

Feli vuelve a doblar cuidadosamente el papel y a colocarlo exactamente igual que lo había encontrado. No deja de tener algo de inquietante esa nota escrita con la inocencia infantil de un sentido religioso naif, al que no es ajena la rima final. Es inquietante, porque aunque en un primer momento se podría concluir que tal vez Valeria está pidiendo la intercesión de la Virgen para ahorrarle algún tipo de sufrimiento incalculable a alguien (¿Gadea sería, tal vez, el nombre de una mascota?), de las palabras gastadas se desprende un aroma impreciso, algo que hace que Feli tenga que arrugar también la nariz como las cuatro niñas de la foto de uniformes, trenzas y calcetines. Pero no es el olor de un improbable estiércol: es el inconfundible y pavoroso efluvio de la maldad.

54

A Laia le daba mucho miedo afrontar con Emma lo que le ocurría. Llevaba un tiempo prisionera de una zozobra que amenazaba con romper el delicado equilibrio en que vivía, la suma de contradicciones que la acechaban desde cualquier esquina, y que habían terminado por constituir lo que ella llamaba vida. Era el manejo de las palabras lo que fallaba, porque más que nunca necesitaba el confortable calor de Emma, la dulzura que emanaba de su piel tan blanca, el latido del corazón imponiéndose, el aliento conocido y tibio. Y eso que ellas habían hecho de la palabra, de la comunicación, la única bandera con la que cobijaban su existencia de dos. Laia se perdía por los vericuetos de sus dudas, por la extravagante paradoja de su deseo, de estar ante lo que, sin que nunca antes se lo hubiera podido imaginar, más le importaba, y la incapacidad para verbalizarlo, para decirle a la persona que más amaba en qué secretos anhelos se perdían sus pensamientos.

—Me parece a mí que hoy no estás a lo que estás.

—Lo siento, Valeria, lo siento muchísimo. No he dormido bien y por eso tengo esta cara, pero te estaba escuchando.

—Yo sí que duermo muy mal. La primavera me produce insomnio de siempre. No concilio el sueño, y luego por la mañana... Me acuerdo de que había una chica en casa que estuvo poco tiempo cuando éramos muy pequeñas y que decía mucho cuando nos despertaba para ir al colegio: «Las mañanitas de abril son buenas para dormir». Y cuantos más años tengo, peor. Menos horas de sueño, como si no tuviera bastante con el día para pensar, llega la madrugada y se me puebla la habitación de fantasmas, porque, Laia, tú no sabes lo que es que casi todas las personas que conociste y fueron importantes en tu vida ya no estén. Vas quedándote tan sola.

—Son formas de verlo: también puedes pensar que eres superviviente.

—Nada, nada. Eso son tonterías. A mí ya no me queda nadie. Ni los de mi edad, ni los mayores, ni siquiera los más jóvenes. Y eso sí que es duro.

—¿Por qué no me hablas de tus sobrinos?

Valeria ladeó la cabeza mientras jugaba con los anillos y por un momento Laia tuvo la sensación de que aguardaba un permiso de algún ente misterioso y fantasmagórico, invisible para nadie que no fuera ella, para empezar a hablar.

—Tuve dos, pero uno es como si no hubiera existido, porque se murió cuando era un bebé. Pero Olvido, no. Lo de Olvido fue lo peor que me pasó en la vida. Y mira que alguna cosa mala me pasó.

Tras la primera sacudida que inexplicablemente le produjo a Laia la mención al bebé muerto, volvió a ella, sin asomo de pena alguna, la acidez que en momentos muy concretos, cuando Valeria se obstinaba en señalar cómo de terrible había sido su existencia, la ocupaba entera y en una extraña alquimia se trasmutaba en algo que se parecía, si no al odio, bastante al desprecio.

—Gadea y Arsenio se casaron cuando nosotros vivíamos en París. Mi madre habría querido hacer una boda como la mía, que fue de las que pasaron a la historia local, pero, claro, no era lo mismo. No vas a comparar la familia de Alfredo con la de Arsenio, que eran pobres como ratas, y ya sé que eso no es ninguna deshonra, ya lo sé, pero no es lo mismo. Ya me dirás qué postín vas a poder conseguir si la familia del novio ni va a estar a la altura, ni van a estar cómodos, porque en eso mi madre era muy cuidadosa, ella sabía de sobra que una boda de campanillas solo serviría para avergonzar a la familia del novio. En cambio en la mía... Todavía guardo el menú, una preciosidad con una foto de los dos que nos hizo un fotógrafo que había en la plaza del Carmen, y con unos encajes y todos los platos en francés, que alguna gente, los que no estaban acostumbrados a ir a bodas buenas, se preguntaban qué era aquello de los *filets de dindonnaux truffés*, porque, bueno, lo de *faisans rotis*, lo sacaban en conclusión. Ahora imagina lo que habría sido con toda la familia de Arsenio, que tenía una tía pescadera, de las de Cimadevilla, no te digo más, aunque, bueno, igual no sabían leer. No, espera, leer sí sabían, la familia de Arsenio siempre había estado metida en el Ateneo Obrero y en esos sitios que tanto le gustaban ya a mi abuelo Honorino y a mi padre y a Onel. Pero ya me perdí... Ay, Laia, tú córtame cuando veas que me voy por las ramas, que se trataba de hablar de Gadea, de cuando se casó, que nosotros estábamos en París y ni vinimos siquiera, aunque total para qué, si se casaron casi de tapadillo, ni que ella estuviera en estado. Para el caso, tampoco faltaba tanto, porque el niño nació en primavera, y entonces sí que me vine yo. Sola, porque Alfredo tenía trabajo y de todos modos sola me iba a quedar: cuando viajaba por Europa no siempre me llevaba con él, para ser exactos fueron contadas las veces, pero entonces yo me vine y lo primero que me encontré fue la casa ocupada por la nueva familia, porque, aunque tenían su propio piso, mi madre quería que estuvieran aquí. Qué raro se me hace, estaban justo aquí, en la habitación que había sido nuestra y que era, ya lo ves tú, todo este apartamento prácticamente, porque parte de lo que tú tienes de sala de espera también era nuestro dormitorio. A mí me prepararon el cuarto de los invitados, que estaba al lado de la sala de espera de la consulta de mi padre, y daba a Ruiz Gómez.

A Ruiz Gómez daba la consulta, quiero decir, porque mi habitación daba al patio, que también tenía guasa con una casa tan grande, que yo tuviera que estar en una habitación al patio. El niño había nacido unos días antes y no hacía más que llorar. Ni mamaba, ni dormía, nada más llorar y llorar. Tengo todavía metido en la cabeza su llanto. Mi padre lo reconocía y decía que seguramente eran cólicos, pero yo creo que aquel niño no estaba bien y por eso se murió. Eso sí, antes de ello, nos volvió locos a todos. Tú no sabes lo que es oír a un crío llorar sin parar. Gadea parecía un cadáver, y además había quedado horrorosa después del parto, y Arsenio se iba a trabajar sin pegar ojo. Pues ya ves, sin embargo los veías a los dos y parecían felices, yo nunca los pude entender, te lo aseguro. Daba igual lo que les pasara, daba igual que tuvieran una vida tan miserable que ni se podían permitir tener a alguien que atendiera a Gadea y habían tenido que trasladarse a la casa de mis padres. Daba igual, ellos siempre como si estuvieran por encima de todo, como si lo importante no les importara y vivieran en su mundo. Mi madre estaba desquiciada, y mi padre nos daba optalidones a las dos, que nos venían bastante bien para el dolor de cabeza que nos levantaba aquel crío, y para todo. A Gadea no, mi padre decía que no los podía tomar porque estaba dándole de mamar, que digo yo que qué bobada, porque a cambio tendrías que ver qué ponches le metía la chica que teníamos entonces: huevo batido y venga cerveza, que digo yo que si las pastillas eran malas, el alcohol... Un desastre todo: yo me maldecía por haberme venido, como si no hubiera podido sospechar que tener un sobrino no era tan idílico, que los recién nacidos, además de ser feos como un dolor, no son como los de las postales, tan gorditos, tan tranquilos, tan sonrientes. No. Aquel niño era horrible.

—Pobre. Lo estaría pasando mal. ¿Cómo se llamaba?

—No llegaron a bautizarlo. Por entonces se les bautizaba a los pocos días, pero como no paraba de llorar se había ido postergando. Así que se murió sin bautizar. Iba a llamarse Carlos, y por la forma en que Gadea y Arsenio se miraban cuando decían su nombre, como si fueran cómplices, de algo que solo ellos sabían, creo que mi madre, que era muy muy larga tenía razón. Enseguida los pilló y se lo dijo a mi padre: «Estos dos le ponen Carlos al rapacín como el del marxismo, no vamos a ganar para disgustos con ellos». Y sí, seguramente era eso, Carlitos, lo llamábamos todos. Los pocos días que vivió.

—¿Muerte súbita?

—Algo de eso sería. Mi padre y un médico que vino también para certificar la defunción concluyeron que se había asfixiado. En la cuna, con tanto volante y tanta tira bordada y almohadoncitos, tan primoroso que lo tenía mi madre.

—¿Y Olvido? —Laia necesitaba borrar de su cabeza la imagen del bebé muerto.

—Lo de Olvido sí fue terrible, Laia, porque Carlitos no era nada, un bebé no es nada, pero ella no. Y no puedo hablar de ello ahora. No sin llorar, y hoy no quiero. Olvido se murió en mis brazos.

55

Es fácil sentir fascinación por Valeria Santaclara, pero Feli no sabe por qué cada vez con más premura, como quien poco a poco va dejando que su voluntad se adueñe por un vicio inconfesable, dedica los minutos que roba a la meticulosa limpieza de su dormitorio a curiosear entre sus cosas, tratando de imaginar otra vida o tal vez la novela que se oculta detrás de las miradas de los personajes de las fotos, detrás de los objetos. La novela que ella podría escribir.

Guille ha confirmado que Valeria Santaclara es, en efecto, sobrina nieta del párroco de Nozaleda que en los últimos años de su vida consiguió elevar a categoría de arte su permanente tendencia a la intromisión, la represión y la manipulación en nombre de elevadas y santas razones y añadir un componente si no al menos de manifiesta maldad, sí de profunda capacidad para la venganza menos cristiana. Gracias a alguno de sus contactos en el Ateneo Obrero y de un contacto de un contacto de esos contactos, ha conseguido llegar hasta alguien que guardaba como un tesoro la memoria de otros días hechos palabras contadas secretamente en tardes de confidencias, en el espacio clandestino de las cocinas, en las horas de espera en los hospitales. Toda esa memoria y los datos que va arrancando a fuerza de contrastar fechas terminan por sorprenderlo cuando encuentra detalles diminutos que en cualquier documento corroboran ese testimonio y ya empiezan a formar parte de un proyecto que aún no sabe en qué se concretará. Solo sabe, y eso con total seguridad, que quiere contar esa historia.

Feli no ha pasado a la siguiente fase del plan que ambos han diseñado entre besos y galletas rellenas de chocolate los domingos por la tarde, y aún no se ha hecho la encontradiza con el fin de tirarle de la lengua y conseguir de primera mano algunas confirmaciones. Eso será más tarde. De momento mira las fotos, trata de intuir las vidas de quienes aparecen en ellas, busca manuscritos, cartas, restos de vida convertida en palabras, en miradas de papel, en viejos peinados que desafían a la lógica, en algo indefinible que perfuma el aire y a la vez lo convierte en irrespirable. Sabe que un día se sentará a su lado y empezará a facilitar la conversación, porque sabe cómo hacerlo, sabe decirle a cada uno lo que quiere oír, que para eso ha trabajado en un departamento de perfumería y ha aprobado *cum laude* cuando se las ha visto con todo el pijerío y el quiero y nopuedo de la ciudad. Incluso, y esto es lo que en el fondo persiguen, una vez capturada su confianza, la idea es presentarle a Guille, que sea él el que con su sonrisa arrolladora consiga rescatar los hilos de la memoria para terminar de coser con ellos la historia de la maestra, de Flora Mateo. La maestra que ya no lo era, porque el ministerio así lo dispuso tras su boda, pero que siguió siéndolo toda la vida, cuentan, porque su casa se convirtió en una suerte de academia particular donde algunos niños acudían para completar su formación, especialmente aquellos que destacaban y cuyos padres consideraban que tal vez merecería la pena el esfuerzo de enviarlos a la ciudad para hacer el bachillerato. Y en una escuela de mujeres, porque el grupo de las que iban a coser fue creciendo en número y en ganas, y en la amplia sala con los ventanales grandes desde los que se podía intuir la claridad del mar, convivieron los caracteres variados de mujeres de diferentes edades con el deseo de aprender a hacer un jaretón en condiciones, poner una pieza a una sábana, darle la vuelta a un cuello de una camisa, bordar delicadas iniciales entrelazadas. Y también a leer quienes no sabían. Y a echar cuentas. Y a pensar. La maestra de Nozaleda, que siguió siéndolo porque se encargaba de sustituir a la maestra oficial cada vez que esta estaba enferma, o cuando la titular se marchó a Oviedo, de donde procedía, para cuidar de su madre durante un largo período, sin que se enterase la Inspección siquiera. La maestra que seguía siendo una mujer guapa y feliz, pendiente siempre de todo el mundo, querida por todos, hasta que después de la revolución del 34 desapareció un día del pueblo, poco después de la muerte de su marido, para espanto de sus hijos que tuvieron que ver su cuerpo cuando días más tarde lo recuperaron en una cuneta. Golpeado. Agujereado por las balas. Guille le ha contado, porque así se lo dijo alguien que resultó ser descendiente de una de las vecinas de Nozaleda, la conmoción, el dolor que supuso aquello para todos.

De todos los objetos que se distribuyen por el cuarto, la caja de Biscuits Pernot con sus imágenes de caballeros y damas de la corte francesa le produce un vértigo y a la vez una curiosidad enorme. Sabe que no está vacía porque pesa lo suficiente y tampoco tiene mecanismo alguno que haga imposible abrir la tapa, y aun así nunca hasta hoy se había decidido a abrirla. Siempre ha creído que ahí se guardan secretos, quizá porque se parece mucho a una caja que también hay en su casa, donde su padre guarda algunos documentos importantes que tienen que ver con la escritura del piso, la póliza del seguro, el libro de familia, y, aunque nunca lo ha revisado, piensa que también estarán las disposiciones testamentarias, en el caso de que su padre las haya hecho. Tal vez en esta sí haya un testamento que desvele a quién le va a dejar sus cosas Valeria, qué sobrino lejano se hará con el dinero que seguramente tiene. Qué secretos se guardan ahí que desvelarán aspectos impensables de la personalidad de Valeria. Pero al levantar un poco la tapa, comprueba que lo único que parece guardar tiene que ver con bancos: cartillas de dos o tres entidades bancarias y algunos sobres que posiblemente contienen comunicaciones acerca de su dinero. Nada que le interese a Feli, y aunque no ha mirado exhaustivamente, ni ha hurgado en el interior de los sobres de distintos tamaños, vuelve a cerrar la caja sin poder reprimir una cierta decepción.

Recuerda entonces ese sobre que ya ha visto más de una vez, y que por lo que parece viaja en el bolso de la anciana, porque no está a la vista ni en los cajones de la mesilla, ni en los del secreter, como habría sido esperable. Y sospecha que ahí tiene que haber una historia tal vez relacionada con lo que Guille investiga. O no, por qué iba a serlo después de todo, es tan larga la vida, tan llena de secretos y de vueltas y de pasos en falso y de pecados y de migajas de muerte que se nos van quedando olvidadas en los bolsillos, y de mentiras. Ella misma, su propia vida que podría ser novela, una de esas novelas intimistas y aburridas, de personajes torturados y desamparo. Una novela en la que los personajes escriben con el dedo en el vaho que se forma en el cristal del cercanías, y sueñan con días de sol en lugares lejanos, y con que la felicidad, al menos sea un nombre. El suyo.

A saber de qué va la historia que seguro que existe en torno a ese sobre, en cuyo exterior alguien escribió «El perdón».

El mismo sobre que en ese mismo instante, en la ciudad cercana, es objeto de conversación de Valeria con Laia Vallverdú.

56

A veces, agobiada por un sentimiento de culpa y de decencia profesional, Laia pensaba que las horas de consulta que tenía cada martes con Valeria Santaclara no respondían a ningún otro criterio que la generosa retribución que por ellas obtenía. No tenía muy claro qué perseguía la mujer más allá de descargar su mochila por el procedimiento de hablar, pero la asaltaban las dudas acerca de la idoneidad de esa charla. Cuando se sentía mal, trataba de que la reconfortara lo satisfecha que parecía sentirse Valeria, su exquisita puntualidad, lo corto que se le hacía siempre el tiempo de la consulta y su charla incesante acerca de los más variados temas, además de la revisión de su pasado que parecía ser su objetivo. Más de una vez habían vuelto a hablar de ese propósito inicial y de si ya se sentía preparada para leer el contenido del sobre que llevaba siempre consigo en el bolso.

A medida que transcurrían las sesiones y quedaba patente la enorme antipatía que Valeria manifestaba por Gadea, a quien curiosamente atribuía una envidia que no dejaba de ser una clara proyección de sus propios sentimientos por la hermana pequeña, Laia trataba de adivinar qué era exactamente lo que había llevado a Gadea a escribir lo que pudiera contener el sobre. El perdón. Qué tenía que perdonarle incluso, como según parecía, aunque Valeria no le hubiera pedido ningún perdón. ¿O sí lo había hecho y Gadea solo se había sentido con fuerzas para perdonarla en el lecho de muerte? No es que le interesara demasiado. A pesar de la confianza que la mujer depositaba en ella, y a la que ya estaba acostumbrada, puesto que de eso se trataba, Laia no podía reprimir una sensación que distaba mucho de la deseable empatía.

Llevaban diez minutos hablando de naderías: detalles relacionados con la vida en la residencia, alusiones al cambiante tiempo primaveral, menciones a la artrosis de la rodilla que, sería la humedad, le daba la lata más que nunca, y Laia estaba a punto de caer en la tentación de dejar que su pensamiento viajara por sus propias preocupaciones, por las decisiones que tendría que tomar, y sobre todo por el momento inevitable de hablar con Emma, con la angustia que eso le provocaba, pero, entonces, Valeria empezó a hablar.

—La otra noche no podía dormir. Cuando éramos pequeñas, en el colegio, las monjas siempre nos decían que si no teníamos la conciencia tranquila (si nos remordía la conciencia) no podríamos conciliar el sueño, y que para ello lo mejor era ponerse a bien con el Señor, y rezar mucho. Bueno, el otro día hasta recé, que hacía mucho que no lo hacía, y debí de quedarme dormida. O no, porque tengo una edad en que ya no sabes muy bien cuándo es sueño y cuándo es vigilia, y más cuando lo que te ocupa la cabeza tiene que ver con el pasado lejano. No sabes muy bien si es realidad, o si recuerdas, o si sueñas. Total, que no quiero hacértelo largo, Laia, que la otra noche harta de dar vueltas y vueltas en la cama, cogí un álbum de fotos y empecé a mirarlo, que es algo que no hago nunca, los tengo metidos en cajas, porque me da mucha tristeza ver que todos los que están en las fotos ya están muertos... Y vi las fotos de cuando éramos pequeñas Gadea y yo, siempre vestidas igual, yo tan alta y ella tan regordeta, y tan oscura de piel, como si lo suyo fuera ser negrita, pero no hubieran dado con el color del todo y se hubiera quedado a medias. Me entró una tristeza terrible, por todo, por la vida, por lo raro que es todo, y por cómo pasa el tiempo de rápido. Veía las fotos de la familia, algunas en Nozaleda después de la guerra cuando éramos adolescentes y algunas veces merendábamos todos en la antojana, allí estaban mis tías, la monja y la otra, que es como si lo fuera también, siempre con aquellos mandiles blancos bordados impolutos, que se ponía cuando había gente, porque para andar por la casa siempre los llevaba más bien andrajosos. Mi madre, mi padre, Gadea y yo, mi abuelo, mi tío abuelo el cura, y Liborio, y pienso que por entonces yo creía que el tiempo no se movía, y no solo eso, también que había cosas que eran eternas: que mis padres estarían siempre así, que una vez superada la guerra y sus vaivenes, todo aquel caos, lo que tendríamos para siempre era la estabilidad, y eso pasaba por la quietud absoluta, lo inalterable. Ahora lo miro con perspectiva y aquel tiempo tan largo son dos o tres años. Luego todo empezó a ir rápido.

—La percepción del tiempo está en función de...

Valeria la miró como si volviera de un país muy lejano y se estuviera preguntando quién era.

—Yo creo que empezó a ir rápido cuando perdí la inocencia... y no me estoy refiriendo a aquel pobre chico, a Tino. Me refiero a la inocencia de verdad, la de creer en las personas.

Hizo una pausa y sus dedos nerviosos empezaron a jugar con los clips que intencionadamente Laia dejaba en una bandejita en el borde de la mesa. En cada consulta solía tener varias bajas como consecuencia de la inquietud de los pacientes y su necesidad cardinal de mantener las manos ocupadas y concentrarse en una actividad inútil como destrozar un clip para que sus pensamientos se canalizaran.

—Yo sé que tú piensas que soy una mujer muy convencional. —Laia trató de protestar, pero Valeria no dejó hueco entre sus palabras—. Y en parte tienes razón: siempre hice lo que tenía que hacer, lo que se esperaba de mí. Lo que mi madre, que para mí siempre supo estar en su sitio, quería que hiciera. Y siempre creí que las personas tendrían que actuar como había que actuar, con esa especie de ley no escrita que es la que hace que la sociedad tenga un orden, que haya ricos y pobres, pero cada uno en su sitio, que los ricos no se aprovechen de los pobres, y los pobres respeten a los ricos, que nadie se salga de donde tiene que estar, ni por arriba, ni por abajo, porque entonces todo es desorden. Los padres protegen a los hijos, y estos obedecen. Las leyes se cumplen. La religión se respeta. Los malos van a la cárcel y, si cuando se mueren no se han arrepentido, van al infierno. Los que estudian y se esfuerzan y trabajan triunfan. Los que tienen dinero son caritativos con los pobres y a cambio estos no tratan de romper la baraja. No sé, lo normal... Por eso fue tan duro lo de Onel, por eso perdí la inocencia.

—¿Qué pasó con Onel?

—Ya te lo contaré otro día. No era de eso de lo que quería hablar, aunque reconozco que también tiene que ver, y bastante. Quería decirte que no puedo dormir por las noches, y si me duermo me da miedo que vengan las pesadillas, que es una cruz que siempre he llevado conmigo, y he pensado que puede ser porque me remuerde la conciencia, porque sé que no me porté del todo bien.

—¿Con alguien en particular o así en general?

—En general creo que fui lo que tenía que ser. Nunca di ningún disgusto a mis padres, y no como Gadea, por ejemplo, que a mi madre la traía a mal traer siempre con aquella forma de ser tan rara, como si estuviera de prestado en nuestra familia y realmente perteneciera a otra vida. Yo creo que nació equivocada, cuando yo creía que a los niños los traía la cigüeña siempre pensaba que

Gadea se les había caído en nuestra casa, cuando la ci-güeña la llevaba en el pico camino de qué te digo yo, del Llano, o la Calzada, o de Cimadevilla. En cualquier si-tio menos en plena Plazuela, y en la casa de un médico de mucho prestigio. Ella no pertenecía a nuestra clase y quedó patente desde siempre: desde lo imposible de sus rizos, lo patosa que era, las amigas con las que se juntaba en el colegio, y ya no te digo nada cuando se empezó a hacer mayor, qué te voy a contar de sus idas y venidas con gente de la cáscara amarga, que mi madre no vivía pensando que podía meterse en un lío muy gordo... Pero fíjate, lo pienso y me da mucha pena. Solo tuve una her-mana y nunca la sentí como tal, lo pienso por las noches, no duermo pensándolo, que desperdicié todo eso, que me pasé tanto tiempo despreciándola que me perdí la re-lación de hermanas.

—Bueno, pero nunca estuvisteis enemistadas...

—No, eso no. En realidad yo creo que ella me quería a su manera aunque sé que todas aquellas amistades su-yas la malmetían contra mí y contra Alfredo, y contra todo lo que representábamos. Esa gente, los comunistas, que yo creo que todos lo eran, son muy resentidos, Laia, yo creo que es envidia, en el fondo, por mucho que di-gan, les gustaría ser como nosotros, y como no llegan, porque no consiguen buenos trabajos, o porque no tie-nen medios en su familia, lo compensan con el odio a los que sí lo tenemos.

Laia estaba tratando de mantener la calma escuchan-do aquella sarta de barbaridades, así que fingió que ano-taba algo en su tablet. En realidad estaba escribiendo la palabra imbécil.

—Y en el caso de Gadea estaba claro. Me envidiaba.

—No casa mucho lo de la envidia con la alegría que dices que tenía siempre.

—Ya, bueno, qué tiene que ver... Cómo no iba a en-vidiarme. Alfredo y yo éramos una pareja perfecta: un piso maravilloso, viajando mucho, teníamos todo lo que se podía desear; Alfredo siempre se compraba el mejor coche y alternábamos mucho...

—Pero, por ejemplo, no teníais hijos... —Tendría que haberse mordido la lengua, pero ya no le daba para más, tenía demasiadas cosas en la cabeza, en varias ocasiones había tenido que hacer esfuerzos para no perderse en un laberinto de confusión. Ese día Valeria estaba particularmente insoportable.

La mujer se quedó callada por un instante, como si estuviera buscando en el fondo de su cerebro una respuesta lo suficientemente convincente. Abrió la boca, pero en el último instante decidió callarse. Una neblina impalpable irrumpió en la estancia.

—Yo siempre quise tener hijos. Quiero decir, siempre supe que había que tenerlos, porque un matrimonio sin hijos es como un jardín sin flores. Ya sé que ahora las modernas no lo veis así, y bueno, yo no digo nada, Laia, pero una cosa es que cuando eres joven no quieras tenerlos para estar más libre y hacer lo que te dé la gana, pero luego pasan los años y si no los has tenido te arrepientes y ya es tarde. Ahora las cosas son de otra manera: se adopta, hasta me han dicho que hay gente que encarga a los hijos a mujeres que los llevan en su vientre y los paren por dinero. Pero antes no era así. Antes las cosas eran como tenían que ser: te casabas, tenías una casa, tenías un empleo, tenías unos hijos y vivías en armonía. Y los matrimonios sin hijos eran muy tristes.

—¿A Alfredo le importó?

—A Alfredo... no sé, la verdad. —La gravedad en la mirada de Valeria parecía indicar que sí que lo sabía. Y había tormenta detrás de aquellos ojos que seguramente habían sido lluvia tantas veces por aquello, después de todo, qué otros contratiempos habría podido tener aquella pareja—. Mis conocimientos eran tan escasos, sabía tan poco, que pensaba que me quedaría embarazada la misma noche, en cuanto se produjera «aquello». Estaba tan convencida que durante semanas hasta tenía síntomas... pero no, enseguida volví a tener la menstruación y supe que no estaba y hasta me sorprendí... A partir de ahí cada mes lo mismo. Recuerdo haberlo hablado con Paloma cuando estaba en París, y ella se rio de mí, me dijo que los embarazos siempre se producían cuando menos lo pensabas, que se lo dijeran a ella... Creí que iba a contarme algo, pero en ese momento llegó uno de los pelirrojos y ya empezamos a hablar de otra cosa. Pero a lo que iba, que los hijos no vinieron. Y luego fue cuando pasó lo de mi sobrino, el hijo de Gadea que se murió, ya te conté. Fue un tiempo terrible, porque había mucha tristeza. Gadea y Arsenio se instalaron de nuevo en aquel piso que luego siempre estaba lleno de gente a la hora que fueras, y yo me quedé un tiempo aquí en Gijón, en casa, y mi padre me preguntó por lo de los hijos que no venían. Yo le dije que sería cosa de Dios que no nos los mandaba y él puso aquel gesto de impaciencia que le ponía muchas veces a mi madre y que venía a decir algo así como no digas tonterías. Me hizo acudir a un amigo suyo médico que me reconoció, me hizo preguntas y concluyó que no parecía que hubiera nada que impidiera el embarazo. Mi padre dijo entonces que sería cosa de Alfredo y yo me quedé de una pieza... Cómo se le ocurría a mi padre decir tal barbaridad... Los hijos los tenían las mujeres y si no venían, aparte de ser voluntad de Dios, que él sabría por qué no nos los enviaba, si existía algún problema médico solo podía ser atribuible a la mujer... Qué cosas tenía mi padre, pensé yo entonces, y solo suplicaba que no se le ocurriera decir nada a Alfredo, que tenía a mi padre medio atravesado y solo le faltaba verse insultado de aquella manera... Pero bueno, creo que nunca le dijo nada, y así siguieron las cosas. No hubo hijos y ya está. Y total, mira, Gadea tuvo dos, y ahora ya no vive ninguno.

Había una mezcla de resignación pero también de triunfo en la última frase de Valeria. Una confirmación de lo que Laia sabía desde el primer momento en que el nombre de Gadea apareció en la consulta: que la envidia, que había existido a toneladas, tenía un sujeto y un objeto muy diferente del que Valeria quería hacer creer: justo el contrario.

57

En Gijón, en plena madrugada de temporal
(dentro y fuera), y sin dormir apenas

No debería estar escribiendo este cuaderno ahora, porque son casi las cinco de la mañana y en un par de horas sonará el despertador y no tendré más remedio que enfrentarme con el día, con un día asqueroso en el trabajo además, como la mayoría de ellos, dicho sea de paso, pero aquí estoy garrapateando (no, debería decir garabateando, ¿no?, ay, como para dudas lingüísticas estoy yo en este momento, después de estas horas de conversación interminable, y de lágrimas).

Laia me ha dicho que me deja. Bueno, no, no me ha dicho eso, pero como si hubiera sido así de tajante. Que tiene que hacer cambios en su vida y que no puede arrastrarme a mí con ellos, que me quiere demasiado como para que me implique en un proyecto suyo que es inaplazable y el resultado de mucho pensar. Que siente haber estado así todos estos días, pero que no sabía cómo decírmelo.

Cuando empezó a hablar, sentadas las dos en la galería, con las ventanas cerradas porque soplaba un viento del demonio, y las luces de la iglesia de San Pedro y del Muro bailando como locas en unas olas movedizas y absurdas, pensé: ya está, me va a dejar. De pronto me acordé del primer chico que me dijo algo parecido, la variante adolescente del «no eres tú, soy yo». Tenía dieciséis años y él decidió de pronto que le iba mejor con una tía mayor (la tía mayor tenía diecinueve, uno más que él, pero a mí me parecía viejísima), que no tenía ningún problema a la hora de facilitarle todos los avances epidérmicos que yo, boba de mí, me pensaba tanto. Y, como me pasa con frecuencia, se me fue la cabeza y perdí el hilo y traté de recuperar las frases de Laia, una situación confusa en la que ella hablaba de cómo lo que a veces no parecía importante en un momento de la vida en otro se te hacía imprescindible, y venga a vueltas con que por mucho que una esté implicada con otra persona hay decisiones que son tan íntimas y que tienen tantas consecuencias que una no puede esperar que el amor de la otra sea tan enorme como para superar tales pruebas. Y yo, que tenía tal confusión dentro de mí, y una mezcla de sensaciones asesinas porque mi cerebro quería entender de qué coño estaba hablando Laia (incluso literalmente) y a la vez mi corazón anticipaba el desastre inevitable de la ruptura, y junto con el necesario desgarro de la pérdida, de pronto se me colaban detalles inexplicablemente absurdos, como cuál de las dos se quedaría el baúl. Así soy yo, y cada vez me entiendo menos.

Entonces le pregunté, con una frialdad que no sé muy bien de dónde pude sacar, pero que tal vez venía de la furia que con carácter retroactivo me hizo sentir el imbécil de aquel chico (cómo se llamaba, cómo era posible que se me hubiera ido de la memoria su nombre y me hubiera quedado el recuerdo de la herida), le pregunté, digo, cuál era ese proyecto que por lo visto era incompatible con nuestra relación, y Laia empezó otra vez con el rollo de que por mucho que dos personas se quisieran una no podía condicionar a la otra a formar parte de decisiones que son para toda la vida, y que tal y cual, y que nosotras siempre lo habíamos tenido claro, que lo habíamos hablado tantas veces y estábamos de acuerdo y que el hecho de que ella ahora pensara de otra manera, y fuera tan importante, no podía condicionarme a mí, y venga vueltas y vueltas con lo mismo, que era una decisión individual, y que (aquí ya me enfadé mucho) yo tenía una vida por delante llena de cosas, de amigos y de gente con quien ser feliz, y proyectos, y que ella no tenía derecho a...

Estuve por marcharme y dejarla con la palabra en la boca. Me sentía tan perdida en aquel laberinto de conversación que iba de sus disculpas por lo rara que había estado esos días a lo que parecía una decisión firme de poner punto final a nuestra relación, pasando por un destello nuevo en sus ojos y que yo asocié sin remedio a la ilusión esa que no se puede esconder de la existencia de otra persona (sí, pero quién, a quién demonios podría haber conocido Laia que se me hubiera escapado a mí, si estábamos juntas todo el tiempo), y sobre todo por la confusión de su intento de explicarse. Coño, si llevaba tanto tiempo pensando en ello, si le había dado tantas vueltas, ¿no habría podido permitirse el lujo de haber preparado su intervención con un poco más de método?, ¿no habría podido, qué sé yo, hacer un esquema, incluso escribir las ideas, un borrador?

Pero me quedé. Y la miré y empecé justo lo que no quería ni debía hacer: a confesarle mi amor inquebrantable, a decirle que no me dejara, a suplicarle que no se fuera. A jurarle que yo haría cualquier cosa, que entendería lo que fuera necesario, que haría los cambios precisos, pero que no se fuera. Añadí que era la mujer de mi vida. Y que yo quería estar todos y cada uno de mis días a su lado. Y que no me dejara. Que por favor no me dejara.

En realidad, tampoco estoy muy segura de haber dicho exactamente esas palabras, porque es muy difícil saber cuáles de esas palabras formaban parte de mi pensamiento, o de mi desgarro, o de mi voz. Hablaba y hablaba, y mi cabeza iba a su aire tratando de traducir la letra del *Ne me quitte pas*, y solo me salía que si la sombra de tu mano, la sombra de tu sombra, la sombra de tu perro. Pero la idea era esa. Y las lágrimas, que de pronto empezaron a salir con la abundancia y la consistencia de mi llanto de cuando era pequeña, también decían algo así. Y Laia me conoce como para saberlo.

Supongo que llegados a este punto es muy difícil determinar qué es lo más lógico y lo más oportuno, qué frases son las que pueden conseguir el efecto que se persigue al formularlas y cuáles justo el contrario. Pero el caso es que en un momento le pregunté quién era la otra, y cómo era de importante, aunque era obvio que mucho, puesto que aquello cada vez parecía más una ruptura en toda regla.

Y fue entonces cuando Laia me miró, todavía con lágrimas, pero como si de repente se le hubiera cortado el llanto, sustituido por una extraordinaria confusión, y me dijo, con una lentitud impresionante, como si cada una de sus palabras se extrajeran del fondo de una mina, o de las profundidades marinas y costara un mundo subirlas a la superficie, que no había entendido nada, que de qué le estaba hablando.

Justo en el momento en que yo estaba recordando que aquel tío se llamaba José Ernesto. Mira tú.

Se hizo un silencio larguísimo en el que sentí que cualquier cosa que yo pudiera decir en aquel instante me conduciría inevitablemente al desastre de sumar al abandono el convencimiento de que yo era tonta de remate, y cuando empezaba a pensar que la conversación se había terminado, que Laia se levantaría y se iría a su cuarto y entonces sí que empezaría el dolor, se quedó muy quieta mirando las olas y, solo después de un tiempo que a mí me pareció infinito, se volvió a mí y, en la penumbra en la que estábamos, pude sentir sus ojos como abismos desconocidos, y simplemente dijo:

—Quiero ser madre, Emma. Ya he estado informándome de todo y estoy decidida. Y a algo así no puedo arrastrarte a ti.

Acabáramos, joder.

Ese sueño puede tener variantes, porque a veces es ella, en mis brazos, los estertores, sus ojos que ya no me miraban, el modo en que su rostro se fue quedando como una hoja de papel, la vida que se iba, y yo solo podía ver aquel trocito de cristal que tenía clavado en una mejilla, apenas nada. En el sueño, a veces ella levanta los párpados, como hizo entonces, como aquel día, pero es diferente, porque empieza a hablar, me habla como si nada, y sonríe, y de pronto es la niña que recortaba mariquitas en el salón de mi casa, la que hizo la primera comunión desdentada, la niña que se lanzaba por el tobogán colocándose muy bien el vestidito para que no se le vieran las bragas, pero en ese instante todo se hace noche, y sus ojos no miran, justo como aquel día, y hay una sonrisa que no sé qué significa, hasta que me doy cuenta de que es la misma, que los dos están muertos.

En Gijón, con la primavera estrangulada

Empecé a amarte por el secreto y en el secreto. Empecé a vivir asomándome a tus ojos, que era la única forma de entender un mundo que de pronto, en el momento en que llegaste a mí, se convirtió en incomprensible y solo podía traducirlo pintándolo con los brillos que vivían en tu mirada. Todo lo demás era un galimatías, una confusa mezcla de seres, de cosas, de carreteras, de palabras sin sentido y de vidas desperdiciadas. Empecé a amarte a la vez que aprendía los caminos secretos que me llevaban al centro de ti misma, que era el lugar donde estaba yo aunque nunca lo hubiera sospechado, al imposible corazón que latía detrás de las costillas que me enseñaron el misterio de las sumas y las restas, el mensaje cifrado de la materia que se hace aliento y de la palabra que de pronto se hace tacto, medida precisa de la dicha, ventana al abismo de lo que llega. Empecé a amar tus clavículas, a perderme en el laberinto de los mechones de tu pelo, a sonreír como una tonta en el autobús cuando te pensaba, a encontrar rastros de ti en mi piel, a ponerme tu bufanda solo para ir acompañada permanentemente de tu perfume. Empecé a querer que los días fueran eternos y que las noches no se terminaran jamás, que tus caderas me contaran de ti lo que no me decían tus ojos, que tus pies me escribieran las huellas para perseguirte. Y a beberme tu tiempo, y a aprenderme los misterios con los que engañabas mi deseo, y a despertarme en mitad de la noche pronunciando tu nombre cuando no estabas a mi lado. Aprendí a amarte en el secreto, en la forma en que se anudaban las palabras que decíamos y las que callábamos, en el presente al que me abocabas, en ese paraíso de piernas enredadas, en el cometa de tu risa, en el puñado de estrellas que flotaban sobre nosotras cuando el aire se volvía sed y la piel, llamas. Te amé por el secreto y escribí tu nombre en todas las servilletas de papel, en los espejos, y dibujé un corazón con mi nombre y el tuyo en la puerta del lavabo de un bar y esperé con paciencia a que tú lo vieras cuando entraste después de mí. Y cuando saliste y me miraste sin decir nada, supe que el secreto era el territorio que habitaríamos, que aprender sus misterios podía llevarnos toda la vida, pero no importaba, porque una vida entera y más que hubiera era exactamente el tiempo del que yo disponía para amarte.

(Esto se lo escribí a Laia esta mañana: con una caligrafía perfecta en un papel verjurado precioso, pero en realidad llevo todo el día con las frases en la cabeza. Se lo he dejado en su cuarto mientras estaba en el baño y ahora ha salido camino de la consulta y no sé si lo habrá leído o qué, imagino, y yo espero que entienda que me da igual todo, que solo quiero quererla. Que *ne me quitte pas,* que no te vayas, que no...).

60

En el tren de vuelta a casa Feli ha terminado de leer los folios que le ha pasado Guille y que detallan con el rigor que el muchacho aplica a todo lo que toca en una persecución incansable de los datos, con la vehemencia que sus convicciones cuelan en las frases y con la poesía que le habita, la historia de Flora Mateo, la hermana de Milio el Gatu, el anarquista que abatieron en los montes de Aller a finales ya de los años cuarenta.

Para ella, la guerra siempre ha sido ficción: películas en las sesiones de tarde en el cine cuando no había otra cosa que ver, novelas leídas en los autobuses, historias oídas de perfil. En su casa, anegados por esa guerra propia en que el destino en forma de accidente de coche les arrojó, nadie hablaba de ello. Demasiado lejano para sus padres que crecieron en los años de la ilusión de progreso de los sesenta, cuando las generaciones jóvenes optaron por abandonar el retrovisor y abrir las ventanas a los aires que venían en forma de discos, minifaldas y pelo largo y que conseguían extender una frágil capa de desmemoria y de necesaria esperanza. Por eso, cuando oye a Guille hablar, le parece asistir a la proyección de una película y los personajes tienen inevitablemente el rostro de los actores del cine español. La Historia, de la que habla Guille, para ella es y tiene la forma de un guion que alguien convertirá en secuencias que se terminan al grito de ¡Corten!

Y aun así la emociona tanto que no puede evitar el corazón encogido cuando lee el modo en que, tras la revolución de octubre y tras regresar a Nozaleda después de pasar unos días en Gijón donde su hijastra Camila vivía con su marido y su bebé, Flora Mateo desapareció sin dejar rastro. Al parecer, según cuenta la fuente a la que Guille ha tenido acceso, ya no ejercía como maestra titular, porque al casarse había perdido el derecho a su trabajo, pero era frecuente que en las ausencias de la maestra que el ministerio había asignado, Flora se encargara de los niños en la escuela, sin que ello supusiera ningún inconveniente por parte de nadie. Precisamente había adelantado su vuelta a Nozaleda incluso antes de que terminaran los cuarenta días de cuidados de rigor tras el alumbramiento de Camila, que aún seguía muy afectada por el fallecimiento de su padre algunos meses atrás, en un tonto y terrible accidente en el acantilado, para sustituir a la joven maestra, la tercera destinada en Nozaleda desde que ella había sido apartada, que le había solicitado ayuda para poder irse a cuidar de su madre que estaba enferma. A Flora la vieron llegar a su casa y una vecina se acercó para ofrecerle un caldo y unos huevos, pues sospechaba que tras unas semanas fuera de casa no tendría ni ganas de cocinar ni apenas ingredientes para hacer nada. Charlaron brevemente acerca de lo guapo que era el bebé y de las novedades más recientes en Nozaleda, y Flora, cuyo gesto no podía disimular el cansancio, le dijo que apenas tomara un poco del caldo que tan generosamente le había traído se acostaría a descansar porque al día siguiente tenía que ir a la escuela.

Esa fue la última vez que alguien la vio con vida. Al día siguiente nadie abrió la escuela y los niños agrupados ante la puerta optaron por volver a sus casas o por entretenerse jugando hasta que las madres comenzaron a preocuparse ante la ausencia de la responsable y puntual Flora. La preocupación fue en aumento cuando al acercarse a la casa y llamar a la puerta se encontraron con que nadie acudía. La puerta estaba simplemente entornada, como lo estaban las casas del pueblo donde era muy raro que alguien echara la llave, y con cierto temor algunas de las mujeres que formaban parte del grupo de costura entraron y, tras recorrer todas las estancias, volvieron ante quienes con inquietud y respeto aguardaban delante de la puerta. La casa estaba vacía, todo estaba recogido, la cama estaba abierta como si alguien la hubiera preparado para acostarse, pero no había huellas de que nadie hubiera dormido allí. Alguien dijo que había que avisar a Onel, su hijastro, que había que hacerlo incluso antes de alarmar a Camila, a la que no convenía asustar para que no se le cortara la leche. El hermano estaba preso en Oviedo, y nadie se atrevió a mencionarlo siquiera. Marta, la vecina que la había visto al anochecer, repetía una y otra vez lo que se habían dicho, y en cada una de las ocasiones en que volvía a relatarlo trataba de encontrar mensajes ocultos en la forma en que la miró, en el roce de su mano cuando cogió la tartera donde llevaba el caldo, en su forma de sonreír cansada al despedirse.

En su narración Guille ha incluido elementos literarios que tienen que ver con la luz, con el olor de las lilas que llegaba desde el camino que llevaba a la casa de la maestra, y todo ello comienza a parecerse tanto a una ficción, a una película. De este modo, entre las mujeres que se preguntan qué puede haberle sucedido a Flora, Feli puede ver a Terele Pávez, a Loles León, a Marta Fernández Muro, a cualquiera de las actrices que podrían interpretar aquella historia, y no le cuesta ningún trabajo imaginar sus vestidos, calcular los planos que elegiría el director, ver los gestos.

Hay un salto en el tiempo de la narración, y Guille relata el modo en que llega Onel, a quien describe como un personaje enigmático por los datos que ha ido recabando sobre él, que llevaba un negocio de venta de coches heredado de su padre, y cantaba boleros y canciones en inglés en algunos locales de la ciudad, y cuyas amistades abarcaban un amplio espectro de la sociedad: desde su íntima relación con la familia del doctor Santaclara (del que Guille ha averiguado que era el padre de Valeria) hasta con miembros del lumpen gijonés, y los elementos anarquistas que durante la revolución pusieron en marcha las experiencias libertarias en el Llano. De su participación en el Comité de Abastos y su generosidad a la hora de poner algunos de sus coches al servicio de la revolución, existen suficientes testimonios. Dice Guille que dicen que dijeron que Onel, tan moreno que alguno pensaba que era mulato, se puso blanco para sorpresa de todos los que lo conocían, y no consiguieron arrancarle ni una palabra. Alguien dijo que habría que llamar a la guardia civil y eso fue rápidamente descartado por Onel, que, en cambio, propuso que se organizara una batida por los alrededores. Tal vez Flora había salido a pasear, a lo mejor hasta el cementerio a donde solía acudir para visitar la tumba de su marido, tal vez se había caído, tal vez...

Por la tarde había llegado Liborio Santaclara apesadumbrado y nervioso, acompañado de una mujer con la que había sido visto en varias ocasiones y a la que nadie dudaba en llamar bruja si no fuera porque su aspecto era más próximo al de una estrella de cine, en el caso de que los atuendos de las estrellas de cine fueran de colorines, que era algo que nadie sabía. La adivina había recorrido la casa, había pronunciado alguna que otra palabra rara, seguramente conjuros, y finalmente se había situado frente al gran baúl que a los pies de la cama albergaba mantas y colchas, y con una ceremonia que según quien se lo contó a Guille, que a su vez se lo había oído contar a un testigo, le había puesto los vellos de punta, había ido acercando las palmas de sus manos a la madera y al latón brillantes y al entrar en contacto había puesto los ojos en blanco, y como si un espíritu se hubiera apoderado de su conciencia tan solo había dicho: Aquí hay muerte, aquí hay muerte. Y luego mirando a los presentes como sin verlos y deteniéndose en la mirada aterrorizada de Onel, había añadido: Pero no aún.

A última hora de la mañana alguien había llamado al cura que se había acercado hasta la casa y se había interesado por lo sucedido. Lamentando que se hubiera organizado una batida sin haber invocado la ayuda de Dios a través de unos rezos, se había ofrecido para lo que estuviera en su mano, y a todo el mundo le extrañó que al hacerlo se dirigiera a un par de vecinas que por sus problemas de movilidad no participaban de la búsqueda y no a Onel, que había vuelto para hacerse con una foceta que le permitiera desbrozar la maleza que había en determinadas zonas, y que había ignorado completamente al cura.

En esta fase del relato, Guille traza el perfil de un capitán de la Guardia Civil conocido por sus labores de información del movimiento anarquista en Gijón desde la aparente tranquilidad de un cuartel de una parroquia rural. Por los datos obtenidos y la hoja de servicios consultada en los archivos del Ministerio de Defensa se sabe que negoció por razones personales su traslado a ese cuartel en concreto y fue requerido por sus superiores y por los Servicios de Información para que realizara tareas relacionadas con la vigilancia de los movimientos de Emilio Mateo, un viejo conocido de las autoridades madrileñas que se había instalado con el pretexto de curar una tuberculosis en la costa asturiana, pero que se sabía que tenía como misión activar y servir de enlace con los grupos anarquistas gijoneses. En la hoja de servicios y en los informes a los que Guille tuvo acceso hay constancia de una relación anterior en Madrid y del hecho de que el capitán hubiera tenido años atrás una relación sentimental con la hermana de Emilio Mateo, Flora, maestra en la zona y también sospechosa de actividades sediciosas (Guille ha subrayado el término y ha hecho una anotación etimológica y de uso de sedición frente a subversión). Es precisamente esa relación lo que le ha resultado llamativo a Guille, porque en los informes del capitán Pastor hay una tendencia a mencionar en exceso a Flora Mateo y a señalar actividades de absoluta inocencia catalogándolas como sospechosas. Por lo que parece, leyendo las notas escritas con una lamentable ortografía, la maestra aleccionaba en la revolución a un grupo de lo que él denomina pueblerinas con la excusa de instruirlas en el oficio de la costura. También le parecían muy sospechosos los encuentros que mantenía en la casa de Rosario Acuña, a la que califica de «esa vieja problemática y revolucionaria escritorzuela de la que se tienen amplias noticias en el ministerio a propósito de sus irritantes artículos y su postura claramente contraria al orden, masónica, librepensadora y republicana, a la que en mala hora Romanones permitió volver de su exilio en Portugal» y de manera insistente sus relaciones con personajes de la vida cultural gijonesa, «casualmente siempre hombres, lo que nos da una idea de la personaja en cuestión», añade con muy mala leche.

Las tardes de finales de mayo son interminables y cuando el tren se acerca a la estación aún sigue habiendo luz y el sol se hace el remolón antes de irse a dormir definitivamente, a pesar de que pronto serán las diez de la noche. La curiosidad de Feli ha reventado las costuras que la circunscribían a secuencias rodadas con más o menos acierto en una película, y ya le da igual que el capitán Pastor sea Jesús Bonilla, o que Onel sea igualito que Iván Sánchez, o que Flora Mateo esté interpretada a veces por Verónica Forqué y a veces por Emma Suárez, como si fueran una y distinta, esos rostros, de pronto, tienen su propia vida, flotan ante los ojos de Feli, como suspendidos en el aire de la ciudad a la que se acerca el tren, columpiándose en el sol que se oculta y deja colores dorados en las nubes deshilachadas más próximas. Pronto será verano, se dice Feli, y una mezcla de duendes y flores se arremolina en una parte de su cerebro, para compensar la agonía de las horas de Nozaleda, la búsqueda de Flora durante días, del Mirador de la Virgen a la Reguera, pasando por el camino del cementerio, el bosque de robles, los maizales, el Carbayeu, la Castañalona del Sucu Cimeru. Algunos incluso llegaron hasta el acantilado al que muy poca gente se aproximaba porque se sabía cómo de traidor podía ser el viento y lo fácil que resultaba perder pie, y bien lo había sabido Canor, el marido de Flora, por no hablar de lo que nadie decía, de aquel impulso irrefrenable a que el alma se perdiera en la nada y la vida valiera tan poco que solo el abismo tuviera sentido. Si a alguien se le pasó por la cabeza que Flora Mateo, tal vez en pleno duelo todavía por la muerte de su marido, hubiera sufrido un episodio que llevara sus pasos a aquel lugar invocado por la desesperación, espantó el pensamiento con el recuerdo de la sonrisa traviesa de la maestra, con su buen humor habitual, su serenidad, y el amor inquebrantable que sentía por tantas personas, empezando por aquellos a quienes consideraba sus hijos.

Feli se baja del tren sin dejar de leer, continúa haciéndolo mientras camina por el andén y la adelantan los que vuelven a la ciudad cansados y con ganas de sentarse delante de la tele. Como se sabe de memoria los pasos y las escaleras, apenas levanta la vista del papel, lo justo para, una vez en la calle, comprobar cuántos minutos quedan para que llegue el autobús que la acercará a casa, hasta su calle, y así calcular si le dará tiempo a leer el resto, y enterarse de en qué momento alguien dio un grito después de que se le hubiera paralizado el corazón al descubrir el cadáver de Flora en la cuneta de la carretera, apenas un camino sin asfaltar por el que nunca se había visto transitar ninguno de los escasísimos coches que podían llegar hasta la parroquia, que, desde Nozaleda llevaba a El Lloredal, bordeando el molino nuevo. El relato describe la extrañeza de todos, los que fueron llegando tras la llamada de Ramonín, y cómo lo encontraron llorando y limpiándose los mocos en la manga de la camisa, tal vez (dice Guille echándole imaginación) porque en ese momento el hombre no pudo evitar recordar la imagen de su maestra de niño, su forma de sonreír con la boca y con los ojos, y el arrobamiento de los niños mientras la veían explicar en la pizarra cómo se hacían las raíces cuadradas. Nadie de los presentes pudo entender cómo, si habían pasado por allí varias veces durante la búsqueda, no habían podido ver el cuerpo, que estaba solo parcialmente cubierto por unos matorrales pésimamente dispuestos para esconder solo a medias el cadáver. Cuando llegó la vecina (Terele Pávez) que la había visto el último día confirmó que la ropa que llevaba era la misma, salvo que le faltaba un zapato. Y el agujero de la bala, claro. Y los golpes que habían pintado de colores violáceos su rostro blanquísimo.

El relato de Guille se interrumpe ahí, y coincide con el instante en que Feli busca la llave de su casa en el bolso, y en una transición que va de la angustia de la muerte a la angustia de la vida, cierra la carpeta y ensaya la mejor de las sonrisas para saludar al padre que en la silla de ruedas, ante una tele que escupe noticias, solo piensa que vivir se parece demasiado a una condena dictada por un juez desesperado.

61

No recordaba qué color tenía el primer pensamiento que con la consistencia de una nube se coló en alguno de los intricados laberintos de su cerebro. Sí, en cambio, que lo apartó como a una mosca que irrumpe inoportuna y molesta en una celebración de manteles inmaculadamente blancos, despachándolo sin pararse ni siquiera a ser consciente de que tras su máscara de fugacidad e insignificancia se escondía la determinación de lo que viene para quedarse.

Fue un par de días más tarde cuando de pronto tomó conciencia de que estaba pensando «eso», y esta vez sí quiso ahuyentarlo, por inesperado, por impropio, por ajeno. Ella no podía tener ese tipo de pensamientos, no se había reído poco, no había pontificado hasta la extenuación acerca de la estupidez del reloj biológico, de la forma en que el patriarcado consigue hacernos creer que se trata de biología lo que no es más que una imposición. Si alguna certeza se albergaba desde siempre en la parte de su cerebro de lo inamovible, de lo irrenunciable, si estaba segura de algo era de que nunca tendría hijos. Se sentía incapacitada para hacerse cargo de otro ser, de sacarlo adelante, de educarlo. Mucho más aún, se sentía incapaz de los procesos biológicos que ello implicaba. Las imágenes de partos le producían un pánico insoportable, un estado grimoso en el que se mezclaba el asco y el miedo, el vértigo en cualquier caso, porque lejos de las imágenes bucólicas y ñoñas de la vida de un hermosísimo bebé creciendo dentro de sí, no podía evitar que, en tromba, la asaltaran los espeluznantes fotogramas de tanta película de ciencia ficción: seres monstruosos, aliens, criaturas del mal abriéndose paso a través de sus tejidos, rompiendo su vientre, asomando su horripilante cabeza sanguinolenta.

Y, sin embargo, ahí estaba *ese* pensamiento, repudiado desde el concepto puramente racional y desde la visceralidad, y se imponía con una mística desconocida y amable, como si de pronto se hubiera vuelto loca de remate y no sirvieran de nada tantas convicciones, tantas discusiones en las que había conseguido imponer sus ideas, ideas no vinculantes, claro, de eso siempre procuraba que no quedara duda, que era cosa suya, su propio rechazo a la maternidad.

La maternidad y el reloj biológico, porque se trataba de ese maldito invento. No era que deseara tener un hijo, para lo que habría sido suficiente iniciar los farragosos trámites de adopción. No. Quería un embarazo. Y un parto. Y del mismo modo que siempre supo que su decisión firmísima desde la adolescencia de no tener hijos era un asunto exclusivamente suyo, lo que ya empezaba a constituir la chifladura sin remedio, que era como lo denominaba en su cabeza, también era solo suyo. Cómo implicar a Emma en ello, si a veces ni siquiera estaba segura de ella, de aquel amor que aseguraba inquebrantable y único, sin darse cuenta del peso que tenía en Laia la sombra de una biografía que incluía hasta un matrimonio. Con un hombre.

También este pensamiento era dañino, pero evitarlo se le hacía imposible. Tanto tiempo, toda una vida asegurando que una se enamoraba de la persona con independencia de su sexo. A ver si esto (esta certeza que proclamaba siempre que tenía la más mínima ocasión, convenientemente modulado en su forma, fuera la barra de un bar o una ponencia en un congreso) tampoco era verdad.

Se había hartado de buscar información en la red, había entrado, aunque sin llegar a participar, en foros sobre fertilidad, en foros de parejas de mujeres que tomaban la decisión de tener hijos, en foros de mujeres solas en busca de su maternidad. Y su voluntad crecía, pero las sombras menguaban el empuje vital, y las sombras tenían el color rojizo del pelo de Emma y el color del dinero que inevitablemente iba a tener que conseguir para costear los tratamientos de fertilidad, que, por lo que había visto, no eran ninguna tontería. Llevaba un tiempo ahorrando todo lo que podía. Emma era la persona más descuidada del mundo en lo que a los gastos de la casa se refería y ella trataba de minimizar su contribución (también su gasto, porque una responsabilidad y un concepto de la ética heredado de generaciones le impedía aprovecharse lo más mínimo) y guardaba en una caja que había albergado unas florentinas, todo lo que conseguía ahorrar, sintiéndose ridícula con ello porque sabía que ese ritmo le permitiría pagar el tratamiento solo después de largos años. Sabía que tendría que recurrir a un préstamo.

El pensamiento de Laia se detuvo en la palabra préstamo, súbitamente interrumpido por el tirón que *Frida* le proporcionó a la correa: había visto a *Brel*, su amigo del alma, un golden con el que siempre enredaba cuando se encontraban en sus paseos por el Muro y cuyo dueño, su crítico literario de cabecera (en casa, solo se compraban las novelas que recomendaba semanalmente en el suplemento de uno de los periódicos), siempre hacía sonreír a Laia con ocurrencias cervantinas o benetianas en una suerte de complicidad ante la cual Emma solía arrugar la nariz y acusarla de cultureta. Eso le pasaba a veces con Emma, que parecía separarlas un abismo, el que iba de Benet o de Billie Holliday a Ruth Rendell y Miguel Bosé. Tan difícil como encajar en su propio itinerario personal esto que le está pasando, ver de qué forma se abre paso entre las certezas, las teorías, las convicciones, las lecturas, esta idea descabellada y sin embargo inamovible, tan difícil o tal vez más, incluir a Emma en el laberinto por el que ha empezado a transitar. Incluso con esa profesión de amor inabarcable que, escrita en un papel con la caligrafía inconfundible de Emma (esas aes redondas, esas enes, tan grandes como de niña pequeña y a la vez tan rotundas, tan definitivas como si cada palabra fuera una sentencia), lleva doblada en cuatro en el bolsillo de la chaqueta vaquera, y que acaricia clandestinamente mientras comenta con el dueño de *Brel* esa amistad que se traen los perros y que a ellos los convierte casi en consuegros.

62

—Venía pensando que todo esto me sienta muy bien.
Lo de venir aquí, quiero decir, a la consulta. Al principio, cuando se me ocurrió la idea, pensaba que era un
poco extravagante, pero si quieres que te diga la verdad, llega un momento en que lo extravagante tampoco te importa mucho. Quiero decir, me he pasado toda
la vida haciendo exactamente lo que debía hacer.
Mientras mi madre vivió, hice siempre lo que ella quería, y lo que decía mi tío abuelo Clemenciano, y luego
cuando ya no estaba seguía haciendo lo que creía que
ella quería que hiciera, que venía a ser más o menos lo
que quería Alfredo. Y no es que me arrepienta, no,
aunque de lo de los curas la verdad es que me quedé
muy escarmentada, pero mucho, aunque esto solo te lo
digo a ti, porque es el día de hoy y voy a misa los domingos a la capilla, ahora en la residencia, pero hasta
que me trasladé, todos los domingos a misa de doce en
San Pedro, con don Boni, y más tarde con el párroco
que vino después, pero en el fondo estaba muy desen-
gañada, pero no sé qué te estaba diciendo, que yo siempre he hecho lo que tenía que hacer. Desde hace unos
años ya me da un poco igual, tengo dinero para hacer
lo que quiera y nadie a quien dejárselo, así que me lo
gasto como me da la gana y si me apetece comprarme
una pulsera, me la compro, aunque sea para mirarla en
mi habitación, y si me apetece gastarme el dinero char-

lando y recordando mi vida, pues lo gasto. ¿No te parece, Laia?

Que Valeria Santaclara pronunciara su nombre, la rescató de un océano de sombras por donde naufragaba con la imagen de un deseo y tres o cuatro interrogaciones ajenas a los devenires de la conversación de la anciana.

—Claro, claro, Valeria. Pero confío en que sea algo más que charlar. Viniste aquí porque querías reunir el valor suficiente para leer el contenido de un sobre. Permíteme que te lo recuerde. Yo no lo pierdo de vista ni un instante, porque tienes que comprender que mi función es acompañarte para que llegues a conseguirlo.

—Lo sé, lo sé. Pero es tan agradable recordar, aunque lo que se recuerde a veces sea amargo...

—No diría yo que tuviste una mala vida, no seas injusta. Las circunstancias fueron malas para todos, pero dentro de ese marco general no se puede decir que tú lo pasaras mal. Hasta la guerra, de la que hemos hablado, no fue tan mala cosa.

—Muchas veces te das cuenta de lo malo después. Es como las enfermedades, cuántas veces no son peores las convalecencias, o los duelos peores que las muertes. Pero esa es otra historia. Me refería al hecho de recordar por recordar. Voy caminando por las calles cuando vengo a Gijón y son las mismas y no lo son, y a veces tengo el espejismo de poder viajar en el tiempo, como si pudiera arrancar el decorado, estos edificios nuevos, los coches, la gente, como si fuera algo que me han colocado para despistarme, y pudiera regresar a entonces, a hace, qué sé yo, setenta años, ochenta. Ay, madre. Cuántos años, Laia, cuánta vida y a la vez qué rápido todo, como un soplo, sabes cómo te digo. Venir a esta casa, a mi habitación, tiene algo de increíble, como de círculo que se cierra. Yo nací aquí, justo en la habitación que está encima de lo de las máquinas de coser que tienen esas cosas bordadas tan preciosas en el escaparate... ahora ya es otra casa, claro, pero antes era todo una vivienda, todo a un andar. Una casa con balcones, de ricos, porque había gente, mucha gente que vivía en las ciudadelas, y aunque para nosotros era como si no existieran, mi padre siempre estaba con lo mismo, que si teníamos que agradecer ser tan afortunados y siempre tratando de recordarnos la suerte que teníamos, que ya le decía mi madre, Gregorio, hijo, que pareces tonto, que hubieran estudiado para médicos como tú, y tenía razón, al menos en parte, porque entonces, aunque lo de estudiar no era tan fácil como ahora, que estudia cualquiera, también se podía trabajar y mejorar en la vida, y aparte de eso, la pobreza no está reñida con la limpieza, que eso también lo decía mi madre siempre para las asistentas que teníamos en casa, que las hacía ir limpias como un pincel, porque estaba obsesionada con que nos pegaran piojos, que una vez Gadea vino con ellos a casa, gracias a las niñas con las que se mezclaba, que ya se sabía que solo podían traer problemas, y menuda la que se armó, cuando nos quisimos dar cuenta también me los había pegado a mí y estuvimos una semana sin ir al colegio para que desapareciera el olor a zotal, no, espera, a zotal no, eso era lo que se echaba a los locales para desinfectar, lo de los piojos era zeta zeta. Pues eso, venga a echarnos zeta zeta y envolver la cabeza con una toalla para que se murieran los piojos y luego a matar también las liendres. Mi padre nos dijo que nada, a cortarnos el pelo y santas pascuas, pero mi madre que ni se le pasara por la cabeza, que si aparecíamos por el colegio con el pelo corto se sabría que habíamos tenido piojos, así que en teoría estábamos las dos malas con bronquitis, sin salir a la calle y sin ir al colegio, hasta que mi madre se aseguró de que no teníamos ni una sola liendre. Mi padre era así, como si no estuviera donde debía. Por lo que me contaron también mi abuelo era un poco dado a simpatizar con los rojos, ya desde siempre, mi madre siempre lo decía, que tenía razón el tío Clemenciano, que qué se le habría perdido con los obreros, y mi padre igual. Yo creo que también era culpa de Onel, otro desclasado, o como se llame, que es lo que yo digo siempre: el orden está para algo, unos arriba y otros abajo, por herencia o por méritos, que yo ahí no me meto, que también los hijos de un obrero pueden hacer una carrera, pero cada uno en su sitio, que es la forma de que las cosas funcionen. Mira si no mi hermana, cómo iba a salir, todo el día con mi padre y colgadita de Onel y Onel de ella, yo creo que entre los dos le metieron esos pájaros en la cabeza y toda su vida fue un auténtico desastre.

—¿Desastre? Pero si me has dicho que eran felices...

—Bueno, bueno, felices... y qué es la felicidad, Laia, ¿lo sabes tú? Cómo iba a ser feliz Gadea si apenas tenía para comprarse un vestido en condiciones y siempre repartiendo lo poco que tenían con toda aquella gente, siempre pendientes de que pudieran detenerlos, siempre... Eso no es felicidad ni es nada.

—¿Y tú? ¿Qué te parece a ti que es la felicidad?

—La felicidad no existe. Es una mentira de las novelas y de las películas. Las monjas ya nos avisaban, que leer novelas era muy peligroso: los escritores pintan mundos irreales, y la vida no es así. Es como el cine. Si vas a ver películas acabas creyendo que la vida es como la pintan y no es verdad, porque para empezar los actores cuando los ves en la vida real ni siquiera son tan guapos, el maquillaje y eso, boba. La vida es otra cosa y mi hermana no tenía ni idea. Siempre entre zarrapastrosos y gente de poco orden, y siempre creyendo que la justicia se impondría. Qué justicia, vamos a ver, que ellos siempre decían que si los nuestros gobernaran, que si... querría yo ver lo que pasaría si los suyos gobernaran, que mira cuando gobernaron los socialistas, qué desastre, todo manga por hombro, arruinaron el país, y para colmo una ley que permite que se casen los mariquitas. Que yo no tengo nada en contra de que existan, pobres, bastante desgracia tienen, yo no digo que haya que marginarlos, pero de ahí a casarse... Eso es lo que traen siempre las izquierdas. Desorden, inseguridad. Y si me apuras hasta depravación...

—Anda, anda, no hay que exagerar... Como si en los tiempos de Franco no hubiera habido...

—No digo yo que no, estamos hablando de que el ser humano tiene tendencia al mal, eso es algo que sabemos ya desde que nuestros primeros padres tuvieron la ocasión de hacer algo bueno y les tiró la maldad, tenían de todo, y solo les prohibieron el fruto de un árbol, y no pudieron resistir la tentación de hacer lo que no debían. Eso es lo que trato de decirte, que si al ser humano lo dejas elegir, lo hará mal. Por eso me ponía de los nervios Gadea desde siempre, porque se pasaba la vida disculpando a todo el mundo. Bueno, ni eso siquiera. Ella daba por buenas las intenciones de todos, y al principio podía ser por ignorancia, que ya se lo decía mi madre: Anda que tú, Gadea, qué tonta eres, hija, siempre fiándote de todos, cuando tú vengas por donde yo vengo... Y tenía razón, mi madre tenía mucha razón en todo siempre. Y aunque no tuviera estudios, como mi padre, tenía una inteligencia natural, y veía las cosas de lejos. Mi padre era más caótico, sabes cómo te digo, no era firme, no tenía las cosas tan claras como mi madre, siempre estaba en la cuerda floja de la duda y eso es muy malo de llevar, la verdad. En esta vida, o tienes las ideas claras, o estás abocada al desastre. Y mi padre bailaba al son que le tocara Onel, venga a meterse en líos, qué tendría que complicarse él cuando la revolución y, luego, cuando la guerra. Que lo hiciera Onel, que ya sabíamos cómo era, otro que no sabía dónde colocarse, en qué lado del mundo estaba.

—Bueno, mujer, la ambigüedad es una actitud ante la vida también. Tan válida como cualquier otra.

—¿Ves? Justo eso es lo que quería decirte, que no lo es, que no vale eso de ser ambiguo, que las ideas tienen que ser firmes y los actos, más. Que cada uno tiene que saber dónde está y por qué hace las cosas. Mejor me ha-

bría ido a mí si hubiera sido así, si siempre hubiera sabido exactamente...

—¿Tiene que ver con el sobre?

—Todo tiene que ver con el sobre; en realidad, toda
mi vida tiene que ver con eso. ¿Te ha pasado alguna vez
que hayas hecho algo, algo malo, quiero decir, y con el
tiempo hagas tantos esfuerzos por olvidarlo que creas
que realmente no sucedió, que pienses que lo soñaste?

Laia miró atentamente el rostro de Valeria que por
un instante, en consonancia con el tono de voz, que de
pronto había dejado escapar la posibilidad de una puerta
que se abría, se mostraba ante ella como si llevara un
ruego escrito en los renglones irregulares de las mejillas:
entra, Laia, necesito arrancarme todo esto, pero aún no
soy capaz de ponerle palabras, entra tú y arráncame esta
culpa, libérame tú de esta angustia estratificada, de este
dolor que se ha hecho piedra.

—La mente funciona así, ante un dolor o un recuerdo traumático, o una experiencia particularmente angustiosa, cierra las compuertas y... bueno, de esto sabía
mucho Freud... —Trató de sonreír y convertir en livia-
no lo que en su cabeza podían ser horas y horas de discusión con Emma.

—Ya, ya sé que eso es así, el otro día vi en la tele un
programa por la noche, un reportaje de esos que de repente encuentras de madrugada. También hablaban de
los sueños y de la información que hacen aflorar, como si
la sacaran de donde la tienes oculta y la pusieran ante tus
ojos para que entendieras lo que te pasa. En realidad, es
lo que vengo a hacer contigo, ¿no? Yo hablo y hablo, y
en algún momento diré alguna cosa que abra la puerta.

Sus ojos volvieron a traspasar a Laia, como si fuera
transparente y se perdieron al otro lado del cristal, en los
árboles de la Plazuela, donde, de pronto todo adquiría
unos colores impensados, más intenso todo, como si al
aire le hubieran arrancado las partículas de tiempo que
embrutecen los recuerdos, los desfiguran, los transfor-

man, y las hojas fueran más verdes, y hubiera un carrito de helados de Los Valencianos, y en el bajo donde ahora hay una tienda de discos, y un banco, en la esquina con Celestino Junquera, el almacén del Socorro Rojo Internacional, con carteles de colores pegados en la fachada, y los cristales de los escaparates de La Ciudad de Londres (cuántas horas habían pasado mirándolos, soñando con ser mayores para ponerse vestidos tan elegantes como aquellos) sujetos con cinta adhesiva colocada con una perfección geométrica que espantaba el caos de los bombardeos con el rigor y el método a la hora de tratar de minimizar los impactos de la onda expansiva sin que los escaparates sufrieran además el daño de la improvisación estética, y las agujas de las torres de la iglesia de San Lorenzo, que nunca más existieron después de la guerra, y el tranvía, y los días de la primavera perdida, sin fecha, como en un cajón de sastre todas las miradas que los ojos de Valeria niña archivaron a lo largo de los años, y entre ellos, alzándose de improviso, abriéndose paso desde el abismo de la memoria con una nitidez inesperada, una imagen que dolía como un cuchillo en las entrañas: su padre y Onel llegando desde la calle Covadonga, ambos vestidos con trajes claros, con canotieres, debe de ser principios de verano porque hay algo de promesa de eternidad en el aire, y ambos llevan de la mano a Gadea, con sus rizos oscuros, y el vestido igual que el de ella, que está sentada en un banco con su madre y una amiga de esta, modosita y formal, y con su vestido azul impecable, no como Gadea, que lleva un manchurrón en la pechera, pero salta con el impulso de los brazos de su padre y Onel que la elevan al mismo tiempo y ella siente que vuela y ríe con esa risa suya, chillona, pura estridencia, y no solo eso, también canta, canta con ellos esa estúpida canción que repite todo el día desde que se la ha aprendido, «Aquí están los mocitos mejores de Gijón con unos sombreritos, propios de la estación...», desafinada y desagradable su voz, entre las de su padre y Onel, que también...

podrían tener un poco de decoro, a ver qué pintan en mitad de la tarde y en pleno centro de la ciudad, haciendo volar por los aires el cuerpecillo torpe y desmañado de Gadea y cantando esa canción de la pajita jipi jipi jipi japa japa japa, y riéndose de ese modo.

Tan felices.

63

A lo mejor, piensa mientras pasa furiosamente la mopa por el suelo de lo que todos han dado en llamar los aposentos de la Marquesa, no fue suficiente con acortarle el nombre, con restarle la felicidad que encerraba en él y reducirlo a cuatro ridículas letras. Tal vez tendrían que habérselo cambiado, hacer las gestiones pertinentes en el Registro Civil, llamarla de pronto María del Resentimiento, María del Odio o, mejor aún, Acrimonia, ese nombre sí que estaría bien y definiría mucho mejor en qué se ha convertido, por debajo incluso de la sonrisa, la buena disposición, hasta la bondad aparente. Cuando trabajaba en el centro comercial, consiguió poner a prueba su capacidad para mantener a raya la furia, la irritación profunda, la sensación de enojo permanente, mientras exhibía una sonrisa destinada a las estúpidas clientas capaces de gastarse doscientos euros en una crema hidratante de dudosos resultados, y en un rímel para las pestañas que difícilmente podría dar más luz, más profundidad a la mirada, y más expresividad (como ella juraba sin inmutarse) a los ojos de rata a que estaba destinado. Consiguió también, y aún no es capaz de entender cómo lo hizo, no asfixiar al maldito jefe de la firma que trataba a las vendedoras con una condescendencia paternal que ocultaba, estaba segura, una concupiscencia, una codicia sencillamente asquerosa, que se confirmó el día en que de forma involuntaria lo escuchó comentando con el jefe de planta la llamativa circunstancia de que una de sus compañeras había empezado a usar tanga en lugar de bragas, que era algo que ellos tenían perfectamente controlado de tanto mirar los culos de las muchachas, incluso debajo de aquellos uniformes tan ursulínicos decretados por el Gran Jefe, posiblemente preocupado porque la virtud de sus empleadas, en lo que a apariencia se refiriera, resultara grato al público objetivo, ese tan presto a escandalizarse con cualquier ordinariez, como ropa excesivamente ceñida o maquillaje vulgar, como a gastarse dinero. Y ahí siguió, sonriendo, vendiendo perfumes caros y potingues destinados a escatimarle al tiempo su efecto sobre pieles que a Feli se le antojaban inasequibles a la caricia, practicando el arte del fingimiento, que tan bien se le ha dado siempre, desde niña, desde que la desgracia se instaló en casa, desde que la felicidad huyó de las paredes de aquel piso y de su nombre. Sonriendo a los clientes, sonriendo a los jefes, sonriendo a un noviazgo y un matrimonio fugaz, sonriéndose cuando piensa, no, no es que haya tenido un matrimonio breve, tenía un marido corto, así de sencillo. Sonriendo a los ancianos de la residencia maniáticos y tan malévolos, como antes sonrió a los clientes que querían viajar a destinos exóticos pero insistían en que les asegurara que habría MacDonalds por si acaso. Sonriendo a su madre mientras agonizaba, sonriendo a su padre en este sinsentido de vida por la que transita, o más bien por la que se deja transitar, y ante la que ella, en un movimiento pendular agotador, va de la lucha a brazo partido para encontrar algo que saque a su padre de la postración física y la paraplejia emocional a la depresión que como una marea densa y paralizante, a veces, amenaza con sepultarla en arena.

Sí, Feli es una buena actriz, lo sabe, se lo repite mientras limpia y mira los objetos de la Marquesa sin conseguir del todo escaparse del malestar, transfiriendo seguramente de un modo injusto esa hostilidad que le crece por dentro y que tanto cuesta contener en los límites de lo admisible. Solo deja de ser buena actriz, solo se permite el lujo de dejar de fingir, en dos momentos, cuando escribe, y sus frases son latigazos, y cuando está con Guille, y deja que la ternura del chico se abra paso en la selva de rencores, en el confuso mar de congoja que siempre está ahí, arruinando cualquier posibilidad de ser feliz. Entonces permite que alguien más vea qué hay al otro lado de la frontera de su sonrisa y de su semblante educado: el dolor inconsolable, el odio feroz, el rencor. Debería llamarme Acrimonia, repite, y Guille se ríe, y achina un poco los ojos, es tan fácil su mundo, es tan sencillo que el rencor que uno pueda sentir sea histórico, se circunscriba a algo lejano en el tiempo, pueda uno colocarlo en las líneas de una tesis, convertirlo en objeto de estudio, reivindicarlo desde la objetividad doctoral, situarse en un ángulo que permita la lejanía suficiente. Sí, la historia de la maestra es muy triste, la historia de los muertos de las cunetas, terrible, pero ha pasado el tiempo, no duele como el gesto angustioso de su padre cada día.

A veces trata de convencerse, a instancias de Guille, de que lo que le ha ocurrido es una cuestión de mala suerte, frente a ese otro dolor que ella considera indefinido y aséptico por lejano y que él, en cambio, percibe abominable porque su origen está en la voluntad de las personas, su maldad incontrovertible. A unos les toca la lotería, otros tienen un accidente. Nada te asegura ni lo uno ni lo otro. Te gastas unos euros y te pueden tocar los ciegos, te subes a un coche y te puede tocar una tetraplejia. Es una lotería, es un accidente, pronunciamos estas palabras de forma tan trivial, piensa Feli, y con esa misma ligereza las vidas se transforman para siempre. Pero queda lo otro, el resentimiento, por mucho que Guille lo atribuya a un sencillo azar. La certeza de que alguien hizo algo que no debía, alguien tuvo un simple gesto, una distracción, una presión de más sobre un pedal, una mirada de menos. Alguien no se aseguró de que las ruedas tuvieran la presión adecuada, alguien arrancó el coche y olvidó ponerse el cinturón. Alguien se demoró un segundo de más al arrancar, o se entretuvo el tiempo justo para que la secuencia de los hechos cambiara por completo, alguien no miró al incorporarse al carril, alguien falló en el cálculo de una distancia, alguien pensó que le daba tiempo, alguien bebió una copa que no debía, alguien no se puso el casco, alguien se dijo por esta vez no pasa nada, alguien iba distraído tratando de imitar voces y gestos mientras sonaba una canción de Locomía en la radio, y el mundo se le hizo pedazos en solo un instante. Por accidente. Estaría bien, sin embargo, piensa Feli, por más que ha tratado siempre de no indagar, convencida de que nada mitigaría su propio dolor, llegar a conocer qué error, qué imprudencia, qué ligereza, qué gesto nimio pero definitivo, qué pensó la otra persona, la mujer que conducía el otro coche. La que llevará consigo para siempre el dolor de la muerte de su sobrina. Por accidente.

En el sueño, los chillidos de cada noche, se suman y todo es uno, como una montaña de llanto insoportable. Todas las noches, todo el día, y me tapo los oídos, y me digo que no, que no lo aguantaré más, porque no siento ningún tipo de compasión, ni pena, solo el deseo de no oír. Pero también sé, con la clarividencia inexplicable de los sueños, que no es para tanto, que cuando digo que no soportaba esos sollozos lastimeros me estoy justificando, como si estuviera haciendo una declaración ante un jurado que me podría condenar, como en las películas, pero yo sé que no, que no era por eso, que no puedo alegar, por mucho que trate de defenderme con ese argumento, que me volví loca con el llanto, que no sabía lo que hacía, en el fondo de todo, en lo profundo, en eso que soy capaz de ver en los sueños pero que durante el día no aflora jamás, sé que no fue eso, que no fue locura transitoria de esa que dicen las noticias, sé que lo único que yo quería no era extinguir las lágrimas, porque en el sueño en ese instante justamente lo que hay es una sonrisa, y es eso lo que no soporto, lo que no puedo aguantar es la felicidad.

En Gijón, a punto de irme a la cama,
emocionada y hasta primaveral de verdad

Oí la llave en la puerta, pero antes ya *Frida* había empezado su concierto de ladridos cuando intuye, o huele, o yo qué sé, a Laia en el ascensor. Qué digo en el ascensor: creo que la percibe ya desde que entra en el portal, porque se pone como loca. Estaba aterrada (yo; *Frida* estaba contentísima, con esa alegría tonta y perruna que generalmente comparto con ella en las cosas más tontas y más perrunas, pero no hoy) porque le había puesto un par de whatsapps así, haciéndome la encontradiza, en plan trivial, como si no le hubiera escrito la declaración de amor más enorme de la historia, pero ella no me había respondido, y eso que los leyó, vi que los había leído justo a los dos minutos de enviárselos, y ahí me había quedado yo como una tonta mirando la pantalla del móvil mientras veía el «En línea», esperando ver el esperanzador «Escribiendo...», pero nada, enseguida el «últ. vez...». Los mensajes eran tontos, del tipo ¿a qué hora sales?, ¿quieres que pase a buscarte?, ¿quieres que nos veamos en el Gregorio? Pero no contestó y yo me pasé las horas preguntándome si habría leído mi carta, cosa más que probable, porque había desaparecido de su mesa, y qué pensaría, y hecha un lío de paso, porque no me resulta demasiado complicado pensar. Yo cuando pongo la lavadora esta de mi cerebro a centrifugar puedo llegar a las conclusiones más inesperadas y darles una carta de naturaleza de realidad a los pensamientos más improbables, vamos, que me hago muchas películas y todas son la mar de coherentes, eso, que me pierdo en lo que estaba diciendo, que seguro que Laia había leído ya mi carta. Yo me había mentalizado mucho para mostrarme positiva, alegre y amorosa. Quería por todos los medios que entendiera que estoy a su lado en eso, y en cualquier cosa. Y sí, es verdad, a mí los niños ni fu ni fa, cuando el otro día mi madre me dijo lo de Marcos y su próxima paternidad me quedé tan tranquila, nunca he pensado en lo de tener hijos, a lo mejor por pura reacción ante la insistencia de mi madre, que fue hablar de casarnos (Marcos y yo, obviamente) y ella venga a «ricarme la pata», que no sé de dónde viene esa expresión pero la decía mucho mi abuela, con el asunto bebés. Aún sigue, claro, puede que sea eso, esa inveterada costumbre mía de escuchar a mi madre muchas veces mismamente como si oyera llover, por lo que ese capítulo posible de mi vida lo he dejado aparcado. Al principio porque pensaba que era muy joven y que eso habría que abordarlo pasada cierta edad, luego porque la inestabilidad de pareja no hacía nada aconsejable tal cosa, y me preocupaba bastante más estabilizarme profesionalmente y todo eso, y luego con Laia... pues como que no, como que ese aspecto de mi vida ni se contemplaba.

Además teníamos a *Frida*.

El caso es que desde que Laia me soltó por fin que quería tener un hijo, pero tenerlo, eh, nada de adoptar a un niño etíope o a una niña china, nada de acoger temporalmente, no, embarazarse y parir, algo, para lo que, claro está, al menos biológicamente yo sobro, y emocionalmente parece que no quiere implicarme en tal responsabilidad. En parte le alabo el gusto, yo le he demostrado (y mi trayectoria de inconstancias se remonta a los más tiernos días de mi infancia, cosa que ella aunque imagine no sabe con certeza) que muy fiable en la cosa de mantener el interés en algo no soy. Lo reconozco. Pero también podría contar el hecho de mi adoración absoluta por ella desde que nos conocemos, me refiero a que ha sido conocerla a ella y saber que era el amor definitivo, y todas esas cosas que se dicen en las películas que veo medio a escondidas de ella y en las canciones que escucho clandestinamente, aunque estas últimas no cuentan, que todos los amores definitivos que se cantan duran como máximo hasta que sale el disco siguiente del intérprete en cuestión, eso cuando no hay tres o cuatro amores definitivos, únicos y absolutos en el mismo disco.

Total, que ahí estaba yo hecha un mar de dudas, nerviosa como cuando nos vimos por primera vez después de aquella primera noche y aquella primera mañana, con las rodillas temblando como si hubiera vuelto a los diecisiete. Me había puesto los pendientes que me regaló por mi cumpleaños y que ella siempre sospechó que no me habían gustado demasiado, pero en cuanto entró, abriéndose paso entre las fiestas que le hacía *Frida*, ya supe que no hacía falta nada, y que mis nervios eran absurdos, porque vino hacia mí y solo me abrazó, sin palabras, y me llegó el olor del gel de baño que compartimos, el aroma inconfundible de su piel tan mía, por debajo del jersey blanco con el que me peleé el otro día para hacer desaparecer (¡con éxito!) una mancha de chocolate, y por todas esas cosas y por su silencio, y porque el abrazo se prolongaba y sentí un temblor que luego fue sacudida, y luego lágrimas, y luego una intensidad insospechada en el abrazo, como si mucho más allá de la piel y de los músculos y de los huesos, su alma y la mía, eso que somos por dentro, hubieran renovado un abrazo que existía desde siempre y hubieran sellado un pacto nuevo, una renovación, la versión corregida y ampliada de esta historia de la que somos protagonistas.

Y luego, ya más tranquilas, después de haberlo llorado todo, acurrucadas en el sofá y viendo al otro lado del cristal la noche que empezaba a caer sobre la bahía, y las luces del Muro practicando su habitual baile sobre las olas, hablamos mucho rato, me explicó pormenorizadamente todo lo que ha pensado, todo lo que ha leído al respecto, hablamos de técnica, de método, de coste, de posibilidades. Y también de cómo serían sus ojos, y cómo lo veríamos o la veríamos crecer a nuestro lado, y hasta del nombre que tendría y se nos olvidó cenar, porque de pronto era ya medianoche, y seguíamos en una especie de nube, como si ya todo fuera inmediato, y el embarazo real, y yo no hacía más que imaginarme a Laia con panza y me parecía la embarazada más guapa del universo entero.

Y estaba tan emocionada que mi cabeza tardó lo suyo en ser invadida con algún verso de alguna canción, hasta que de un remoto rincón de la memoria llegó con fuerza arrolladora la certeza: *Y es que tengo la certeza de que vas a dar a luz una niña hermosa como tú, niña hermosa como tú...*

66

Laia cerró el paraguas y entró en La Revoltosa. Necesitaba sentarse un rato, tomar un café y un trozo de bizcocho, y pensar en silencio en aquel espacio que parecía diseñado tanto para la paz del espíritu como para las batallas esenciales y que había terminado de robarle el corazón la primera vez que entró en el servicio y se encontró con que era el rostro de Virginia Woolf el encargado de indicar cuál era el destinado a mujeres. Rodeada de libros, iluminada la estancia por la sonrisa de Vero y la mirada anochecida de Oriol, con la música sonando con el volumen exacto, y la compañía de varias personas sentadas en su propia mesa, solas como ella, leyendo en la tablet, y un par de amigas sentadas al fondo poniéndose al día de los avatares de su existencia, esa hora de la mañana en La Revoltosa era una de sus liturgias favoritas. Cada día le gustaba más aquella ciudad y, contrariamente a lo que siempre temía Emma (era tan tierna cuando la miraba con aquella mezcla de súplica, con el temor a que en el fondo de sus ojos la nostalgia de otras calles hilvanara el deseo y pespunteara la fuga), cada vez le gustaba menos Madrid. Las últimas semanas, la toma de la decisión, y la explosión final en forma de apoyo inequívoco de Emma, de amor entregado y entusiasta, habían terminado de moldear en su cerebro el pensamiento y la decisión. Aquello iba en serio, y la ciudad de la lluvia y neblina, de la playa en invierno, de las calles violadas sistemáticamente por el viento inmisericorde, la que cada vez tenía menos cines y, según decía Emma y corroboraban los que lo habían vivido, cada vez era más aburrida, más vampira, tan alejada del estallido de los noventa, cuando a los años feroces de la reconversión industrial siguieron los del florecimiento cultural, el Xixon Sound, la vida nocturna, los años de la eclosión, la música en Cimavilla, las horas interminables en La Plaza, o en el Soho, o en La Corrada y más tarde el Mubarak, los cursos del Taller de Músicos, los locales de ensayo que fueron surgiendo, los libros y los vinilos en Paradiso, las revistas, las tiendas, el surf, la mezcla de lo marinero, y lo industrial, y lo indie, y aquello de «Córtate el pelo y cambia de vida» en la camiseta, pero también en la intención, y las chicas que se echaron la guitarra al hombro y montaron sus propios grupos, y el inglés como idioma oficial de la música de la ciudad, y los poetas que escribían canciones.

Sí, Gijón no era ya esa ciudad y quienes la habían vivido y habían coreado a Manta Ray y a Australian Blonde (chup, chup, chup...) se habían cortado el pelo mucho tiempo atrás y habían cambiado de vida. Pero quizá porque habían vivido ese estallido no eran del todo conscientes de que esa vida por la que se habían cortado el pelo más allá del eslogan de años atrás, era tan valiosa, y a su alrededor, de su mano que un día fue primavera y explosión, había crecido una vida tal vez más sosegada pero igualmente meritoria, lo suficiente como para que los poetas como Nacho Vegas siguieran dejando oír sus palabras y las chicas de Undershakers y Nosoträsh, mamás ahora, dirigieran su creatividad musical a educar en el pop-rock a los más pequeños con su grupo Petitpop. A esta certeza, que Laia defendía a capa y espada, le ponía peros Emma, que a pesar de su habitual entusiasmo por todo solía lamentarse de cómo habían cambiado las cosas, casi prefería, decía entre risas, ver cómo Tini Areces, el alcalde de entonces, ponía en marcha la hormigonera, que ahora ya ves...

Qué difícil era, pese a todo, pese a aquella entrega incondicional, aquel amor desmedido y salvaje, estar de acuerdo con Emma. Se la imaginaba sentada frente a ella, despotricando por la lluvia, y de repente quedándose en silencio y señalando con el dedo el aire, mira esa canción, mira, la de tiempo que hacía que no la oía, oye, Emma, se dice oye, una canción no se mira, pero ella ya no escucharía, se habría trasladado al tiempo en que aquella canción acompañó algún episodio de su vida, y entonces, inevitablemente, Laia tendría que pelear contra aquella punzada absurda de algo que podrían ser celos, o tal vez no, a lo mejor solo el dolor de no haber poseído todos y cada uno de los minutos de la vida de Emma, de no haber formado parte de su paisaje, de su existencia desde el principio de los tiempos. Y de forma inmediata también, sin haberle concedido al pensamiento anterior nada más que el destello de lo instantáneo, se recriminaría por ello, por lo mal que casaban sus convicciones acerca de la libertad y aquella necesidad de hacer suyo cada uno de los átomos de la memoria de Emma. Era difícil conciliar con ella los actos más nimios de la convivencia: aquel montón de contradicciones entre el desorden y la necesidad de moverse en los referentes más cartesianos, sus transiciones malabares entre la risa y el llanto, y de nuevo la risa, la admiración que sentía por Laia y a la vez su rebeldía proclamándose devota de cualquier cofradía tecnológica, o musical o artística que hubiera descubierto en la red, casi siempre de una forma tan fugaz como súbito había sido su interés.

Y, sin embargo, aquellos arranques de amor, aquella ternura sin límites, la adoración y la generosidad, la tenían absolutamente enganchada. Mucho más allá de cualquier otra consideración, estaba con Emma, y era con ella con quien quería tener a su hijo, y era en aquella ciudad donde quería criarlo, pisando aquellas calles, asomándose al mar enfurecido y a la playa en verano llena de gente, sentándose a comer un helado en el Muro, contemplando el temporal desde la ventana. Quería que su hijo se enamorara de las olas, y de los miles de historias de la librería del Bosque de la Maga Colibrí, que jugara con *Frida* y que hiciera del parque del Gas su patio, quería elegir colegio para él (o ella), llevarlo a comer las pizzas más ricas a las Candelas y leerle cuentos antes de dormir, escuchar su respiración y discutir con Emma, que nunca consideraría que tenía suficientes zapatitos, o suficientes juguetes, y tendrían peleas cada dos por tres por esa o por otras razones. Y, sin embargo, era tan dulce pensar en ello. Tan increíblemente hermoso imaginar una vida creciendo en su vientre.

Ella. Ella estaba pensando esto.

Y no solo eso, también había sacado el móvil y había abierto la calculadora para empezar a hacer números, a pesar de que Emma lo tenía claro, da igual lo que cueste, Laia, podemos pagarlo, y si no, ya verás lo poco que le cuesta a mi madre soltar la mosca pensando que va a tener un nieto.

Lo había dicho con su habitual entusiasmo, absolutamente confiscado su pensamiento por la felicidad del instante. Pero no había podido evitar, y Laia lo había notado, que una sombra insidiosa se hubiera cruzado como una nube gris por su mirada.

Solo duró un instante. Un segundo después estaba sonriendo de nuevo, y todo eran arcoíris, y Laia se sobresaltó pensando cómo es posible que esté pensando semejantes cursiladas y encima me guste, y concluyó que tal vez las hormonas se desperezaban acuciadas por la fuerza del deseo, y menudo embarazo le esperaba.

67

—El teatro Dindurra, bueno, el Jovellanos, pero es que entonces se llamaba así...

—Como el café...

—Sí, como el café, yo creo que era la misma empresa... ¿No te has fijado que el vestíbulo del teatro comunica por una puerta con el café? Me acuerdo de cuando iba con un grupo de amigas, pero ya muy tarde, hace cuatro días como quien dice. Fue cuando empezamos a salir después de quedarnos viudas, algunas veces íbamos al teatro, pero no siempre nos interesaban las obras y a veces repetían varios días, pero nosotras siempre íbamos a la hora de la función o entre una y otra, que entonces era función doble, y nos sentábamos en una mesa estratégica para tomarnos la leche merengada y ver a los actores que pasaban desde el vestíbulo a tomarse un café, bueno, la mayoría se tomaba un copazo, las cosas como son, pero no era eso lo que quería decirte. El teatro Dindurra ardió cuando la guerra, al principio, nosotras ya estábamos en Nozaleda, pero lo oímos comentar, y yo tuve muchas pesadillas con ese incendio, con la guerra en general, pasaron los años y a mí las pesadillas nunca se me fueron, aunque casi era lo de menos, no sabes cuánta cuánta destrucción, a la plaza de toros llegaron las bombas que disparaban desde el *Cervera*.

—¿Un avión?

—No, mujer, el *Cervera* era un barco.

—Voy a tener que leer alguna cosa sobre la historia de Gijón, no creas que me aclaro demasiado.

—Tampoco es muy complicado. Había buenos y malos. Los buenos, que querían recuperar el orden y poner fin a los desmanes de la República estaban en el cuartel de Simancas, donde ahora hay un centro municipal y un centro de salud y creo que el conservatorio o algo así, en ese edificio, vaya. Pero estaban sitiados por los malos...

—Hombre, malos, malos... eran los defensores de la legalidad. En el cuartel, para que nos aclaremos, estaban los que secundaban el golpe de Estado...

—Mira, Laia, no quiero discutir de esto porque me cansa mucho. A veces veo la tele, y escucho cada barbaridad que no te imaginas. Cómo se tergiversan las cosas. Ahora va a resultar que los rojos eran corderitos...

—No, bueno, sigue...

—Pues eso, que resistían como valientes en el cuartel, asediados por los republicanos, y enviaron un barco, el *Cervera*, para ayudar desde el mar la acción de los aviones y acabar con el asedio del cuartel. Y bueno, a veces sucedía. La puntería no sería muy buena, no sé, el caso es que se alcanzaban objetivos civiles también. Decía Onel, cuando cuchicheaba con mi padre, que trataban de aterrorizar a la población, pero yo no creo que fuera eso, querían liberar a sus compañeros del asedio, que tampoco eran mancos los otros. Yo creo que como no lo conseguían recurrieron a bombardeos desde los aviones más en serio. El caso es que fíjate tú, después de un bombardeo terrible que hubo en pleno agosto, y que dicen que si murieron cincuenta y tantos, que no sé, porque no te puedes fiar de las cifras, todo propaganda, como ahora, qué te crees que pasó, que fueron las hordas a por los presos que tenían en la iglesia de San José, gente de bien que los habían detenido por ser religiosos, o por falangistas, o de la CEDA, o lo que fuera... Y allí, sin control ninguno sacaron qué sé yo, lo menos a cien, o más, aunque dijeron que si sesenta y nueve, pero a saber, seguro que fueron muchos más. Y entre ellos, porque no tenían ni corazón ni agradecimiento, fusilaron a algún abogado, Merediz, creo que se llamaba, que había defendido a anarquistas de la CNT. Y dicen que lo fusilaron porque aunque a él lo habían sacado algunos que lo conocían y sabían que había sido bueno con ellos, él volvió a meterse en la fila de los que iban a fusilar para no abandonar a un amigo suyo que estaba ciego. Ya ves, qué falta de entrañas. Los fusilaron a todos. A la mayoría donde los cementerios de Jove y en Roces, y alguno en la misma playa de San Lorenzo. Yo tengo el recuerdo de mi padre y Onel absolutamente desolados, y mi padre diciéndole a Onel que desapareciera de inmediato, que las represalias seguirían, porque la gente cuando practica el ojo por ojo no tiene freno.

Laia observó el gesto de Valeria. Parecía instalada en un rencor antiguo, y sin embargo era como si los años hubieran suavizado los renglones más amargos de su propia visión de la historia. Su mundo seguía siendo, y así sería ya para siempre, de buenos y malos, y no tenía ni la más mínima duda de quiénes eran qué cosa, pero inesperadamente parecía que un velo levísimo de piedad, un sentimiento de conmiseración por la tragedia podía difuminar los perfiles de sus creencias.

—Recuerdo muy bien aquella noche en Nozaleda, yo me había sentado en las escaleras que llevaban al hórreo, al lado mismo de la antojana, y había una luna espectacular, y me hacía la loca jugando con una muñeca de trapo, uno de los pocos juguetes que nos habíamos llevado cuando salimos de Gijón. Gadea debía de estar con mi madre, seguramente la estaba acostando, y vigilando que no se metiera en la cama con los pies sucios como el carbón, porque a la que nos descuidábamos se descalzaba y correteaba como una salvaje por la selva y luego todo eran mataduras, y llanto; pero lo que te decía, que Onel estaba hablando con mi padre, y le decía que no, que no se iba a ir, que hacía falta en Gijón, y que todo esto iba a pasar, y luego añadió algo que me sorprendió mucho, le dijo que cómo iba a dejarnos a nosotros, que cómo iba a dejar a Gadea, y añadió, y a ti, y vi cómo mi padre lo abrazaba y creo que los dos estaban llorando.

68

En Gijón, miércoles primaveral a tope
(y yo así de meditabunda, coño)

Una de las cosas que les ocurre a los que aman es que no piensan. No pensamos, así de claro te lo digo. Dicen que el amor es ciego, pero no es cierto, lo que es es tonto de remate. Descerebrado. Inconsciente. Y lo digo yo que tengo un amplio catálogo de tonterías realizadas por amor, o por lo que yo sentía como amor, que tampoco estoy muy segura de ello. No es cosa de enumerarlas, porque aunque Laia se pase la vida tratando de investigar cada brizna de memoria (ella dice que es que quiere saber quién soy, y yo, a veces, tengo cierto temor, como si estuviera ante una obsesión, una celotipia de las chungas, pero enseguida me lo quito de la cabeza, porque por otro lado sé que tiene un respeto absoluto por mis cosas, y además todos sus planteamientos, su forma de actuar es intachable), hala, ya me perdí, por qué escribiré frases tan largas si luego no hay forma de retomarlas. Punto y seguido. Decía que no voy a enumerar ~~todas las gilipo-lleces~~ todos los errores que me ha llevado a cometer mi corazón (mira, esto bien podría recomponerlo y ofrecér-selo como letra a, quién te digo yo, Enrique Iglesias, o así), pero algunos fueron antológicos y más de uno como para meterme en un saco y no volver a salir de la pura vergüenza. Y no soy la única, que tengo amigas que aún me ganan, y he escuchado confidencias masculinas que asustan, por lo tontísimos que podemos llegar a ser todos. Es como si al entrar el amor por la puerta, saliera la razón de un salto, hale hop, por la ventana, y adiós muy buenas: nos convertimos en seres descerebrados, cuya conducta se rige únicamente por los dictados del corazón. Estoy siendo fina, porque no quiero ni imaginarme las carcajadas de Laia si leyera esto, ya la estoy oyendo, serás falsa, Emma, los dictados del corazón, di mejor los dictados del coño, y similares. Yo, la verdad, no lo veo nunca tan claro, pero ella es tajante con lo de la pulsión sexual, en el fondo creo que es más freudiana de lo que le gustaría admitir, pero eso ya ni tocarlo, porque eso sí nos puede sumir en discusiones interminables.

Pero yo lo que quería decir es que el amor (sea por el corazón o por algún otro órgano situado bastante más al sur) nos nubla absolutamente el pensamiento. Y ni siquiera vale la disculpita de lo instantáneo, de las reacciones inmediatas. No. La cosa empeora cuando nos tomamos tiempo para pensar, porque, normalmente, si estamos colados hasta las trancas, ese tiempo de pensar es justamente de despensar, si ese verbo existiera, que creo que no. A ti te dicen ¿te vienes conmigo a vivir a Timbu? Y bueno, lo primero que haces es preguntar dónde está eso, y cuando te dicen que es la capital de Bután, lo normal, si estás enamorado, es que digas, claro que sí, cuándo sacamos los billetes. Sabes que esa actitud es irracional, y como eres una tipa pensante, no contestas inmediatamente, y lo piensas. Ja. Lo piensas. Ahí sí que la cagas, sin paliativos. Porque claro, lo primero que haces es irte a Google, para tener datos, que tampoco tiene por qué ser una una enciclopedia andante, y la búsqueda te arroja miles de resultados y paseas tus ojos por ellos, lo suficiente para ver un par de tonterías que se repiten: que está en el sur de Asia, así que a bote pronto calculas que más o menos por debajo de China, y además es budista, o sea, que te suena a que andará cerca del Nepal, y ya empieza la cosa a ponerse exótica y espiritual, y para colmo lees que si es el reino de la felicidad, y mira qué mona la bandera con un dragón. Y en realidad sabes (es decir, lo sabes pero no eres consciente, solo cuando la fase de enamoramiento gilipollas dé paso a otro tipo de sentimiento más racional, si ello no es una contradicción en sus términos, concluirás cómo de irreflexiva fue tu conducta) que todo eso te importa un carajo, que lo que quieres es irte con esa persona al fin del mundo, como es el caso, y que solo estás buscándote coartadas que apoyen esa decisión con un toque de racionalidad imposible.

Así que yo, que para eso soy profesional de toda la teoría, aunque se me note tan poco, fui consciente de todo el proceso. Porque cuando Laia me dijo lo del asunto de la maternidad me quedé como fuera de juego, lo que menos me podía imaginar era que me saliera con eso, y en ese instante era lo único que pensaba, que cómo era posible que la conociera tan poco como para no poder intuir por dónde andaba su cabeza en todos aquellos días raros, pero aquí entra también lo tontos que nos vuelve el amor, lo egocéntricos, que yo la veía meditabunda y silenciosa y lo único que pensaba (ombliguismo, ombliguismo) era que quería dejarme. Pero luego tuve un tiempo para pensar, y ahí es donde te pierdes. Cuando piensas. Pensé que era una idea genial, mira tú. Que era mi oportunidad de que Laia creyera por fin cuánto la quiero y cuánto apuesto por esta relación. Lo vi como la ocasión perfecta para demostrarle mi amor sin condiciones. Quería tener un bebé, pues estupendo: yo estaba con ella y lo quería tanto como ella pudiera quererlo. Y lo creí de verdad. Y lo creo, claro. Pero ahora llevo un par de días dándole vueltas, no a la decisión, que yo por Laia hago lo que sea, sino a las consecuencias.

Porque todo eso supone un paso adelante que, la verdad, nunca me había planteado dar. No por cobardía (sí, seamos sinceras, Emma, por cobardía) sino porque no me parecía necesario (lo dicho, pura cobardía). Estoy bien con Laia, ella está bien conmigo, y ya está. A quién le importa el resto.

Pero importa, claro que importa. Le importa a mi madre, sin ir más lejos. A mi padre. A todas mis tías con sus rosarios a cuestas. A pocos más, es cierto, pero esto es un trago.

Una de las cosas que más oyes cuando hablas con gente que ha salido del armario es que en gran parte de las ocasiones, especialmente entre la gente joven, no hablo de otras generaciones, cuando «confiesan» ante sus padres su situación, ocurre que los padres ya lo intuían. Hombre, claro, hay veces que se ve a la legua; pero también en otros casos mucho más sutiles, en chicos que uno nunca pensaría, los padres, y sobre todo las madres, lo habían visto venir, y habitualmente (hablo, repito, de las generaciones más jóvenes) responden con una comprensión y un apoyo que casi siempre compensa el trago pasado. Eso fue lo que pasó con Richi, por ejemplo, solo que mi madre sigue pensando que es una especie de capricho del niño, algo relacionado con esa vida de músico bohemio y que cuando siente la cabeza se le pasará la tontería.

Bueno, pues ese no es mi caso.

Llevo unos días, desde la conversación con Laia, desde mi entusiasmada respuesta, dándole vueltas a todo esto, y, si una cosa tengo segura, es que mi madre lo va a flipar. Tanto, que hasta me da un poco de miedo que le dé uno de esos chungos con que a veces nos ha obsequiado, y que son pura ansiedad, a veces hasta impostada, que la conozco, pero aun así, asustan. Porque, claro, podría empezar por decirle que va a ser abuela, lo que seguro que la ilusionaba así de entrada, aunque inmediatamente empezará a preguntar a cuchillo quién es el padre, cuándo nos casamos, y sin dejarme hablar comenzará a planificar fechas, restaurantes, a lamentar que no pueda casarme por la iglesia, a exponer sus opiniones acerca de lo poco lucidas que son las bodas civiles, y para cuando yo quiera contarle que no, que la cosa no es así, ya habrá llamado a mi padre para que abandone su confortable sofá frente a la tele, y yo aún no habré podido decir esta boca es mía. Mala opción.

Cómo será que estoy pensando en decírselo antes a mi padre, y mira que se me hace raro hablar con él de cualquier cosa que no sean trivialidades. Claro, que siempre puedo optar por la solución más fácil. A Richi le encantaría ser el portador de tan emocionantes nuevas. Se lo cuento a él y tengo garantizado que en cuanto cuelgue el teléfono, a él le faltarán dedos para marcar el número de mi madre y largárselo todo con una mezcla de ilusión infantil por las novedades y maldad también infantil que viene a traducirse por un «*pa* que veas» sin paliativos. Y a mí me bastará con contar los minutos, escasos, para que suene el teléfono y la voz de mi madre brame al otro lado preguntándome qué es esa tontería que me ha dicho tu hermano. Pero bueno, habrá pasado el impacto inicial, el más duro y entonces vendrán las explicaciones, porque mi madre querrá explicaciones, bien lo sé. Considerará, seguro, que «esto que me pasa» (me pregunto cuál de sus circunloquios eufemísticos sacará para la ocasión) que cómo es posible, que si estoy segura, que mira, Emma, tú no eres una marimacho, nunca lo has sido y estoy cansada de ver lesbianas en la tele y son todas así como un poco... masculinas, y tú con ese pelo y ese... vamos, no te ofendas, que todas las lesbianas que veo tienen el cuerpo así como masculino, es decir, no con esa abundancia de carnes que tú tienes, y yo me morderé la lengua pero, aun así, acabaremos enzarzándonos en lo de siempre, en mi puñetero peso y en mis kilos, y a lo mejor es hasta un alivio, quién sabe, si se centra en eso también puede querer decir que no le importa tanto.

Solo que sí que le importa. Si la conoceré. Mi madre vive cualquier tropiezo, cualquier problema, cualquier avatar relacionado con nuestras vidas en contra de sus propios planes como un auténtico fracaso suyo. Nunca tiene palabras de consuelo o de apoyo, no. Ella siempre se pregunta, y encima lo hace en voz alta, qué es lo que ha hecho mal para que alguno de sus hijos a) fracase en su matrimonio, b) suspenda una oposición, c) se marche a vivir a Madrid a la aventura, d) sea gay, e) tenga sobrepeso, f) esté dejando que se le pase el arroz para tener hijos, g) lleve esas pintas, h) esté flaco, y así sucesivamente, siempre lo vive lamentándose. Es su fracaso, un fracaso injusto además, con lo que ella ha hecho, en qué se ha podido equivocar.

Tampoco está a tu lado en los éxitos, hay que fastidiarse. Cuando haces algo que teóricamente merecería su aprobación, y hasta su orgullo, oye, entonces guarda un silencio absoluto, no sea que en una de estas se equivoque y te felicite o puedas llegar a creer que se siente orgullosa de ti.

Es curioso, querido diario, mira tú. Este cuaderno que es el de nuestra vida (la de Laia y mía, aclaro) está acabando por ser el reducto de todas mis neuras, y la de la maternidad (por activa y por pasiva) tal vez sea una de las más decisivas en mi vida.

Porque vale que mi madre sea un caso y la relación con ella tenga tanto de conflictiva. Pero es que (aquí Laia tendría una explicación seguramente psicoanalítica aunque no quiera) yo tampoco me veo como madre. Hala, ya está, ya lo he ~~dicho~~ escrito. Y aunque quiero a Laia más que a mi vida, me da verdadero pánico el lío en que nos vamos a meter.

Estoy sentada en la galería y dentro de nada se pondrá el sol por encima del Cerro y dejará unos tonos rojizos de esos de postal, que ahora ya voy conteniéndome, pero tengo una carpeta en el ordenador con cientos de fotos de las puestas de sol desde aquí y ninguna es igual a otra. Me gusta ver cómo se va colando entre los depósitos del gas, que son como unos balones gigantes que convierten lo bucólico del atardecer en el escenario de una peli futurista. También me gusta estar sola mientras escribo. Laia vendrá enseguida y he preparado una cena con muchas cosas que le gustan, pero todo muy sano porque quiero que se cuide. Esta mañana ha empezado a tomar ácido fólico aunque aún no sabemos cuándo conseguiremos el embarazo, que, obviamente, no siempre es al primer intento, y ser una treintañera abundante añade dificultad, pero ella está dispuesta a cuidarse y yo a apoyarla, aunque no termine de ver claro todo esto, aunque en mi interior se libre una batalla enorme entre el deseo de verla feliz y el temor a enfrentarme con toda mi familia y dejar al descubierto esta historia secreta. Ese temor se complementa con otro: el que me hace preguntarme, si el secreto nos protegía, qué sucederá cuando quede al descubierto. Y por otro lado el cosquilleo de felicidad que se me ha instalado en un rincón impreciso del cerebro, seguramente en el mismo sitio en el que la inconsciencia tiene asentados sus reales, porque me veo absolutamente feliz acunando un bebé, nuestro bebé, y babeando mientras duerme, o cuando come, o cuando da los primeros pasos, o cuando... hala, ya me estoy poniendo tonta del todo, si no fuera porque frente a eso está el abismo abierto a mis pies, porque cómo vamos a ser capaces de asumir una responsabilidad tan enorme, cómo vamos a poder, y en la batalla de tantas dudas se alza finalmente la decisión, *lo haré por ti porque lo siento, porque tú me elevas hasta el firmamento y cuando me besas un premio Nobel le regalas a mi boca...*

69

—¿Cuál es el primer recuerdo que tienes de tu hermana?

Valeria parecía rejuvenecer en cada consulta. A medida que se acercaba el verano, tal vez por los colores de su ropa, siempre impecable, o porque en las últimas visitas a la peluquería, Carmen había modernizado su imagen con un corte de pelo mucho más favorecedor y unos colores en las mechas que imprimían una luz a su rostro bastante impensable a su edad, los años parecían emprender la huida hacia atrás. Solo en un pequeño detalle se hacía patente que a la década de los ochenta cada vez le faltaba menos para completar su periplo, y eso sí que lo notaba Laia cuando le abría la puerta: estaba perdiendo estatura por el puro paso del tiempo, pero aun así sorprendía, y Laia se encontró tratando de calcular cuánto pudo haber llegado a medir si a partir de los cuarenta años se perdía un centímetro por década, y a partir de los setenta la cosa se dispara.

—Gadea nació en primavera, en abril. Yo no había cumplido los dos años, así que tampoco lo recuerdo. Me contaron desde siempre que cuando mi madre dio a luz, ayudada por una comadrona, yo había estado todo el rato con mi padre y con Onel, en la sala grande. Cuentan que Onel me tenía sentada en las rodillas y me tapaba los oídos para que no oyera los chillidos de mi madre, que eran antológicos, porque entonces ni epidural, ni nada, y mi madre no sé yo si estaba acostumbrada al sufrimiento. Esto lo digo porque luego lo oía en la cocina, siempre comentaban que las señoras no sabían parir como las criadas, que eran capaces de tener un bebé y seguir con las tareas de la casa. Yo oía la palabra parir y me producía una turbación terrible, siempre me pasó. Es el día de hoy que no sé ni cómo he pronunciado esa palabra aquí contigo, porque soy incapaz. Oías hablar a las criadas y llegabas a la conclusión de que las mujeres de clase baja estaban genéticamente más preparadas para cualquier sufrimiento. De aquel día no recuerdo nada, claro, pero me contaron que cuando por fin se oyó el llanto de Gadea y la chica que estaba entonces en casa salió de la habitación y comunicó que podían pasar, que era una niña, los dos salieron disparados y yo me quedé sola en la sala, y que lo siguiente que recuerdan es que un rato más tarde me encontraron debajo de una silla llorando y que me había hecho pis encima.

—Debiste de sentirte muy mal... Eras la princesa y vino otra a destronarte.

—Si quieres insinuar que si tuve celos de Gadea, tengo que decirte que no. Cómo iba a tenerlos. Yo era la mayor, la más guapa, la más rubia, la más obediente y la más lista. Gadea era un bebé feúcho, no hay más que ver alguna foto, ya te traeré un día, y muy patosa para todo. No tenía la gracia esa que tienen los bebés y los niños pequeños, aunque, no sé por qué, también es cierto que recuerdo que donde estaba ella que aún era pequeña, no sé, tendría un par de años o así, porque de eso tengo recuerdos, todos se reían mucho con las tonterías que hacía, seguro que porque les daba pena, pero a mí no me importaba, porque si yo me ponía a cantar o a hacer monerías de niña, mi madre siempre me aplaudía mucho, más que a Gadea, que lo que es cantar, la pobre, no sabes qué mal cantaba. Bueno, como casi todo.

—Alguna cosa haría bien tu hermana, digo yo... ¿No recuerdas haber pasado buenos momentos juntas?

Sí, Laia era consciente de que estaba un poco moñas ese día, particularmente conciliadora, como si necesitara que hubiera armonía en torno a ella en lugar de conflicto, y quería pensar que podía tener que ver con el posible éxito (ojalá, ojalá) de la inseminación que se había hecho el viernes anterior. ¿Y si sus hormonas ya empezaban a amotinarse...?

—Pues me cuesta, ya ves. Siempre la recuerdo fastidiosa, me gustaría tener en la memoria imágenes maravillosas y no sabes la envidia que me dan ahora (antes ni siquiera me lo planteaba) las hermanas que se llevan bien, que son felices juntas y que mantienen esa buena relación durante la adolescencia, y luego de adultas. No es mi caso, ni siquiera de niñas. Cuando era pequeña era como un animalín, nunca sabías por dónde podía salir, siempre parecía estar pensando en cómo complicar la vida a la gente. ¿Ves este balcón? Bueno, pues por unas rejas que había, bastante parecidas a estas, metió un día la cabeza. Como te lo cuento. Y claro, no la podía sacar y empezó a chillar y la gente arremolinándose en la calle, que nos enteramos por eso, porque subió gente a decírnoslo, hubo que serrar la reja para poder sacarle la cabeza. Siempre estaba pensando en lo peor, en la cocina rebozada de harina subida encima de una banqueta para mirar cómo hacían la comida, mira, eso sí que fue bueno para ella, porque aprendió a cocinar enseguida, y no lo hacía mal, y le fue muy útil, porque luego nunca tuvo servicio en su casa y tenía que hacerlo ella todo. Se sentaba encima de la mesa aquella enorme de mármol que había en la cocina y le decía a Gloria, que era una criada que teníamos por entonces, que le contara cuentos, pero luego, cuando se los contaba, como todos eran de miedo y de aparecidos, daba unos chillidos enormes. Aunque le contara los mismos cuentos mil veces, ella siempre gritaba en las mismas partes de la historia, como si no lo supiera de una vez para otra. También jugaba mucho con algunos niños de las criadas que a veces los llevaban a casa, que fíjate tú qué buena era mi madre, que se lo permitía aunque sabía que aprovechaban para hincharlos a comer a nuestra costa, siempre a condición de que no se les ocurriera salir de la cocina, claro. Pero Gadea era experta en desobedecer las órdenes, y a la que nos descuidábamos, colaba a aquellas niñas en nuestra habitación para jugar con nuestros juguetes, y yo me hartaba de llamar a mi madre para que pusiera orden en aquella casa. Por su culpa casi echan a Gloria porque a su hija, que era más o menos de la edad de Gadea, se empeñaba una y otra vez en meterla en el cuarto, y sobre todo la dejaba jugar con MIS muñecas, que eso yo no lo podía soportar. Esa era Gadea. Desobediente, rebelde, siempre pensando en lo peor. Y poco agraciada, además. La de disgustos que le dio siempre a mi madre, la pobre.

—Me dijiste un día que tu padre y ella tenían buena relación...

—Sí, y eso sacaba de quicio a mi madre. Mi padre y Onel estaban locos con ella siempre. Eso, ya ves, nunca lo entendí. Daba igual lo que hiciera yo, sacar las mejores notas, ser la más obediente, tenerlo todo recogido, todo lo que se esperaba de mí, todo. Bueno, pues no me servía de nada. Siempre sentía que, para ellos dos, lo único que contaba era lo que hacía Gadea. Menos mal que mi madre me dio un día la clave: yo estaba enrabietada llorando porque habíamos traído las notas de fin de curso, el verano justo que empezó la guerra, y las mías eran buenísimas en todo, sobre todo en redacción, porque me gustaba mucho escribir y yo creo que lo hacía bien, es más, es el día de hoy y todavía me gusta hacerlo, y además me habían dado un premio, incluso, por mi actitud piadosa en la capilla, porque yo me sabía muy bien cómo había que comportarse. Las de Gadea eran de pena, incluían una nota de la monja diciendo que el curso siguiente tendría que repetir, y que además estaban muy poco satisfechas con su conducta, puesto que se empeñaba en no darse cuenta de a qué clase social pertenecía y en las celebraciones religiosas manifestaba una falta de devoción muy llamativa que no correspondía a su edad, y que además parecía mentira que viniendo de una familia tan religiosa, con un sacerdote, no fueran capaces entre todos de conseguir que manifestara de un modo adecuado la piedad, y añadían que ni hacer una genuflexión sabía... Bueno, pues mi padre miró por alto mis notas, dijo que muy bien, y a continuación él y Onel se llevaron a mi hermana de paseo y a mí me dejaron en casa. Mi madre, te decía, me dio la clave, me dijo que eso era así, porque Gadea la pobre era como era, y yo en cambio era lista, guapa y buena. En aquel momento no lo entendí del todo, pero me quedó muy claro el hecho de que mi madre me quería más a mí. Así que sobre lo que me decías antes, no había problemas de celos.

Laia la miró tratando de que esta vez Valeria no pudiera leer el «Sí, hombre, claro» que ocupaba toda su mente, pero descubrió que la mirada de la anciana se había perdido detrás de los cristales, en los árboles de la Plazuela.

—Ni siquiera los tuve cuando Alfredo viajaba tanto por ahí, por todos los países de Europa. A mí eso de los celos me parece una soberana estupidez.

70

La habitación (las habitaciones) de la Marquesa deparan siempre toda clase de motivos para sorprenderse, empezando por el perfume, y eso, en esta residencia donde el ambientador libra una batalla infinita contra el inevitable olor de la vejez, ya constituye toda una novedad, perfume de Dior, para ser exactos, uno de los clásicos, aunque Feli, experta en otro tiempo en ello, no ha sido capaz de identificarlo hasta que no lo ha visto en el armario del baño, y entonces, de golpe, no con el olor, que qué sabrá Proust, aunque lo suyo era el gusto y no el olfato, le ha vuelto a la memoria, de nuevo, el tiempo de su trabajo, allí, en el centro comercial, el insoportable paternalismo con las empleadas (las señoritas, decían los condescendientes jefes), la paciencia infinita con las clientas, la mezcla de tanto perfume, el tacto de tantas cremas probadas en el dorso de la mano, el sonido insufrible de la música navideña desde noviembre, las horas de pie que se estiraban hasta el infinito, igual que las frases que construye en su cabeza, venga comas y comas, mientras va de un lado para otro, recogiendo toallas para enviar a lavar, cambiando la ropa de la cama, sustituyendo la manta más gruesa por una más liviana, porque empieza a hacer mejor tiempo y la habitación de Valeria Santaclara recibe el sol en abundancia durante el día, aunque procura dejarle a la vista, cuidadosamente doblada, una manta por si acaso, por si refresca de madrugada, y se pregunta por qué esa manía de la gente mayor que no terminan de acostumbrarse a las nórdicas, alguna vez probaron y los residentes protestaban porque a ver dónde estaba la sábana, con Valeria también lo intentaron, pero ella dice que ni hablar, que con la nórdica parece que la cama está a medio hacer y que ella la quiere impecable, sin una sola arruga, por eso Feli estira la colcha para que no haya ni el más mínimo repliegue, y limpia el polvo de los estantes, y mira los lomos de los libros, escasos, que habitan la verticalidad, novelas de Rafael Pérez y Pérez, una Biblia con bonita encuadernación, algunos libros muy viejos con los lomos bastante deteriorados en los que aún puede leerse Thérèse Desqueyroux, *Le Fou de Bergerac*, *Le chien jaune* y *La nuit du carrefour* (coño, mira tú), y también hay un ejemplar de *Vida conyugal sana*, y alguna novela de Corín Tellado, un par de ellas de fugaces estrellas televisivas, y, claro, *El tiempo entre costuras*, lo que termina de proporcionarle a Feli, que está convencida de que uno es lo que lee, información sobre la personalidad o los gustos de la Marquesa, por si tuviera alguna duda, así que por ahí pocas sorpresas, y eso que le gustaría encontrar algo que aportara información, que le permitiera ponerle un whatsapp a Guille, contarle mira qué he descubierto, pero se limita a fotografiar con la cámara de su móvil los objetos dispersos, los libros, mientras con la otra mano no deja de pasar el paño y de abrillantar la madera, se nota que algunos de los muebles que trajo consigo son buenos además de antiguos, y el tacto tiene algo impreciso que lleva a Feli y a su fértil imaginación a otro tiempo, a otros lugares, a las estancias que un día ocuparon, a su condición de testigos mudos, que ahora contarían historias y hablarían de fracasos y de lágrimas, de bullicio festivo, de soledad, o de dolor, nada nuevo, siempre le pasa, aunque no con todo el mundo, porque las habitaciones de la mayor parte de los residentes tienen una simplicidad abrumadora: fotos de una boda lejana en blanco y negro, primeras comu-

niones de niños desdentados y ya tan antiguos en esa
transición del blanco y negro al color, niños de los sesenta y los setenta que no podían ocultar sus prisas por librarse de la tiranía de los retratos para salir corriendo a
jugar con el scalextric que acababan de recibir o con la
Nancy vestida de primera comunión, y que ahora es casi
imposible reconocer en esos cincuentones abotargados,
en esas cincuentonas con tendencia a la hiperactividad y
a los arrebatos menopáusicos, que los visitan de vez en
cuando, no como a Valeria, solitaria siempre, sin relacionarse más allá de lo que dictan las fórmulas de cortesía
más austeras, viviendo seguramente instalada en su propio mundo, en los recuerdos de aquello que fue, y de lo
que apenas queda lo que Feli tiene ahora ante sí mientras limpia con esmero los marcos de plata de las fotos, y
mira y remira las imágenes, las miradas que congeló un
flash hace ya tantas décadas, la memoria del papel, la alquimia de los líquidos de revelado, la pervivencia del
trabajo bien hecho de fotógrafos que ya le han entregado
su cuerpo y su vida al olvido tanto tiempo atrás, y sin embargo el gesto, el simple clic del instante, queda inmóvil
y contagia la parálisis del tiempo que se detiene a unos
rostros que miran a la cámara, que ocultan pasiones y
afectos, tal vez dolor de muelas, o rencor insoslayable, tal
vez celos, o deseo, o miedo, o alguna satisfacción por lo
inmediato, o angustia por el futuro, toda una vida resu-
mida en unas cuantas fotografías, en el eco de lo que habita la memoria y que a veces encuentra el hilo del laberinto para esquivar a los minotauros, para convertirse en
presencia, como si los fantasmas consiguieran colarse
por las rendijas de la lucidez, hacerse presentes y traer
como presentes la luz de otro tiempo, la historia rescata-
da del olvido antes de que el olvido sea la única historia,
y Feli piensa entonces, envuelta por la violencia de su
condición de escritora que será, o que ya es, sobre eso no
tiene un juicio claro, que, si no la esperara otra decena de
habitaciones, se quedaría ahí, dejaría que los efluvios de

ese cuarto la habitaran, porque sabe que ella sí podría, sería capaz de convertir todo eso, la memoria y los días, las imágenes, las voces, las pasiones arrebatadas y el temblor, los miedos y los orgullos, la serenidad y el remordimiento, las nubes, las batallas, el dolor, el resentimiento y las horas desiertas, los paisajes y los relojes, las traiciones y los deseos, la historia que se pierde para siempre, la vida en definitiva, todo ello, en una sola frase.

71

—Estoy pensando, Laia, que el sobre voy a dejarlo aquí, si a ti no te importa. Lo traigo unos días conmigo, y otros lo dejo allí en la residencia, y con ese trasiego acabará por romperse y no tendré más remedio que leerlo.

Valeria tenía un aire particularmente alegre esa tarde, tal vez por el calzado que llevaba, unos zapatos sin tacón, pero no parecía ser ese el único motivo. A Laia por un momento se le ensanchó el corazón: podía ser un efecto terapéutico. Se le ensanchó solo lo justo, porque si algo la caracterizaba siempre era la duda permanente, la autoexigencia y el perfeccionismo que le impedía felicitarse a sí misma, aunque fuera una sola vez, por haber hecho algo bien. Desde aquel martes ya lejano, la anciana parecía haber ido deshaciéndose semana a semana del peso de las palabras que vivían encerradas en su memoria, y poco a poco la sensación que transmitía era la de algo que empezaba a parecerse a la placidez.

—Voy mucho mejor de cuerpo. —Sonrió con un poco de rubor, y, si no fuera por el entrenamiento de tantos años, a Laia se le habría notado cómo la escasa concesión que se había hecho a la autocomplacencia se pinchaba como un globo—. Ya sé que de estas cosas no se habla, no debe hacerse, no es de buen gusto, pero, hija, he sido estreñida desde siempre y a medida que pasan los años, esto se convierte en un auténtico quebranto, un padecimiento que no te puedes ni imaginar. Hasta te obsesionas. Pero, oye, me recomendaron en la farmacia una cosa que anuncian por la tele, no me acuerdo ahora cómo se llama, y me fue genial.

—Cuida tu dieta, siempre será mejor que cualquier remedio de farmacia, ya sabes...

—Lo he probado todo, kiwis y zumo de naranja en ayunas, salvado de avena... Pero, bueno, tampoco es plan de hablar de esto, además hoy me siento tan ligera... Fíjate que esta mañana vine hacia las once y fui caminando hasta el Rinconín, y luego volví y subí hasta el Cerro, que estaba hasta los topes de gente, todos bastante raros, y unas señoras se acercaron a mí y me preguntaron dónde estaba El Corte Inglés, así con acento que enseguida me di cuenta de que hablaban francés, y estuve hablando con ellas en francés, hacía tanto tiempo que me hizo mucha ilusión, y me di cuenta de que es como andar en bicicleta.

»Me enseñaron el barco en el que estaban haciendo un crucero, enorme, yo qué sé cuántos pisos tenía, era como un edificio gigante, nunca entenderé cómo flotan esos barcos tan enormes, es como los aviones, me he subido a unos cuantos, y no es que me dé miedo, pero la víspera del viaje, estoy en mi cama y lo pienso, y me mareo. No puedo entender que algo tan pesado con tanta gente se mantenga en el aire.

Lo dicho: aligerar el peso de los intestinos le había devuelto a Valeria una energía inesperada.

—Me gustan estas fechas. Son tan largos los días. Desde finales de mayo da gusto, amanece prontísimo y los días se estiran que parecen no tener fin. Luego, en verano, la cosa ya va a menos. En cuanto pasa Begoña, ya está, ya se acabó el verano. Mi sobrina siempre se reía de mí por eso, porque yo todos los años repetía las mismas frases en el mismo orden, así que no debe de ser cosa de viejos, que siempre decimos lo mismo. A mí me viene de atrás.

—Apenas me has hablado nada de tu sobrina.

—Es que duele. Yo creo que lo que más, con diferencia. ¿Sabes qué, Laia? Lo pienso bien, y desde que vengo

337

a la consulta he pensado mucho y le he quitado el polvo a muchas cosas que tenía arrinconadas en el desván de la memoria, y me doy cuenta de que si alguna vez quise a alguien fue a Olvido.

—A alguien más querrías, mujer...

—No. En serio. Creo que querer de verdad no quise a nadie, y se me hace raro decirlo así en voz alta, porque es la primera vez que me lo confieso. A mi madre la quería, sí, cómo no iba a querer a mi madre, era lo normal, pero quererla era algo que no podía elegir, porque a los padres se los quiere por ser padres, ¿no?

—No. El amor es un ejercicio voluntario y depende de muchas cosas, sí, pero ninguna de ellas es la obligación. Hay unos sentimientos que son superficiales, que tienen que ver con lo que «creemos» que sentimos, o lo que nos decimos que sentimos, o... y luego están los sentimientos profundos, los de verdad, los que no atienden a ningún tipo de razón, los que se imponen por mucho que intentemos arrancarlos...

—Bueno, pues más fácil me lo pones. La única persona por la que sentí amor de ese que tú dices de sentimiento profundo fue Olvido.

—¿Y Alfredo?

—Alfredo era guapo y de buena familia. Para qué quería pensar en nada más, mujer. Yo creo que ahora tenéis mucha tontería con todo eso, demasiados pájaros en la cabeza, ya lo decía mi tío Clemenciano, que el cine y las novelerías son un peligro, es como los cuentos de hadas, pero con los cuentos, al menos, sabes que es algo que cuando creces queda aparcado, porque ya has aprendido que no es verdad. El cine no, te presenta historias de amor romántico, y la gente llega a creer que eso es posible. Y no, no se puede construir un matrimonio con eso. Así luego pasa lo que pasa, venga divorcios y divorcios... Antes no. Elegíamos lo que convenía. Y a mí Alfredo me convenía.

—Bueno, a Olvido sí elegiste quererla...

—No sabes cuánto. Tú no tienes hijos, pero ¿tienes sobrinos?

—Sí, tres. Pero apenas los veo. Dos de ellos viven en Estados Unidos, y la otra en Barcelona. Prácticamente los veo crecer por Skype.

—Eso es lo de los ordenadores... Es un adelanto, ya lo sé, pero estas cosas de la vida moderna... Hoy venía en el tren una chavalina hablando por el móvil con el novio, pero viéndolo, no sé cómo se hace eso, estaba en la pantalla y hablaban como si estuvieran sentado uno frente a otro. Me pregunto qué diría toda aquella gente de Nozaleda si viera ese invento... Se lo atribuirían al demonio, que ellos eran muy dados a ver al Maligno en cualquier desastre, supongo que por influencia de su cura, mi tío abuelo, que otra cosa no, pero el demonio no se lo quitaba de la boca: a mí me aterrorizó siempre con las penas del infierno, y todavía hoy, a pesar de todo, a veces por la noche pienso en la muerte y no puedo evitar temer el castigo eterno.

—Se supone que para ello tendrías que haber pecado, mujer, o morir sin confesión. O sin arrepentirte, que es lo bueno de los católicos, un arrepentimiento a tiempo, y zas, la dicha por toda la eternidad.

—Muy creyente no te veo yo a ti, pero, bueno, es lo normal, la gente joven, ya se sabe. Y yo misma tengo mis dudas, pero si quieres que te diga la verdad, claro que tengo pecados. Todos los tenemos, y si te fías de lo que nos decían en el colegio y eso, pecados mortales a la mínima. Bastaba con que desobedecieras a tus padres, o a las monjas en el colegio, o que contestaras mal, o que silbaras, bueno eso de silbar no sé si era pecado en sentido estricto, pero hacía llorar a la Virgen, y eso ya parece de por sí bastante pecaminoso. Y luego todo lo demás... si decías una mentira, si te peleabas con tus amigas, si tenías malos pensamientos, si cogías algo que no fuera tuyo, aunque fuera una galleta del bote de tu casa, si se te ocurría no ir a misa un domingo, si... todos tenemos pecados. Y puede que algunos sean imperdonables.

Los ojos de Laia se fueron al sobre que Valeria había dejado sobre la mesa. La palabra perdón adquiría unas dimensiones especiales en la conversación que estaban manteniendo.

—¿Vivías en París cuando nació tu sobrina?

—Sí y no. Yo en París estuve viviendo casi veinte años entre pitos y flautas, pero iba y venía. Teníamos casa abierta allí, en la rue de Marignan, muy cerca des Champs Elysées, un piso enorme y precioso. Hace como diez años volví por allí y todavía sigue en pie el edificio, lo que no me extraña, porque era realmente bonito, vi salir una pareja con cuatro niños todos con uniforme de colegio, y me pregunté si vivirían en la que fue mi casa. Me dio una nostalgia tremenda, porque cuando llegamos allí, yo pensaba en tener una familia así, con varios hijos, y luego ya ves... Pero lo que te decía, que teníamos casa allí, pero a temporadas yo venía a Gijón y pasaba tiempo aquí. Alfredo viajaba mucho desde París a otros países de Europa, y yo para estar sola prefería venir aquí. Gracias a eso pude estar con mi madre durante su enfermedad, ya que la de mi padre me pilló fuera y cuando quise venir ya estaba muriéndose. Y cuando nació mi sobrino, pues igual. Luego pasó aquello, y el niño se murió, y me quedé un tiempo, pero no demasiado. No podía con la tristeza que había, y me volví a París bastante tiempo. Veníamos en verano, por las fiestas de Begoña, y alguna vez por Navidad, pero luego, un día, en el año cincuenta y nueve, bueno, no, en el cincuenta y ocho, vine y descubrí que Gadea volvía a estar embarazada, tanto tiempo después.

—Te alegraste, claro.

—No puedes imaginarlo. Fue como si la vida me hubiera dado una segunda oportunidad y todo fue distinto, totalmente distinto. Hasta la relación con mi hermana mejoró, tal vez porque yo me concentré exclusivamente en lo que tenía que ver con el embarazo y con el nacimiento de Olvido. Pasé mucho tiempo aquí, yo creo que solo volví a París para comprarle allí montones de ropita y de cosas bonitas que aquí no había, unas sábanas para la cuna increíbles, y hasta pedí que me enviaran un cochecito de paseo, uno de esos, ay, no sé cómo se llaman, mira qué cabeza tengo, precioso, como los que salen en las películas de esas inglesas antiguas... Llamaba la atención, casi me costó más el transporte que el cochecito y mira que era caro. Y el caso es que Gadea apenas lo sacaba a la calle. Decía que no se sentía cómoda con aquello, tan de rica, menos mal que le di uso yo, porque la sacaba a pasear mucho, la llevaba al parque, y por la Plazuela, y por Begoña... A veces la gente pensaba que yo era la mamá, fíjate tú. Y yo más ancha que otro poco, porque Olvido era una nena preciosa, todo lo que su madre no era de pequeña, no parecía hija suya, si quieres que te diga la verdad, yo creo que salió al padre.

—¿Seguían viviendo tus padres en esta casa?

—No, no... Mi padre se había muerto, hacía poco tiempo de aquello, y mi madre quiso darnos la herencia, la parte de mi padre, así que además del dinero que nos tocaba, porque se habían vendido unas fincas muy buenas de Nozaleda años atrás, vendimos esta casa y mi madre se instaló en un apartamento pequeño, pero muy coqueto, cerca de mi casa, en el paseo de Begoña. Yo pensé que con el dinero que le correspondió, que no estaba mal, Gadea y Arsenio se cambiarían de piso, a uno mejor, pero no. Se limitaron a comprar el piso pequeñajo en el que habían vivido siempre de alquiler, arreglaron algunas cosas y lo que hicieron con el resto del dinero es un misterio, aunque viendo la cantidad de gente que pasaba por aquella casa, supongo que acabaría gran parte de ello para solucionar los problemas de todos los menesterosos, para apoyar todas las huelgas y a las familias de presos, y... lo de siempre. También Olvido, claro, pero eso fue después. Yo quería otra vida para mi niña, para Olvido, y la llevaba a mi casa siempre que podía. En mi casa era una princesa. Tenía su propia habitación, llena de muñecas, con un armario enorme con muchísimos vestidos que solo se ponía los días que pasaba conmigo, porque su madre no quería ni oír hablar de verla vestida de esa manera, ya ves qué tontería, como si fuera a pasarle algo por vestirse como le correspondía. Ese es el problema, me decía Gadea, que tú no lo ves, pero no es eso lo que le corresponde: Olvido es hija de un obrero y de una ama de casa, y a mucha honra. No es una princesita. Ahora lo pienso y me da la sensación de que entre unos y otros, Olvido nunca supo muy bien cuál era su sitio en el mundo. Por eso todo lo que le pasó.

72

En Gijón, domingo de verano

Hace ya varias semanas que no escribo, y esto hace un poco difícil condensar todo lo que ha ocurrido en los últimos tiempos, desde que tomamos La Gran Decisión. Digo tomamos porque lo cierto es que fue algo totalmente consensuado, algo de las dos, aunque Laia ya lo tuviera decidido antes. A veces me pregunto, y cuando lo hago de forma inmediata trato de espantar esos pensamientos porque bajo la apariencia de inofensivos guardan un filo que puede partir en dos el corazón de un solo tajo, me pregunto, digo, qué habría sucedido si yo me hubiera mostrado reticente, o si simplemente hubiera dicho no lo veo, Laia, no lo veo. Si no me respondo, las pocas veces que termino por preguntármelo, es porque en el fondo sé que ahí se habría acabado la relación, porque yo nunca había visto una mirada tan decidida en los ojos de ella, y porque la conozco lo suficiente como para saber que hay cosas que le importan (ahí está *Frida*), otras que le importan mucho (creo que ahí estoy yo) y luego otras que le importan por encima de todo, y ahí se sitúa, sin duda, ella misma. Y no estoy haciendo con ello un reconocimiento expreso de su egoísmo, que sobre esto hay mucha tontería, mucho te quiero más que a mi vida, siempre pongo por delante tus deseos a los míos, blablablá, pero no. Todos nos tenemos por encima de todo a nosotros mismos. Y el que diga que no, es un trolero de cuidado. O un cantante melódico.

Como este es el cuaderno de nuestra vida aquí, me siento en la obligación de reseñar todos los avatares de nuestra vida aquí, otra cosa será que consiga hacerlo con orden, que me conozco, pero voy a ello, y empiezo por contar que a pesar de todas mis dudas, esto no tiene por qué saberlo Laia, aunque otra cosa es que yo le oculte algo, que no, no suelo hacerlo, y lo de comer chocolate a escondidas, que tengo varias tabletas de uno muy rico del Lidl en la mesa de trabajo de mi cuarto, no cuenta, porque eso no es importante. Ya me perdí, pero como no quiero hacer tachaduras, tiro millas, porque tampoco recuerdo qué iba a decir. Es cierto que yo tenía una sensación un poco rara cuando estaba sola, como si me atacaran pensamientos contradictorios desde distintos frentes, que es algo que no me había pasado nunca, y es una sensación muy rara, porque puedes pasar de la emoción al pánico, de la ternura a la preocupación, del malestar al júbilo. Sí, esa soy yo, al menos esa era yo en los días que siguieron al gran día, me ilusionaba y me aterraba a partes iguales, y no me atrevía casi a mencionarlo, lo que tampoco es que fuera necesario, porque de pronto Laia había empezado a hablar por los codos del asunto, todo lo que había centrifugado ella en su cabeza durante días y días de permanecer como ausente y haciéndome pasarlas putas, de pronto era fluidez, y venga a hablar y hablar. Yo me sentía, con todo, un poco incómoda, porque sabía que había un paso que no iba a haber más remedio que dar, y es el que tenía que ver con la Gran Conversación, que tendría que tener con mi familia, y eso me mataba, como esas cosas que sabes que tienes pendientes y que te impiden disfrutar. O sea, como cuando ibas al cole y tenías deberes y no podías salir hasta que terminaras, pero no lo hacías, y ni lo uno ni lo otro, eso sin hablar de que a veces salías y era peor porque como sabías que estaba pendiente, ni disfrutabas ni nada. Al final, decidí, como muchas cosas en mi vida, dejarlo pasar y concentrarme en las partes positivas y, sobre todo, dejarme seducir por la ilusión de Laia. Tengo que reconocer que me decepcionó un poco ver lo avanzado que tenía Laia ya el proceso. Ya había acudido a una clínica, ya le habían hecho un montón de pruebas y ya estaba todo listo para el primer intento. Y ahí entré yo. Ese día acudí con ella como si ya fuéramos a recibir a nuestro bebé, y después de salir me descubrí tratando a Laia como si ya estuviera embarazada, como si mi responsabilidad fuera cuidar de ella. Tuve que contenerme para no practicar con ella toda clase de tics absurdos protectores y detestables, como preguntarle cada cinco minutos cómo se encontraba y sujetar su espalda cuando subía la escalera. Vamos, que el grado de hartazgo que le provoqué a Laia fue como para hacérmelo mirar. Y estaba nerviosa. Más que nerviosa, rara. Cuando eres niña piensas en las cosas que pueden pasarte en la vida. Yo, aunque a veces tenía sombras y sabía que sí, que había cosas malas que me podían pasar, como era una optimista por naturaleza pensaba en las buenas: sería feliz, tendría una casa bonita, tendría éxito profesional, una pareja que me querría mucho (siempre pensaba en un hombre, mira tú), y a veces, de forma imprecisa, pensaba que tendría una familia en la que, de forma más imprecisa todavía, había niños. Rubios y guapos, por supuesto. Pero jamás se me habría ocurrido imaginar que iba a sentirme así acompañando a la sesión de inseminación artificial (mira que suena mal, entre Laia y yo siempre decimos IA porque nos horroriza esa denominación tan... veterinaria). Claro, que jamás se me habría ocurrido pensar que iba a estar tan colada por una mujer, así que está visto que todas mis previsiones se quedan tan desfasadas como inservibles. El caso es que sucedió el milagro. El treinta y tres por ciento de posibilidades de éxito, dicen. Ya. Teníamos calculado que estaríamos como un año intentando el embarazo, que ocho o diez intentos no nos los quitaba nadie. Bueno, pues va Laia y se queda embarazada a la primera. A la primera. Segundo día de falta y doble rayita en el predictor, y nada de, hombre, parece que, podría ser, esto es como si fueran dos rayas pero no se ve bien... no. Clarísimo. Sin más. Y allí las dos en el baño, Laia con las bragas todavía por los tobillos, que se había quedado sentada en el váter y yo sentada a su lado en el bidé, con las manos cogidas y abandonando la una los ojos de la otra de forma simultánea cada diez segundos para volver a mirar el predictor, y sin decir ni palabra.

Estábamos embarazadas.

Es decir, lo estaba Laia, pero yo, de pronto, sentía un hormigueo en el vientre, como si fuera también cosa mía. Qué coño. Era cosa mía. Es cosa mía. Y me sentía feliz, nos sentíamos felices.

Solo que... Ahí volvieron, de improviso, como cuando de pequeña no hacía los deberes, los fantasmas de la culpa, y la inminencia de que me iban a pillar con las manos en la masa. Y así habría sido, de no ser porque Laia, que abrió la boca como para hablar, volvió a cerrarla, porque (la conozco bien) se dio cuenta de que no había que arruinar aquel momento por nada del mundo, señalando detalles tan insignificantes como que aún no había hablado con mi familia ymiraquetelodije.

Así que diez minutos más tarde, y con el subidón, porque si lo pienso no lo hago, que me conozco, marqué el móvil de Richi y aprovechando que estaba medio dormido aún, le dije a bocajarro: Que sepas que vas a ser tío, y no, la del embarazo no soy yo, sino Laia, bueno, las dos, un solo embarazo, quiero decir, pero que las dos vamos a ser madres. Para cuando Richi empezó a procesar la información fui despidiéndome pretextando una prisa enorme, y empecé a contar para ver si tenía que modificar mi teoría científica de «tiempo que transcurre entre el momento en que un miembro de mi familia llama a otro y suena el teléfono del primero que ha hecho la llamada». Exacto: tres minutos.

—Que a ver que es esa tontería que me dijo tu hermano, que o tú o él, o los dos, aún no habéis dormido la mona, me parece a mí.

Y en ese mismo instante, mi señora madre se enteró de que iba a ser abuela y de que su hija estaba enamorada hasta las trancas de una mujer, su compañera de piso para más datos, y entonces comenzó la cabeza de mi señora madre a efectuar giros tipo niña del exorcista, porque estas cosas a mí no se me hacen y a ver ahora cómo se lo digo a tu padre y en qué me habré equivocado para que me salgan no uno, no, ¡dos!, dos hijos desviados, a ver si va a ser genético, tengo que preguntarle a tu padre cómo es que dos tíos suyos quedaron solteros, bueno, por lo menos ahora os podéis casar, lo menos que puedes hacer para compensarme el disgusto, una boda en condiciones aunque sea por lo civil, y, oye, nena, una cosa que te digo yo, en una boda de... bueno, de dos mujeres, ¿una se viste de novio? Ay, madre, pues espero que no seas tú, ahora que lo pienso, que con esas caderas y ese culo no te digo yo nada cómo te va a quedar un esmoquin, que al fin y al cabo, con el vestido igual puedes disimular, porque, cuando te casaste con Marcos, el corte que llevaba tu vestido te favorecía, claro que entonces estabas más delgada que ahora, ay, nena, pero un nieto, un nieto así, que además, digo yo que claro, que no sabéis quién es el padre, no, que eso se hace así como anónimo y eso... así que a saber, a saber cómo saldrá, espero que al menos esté clasificado por lo menos por raza, o algo, que con la inmigración vete tú a saber quién habrá donado. No, bueno, vale, ya me callo, pero es que tengo que digerir todo esto, mira que estoy que si me pinchan no sangro, cómo me iba a imaginar yo que tú, sí, sí, si yo soy muy moderna, ya lo sabes, si yo lo entiendo todo, pero a ver, a ver cómo se lo cuento a Pilar, y a Lola y a las otras, que ellas dudo mucho que lo entiendan, con la suerte que tenéis de tener una madre como yo, ay, pero qué habré hecho mal, qué habremos hecho mal, voy a decírselo a tu padre, espero que no le dé un infarto o algo, que ya sabes que él es menos moderno que yo y verás qué disgusto, hala, ya hablamos más tarde.

Y así me quedé, con el teléfono en la mano, y sin haber podido decir nada, nada en absoluto, solo que sí, que lo que decía Richi era cierto. Solo eso.

Pero entonces llegó Laia y me abrazó por la espalda y la calidez, la ternura, disolvió mi desconcierto, y de pronto sentí que se me quitaba un peso enorme de encima, que era más ligera, y de pronto era sábado, empezaba el verano, el sol entraba en la galería, el mar era un espejo, casi sin olas (para desdicha de los del campeonato de surf que tenían muy mala puntería y siempre montaban su tenderete delante de la escalera diez, es decir, delante de casa, con esa maldita música electrónica sonando desde bien temprano, cuando al mar le daba por estar en calma), y Laia sonreía, y de pronto pensé que la felicidad era eso, ese sol entrando por la ventana, ese mar, los brazos de Laia rodeándome, la vida que palpitaba invisible, inaudible, solo unas células, tan cerca de mí, nosotras dos, que de pronto reíamos, no hacíamos otra cosa que reír, por los nervios, o por la dicha, o porque no encontrábamos palabras que escribieran lo que nos pasaba por la cabeza y por el corazón en aquel momento, y aquellas ganas de empezar a bailar como en una peli americana y empezar a cantar a voz en grito *que tú eres como el sol de la mañana que entra por mi ventana*, y que venga *parapa-papa, lleno de alegría, el corazón contento*, digo.

73

A Valeria Santaclara casi todos los residentes le producían un hastío insuperable. Estoy rodeada de viejos, se decía con frecuencia, sin reparar en que muchos de ellos eran más jóvenes que ella. La edad, a pesar de su terca medida del tiempo, no era más que una convención. Lo que envejecía, desde el punto de vista de Valeria, era abandonar el cuidado de uno mismo. El cuidado, en general. No tanto la renuncia a la higiene, algo que para desgracia de su fina pituitaria se daba mucho, a pesar de los oficios incansables del personal del centro, sino el cuidado, en general. Uno tiene que seguir siendo, se repetía, no puedes concederle ni una mínima victoria a la desidia, a abandonar tu sitio en la vida, a olvidar quién eres, de dónde vienes y qué has hecho, qué compromiso tienes con la vida, qué se espera de ti. Cuando llegaba a este punto de la reflexión, inevitablemente, caía en la cuenta de que no quedaba nadie en el mundo que esperara algo de ella, pero como si la impulsara un resorte, se respondía que daba lo mismo: si era la última Santaclara iba a seguir siéndolo hasta el último de sus días. Con ella desaparecería una familia completa, todos los descendientes del bisabuelo Santaclara, todos, se extinguirían sobre la faz de la tierra con su desaparición, así que aunque solo fuera por ello, no iba a dejar que, ni por un solo momento, alguien pudiera decir que un Santaclara había perdido de vista quién era y de dónde venía.

A veces, sentada en la sala común, en un sillón un tanto apartado que curiosamente todos daban por hecho que le estaba reservado, observaba con curiosidad entomóloga a los residentes que deambulaban por allí, o permanecían sentados durante horas, y echaba de menos hablar con alguien. Laia era comunicación de pago, y no se arrepentía de ello en absoluto. Gran parte de la semana la ocupaba en pensar de qué le hablaría cuando se encontraran en la calidez de la consulta. Ya se sabía de memoria los objetos que conseguían aquel resultado final de armonía, los retratos en las paredes de aquellas mujeres que desconocía, que parecían, todas ellas, sacadas de alguna película inglesa, seguramente sufragistas por las pintas, o escritoras, desde luego, eso lo sabía con certeza Valeria, mises seguro que ninguna. Ya hacía tiempo que se había dado cuenta de que Laia no era una señorita en el sentido que ella utilizaba la palabra señorita. Por resumir: si Laia hubiera compartido infancia y juventud con ella y su hermana, sin duda se habría hecho amiga de Gadea antes que de ella. Tal vez por eso, porque a medida que pasaban las semanas había ido proyectando inexplicablemente en ella la ausencia de su hermana, había encontrado aquel seductor equilibrio en la confidencia. También el espacio tenía su papel en aquella función más allá del puro escenario: entrar en la consulta era, exactamente, entrar en su cuarto de niña, y por momentos la fantasía se hacía dueña de sus palabras, y las paredes dejaban de ser presente para retornar al papel pintado con florecitas de color rosa a juego con las cortinas de los balcones y las colchas de las camas. La estancia parecía agrandarse y el sol que entraba por la tarde por el balcón que daba a la Plazuela traía mensajes de entonces, una ternura blanda, una nostalgia que a veces era sólida y podía morderse como el chocolate de La Primitiva Indiana en el pan blanco de antes de la guerra, y dejaba en la boca exactamente el mismo sabor, el de las tardes, el del tiempo hecho de menudos granos de felicidad inconsciente, que posiblemente es la única a la que se puede aspirar. En esos momentos, a Valeria le costaba entender que habían pasado ochenta años de todo aquello. Ochenta años. El vértigo por el paso del tiempo había comenzado la primera vez que dijo o se dijo: Eso fue hace veinte años. Y ahora podía hablar de recuerdos que tenían ochenta años de antigüedad, podía rememorar espacios, una casa que se había desmembrado en un par de viviendas y un despacho profesional. Su casa: el lugar donde el tiempo parecía eterno, como si desde siempre hubieran existido aquellos muros, que inauguraron sus padres recién casados, como si para siempre todo fuera inmutable: el sofá con grandes flores de color granate que tanto admiraban las visitas, las contraventanas de madera, la visión del patio desde la ventana del pasillo, los escalones que ella, piernas largas y ágiles, saltaba siempre de dos en dos, y por los que más de una vez Gadea había caído rodando, una bolita de pelo ensortijado y negro, y sonrisa permanente. Las macetas con geranios de los balcones del salón, los azulejos del cuarto de baño grande y la bañera que su madre exigía siempre reluciente. También esa casa era el espacio de lo que no podía recordar sin estremecerse. Qué curioso, pensaba, volver a la casa, aunque ya no sea mi casa, volver al cuarto, la madera reluciente bajo los pies, la luz en los enormes rectángulos de los balcones, qué raro el destino que daba esas vueltas, que la había tenido una vida entera rodando para finalmente volver. Y qué curioso volver para encontrarse con la mirada de Laia a través de la cual parecía asomarse a veces, inexplicablemente, porque en nada se parecía, Gadea, con los reproches que jamás formuló, para que en una suerte de justicia poética las confesiones le llegaran a su corazón que tantos años atrás había dejado de latir, y la redención se escribiera con líneas tramposas en el aire detenido, en las moléculas de tiempo que aún pervivían, quién sabe si tantas décadas más tarde, la remota vigencia de un átomo del perfume que su madre regalaba al aire al oprimir la borda de aquel pulverizador de cristal tallado que ella codiciaba secretamente, soñando con el día en que tendría su propio tocador con espejo, ante el que ensayaba los movimientos precisos con que su madre se perfumaba. Una de aquellas infinitesimales partículas de perfume serviría, si lograra aprehenderla, para arrojarla sin remedio en los brazos de un llanto definitivo, liberador, desconsolado.

En la sala de la residencia, su casa, su historia, su vida y los pecados que la habitaban se convertían en un territorio lejano, como si fuera un libro leído, o un sueño del que la vigilia consigue arrancar algunas imágenes remotas y ajenas. Contemplaba los gestos de los residentes de quienes ni siquiera sabía los nombres y comprobaba el abismo que se abría entre su existencia y la de ellos. Había creído que eligiendo uno de los centros más caros se encontraría con personas de un nivel de vida similar al suyo, pero no lo parecía. La gente con su situación económica seguramente permanecía en su casa rodeada de personal que pudiera satisfacer cada necesidad, y no habían optado, como ella, por sacudirse cualquier responsabilidad relacionada con la vivienda, o con las frecuentes derramas del edificio al que iban a terminar por convertir en un palacio de cristal. Solía fijarse en las visitas que acudían de tarde en tarde a pasar un rato y en sus atuendos, en la elevada gama de los coches que aparcaban en la parte de atrás de la residencia, relucientes y ostentosos, inequívoca muestra del éxito de sus dueños, pero nada de eso parecía acorde con el abatimiento, la falta de referencias vitales de los ancianos que pululaban por los pasillos o permanecían absortos mirando al vacío, o dejaban que las horas pasaran por ellos convertidas en imágenes multicolores en el enorme televisor de plasma de la sala, o sorbían la sopa ruidosamente en las mesas del comedor, o arrastraban los pies por el pequeño jardín. En ninguno de ellos detectaba lo que para ella constituía una parte sustancial de su propia existencia: saber quién es una, y mantenerse erguida. Le habría gustado encontrar a alguien que mantuviera ese espíritu, porque esa sería una condición indispensable para cualquier tipo de relación. Cuando llegó y descubrió que Paloma Montañés era una de las residentes, sintió una mezcla de alegría contenida y de algo que oscilaba entre el temor y el fastidio. Por entonces aún no había sentido el mordisco de la soledad en compañía, aún se sentía lo suficientemente fuerte como para afrontar con la dignidad Santaclara su estancia allí, y ahora se arrepentía de no haber aprovechado más tiempo para compartirlo con Paloma, para rememorar con ella las calles de París, el olor de las *boulangeries*, el otoño sembrando de hojas los pequeños parques, el tiempo difícil inmediatamente posterior a la ocupación, y la sensación de ir renaciendo despacio, recuperando la vida, emocionándose con una ciudad que recuperaba su latido, y crecía. En los días que compartieron en la residencia antes del fallecimiento de Paloma, habían experimentado el placer un tanto infantil de autoexcluirse del resto por el procedimiento de hablar en francés, y habían descubierto, aunque no fueran capaces de elaborar una teoría al respecto, que el lenguaje construye el mundo, que ellas retomaban la pronunciación y los verbos, y el vocabulario, y los giros gramaticales de otro tiempo, y en torno a ellas la realidad modificaba sus contornos. Así, en el aire poblado de entonación gutural, el otoño volvía a ser Saint Germain des Près o el Bois de Boulogne, y el aire tenía la transparencia de los días fríos de invierno, y el espacio empezaba a poblarse con la memoria hecha imagen de aquellos que compartieron brevemente su tiempo, de quienes apenas supieron nada más allá del instante. En la distancia, en el reencuentro, ambas coincidían en darles una carta de naturaleza diferente, como si hubieran sido íntimos, como si la superficialidad del trato de entonces, en el recuerdo, y más aún, en la conversación, en la construcción de las frases en otro idioma, en aquel idioma, los transformara, porque el idioma, acababan de descubrirlo, es la forma de no sentirse una sola. En aquellos días escasos en que ambas se sentaban en la misma sala, confiando secretamente en que el resto de los residentes las vieran diferentes porque «hablaban en extranjero», recorrieron los paisajes comunes y pasaron revista a peinados, zapatos, personas, objetos, el escenario y los actores de aquella vida que ambas consideraban tan perdida. Paloma le confesó que jamás hablaba con nadie de su época en París, y Valeria se rio, mujer, ni que tuvieras que avergonzarte de algo, tampoco creo que sea como para callarlo, pero algo en la mirada risueña de Paloma se hizo sombra, y le confesó que había hecho cosas, que había confiado en quien no debía, que jamás imagino que Alfredo, que tan amable era con ella, *il me faisait confiance, tu sais*, con sus ademanes tan elegantes, y a la vez haciendo gala de su origen no ya español, sino asturiano común, pudiera haber traicionado sus comentarios acerca de este y de aquel, los amigos españoles de los Lamartine, de ella misma, refugiados en París de una guerra terrible, que osaban volver, que cruzaban como podían la frontera de vuelta, tan solo para reencontrarse con una madre agonizante, con un hijo que había nacido unos meses después de su huida, para tratar de recuperar propiedades perdidas a manos de los vencedores, para intentar una vida bajo el signo del silencio, ocultos en las sombras de la anonimia. Confiaban en mí, confiaban en los gemelos, y yo no sé cómo pude ser tan charrana, no sé cómo pude tampoco hacer otras cosas que hice que ahora me parecen un sueño, por eso nunca hablo de ello, prefiero que la única familia que me queda, Aida, esa chica que viene por aquí a verme, no tenga ni idea de cuántos acabaron en la cárcel por mi culpa. Valeria había tratado de tranquilizarla, si acabaron en la cárcel sería por algo, a la gente de orden no la metían en prisión, Alfredo era una persona justa y si él informaba a las autoridades, era porque tenía un sentido de la patria que no le permitía que esta sufriera ninguna amenaza, y tú y yo sabemos que eran muchos los enemigos que acechaban en el extranjero, tú no tienes que sentirte culpable por eso, mujer, todos tenemos en el pasado algo que nos avergüenza, pero no eso. Y en ese momento, las miradas de las dos mujeres, las décadas de silencio y de atrición se habían encontrado en un punto en el que ambas sabían que no había mucho hueco para perdonarse a sí mismas.

74

—Tienes una luz especial hoy. Estás feliz... ¿te has echado novio?

Laia sonrió y sopló el flequillo que empezaba a ser lo suficientemente largo como para convertirse en una cortina de la mirada y para que Emma bromease diciendo que se parecía a *Rufo*, un bobtail que solían encontrar cuando bajaban con *Frida* al Muro.

—Sí, tienes una luz aunque casi no se te vean los ojos, mujer, que tienes que cortar ese flequillo. No sé, es la piel... Dicen que el amor pone luz a los ojos de las niñas guapas. Lo decía siempre Amelia, una de las criadas que estuvieron en casa, que coincidió que fue la época en que Alfredo empezó a pretenderme, y yo me ponía colorada como un tomate...

—Pues no sé cómo tendré la piel, Valeria. Ni la cara. No hago más que vomitar.

La anciana, que estaba preparando algo más para decir y ya había empezado a componer el gesto tras, según parecía, haber buceado en alguno de los recuerdos sugeridos por lo que acababa de decir, abrió y volvió a cerrar la boca.

—Ay, Laia... Tú estás en estado...

La psicóloga sonrió. Lo cierto es que desde el instante en que había conocido, sentada con Emma en el baño de su casa, que estaba embarazada apenas podía reprimir sus ganas de saltar y contárselo a todo el mundo...

Para su pasmo, Valeria Santaclara se levantó como movida por un resorte y rodeó la mesa para acercarse a ella y, antes de que Laia pudiera reaccionar, abrazarla emocionada.

—Enhorabuena, me alegro muchísimo. Qué bien. Ni siquiera sabía si estabas casada. No sabes cómo me alegro por ello, nena. Supongo que tu marido también estará contento.

—Sí, sí, muy feliz. Estamos muy felices.

A lo largo de los años, desde el mismo instante en que tuvo conciencia de su condición sexual y empezó a tener las primeras relaciones, Laia había aprendido a desarrollar las conversaciones, según ante quién, de forma que ni una sola palabra pudiera inducir a otra cosa que a un discreto neutro, y aunque lo más difícil era la cosa de los adjetivos, había conseguido sortear la dificultad sin tener que mentir.

—Vaya, pues qué bien. Pero estás de poco, ¿verdad? Sigues estando tan delgada como siempre.

Le aclaró que aún no llevaba ni dos meses de embarazo, y que sí, que salvo las náuseas, todo iba bien.

—Hubo un tiempo, hace ya bastantes años, cuando tuve el cambio, que me dio por pensar que qué pena no haber tenido hijos. Todos los meses poniéndome mala, y además poniéndome muy muy mala, y total para qué. Para incordios. Nunca me valió para nada. En aquel momento fue cuando Olvido se nos puso imposible y yo tenía un sentimiento doble. Por un lado, lamentaba mucho no haber tenido un hijo propio: yo lo habría educado en condiciones y no se me habría torcido, pero, claro, de Gadea y de Arsenio qué se podía esperar. Por otro lado, me quedaba la duda de si a pesar de todos los desvelos no habría salido como ella, que era una época muy mala, y Gijón entonces era terrible, eso es lo que trajo la democracia, y entonces me alegraba de no tenerlo.

—¿Y ahora? ¿Qué piensas ahora?

—Pues mira, no lo sé. Si hubiera tenido un hijo y me hubiera salido en condiciones, bien. Pero no me fío mucho del género humano, en ese sentido. En la residencia estoy más que harta de ver gente con cinco o seis hijos y allí están. Ninguno puede cuidar de ellos. Y eso no es lo malo, porque yo entiendo que la vida es complicada, pero ni siquiera van a verlos. Y si van, es una risa, la verdad. Los ves que están incómodos, se sientan, se levantan, salen a pasear con la madre o el padre o lo que sea, al jardín, y yo los miro desde la ventana de mi cuarto y están como gatos atados por el rabo, inquietos, con ganas de irse. Y gran parte del tiempo, venga con el móvil para arriba y para abajo. También los entiendo, eh, no creas. La mayor parte de los que están en la residencia muy comunicativos no son. Andan perdidos dentro de sus propios pensamientos. Los más jóvenes, todavía, pero pasados los ochenta y cinco no hay con quien tratar... El que no tiene alzhéimer en distinto grado, tiene demencia, el que no es un cascarrabias, y la mayoría repiten las cosas...

—¿De verdad no has encontrado a nadie que mereciera la pena?

—No. Qué va. Después de fallecer Paloma tampoco me molesté demasiado. Había uno, no sabes qué risa, había uno que me rondaba. Como si quisiera yo algo con un viejales como él. Se hacía el encontradizo y estaba empeñado en saber de dónde era yo, y venga a hablar de si él conocía a alguien que podía ser que yo conociera, no sabes qué métodos tan torpes para entablar conversación. Pero le pasó enseguida. Además, le dio un ictus y ahora apenas habla. Por suerte.

Laia volvió a sonreír; por un momento eran dos amigas tomándose un café en una terraza.

—Si no fuera tu psicóloga te diría que eres un poco cruel, Valeria, mujer, pobre hombre, tú también...

—No, Laia, es lo que hay. Si voy a estar sola, porque así lo quiso la vida, pues ya está. Estoy sola. Lo único que quiero es que me atiendan y para eso pago. No necesito mucho más.

Se quedó un instante callada.

—Bueno, venir aquí, sí. Hablar contigo sí me gusta. Aunque te pague, quiero decir, que eso es lo de menos. Vengo aquí encantada todos los martes. Desde que me levanto ya tengo ilusión por arreglarme y salir, y coger el tren o un taxi para llegar hasta aquí, y que me peinen en la peluquería, y comer en algún restaurante, y mirar los escaparates. Para mí, los martes son una fiesta.

Laia estuvo a punto de decirle que se alegraba mucho, pero los minutos iban transcurriendo y esa tarde le quedaban otros dos pacientes. Las cosas empezaban a ir bien, y entre unas cosas y otras, estaba muy feliz. Pero aquello era una consulta, y si no la reconducía, tendría la impresión de que no estaba haciendo bien su trabajo.

—¿Has pensado de qué quieres hablar hoy?

—Bueno, ya estamos hablando. Iba a contarte el final de la guerra, y lo de Onel, pero lo de tu embarazo me recordó a mi sobrina. A mis sobrinos.

La psicóloga pensó que era lógica aquella sombra oscura que dejó con una expresión opaca la mirada de Valeria, todo su rostro, en realidad. Era como si de pronto estuviera a punto de empezar a llover. Sin hijos. Sus dos únicos sobrinos muertos.

—Lo del niño... bueno, lo del niño. Ya te lo he contado. No me dio tiempo a quererlo ni una pizca. No era más que un cachorrillo que lloraba sin parar. A mí me costó un poco entender que Gadea lo sintiera tanto. Un bebé no es nada, según yo lo veo, aunque, no sé, a lo mejor las madres lo veis de otra manera, no quisiera ofenderte. Pero yo entonces lo pensaba. No sabía a santo de qué venían aquellos disgustos en casa.

—¿Y a ti no te daba pena?

—Bueno, pena sí, pero no de ese modo, sabes cómo te digo, no como ellos.

—Eran los padres, a mí me parece lógico.

—Hombre, sí, pero no es lo mismo, no me digas a mí. Además ellos tampoco estaban tan boyantes como para criar a un hijo en condiciones, pero tampoco creo que eso se les pasara por la cabeza, si no, no tendrían aquel disgusto. Total, que después de aquello era como si ya no fueran a tener más, y mi madre decía que seguramente le pasaba como a mí, que tampoco podía tener hijos, que lo del bebé había sido por pura casualidad... No lo sé. El caso es que casi quince años más tarde, vino al mundo mi sobrina.

—Olvido... Es un nombre extraño. Creo que no conozco a ninguna.

—Antes se ponía más, pero bueno. Cosas de Gadea y de Arsenio, que en eso los dos eran como una piña. Yo quería que le pusiera un nombre bonito: María Isabel, algo así, que eran los nombres que entonces tenían mucha popularidad, pero ella ni lo consideró. Me gusta Olvido, dijo, y hala, no hubo más que hablar. Aunque, mira, como decía mi madre, el nombre lo hace la persona. El nombre más extravagante puede terminar por parecerte bonito si la persona que lo lleva es atractiva y buena gente.

Laia suspiró silenciosamente. Tenía la sospecha que el asunto del nombre del bebé iba a traerle más de una discusión con Emma. Valeria no parecía tener interés, y eso que otras veces lo hacía con muchísima frecuencia y más éxito del que a ella le gustaría, en leer los pensamientos que, la mayor parte de las veces caóticos, cruzaban por la cabeza de su psicóloga. Era un juego, o Laia lo veía así, que Valeria practicaba con la secreta satisfacción de estar un paso por delante de la, para ella, muchacha que tenía frente a sí, con todos sus estudios de psicología a cuestas, y con toda aquella perspicacia de la que hacía gala. De alguna forma, la anciana sentía que esa era la prueba de que seguía siendo tan dueña de las situaciones como había sido siempre. No esa tarde, sin embargo, en que parecía que su único interés estaba en hablar de Ol-

vido, para lo que había pasado a relatar pormenorizadamente el embarazo de Gadea y el modo en que ella, siguiendo las más modernas teorías europeas, había
insistido en el tipo de alimentación que tenía que seguir
la madre, y en algo tan peculiar y que suscitaba la sonrisa
de Gadea como ponerle música.

—A ella le hacía gracia, decía que eso era una tontería, pero yo me empeñé en que mientras descansaba después de las comidas, que era otra cosa a la que yo la obligaba, escuchara música clásica, que, la verdad sea dicha,
a mí siempre me ha aburrido un poco. Bueno, la música
en general, y eso que en casa de mis padres siempre se
escuchó mucho, a mi padre le gustaba, y teníamos un
gramófono y una colección de discos de aquellos de pizarra de clásicos, Mozart y Chopin y todo aquello, que
cuando estaba Onel escuchaban los dos juntos, en silencio. A mi madre, en cambio, le gustaba mucho la zarzue-
la, y es el día de hoy que si por casualidad oigo alguna,
me da hasta ganas de llorar, porque me acuerdo mucho
de ella. Yo lo que insistía mucho con Gadea era que, por
el amor de Dios, no le cantara ella. Ni cuando estaba embarazada, ni después. ¿Te he dicho ya que Gadea cantaba muy mal?

Laia hizo un gesto de asentimiento mientras hacía
un cómputo de las aproximadamente trescientas veces
que se lo había oído decir.

—Es curioso, ya ves. De una madre que cantaba tan
mal, salió una hija con una voz como los ángeles. Me
acuerdo de que Onel lo comentó una vez cuando éramos
pequeñas, estaba hablando con mi padre en su despacho
y le estaba contando algo acerca de unas canciones que
estaba preparando para interpretar en el Setién, o no sé
dónde, no me acuerdo, y dijo que en una ocasión, su padre, maravillado por su capacidad de afinación y por la
potencia de su voz aterciopelada (sí, así lo dijo, aterciopelada, que se me quedó grabada esa expresión), le había
contado que su madre, a la que Onel no conoció y por lo

visto era una cubana, cantaba muy muy mal. Era artista de variedades o algo así, y bailaba muy bien, pero lo de cantar, sabes cómo te digo, más bien graznidos. Así que a lo mejor no tiene nada que ver la genética. El caso es que Olvido desde muy pequeñita cantaba muy bien. Me acuerdo de ella con tres o cuatro años cantando lo de «Dile», que cantaba Luis Aguilé, y la del partido de fútbol, «por qué, por qué, los domingos por el fútbol me abandonas», y lo más increíble, ¿sabes que se aprendió en francés *Tous les garçons et les filles*? Le había traído yo el disco de la chica esta, la Hardy, y en cuanto lo escuchó unas cuantas veces lo cantaba entero. Y con bastante buena pronunciación.

Laia sonrió. En una de estas conseguiría cortar la fluidez verbal que parecía poseer a Valeria cuando hablaba de su sobrina.

—Era muy rica, una niña preciosa. Y eso que Gadea no le sacaba ningún partido, la traían siempre como de trapillo, a pesar de que yo le compraba muchísima ropa y calzado muy bueno. El calzado sí, que para eso Gadea sí era bastante mirada, siempre decía que los pies había que cuidarlos, pero no le gustaba que llevara vestidos elegantes por semana, ni que le pusiera muchos lazos. Cuando la llevaba a mi casa, ya te digo que era distinto. Ahí la tenía como una princesa.

—Entonces en aquella época vivías en España...

—A temporadas. Desde que nació Olvido empecé a pasar mucho tiempo aquí. Creo que casi iba a París solamente pensando en comprar cosas para ella que no había aquí. Los juguetes más bonitos del mundo, las muñecas más espectaculares, la ropa más fina. Solo que cuando llegaba, le daba un par de regalos solamente, para que su madre no se enfadara conmigo. El resto lo tenía en mi casa y conseguí, a duras penas al principio, porque luego ya lo fue entendiendo muy bien, que guardara el secreto.

—Para la niña tenía que ser un poco complicado, ¿no? ¿Cómo llevaba ella esa dualidad entre la vida modesta que tenía en casa y la que tenía en tu casa como de princesa?

—Pues eso, al principio no muy bien. Quería llevarse a su casa a sus muñecas favoritas, especialmente a las que le traía nuevas. Pero muy pronto entendió que las cosas eran así, que tenía dos vidas, aunque hubo momentos en que no le perdonaba a sus padres esa, cómo podríamos llamarla, austeridad. No entendía del todo por qué ella tenía que renunciar a lo que podía tener sin problemas, y todos los sermones que le soltaban sus padres acerca de la igualdad y la justicia social y todo eso le parecían incomprensibles. Por eso le encantaba estar conmigo. Hablaba siempre en francés con ella en casa, empezó siendo como un juego, en cuanto entrábamos en casa, el idioma oficial, para todo, era el francés, y ella lo vivía con total naturalidad, tanta que aprendió el idioma en nada. Hacíamos muchas cosas juntas, pero sobre todo, para ella, era el espacio donde podía ser Olvido de verdad y hacer todo lo que deseaba.

—Suena como algo parecido al paraíso. No sé lo que pensarían sus padres, claro.

—Sabían la mitad de la mitad. Imaginaban que me la llevaba conmigo y que tenía algunos juguetes, pero jamás habrían podido ni imaginar cómo era su cuarto, cómo era su vida allí. Ella misma aprendió enseguida, a pesar de todo, que tenía dos casas, dos existencias diferentes, dos idiomas, casi dos países.

—Y un poco de esquizofrenia, si me apuras...

—No, no. Ella lo llevaba muy bien, te lo aseguro. Gadea me decía a veces que la estaba malcriando, porque luego en casa, sobre todo cuando era más pequeña, a veces torcía el gesto con la comida que le ponían sobre la mesa, o protestaba cuando tenía que ayudar en casa, pero nada grave. Ya te digo yo que todo lo que le ocurrió no tuvo nada que ver con eso.

—¿A qué te refieres con lo que le ocurrió?

—Lo que vino después. Eso fue culpa de las compañías.

Laia se ahorró el suspiro que nacía en lo más profundo de sí misma. Con Valeria estaba siempre en guardia permanente, y no tenía ni el más mínimo interés en que ella pudiera practicar aquel deporte favorito suyo de leerle el pensamiento, de interpretar cada gesto y deducir a qué secreto juicio correspondía.

—Ya sé lo que piensas. Siempre se culpa a las compañías de todo lo malo que pasa, pero, en este caso, te aseguro que con toda razón. Olvido era una niña feliz y querida, que tenía todo lo que quería. Y con todo, ya ves, ella era feliz con cualquier cosa. Dibujaba, y lo hacía muy bien. Tocaba la guitarra y el piano. En casa teníamos uno que era de Alfredo, aunque él nunca llegó a tocarlo nada bien. Le compré una guitarra que era casi tan grande como ella, y tenías que ver cómo cantaba las canciones de Mari Trini, y las de María Dolores Pradera, y las de Karina. Todo eso tengo que tenerlo en algún cuaderno, porque por aquella época, cuando Olvido no estaba conmigo, yo escribía en un cuaderno, como si fuera un diario, todas las cosas que hacía para que no se me olvidara. ¿Sabes lo que le gustaba muchísimo? Le encantaban las mariquitas, las muñecas recortables. Le compraba todas las que iban saliendo, y la verdad, te confesaré, a mí me encantaba recortar con ella las muñecas y los vestiditos. Colecciones enteras. En cuanto llegaba algo nuevo al quiosco le compraba todas. Y le traía muchas de París, también, aunque las de allí eran un poco distintas. Aquí había unas de una dibujante maravillosa, las Bombones las llamábamos, las de Enriqueta Bombón. Todavía las estoy viendo.

Laia pensó en Emma, y garabateó sobre su cuaderno aquel nombre para comentarlo con ella, que se pasaba horas rastreando mariquitas por internet para luego imprimirlas y archivarlas. Valeria seguía hablando.

—Mientras fue al colegio, porque yo me empeñé en que fuera al San Vicente, no hubo problema, pero luego sus padres no quisieron que hiciera el bachillerato en el

Santo Ángel, dijeron que ni hablar, que no querían criar a una señorita, que fuera al Jimena, y ahí empezó todo, porque se juntó con lo peor de cada casa. En los centros públicos ya se sabe, y me imagino que ahora con tanta inmigración será peor, como la torre de Babel. Entonces no era ese el problema. Pero había otros. Y muy gordos.

Laia hizo un cálculo mental. Finales de los setenta. Transición.

—¿Olvido tenía la militancia política de sus padres? ¿Se metió en líos de esos?

—No, no. La política nunca le interesó demasiado, gracias a Dios. En eso, como en otras cosas, le valió de algo mi influencia. Siempre odié la política, y la sigo odiando. Solo trae problemas. Bien lo sabía Franco, que él aconsejaba a los suyos que hicieran como él, que no se metieran en política, y aunque ya sé que eso (lo adivino por la forma en que estás sonriendo por dentro) te parece un contrasentido, no lo es. La política es el arte de complicar las cosas y terminar por hacer mal lo que podría hacerse bien. A Olvido no le interesó nunca. Yo creo que había visto demasiadas cosas en casa, con sus padres siempre en líos de reuniones clandestinas, y con propaganda que tenían que esconder, y luego todos aquellos amigos que o bien recalaban allí porque acababan de salir de la cárcel, o porque volvían del exilio, o porque estaban preparando una huelga... Eso no era plan para una niña como Olvido, que era muy buena estudiante, y tenía un talento musical extraordinario. Aunque luego lo echara a perder todo de aquella manera juntándose con los que se juntó.

Laia miró el rostro de Valeria, particularmente tenso en los últimos minutos. La geometría de sus arrugas se había hecho más patente bajo las cremas caras, y la amargura y los sufrimientos que sin duda había pasado se abrían paso desde muy adentro para asomarse a la mirada y proyectar, como un disparo de agonía antigua, todo el dolor y toda la pena que sin duda aún la seguían habitando. Si no era la política, en esos años, solo podía ser una cosa.

—Entonces, Olvido...

—Sí, Laia, sí. Mi sobrina Olvido, mi niña bonita, se enganchó a las drogas. Y no sabes qué sufrimiento.

75

En Gijón, miércoles con marea altísima
(y con luna llena)

Ayer dejé de escribir porque tenía que sacar a *Frida* que
estaba volviéndose y volviéndome loca con los ladridos, y
luego me puse de mal humor, porque mientras paseábamos por el Muro llamó mi madre a mi móvil, que se conoce que desde que sabe que va a ser abuela vive una situación que ella califica, no me digas por qué, de
inverosímil y cuando habla conmigo, a fuerza de palabras que se oye decir a sí misma, le da verosimilitud y se
tranquiliza y eso, y no quiero ni contarte lo que es tenerla en la oreja con el móvil mientras *Frida* tira de mí, porque otra cosa no, pero da igual que yo tenga mucho más
volumen general que Laia, cuando yo la saco a pasear es
todo mentira: ella me pasea a mí, no sé cómo hace Laia
para traerla tan a raya, si con nuestro bebé va a pasar lo
mismo, se me ponen los pelos de punta, la verdad. El
caso es que acabará por chiflarme del todo, me refiero a
mi madre, porque lo mismo se lamenta amargamente de
mi recién descubierta condición, de lo que ella llama
Esta Situación, que pasa a detallarme pormenorizadamente sus planes para el bebé, la ropita que tenemos que
comprar, la bolsa para llevar al hospital para el parto, y
no sé cuántas cosas más que a mí, viniendo de ella, me
ponen los pelos de punta. (Van dos veces, lo sé, pero no

voy a tacharlo, que estoy consiguiendo que este cuaderno cada vez tenga menos tachaduras. Ole.)

Además, con el susto del otro día he entrado en pánico primero, y luego, en algo mucho peor que el pánico, porque este es instantáneo: no se puede vivir permanentemente con él, lo que sí tiene una duración y una continuidad angustiosa es la incertidumbre, con picos de pánico de vez en cuando.

Y eso es lo que tenemos ahora, porque el jueves Laia me llamó aterrada desde el baño, porque tenía una mancha. Una mancha. Apenas unas gotas de sangre en las bragas y en el papel con el que acababa de limpiarse. Tenía tanto miedo en los ojos que quise abrazarla, protegerla, salvarla. Luego reflexioné sobre ello y me dio un poco de pavor, porque, por un instante, qué tontería tan gorda, me vi en el rol de hombre/padre protector. Más tarde, cuando ya había pasado todo, lo hablé con Laia, porque nunca se me había ocurrido que podía sentir algo parecido y eso nos llevó a discutir acerca del heteropatriarcado y todo eso que tanto le mola a ella, y yo me alegré de sacar el tema, porque si algo necesita es justamente eso: pensar en otras cosas.

Total, que nos fuimos a toda velocidad a la clínica que nos está llevando todo eso. Ecografía, exploración... Nos tranquilizaron, pero solo a medias. Hay riesgo de aborto. Parece que Laia tiene el útero *un poco* bicorne, y aunque ya lo habían visto en su momento, no creían que constituyera un obstáculo, pero igual sí puede serlo, al menos es algo a tener en cuenta ahora que se han producido esas pérdidas.

Y que reposo. Que tiene que pasar la mayor parte del tiempo tumbada, así que ha tenido que suspender las consultas. He pensado en sustituirla pero dice que no son casos demasiado importantes y que prefiere que me quede con ella. ¡Prefiere que me quede con ella! Ha sido oír esas palabras y me he emocionado muchísimo. Me he preguntado que si en el papel ese de hombre/padre encaja esa sensación, pero me inclino a pensar que igual no. No lo sé. El caso es que ha ido telefoneando a los pacientes para explicarles la situación y sugerirles algunos nombres de colegas. Solo le queda por avisar a una paciente, la mujer que va los martes por la tarde, y me ha pedido que a esa, como no ha podido localizarla, entre otras cosas porque aunque tiene un teléfono móvil suele tenerlo desconectado, se lo diga yo personalmente, así que esta tarde me acercaré a la consulta para hablar con ella. Además tengo que hacer un encargo que me ha hecho Laia.

Ahora, en esta situación, el tiempo parece haberse detenido en esta casa. Yo sigo saliendo a trabajar por la mañana, pero el ritmo es otro. Y es extraño. Es como si la enfermedad hubiera hecho acto de presencia, pero no es la enfermedad, es otra cosa que viene disfrazada de miedo y de ternura, a partes iguales, de ilusión y temor. He traído unos ambientadores geniales que huelen a canela y la casa es dulce. La dulce espera, dicen los cursis, a ver si en el fondo de mí resulta que todos los lugares comunes, las frases hechas, tienen un hueco que estoy dispuesta a cubrir con toda la ñoñez del mundo. Laia se pasa el día en el cuarto, tumbada en la cama, o en el salón tumbada en el sofá blanco, y yo he conseguido desterrar la frase que más he repetido en los últimos tiempos: he conseguido dejar de preguntarle cómo estás, so pena de que me arrojara un libro a la cabeza. Lee mucho, eso sí. Y procura tener música de la que le gusta a ella, pero últimamente también pone mucho a James Taylor y a Jackson Browne, así que algo hemos avanzado, en eso de la confluencia de gustos musicales. Y está preocupada. *Frida* también asiste a este tiempo con la inquietud en los ojos, hay que ver cómo son los perros, entiende todo tan bien que ahora jamás acude a Laia para salir a la calle: se me enreda a mí en las piernas hasta que me ve coger la correa, y entonces se sienta sobre las patas de atrás delante de la puerta esperando formalita hasta que me despida de Laia preguntándole doscientas veces si se encontrará bien, asegurándome de que llevo el móvil con batería por si me llama. Sé que soy una pesada. Soy una pesada. Llevo tan lejos la cosa esa de la paternidad que cualquier día Laia montará en cólera de no ser porque parece que las fuerzas la han abandonado por ahí. O que prefiere reservar la energía.

Ha llamado a sus padres para contárselo. Yo los vi solo una vez cuando fuimos a Barcelona hace unos meses y me parecieron encantadores, así que no puedo entender del todo esa frialdad en el trato, esa lejanía. Que pasen semanas sin que hablen por teléfono, por ejemplo, y meses y más meses sin verse. Curiosamente desde que está embarazada ha retomado la relación con ellos en términos mucho más lógicos. Ella dice que no se reconoce.

Así que aquí estamos. Viendo cómo pasan estos días maravillosos de principios de verano: contemplando cómo sale el sol por Somió tan temprano que da la sensación de que la noche es un hilito oscuro en el transcurrir del tiempo, desayunando juntas antes de irme yo a trabajar, llamando a Laia varias veces a lo largo de la mañana, corriendo como una loca para volver a su lado, acompañándola por las tardes, dejando que el sol se oculte despacio por el Cerro y entre los depósitos de la Campa Torres.

Hay otras rutinas que no detallo aquí. Las que practica Laia cada vez que va al baño y observa cuidadosamente las posibles (y de momento inexistentes) manchas mientras yo aguardo con la respiración contenida y sin decir una sola palabra, haciendo como si la vida tuviera el detalle de dejarnos escribir la historia, *te callas y el miedo, feroz, cose tus pestañas. Te roba el tiempo y lo guarda en una caja...*

76

Volví a despertarme gritando, pero es que no puedo sopor-
tar el terror que me proporciona esa sonrisa, esos dientes
perfectos, ese gesto que parece tan amigable. Él se apoya en
el quicio de la puerta, y, aunque no le veo las manos, sé que
está fumando, y me recuerda tanto a Onel. Tanto. En ese
momento pienso que es imposible, porque está muerto, pero
como tengo una ligera consciencia de que es un sueño, me
digo que qué más da, que en los sueños se cruzan los cami-
nos de los vivos y de los muertos, y vuelvo a pensar que no,
que no es Onel, que ojalá lo fuera, a pesar de todo, es mucho
más terrible, está ahí para que mi vida sea miedo y locura, y
esta culpabilidad que solo me cuento a mí misma, esta cul-
pabilidad que sé que no tiene perdón, por eso no puedo abrir
el sobre, porque sé que, incluso aunque Gadea pudiera per-
donarme, nada hay ni en este mundo ni en el otro que aleje
de mí este sudor frío de las madrugadas, este terror de ver su
sonrisa, la que nunca pude llegar a ver, de ver su gesto mi-
rándome, que parece que sí, que es hasta con cariño, pero yo
sé que no, por la memoria, porque tiene que haber guarda-
do en la memoria, los espíritus recuerdan, tienen que recor-
dar, y además lo saben todo. Volví a despertar de madruga-
da gritando sin voz, que es lo peor de todo, te raja la
garganta como si te degollaran, el dolor de ese grito que no
sale, que se queda ahí y es un cuchillo, pero cómo no el es-
panto, cómo no la voz que rasga, si cuando ya había acu-
mulado suficiente pánico, aún me aguardaba otra imagen

terrible: la peor de las caras de Olvido, pálida y mortal, apareciendo justo detrás de él, en la puerta. Mirándome también, sin sonreír. Y el modo en que ambos se giran, y se marchan. De la mano.

77

—Valeria. Soy Valeria.

Emma oprimió el botón del portero automático para abrirle la puerta del portal, y aguardó a que el ascensor se detuviera de forma casi inmediata en el primer piso. Había llegado con tiempo a la consulta de Laia. Era un espacio que no formaba parte de la geografía de su relación, tal vez porque el laboral era un reducto que ambas defendían como espacio propio. Era muy raro que Emma acudiera a la consulta para recogerla, o para acompañarla. Más raro aún era que Laia visitara a Emma en su trabajo, así que si hacía memoria seguro que le sobraban varios dedos de la mano para contar el número de veces que algo así había sucedido en una u otra dirección. Por tanto, entrar en la consulta le había producido una sensación difícil de expresar, como si de pronto descubriera una parte absolutamente desconocida de Laia. Como si hubiera abierto una puerta a una dimensión inédita, protegida por un hermetismo que, aunque involuntario, cerraba cualquier posibilidad de introducirse en ella. Para empezar el olor. Olía a manzanas en cuanto abrías la puerta, pero en el despacho ese olor se mezclaba con otro más sutil, indefinible, como si aún quedaran restos del perfume de Laia. Que quedaban, claro. Lo supo en cuanto vio colgadas de la percha de pie algunas prendas suyas: un sombrero de fieltro que se había puesto mucho ese invierno, muy años veinte, un fular morado, una chaqueta de lana. Todo tenía su olor y Emma se descubrió a sí misma aspirándolo con la misma fruición que pondría un amante abandonado. El enorme retrato de Virginia Woolf. Los otros más pequeños de Roseanne Barr, de Zelda Fitzgerald, de Simone de Beauvoir desnuda ante un espejo, de varias sufragistas inglesas anónimas, arrastradas por la policía, de una Hanna Arendt jovencísima, de Silvia Plath. La colección de benditeras, muchísimos libros en las estantería, muchos más de los que ella imaginaba que podía tener Laia y desde luego bastantes relacionados con la profesión que ni siquiera conocía, y que sin duda alguna debería conocer. Algunos cachivaches diversos, como juguetes de lata, cajitas, portavelas. Una foto sobre la mesa en un marco de madera, un *selfie* de los que se hicieron en los primeros momentos de la relación, riendo, haciendo muecas. Muchos bolígrafos, rotuladores de colores, lápices, en un enorme tarro de cristal. Un ordenador de sobremesa que casi seguro que Laia no usaba porque iba con la tablet y el portátil a todas partes. Tuvo tentaciones de abrir el cajón archivador de la mesa donde seguro que estarían los historiales de los pacientes, o cualquier otro cajón, o curiosear en las notas de un cuaderno que había sobre la mesa, pero a cambio abrió el balcón para asomarse y respirar la tarde de verano y el remanso de alborotado sosiego que era la Plazuela a esa hora en que empezaban a aparecer los primeros niños que quebrarían sin duda la somnolencia de los ancianos sentados en los bancos.

Había sido entonces cuando sonó el timbre y tras un minuto o dos, Valeria abrió la puerta del ascensor. No había podido reprimir el gesto de sorpresa al comprobar que había otra mujer en la puerta en lugar de la ya familiar imagen de Laia. Que estaba obligada a quedarse de reposo en casa, le había dicho. Que sí, que efectivamente, que había tenido una amenaza de aborto. Que creía que en cuanto se estabilizara, cuando pasara el primer trimestre, podría volver a trabajar. Que lo sentía, claro, que ella también era psicóloga y sabía que los procesos terapéuticos exigen una continuidad. Que Laia le había dejado algunas recomendaciones de otros profesionales por si quería... Que ya, que ya entendía que era con ella con quien quería hablar. Que no obstante tenía que entregarle algo de parte de Laia. Un cuaderno, sí. Que también había una nota. Que sentía mucho que hubiera ido hasta allí, pero que no habían podido dar con ella, y que de todas formas Laia decía que los martes los dedicaba a hacer más cosas por Gijón. Que si le daba un número de teléfono Laia la llamaría. Que sí, que los móviles eran una lata, sí, pero a veces era útil llevarlos encendidos. Que su nombre era Emma, y que sí, que era la... que era una amiga de Laia. Que encantada, y que sentía las molestias, que en cuanto Laia tuviera en su poder el número la llamaría, y que buenas tardes.

78

Ha sido por segundos únicamente, pero Valeria, que ha vuelto inusualmente pronto, ha estado a punto de pillar a Feli husmeando en uno de los cajones del mueble librería de cerezo, donde ha descubierto algunas libretas vulgares, con muelle, garabateadas todas ellas, aunque no se ha parado a leerlas, y una moleskine que tiene pinta de ser muy antigua. Afortunadamente, llevaba una bayeta en la mano, con lo cual no ha sido difícil componer el gesto de estar limpiando concienzudamente el mueble agachada como está. Valeria parece sorprendida de encontrarla allí, y apenas escucha las disculpas de esa chica a la que conoce de ver por la residencia, y apenas distingue del resto de las eficientes trabajadoras que para ella tienen una inequívoca condición de transparentes. La chica enrojece ligeramente y se disculpa, le dice que ya estaba terminando de todas formas y que solo le queda poner toallas limpias en el baño. Valeria no contesta y se sienta sobre la cama para quitarse los zapatos. Feli le pregunta si necesita alguna cosa, que ya ha terminado, y en un principio la anciana niega con la cabeza, pero de pronto parece acordarse y le dice que ha olvidado comprar un bolígrafo, que si podría traerle uno que escriba bien, que tiene unos cuantos, pero que no hace vida de ellos. Y es que acaba de sacar la bolsa que le ha dado Emma y, aunque sabía que lo que contenía era un cuaderno, es solo en este preciso momento, cobijada por las paredes y los objetos que forman parte de su vida y de su historia, en versión reducida, concentrados únicamente en aquella habitación, cuando siente que escribir, como le ha dicho Laia que escriba en la nota que acompaña el precioso cuaderno de tapa dura con solapa, páginas blancas y cubierta con una ilustración de Monet y su firma manuscrita, es lo que más desea en este momento. Para ello, ha tenido que superar, en parte al menos, el mal humor que le genera siempre la existencia de cualquier contrariedad, y que Laia no estuviera en la consulta para escucharla hablar durante una hora es una decepción que la entristece y la saca de sus casillas. Se ha sorprendido mientras volvía en el tren, con pensamientos antiguos, un malestar casi olvidado, y descubre que ese tal vez es el origen de lo otro, la contrariedad, que las cosas no sean como una había planeado, o como esperaba, y vuelve entonces la imagen de su padre agonizante, aquella frase dicha desde la frontera, antes de cerrar definitivamente la página final de su historia en la tierra: Tienes que aprender a ser feliz, Valeria, no pierdas el tiempo enrocándote en las contrariedades, cuando se cierra una puerta, con el golpe, se abren ventanas, pero si estás mirando con rencor la puerta cerrada, jamás las verás. Y como cada vez que piensa en esa frase, le vuelve el dolor antiguo, el de la muerte, pero imponiéndose a él, ese otro dolor, el de los pucheros de Gadea con la mano cogida de su padre, a ella solo le dijo, te quiero tanto, hija mía, y su madre entonces rompió a llorar a gritos, como si la desgarraran por dentro, un llanto intempestivo, impropio de ella, que tan cuidadosa era a la hora de mostrar sus emociones, tan dada a mantener el gesto imperturbable. No me dijo que me quería, repite machaconamente en su cabeza, a Gadea le dijo que la quería, a mí solamente me riñó, aunque sabe que no es así, que no la reconvenía, que trataba de darle una clave para que dejara de tener el corazón mustio y la mirada turbia, ni por esas, ni en ese momento pudo decirme que me quería, y a Gadea sí se lo dijo.

Feli se queda en la puerta, que estaba entreabierta, con el bolígrafo en la mano. Ha tocado suavemente, pero Valeria permanece recostada sobre los almohadones que un rato antes ella ha ahuecado escrupulosamente. Puede que se haya quedado dormida, y no sabe si dejárselo en la mesilla de noche, o esperar. Así, con los ojos cerrados, parece imponer menos. Tiene el pelo perfectamente peinado, y su ropa parece siempre recién estrenada, posiblemente porque lo es, pero hay algo de desamparo en ese gesto, y, por primera vez, Feli siente una extraña piedad por ella. Por primera vez piensa que tiene que ser duro, incluso para alguien como Valeria, llegar a la vejez, asomar la nariz al otro lado, saber que se está tan sola para dar ese paso, y tan sola para afrontar los últimos años, los últimos meses. Cómo será ese tiempo, de qué forma se aferrará uno a los días, con qué mentiras se harán planes para un futuro que se sabe que no existe. Feli vive rodeada de la desesperanza de la vejez, y solo ahora, mirando a Valeria acurrucada en la cama, sus pies huesudos bajo las medias, la falda dejando ver una de sus rodillas, los brazos cerrados en torno a sí, solo ahora contemplando la profunda indefensión de una mujer que no ha sido capaz de suscitar ninguna simpatía, o tal vez por eso, Feli siente por primera vez un atisbo de ternura.

79

En Gijón, con sol, verano al fin, y es jueves

Estos días están sirviendo para que la relación se forta-
lezca. Digo yo que será eso y no otra cosa esta forma en
que el malestar, el miedo, la angustia de Laia entran en
mí y en una suerte de proceso, yo diría que alquímico, se
transforman en diligencia, en absoluta eficacia. Yo. Yo
que he sido siempre la débil, la que siempre acababa diciéndole a Laia, anda, por favor, ábreme este tarro de
mermelada, y Laia con paciencia infinita volvía a decirme una y otra vez, serás torpe, mira, se le dan unos gol-
pecitos en la tapa y, ves, clac, ya está. Yo, que siempre me
he refugiado en la fortaleza de Laia, en su serenidad, en
su forma de resolver todo, de no equivocarse jamás
cuando conduce, que si hace caso a mis indicaciones ter-
minamos perdiéndonos en mi propia ciudad. Pues yo
misma soy ahora la fuerte, porque Laia, aunque no lo
diga, y a veces incluso lo hace, está muerta de miedo.

Y esa fortaleza no se traduce únicamente en la capacidad que he adquirido de repente para solucionar todas
las cosas que antes o se me hacían cuesta arriba o simplemente eludía por pura comodidad. También para cal-
mar esos arrebatos de malhumor que yo imagino que se
deben a la explosiva mezcla de su revolución hormonal y
la preocupación y que a veces la convierten en una especie de niña del exorcista, que si no fuera porque sé lo que

es (y porque la quiero con locura, qué coño) creo que la dejaría con su colección de borderías y me largaría con *Frida*. Pero no. Sé dónde estoy, qué quiero, quién soy, y de qué va todo esto. He asumido mi papel en esta historia y aquí estaré: manteniendo la casa ordenada como le gusta a ella, procurando que no falte en la nevera ninguna de las cosas bio que ella se toma, preguntándole cómo se encuentra solo lo justo (esto, reconozco que es lo que peor llevo), escuchándola cuando quiere hablar aunque gran parte de su discurso se haya vuelto monocorde y tenga que ver con la ingente información que acumula en sus navegaciones por internet en busca de cualquier experiencia, opinión, estudio, comentario o foro acerca de su situación. Con ella.

Al principio, los primeros días me costó asumir el nuevo escenario en que nos movemos, no por el hecho de que me resultara complicado entender mi nuevo rol de mujer fuerte, fiable, resolutiva. No. Con todo, eso fue lo más sencillo. Lo que resultó muy chocante y me tuvo un poco ~~rallada~~ confusa durante unos días fue esa sensación de que el tiempo se hubiera detenido. Laia ha decretado que los relojes han dejado de marcar las horas, y vivimos en una especie de *impasse*. Eso. Un *impasse*.

Lo que quiero decir es que un día, yo creo que un par de días después de El Susto, por hacer algo, y porque creí que a lo mejor a Laia le hacía ilusión, me puse con el baúl. Había estado pensando por la noche que después del estropicio que había hecho Laia con el papel con que tan cuidadosamente yo había forrado el interior, quizá lo más lógico era arrancarlo todo y empezar de nuevo, solo que esta vez, y para ello venga a documentarme viendo videotutoriales en youtube, abordaría la tarea con tela. Y allá que me fui yo a una tienda de telas, que reconozco que son mi perdición, porque empiezo a verlas y me compraría todas, algún año de estos, a pesar de mi proverbial e impenitente torpeza, aprenderé a hacer *patchwork* y a coser a máquina, y para cuando se dé esa circunstancia, porque otra cosa no, pero previsora mucho, ahí voy comprando cachitos de tela que me gustan y haciéndome tableros de Pinterest con todos los *quilts* que me gustaría hacer, que son muchos, ya lo sé, ya lo he calculado, y, aunque me pusiera ahora mismo, me convirtiera en la *recordwoman* mundial de elaboración de colchas y toda clase de labores hechas con pedacitos de tela, y además consiguiera vivir (y ver) unos doscientos años más, no lograría terminar ni la cuarta parte. Pero aparte de previsora, soy muy optimista, y, mientras lo pienso, lo planifico y acumulo modelos, me siento bastante feliz. Aunque a Laia le cueste entenderlo.

Ya me he perdido. Que decía que fui a comprar unas telas y una guata para hacerlo un poco acolchadito, porque mi intención era empezar a preparar ese baúl para el bebé. Primero con sus cosas: sus mantitas, sus toallas, los juegos de cuna y toda esa parafernalia que yo tenía la sensación de que formaban parte del elemental ajuar de un recién nacido, y más tarde para que ese fuera su cofre de tesoros. Un poco grande, ya lo sé, pero es que en mi ánimo, y si Laia no lo remediaba, estaba la firme decisión de comprarle tantos juguetes y tantos libros que se le iba a hacer pequeño en un pispás. En esas andaba mi pensamiento, así que me puse a la tarea en la galería mientras Laia dormitaba en el sofá: se había quedado adormilada con una novela de Murakami (no. No haré comentarios), pero abrió los ojos cuando se me cayó parte de mi instrumental al suelo con gran estrépito. No sé si por el susodicho estrépito y la brusca vuelta a la realidad, o por el hecho en sí, la cosa es que se puso como un basilisco (de tanto oír a Gomaespuma y sus gracias, ahora siempre me queda la duda de si se dice basilisco u obelisco, y digo indistintamente las dos, espiando el gesto de Laia, pero sigo sin salir de la duda —ya, ya sé que bastaría con mirar Google, ya lo sé, pero siempre lo pienso cuando tengo otras cosas en las manos y luego se me olvida— porque ella, como da por hecho que es una broma mía, ni se inmuta con ninguna de las dos), que cómo se me ocurría, que estaba segura de que ese baúl había albergado a un hombre muerto, y que cómo quería dedicarlo para el bebé, y que si no era consciente de que tenía una sombra de amenaza planeando sobre su cabeza, y que qué poca delicadeza por mi parte.

Ya digo, porque está como está. Porque yo he asumido mi papel, lo que, por cierto —y esto sí que no se lo comento, porque montaría en cólera y no creo que eso sea nada bueno—, me lleva por una vez en mi vida a comprender a los pobres padres *in progress* que se ven en esta situación. No es nada fácil, lo juro.

Menos mal que cuando las cosas están mal, siempre pueden empeorar, y estos días el empeoramiento viene de la mano de mi madre, que se nos presenta aquí cada dos por tres con la excusa de traerle a Laia que si una compota, que si un *tupper* con arroz con leche, que si albóndigas, o un bizcocho y unos tarros de mermeladas exóticas que no sé de dónde saca y que, la verdad sea dicha, son maravillosas. Ella llega, deja las cosas en la cocina y se nos sienta en un sillón y empieza a hablar por los codos. Después de aquella primera conversación, todo se ha asumido de una forma tan natural que creo que tiene que haber alguna trampa en cualquier lado, aunque aún no consigo saber dónde está. Nos cuenta cosas de mi padre, que si no hay forma de levantarlo del sofá, todo el santo día viendo Eurosport, de mi hermano, que por lo visto ahora le ha dado por que quiere que lo cojan para un programa de esos de la tele, de los de cantar o algo, de sus vecinas de la urbanización y las extrañas y secretas competiciones que se traen con los rosales, de su grupo de amigas, con especial hincapié en los comentarios de las que son abuelas acerca de sus nietos. Laia de vez en cuando cierra los ojos, pero en general trata de sonreír amablemente, eso sí, sin pasarse otorgando una confianza que se traduzca en más y más cháchara.

Pero esta tarde a mi madre le ha dado por sacar de una bolsa unos ovillos de lana de color blanco, posiblemente mohair y unas agujas y se ha puesto a tejer. Al principio Laia no pareció prestarle mucha atención, pero en una de estas mi madre comentó que estaba haciendo una chaquetita para nuestro bebé, y entonces Laia como impulsada por un resorte se levantó y se fue al baño y unos segundos después sus hipidos y sus sollozos traspasaban la puerta y yo me he asustado. Como está tan rarita pensaba que se le habían desatado las hormonas combinadas con esa tendencia a manifestar unas actitudes supersticiosas hasta ahora totalmente inéditas, pero no, no era solo eso, entre gimoteos, cuando me abrió la puerta me contó que volvía a tener pérdidas y estaba aterrada. Y como un presagio, con este don de la oportunidad que me proporciona escuchar tantas canciones me vino a la cabeza la voz de Nena Daconte: *Tenía tanto que darte, tantas vidas que contarte, tenía tanto amor guardado para ti...*

80

Hazlo como si me escribieras una carta, dices, pero una carta muy larga, que no es necesario terminar en un rato. Hazlo como si hablaras conmigo en la consulta, repites, no te preocupes por el estilo, ni por escribir bonito, simplemente cuenta como si hablaras...

Pero no sé yo si sabré hacerlo así, porque a mí siempre me enseñaron cómo se escribían las cartas, con sus abreviaturas y sus fórmulas de saludo y de despedida, y la cortesía de esperar que por la presente estéis todos bien de salud quedando nosotros también bien gracias a Dios. Las monjas decían que podía ponerse g.a.D., que significaba lo mismo, pero a mí, como me encantaba deslizar la pluma por el papel, especialmente el papel bueno que tenía mi padre en el despacho, lo que él llamaba recado de escribir, no me importaba escribir completo todo y olvidarme de aquello de s.s.s. (su segura servidora), que esto tuve menos oportunidades de hacerlo, porque mis cartas fueron en su mayoría familiares, las que escribía a mis abuelos maternos, que mi madre nos decía que había que escribirles una carta cada cierto tiempo para que tuvieran noticias nuestras. Entonces no había teléfono en todas partes, y en cualquier caso, aunque lo hubiera, que nosotros sí teníamos, y mis abuelos también porque tenían una botica, el teléfono no se usaba para hablar. Entonces se escribían cartas. También nos obligaban a escribirle al abuelo Honorino y a la abuela y al tío

Clemenciano, no me digas por qué, ya me contarás qué ganas podía tener él de recibir una carta con cuatro frases (cuatro letras, que se decía como fórmula) de un par de mocosas que decían únicamente que me porto bien, obedezco a mis papás y en el colegio las hermanas nos enseñan muchas cosas, y muy poco más. A la tía Inés, la monja, le escribíamos solo para felicitarle las Navidades. También le escribí cartas a mis padres y a Gadea cuando me casé y me marché a vivir a París. Esas eran muy descriptivas, porque les contaba cómo eran las calles y los escaparates y los monumentos que había visitado y les ponía algunas palabras en francés para que vieran que ya me iba haciendo a la vida allí. Me gustaba que pensaran eso, que yo ya me había ido y tenía una vida, y por eso a veces mencionaba cosas sin decir qué eran, y sabiendo que ellos no iban a saber a qué me refería, como al desgaire, para demostrarles lo dueña que era de lo que me estaba pasando lejos de su protección y gobierno. Luego, cuando recibía las suyas: sobres gorditos con tres cuartillas al menos, una de mi madre, con su letra picuda y todos los formalismos que ella misma me obligaba a incluir a mí en mis cartas de niña, para limitarse a decirme que por allí todos bien g.a.D., aunque los tiempos eran difíciles, pero el Caudillo estaba haciendo que la patria volviera a ser lo que siempre había sido, pese a los muchos enemigos, y hablaba de apretarse el cinturón, aunque yo sabía que en nuestra casa la situación, que para algo servía tener algo de dinero a la hora de comprar productos de estraperlo, nunca había sido tan desesperada. Lo peor estaba pasando ya cuando yo me fui y aunque llegué a un país con sus propios problemas derivados de la ocupación alemana y todo lo que vino como consecuencia, mi madre siempre daba por hecho que yo estaba muy bien. Sería, claro, porque mi intención con aquel grado de desenvoltura que yo aparentaba era justamente esa: me había casado con un triunfador, con un tipo de magnífica familia, y nos paseábamos por Europa, incluso la Europa arrasada por la guerra, como triunfadores. A ver si por una vez mi padre aprobaba lo que yo hacía. Pero no. Mi padre se limitaba a escribirme unas cartas que me costaba mucho trabajo leer, porque los médicos ya se sabe cómo escriben, en las que me recomendaba que cuidara de mi salud y que fuera feliz. Qué tontería eso de ser feliz. Mi padre siempre lo decía y desde que se murió Onel se convirtió en una especie de jaculatoria, venga a repetírmelo, como si a mí mi madre no me hubiera dicho hasta la saciedad que eso de ser feliz es tan imposible como que llueva hacia arriba. A veces podemos tener el espejismo de que sí, de que somos felices, pero apenas dura un segundo. La vida, y eso está bien aprenderlo desde pequeña, es un valle de lágrimas y hemos venido a sufrir. No hay más que revisar la historia, la historia general, o las vidas de todas las personas que conocemos. Ser feliz es imposible porque siempre hay alguien que lo estropea. Siempre. Pero mi padre erre que erre, eso y la salud. Y luego estaban también las cartas de Gadea, en el mismo sobre que las de mis padres, y en ellas, con su letra redonda e inconfundible de letras gordas que tan poco les gustaba a las monjas porque decían que era muy poco elegante, me informaba de las novedades de Gijón y de mis amigas, que por cierto tampoco se puede decir que me demostraran mucho su amistad a través de la comunicación epistolar. Más bien poco, la verdad. Mi hermana me informaba de noviazgos, de anuncios de boda y siempre mencionaba a alguna amiga suya, un lío de nombres porque cada vez había nombres nuevos que se iban sumando al catálogo de amistades que siempre pulularían en torno a ella. Gadea se interesaba por mis cosas, me preguntaba si estaba contenta (mira, menos mal que no se ponía también pelma con lo de utilizar la palabra feliz) y si me divertía, y entonces en la respuesta yo trataba de explicarle que era una persona adulta y casada, que no sé qué entendía ella como diversión, pero que estuviera segura de que iba con mi marido a restaurantes, y a cafés, y a salas de fiesta, que íbamos al cine algunas veces y que simplemente pasear por París era un espectáculo, que eso es lo que tenían las grandes ciudades, que en cuanto las pisabas te dabas cuenta de que habías vivido en una aldea. A Gadea eso no le gustó nada, y me contestó muy rápido diciendo que a ella Gijón le parecía una ciudad preciosa y que no creía que tuviera nada que envidiar a ninguna otra capital del mundo. Por cosas de esas yo sabía que mi hermana jamás sabría lo que era el refinamiento, ni nada que se le pudiera parecer.

Por mucho que tú digas, Laia, esto no es una carta, es distinto. Es un cuaderno, y se parece más a los muchos diarios que he escrito en mi vida, desde que me regalaron uno cuando hice la primera comunión en la iglesia de San Lorenzo. Entonces tenía dos pináculos que la convertían, junto con el rosetón, en algo bastante parecido a una catedral. Y además tenía un órgano impresionante, decían que no había ninguno en toda España tan bueno, a no ser en Sevilla. Como tantas cosas, los pináculos desaparecieron cuando la guerra y ya la dejaron como está ahora, con esas torres chatas que me hacen añorar la imagen tan distinguida que tenía entonces, cada vez que paso por ahí. El diario me lo regaló una amiga de mi madre que era un poco rara, mi madre decía que era extravagante, así la denominaba, porque escribía poesías y a veces se las recitaba cuando iba a verla. Pobre, luego supe que cuando la guerra se enamoró de un miliciano que solo le trajo desgracias y acabó olvidada por todos, empezando por el miliciano al que mataron de unos cuantos tiros en la calle Los Moros, dicen que si por una venganza, y medio loca, nunca más volví a verla porque ya no fue por casa, pero mi madre que era buenísima y muy caritativa le hacía llegar algo de comida algunas veces. Pero antes de eso, antes de la guerra y de todos los desastres, la vida era lo suficientemente feliz como para que a una niña le regalaran un diario con las tapas de terciopelo y las hojas preciosas de un papel satinado, que si te descuidabas la tinta se corría y había que esperar. La mayor parte de esos cuadernos han desaparecido, pero conservo algunos, un día me dio por sacarlos del fondo de un cajón donde aún los tengo y no podía acordarme de nada de lo que se contaba allí. Ni siquiera me reconocía, ni sabía por qué decía lo que decía. Eran trivialidades, todo hay que decirlo, excepto uno que escribí cuando se murió Alfredo, que parece mentira, no voy a decir que lo quisiera con locura ni nada de eso, pero me había hecho mucha compañía a lo largo de muchos años, y aunque sé que él seguramente tuvo alguna amante, con quien siempre estuvo fue conmigo, y no se marchó con ninguna de ellas, y quieras que no, eso de tener a alguien y de pronto quedarte sola me dejó muy mal. Como si me hubiera desaparecido cualquier protección, porque él se encargaba de todas las cosas, y de pronto yo tuve que hacerme a la idea de tener que pelear con bancos, y con papeles, y con todas esas cosas que nunca me habían preocupado. Convertirse en viuda es más que perder al marido, es como si de repente te convirtieras en dueña de tu vida sin desearlo, porque yo nunca tuve esa necesidad que dicen algunas mujeres que tienen de sentirse independiente ni nada de eso. Para qué. Yo estaba muy bien con Alfredo, a nuestra manera éramos felices, pero se murió y me encontré con menos de cincuenta años y viuda, y entonces me dio por escribir, y cuando escribes, aunque sea un diario, transformas la realidad, porque si ahora leyera esas páginas me daría cuenta de que a lo mejor por la pena, o por la soledad, o por lo que fuera, yo escribía cosas de Alfredo que realmente no eran así. Lo idealicé. Hablaba de nuestro matrimonio como de un tiempo feliz y romántico, pero supongo que por algún sitio tenía que canalizar lo sola que me sentía. También hay páginas en las que sentía un odio feroz, un resentimiento que tendrá que ver con otras cosas que me pasaban, porque tampoco lo entiendo del todo: recuerdo haberle acusado de haberme robado la juventud, ya ves qué tontería. Sería la pena.

Así que voy a intentar escribir aquí todo lo que pueda, Laia, y como tú dices, cuando vuelvas a la consulta, te lo llevaré, y lo leerás y será como si hubiéramos estado hablando. No me disgusta escribir, ya te digo, y a lo mejor no es mala idea, aunque me duelen un poco los dedos, y mi caligrafía deja mucho que desear. El médico me dijo el otro día que tengo principios de artritis, pero no está mal que sean solo principios, si tenemos en cuenta mi edad. Así que voy a seguir.

Escribir aquí es fácil, porque hay mucho silencio, porque mi habitación está en una planta tranquila, afortunadamente, y no hay problema con que haya gente que entre y salga. Y además, por primera vez, le doy uso al secreter desde que estoy aquí. No me gusta demasiado relacionarme con la gente de la residencia, no hay mucho donde escoger, la verdad, pero tampoco me gusta estar todo el tiempo en la habitación, siento que me asfixio si paso demasiadas horas aquí, y aunque pongo la tele, termino por aburrirme y sentirme como un león enjaulado. Ahora, escribiendo, es distinto.

También me pregunto si tendría que empezar por orden a contar mi vida desde el principio, pero las sesiones contigo han sido tan caóticas (no lo tomes como una crítica, ya sé que hemos seguido el hilo de los recuerdos allá donde nos haya llevado) que sé que hay cosas que ya te he contado y no querría volver a repetirme. Así que seguiré el mismo procedimiento, y escribiré según se me ocurra. Por ejemplo, ya que te he contado cómo me sentí cuando se murió Alfredo, también podría recordar más cosas de aquellos días, de la enfermedad que tuvo el pobre, un cáncer de pulmón que anduvo arrastrando un tiempo hasta que ya no se pudo hacer nada. Entonces si tenías cáncer estabas condenado a muerte, no era como ahora, que te operan, y te ponen quimioterapia y vas tirando. A él se lo vieron en París y ya le dijeron que la

cosa era fea. Ni tres meses duró, y de ellos la mayor parte
del tiempo estuvo entrando y saliendo del hospital, aquí,
porque quiso venir a Gijón, y entonces ya cerramos la
casa de París y nos trasladamos. Él trató de arreglar cosas, de dejar los negocios más o menos resueltos, de ven-
der alguna sociedad para dejarme a mí con un buen dinero y sin preocupaciones. Su familia se hizo cargo de la
mayoría, y mi cuenta del banco engordó y se diversificó
en plazos fijos, en fondos, en no sé cuántas cosas de las
que yo no había oído hablar jamás y que él trataba de
explicarme en el tiempo en que yo estaba allí a su lado en
la clínica. Alguna cosa entendí, lo justo para que mi ase-
sor no tuviera que dejarme por imposible después. Pobre
Alfredo, ahora lo pienso y me doy cuenta de lo triste que
es la vida, del poco sentido que tiene. Alfredo se mató a
trabajar, a hacer las cosas bien, a colaborar para que España saliera adelante, que con la ruina en que nos quedamos tras la guerra no fue fácil. Y haciéndolo todo bien,
y no como otros que muy adictos al Régimen, pero bien
que se llevaron dinero fuera, que cuando el Caudillo
sacó a la luz la lista de los evasores, hubo sorpresas con
algunos que parecían muy partidarios, y se les llenaba la
boca con la patria y luego mira. Alfredo no. Alfredo ahí
estuvo, peleando para sacar adelante sus empresas y a su
nación, y total no disfrutó nada. Con menos de sesenta
años se fue, no me digas a mí. Conmigo siempre se portó
bien, no me contaba nada de sus problemas, ni de casi
nada, para que yo no me preocupara, y siempre estaba
dándome dinero para que me comprara cosas bonitas.
Cuando falleció me encontré con que necesitaba decirle
muchas cosas y por eso escribí aquellos cuadernos. Me
desahogué escribiendo y le dije lo que nunca le había dicho mientras estuvo vivo. No he querido volver a leerlos
porque a lo mejor me encuentro con que no me reconozco, ahora que ha pasado el tiempo, tal vez no sea tan in-
dulgente con su recuerdo, pero da igual. Lo que quería
decirte es que esa época fue de las que más escribí.

También escribí mucho durante la guerra, pero esos cuadernos se perdieron. Nozaleda era un aburrimiento enorme y a mí no me gustaba nada porque olía a estiércol (lo que se rieron de mí porque un día dije estiércol en lugar de cucho. Hasta mi madre se rio, que eso sí que no pude entenderlo, aunque ahora lo pienso y a lo mejor era por congraciarse con la familia de mi padre, a los que, por cierto, les tenía una enorme antipatía que yo heredé) y porque todo era, no sé cómo decirlo, como pobre. No tenían ni idea de los adelantos de la ciudad, y, aunque la casa era grande, en invierno hacía un frío que pelaba, porque entraba aire por todas las rendijas. Y había que ir a la iglesia todos los días para rezar el rosario, porque el abuelo Honorino decía que a rezar, a la iglesia, y los intentos de mi madre de rezarlo en casa y de mis tías fueron rápidamente neutralizados. Ni por el hecho de que estuviera en casa, porque habían cerrado el convento por la guerra y eso, mi tía Inés, que era monja, pero iba vestida sin hábito, con ropa de mi tía Servanda, y con una pañoleta en la cabeza para que no se viera que tenía el pelo corto de las monjas, que lo pienso y me parece una tontería, porque en el pueblo todo el mundo lo sabía y además allí en Nozaleda no importaba tanto significarse como católicos, no era como en la ciudad, y la iglesia de allí ni la quemaron ni nada. Pero yo me aburría mucho y escribía sobre el aburrimiento, sobre lo mucho que detestaba a mi familia paterna, y lo incomprensible que resultaba mi abuelo, de lo pesada que era mi abuela, todo el día lamentándose, y de mis tías que no hacían otra cosa que limpiar y limpiar, y mi tía Inés, además, confesarse diariamente con mi tío abuelo Clemenciano, que mi abuelo se ponía malo cada vez que la veía que iba a la iglesia a la misma hora. Todos los días le preguntaba a dónde iba y todos los días contestaba ella lo mismo, que a confesarse y todos los días mi abuelo decía, pero *neña*, si no tuviste tiempo a pecar. Lo único menos malo era cuando venía mi padre, porque entonces, alguna vez venía Onel, siempre de noche, y aunque no era tan divertido como antes, porque tenía siempre el ceño fruncido y venía vestido como si fuera un miliciano, siempre nos hacía fiestas. Sobre todo a Gadea. Mi padre siempre nos decía que no podíamos decirle a nadie que había estado allí Onel, y la verdad es que allí en casa todos lo querían mucho: por lo que sé, desde siempre había sido casi como de la familia.

Y aun así, ya ves, fueron los culpables de su muerte.

Yo fui la culpable.

Sé que al leer esta frase habrás pensado que es de esto de lo que va el sobre y el perdón al que hace referencia Gadea. Tendrías motivos para pensarlo, porque siempre que ha salido el tema de la muerte de Onel he pasado de puntillas cuando no he cambiado de tema directamente. Pero no. Me temo que el pecado, el crimen que está relacionado con ese sobre es otro. Y también sé que no falta mucho para ser capaz de confesarlo.

A Onel lo cazaron como un conejo al final de la guerra. La víspera de entrar los nacionales en Gijón volvimos a casa, ya no había peligro de bombardeos y, como los rojos huían donde podían, casi era más peligroso estar en Nozaleda, porque alguno de los que escapaba se podía volver loco. Un día antes Onel se había acercado a la casa. Era una noche de esas de otoño con el viento caliente que viene del sur, el *aire les castañes*, lo recuerdo como si fuera ahora, la sensación de las sombras que formaban en la antojana las ramas de los árboles, que se movían con el viento y yo, que había salido a dejarle las sobras de la cena al perro, de pronto me llevé un susto de muerte, porque entre las sombras apareció otra sombra, humana. Era Onel, que me hizo un gesto y me preguntó si estaba mi padre, le dije que no, que ese día no había venido, que estaba en Gijón, y él me dijo que tenía que darle un recado, que era muy importante, que le dijera que se iba con otros dos de Nozaleda para unirse a la partida de alguien cuyo nombre ahora no recuerdo, pero en aquel momento sí que lo memoricé. Me dijo que estarían dos días en una zona boscosa que había a la salida de El Lloredal y que desde allí saldrían hacia Villaviciosa por el monte. Me preguntó por Gadea, y me dijo que quería verla, le dije que esperara y subí a buscarla. Ya se estaba poniendo el camisón, pero le dije que bajara, y no me digas por qué, pero lo de siempre: yo era la que hacía las cosas, a mí me encargaba el recado para mi padre, pero a la que llenó de besos fue a Gadea. A mí también me dio uno, pero no me dijo que no me olvidara de él, ni que nos veríamos pronto, ni que iba a acordarse mucho de mí, como le dijo a Gadea, que no se soltaba de su cuello.

He pensado muchas veces si hice aquello con consciencia. No sabía lo que iba a ocurrir, claro, ni se me pasaba por la cabeza, pero si me examino a fondo, sé que había algo de maldad en mí cuando se lo conté a mi tía Inés. Sentía que con eso traicionaba el secreto, porque estaba enfadada con él, porque la verdad es que me había sentido injustamente tratada, pero tampoco pensé que la cosa iba a ser para tanto.

Y lo fue, porque aquella indiscreción, aquello que para mí era una pequeña venganza, resultó ser determinante. Un grupo de guardias del cuartel de El Lloredal se presentaron en el escondite de Onel a la noche siguiente, la misma de la tarde en que entraron las tropas vencedoras en Gijón. Le tenían muchas ganas, eso ya lo sabíamos, parece que la cosa venía de atrás, y a él y a los otros dos los mataron. No voy a entrar ahora en detalles porque no quise saberlo entonces y sigo sin querer saberlo, pero los cargaron en unas mulas y cuando llegaron a Nozaleda los arrastraron hasta dejarlos al lado de la iglesia. Nosotros ya no estábamos allí, pero a veces esa imagen me persigue con la misma nitidez que si la hubiera presenciado.

No resulta demasiado difícil imaginar cómo sucedieron las cosas. Mi tía Inés se lo contó en confesión a mi tío abuelo. Y al tío Clemenciano que se la tenía jurada a

Onel, según mi padre desde que era un crío y vino de Cuba, le faltó tiempo para dar parte, para comunicar el lugar exacto donde estaban escondidos. Mi padre ni siquiera pudo llegar a ir, pensaba hacerlo al día siguiente, y ya tenía preparada una mochila con latas de conservas y una manta para llevarle, cuando llegó la noticia de que los habían capturado. Creo que no se lo perdonó nunca y, desde luego, no levantó cabeza, desde que se murió Onel fue como si a mi padre le hubieran arrancado la mitad de la vida.

Voy a dejarlo por hoy. Ahora me doy cuenta de que llevo varias horas escribiendo sin parar, y la caligrafía ya es casi ilegible. Ni siquiera he bajado a cenar y, después de insistir dos veces, me han traído una bandeja con un puré de verduras y una tortilla francesa que no he probado. Me duelen los dedos mucho, y hablar de todas estas cosas me ha puesto un poco triste, y tengo una especie de mareo porque he visitado distintos momentos de mi historia. Qué rara es la vida, y qué triste todo. Cuántas personas he conocido que ya no viven y el mundo ha seguido girando aunque me parecía imposible que eso fuera así. También seguirá girando cuando yo me vaya, seguirá habiendo guerras, y se seguirán firmando tratados de paz, seguirá habiendo reyes y presidentes, la gente reirá y llorará, y se construirán puentes y se dinamitarán montañas. Y cuando te vayas tú, Laia, aunque te parezca increíble, el mundo también seguirá y solo permanecerás viva mientras alguien sea capaz de recordarte, y eso no es nada, el día que yo me muera y tampoco falta tanto se desvanecerán como polvo un montón de personas a las que ya nadie recuerda aparte de mí, así que si quieres un consejo de vieja, no dejes de vivir ni un solo instante de tu vida. Porque es muy corta. Y va muy deprisa.

81

Hay días en los que, simplemente, Feli no puede más. Ha agotado hace ya mucho tiempo la capacidad para creer y ahora lo más que consigue es fingir, ejercer de actriz que sonríe a los usuarios de la residencia, a sus jefes, abrazar a su padre sin que se le note cuánta angustia le provoca su malestar y su tristeza. Solo con Guille deja salir el profundo río de desesperanza que la habita por dentro, la desolación creciente, el rumor de la claudicación que crece como la amenaza de un dios enfurecido y sordo. Y Guille la deja hablar, y llorar, y enrabietarse contra el mundo que le ha arrancado la posibilidad de ser feliz, de maldecir el accidente que partió su nombre en dos, y su vida y su esperanza. Guille se limita a tomar su mano, y a mirarla mucho rato, escuchar sus sollozos, y dejar que los hipidos sean cada vez más leves, que la tormenta se aleje, que la explosión haya liberado la dosis de congoja y que acurrucada en su abrazo acompase los latidos del corazón agitado a los suyos, en ese dúo de percusión al que los dos se entregan, los dedos enlazados como preámbulo del juego que iniciarán las piernas, y los brazos y los cuerpos sincopados y tiernos, salvajes y dulces. Solo después de la tempestad de lágrimas y el silencio cómplice y atento, solo después del rugido y la pleamar del deseo, vuelve a los ojos de Feli enhebrado en el iris un levísimo fulgor de algo que se parece a la ilusión, y solo con eso, Guille se siente vivo, útil, capaz de recomponer el corazón destruido de Feli. Él, entonces, le cuenta cosas, hablan de lo que escriben, de lo que escribirán, cotillean acerca de los letraheridos compañeros del taller de escritura, coinciden en señalar lo buen profe que es Rafa, y Guille le cuenta historias que va descubriendo en los archivos que maneja, en los testimonios orales que recaba, en algunos libros que se encuentra. Le enseña fotos terribles de ejecutados en la tapia de distintos cementerios, y fotos que a Feli se le antojan más terribles aún, de personas que no tenían ni idea de que en unos meses el mundo que conocían se iba a hacer pedazos. Muchachas sonrientes con el puño levantado manifestándose en las calles de Gijón para celebrar la República, la gente concentrada en la plaza del Carmen frente a los locales del Centro Republicano, expectantes, aguardando la alocución de Morán Cifuentes, que, aunque no podía ocultar la enorme satisfacción, llamaba a la serenidad, para no convertir en un día de luto lo que tenía que ser una gran fiesta. Todas aquellas muchachas. A Feli le conmueven especialmente las fotos de las mujeres, algunas de ellas se han puesto lazos en el pelo con los colores de la República, otras se han colocado una banda en el pecho con la bandera tricolor a la manera en que las mises son proclamadas reinas de la belleza, como si ellas también inauguraran un reinado, el de la esperanza. Cuántas de ellas derramarían lágrimas, cuántas de esas melenas perecerían bajo la cuchilla inmisericorde, cuántos de esos cuerpos, juncales y plenos, sufrirían los rigores del hambre y la agresión del aceite de ricino, cuántos de esos pechos exultantes no terminarían agujereados por una bala, cuánta de esa alegría quedaría a salvo de toda la desdicha, de todo el miedo, de todo el dolor.

No hay como las fotos felices, las de los tiempos en que sonreír era tan natural que ni pensabas en otra forma de afrontar los días, para comprobar cuál es la dimensión exacta de la pena, dice Feli, y Guille asiente en silencio, y estrecha el cuerpo de ella contra sí, como si el calor que le brota del corazón enamorado, porque el chico está colado como un colegial, fuera suficiente para diluir la tristeza, la pretérita que se desprende de las imágenes antiguas, de los rostros anónimos y seguramente castigados por la historia, y la pena otra, la que Feli lleva consigo, la que le espera en casa cada día y contra la que batallar es una guerra perdida. Tan perdida como la de las chicas de las fotos, que un día fueron desafiantes y felices.

Feli sabe que Guille tiene la posibilidad de la redención a través de la palabra. Puede escribir, contar las historias dormidas, devolver a la vida los sueños truncados y la injusticia lacerante. Puede alzar la voz, reivindicar las existencias de quienes se quedaron sepultados en las cunetas, en fosas sin nombre, sin memoria, sin historia. En ello puede encontrar el consuelo para todo el dolor que se le agolpa en las venas y se convierte en furia y puede domesticar con palabras que, a él, lo salvan.

Pero no es su caso. Ella no puede elevar por el aire la tristeza que como una marea densa e insoportable la habita desde hace tantos años, a la que esquiva como puede y cuando puede, en un intento desesperado de engañar, de inventarse fragmentos de vida para componer un mosaico con los pedazos que consigue arrancarle a la imaginación, a las ilusiones pequeñas, a lo inmediato, aunque sepa con total seguridad que apenas son flores de existencia tan efímera, que ni perfuman apenas el aire enrarecido que la desesperanza distribuye por las estancias de su casa.

A veces, el odio como fuerza salvadora que misteriosamente aplaca, aunque sea de forma instantánea, la pena. Odia a sus padres por tomar la decisión de marcharse con el coche aquel día, a su padre por no haber tenido suficientes reflejos, odia a muerte a la persona que causó el accidente y la intolerable indiferencia que mantuvieron después, odia a su madre por morirse años más tarde, por dejarla a ella con la responsabilidad de su padre, se odia a sí misma por pensar todas esas cosas que sabe que no son justas y aun así no puede evitarlas, por saber que, a veces, ese odio es tan sólido, tan tangible que le asusta pensar que solo conseguirá una exoneración de sí misma si es capaz de deshacerse de él por el procedimiento de materializarlo, de hacer algo, de canalizarlo desde el lugar impreciso donde se forma, a través de sus músculos, de su sangre, de sus nervios, convertirlo en movimiento, en golpe, en algo ajeno, tomarlo como una bola arrugada de papel y lanzarla muy lejos, librarse de ello y que por una vez sean otros los destinatarios de la desdicha, los destinatarios del sufrimiento. Y en ese punto, finalmente, mira muy seria a Guille:

—Yo podría matar a alguien.

82

En Oviedo,
en la clínica, velando el sueño de Laia (y muy asustada)

Había latido, lo oímos. Supongo que mirar a Laia fue como verme en un espejo, que su gesto de alivio solo podía tener un reflejo bastante exacto en mi propio rostro, en la forma en que, de pronto, aquel sonido traducía en esperanza todo el pánico que las dos habíamos sentido mientras corríamos a la clínica con mi madre al volante, por una vez callada y concentrada en trasladarnos rápido, de forma que lo único que salía de su boca eran toda clase de imprecaciones contra el resto de los conductores que parecían haberse confabulado para entorpecerle el paso. Nunca había visto así a mi madre, tengo que decirlo, tan eficiente, resolutiva, callada y concentrada en lo que importa, y en ese momento, de no ser por lo preocupada que estaba por Laia y por el bebé, hasta la habría abrazado.

Había latido, pero la ginecóloga consideró que lo mejor era ingresar a Laia al menos durante cuarenta y ocho horas, para seguir la evolución. Supongo que influye el hecho de que es una clínica privada, que en la pública nos habrían largado para casa con la recomendación consabida del reposo y acudir a urgencias ante cualquier eventualidad.

Así que nos quedamos, yo volví a casa con mi madre, aunque quería quedarse con Laia (lo dicho, para comérmela) pero ya le dije que si de verdad quería hacernos un favor que actuara de chófer y que me llevara a Gijón, que estaba yo como para coger un alsa y luego volver y todo eso. Así que me acompañó a casa, preparé un montón de cosas que Laia y yo misma podíamos necesitar y aquí me vine con un pijama bonito para ella, el libro que está leyendo, su iPad, sus cosas de aseo, un antifaz para que pueda dormir tranquila, el chocolate que más le gusta, sus zapatillas, su bata, y hasta le compré una revista, y esto sí que no sé por qué lo hice, creo que fue una cuestión de inercia que me hace relacionar el hospital con las revistas, seguramente desde que estuve ingresada de cría con una pierna rota, pero que a Laia como que le da exactamente igual.

Eso fue ayer.

Me traje el cuaderno, que por primera vez abandonó nuestra casa de Richmond en Gijón, pero me pareció que no sería tan mala idea, que seguramente necesitaría escribir aquí. Laia no quería que me quedara con ella, pero ya se lo dejé muy claro, estás loca si crees que no me voy a quedar, aunque solo sea por lo que nos van a clavar por la habitación, así que, lo mismo hasta se queda mi madre también, por amortizar y eso. Supongo que por el efecto de haber escuchado tan claro el latido de nuestro bebé Laia sonrió ante tal posibilidad que, dicho sea de paso, mi madre no descartaba del todo, la verdad.

Me he pasado gran parte de la noche mirándola. Solo me quedé dormida un ratito, hace nada, y me he despertado porque Laia estaba inquieta. Dice que le duele la tripa. Como cuando te va a venir la regla.

Y no. No me gusta nada de nada, y a la ginecóloga que acaba de venir por aquí, tampoco.

83

Ayer, querida Laia, acabé con un dolor de dedos que no te imaginas, pero, a pesar de ello, por la noche no podía dormir, y no solo por el dolor, no. Lo que no me dejaba dormir era la emoción que se me fue amontonando mientras escribía. Como una fiebre que me obligaba a seguir y seguir a pesar del dolor. Hoy he pedido que me dieran un ibuprofeno a la hora del desayuno y enseguida he vuelto a mi cuarto, al secreter, al cuaderno que me regalaste. A escribir.

Espero que estés bien, que el reposo te permita que se asiente el embarazo y que antes de que te des cuenta tengas contigo a tu bebé. He de confesarte que cuando supe que no ibas a poder recibirme en consulta por el embarazo desenterré malestares antiguos, me enfadé, te lo confieso. Me volvió un viejo rencor, que no sé muy bien de dónde salía, pero que rescataré en algún momento, porque gracias a ti estoy dándole una vuelta completa a mi vida, como si fuera un calcetín. Y yo misma me sorprendo de la cantidad de cosas que se escondían en el fondo de mi memoria y que seguramente ahí se habrían quedado de no ser por estas sesiones de esto que me niego a llamar terapia. La terapia se supone que es para curar a alguien enfermo. Yo solo quiero recordar cosas, poner en orden mi vida, encontrar la fuerza para leer el contenido de un sobre que ya sé qué dice. Y en ese camino he descubierto que mi cabeza guardaba la información de muchos episodios, nombres, lugares, sensaciones que no recordaba. Me acuerdo de una poesía que leía en el colegio, y de pronto me doy cuenta de que me la sé de memoria, y no te preocupes, que no la voy a copiar aquí entera, pero mientras pensaba todo esto que te estoy diciendo, recordaba unos versos concretos: «Cuánta nota dormía en sus cuerdas como el pájaro duerme en las ramas, esperando la mano de nieve que sabe arrancarlas». Tu voz, tu forma de llevar la conversación, tú misma eres esa mano de nieve que arranca todas las notas del arpa de mi memoria que duerme en el ángulo oscuro del salón. No sé qué diría sor Rosalía de mi interpretación de aquel poema, pero te puedo asegurar que ahora lo entiendo mejor que entonces, y no sé si eso era lo que quería decir Bécquer, pero me da igual, al fin y al cabo las poesías son para que cada uno las haga suyas y las entienda como quiera.

Lo que te decía es que por la noche no podía dormir pensando en abrir el cuaderno y seguir escribiendo. Se me ocurrían montones de cosas que quería contar, y eso es algo que me pasa siempre la víspera de ir a la consulta, que se me amontona lo que quiero contarte. Y a lo mejor te da la risa, porque tampoco se puede decir que haya tenido una vida tan extraordinaria, lo contrario. Poco hay que contar: buena familia, gente de orden, un único novio, un único marido, sin hijos, una viudez sin sobresaltos de ningún tipo... Nunca estuve con otro hombre más que con mi marido, ya sabes a qué me refiero. Y me quedé viuda con cuarenta y pico años, pero para mí ya se había acabado esa parte de mi vida. En ningún momento se me pasó por la cabeza la posibilidad de casarme otra vez, o de tener algún tipo de romance. Ya sé lo que me vas a decir, que viví en París, y allí la vida carecía de todas las convenciones sociales que había aquí. Bueno, pues no, ni por esas. Siempre tuve presente a mi madre, todo lo que ella me decía, todo lo que ella era. No tuvo más novio que mi padre y cuando se quedó viuda, aunque era un poco mayor que cuando me quedé yo, fue eso, una viuda, que el respeto al marido no solo se tiene en vida de este. No digo que a las viudas tengan que quemarlas con el marido cuando se muere, como hacen en la India o no sé dónde, pero de ahí a que anden de picos pardos... Nunca me pareció bien, qué quieres que te diga. Los principios morales que te inculcan y el ejemplo que ves influyen mucho. Yo veía a Paloma Montañés, por ejemplo, y no dejaba de parecerme rara la vida que llevaba allí en París, con aquellos dos hombres. Yo creo que algo tenía con ellos, o con uno de los dos, no lo sé, pero era un misterio. Y más cuando supe que ella había estado casada ya, cuando vivía aquí. Me dijo algo de que su marido había muerto cuando la guerra, que lo habían matado. Yo le pregunté si habían sido los rojos, y ella asintió, pero siempre tuve la sensación de que había habido algo raro. Había mucho misterio en ella. Fíjate que estoy convencida de que estuvo embarazada. Nunca llegué a preguntárselo, y a lo mejor perdió el bebé, pero estoy convencida de que hubo un embarazo, porque durante un tiempo no hacía más que vomitar y tenía muy mala cara. Luego yo me vine varios meses a España, que fue cuando se murió mi padre y me quedé aquí para acompañar a mi madre, que Gadea y ella nunca se llevaron nada bien, y mi hermana con sus historias de gente rara en su casa ya tenía bastante. El caso es que cuando volví a París no había ni embarazo ni bebé, así que es posible que lo perdiera, nunca le pregunté, pero estoy segura de que ahí algo hubo. A saber, a lo mejor se quedó embarazada y lo estropeó ella misma, porque estaba soltera, bueno, estaba viuda, y a lo mejor el padre no quiso... No sé. Bueno, ya me he ido del tema. Voy a poner un punto y aparte.

A lo que iba, que mi vida no es nada del otro mundo. Seguramente mi hermana tendría más cosas que contarte. Ahora gustan mucho todas esas historias de la resistencia clandestina al Régimen, y la cárcel, y lo que ellos llaman represión y todo eso. Como si fueran héroes, ya ves. Da asco cuando ponen alguna película española en la tele, todas de la guerra, pero del otro bando, qué fácil es cambiar la historia y convertir en ídolos y personajes dignos de admiración a los que solo eran chusma, y fíjate bien que sé de qué hablo, lo tenía bien cerca, no había más que ver cómo era la gentuza que mi hermana acogía en su casa, cómo hablaban, cuánto rencor tenían, no soportaban haber perdido la guerra, y vivían esperando la venganza. Y no te digo yo que no estén ahora en ello, las izquierdas son totalmente vengativas, y a mí me da miedo a veces ver algunos debates en televisión, esos periodistuchos rojos, esos políticos comunistas, las cosas que dicen, cómo se nota que no tienen ni idea y solo los mueve la revancha. Ese empeño en remover y reabrir las heridas, que si la memoria histórica, que si... Memoria... Yo tengo memoria, y como yo muchos otros que vivimos el caos, el desorden que era todo antes de que Franco viniera a poner las cosas en su sitio. Lo que no puedo soportar es cuando mencionan, que eso les gusta mucho, que si Franco vino a romper el orden constitucional vigente. Así dicen: el orden constitucional vigente, y se quedan tan anchos. Orden. Qué sabrán lo que era aquello: iglesias quemadas, sacerdotes perseguidos y asesinados, algaradas, huelgas, manifestaciones... ¿Aquello era orden? Que no me hagan reír...

Pues de todo eso eran partidarios los que frecuentaban la casa de Gadea y Arsenio, que yo no sé cómo no tuvieron más problemas de los que tenían, si en aquella casa hubieran hecho registros habrían encontrado de todo, desde mujeres de presos que se reunían para coser ropa y tejer chaquetas y jerséis para llevarles, tipos que estaban en busca y captura, algunos que volvían del exilio de forma clandestina para poder ver a sus familiares, y luego propaganda subversiva, octavillas, hasta tuvieron una multicopista para imprimir octavillas de aquellas que luego lanzaban cuando las huelgas y hasta en el fútbol alguna vez. Y el *Mundo Obrero* que traían aquellos exiliados. Y muchos libros que estaban prohibidos. Y una radio de onda corta en la que algunas veces cuando las condiciones meteorológicas lo permitían conseguían sintonizar la emisora aquella, la pirenaica, creo que la llamaban, que hasta hablaba la Pasionaria por ella, imagínate tú. No sé cómo no tuvieron más problemas, para que luego digan que había represión y persecución de los que no pensaban lo mismo. Hombre, algunos problemas sí tuvieron, porque durante muchos años, cada vez que llegaba el 1 de mayo, la policía iba a buscar a Arsenio y lo llevaban al Cuartón. A él y a muchos otros, para evitar que echaran a perder la fiesta del Trabajo con las celebraciones que se hacían...

Yo tuve que ocultarle muchas de estas cosas a Alfredo, porque él, con lo recto que era, seguro que habría tomado cartas en el asunto. Por proteger a mi hermana y a mi cuñado le contaba pocas cosas, porque si él llega a saber la mitad, no quiero ni pensarlo. Anda, que bien buenos fuimos con ellos.

Menos mal que cuando nació mi niña, Olvido, ya había descendido un poco el nivel de subversión que se vivía en aquella casa. Ya empezaba a haber sitios donde la gente se reunía con la excusa de la cultura, y en realidad eran nidos de rojos, pero también les gustaba la sensación de salir del escondite que eran las casas, como si recuperaran lo que ellos llamaban parcelas de libertad. Aun así, yo intenté que ella tuviera otra vida, que viera que había otras cosas aparte de lo que veía en su casa, y que luego tuviera capacidad para elegir. ¿No es lo que dicen esos apóstoles de la libertad siempre, que uno tiene que tener la posibilidad de elegir? Bueno, pues me temo que eso tampoco es cierto, que es otra de las engañifas de la izquierda. La posibilidad de elegir, la libertad, solo trae desgracias, y si no mira lo que le pasó a Olvido, que lo tuvo todo, que pudo elegir, y ya ves qué camino escogió. Tiró por la calle del medio, y estoy segura de que en ello tuvo que ver el lío que se hacía entre la vida en casa de sus padres y conmigo. He pensado mucho en ello, he tenido muchos años para darle vueltas y más vueltas. Hoy ya no te hablo de todo esto, porque tengo que bajar a comer enseguida, que a lo tonto llevo un rato enorme escribiendo, pero otro día te contaré de Olvido, creo que fue la única época de mi vida en que me sentí verdaderamente feliz. La veía, tan guapa, tan simpática con sus trenzas cayendo sobre los hombros, me maravillaba que entendiera todo tan rápido, que aprendiera a usar los cubiertos tan bien, como si hubiera nacido con la lección aprendida, y la oía cantar y se me hacía imposible que pudiera afinar así de perfecto, tan distinta de su madre. En esos momentos me acordaba de lo que me decía mi padre, de la murga que me había dado los últimos años de su vida con el asunto de la felicidad, y sentía que ya no estuviera vivo, porque entonces le diría que la felicidad era eso, el cuerpo de Olvido recién salido del sueño, el olor a pijama, y a champú, sus ositos de peluche, sentarme en la mecedora de su cuarto los días que no estaba, cuando volvía a casa de sus padres, y recordar su lengua de trapo, tía Valeya me llamaba, y a mí me sonaba a música celestial.

Pero, ay. Vuelvo a perder el hilo. En las vidas en las que parece que no suceden cosas espectaculares a veces se ocultan auténticos misterios, debe de ser eso que se llama vida interior. No digo que yo la haya tenido, pero basta un secreto, solo uno que pese en la conciencia para que la más anodina de las existencias se convierta en única. Y yo de eso sé bastante. Y no me refiero a lo que te conté ayer de lo de Onel. Creo que si no hubiera sido por escrito me costaría mucho hablar de ello. Con su muerte terminé de perder la inocencia que me quedaba, porque en el fondo yo sabía que todo había venido porque yo se lo dije a mi tía Inés, y ella se lo dijo en confesión a mi tío Clemenciano y este lo denunció a la Guardia Civil. Yo cometí una indiscreción, fui una charlatana, y no sabría exactamente por qué, desde anoche llevo dándole vueltas. Y mi tía lo mismo, pero además fue una ingenua, o no, no sé, a ella le pasaría como a mí, cómo se iba a imaginar, pero el que realmente fue culpable de la muerte de Onel fue mi tío. Él no podía hacerlo, porque estaba el secreto de confesión, y quebrantarlo era un pecado mortal. Ya sé que las circunstancias eran excepcionales, pero yo entonces creía en verdades absolutas y esta era una de ellas. A mí no me mataron solo a una persona muy querida, también me mataron la inocencia, la capacidad de creer que había cosas que estaban por encima de todo. ¿Sabes que aunque seguí confesándome siempre lo hacía con prevención, y desde luego no decía jamás nada que pudiera tener consecuencias aunque fueran mínimas? Ni lo hice, ni lo haré. Aunque ahora ya no importa porque no queda nadie a quien pueda afectar mi pecado, creo que ni en la hora de mi muerte confesaré a un cura lo que a lo mejor te confieso a ti. Mira por dónde resulta que me fío más de tu secreto profesional que el de los curas. Será que me fío de ti.

No era justa aquella felicidad química y Laia lo sabía. Tendría que estar llorando, y en lugar de ello solo se le ocurría pensar en hacer un pícnic con Emma y con algunas amigas suyas, una tranquila tarde de verano en un bosque, el rumor de los pinos, un mantel de cuadros rojos y blancos, una cesta, *tuppers* con comida rica. Por qué no hacer un pícnic, se despertó pensando, y no era justa aquella sensación, sobre todo porque era mentira.

Fue una de las últimas cosas que oyó en el quirófano, no te preocupes, te pondremos una anestesia que te despertará feliz, pero ella, en ese instante solo pensaba que no había ido al baño y que qué vergüenza si una vez dormida, en aquella postura y sin control de ningún tipo se le escapaba un pedo. Conocía su cerebro lo suficiente como para saber que en los momentos de mayor angustia, o de mayor miedo, o de mayor tristeza, reaccionaba buscando un detalle menor, una tontería en la que concentrar su preocupación para huir de la marea que anegaba su conciencia.

La fantasía del pícnic se prolongaba en su cabeza. Un pícnic con niños. Con los hijos de alguna de las amigas de Emma que la mayor parte de las veces le resultaban de lo más cargante. Tenía que ser la anestesia, y deseaba que por fin la llevaran de vuelta a la habitación y encontrarse con Emma. Y llorar con ella.

Porque el llanto estaba ahí, camuflado entre aquellos pensamientos intrusos, solo que no podía acudir a las lágrimas, porque la conciencia se limitaba a unas imágenes de postal. A ella que los pícnics no le gustaban nada. Lo que eran las drogas.

Tampoco es que fuera tan mala idea. Mejor absurdas ensoñaciones que la certeza de un vacío implacable. Mejor eso que recordar cada uno de los miedos, y cada frase que presagiaba desastre y cada silencio. El silencio en el ecógrafo, la respiración contenida, que suene, que golpee ese corazón, los ojos de Emma fijos en los suyos, con la misma urgencia, con el mismo miedo, el sonido al final, pero no del corazón, no de los latidos implacables del bebé, no, el sonido de la voz: No hay latido, Laia, cómo lo siento. Mejor pensar en un absurdo pícnic que abrazar el hueco, que entender la nada. Mejor llegar a la habitación y que Emma no la viera llorar, ni triste. Ya habría tiempo para masticar el dolor.

Puestos a pensar en cosas ajenas al instante que estaba viviendo, Laia pensó en Valeria Santaclara, y en aquella tarde, aunque en realidad había sido más de una, en que hablaron acerca de su imposibilidad para tener hijos. Laia se reprochó en aquel mismo instante no haber profundizado más, no haber tirado más del hilo de los sentimientos de la anciana, situarla en aquellos años cuando supo y asumió que ya no sería madre. Qué torpe había sido, tendría que haber indagado más en busca de las más ocultas emociones que tenía que haber habido ahí. Sintió de pronto que había cometido un error de dimensiones formidables, tan solo se había dejado llevar por su aspecto de mujer mayor, había olvidado que alguna vez aquel cuerpo también fue joven, y teóricamente fértil. Es tan sencillo olvidarse de eso cuando estás ante una persona anciana, cuesta tan poco conformar cuatro tópicos, simplificar, olvidar que el pasado es la página anterior de esta que leemos ahora, y en ella habitan las claves de tantas cosas. Valeria no había podido tener hijos, y en la consulta lo despacharon con tres o cuatro frases, un par de lugares comunes que, cuánto se avergonzaba, le había dicho Laia, dos o tres simplificaciones que había formulado Valeria obviando la cantidad de dolor que podía ocultarse en ellas. O tal vez no. Tal vez Laia estaba midiendo con su misma vara de sufrimiento las circunstancias de otra persona sin conocer completamente cuál era el color exacto de su pensamiento. Cómo no le iba a haber causado sufrimiento ver que pasaba el tiempo y no se producía el embarazo, empezar a pensar que tal vez no podía tener hijos, en aquel tiempo en que cualquier esterilidad era una desgracia, un matrimonio sin hijos es como un jardín sin flores, ¿había dicho esa frase Valeria? ¿O era la abuela Montserrat la que siempre lo decía para justificar los muchos hijos que había parido? Qué nostalgia de la abuela Montserrat, así de pronto, seguramente por la anestesia, porque pensar en ella, tan diferente de Valeria, redondita, con la cara como una manzana, igual de tersa, con sus kilos de más y sus tobillos anchos, y no podía recordar cuántos años hacía que se había muerto, pero sí que no fue a su entierro, ni la acompañó en los últimos días. Qué diría la abuela Montserrat que a veces decía que prefería parir un hijo a tener que *rentar un cubell de roba*, cómo la consolaría ahora. Ahora que toda ella es un vientre vacío. Pero, cosa de la anestesia, ese pensamiento es fugaz, se esfuma y vuelve a Valeria, y piensa que la próxima vez que la vea le preguntará cómo se sintió después de aquel tiempo sin hijos, cuando empezó a perder la esperanza y en cambio su hermana vio crecer su vientre. Cómo vivió en la distancia la noticia, cómo sobrellevó la evidencia de un bebé que aún tuvo que poner de manifiesto con más encono si cabía la inutilidad de su útero, dónde encontraría la fuerza para combatir la culpabilidad que sin duda alguna le habrían hecho sentir, sin ir más lejos, la familia de Alfredo tan deseosos, seguro, de un heredero. No había explorado lo suficiente, y ahí tenía que haber un pozo oscuro, bastante emponzoñado como para que iniciar la incursión no la dejara a una enlodada, y tal vez esa y no otra era la razón por la que Valeria había pasado de puntillas. Y ella no había sabido verlo, pero confiaba en volver sobre ello cuando reanudara las consultas.

Ese solo pensamiento, el sintagma reanudar las consultas, trajo consigo de repente un equipaje insoportable de angustia. Desaparecían como en las ilustraciones de los cómics, dejando una nubecita, y un pluff, los pícnics que jamás haría, la imagen tierna y redentora de la abuela Montserrat y su paridora condición, incluso la historia de Valeria. Ante sí, de pronto, un páramo inmenso, un desierto sin nombre, la realidad como un cuchillo y una imagen y una frase que debían de ser de una película, pero que hacía suyas, «qué voy a hacer ahora, qué voy a hacer ahora», y solo pensaba en contener las lágrimas ahora que rodaba en la camilla y la sacaban de la zona quirúrgica y sabía que detrás de aquellas puertas batientes aguardaba Emma.

Estoy en la capilla del colegio y oigo la lluvia que repiquetea en las vidrieras. Delante de mí hay una fila de monjas con las tocas que llevaban entonces, blancas como si fueran unas alas al viento, y el babero blanco sobre el hábito oscuro, que no paran de repetir en el mismo tono roguemos al Señor por el alma de las veintinueve hijas de la Caridad asesinadas por Dios y por España, una y otra vez, y yo pienso que me tira la falda del uniforme porque la he pillado con las rodillas y cada vez me tira más hacia abajo, y cuando estoy pensando eso, una de las monjas se vuelve y me doy cuenta de que es Onel que está disfrazado y me sonríe con aquellos dientes blanquísimos que tenía y luego pone los dedos en los labios para reclamarme silencio, y con los ojos me dice, no digas nada, pero sigue repitiendo la salmodia, y yo me doy cuenta de que si digo algo lo descubriré y me propongo guardar silencio, incluso cuando veo, sin girar la cabeza, de ese modo en que suceden los sueños, que entran un montón de soldados en la capilla y yo me repito que no diré nada, que no me chivaré de que Onel está escondido entre las monjas, disfrazado como si fuera una de ellas, pero no es a él a quien buscan, me cogen a mí, me levantan cogiéndome por las axilas y entonces pienso que es el final, que voy a morir, porque todas las monjas se han vuelto y me gritan asesina, asesina y yo busco con la mirada a Onel, porque sé que él puede salvarme, pero ya no está, estoy sola y sé que van a fusilarme, pero antes alguien dice, que la juzgue el juez, y el juez es un bebé, pero está muerto.

A pesar de que lo que le pedía el cuerpo era sacar el cuaderno y sentarse frente al secreter, con la luz del verano ya instalada en un cielo tan azul que invitaba a la felicidad, Valeria Santaclara se dijo que no sería tan mala idea abrazarse a la rutina y, puesto que era martes, hacer su visita habitual a la ciudad. Que un martes más no pudiera tener la consulta con Laia no era óbice para que su cita en la peluquería, y su paseo por Gijón, quedara sin efecto. En su vida había algunas certezas y una de ellas, enraizada en los días más lejanos de su infancia, era la del buen aspecto. En eso su madre había sido tan estricta que difícilmente podía sustraerse a esa obligación inapelable de presentar siempre la mejor apariencia. «Buen porte y buenos modales abren puertas principales». A fuego tenía grabadas esas palabras desde los años más remotos de su infancia de niña obediente y dócil. Seguía prestando una atención enfermiza a las orejas cuando se lavaba y la imagen de Onel la invadía siempre: «Tengo una máquina de cortar orejas sucias», les decía siempre a ella y a Gadea riéndose a carcajadas como si fuera un malo de los cuentos. «Míramelas a mí —decía Gadea entusiasmada—, a mí primero, mira qué limpias las tengo.» Pero no era verdad. Las orejas verdaderamente impecables, y las uñas, y el pelo, y los pies, siempre eran los suyos. Una semana sin ir a la peluquería era un gesto de dejadez que no estaba dispuesta a asumir. Desde que recordaba, desde su vida adulta, jamás había dejado que pasaran más de siete días sin que una peluquera se encargara de dejar su pelo en perfecto estado de revista. El día que se murió su padre llamó a su peluquera de entonces por teléfono y le suplicó que acudiera a su casa a arreglarle el cabello que entonces llevaba con un corte muy difícil de peinar, que era lo que tenía la moda de París, que luego en Gijón no había quien la entendiera y la interpretara adecuadamente. Gadea la había mirado con extrañeza cuando se presentó en casa por la mañana tan arreglada, pero no había dicho nada. Luego supo que algunas de las amigas de la familia habían comentado que parecía mentira que en un momento así ella se presentara peinada de peluquería, pero la mirada de aprobación de su madre había sido la confirmación de que había hecho las cosas bien. Y eso hizo, exactamente lo mismo, cuando se murió su madre años más tarde, pero en esta ocasión, con el encargo expreso de la moribunda. «Sé que tú vas a estar arreglada, Valeria, vete a la peluquería y ponte ropa buena, que habrá mucha gente mirándote. Bastante tenemos con tu hermana, que irá de cualquier manera.» Había sido muy distinto un funeral de otro. No por ella, que siempre sabía cómo había que hacer las cosas, sino por Gadea, aunque en ambos casos se presentó con el mismo aspecto que si fuera una criada, con la particularidad de que, además, en el caso del funeral de la madre, tenía tantas canas que no solo estaba descuidada: también vieja, si hasta la chica interna que entonces tenía su madre llevaba bastante mejor presencia que ella. Si en el de su padre se había deshecho en lágrimas, en el de su madre parecía una roca, inasequible totalmente a cualquier tipo de emoción. Olvido, a su lado, adolescente, tenía ya aquel gesto enfurruñado que la acompañaría siempre, y Arsenio la llevaba cogida del brazo. Si no hubiera sido porque Olvido abandonó el sitio al lado de su madre para colocarse junto a ella y tomar su mano, Valeria se habría sentido la mujer más desamparada del universo. Pero con buen porte, solo faltaba.

Se había puesto fúnebre y el día pedía otra cosa, así que trató de espantar aquellos pensamientos mientras se sentaba en el asiento del taxi y obedientemente se ponía el cinturón de seguridad. Hay pensamientos a los que hay que cerrar el paso de inmediato porque su invasión estropea los días azules, y ya se había hecho experta en espantar la negrura, el dolor y hasta el miedo. Se consoló pensando que era una superviviente, que ese pensamiento siempre le producía un extraño placer, el mismo que cuando revisaba todas las esquelas del periódico y concluía que ese día todos los que habían fallecido eran más jóvenes que ella. La primera parada sería como casi todos los martes en El Corte Inglés para comprarse algo de ropa, un rito semanal. Lo malo era que acababan de empezar las rebajas, y Valeria odiaba esa sensación de clientes a la búsqueda de algún tipo de chollo, así que redujo el tiempo dedicado a la compra en las firmas que solía frecuentar. Había tenido que esperar para entrar en el probador, y eso no le gustaba nada de nada. Y la vendedora ni siquiera se había disculpado por ello. Definitivamente, los tiempos de la educación y la consideración estaban pasando de moda. Al final lo resolvió comprándose, y de mala gana, una blusa sin rebaja (ella siempre desconfiaba de cualquier descuento, tenía la teoría de que lo bueno era bueno, y la calidad no se rebajaba) y decidió que mejor adquirir algún tipo de complemento, sin reparar en que el departamento de bolsos estaba particularmente frecuentado y se hacía muy difícil comprar del modo que a ella le gustaba. Los pasos la llevaron a una zona que no solía pisar jamás: la librería, y entonces se acordó de Laia y de sus estanterías llenas de ejemplares y por primera vez sintió algo inesperado, un deseo que se abrió paso de un modo irremediable: quería regalarle un libro a Laia. Tuvo que indagar dentro de sí para entender aquel arrebato incontenible, hasta que cayó en la cuenta de que algo que había aprendido de su madre y practicaba con un rigor incuestionable y una precisión exquisita era que los regalos siempre, sin excepción, se correspondían. Laia le había regalado un cuaderno muy bonito, así que le compraría un libro. Se dirigió a una vendedora de melena larga y rizada que ordenaba la mesa de novedades y tras dirigirse a ella con los pasos y la mirada, llevada por una inédita cercanía que no era capaz de reconocer, se dio cuenta por primera vez en toda su vida de que las empleadas llevaban una chapita con su nombre. Así que sustituyó su acostumbrado, «*señoritaporfavor*», por un novedoso e inexplicable «Hola, Ana, quería un libro, no sé cuál, es para una chica que está embarazada, algo de bebés o de embarazo o algo». El día estaba siendo extraño, no solo pensaba cosas nuevas, y hacía cosas tan inesperadas como comprar un libro: también se fijaba en detalles que siempre le pasaban desapercibidos, como la sonrisa de la chica de los rizos que ahora envolvía un ejemplar de *Qué se puede esperar cuando se está esperando*, cuidadosamente, y esa sensación, la de ser consciente de la sonrisa, o de la ausencia de nubes en el cielo, o el color aguamarina de la blusa que llevaba en la bolsa, la llevaba a pensar si no sería que por primera vez se sentía feliz sin que hubiera ninguna razón especial para ello.

A lo mejor a eso se refería su padre en los últimos años. Había estado tan abatido que su tristeza, en la memoria de Valeria, estaba unida indisolublemente a la tristeza de la posguerra, solo redimida muy de vez en cuando por las muchas celebraciones de afirmación patriótica y religiosa, y a la propia e inexplicable tristeza con que la adolescencia, y seguramente las hormonas revolucionadas, consiguieron teñir los días. Fue en aquella época también cuando la desbordante e inconsciente alegría de Gadea dio paso a un carácter menos risueño pero mucho más firme. Hasta su madre le dijo alguna vez aquello de que Gadea era de buen conformar, con evidente miopía, porque de lo que Valeria no tenía ni la más mínima duda era del carácter totalmente inconformista de su hermana. Otra cosa, claro, era que con la edad controlara mejor sus rabietas, aquellas explosiones inexplicables que iban de la furia al entusiasmo sin ningún tipo de transición. Y también sus inexplicables alegrías parecían haberse canalizado. Se estaba haciendo mayor.

Eran los años de la paz, se lo repetían en todas partes, los años de la victoria, y ellos eran del bando de los ganadores, pero su padre no conseguía sustraerse a una sensación de inexplicable derrota, hasta el punto de que su mujer se lo recriminaba con frecuencia: afeaba su costumbre de no cobrar a algunos de sus pacientes, de no vestirse con la corrección esperada, de acudir con cara de palo a la celebración de determinados actos de exaltación del Régimen, y un día tuvo la mala fortuna de decirle que hiciera el favor de cambiar aquella cara, que parecía que se le había muerto alguien. Aquellas habían sido las palabras que como una palanca habían abierto las compuertas y arrojado al llanto a aquel hombre que todos habían visto siempre firme, fuerte, inasequible a ningún desánimo. Valeria recordaba aquel día porque fue uno de los primeros días que salió con Alfredo, y cuando él llegó a buscarla a casa, su padre no había salido de su despacho a saludarlo, y su madre, siempre tan cuidadosa con las formas, se había deshecho en explicaciones acerca de que estaba con un paciente, aunque era domingo.

Poco tiempo después, Gregorio Santaclara había empezado con la murga de la felicidad. Parecía como si aquel episodio hubiera sido un punto de inflexión, y a partir de ahí hubiera remontado. Gadea y él pasaban mucho tiempo juntos: ella aprendía a hacer algunas curas elementales y lo acompañaba en la consulta y no tardó en ejercer funciones de secretaria, a pesar de que era casi una niña. La complicidad que siempre habían tenido se había fortalecido y Valeria no tenía duda de que en parte era porque los dos lloraban y echaban de menos a Onel y encontraban consuelo en hacerlo juntos.

Valeria había decidido acudir hasta el Club de Regatas, donde seguía pagando religiosamente su cuota, para comer mirando la bahía, evaluando con ojo crítico cómo estaba cambiando la fachada marítima gracias a uno de esos planes urbanos que revestían de cristal gran parte de los desastrosos edificios que los años sesenta y la fiebre constructora habían perpetrado en aquella ciudad que apenas conservaba, como un tesoro indiscutible, el martillo de Capua. La sensación de felicidad parecía ir en aumento, de modo que se encontró a sí misma respondiendo «exquisito» a la pregunta del camarero acerca de qué le había parecido el bonito que acababa de comer, sorprendida de que por primera vez hubiera sido capaz de formular un elogio en lugar del acostumbrado «no está mal» con el que consideraba que deberían darse por satisfechos. El paseo por la ciudad, como siempre, le había abierto el apetito. Había recorrido el escenario de lo que había sido la mayor parte de su vida y lejos de las sensaciones que otros paseos le habían procurado y que abarcaban una gama que iba de la falta de reconocimiento, el espanto por el modo en que se habían echado a perder lo que ella denominaba rincones recoletos con las innovaciones urbanísticas, hasta la nostalgia inmisericorde cuando una esquina, un portal, un olor, la transportaban a aquellos otros años, acrecentaban en ella la sensación feliz, de nuevo, de sentirse superviviente, de percibir, por primera vez, que los detalles adquirían una importancia inusitada. Que la vida se abría paso y le regalaba la evidencia de su belleza.

Fue entonces, con el último sorbo de la menta poleo que había pedido tras el flan con nata, cuando la sombra negra se cruzó en su camino: esa extraña felicidad, esa consciencia de lo hermoso solo podía ser un regalo último. Algo así como la magnánima generosidad final de una vida que sin duda bajaría muy pronto el telón de esa incomprensible función para siempre.

Los ojos se le han ido abriendo progresivamente hasta dibujar en su rostro dos círculos perfectos que la convierten en algo parecido a un búho. Luego ha sonreído, más tarde se le ha fruncido el ceño, y a lo largo del rato que ha dedicado a leer las páginas del cuaderno que Valeria, en un descuido imperdonable, había dejado a la vista en el secreter abierto, una suma de sensaciones, afectos y desafectos, comprensión y hasta desprecio, y de nuevo la ternura, y otra vez la desaprobación, ha ido ocupando a través de la mirada el corazón de Feli.

Ahí está, en las páginas de un bonito cuaderno de paperblack (ella tiene uno de la misma colección con la firma y el manuscrito de Virginia Woolf en su portada) y al lado una carta escrita con el tipo de letra que le gusta a Feli, grande, con las letras muy redondas.

Querida Valeria: Ya te habrá explicado Emma que no voy a poder atenderte en consulta. Espero que sea poco tiempo, que el embarazo se asiente, y desaparezca el riesgo. Siento mucho interrumpir nuestra terapia, y si quieres, aunque sospecho que no querrás, puedo derivarte a otra profesional, María José Moro, que es una psicóloga fantástica, te lo aseguro, te sentirás muy cómoda con ella. Como te dejo mi teléfono móvil, si lo piensas y te parece una buena idea, llámame y te pongo en contacto y seguro que te atenderá muy bien. Si, como pienso, prefieres esperar a mi regreso, te propongo algo. Ya me has dicho en varias ocasiones que te gusta escribir y que no lo haces mal. Pues eso. Este es un cuaderno para que escribas en él todo lo que se te ocurra de las cosas que hemos ido hablando. No necesitas seguir ningún orden, tú hazlo como si estuvieras hablando conmigo, sentada frente a mí. No te preocupes por el estilo ni por nada, solo escribe, y cuenta todo lo que te apetezca. Exactamente igual que cuando estamos en la consulta. Luego, cuando volvamos a vernos me lo das y lo leo y hablamos sobre ello. Espero que no te cause demasiado trastorno esta complicación mía que espero que se resuelva bien muy pronto y los médicos me autoricen a trabajar. Un abrazo,

Laia

Feli procesa rápidamente la información mientras a toda velocidad limpia los cristales de las ventanas (Valeria quiere que se haga manualmente cada semana, en lugar de la limpieza profesional que se hace cada dos o tres semanas) y friega hasta dejar brillante y sin restos de cal la mampara de la ducha y los sanitarios para poder sentarse con calma y leer lo que ha entrevisto. Así que Valeria está acudiendo a terapia, quién lo iba a pensar. Ya que está en el baño revisa si hay algún antidepresivo o algún orfidal que sirva para corroborar que hay algo en la Marquesa que indique la existencia de algún tipo de alteración emocional. La que sea. En la pauta de medicinas para administrar, Valeria no tiene indicado más que una pastilla para controlar el colesterol y unas cápsulas de Condrosan 400, o sea, el mínimo de las medicinas pautadas para los residentes que son en su mayoría una botica andante. Pero no hay nada, así que no parece que la terapia psicológica que está llevando a cabo tenga mucho que ver con algún problema mental que, por otra parte, sin duda habría noticia en los historiales de los residentes. Feli no deja de pensar que qué se puede esperar. Es una mujer con el dinero suficiente como para permitirse el lujo de una terapia. Porque eso es lo que es, un auténtico lujo. A ella le gustaría que su padre se sometiera a algo así, más allá de las espaciadas y poco efectivas sesiones a las que tuvo derecho en Salud Mental hasta que todos lo dejaron por puro hastío. Una terapia semanal, un psicólogo competente y hábil, unos procedimientos bien llevados y seguramente esa tristeza infinita se podría paliar. Después del intento de suicidio se lo tomaron un poco más en serio, pero aparte de una medicación más intensa y un seguimiento más exhaustivo, ni hubo resultados ni se produjo la conexión imprescindible entre el profesional y el paciente. Otra cosa, piensa Feli, es tener dinero y elegir, y tener sesiones semanales y... Ella misma necesitaría una, una terapia intensiva que le permitiera despojarse de este resentimiento que le crece por dentro, que lleva creciendo toda la vida, desde que dejó de ser la niña Felicidad y se convirtió en Feli la actriz, la hipócrita que sonríe todo el tiempo y que acumula toneladas de malestar que engulle sin masticar, porque su padre no tiene la culpa, porque sus pocos amigos no tienen la culpa, porque los residentes no tienen la culpa, porque los compañeros del taller literario, egos superlativos aparte, no tienen la culpa, porque Guille tiene menos culpa que nadie y es con él con el único que deja que salga de forma tan contenida como cuando se deja salir el aire de un globo para que produzca ruiditos diversos. A ella le haría falta una terapia. Ella tendría que ir con Laia Vallverdú, Psicóloga Clínica, Terapia Familiar, Individual y de Pareja, Ruiz Gómez, número 2. Qué raro que nunca se haya fijado en esa tarjeta de visita, qué raro que nunca se le haya ocurrido que las ausencias de los martes, además de con la peluquería, lo que era evidente por lo arreglada que volvía siempre Valeria, tuvieran que ver con algo así y no con visitas a algún familiar o alguna amiga, como todos daban por hecho. Qué raro que nunca se le haya ocurrido que la vida de Valeria tuviera algo que ocultar, algún misterio más allá de la convencionalidad con que parecía haber vivido siempre.

Devora las páginas escritas en el cuaderno, sortea la caligrafía irregular, se sorprende de que apenas haya faltas de ortografía, que la sintaxis sea bastante correcta y el estilo fluido. No parece una persona mayor quien escribe y desde luego Feli, acostumbrada a algún que otro aprendiz de escritor, tiene que reconocer que en su taller y con esa edad Valeria se llevaría de calle los aplausos y el reconocimiento de Rafa. Navegar por las confesiones de Valeria le produce una mezcla de emociones inesperada. Sabe que no está bien lo que está haciendo, pero es incapaz de evitarlo. El cuaderno, después de todo, estaba totalmente a la vista. Si ya ha curioseado tantas veces rebuscando en cajones y armarios, esto que ahora hace no le parece que tenga el menor delito.

Y empieza entonces a entender muchas cosas. Puede interpretar y reconocer a las personas de las que se habla entre las fotografías que ya conoce. Por fin sabe que Gadea no era una mascota, sino su hermana. Y que la chica de los pelos de colores tiene que ser Olvido. Y también descubre que Clemenciano Santaclara, como sospechaba Guille, era su tío abuelo, y no es difícil imaginar que tuviera algo que ver con la muerte de la maestra que Guille ha investigado si fue capaz de promover el asesinato de ese tal Onel, que con ese nombre solo puede ser el hijo de la maestra, y ese descubrimiento la excita considerablemente y saca el móvil del bolsillo de la bata y fotografía las páginas y sin pensarlo siquiera se las envía a Guille, que va a disfrutar enormemente con ese hallazgo.

Qué curiosa es la vida y qué casualidades encierra. Cuando Feli era pequeña recordaba que con su abuela, en los días aquellos terribles en que la palabra Toledo era la ausencia de papá y la tristeza de mamá, veían por las mañanas una telenovela posiblemente mexicana en la que una madre dejaba a su hijo en adopción (o se lo robaban, no lo recuerda muy bien) y muchos años más tarde, cuando se trasladaba a vivir con su otra hija a un departamento (departamento, recámara, golpiza... qué palabras aprendió por entonces), coincidía que los vecinos de la puerta de al lado eran justamente la nueva familia de su hijo (adoptado o robado, lo mismo daba). En una ciudad de millones de habitantes, le decía entonces Feli a su abuela, y ella, con aquel acento delicioso aragonés, le contestaba: la casualidad es lo que mueve la historia, todo fluye o se estanca movido por la casualidad, y añadía que esa era una frase de un filósofo muy importante, pero a Feli no terminaba de convencerla. Su abuela seguramente se limitaría a asentir con la cabeza si ahora Feli le contara de qué forma se enredan las cosas.

Y aunque ella no tenga ni idea, en ese lugar improbable en que habitan los espíritus, la abuela de Feli, que ha accedido a otra dimensión del tiempo vuelve a pronunciar la frase esa de la casualidad y aunque los espíritus casi nunca abandonan la impasibilidad, se estremece por un instante. Y cierra los ojos.

88

En Gijón. Es domingo. Hace sol, y qué más da

Seguramente habrá otro dolor y será más intenso, pero ahora con el que compartimos hay más que de sobra. Suficiente para comprobar que tenemos un agujero en el pecho y el aire se cuela dentro y nos hiela las entrañas. Las dos, y no es que quiera hacerme protagonista de algo que no me pertenece. Es que he descubierto cómo me duele el dolor de Laia, de qué forma también es mío, como es mía su risa, y su boca es mía y su frente dulce. Del mismo modo que me pertenecen sin pertenecerme sus silencios y su pensamiento. Ahora el dolor es filo, es memoria de cualquier otro dolor, multiplicado, elevado a una potencia de desesperanza, ajeno al más leve atisbo de razón. Claro que podemos pensar que los días fríos son el sustento de primaveras desmedidas. Claro que podemos aliviarnos con las palabras que elevan, que explican, que calman. Claro que podemos dejar pasar las horas y que el dolor encuentre su camino de curación. Pero eso no restaña la herida, ni explica que yo, ajena como podría ser a esa dentellada inmisericorde, sostenga en mis manos el peso del mundo en este momento, del dolor de los planetas desgarrados, la agonía del firmamento anochecido. Nada que no sea la evidencia del amor, porque la magnitud del sufrimiento solo se explica porque ella sufre. Porque su dolor me traspasa y la mordedura de su congoja también es mía. Las dos tenemos un agujero en el pecho, y en el vientre un vacío, y algún día ese hueco lo ocuparán las flores que hoy solo son ceniza.

89

Acabo de llegar y no he hecho otra cosa que quitarme los zapatos y me he puesto a escribir. Aunque hoy he ido a Gijón, como cada martes, he preferido volver un poco antes. Después de comer en el Club de Regatas donde, por cierto, me he encontrado con la viuda de un primo de Alfredo que hacía mucho tiempo que no nos veíamos. Lo rápido que pasan los años, Dios bendito. En esas cosas iba pensando mientras paseaba por el Muro. Crucé en el semáforo de la escalera 7 y me metí por la calle Caridad, desde el México Lindo, que era el sitio al que le gustaba a Olvido que la llevara a tomar el vermú cuando era pequeña porque le encantaban las aceitunas. Me vino de golpe todo ese tiempo, porque pasé por delante del colegio San Vicente, y aunque ahí fue donde estudiamos Gadea y yo, me venían los recuerdos de Olvido con el uniforme de jersey azul de pico, camisa gris y falda de pata de gallo gris y el trabajo que me costó convencer a Gadea de que era lo mejor llevarla a ese colegio, que prácticamente era cruzar la calle, porque ellos vivían justo en la esquina de Marqués de Casa Valdés con Caridad. La veía el primer día de colegio, con unas trenzas apretadas y la cara resplandeciente, y me pregunté cómo era posible que hubiera pasado tantísimo tiempo. Justo enfrente había una madre joven de pelo rizado con un niño pequeño, creo que era un niño porque llevaba una melena rubia y era tan guapo que bien podría ser una niña. Se agarraba a su cuello y decía: «Mamá, *pomigo*, *pomigo*», que supongo que quería decir conmigo. Me dieron ganas de decirle que no se perdiera ni un instante de esos días, porque yo también había tenido una niña que me decía «tía Valeya, tú, conmigo», y parecía que aquello iba a ser para siempre, y ya ves. Pero me contuve y a cambio, cuando giré por Marqués de Casa Valdés, se me estaban cayendo unas lágrimas de lo más tontas, de modo que al entrar en la peluquería, Carmen me preguntó si estaba bien, y tuve que contarle la trola de que ando un poco constipada, pero no creo que me haya creído.

El cuerpo, los sentidos guardan la memoria de los lugares. Me sucede a veces. Voy por una calle y de pronto al llegar a un punto determinado hago un movimiento como para esquivar algo que no hay, pero de pronto caigo en la cuenta de que cuando era niña ahí estaba el saliente de un edificio que ya hace décadas que fue demolido. Mi cuerpo recuerda que ahí justamente tenía que hacer esa pequeña curva, y se mueve independientemente de que los ojos le estén informando de que nada entorpece el paso. Me pasa algo mucho más espectacular. Voy caminando por la calle y de pronto me llega un olor y no hay justificación para ello, pero mi cabeza entonces consigue abstraerse y me doy cuenta de que estoy pasando justamente delante de lo que en su momento fue la panadería Zarracina. También me pasa cuando llego cerca de lo que fue la Fábrica de Gas, que me llega el olor insoportable a coque. O en algunos puntos que siento la necesidad de mantener una distancia, porque en mi memoria sigue estando el paso del tranvía. La vejez es muy rara.

También los lugares guardan la memoria de lo que fuimos. Me senté un ratito en la Plazuela y desde allí miré mis balcones, que ahora son los tuyos. Sé que el banco no es el mismo, no sé si los árboles lo serán, aunque no creo, pero sé que ese espacio tiene escrito en el aire tanto de mi vida que sería fácil leer todas las líneas de mi historia, de gran parte de mi historia. Ahí están los chillidos de Gadea, las confidencias con mis amigas, las miradas que cruzábamos con los chicos, las voces de las madres reclamándonos, la gente que iba y venía desde la calle Uría hacia la calle Covadonga, el miedo que teníamos a los obreros cuando las huelgas, el pavor que la palabra anarquista o comunista nos provocaba. Por un momento, allí sentada vi venir caminando a mi padre, con el maletín de cuero con el que visitaba a sus pacientes, donde llevaba el estetoscopio y todas aquellas cosas que eran absolutamente intocables para nosotras. Lo vi venir sonriéndole a alguien que venía frente a él, y pensé que sería mi madre, pero no, era Onel, se abrazaron y caminaron juntos hacia mi casa. Yo quise decirles que estaba allí, pero para ello cometí el error de abrir los ojos, y el blanco y negro se convirtió en color, y eran las cinco de la tarde y habían pasado ochenta años.

Es tan curiosa la vida. Tenía muchas ganas de llegar a casa y escribir esto que te acabo de contar, porque fue una sensación muy intensa. Tanto que no consigo arrancármela del pensamiento, no puedo dejar de pensar que este episodio es un adelanto de la muerte, del encuentro con todos los seres que he querido y que ya no están. A lo mejor el más allá es eso: los escenarios en los que hemos vivido, las personas que formaron parte de ellos, repitiéndose en bucle, mezclados, sin penas ni olvido, sin agravios ni culpas. Todo leve, todo sin aristas.

Si es que me voy a morir pronto (y me voy a morir pronto, de eso no puede caber ninguna duda, dure el tiempo que dure, los calendarios señalan que no puede ser mucho), algo tendré que hacer para desenredar la maraña en que se fue convirtiendo mi vida. Y eso que he tenido una existencia simple. No me he complicado con amantes, ni con novios, no he tenido hijos con los trastornos que traen consigo, los conflictos con las nueras, los enredos con los nietos. Y aun así, ya ves. La vida da para mucho: para unas pocas risas, pocas la verdad, para mucho sufrimiento, para muchos errores.

A mí me habría gustado pasar por la vida sin equivocarme. Sin tener que arrepentirme de nada, pero aunque no te lo diga, al ir hablando de las cosas, me voy dando cuenta de todos los desaciertos que he tenido, algunos siempre me han acompañado en forma de remordimiento más o menos llevadero, pero otros aparecen al hablar. Es curioso cómo al vivir vamos haciendo cosas que en su momento nos parecen inofensivas pero tienen repercusiones imprevistas en otras personas y hasta causan sufrimiento.

Yo siempre creo que hice lo mejor por Olvido. Le di todo lo que podía darle, lo mejor. Quería rescatarla de aquel universo de malos ejemplos que veía en casa, con tanta política y tan pocos principios religiosos, y siempre con gente con problemas, que si a uno lo metían en la cárcel, que si a otro lo echaban del trabajo, los que no tenían para pagar el alquiler, y siempre conspirando contra el Régimen, que ya lo decía Alfredo, eran de los del contubernio, yo creo que hasta apoyaban a terroristas, no te digo más. No quería que Olvido se convirtiera en una de ellas, yo quería que fuera una señorita, porque es la única forma de que las cosas le fueran mejor en la vida. Para eso le enseñé modales, y me empeñé en que estudiara el bachillerato y quería que hiciera una carrera. Yo no pude hacerlo, porque entonces las cosas eran distintas y después de hacer el bachillerato elemental, a no ser que estuvieras dispuesta a no tener novios y a considerar la opción de casarte como algo secundario, no te planteabas mucho más, porque eran años que se perdían sin remedio, y si te metías en los veintitantos ya estabas un poco pasada para escoger novio, nada te garantizaba que encontraras alguno bueno que estuviera sin coger ya. Así que ni Gadea ni yo estudiamos, pero tampoco me hizo mucha falta, la verdad, ya sé que me torcerás el gesto si te digo que la mejor carrera es un buen matrimonio, pero las cosas son así, al menos en mi tiempo así eran. De todas las amigas del colegio solo dos estudiaron, una se hizo maestra y la otra estudió la carrera de Filosofía y Letras, y las dos se quedaron solteras, así que de qué les sirvió. Pero eran otros tiempos, ya lo sé, y por eso yo quería que Olvido estudiara una carrera, Derecho, por ejemplo, que siempre le ofrecería la posibilidad de encontrar un novio con proyección de futuro entre los compañeros. También estudiaba música, eso desde pequeña, que yo me encargué de ponerle una profesora de canto y de solfeo y de piano, y como le gustaba la guitarra, también de guitarra. Podría decirte que la música y los estudios fueron su perdición, pero no estoy del todo segura. Las compañías, claro, eso también, eso es lo que echa a perder a una persona, debería haber estado más pendiente. Su madre se empeñó siempre en juntarse con los peores, los hijos de las criadas, las pobres del colegio, nunca estuvo a gusto con la gente de su clase, con los que le correspondían. Así que a lo mejor, lo de Olvido era inevitable.

Como he tenido mucho tiempo para pensar, le he dado mil vueltas y me he preguntado en qué momento dejó de ser la niña dulce y maravillosa para convertirse en aquella otra, la desconocida, pero no doy con la respuesta concreta. Otras consideraciones aparte, yo creo que cuando dejó de poner la radio y de escuchar las canciones de Sergio y Estíbaliz, y aquellas canciones tan bonitas de Nino Bravo y de Camilo Sesto, y aquella de «Se llamaba Charly, la encontré en la calle tendida», que no sabes lo bien que la cantaba Olvido con la guitarra. De pronto, empezó a comprar discos muy raros, todos en inglés, ni siquiera quería los míos franceses, los de Claude François y aquella canción de France Gall, *Poupée de cire, poupée de son*, que, fíjate tú, ahora me acuerdo de ello, y la veo a mi niña cantándola con su francés perfecto y aquella gracia que tenía, y me dan unas ganas de llorar espantosas. Cambió todo eso por el ruido. Pero ruido, ruido, porque, oye, los Beatles eran lo que eran, pero al menos había algo de melodía. No recuerdo de quiénes era de los que escuchaba, pero eran horribles. Sí, me acuerdo de uno, porque anduve buscando para regalárselo por Reyes, que me había dicho que lo quería y lo encontré en Discoteca, la tienda de discos que estaba en la calle San Bernardo... Ramones, eso es. Tú los conocerás, seguramente. Puro ruido. Y con la música, vino lo demás. Empezó a vestirse con una ropa lamentable. Mira que vestía bien. En las mejores tiendas de Gijón, en La Sirena, y en Botas, que le gustaba mucho. Y las telas y los bordados que le había comprado yo siempre en Balcázar y en Tritón, para que le hicieran los vestidos a medida... Pues nada, todo eso que yo había tratado de inculcarle se quedó en nada, empezó a ponerse una ropa rara, pantalones que compraba en cualquier sitio, camisetas que parecía que estaban usadas. O faldas largas y aquellas botas camperas. Iba al instituto hecha un adefesio. Hablé con su madre y me dijo que lo que le pasaba a Olvido era que no quería ser pija, mira tú qué explicación. Me dijo que le preocupaban más otras cosas, como que las notas habían bajado, y era verdad, pero siempre habían sido muy buenas, así que pasar de los sobresalientes a notables no me parecía una gran tragedia. Luego, cuando iba a sexto de bachiller se empeñó en ir a Londres, a aprender inglés en verano. Ella buscó todo, una residencia, me explicó que eran no sé cuántas horas de clase. Yo solo tenía que poner la pasta (empezó a llamarlo así, siempre había dicho el dinero) y sus padres el permiso.

No era la misma cuando volvió, ya nunca fue la misma, pero yo creo que lo único que ocurrió en Londres es que se puso de manifiesto lo que ya había en ella. Se hizo más evidente, y como llevábamos un mes sin verla, así, de golpe, impresionaba más.

Gadea empezó a sufrir, porque a partir de ahí vimos que había problemas: a ella solo le importaba tocar, pero no como antes, llamaba tocar a unos ruidos infames, disonantes, horribles, con unos chicos que no sé de dónde había sacado, aunque por lo visto eran estudiantes de los

Jesuitas, y aunque yo no me lo podía creer con aquella pinta, por lo visto hasta eran de buenas familias. Faltaba a clase, nos llamaban del instituto, y ya nos avisaban de que andaba en malos pasos. Si sus padres no hubieran estado tan preocupados por la «Revolución de los Claveles» de Portugal y con manifestarse todo el día que si amnistía y libertad, si no hubieran hecho tanta fiesta como se hacía en aquella casa cada vez que daban el parte médico del Caudillo, si no hubieran vivido pendientes de la política y de todo aquello, y le hubieran prestado más atención, Olvido no se habría perdido de la forma en que lo hizo. No habría terminado sus días en mis brazos, en una carretera, cubierta de sangre.

Estoy un poco cansada, ha sido un día raro y llevo escribiendo mucho rato. Han venido a traerme la cena a la habitación porque, otra vez, se me fue el santo al cielo y no bajé al comedor. Por un instante, solo por un instante, he vuelto a tener eso que a lo mejor podríamos llamar una alucinación, porque he tenido la impresión que quien entraba en mi habitación era una mocina de Casa Rato, de las que iban a servir los encargos a domicilio. Lo hacían en bandeja de plata, que eso sí que era lujo y lo demás tonterías. Por un instante me llegó el olor de los suizos de jamón york, los sándwiches, que los hacían riquísimos, las yemas de café, y hasta las pastillas de café con leche de la vaca que tenían en el escaparate y que volvía locos a los chiquillos porque movía el rabo... Tardé en entender que era una de las chicas de la residencia y que lo que venía en la bandeja era puré de calabacín y tortilla francesa...

Así que por hoy voy a dejarlo, porque además apenas puedo ya con las articulaciones de los dedos. Mañana sigo.

En Gijón, en este tiempo que es como si no fuera

También es casualidad. Laia me contó una vez que antes de nacer, el nombre que estaba previsto para ella era Dídac, si era niño, pero de no haber triunfado la opción de Laia, su madre era partidaria de llamarla Anabel, que ni era nombre catalán, ni siquiera castellano porque se trata de un hipocorístico. Bueno, pues yo llevo con una canción metida en la cabeza desde el otro día que se titula así. Qué mala es esta costumbre mía de acumular morralla y lo que no es morralla musical en la cabeza.

En nuestra casa de Richmond en Gijón suenan casi todo el tiempo Madeleine Peyroux, Julia Stone, The Waifs. Debe de haber sonado *Downroads* como diez veces. En bucle. Hace un rato me alegré porque oí a Rupa and The April Fishes, y asocié ese sonido a un estado de ánimo más optimista, pero enseguida volvieron la Peyroux, y la Gardot. Laia trata de sonreír, pero la verdad es que eso le ha afectado mucho más de lo que yo creía. No. Sabía que iba a afectarle mucho. Yo nunca había visto a Laia tan decidida a hacer algo. Tan ilusionada. Se lo tomó tan en serio que hasta decidió que tenía que perder dos kilos (dos kilos, Dios, si está delgadísima) porque no quería afrontar el embarazo con un solo gramo por encima de 22.5 que según ella es el IMC perfecto (el mío es de 28, no te digo más). Y había empezado a tomar ácido fólico dos meses antes. Fue estricta, cuidadosa, sus horas de sueño, su buen humor, su dieta hipercuidada, todo. No quiero ni imaginar cómo habrían sido el resto de los meses. Pero no solo no pudo ser, es que esta mañana que hemos ido para seguir el control después del legrado, le han dicho que en vista de esto, intentarlo otra vez tiene riesgos. No esperaban que esa malformación, que no es muy importante, supusiera algo tan inapelable, y no, no pueden garantizar que no vuelva a pasarle. Y peor aún, lo más probable es que el desastre sobrevenga cuando ya esté de veinte o veinticuatro semanas. Con lo que eso supone. Así que Laia está viviendo un duelo por partida doble, y yo poco tengo que decir, salvo matarme para que no tenga que preocuparse por nada, encargarme de que la casa esté limpia y recogida, animarla a que salga a la calle con *Frida* y conmigo (eso de momento solo lo conseguí ayer). Porque luego está la cosa esa del delicado equilibrio entre que se sienta muy querida pero sin que le suba el índice glucémico. Y tengo que cuidar eso, porque la ternura que me suscita, esos ojos apagados, la sonrisa triste, las manos desiertas, todo en ella me hace comérmela a besos. Y no, tampoco me puedo pasar, porque tal como está ahora solo me necesita a mí agobiándola para no terminar de levantar cabeza.

Además hemos tenido visita de la suegra.

La madre de Laia ha venido a verla y se ha quedado un par de días aquí, y ha sido extraño. Ahora sé cómo se puede sentir Laia con mi madre, aunque en mi caso la complicación esta mental es más intensa. Yo ya he tenido una suegra. Y una suegra de las de libro, que ni acordarme quiero de cómo era la cosa, y mira que yo tampoco soy una nuera tipo, y pasaba de todo, pero era meterse en nuestra vida de continuo. Y como Marcos no la aguantaba, me la empaquetaba a mí, que tenía que lidiar con sus observaciones, sus impertinencias, sus exigencias, y todo el amplio muestrario de virtudes de las suegras tipo, las de manual. Las de los chistes. En el tiempo que estuve con Marcos lo pasé fatal. Tenía la mala costumbre de meterse con mi peso (bueno, mi madre también lo hace, pero no es lo mismo) y yo, para zanjar la conversación, solía decirle que estaba a dieta, lo cual tampoco era mentira, porque yo las dietas las empiezo casi todas las mañanas y las abandono, cuando aguanto mucho, más o menos hacia la hora de la merienda. Pero ella se lo tomaba tan en serio que cuando íbamos a comer a su casa decretaba que yo estaba a dieta y me ponía un filete diminuto a la plancha y un plato de ensalada. Que a los demás les sirviera siempre mis platos favoritos, tenía que ser casualidad, ya lo sé, no iba a ser tan malvada de averiguar que lo que más me gusta del mundo es la lasaña y las albóndigas, pero la cosa es que en su casa lo pasaba horrible, y más cuando veía a una de mis cuñadas zampar como si no hubiera mañana, flaca como una modelo de pasarela. No quiero ser quisquillosa, pero a ella, encima, siempre le insistía en que repitiera. De todo, hasta de la tarta.

Total, que con ese precedente yo me temía cualquier cosa cuando llegó Llura, pero fue todo tan natural que si me siento feliz de tener una compañera como Laia, me siento igual de feliz de tener una suegra como Llura, con su pelito corto blanco con mechas muy finas de color violeta, su cuerpo ágil, sus faldas largas y estrechas negras, sus blusas de colores y sus zapatos planos. Es profesora de latín y griego a punto de jubilarse, y es maravilloso hablar con ella. Como estas cosas suelen ser mutuas, parece que yo también le caí bien. Y lo curioso que resulta, porque me sentía con ella como con la madre de una amiga. No había esa sensación de que se tratara de la madre de mi pareja.

La visita de Llura creo que le vino muy bien a Laia. Además consiguió que comiera de lo lindo, porque le hizo los platos que le encantaban de niña, aunque eso la ponía blanda y le caían las lágrimas en cuanto probaba el primer pedazo de escalibada o de coca con sardinas y tomates o aquella crema catalana, que nos hizo un montón y la guardamos en *tuppers* en la nevera, con su costra de caramelo crujiente, que pienso en ello y me pongo igual que el perro de Pavlov.

A última hora de la tarde nos sentábamos las tres en la terraza y veíamos ponerse el sol, el mar en calma total, y el día prolongándose hasta tardísimo, con una botella de vino blanco y mucha conversación de tonterías, historias familiares, noticias de viejos conocidos (a quienes yo, naturalmente, no conocía, pero me daba lo mismo), alguna frase en catalán que no me costaba entender y algo de política, política catalana y eso, quiero decir, que a Laia no parece interesarle mucho, pero su madre tiene posturas muy claras.

De lo que apenas hablamos fue del asunto, del Gran Desastre, de la posibilidad de nuevos intentos. En eso la discreción (no sé si eso será lo del *seny* ese que tanto se menciona) de Llura fue exquisita. Bordeaba siempre los temas, de forma que Laia no tuviera noticia del embarazo de dos de sus primas. Y si veía cómo su hija se dejaba ir inevitablemente al lado tenebroso, a ese lugar en el que solo habitaba su propio desconsuelo, inmediatamente encontraba la fórmula para captar su atención con cualquier otra cosa.

Hay quien dice por ahí (aunque en general, o al menos en lo que a mí respecta, no puedo estar más en desacuerdo) que mires a tu suegra para saber cómo será tu mujer cuando pasen los años. Si el destino de Laia va a ser parecerse a Llura, me la pido por los siglos de los siglos. Me encantó hablar con ella de tantas cosas, le interesó mucho mi trabajo, reconoció a Emmanuel Sougez en la foto que tenemos en el pasillo, y me dijo que había una que le gustaba, la de la mujer que mira tras la ventana, como yo no caía en la cuenta de cuál era, en un pispás lo buscó en su móvil y me la enseñó. También hablamos de Sophie Calle y coincidimos en lo mucho que nos gustan algunos de sus trabajos, y seguimos hablando de fotógrafos, y de pintores, y de escritores y de libros y me gustó mucho porque cada vez que yo le hablaba de alguna obra que ella desconocía, de inmediato acudía a su móvil y la buscaba, y me di cuenta de que yo quiero ser así siempre, y de que Laia también lo es, y por eso, entre otros varios millones de cosas, la adoro.

En lo que ya no estuvimos tan de acuerdo, y esto fue curioso, fue en el baúl que a falta de una ubicación definitiva tenemos en la entrada. Al principio nos dijo que qué bonito y se sorprendió cuando le expliqué, buena soy yo para una ocasión que tengo de hacer valer mi esfuerzo, dedicación y paciencia, todo el proceso de restauración. Y como podía documentarlo, tiré de móvil para que viera las fotos. El problema estuvo en el momento en que lo abrió, la forma en que torció el gesto, y se le nubló la mirada. Pensé que Laia le habría contado la pesadilla que había tenido y su convicción de que había albergado un cadáver, pero por lo visto no tenía ni idea. Eso sí, como yo le pregunté inocentemente si no le estaba gustando cómo quedaba con la tela acolchada como forro (mi esfuerzo me estaba costando), se limitó a no entrar en detalles, solo su boca dibujó en el aire una palabra que no llegó a pronunciar y me dijo que bueno, era solo que, bueno, que nada.

Sentí que se marchara tan pronto, pero me dejó muy feliz el cariño tan generoso que mostró hacia mí. Su forma de conjurar el desánimo, la serenidad que transmitía siempre, la vitalidad en calma que emanaba de sus pasos. Lo cierto es que es una mujer tierna, sensible, respetuosa, discreta.

Vamos, igualita que mi madre, ya te digo. Que no voy a acusarla yo de no ser nada de eso que adorna de forma natural a Llura. Es que mi madre es como es: no filtra. Escucha aquí y suelta allí, sin molestarse en tamizar siquiera la información. Y habla mucho, y quien mucho habla mucho yerra, aunque en este caso tal vez debería decir, y sin que sirva en absoluto de precedente, que por una vez quien mucho habla en algo acierta, porque tengo que reconocer que lo que ahora me ocupa el pensamiento fue cosa de mi madre. Laia estaba duchándose y ella me acompañaba en la cocina, mirando con ese gesto que pone, con el que sabes que queda menos de un minuto para que diga algo así como: Pero, nena, cómo se te ocurre comprar para zumo esas naranjas si se ve claramente que son de mesa, y además en julio, que no es fecha de naranjas, todas estas que vienen ahora a saber de dónde las traen, las buenas son las de aquí, las que vienen a partir de noviembre o así, todo lo demás no es para fiarse. Yo estaba tratando de mantener la calma porque me he propuesto no tener una discusión con nadie, ni con Laia ni con mi madre. Por mi propia salud, pero sobre todo por Laia, quiero que no tenga otra cosa que paz a su alrededor a ver si eso contagia su atribulado corazón, y vernos discutir a mi madre y a mí aunque sea por una tontería, y las naranjas lo eran, consigue crispar al más calmado de la tierra.

Fue esta misma mañana, antes de irnos a la clínica, que eso sí, tengo que reconocer que en esto mi madre se está portando, la tenemos de taxista, aunque igual no tiene del todo mérito, porque ella con tal de marcharse de casa y perder de vista un rato a mi padre, lo que sea, y llevarnos a nosotras y traernos (aunque ahora ya no haya nieto por el medio) la hace sentir útil y de alguna forma importante. Mi madre bajó la voz:

—¿Y si a Laia le dicen que no es conveniente que lo intente de nuevo?

—No sé, mamá, no tengo ni idea, y mira que lo he pensado.

Se concentró en quitar un poco de porquería que su infalible y minucioso radar había detectado en una junta de los azulejos.

—Tengo que comprarte un rotulador de esos blancos para las juntas, que van muy bien, *hijapordiós*, que hace dos días que estáis aquí y mira cómo se te están poniendo, qué cantidad de porquería. —Yo abrí la boca un par de veces y volví a cerrarla. No iba a caer en ningún tipo de provocación, ni siquiera las involuntarias, aunque eso me hizo dudar: la provocación tiene que tener intención, ¿no? Mi madre seguía pensativa, en silencio durante unos instantes, y de pronto, como si no se atreviera del todo a decirlo, y eso ya es una novedad tratándose de mi madre, añadió—: Lo que pasa es que...

Fue esa vacilación la que me hizo mirarla de hito en hito (ay, cómo me gusta esta expresión, qué ganas tenía de poder usarla) preguntándome qué tipo de pensamientos la rondaban en ese momento.

—Yo no debería meterme... pero qué coño, por qué no me voy a meter. Bien buena soy que acepto las cosas, las asumo y las entiendo y os apoyo. A tu hermano y a ti, que mira que lo mío también es de traca. Lo cuentas y no lo cree nadie. Que, por cierto, ya estoy más cerca de saber si es genético lo vuestro, porque ando averiguando con la familia de tu padre y parece que hay algún caso sospechoso. Los que yo creía y algún otro, un hermano de tu bisabuelo, que se marchó a Cuba y que por lo visto anduvo de cabaretero, mira tú...

Debió de fijarse entonces que yo había cruzado los brazos sobre el pecho y la miraba como esperando (lástima, aquí lo de *de hito en hito* ya no queda bien).

—Sí, vale, luego te lo cuento, lo del cabaretero. Lo que quería decirte es que, bueno, mira, nena. Lo bueno de ser una pareja de mujeres es que en casos como este, resulta que tenéis dos úteros.

Y justo en ese instante oímos que se abría la puerta del baño y Laia hizo su entrada con el albornoz y la melena clara, que le ha crecido mucho, recogida en una toalla. Le di el vaso de zumo de naranja y yo me bebí las últimas palabras de mi madre, que desde entonces y más después de la decepción que apenas lo fue ya de tan esperada, de esta mañana, no han dejado de centrifugar en mi cabeza.

Dos úteros. El mío.

Y aunque por momentos me parece una barbaridad, me ataca a traición la sensiblería, y me pueblan, mezcladas con las escasas pronunciadas por mi madre, otras que llevaban una música: *Nunca pudo acunarle, tan pequeño, que se lo llevó el aire, mi pobre Anabel.*

Esta noche soñé con una pecera. Yo estaba dentro y fuera a la vez. Me veía desde dentro, y era mucho más joven, pero era yo, rodeada de gente a la que no podía reconocer, aunque sabía que todos formaban parte de mi vida, y de mi historia. Había una niña pequeña llorando desconsolada, la veía desde dentro, a través del cristal, y no podía ver su rostro, pero me tranquilizaba pensar que no era Olvido, hasta que caía en la cuenta de que Olvido, incluso en el sueño, estaba muerta. Miraba desde fuera y veía un pez que era yo, boqueando, tan frágil, pero miraba desde dentro y sabía que la que era débil era la que me miraba. No entendí nada, y además, él, con sonrisa o sin ella, no estaba en el sueño. Yo (no sé si la de dentro o la de fuera) sabía que ya se había ido, que tal vez era el momento de pagar la culpa, y justo cuando lo estaba pensando, el pez empezaba a boquear con más desesperación, parecía que se estuviera ahogando, y así era, porque la pecera ya no era pecera, sino el estanque de los patos donde llevaba a Olvido los domingos por la mañana, y estaba llena de plumas, plumas de los patos, y las ocas, y me llenaban la boca y la nariz y me quedaba el espacio justo antes de cerrar los ojos para ver que la niña que lloraba, de pronto, sacaba un abanico enorme, y con un golpe absolutamente decidido y contundente lo abría del todo y se tapaba entera, y yo sabía que ya no podría ver su cara. Y que entre las lágrimas, sonreía. Con esa maldad demoníaca de los niños de las películas de terror.

Se había tomado demasiados días desde la intervención y, mientras paseaba con *Frida* por el Muro sorteando a los bañistas ansiosos del sol de julio que parecían haber entablado una competición para bajar cuanto antes a la playa, decidió que empezaría a hacer las llamadas a sus pacientes para comunicarles que volvía al trabajo. No había sido tanto tiempo como temía, y no pudo evitar ver escrita ante sí, como complemento a ese verbo, la palabra desgraciadamente. Ojalá, ojalá hubiera tenido que estar sin ver a sus pacientes meses enteros. Cualquier cosa mejor que ese vacío que llevaba en su vientre, como un boquete enorme a través del cual pasara el aire. A veces se sentía así: hueca, sin consistencia alguna. Las pocas personas que sabían lo que había ocurrido, por suerte, no habían intentado consolarla con la retahíla de frases que se formulan, con tan poco acierto en esos casos. Trataba de recordar si ella alguna vez había sido tan estúpida como para decir los lugares comunes a alguna paciente en esa situación. No era capaz de acordarse de si había tenido alguna paciente que hubiera sufrido un aborto de forma natural y rogaba a los cielos que, en el caso de haberla tenido y no recordarlo, jamás hubiera contaminado el aire con palabras tan inútiles como las que, ahora lo veía, solían utilizarse.

Aunque Emma le decía las cosas con un cuidado infinito, y poniendo el máximo de atención para evitar cualquier intromisión en el proceso, veía en sus ojos el deseo de que se abrazara a la rutina como salvación y recuperara su ritmo. Y ella sabía que esa era la única opción posible.

De todos modos, Emma llevaba un poco rara desde un par de días antes, desde que la esperanza levísima que les quedaba de que el aborto hubiera sido algo sin importancia y sin consecuencias se hubiera evaporado sin más. Laia recordaba que, de niña, en la época en que le encantaban los cromos de picar, una noche había soñado con una caja enorme en la que cabía ella misma, con millones y millones de cromos. Recordaba la forma en que los sentía en sus manos, cómo los lanzaba al aire y cómo se despertó con las manos apretadas, como si hubiera tratado de retener y llevarse al territorio de la vida el mayor número posible de aquellos cromos que vivían en el sueño. Aún despierta se resistía a abrir las manos, porque en el fondo, mezclado el sueño y la vigilia, creía que alguno tendría que haber conseguido atrapar. La sensación de pérdida. Esa.

No quería apresurarse: sabía de sobra lo de las heridas cerradas en falso y la necesidad de duelo. No lo iba a saber ella, por más que a lo largo de su vida se hubiera sabido dueña de una fortaleza que no siempre la salvaba del sufrimiento inexorable que llevaban aparejadas determinadas decisiones. Se había ido de su casa muy pronto, alentada por las convicciones maternas de la necesidad de independencia, y su convicción, la fe que tenía en Laia de que disponía de recursos suficientes para enfrentar la vida, alas para probar. Por eso la animó también a que se trasladara a Madrid para terminar la carrera y hacer el doctorado. Todo eso, unido a la facilidad que siempre había tenido para ir solucionando los aspectos más prácticos de su existencia sin tener que recurrir (al menos no demasiadas veces) al apoyo familiar en forma de transferencia bancaria, le había proporcionado la certeza de que en su personalidad disponía, además de la forta-

leza y la tenacidad, la solidez que la mantenía atornilla-
da al suelo en sus decisiones, de una dosis de invulnerabilidad que, y eso no tenía más remedio que admitirlo,
no era tanta como se había contado a sí misma, ni como
había hecho creer a los demás.

Así que, sin demasiadas prisas, pero sin ceder tampoco a la tentación de autocompadecerse mucho más tiempo, tendría que empezar a dar los pasos para ir volviendo
a su vida. Recuperar a los pacientes, reanudar las consultas. Y pensó entonces (mientras consideraba que estaría
bien dar la vuelta, porque ya habían superado la escultura de la Madre del Emigrante, y aunque a *Frida* le sobraba energía era su primer paseo sola con la perra y estaba
notando por momentos que era esta la que la arrastraba
a ella, lo que evidenciaba su deficiente forma física) en
Valeria, y se preguntó si habría escrito en su cuaderno,
cuál era el misterio que se escondía en aquel sobre, cuál
era el pecado que se relacionaba con aquel perdón, cómo
era posible que, a pesar de haber hablado tanto, tuviera
la sensación de que nada auténticamente esencial se había tocado, y tuvo urgencia de tenerla sentada frente a
ella. Igual era un buen síntoma. Igual estaba mejor.

Un silbidito, acompañado de una vibración, anunció
la llegada de un whatsapp de Emma. Con su habitual
profusión de emoticonos sonrientes y besucones, le decía
que la quería, que la echaba de menos y que esa misma
noche la invitaba a cenar. Porque tenían que hablar.

93

Ha pasado por el banco después de descubrir, tras una consulta en la web, que están en números rojos. Sucede un par de veces al año, así que no debería pillarla de sorpresa: cuando se junta el seguro de la casa, que esta vez ha subido por encima de su propia previsión de gastos, con el de la luz, que se ha puesto imposible, y el trimestral de la comunidad. Si uno de esos meses se pasa un poco, en lo que sea, el resultado es un sobresalto, porque a Feli, que desde niña ha tenido que lidiar con eso de andar justitos de dinero, la posibilidad de quedarse a descubierto le produce terror. Seguramente heredado de su madre, a quien siempre recuerda enfadada con el mundo, con los seguros, con los abogados, porque el accidente no solo marcó sus vidas para siempre por las consecuencias de un padre condenado a la silla de ruedas y una madre con lesiones menos graves pero incompatibles con el desarrollo de cualquier trabajo, sin que, sin embargo, tuvieran el reconocimiento suficiente como para permitirle ingresos en forma de algún tipo de pensión por incapacidad laboral.

Desde la desdicha cualquier tiempo pasado sí que ha sido mejor, si la línea que divide el pasado del presente queda marcada por algo trágico e inamovible. Durante años padeció las lágrimas de su madre, su preocupación continua, sus disgustos enrabietados ante la injusticia de la que eran objeto por un complicado asunto legal con repercusiones judiciales por cosas que ella no entendió nunca muy bien y que tenían que ver con los seguros del coche causante del accidente. Ella está segura de que aquel disgusto, unido a lo que ya tenía consigo, fue el germen silencioso, la célula que se altera de forma secreta y que empieza su labor de desastre, que se transforma en cáncer, en enfermedad, en muerte. Su madre se lamentaba permanentemente de aquello, de la injusticia tan extraordinaria, de su incapacidad para defenderse del modo adecuado, y reclamar más dinero de un seguro que actuaba con una frialdad inexplicable. Lo poco que quedó al final, después de tantas idas y venidas, juicios y reclamaciones en los que la madre de Feli se dejó de forma literal la salud escasa que tenía, ya se fue en las terapias tan inútiles como desalentadoras que le intentaron aplicar al padre, en los cuidados que fue requiriendo. Administrar el dinero escaso de la pensión que cobraba, encontrar un trabajo, contribuir a la economía familiar y hacer números todo el tiempo, porque a su padre no puede faltarle nada de nada, ha sido la única asignatura que Feli aprobó con matrícula de honor.

Aun así, un par de veces al año llega el susto, y entonces se maldice, maldice al mundo entero, se enfada con el universo y sus leyes de probabilidad, con el azar, con el instante en que la fatalidad, que viene a ser lo mismo, pero en feo, se hace dueña de las vidas y de los destinos de personas corrientes, maldice la crisis, a los banqueros, a Mariano Rajoy y a Ángela Merkel, a las eléctricas, a las farmacéuticas, a los seres sin rostro pero con dinero infinito que están detrás, y trata de decirse que podría ser peor, que al fin y al cabo, el piso en el que viven ya está libre de hipoteca, que mal que bien tiene trabajo al menos de momento, aunque le paguen mal, que ponen la calefacción todo lo que necesita su padre, que incluso puede pagar algunas horas de vez en cuando, en esos momentos en que ella ya no puede multiplicarse y no llega con la ayuda a domicilio, ni siquiera con la generosidad de su tía Lola, y trata de sumar uno tras otro motivos para estar contenta, para no agredir aunque sea con la fiereza de su pensamiento esa otra armonía del universo, la que no ocupa titulares de periódicos y se sustancia, esta mañana de julio, en el sol colándose por entre los edificios de la calle Marqués de San Esteban, bañando de luz la plaza del Carmen y un poco más allá la del Parchís, los aromas de las primeras horas que invaden la calle con la tibieza tierna de los cruasanes, y el café, el olor de la lejana mano de su madre en la suya, haciéndola entrar en esa cafetería, la misma, que no ha variado apenas la decoración, después de los análisis de sangre de su infancia, la vida abriéndose paso entre las dificultades, la belleza ganándole la partida al miedo, ese entrenamiento que Feli ha practicado desde siempre, las listas mentales de los momentos gratos que hacen los días merecedores de ese nombre, la de las cosas que me gusta hacer, la de las cosas que haré cuando tenga dinero, la de las cosas importantes que no se pueden comprar, la de las personas que hacen la vida mejor, la de canciones que me levantan el ánimo, la de los libros que tengo previsto leer, la de cosas que haré cuando tenga tiempo para mí, la de los momentos inolvidables y maravillosos con Guille... Con lo fácil que habrá sido ser Valeria Santaclara, por ejemplo, con lo innecesarias que le habrán resultado las listas, con lo tranquila que habrá sido su vida, a pesar de esas cosas que cuenta en el cuaderno, que no dejan de ser bastante menores según las ve Feli. Con todo, esa Pollyanna que a su pesar vive en ella desde que era muy pequeña asoma la cabecita y le dice que tiene que alegrarse de ser Feli y no Valeria Santaclara, porque, si lo fuera, estaría ya muy cerca de la muerte.

94

Me gustaría decirte que no sé qué me pasa, pero hay algo que está cambiando en mí. Bueno, me gustaría decírtelo, y te lo digo. De un tiempo a esta parte noto que me fijo en cosas que no me fijaba. Y en personas. A mí, francamente, me han importado muy pocas cosas y aún menos personas. Y desde que se fue Olvido todavía menos. Con ella tuve la sensación de que se había terminado mi vida, y no era ninguna bobada. La vida de los Santaclara se había terminado así. No es que yo tuviera, sobre todo al final, muchas esperanzas depositadas en la continuidad que podía darle Olvido. No la veía con capacidad para reconducir su vida a pesar de los intentos que hicimos: clínicas carísimas en Francia que nos la devolvían lustrosa y aparentemente bien, pero el espejismo siempre tenía fecha de caducidad. Entonces aún no existía Proyecto Hombre, y Gadea y Arsenio estaban tan desesperados que pensaron en hacer que entrara en eso de Reto, o no sé qué, que creo que son protestantes, o evangélicos o algo de eso, pero ella no quería, porque, según se esforzaba en repetir una y otra vez, ella no tenía ningún problema con las drogas, sus padres eran unos exagerados, yo una loca sin remedio y ella ya sabía lo que se hacía. Al morirse Olvido, todo se terminaba y yo lo supe. No habría más Santaclaras, al menos más Santaclaras legales, porque mi tío abuelo Liborio, que era un donjuán, lo mismo dejó algún rapacín por ahí perdido y sin reconocer. La verdad es que al morirse Olvido, todo se terminó para todos. Su padre la sobrevivió poco más de un mes, llevaba muchos años enfermo, y Gadea... Nunca lo entenderé del todo. Gadea se hizo como de piedra. Arropada por todas aquellas mujeres que habían ido envejeciendo con ella entre manifestaciones, teatro político, huelgas y jerséis tejidos con lana reciclada para los presos, enterró con una diferencia de cuarenta y un días a las dos personas que eran el eje de su vida, y no derramó ni una lágrima, al menos en público. Claro, que también es cierto que ni funeral hubo. Solo un acto político en el caso de Arsenio con algunas intervenciones de compañeros emocionados, que le agradecían el sentido de su lucha, su ejemplo y su honestidad, y en el de Olvido, ni eso. Solo un poema que leyó una de las amigas de Gadea, que me fijé en ella y me di cuenta de que era la hija de Claudia Montañés, la sobrina de Paloma. Fue ella la que me dijo después, cuando se acercó a darme el pésame, que su tía ya llevaba años viviendo en Gijón, se había venido poco después de venir yo, y por lo visto se había casado con un notario.

No te quejarás, te estoy obedeciendo. Escribo como hablo, como si estuviera sentada frente a ti, es decir, de forma totalmente caótica. Puro desorden. Porque me he ido a esos recuerdos tan tristes, cuando yo lo que estaba intentando contarte es que estos días me está sucediendo algo extraño: me fijo más en las personas. Hasta hace nada, todo lo que me rodeaba, especialmente la gente, me importaba un rábano. Ahora, entiéndeme, no es que me importen mucho, pero al menos me fijo en su existencia. A ver cómo te lo explico: antes toda la gente constituía una masa, y ahora soy capaz de individualizarlos. Por ejemplo, sé que la chica que limpia mi cuarto se llama Feli, es decir, tiene un nombre y probablemente una vida también, aunque tampoco es que esté muy interesada en conocer todos los detalles. Pero ayer, mientras la veía limpiar el pasillo me pregunté si estaría soltera o casada, y si tendría hijos, y me pareció una chica dulce, y trabajadora, y por primera vez en mi vida me paré a pensar que en su vida habrán sucedido cosas buenas y malas, y que alguna vez habrá sufrido y también se reirá. Eso es muy raro en mí, y no es que me preocupe, pero sí me sorprende, porque es algo que me resulta bastante extraordinario, especialmente en la gente que trabaja para mí, aunque esto no sea del todo lo mismo, porque Feli es una trabajadora de la residencia, pero decía que de la gente que trabaja para mí he procurado no saber nada de su vida si podía evitarlo, lo que sea, con tal de librarme de eso que tanto me desagradaba de mi hermana, esa confraternización que es contra natura, si quieres que te diga la verdad. Ni siquiera como mi madre, que solía interesarse por los asuntos de las criadas, y eso que a la pobre siempre se le olvidaban las desgracias que le contaban y volvía a preguntar y ellas volvían a repetir la misma cantinela, así que el hecho de que esto me pase es verdaderamente insólito, ya te digo. Incluso algunos de los residentes: ayer también me descubrí charlando con una mujer que siempre se sienta junto a la ventana con un libro para leer. Casi nadie lee libros aquí, como mucho algún periódico o una revista de cotilleos. Pero ella lee siempre un libro y de vez en cuando lo cierra sobre el regazo y permanece en silencio con los ojos cerrados, como si eso que acaba de leer la llevara a algún sitio desconocido. Bueno, pues ayer fui yo la que inició la conversación con ella, a propósito del libro, y durante unos minutos hablamos de tonterías, y hasta me sorprendí a mí misma riéndome. Por cierto en ese instante me dio un poco de vergüenza, porque se hizo como un silencio y me miraron. Bueno, me miraron los que están en situación de enterarse de algo, que no es que sean muchos, pero seguro que se preguntaron qué me habían dado en el desayuno para que por primera vez desde que estoy aquí me diera por reírme.

No sé cuándo huyó la risa de mi vida, no puedo recordarlo. Si me remonto a la risa franca, esa que no tiene aristas, tengo que volver a los quince años, o por ahí, a mis amigas, a Dori, a Matachús, a Lina, y vuelvo a vernos muertas de la risa por cualquier bobada, haciendo el tonto en el tranvía. Ahora lo pienso y la temporada que nos dio por reírnos de todo fue muy corta, enseguida nos pusimos serias y volvimos a ser lo que siempre habíamos sido, solo que más. Nos hicimos mayores, y esa concesión a la risa no fue más que la despedida de una infancia que, por cierto, tampoco había sido tan alegre. Algún día en París, con Paloma recuperé una brizna de risa, porque ella era muy divertida y siempre le encontraba la gracia a las cosas, pero a mí me daba mucha vergüenza que nos vieran reírnos, siempre he tenido la sensación de que reírse es cosa de locos, de niños o de inconscientes.

Lo que sí sé es que con la muerte de Olvido aparqué definitivamente cualquier conato de risa. Dejó de hacerme gracia todo. Antes veía la tele y con algún humorista me reía, siempre que no fueran chabacanos. Con Tony Leblanc me tengo reído muchísimo, y con Cassen, y con Pajares. Pero luego todos esos desaparecieron y en la tele empezaron a salir tipos sin ninguna gracia, haciendo chistes de cosas tan impropias que dejé de ver cualquier programa de esas características. La tele se pobló de gente rara que hacía cosas raras y que decía cosas que por lo visto les hacía gracia. Yo parecía de otro planeta. Y lo peor de todo era que se santificaba a gente que iba vestida como Olvido. Con aquellos pelos de colores. Habrase visto. Y aquel maquillaje que completaba la imagen de payaso. Antes salían cantantes de verdad en la tele. Podían gustarte más o menos, pero allí estaban. Cantaban. Afinaban. Se entendía lo que decían. De pronto empezaron a salir tipos que solo hacían ruido, que tenían unas voces como salidas del mismo averno. Que basaban su «arte» en berrear, en llevar unos trajes imposibles, en moverse como si estuvieran locos o como si les dieran espasmos. Y Olvido era una de ellos. Ella y los chicos de su grupo, que también tenían que tener contentos a sus padres, que eran personas conocidas y respetadas en Gijón, con la misma desgracia que nosotros: hijos que se les perdieron. Un conjunto tenían, Sinónimo de Lucro, ya ves qué nombre más absurdo. Se iban a Londres, venían, se iban a Madrid, actuaban en bares aquí en Gijón, grabaron un disco. Antes grabar un disco era importante. Era muy importante, pero me di cuenta de cómo habían cambiado los tiempos y cómo se había vuelto el mundo del revés cuando Olvido y sus amigos grabaron un disco. No podía ser verdad, un disco, que encima lo ponían en la radio. Claro, que la radio tampoco se podía oír. La mayoría de los que cantaban lo hacían igual que ellos. Igual de mal. Qué razón tenía Alfredo cuando decía que si el Caudillo desaparecía, España se sumergiría en el caos.

Y si fuera solo eso. Si fuera solo cantar, aunque lo hicieran tan mal, lo que, por cierto, tampoco se explicaba, porque Olvido cantaba muy bien, y sin embargo era como si deliberadamente se olvidara de afinar, se olvidara de colocar bien la voz y se limitara a chillar. Ella y los otros, venga a chillar, que ni se entendía lo que decían, aunque, la verdad, más valía, porque solo hablaban de *gochadas*.

Pero es que no era solo cantar. Un día nos llamaron de la policía. Me llamaron a mí, porque el comisario era un viejo conocido de la familia de Alfredo. La habían pillado en una redada en un bar de Cimadevilla y llevaba encima droga. Y droga dura, porque hasta ese momento sabíamos que se drogaba, pero, como tampoco estábamos muy enterados, pensábamos que eran porros o como se llamara. Pero no, la habían pillado con heroína, que muy pronto nos acostumbramos a ese nombre, y a todos los otros con los que lo llamaban, que si jaco, que si caballo, que si perico. Bueno, perico era otra cosa, eso lo sé bien porque fue lo que le encontraron cuando el accidente, cuando le hicieron los análisis. Lo terrible fue que aquel día nos enteramos de que se pinchaba. Y eso, ya

453

eran palabras mayores. Si había llorado como yo qué sé, sola en mi casa, en el cuarto de Olvido que aún tenía mucho de su reino de niña, pensando que fumaba droga, no te puedes imaginar cómo lo pasé aquel día, teniendo que ir a comisaría a recogerla después de pasarse la madrugada allí, con el maquillaje aquel de payasa que llevaba totalmente corrido y los ojos hundidos, y la angustia mía que llevaba mis pasos por delante de mí, que me parecía que me iba a caer de espaldas. Me la llevé a mi casa, y ella en aquel momento, no sé si por el susto que le había dado verse detenida, actuó como una niña dócil. Lloró desconsolada y me dijo que nunca más, que no iba a hacerlo nunca más, me lo prometió. Y yo la creí.

A partir de ahí todo fue desastre. Más desastre aún. Sus padres sufriendo como locos, todos sus amigos, me refiero, claro, a los amigos de sus padres, movilizados queriendo ayudar, buscando información y terapias posibles, y métodos, que si apartarla de las amistades, que si procurarle otro tipo de actividades, que si... No sé si ahora será más fácil, supongo que la sociedad habrá evolucionado y habrá aprendido, pero entonces estábamos con las manos atadas. Yo leí mucho sobre ello, pero no sé si las soluciones que se daban entonces eran las más adecuadas. Un día me la dejaron, imagino que algunos de sus amigos, en la puerta de mi casa medio muerta. Llamaron al timbre (se ve que habían abierto el portal con la llave que ella llevaba en su bolso) varias veces y yo salté de la cama asustada. Eran las cinco de la mañana y al mirar por la mirilla no veía nada, hasta que oí un ruido en la puerta, como si arañaran por la parte de abajo. Ni siquiera sé cómo abrí, pero allí estaba. Tirada, con restos de vómito en la ropa, semiinconsciente. Me sentía tan furiosa y a la vez tan triste. Es difícil explicarlo. Llamé una ambulancia y la llevaron directamente a la planta de Psiquiatría y allí la tuvieron unos días, tratando aquello que la gente llamaba mono y yo sabía que era síndrome de abstinencia.

Tuve que guardar las cosas de valor en la caja fuerte después de que me robara unos pendientes que me había regalado Alfredo y los malvendiera para conseguir una dosis. No quiero ni imaginar las cosas que habrá hecho, porque aún me produce una mezcla extraña de furia, de angustia, de infinita pena, todo mezclado, sin que sepas cuál de esos sentimientos es más fuerte que los demás. La tuve viviendo en mi casa después de que un chico de su grupo, el que tocaba la batería, apareciera muerto, con una jeringuilla en el brazo en un portal de Cimadevilla. Ya ves, hijo de un ingeniero prestigioso, con casa en Somió y sus padres teniendo que pasar por aquello. La muerte de aquel chico, que no recuerdo cómo se llamaba, la impresionó mucho y se fue a mi casa, como quien se refugia de todas las amenazas. No fue la única vez. Iba, me decía que se quedaba conmigo, que todo cambiaría, y durante unos días llevaba una vida normal, y hasta era cariñosa, y se producía un espejismo extraño que al principio me engañaba pero luego solo me producía angustia: parecía la de antes, la niña obediente y buena... hasta que un día, salía. Decía que no me preocupara, que no ocurriría nada, que solo iba a tomar un café con una amiga. Y la pesadilla empezaba de nuevo.

Nunca he hablado de todo esto, y ahora lo estoy haciendo y por escrito. Creo que nunca he sufrido tanto como aquellos días en que cada vez que me despertaba por la mañana pensaba si ese sería el día en que me llamarían para decirme que la habían encontrado muerta. Y a veces, lo peor de todo, es que me sorprendía a mí misma pensando que tal vez esa no era la peor de las noticias.

95

En Gijón, expectante, impaciente,
ilusionada y veraniega

He reservado para cenar en el restaurante que más le gusta a Laia. Sé que va a costarle, pero pienso ser tan encantadora, dulce y seductora, que no tendrá más remedio que ponerse guapa y salir. Escribo ponerse guapa y como he estado enfrascada leyendo páginas y más páginas de la red en la que el feminismo se bifurca en millones de tendencias, visiones y pensamiento, algunos tan individuales que meten miedo porque con la impunidad que concede la publicación en internet, si además se hace con un diseño cuidado y una apariencia sumamente profesional, hasta pueden llegar a parecer tan importantes o tan compartidas como las que están sustentadas por las opiniones de muchísimas mujeres. Hala. Ya me perdí en la frase, pero me he propuesto no hacer tachaduras, y no las hago. Decía que escribo lo de ponerse guapa y me entra algo así como culpabilidad, como si yo misma (¡yo!) estuviera sugiriendo una actitud machista. Patriarcal.

En fin, me da igual. He pensado mucho, he reflexionado esta mañana muy temprano mientras paseaba con los pies en el agua de la playa antes de irme a trabajar, por una vez sin los auriculares y los miles de canciones que ya he pasado a mi teléfono después de jubilar el iPod, para que no me influyera ninguna frase de ñoñez o heteropatriarcado insuperable, y al final estoy totalmente decidida.

Jamás se me habría ocurrido. Que Laia quisiera hacerlo, vale, pero en mis planes no entraba, ni ahora, ni hace ya doce años cuando me casé con Marcos. Me acuerdo de que el imbécil de Rober me dijo un día que yo tenía cuerpo para ser madre. Supongo que se refería a que soy muy *curvy*, qué se le va a hacer, pero en aquel momento a mí me sentó como una patada. Con lo dado que era él a las parafilias, no me extrañaría que le pusiera lo de montárselo con una embarazada, y no me refiero, naturalmente, a «su» embarazada. Cosas más raras le oí mencionar. Pero yo no me veía. La verdad: me resulta invasivo, y lo que a otras mujeres les produce una mística relacionada con la vida y sus milagros, a mí me parece, para empezar, y resumiendo, una lata, y para seguir, si me paro a analizarlo, un horror. Es como un alien. Algo ajeno a ti creciendo dentro, alimentándose de ti, participando de tus procesos orgánicos. En el parto, mejor ni pienso, que eso sí que es como de película de terror. De todo ello, quizá lo que menos me desagradaba (y ya es mucho decir) era la posibilidad de después: de ir descubriendo en la criatura algún gesto, la forma de la nariz, o de las rodillas, algo en lo que verme reflejada, algo mío en alguien que había salido de mí, que eso ya sé que es algo menor (y dejo constancia de ello después de leer todo lo que he leído estos días, por si a la policía esa del ultrahiperfeminismo le da por venir a buscarme y llevarme a un campo de reeducación o algo).

Con estos precedentes me enfrenté al bienintencionado comentario de mi señora madre, y a la carga de profundidad que llevaba aparejado. Y por qué no yo... Pues sencillamente porque aunque yo había hecho totalmente mío el asunto, en realidad se trataba de un proyecto, de un deseo de Laia. De su cuerpo. De su biología. De su carga genética. Yo podía vivirlo con ella, pero el deseo de gestar, de traer al mundo un ser con el que se comparte material genético, lo que viene siendo un hijo en sentido estricto, era exclusivamente suyo. Yo podía llorar con Laia su dolor y hacerlo mío, porque ya lo era, porque desde el instante mismo en que la congoja se formaba en su pecho, en una suerte de infección inevitable, yo también la tenía. Podía cuidar de ella, llenarla de mimos y de flores, estar a su lado, facilitarle las cosas, buscar el mejor modo de aliviar la pena, pero ese era mi papel. En ningún momento se me había ocurrido que yo pudiera plantear una solución. Y que esa solución podía ser un parche, o no serlo, porque la forma en que ella percibiera esa posibilidad ya no dependía de mí.

Si ella se había sometido a un proceso de inseminación, bien podía hacerlo yo también, que así, al pronto, no es que me hiciera mucha gracia, pero mi necesidad de hacer feliz a Laia superaba cualquier otro sentimiento, cualquier resto de renuncia. Quiero a Laia, y la quiero para siempre y solo si ella es feliz puedo ser también yo feliz. Ya sé que uno es responsable de su felicidad, y tal y cual, todo eso que yo he repetido hasta la saciedad, y Laia también, pero que luego resulta que te enamoras y esas afirmaciones tan tajantes empiezan a desdibujarse, a quedarse sin contornos y sin memoria. Da igual que me digan que pensar, sentir, actuar así es suicida. Que nada es para siempre, y el amor menos. El amor será una putada, no digo yo que no, pero es tan dulce cuando el alma se siente poseída por esa generosidad inexplicable.

Así, posiblemente esa sea la mejor definición. Poseída por un arrebato dulcísimo de generosidad. Para dar un paso más allá. Más allá de la inseminación, quiero decir, porque lo que le voy a proponer a Laia esta noche es tener un hijo suyo. Un hijo suyo de verdad, claro, es decir, que me transfieran a mi útero el embrión resultante de un óvulo de Laia y una donación anónima de un padre. Sí, convertirme en madre subrogada en sentido estricto, pero en madre de verdad. Tan madre como Laia.

He leído tantas opiniones estos días acerca de la maternidad subrogada, acerca de la visión de las mujeres como puro recipiente, y blablablá. No sé si yo misma no habría escrito las mismas cosas hace un tiempo. A lo mejor hace unos meses. Que, a ver, no digo yo que no, en general, que si lo de cobrar por gestar y lo que trae consigo de que en la India dicen que hay granjas de mujeres, y la explotación y todo eso. Pero de ahí el discurso va y se radicaliza, y se pontifica y se excluye cualquier otra lógica diferente de la línea dura y dominante. Pero qué distinto cuando descubres cuánta generosidad hay en ello en general, y cuánto amor en este caso mío particular. La mayor parte de quienes hablan de que no somos vasijas, y hacen de ello un grito, seguramente no se han parado a pensar en los casos concretos y formulan ese mismo grito que yo misma tal vez habría suscrito quién sabe si hasta entusiasmada sin haber mirado a los ojos a quien de verdad quiere tener un hijo. Y no puede.

Estoy hasta nerviosa. Como cuando preparaba esta casa nuestra de Richmond en Gijón para Laia. Como cuando se lo dije, que me parece que hace un mundo y ella se rio y me dijo que estaba perturbada. Ahora mismo firmaría, con la mejor de mis caligrafías, por que me mirara igual que entonces. Por que sus ojos recuperaran ese brillo que ahora es ceniza y que me vuelve loca, y lo digo en presente porque sé que está ahí. Y volver a la vida, al *me disfrazo de ti, te disfrazas de mí, y jugamos a ir por los tejados como dos gatos sin dueño que no quieren dormir...*

96

Tenía el teléfono en la mano para llamar a sus pacientes, pero no terminaba de decidirse. Tampoco es que fueran tantos, y además estaba segura de que alguno de ellos, concretamente la adolescente con lo que tenía toda la pinta de terminar convirtiéndose en una bulimia sin remedio, seguirían con María José, la psicóloga que les había recomendado y que además sabía cómo tratar con absoluto éxito cualquier problema relacionado con trastornos alimentarios. Tal vez una pareja enredada en una relación tempestuosa cuyo origen era el absoluto egocentrismo de él y la entrega sumisa y totalmente injusta de ella, que valía mil veces más que aquel tipo, también quisieran continuar con la terapia con la nueva psicóloga. Y a lo mejor Aida, la amiga periodista de Emma prisionera de una relación terrible, con unas implicaciones cuyo origen tenía que ver con un pasado que se había empeñado en remover, en lugar de dejarlo en sus días, se sentía más cómoda con una persona que no fuera la pareja de una de sus amigas del alma. La que era una incógnita era la que más le interesaba, Valeria Santaclara, la mujer extraña, tan enigmática como aparentemente convencional que, sin saber muy bien por qué, había estado en su pensamiento en aquellos largos días del reposo, de la pérdida y de la convalecencia. Emma, con su acostumbrada capacidad para sintetizar, se había limitado a hacer un juicio rápido y acertado después de su encuentro en la consulta, el día que le dijo que estaría de baja un tiempo. No estaba muy segura, añadió Emma, de que fuera a hacerle caso y escribir en aquel cuaderno tan bonito, todo lo que se le pasara por la cabeza, por dos razones: la primera porque no había sido capaz de disimular la contrariedad que le generaba la ausencia de Laia, y dos, porque, desengáñate, es una mujer mayor y aunque sepa escribir y leer y eso, que seguro que sí, lo hará como una niña pequeña, con caligrafía imposible, esas letras enormes y temblorosas de los viejos. Sabía de qué hablaba, claro, como siempre. El programa de Salud Mental en el que trabajaba, uno de cuyos ejes tenía que ver con la recuperación de la Memoria (la Memoria con mayúsculas, no los procesos puramente mentales) de las mujeres de las Cuencas, la había hecho enfrentarse a docenas de papeles en los que algunas mujeres garabateaban lo que recordaban con respecto a determinados aspectos de sus vidas y de la vida en general de la comarca. Había visto tal cantidad de faltas de ortografía, de palabras deficientemente escritas, de caligrafías impracticables, desiguales, frases que ocupaban una página entera, que estaba convencida de que aquel precioso cuaderno era un desperdicio absoluto en las manos de Valeria Santaclara. Eso, dando por hecho que ella le encontrara alguna gracia o al menos algún interés a eso de emborronar páginas garabateando sus recuerdos. Y sin embargo Laia estaba convencida de que cuando volvieran a encontrarse tendría ante sí un cuaderno con muchas palabras y, a lo mejor, algún misterio resuelto.

Había quedado con Emma —que tenía que pasar por casa de su madre para recoger unas cortinas, y ambas sabían que semejante trámite podía prolongarse mucho más de lo deseable— en que se verían en La Salgar, pero ni siquiera le apetecía. Ojalá no hubiera hecho reserva, casi prefería tomar unas raciones de lo que fuera en alguno de los bares del barrio, pero sabía que se traía algo entre manos y, como la conocía, estaba ensayando ante el espejo una sonrisa que le diera un poco de brillo a la mirada, porque Emma se merecía ver el resultado, aunque fuera mínimo, del tiempo que le había entregado como una ofrenda. Echó un vistazo al calendario en su móvil. No. Ninguna fecha que tuviera que recordar especialmente, no había ningún aniversario, ni siquiera una de esas conmemoraciones secretas, pero estaba claro que Emma tenía mucho interés. Así que se pasó la plancha por el pelo aún mojado, tratando de conseguir que la melena imposible le quedara tan lisa como le gustaba a ella, y descubrió, con horror, que el pelo se le caía a puñados, seguramente por el desequilibrio hormonal. Otro recordatorio que trató de sepultar concentrándose en qué ropa se iba a poner, para decidirse finalmente por un vestido blanco de tirantes que iría bien con las sandalias romanas. Volvió a mirarse en el espejo y volvió a sonreír en el enésimo ensayo, porque Emma no se merecía tener a una mujer amargada a su lado, porque ella misma tampoco se merecía la tristeza como ejercicio permanente. Sonreiría. Tendrían una noche feliz. No dejaría nada en el plato, como una niña buena. Y volverían las chispitas a sus ojos.

Antes de marcharse, marcó el número de Valeria y comprobó que lo cogía al segundo timbrazo. Parecía animada, extraordinariamente animada, y recibió con alegría la noticia de que se reanudaban las consultas. Y le confesó con un extraño orgullo que precisamente la pillaba escribiendo en el cuaderno. Y que se lo llevaría el martes.

Siguió pensando en ella cuando, después de llegar al Piles, continuó caminando por la orilla, por la acera del Kilometrín, preguntándose cómo se habría sentido al constatar que jamás podría tener hijos. Ella que era perfecta, que cumplía religiosamente con su deber. Y, sin embargo, Gadea... Y de pronto, en su cabeza, una alarma la hizo detenerse. Y se habría golpeado en la frente si no hubiera estado rodeada de *runners* que aprovechaban la caída de la tarde para sudar de lo lindo.

—Seré imbécil. Cómo no se me ocurrió antes...

97

No está en la memoria de nadie ese día, ni ese espacio, ni la forma en que Gadea se sienta, acercando una silla de formica a la mesa de la cocina, la que durante tantos años ocupó él, compañero y amante, la mitad de su propio corazón tan cansado ya. Desde su muerte se ha acostumbrado a ocupar su silla, como se acostumbró a beber de su vaso, con la tonta esperanza de estar ocupando también su pensamiento. Si los espíritus en los que ella raramente creyó, a pesar de las historias que Onel le contaba de niña y las maravillas tantas veces y tan secretamente contempladas descendiendo vertiginosas desde sus palabras, existen, confía en que el de su compañero aún permanezca en esa cocina tantos años compartida, allí donde el amor y la batalla, las ideas y las lágrimas, el pote y el arroz con leche y los garbanzos de los domingos. El espíritu de él sigue haciendo pequeñas muescas en la marcación de la puerta que señalaban los centímetros que crecía Olvido, veloces gracias a la alimentación cuidada y abundante en proteínas que le procuraba Valeria, y no tanto por el cocido con compango, plato tan frecuente en su propia casa.

No ha quedado en la memoria de nadie la imagen de esa mujer, su pelo escaso y canoso, ya sin rizos, su falda y su jersey en tonos grises, que suman años y cansancio, porque no hay más habitante en aquella casa que fue bullicio y revolución, palabras para amansar el miedo, juramentos y rabia, esperanza y desánimo, un cóctel de ilusiones y de amarguras, motor de la única certidumbre, la que se fue diluyendo, porque el dictador se murió en la cama, y como en el verso, «fuese y no hubo nada». Y volvió a golpearlos a todos en la parte más inocente del corazón, la traición de los socialistas, empezando por la OTAN y siguiendo por aquel maridaje imperdonable con el dinero, la cultura del pelotazo y el ministro de Economía y Hacienda declarando que España era un buen país para forrarse, con esas u otras palabras. Qué más da que haya vuelto la derecha, qué más da si todos se quedaron con el vientre a punto de reventar de tantos sapos tragados en cada telediario, de tanto intentar justificar lo injustificable para salvar por la mínima un poco de la dignidad derribada. Cuántos sueños rotos, piensa ella, mientras saca unos folios blancos de una carpeta, cuánta vida arrebatada, cuánta inocencia destrozada. Qué duro se hace ahora cada vez que se encuentran en aquella casa, ellos, los de antes, los pocos que van quedando con la memoria de la infamia intacta, con la misma necesidad de justicia que cincuenta años atrás, con la misma rabia a la que han tenido que sumar, y esa es la peor de las derrotas, la más profunda desilusión.

No hay memoria de ese momento, de las horas en que una mujer se sienta bajo la luz infame del fluorescente de la cocina, y con el bolígrafo en la mano, del mismo modo que hizo tantas cuentas en los papeles de estraza para estirar el dinero y atender tanta necesidad, se queda quieta justo a punto de escribir la primera letra, y deja el bolígrafo sobre la mesa, y vuelve a abrir la caja de lata de Colacao, los patucos diminutos de Carlitos, en los que aún puede sentir la huella de su pie chiquitín, y la tibieza de su pequeño cuerpo de pan de leche, cuya injusta muerte no ha podido apartar de su recuerdo ni un solo día, porque los dolores antiguos se hacen compañeros inseparables de los días, ocupan el espacio que debería haber entre los latidos y se van sumando. Por eso duelen tanto los dientecitos de Olvido en una cajita que alguna vez contuvo unos pendientes, la foto de la boda con Arsenio, los gemelos de su padre, una foto desvaída de este y Onel, el brazo de cada uno rodeando el hombro del otro y aquellos canotieres un poco demodés por entonces que ambos se ponían con los trajes claros del verano que fue el último, la alianza de Arsenio, un dibujo de Olvido, una foto con su hermana y sus padres que les hizo Onel al lado del reloj de la Plazuela. Y dos cartas. Las dos cartas que vuelve a leer, aunque se las sabe de memoria, las que su padre le entregó muy poco antes de morir, junto con una historia inesperada que en el fondo, porque el corazón sabe lo que los oídos no han escuchado jamás, hacía que encajaran todas las piezas, porque tenía derecho a saberlo, le dijo, ¿Y Valeria?, preguntó ella. Eso depende de ti, respondió él, que no sabía que todo aquello, a pesar de la risa (¿Ves? Cantas tan mal como tu abuela, y por eso canta tan bien Olvido, como su abuelo), iba a conseguir explicarle de pronto tantas cosas y a la vez llenarla de preguntas sin respuesta.

Nadie vio a esa mujer que sabe que va a morir, que no ha querido seguir ningún tratamiento y aspira a permanecer en esa casa que pronto derribarán para hacer un edificio nuevo y en la que apenas quedan vecinos; nadie la vio volver a tomar el bolígrafo y guardar en un sobre el contenido de las dos cartas que le hurtó a Valeria de aquel fajo de correspondencia de años, y con ellas introduce su duda permanente de si será mejor para ella saberlo. Pero de algún modo tiene que explicarle lo que ya ha conseguido explicarse a sí misma. Porque también de algún modo escribe el perdón sus propios renglones y por eso, con un ligero temblor y con los efectos que aún permanecen de la inyección que le ha puesto la hija de uno de los viejos camaradas con contactos en ese mundo que destruyó a Olvido, y que le permite el dulce espejismo de que el dolor no existe, garabatea «Querida hermana», y deja que la tinta del bolígrafo transcriba la sentencia de la pérdida, el veredicto de la culpa.

98

Miro la cantidad de páginas que he escrito en este cuaderno y no me lo puedo creer. Me cuesta trabajo pensar que lo haya conseguido y que, como por un milagro, en cuanto empiezo a escribir, las palabras fluyan solas. Tengo que pararme de vez en cuando porque me duele la mano, pero no me detengo a leer lo que he escrito, porque no estoy segura de cómo me sentiría si lo hiciera. Tal vez tuviera la tentación de tachar algo, o de arrancar alguna página, y no quiero hacerlo.

Hace algún tiempo, cuando Paloma Montañés aún vivía aquí en la residencia hablábamos de la necesidad de contar la vida. Ella charlaba mucho con la nieta de su hermana, que he estado pensando y tiene que ser la nieta de Claudia, que era muy amiga de Gadea, hija de Inés, claro. Le cuento muchas cosas, me dijo, de la vida de la familia, que es lo que a ella le puede interesar, pero hay otros pedazos de vida que me pertenecen solo a mí, y aunque me gustaría contárselos, es imposible, a pesar de que sé que ella, que es tan libre en su vida y en su forma de entender el mundo, lo comprendería perfectamente. Añadió que había hecho cosas que solo ella sabía y que, por un lado, se moría de ganas de contarlas y, por otro, pensaba en lo atractivo que resultaba que con ella, con su muerte, desapareciera todo.

Esa tensión entre la tentación de contar y la de guardar el secreto es la que he tenido siempre. Desde entonces, desde hace ya tantos años. Entonces sabía que no podía contarlo, que no podía hablar de ello bajo ningún concepto. Ni confesarlo siquiera, que ya había quedado muy escarmentada de lo que puede pasar con los secretos de confesión. Una vez estuve a punto de hacerlo, y le expliqué al cura mis dudas por lo que había pasado con Onel, y que no sabía si yo podía confiar. Su voz, en la penumbra del confesionario, me tranquilizó: Cuéntame lo que sea, hija mía, el secreto de confesión es sagrado. Si aquella vez sucedió lo que dices, que tampoco lo puedes asegurar, sería bajo circunstancias excepcionales.

Salí de la iglesia corriendo casi. Para circunstancias excepcionales estaba yo. Así que tomé la decisión de no hablar jamás de según qué cosas. A Alfredo no había ninguna razón para molestarlo con lo que me podía pasar a mí. Amigas no tenía como para entrar en intimidades, y Gadea, con la que tampoco tuve jamás el hábito de la confidencia, ni muchísimo menos, era la última persona a la que yo podía confiarle mis secretos.

Fue providencial ver la plaquita con tu nombre en mi portal. Siempre lo llamaré mi portal, claro. Todos los martes paso por delante, como sabes. Es más, en algún momento, hace unos años, cuando se hizo la reforma y se dividió en distintas viviendas, pensé en comprarme el apartamento donde tienes la consulta, justo ese, el de mi dormitorio, pero me pareció un poco absurdo, después del trabajo que nos había costado venderlo años atrás. Y además, yo ya pensaba en trasladarme a la residencia y quitarme de problemas y preocupaciones. Pero ver en la placa: Laia Vallverdú, Psicóloga, 1°C, fue como una revelación. No sabes cómo me alegro de haberlo hecho.

Sé que a lo largo de estos meses he ido hablando de unas cosas y otras, sin mucho orden, pero siempre he ido esquivando lo que me llevó ahí. El día que hable de lo que sé que hay en ese sobre, lo que mi hermana escribió no sé cómo me sentiré, pero pasan los días y lo que empiezo a vislumbrar es que está ya ahí, que pronto saldrá por sí mismo. Influye mucho, muchísimo, que tú seas como eres. Tan distinta a mí, y sin embargo con esa capacidad para escucharme y entenderme. Un día me dijiste que eso se llama empatía, que yo no sabía qué significaba. Pues eso.

Sin embargo, no sé si eso lo entenderás. Ni yo misma he sido capaz de confesármelo a mí misma del todo. He jugado a engañarme de muchas maneras y hasta lo conseguí durante mucho tiempo. Luego, vinieron las pesadillas, que una tras otra me visitan casi a diario desde hace muchos años. Llegué a tomarme orfidal cada noche, durante años enteros, que Olvido un día me lo dijo: ¿Y yo soy la drogadicta? ¿Qué eres tú que no sabes dormir sin tu pastillita? Orfidal para dormir, optalidones para vivir. Olvido decía cosas así cuando dejó de ser la niña que fue y se convirtió en la caricatura con los pelos de colores, siempre fumando como un carretero, con una botella de cerveza en la mano, con la lengua sucia y una coraza en el corazón, porque yo siempre he creído que detrás de todo aquel maquillaje que era como de una bruja, y de aquellas actitudes, su corazón seguía intacto. Que en algún sitio dormía la niña que se abrazaba a mí cuando había truenos, la que iba cogida de mi mano a misa los domingos a las doce a San Pedro, y luego disfrutaba con el aperitivo en las cafeterías del Muro, sentada en los altos taburetes de la barra, la que le echaba pan a los patos en el estanque del parque de Isabel la Católica y... bueno. Siempre estoy con lo mismo. Con los recuerdos felices que tengo de Olvido, podría escribir un libro, pero con el dolor de cristal roto que se me quedó en el corazón cuando empezó a ser otra, también.

¿Has pensado alguna vez que a veces hacemos cosas que causan un daño infinito y ni siquiera lo sabemos? Yo llevo algún tiempo pensándolo, desde que estoy yendo a tu consulta. No me digas por qué. Será que al hablar se va activando la memoria y se despiertan ideas que estaban dormidas y zonas anestesiadas. Esos pensamientos me atacan por la noche y son terribles. Pequeños agravios, palabras dichas que no deberían haber sido, mentiras con consecuencias, silencios que matan. Todo se hace como un revoltijo y no consigo encontrar nada de paz. Cada noche me acuerdo de algo nuevo, y es terrible.

Y lo peor de todo es cuando el mal es infinito. Como la noche que no paró de llover. Aquella noche.

A veces se me ocurre pensar que de tanto soñarlo seguramente no sé delimitar cuánto hay de real y cuánto de imaginario. Pero fue. Y te lo contaré cuando nos veamos. Pensaba hacerlo ahora, pero acabas de llamarme para decirme que reanudas las consultas y he pensado que es mejor que sea así, que te lo cuente de viva voz. Tal vez este mismo martes. Me alegra que puedas volver a la consulta tan pronto y espero que estés bien.

Hoy estoy algo cansada, pero no quería cerrar este cuaderno sin poner por escrito, porque sé que no podré hacerlo de viva voz, el día más terrible de mi vida, cuando perdí definitivamente a Olvido.

Había estado a punto de perderla tantas veces que creo que la definitiva fue solo la confirmación de algo anunciado desde años atrás: una sobredosis de la que salió por los pelos, un intento de suicidio o lo que los médicos llamaron ingestión masiva de fármacos, que nunca llegué a saber si había intención de morir, que no sabía lo que hacía o que le daba exactamente igual, y dos accidentes de coche de los que salió ilesa, pero como en ambos, además de en otros cuatro incidentes menores, golpes contra otros coches y un chavalín en una moto al que mandó al hospital, con una clavícula rota, dio positivo en alcohol y en otras cosas, le retiraron el carnet de conducir. Ya ves qué curioso, yo quería alejarla de la vida de sus padres para que no tuviera problemas y casi pisó más comisarías que ellos. Hubo un tiempo en que cualquier sonido, especialmente el de la lluvia que repicaba en los plásticos de los tendederos del patio, me sobresaltaba en mitad de la noche. Pensaba que me llamarían al timbre o al teléfono, que me contarían que la habían encontrado muerta en los baños de cualquier bar, o en cualquier carretera. Cuando se iba a Madrid, donde pasaba algunas temporadas, era todo mucho peor. Veía en «Informe Semanal» los problemas que originaba el consumo de drogas y la delincuencia, y yo identificaba a Olvido en cada uno de los yonquis que enfocaba la tele. Pero a veces volvía. Volvía y era, durante unos días, una niña que se refugiaba en su habitación llena de muñecas. Yo llamaba a Gadea y a Arsenio, les decía que no se preocuparan, y el espejismo se repetía hasta que se partía en pedazos, y volvía a desaparecer y yo comprobaba que siempre sin excepción se había llevado dinero o alguna cosa de valor. Y volvía la pesadilla.

El verano de su muerte estaba siendo terrible. Su grupo musical se había disuelto por puro desastre: a uno de los chicos lo ingresaron en un psiquiátrico porque le dio un brote terrible y destrozó su casa y estuvo asomado a la terraza amenazando con tirarse hasta que lo rescató la policía, y a otro lo metieron en la cárcel por un robo con violencia. Ya ves en qué se había convertido todo. Esa situación perturbó mucho a Olvido, dormía gran parte del día y por la noche no se sabía de ella. Un día que le pregunté a dónde iba, me empujó contra la nevera. Todo horrible. Pero luego volvía amansada, y entonces me pedía perdón, y me decía que quería cambiar. Que quería quitarse. Esa expresión la aprendí entonces. Al principio no sabía qué era lo que se quería quitar, hasta que entendí que se trataba de quitarse de algo. De las drogas.

Fue uno de esos días buenos, justo antes de Begoña. Ella estaba en mi casa, y se había levantado bastante temprano, es decir, antes del mediodía. Se había duchado, me dijo que iba a cortarse el pelo para que se le quitaran definitivamente los tintes tan estrafalarios, y se vistió con unos vaqueros más o menos normales y una camiseta blanca. Por un instante, y aunque ya no me fiaba de nadie ni de nada y mucho menos de lo tramposo de sus palabras, pensé que tal vez en esta ocasión, sí. Le propuse que hiciéramos algo juntas. Acabábamos de comer, y ella para variar había sido lo bastante dócil como para comer unos espárragos con mayonesa y un filete de pollo empanado con patatas y ensalada, y en lugar de rebuscar cualquier *llambionada* en la nevera, se había limitado a comer una manzana como postre. Me dijo que bueno, que podíamos ir a algún sitio, y me propuso que nos acercáramos a Perlora. Le encantaba ir de pequeña, desde que un verano a Arsenio le concedieron un turno de vacaciones en la Ciudad Residencial, para que veas que las empresas tampoco eran tan vengativas como ellos decían, porque no sería por méritos, no, que él bien que promovía todas las huelgas... El caso es que desde aquel verano a veces ella me pedía que la llevara hasta allí y jugaba durante una tarde a ser una residente más. Hasta recuerdo que actuaba con otras niñas en el parque como si ella estuviera también veraneando. En fin, ya sabes que la gente es muy rara, qué necesidad tendría ella... Bueno, el caso es que le dije que sí, porque por un momento me gustó ver en ella a la niña de entonces. El problema empezó con la sobremesa. Le pedí a la chica que me hiciera un café, y Olvido, aunque dudó, luego dijo que sí, y en cuanto lo tuvo ante ella, se levantó y fue al mueble bar y volvió con una botella de licor de guindas que me gustaba a mí mucho de siempre. Y se sirvió un vaso, nada anormal. Pero luego se sirvió otro. Y al tercero le dije que igual no tendría que beber más y entonces me miró con aquellos ojos helados: Joder, Valeria (hacía tanto que no me llamaba tía Valeya), es que lo queréis todo, hostia, y todo no puede ser. Yo me callé, y traté de desviar la conversación, porque quería recuperar como fuera el clima de lo que yo llamaba la posibilidad de la felicidad, así que le dije, hala, nos vamos hasta Perlora. Ella apuró lo que quedaba en el vaso y se puso en pie. Parecía contenta y mucho más niña, y yo iba también contenta a su lado. En el garaje me dijo que la dejara conducir, y yo me negué. Le dije que estaba sin carnet, y que si la paraban le caería el pelo. Me engatusó. Me hizo unos mimos de esos que hacía de niña que me derretían. Me dijo que lo deseaba mucho, y que tendría mucho cuidado. Que le hacía mucha ilusión. Que ya vería cómo era muy prudente.

Pero no lo fue, eso ya lo sabes. Iba muy rápido, y yo se lo decía, pero ella venga a decir que para qué quería yo un coche alemán si luego no lo ponía a la velocidad que podía dar. Antes de llegar a Perlora cogió una curva a lo loco y dio un volantazo para evitar que nos saliéramos de la carretera y fue a dar contra un coche que venía de frente. Salió disparada por el parabrisas, porque tampoco había querido ponerse el cinturón. Todo aquello es una pesadilla, igual que mis pesadillas, solo que en esta no llueve, el sol de agosto es brutal, y yo solo pienso en que mi seguro no se hará cargo de nada porque va conduciendo una persona sin carnet, y rápidamente pienso que diré que conducía yo, lo cual es absurdo y me costó un problema por falsedad en la declaración, porque había un boquete en el parabrisas por donde se veía que había salido la persona que conducía y no otra, que menos mal que mi abogado lo solucionó, y hasta pudimos trapichear con el seguro de forma que algo pagaran, pero lo mínimo y a costa de hacerlo todo bajo manga. Me salvó que mi abogado era buenísimo, que esa fue otra historia. Me veo allí, aturdida por el golpe sin saber muy bien si estoy viva y dónde estoy, y, cuando consigo salir y arrastrarme y llegar donde está ella, me doy cuenta de que el otro coche está destrozado, que una mujer intenta salir del lado del copiloto, pero yo no puedo ni tengo ningún interés en mirarlos, solo la sangre de Olvido, solo su rostro de niña, solo su cuerpo, y la luz que se apagó lentamente en sus ojos de lluvia, y como una maldición caí en la cuenta de que seguía sonando la canción que venía tarareando Olvido en el coche, porque sonaba en la radio, una cosa absurda y machacona, y pensé que era en nuestro coche, pero no, el sonido, curiosamente salía del otro, un coche pequeño azul, y te juro, Laia, que cada vez que escucho esa estupidez de Locomía me echo a llorar.

99

Emma la había acompañado hasta la consulta y las dos habían caminado por las calles de La Arena, agarradas de la cintura, como si en lugar de acudir al trabajo estuvieran en una ciudad lejana y desconocida, en unas vacaciones que sin duda se merecían. El sol de principios de agosto, la luz apenas hurtada por las sombras de los edificios, la proximidad de la playa en uno de esos días en que el arenal se convertía en un hormiguero multicolor, y la subida de la marea empujaba a los adoradores del sol cada vez más hacia el Muro, más y más compacto el hormiguero, de forma que las escaleras mismas, y las rampas, y hasta parte del paseo también eran playa, todo confabulando para teñir de felicidad el abrazo.

—Va a llover —dijo Emma—, va a caer una tormenta que *pa* qué.

—No lo dirás por el cielo. Apenas hay nubes.

—Da igual, lo dice la app del Aemet en mi móvil, y no falla.

Habían intentado despedirse varias veces, pero solo consiguieron deshacer ese enredo de brazos y cinturas en el instante en que sonó el timbre que anunciaba la llegada de Valeria, y únicamente con el sonido de la puerta del ascensor que se abría separaron las bocas que habían recuperado el hambre antigua, el deseo inagotable, la adolescencia imposible, y Emma desapareció escaleras abajo, como una sombra, llevándose en los labios el delicado sabor de los besos clandestinos.

—No, no ha salido bien, Valeria, no ha podido ser. —Ahora, mientras las dos se sentaban, entendía Laia esa cosa tan de la realeza de no anunciar embarazos hasta superar un tiempo razonable: lo que costaba tener que dar explicaciones a gente que te preguntaba ilusionada—. Pero no me encuentro mal, tranquila.

—Vaya. Cómo lo siento, cariño. Lo siento muchísimo. Yo nunca tuve que pasar ese trago... Pero me lo imagino, tiene que ser muy duro... Y que haya mujeres que lo hacen porque sí... Y el gobierno tan bueno autorizándolo. Eso es un crimen, a mí no me lo quita nadie de la cabeza.

Valeria se quedó de repente callada. Parecía que iba a decir algo, pero en el último momento cambió de opinión y, en la forma en que había colocado la boca para pronunciar una palabra, Laia detectó que se estaba mordiendo la lengua y, con una prisa inusitada por cambiar de tema, abrió su bolso de piel de color crema.

—Aquí lo tienes. —Colocó el sobre, cada vez más deslucido, sobre la mesa—. Hoy lo vamos a abrir.

—¿Estás segura? —Laia la miró sorprendida y sonriente.

—No te imaginas lo bien que me ha sentado eso de escribir. Mira cuánto he escrito, si casi lo he terminado... De verdad, ha sido una gran idea. Me acordaba de ti, pensaba que estaba aquí y que te tenía enfrente y escribía como si te estuviera hablando.

—Se te ve contenta, me alegro. Yo también, Valeria, yo también me acordé de ti. Cuando estaba tan triste, porque resulta que después de esto parece que no voy a tener hijos, me acordaba de lo que me contaste y me di cuenta de cuánto tuviste que haber sufrido con eso.

Habían pasado más de sesenta años, pero el gesto de la anciana, de pronto, adquirió una expresión desconocida, y Laia sintió que la veía por primera vez. Igual que si una máscara de cera, inesperadamente, comenzara a derretirse al calor de las palabras, de la mirada.

—Ay, Laia.

Y de pronto, empezó a llorar.

No le gustaba el contacto humano con los pacientes. Eso de tocar, coger la mano, abrazar. Emma, que era afecto puro con todo el mundo, siempre se reía y la acusaba de que en momentos como ese sacaba a pasear a la psicoanalista sin remedio que llevaba dentro. Pero las hormonas, o así se lo explicaba Laia, hacían de las suyas, y no solo en el hecho de que se le estuviera cayendo el pelo a puñados. Para colmo parecía haber una conjura universal, porque fue romper a llorar Valeria, y oscurecerse el cielo de repente y colarse un viento inesperado a través del balcón abierto, así que ya que estaba de pie para cerrarlo, Laia se acercó al otro lado de la mesa, y se sentó en el confidente de al lado. La mano de Valeria, las manchas en la piel tan transparente, era el mapa de un desierto helado. Del desamparo.

—Sé lo que te pasa, Valeria. —Y esto también estaba muy mal: ella nunca decía a los pacientes que sabía lo que les ocurría, jamás se colocaba en ese plano, porque lo que le gustaba (ay, ese ramalazo psicoanalista) era que fueran ellos quienes tuvieran siempre la certeza de que iban descubriendo lo que les pasaba—. Sé cómo te sentiste.

—Pues eres la primera. Nunca tuve la sensación de que alguien me entendiera. Yo misma no lo hacía, me limitaba a enterrar mi desesperación cuando cada veintiocho días al levantarme por la mañana, siempre sin excepción, con una exactitud que luego supe que tampoco era tan habitual, tenía la confirmación de que nada. Que tampoco ese mes. Hacía como que no me importaba, y trataba de que me consolaran las palabras de mi madre cuando me escribía: No te preocupes, hija mía, si aún no estás encinta, Dios sabe lo que hace, ya te dará los hijos que tanta felicidad te darán a ti y a tu marido, tú no dejes de rezar por ello. Me sé la frase de memoria, porque me la escribía exactamente igual, en cada carta. Hasta que un día añadió: Mira en cambio tu hermana, parece ser que a pesar de la escasez de sus oraciones, y el tormento que ello me provoca, el Señor ha tenido a bien bendecirla con una criatura que nacerá a finales de la primavera.

Se detuvo un instante para sonarse con discreción. Laia aprovechó para soltar su mano.

—Voy a hacerte un té. También tengo valeriana, si te apetece más. O verbena. Te vendrán bien.

—Un té está bien, gracias. Es curioso, hoy estaba dispuesta a abrir el sobre, pero no me podía imaginar que iba a tener este prólogo. Ahora ya no sé.

—Hacemos una cosa. Mañana tengo un hueco. Yo hoy me llevo tu cuaderno, lo leo, y mañana vienes y abrimos el sobre. ¿Te parece?

El silencio se pobló con los hipidos de Valeria y el tintineo de las cucharillas, las tazas y el borboteo del agua, después de que asintiera como una niña. Un trueno seguido de una explosión de gruesos goterones puso la rúbrica. Como un redoble.

—Nadie me entendía. Nadie. Has tenido que ser tú después de setenta años la única persona que me ha dicho la única frase que me hizo sentir comprendida.

—¿Y Alfredo?

—Ja. Alfredo, Alfredo se callaba siempre, y yo ya tenía buen cuidado de no decirle nada. Me acuerdo una noche que estábamos aquí, habíamos llegado de París la noche anterior y nos quedábamos en casa de sus padres. Él se había marchado por la tarde, y yo me cansé de esperarlo y acabé durmiéndome. Cuando llegó, era muy tarde, casi había amanecido, y yo le pregunté, que no sé cómo se me ocurrió, que dónde había estado, primero me contestó que a mí qué me importaba y yo, que debía de ser porque estaba medio dormida, todavía insistí añadiendo que era muy tarde. No se me olvidará en la vida, me agarró por el cuello y me miró y me dijo que quién era yo para preguntarle dónde estaba, acaso me das tú algo, inútil. Eso me dijo, y yo me di cuenta de que tenía razón, yo no servía para nada, ni hijos le podía dar. Así que me callaba y aguantaba la forma en que me miraba la madre de Alfredo, y sus hermanos, que yo ahora lo pienso y creo que él tenía amantes y ellos lo alcahuetaban, y tampoco me extraña, al fin y al cabo bastante desgracia tuvo conmigo...

Laia sintió la indignación subiendo por su pecho. Nunca se acostumbraba a ese tipo de actitudes tan frecuentes en consulta.

—Tú no tenías ninguna culpa... Eso lo sabes, ¿verdad?

—Eso era lo que hacía mi padre, trataba de explicarme que no tenía que sentirme culpable y me daba razones médicas, me decía que no siempre era por la mujer, pero yo sabía que eso lo decía por consolarme, por qué iba a ser culpa de Alfredo. Casi prefería la explicación de mi madre de la voluntad de Dios y todo eso. Y a mí venga a dolerme la cabeza, que ya no sé si me dolía de verdad o era la excusa cuando me sentía triste para irme a mi cuarto y tomarme un par de optalidones. Pero eso no era nada. Lo malo fue cuando nació el niño. No había nada más que ver en aquella casa y mira que era feo y que no hacía otra cosa que llorar. A Gadea la colmaban de regalos, y de cuidados, y su marido, tan cariñoso con ella...

—Te entiendo, Valeria, pero no puedes sentirte así. Yo sé lo que te ocurre y también sé que no has podido ni mencionarlo siquiera. No es un sentimiento bonito, claro, pero es comprensible. Sucede muchas veces: algo nos duele enormemente y entonces deseamos que desaparezca. Normalmente ese deseo no se cumple y seguimos con nuestra vida, lo superamos de un modo u otro. Tú tuviste la mala suerte de desearle cosas feas al bebé, y va el bebé y se muere, y tú...

Como si fuera a cámara lenta, Valeria dejó la taza sobre la bandeja. Con la misma lentitud, giró la cabeza hacia la psicóloga, y con una serenidad helada la miró.

—No. No lo entiendes, Laia. No es que le deseara la muerte. Eso se lo deseaba a varias personas. No. Gadea lo supo y por eso me escribió esa carta y por eso sé lo que pone. Las madres saben todo en el fondo de su corazón, y ella lo sabía. Que no es que le deseara la muerte: yo lo maté.

No era metáfora y Laia lo supo enseguida. Por el tono, por la dimensión de roca arrancada de lo más profundo de las entrañas que tenían aquellas tres palabras. Ocho letras que eran frontera entre lo que fue, lo que pudo haber sido, ocho letras que eran la puerta de un infierno, mucho más cruel que el de los curas, uno al que no iba a ir porque ya lo llevaba consigo.

—Aquí mismo, en esta misma habitación. ¿No dicen que el asesino vuelve al lugar del crimen siempre? Y yo no podía dormir, la cabeza me estallaba, ni con los optalidones que me había tomado, y toda la noche lloviendo, el agua golpeando en el patio, y en los cristales, que parecía que iban a romperse, y mi habitación tan oscura, sin un solo rayito de luz, pura tiniebla, y aquel niño llorando sin parar...

100

A Feli la ha llamado la directora a su despacho para pedirle por favor que haga turno de noche. Serán solo dos, la
del miércoles y la del jueves. El viernes se instalará un sistema de cámaras de vigilancia en los pasillos, que ya tendrían que estar puestas, pero después de que una de las
residentes hubiera salido a las tantas, totalmente trasvola-
da, y se hubiera quedado tirada en el suelo hasta que alguien se percató del incidente, les han entrado todas las
prisas del mundo. A Feli no le gusta dejar a su padre solo
por la noche, y así se lo hace saber a la directora que con-
traataca con la imposibilidad de otras empleadas con niños pequeños, familias monoparentales, y otras circunstancias que, por lo visto, tienen una importancia mucho
mayor que la suya. A Feli le fastidia sobremanera eso de
sentirse amenazada, aunque sea de un modo sutil. Es tan
terrible todo, da igual que ella se mate a trabajar, que ponga la mejor sonrisa, que se haya convertido en una pieza
clave en la residencia, que todos recurran a ella. Nada de
eso le confiere ningún tipo de beneficio, porque de pronto
se necesita alguien que pringue y que haga turno por la
noche hasta que se instalen las cámaras y no le vale de
nada argumentar. Tendrá que hacer las dos noches. Se-
guidas. Se lo compensarán, claro, pero no va a cobrar ni un
duro más, solo faltaba, como mucho un día libre.

Hay días en que falla todo el andamiaje que Feli se
inventa para sobrevivir y no sirve de nada refugiarse en

el recuerdo cálido de Guille, ni soñar con el momento en que escriba algo maravilloso, ni imaginar que un día verá a su padre sonreír con algo más que esa mueca que algunos momentos consigue arrancarle a la tristeza. Hay días que querría cerrar los ojos y descansar. O abrirlos mucho y huir. O quedarse muy quieta y mimetizarse con las paredes, que nadie fuera capaz de verla. Hay días que vivir es un duro trabajo y las listas mentales, ni siquiera la de «cosas en que me gastaré el dinero cuando me toque el cuponazo de la ONCE» (una casa enorme en la Providencia, asistencia especializada continua para su padre, el ordenador con la pantalla más enorme y luminosa del mundo, dejar vacías las estanterías de La Buena Letra, y de Paradiso, el billete de avión para dar la vuelta al mundo) sirve para nada. A veces, un whatsapp de Guille la hace sonreír, su empeño en que la felicidad es posible, esa frase que repite siempre que él va a devolverle el trozo de nombre que le falta, esa fe infantil en que va a conseguirlo, que en ocasiones ella se cree, y en ocasiones no.

Va a tener que trabajar dos noches y eso la irrita enormemente, y a la vez le provoca la sensación de que el abismo cotidiano, ese al que se asoma en cuanto abre los ojos cada mañana, a veces incluso en el momento en que el sueño se confunde con la vigilia y se niega a abandonar sus pestañas, se ha hecho incluso más profundo. El abismo cotidiano se llama desesperanza, se llama falta de dinero para lo que le gustaría, se llama tristeza infinita en los ojos de su padre, se llama infancia arrancada y se llama incapacidad para creer que algún día, da igual lo que Guille se empeñe en asegurar, las cosas serán de otra manera.

Pudieron ser de otra manera. Ya no es que le cueste sustraerse a la tentación, es que ya se ha convertido en obsesivo eso de ir enhebrando uno tras otro los argumentos en un orden diferente. Solo habría bastado que. Si no hubiera sido por. Si la maldita mariposa no hubiera batido sus malditas alas. Lo que escribe en sus ejercicios del taller, las conversaciones que mantiene con Guille, sus propios pensamientos, le han dado vueltas y más vueltas a todas las posibilidades y la única conclusión que cada vez con más aspereza se hace hueco en su alma es que no es que todo sea azar, que también: lo peor de todo es que la gente hace las cosas mal. Comete errores. Se equivoca. Es inconsciente. No da el intermitente y alguien se muere. Cree que tendrá tiempo de pasar y no es verdad y el tren se lleva por delante un coche, una familia completa. No se lava las manos de forma correcta y produce una intoxicación. Frena inesperadamente y un niño no llega a nacer. Se despista en el proceso de fabricación de un aparato y alguien pierde una mano. Fuma un cigarrillo delante de su hijo, y esa partícula, exactamente esa, desprendida en ese instante, le provocará un cáncer al niño en el futuro. Y ella, que tiene un cuidado obsesivo en no hacer nada de forma incorrecta, odia con todas sus fuerzas a todos los inconscientes, a los dueños de ese mal incontrolado e involuntario, que son los que producen las mayores desgracias. Los que llevan el mal en sus decisiones y muchos de ellos no solo no pagan por el mal producido, ni siquiera llegan a saber cuánta desdicha han generado.

La certeza de que va a tener que pasarse dos noches le produce una furia que se traduce en enérgicos movimientos con la mopa en el pasillo y el deseo, que le cuesta controlar, de hacer caer con una zancadilla a la pelmaza de Josefina, esa residente quejumbrosa que se pasa la vida malmetiendo a todo el mundo cuando se acerca a ella preguntándole dónde estará la directora para hacerle saber que otro de los residentes, Dámaso, lo sabe ella de buena tinta, guarda chorizo, que no puede comer, en el fondo de su armario. Está enfadada con el mundo, consigo misma, con la vida, y a lo tonto se le ha ido el tiempo y no va a poder limpiar con el esmero que requiere la habitación de la Marquesa, y lo que es peor, igual ni puede practicar ese placer oculto y vergonzante, el vicio de leer las palabra ajenas, los secretos del cuaderno de Valeria.

Que mira tú por dónde, para que la dicha del día sea completa, tampoco está sobre la mesa del secreter abierto.

Puta mierda de vida.

En Gijón, martes de verano,
que es lo mismo pero parece ya otra vida

Me moría de ganas de que Laia me enseñara el cuaderno
de su paciente, de Valeria, pero no ha habido forma. Lo
poco que hablé con ella el otro día me dejó con la impresión de que es una mujer no sé si decir interesante y lo
digo como lo haría una entomóloga, conste. Se ha pasado
leyendo desde que llegó, y apenas ha hablado conmigo.
La noto rara, aunque, por una vez, sé que no tiene que
ver con nada que yo haya hecho o dicho: me abrazó mucho rato cuando llegó, empapada, porque yo tenía razón
y la tormenta fue de campeonato, tanto que parece que
ha venido para instalar un miniinvierno en mitad del verano, y no ha dejado de llover desde entonces. Da igual,
seguro que no es tan importante. Nada que ver con lo
feliz que me siento, porque llevo ya cuatro días, ¡cuatro!,
siguiendo religiosamente la dieta para perder unos kilos
antes de que empecemos todo el lío. Y tomando ácido
fólico. Y pronto, seguro, dejaré de escribir este cuaderno,
y empezaré otro, ya le he estado echando un ojo a algunos de los papeles para encuadernar, y será el Cuaderno
de nuestro hijo, pero no le pondré el título hasta saber si
es un hijo o una hija. Y Laia está feliz, aunque cuando se
lo dije en la cena el otro día, estaba tan guapa, cuando le
conté cuál era mi idea y sobre todo mi decisión, puso cara

rara y yo por un instante temí que le pareciera una ocurrencia absurda de las mías, pero no, se echó a llorar, yo creo que está blandita por las hormonas y eso, pero da igual, la emoción fue enorme y aunque nos miraron raro los de una mesa (tengo que decir que los de otra aplaudieron) nos besamos mucho rato. Y yo me siento feliz, y ella también y ya da igual todo porque vamos a tener un bebé, vamos a hacerlo, y me da igual que me digan que si soy una vasija o que si tal y cual, porque nadie tiene ni idea de cuánto y cómo nos queremos. Y ya está, al que le pique, que se rasque, coño... *y el presente qué me importa la gente, si es que siempre van a hablar y a quién le importa lo que yo diga* ...

102

—¿Sabes qué, Feli? He estado pensando y creo que ya sé qué podemos hacer con la historia de Flora Mateo.

—Guille ha querido acompañar hasta el trabajo a Feli, esta tarde que no parece verano, porque lleva lloviendo desde ayer, y también ella anda con la mirada nublada y con presagio de tormenta en los ojos. A él le da miedo ese pesimismo que se ha adueñado de su pensamiento, a veces hasta la obsesión, y no quiere, con el pánico de quien está enamorado hasta las trancas y teme perder al objeto de su amor, que no sirva de gran cosa el consuelo, las cosquillas que intenta hacerle en el corazón permanentemente.

Tal vez el proceso de contarse el uno al otro, de vaciar las biografías hilvanándolas con besos, no ha sido tan acertado. Feli ha ido depositando en él toda la amargura que la asfixia desde pequeña, pero lejos de librarse de ella, parece que verbalizarla solo la ha llevado a un resentimiento que a Guille le preocupa: a ella la mirada se le ha puesto oscura, como si tratara de hallar culpables de su desdicha, como si albergara una necesidad urgente de consumar una venganza, ya que no parece que la justicia sea una salida. A falta de culpables, es el mundo el destinatario de su ira, y Guille a veces teme no ser capaz de esquivar él mismo ese odio indiscriminado.

Es cierto que cuando lo hablan ella siempre se escuda en que él no tiene por qué entenderla: su vida ha sido plácida y feliz, una familia de postal, padres e hijos acudiendo juntos a las manifestaciones, compartiendo la pasión por la historia, una adolescencia sin conflictos, y solo el resquemor que Feli denomina histórico, que a veces incluso funciona como impulso para sumergirse con mayor dedicación en documentos, en testimonios, con el aliciente de descubrir, de saber más. Frente a tu amargura histórica, mi amargura real, dice ella, y entonces se enzarzan en una discusión acerca de la realidad de lo histórico, y del carácter lenitivo del paso del tiempo. A él le gustaría decirle que también para ella pasan los años y de ella depende cerrar ese capítulo, abrirse a la vida, enterrar el dolor antiguo, lo irremediable y concentrarse en construir. Solo que ella no parece estar por la labor, y le da miedo ese enrocamiento, esa forma de agazaparse con su propia tristeza, como si más que intentar librarse de ello, lo cuidara con auténtico esmero.

Por eso ha empezado a hablarle de sus planes para la historia de Flora Mateo, la maestra de Nozaleda, mientras caminan los dos desde la estación hasta la residencia, y él puede sentir la respiración de ella, pegada a él bajo la protección escasa del paraguas azul: tiene algo de animal asustado en su propio laberinto.

—¿Sabes lo que he pensado?—insiste—. Creo que tienes razón, que tenías razón cuando me decías que querías que escribiéramos una novela, y que conmigo no estabas muy segura de que eso fuera posible, por lo latoso que me pongo con los datos y el rigor, y eso... Pero mira, vamos a escribir una novela que tome como punto de partida esa historia, solo que nos vamos a inventar casi todo. Nos lo vamos a pasar bien, ya verás.

Feli sonríe con más tristeza de la que Guille querría intuir en ella. Quiere pensar que sí, que pueden hacer cosas juntos. Que puede seguir escribiendo sus listas mentales de *cosas que pueden hacerme feliz*. Que es bueno sentirse tan querida, tan cuidada. Que un día empezarán contando la historia de un niño al que su padre lleva por primera vez al cine de comienzos del siglo XX, como a Aureliano Buendía lo llevó el suyo a ver el hielo, y a partir de ahí, la verdad y la mentira se irán dando la mano, contarán historias de verdad de personajes de mentira, y al revés. Porque tampoco está muy claro dónde está la frontera, y, si Guille es capaz de abandonar el territorio de la exactitud, cómo no vivir con él la aventura de la invención. Y las dos noches de turno pasarán rápido. Él, se lo promete, la llamará, estará pendiente de ella.

Pero solo después del beso leve en los labios ya cerca de la residencia, justo cuando lo ve marcharse, el resentimiento sordo vuelve a ocuparla. Sin remedio.

103

Valeria había entrado en la consulta en el inusual miércoles, dispuesta, dijo, a recibir la absolución en forma de contenido del sobre. Ahí estaba su perdón, para la ceremonia laica de un sacramento de la penitencia que había demorado durante décadas, consciente de que si utilizaba el cauce del confesonario, las consecuencias que se derivarían no diferirían gran cosa de lo que sucedió con Onel. Estaba preparada, le dijo a Laia, y con la seguridad de que encontraría las palabras indulgentes y liberadoras de Gadea, que llegada la hora de su muerte habría considerado oportuno concederle, asistió, con la misma expectación que si presenciara un espectáculo de magia, a la apertura del sobre para a continuación llevarse la sorpresa de que no había una carta, sino tres. Con tres caligrafías diferentes y tres destinatarios.

Y en ese instante, justo al comprobar ese extremo, había empezado todo lo que horas después, mientras le daba vueltas tumbada en su cama, aún no podía explicar: esa barahúnda de revelaciones, ese desorden de sentimientos, ese derrumbe del armazón (vigas, columnas, pilares...) que sin ningún tipo de duda sobre su fiabilidad había constituido la arquitectura de sus certezas. El caos se había instalado en su pensamiento de forma que no era capaz de sistematizar la información recibida, porque la sorpresa se mezclaba con la incredulidad, y quería pensar que había un argumento en el que apoyarse para entender, pero ni siquiera eso quedaba en pie. La fragmentación de sus pensamientos tenía mucho de los objetos de distintos tamaños que los tornados de las películas mantenían en una imposible e imparable verticalidad giratoria.

Solo la primera parte de la carta de Gadea

Querida hermana: Ahora ya sé que esto no tiene remedio, y yo no voy a seguir los tratamientos que me proponen, porque vi demasiado sufrimiento en Arsenio, y en algunos buenos amigos que se fueron yendo. Y tampoco tengo muchas ganas de seguir viviendo, las pérdidas se han ido sumando y tengo el corazón casi vacío del todo. Pero antes de que llegue el último momento, quiero que sepas algo. Que necesito pedirte perdón

le había permitido mantener el equilibrio. Solo la primera parte tenía sentido, justo hasta ahí. ¿Pedir perdón? ¡Si se trataba de concederlo! A partir de ese instante, esa frase que no encajaba, todo se convertía en un enredo sin sentido, en un galimatías

por todas las cosas que he hecho mal contigo, que fueron muchas. Por envidiarte siempre, sobre todo al principio, porque eras tan guapa y tan lista, y yo quería ser como tú. Por abandonarte después y preferir a mis amigas a ti, y por elegir entre ellas las que más te desagradaban (aunque eran las que más me gustaban a mí). Por haber sido mucho más feliz que tú y, en el fondo, alegrarme por ello... Por alegrarme secretamente porque Onel me quería más a mí.

Sí, eso era cierto. Eso siempre había dolido como un puñal. La quería más a ella y daba igual qué hiciera Valeria para conseguir su favor, él siempre la quería más.

Y también papá.

Sí. Papá también, vale. ¿A qué venía ahora restregarle eso? ¿Iba a reconocer que, en cambio, mamá la quería mucho más a ella, y siempre había estado orgullosa de su buen comportamiento?

Y sobre todo, porque nunca te dije la razón por la que eso era así. Y la había. Vaya si la había, aunque yo tardara mucho tiempo en descubrirlo, primero porque papá me lo contó, y luego por estas cartas que te hago llegar.

La mirada de Valeria, oscilante entre el papel que Laia tenía en sus manos y la boca de esta dibujando palabras en el aire, pretendía agarrar lo que después de pasar por sus oídos encontraba una pared de incomprensión absoluta, una incapacidad para ser procesado. ¿De qué coño estaba hablando Gadea? Sí, había dos cartas, las había visto. Formaban parte de la correspondencia entre su padre y Onel que ella había leído con desgana. ¿Acaso Gadea se había quedado con alguna? Y sobre todo por qué Laia decía ahora

Puede que no sea un descubrimiento para ti, porque yo creo que también lo sabes, o al menos lo sospechas. Que nunca se dijera abiertamente no quiere decir que no hubiera pruebas más que evidentes: mis rizos, mi piel tirando a oscura, el cariño de Onel por mí, por encima de todas las cosas, que mamá no me soportara... No es difícil

No era difícil qué. Qué estaba queriendo decir Gadea. Los ojos de Valeria pasaron a modo súplica, por Dios bendito, que Laia siguiera leyendo, a pesar de aquel precipicio que empezaba a abrirse dentro de ella, y por donde posiblemente acabaría cayendo sin remedio.

darse cuenta de que Onel era mi padre, aunque nunca me lo dijo, claro, porque yo era muy niña cuando lo mataron. Pero en la memoria se me quedaron archivadas frases, gestos, momentos que se grabaron en mí de forma que cuando por fin lo supe, en realidad ya lo sabía. Me acuerdo de un día que yo lloraba a moco tendido porque habíamos cantado las dos una canción y tú lo habías hecho muy bien y yo, como siempre, lo había hecho fatal. Me sentó en sus rodillas y me dijo al oído: tú no te preocupes, que esto va cada dos generaciones. Tu abuela cantaba muy mal, y tu padre muy bien, así que cuando tú tengas hijos seguro que cantan de maravilla. En aquel momento pensé que se refería a papá, claro, pero luego me acordé de que la abuela hacía los solos en misa en el coro de Nozaleda, y no me cuadraba. Para cuando oí cantar a Olvido ya supe que en su voz vibraba la de Onel.

En mitad de una revelación así, y Gadea se ponía a hablar de voces y canciones. Y ella a punto de precipitarse en el abismo... Onel. Su madre. Su padre... Si su padre y Onel eran amigos...

Y papá lo sabía. Lo supo desde siempre. Y no solo eso: le pareció bien. Tú sabes cómo se querían, lo fuerte que era su amistad. Ellos me enseñaron cómo se quiere a los amigos, aunque yo no sé si sería capaz de tanto cariño. Papá nunca superó su muerte. Nunca se perdonó no haber llegado a tiempo. Nunca perdonó a su tío el cura, ni a quien pudo haber ido con el cuento a confesárselo, porque estaba seguro de que la delación había salido del confesonario. No levantó cabeza y eso fue lo que nos unió aún más. A mí me dolió la muerte de Onel, porque una parte de mí sabía que estaba perdiendo a mi padre. Y papá me lo contó después, cuando empecé a trabajar con él.

¿Y mamá? ¿Quién era de pronto aquella mujer a la que no podía reconocer? ¿Cómo era posible el secreto? ¿Con qué cara podía vivir?

Siempre nos quedará un hueco, Valeria. Parte de una historia que jamás conoceremos, porque papá se negó en redondo a contármela. Yo no podía creerme que mamá, tan... bueno, ya sabes, tan como era, hubiera podido... Creí que papá me lo explicaría, pero se limitó a decirme que eso se quedaba solo para ellos. «Nada es del todo lo que parece, así que no se te ocurra nunca culpar de nada a tu madre. O no solo a ella. Las culpas en la vida siempre están repartidas», me dijo. Y yo no me atreví a insistir. En aquel momento pensé que habría otra ocasión, que encontraría el momento para hablar de ello, pero nunca lo hubo. Y con mamá para qué te voy a contar. Mamá siempre me odió por aquello. Supongo que proyectaba en mí su vergüenza, o no sé. Nunca lo entendí, y nunca fui capaz de quererla del todo. Tú no lo sabías, pero con los años fue a peor. Me despreciaba totalmente y buscaba siempre las cosas que me podían hacer daño. Hasta me dijo que Carlitos se había muerto por mi culpa. Que seguro que se había ahogado por meterlo en la cama conmigo, que lo habría asfixiado sin querer. Como si no se hubiera muerto en su cunita.

Valeria contuvo la respiración. Ahora. Ahí estaba. Ahora venía el perdón, ahora le diría que sabía que ella lo había matado.

Necesito que me perdones por todo ello, Valeria. Tú tenías derecho a saberlo y yo no te lo dije. Y no lo hice por una especie de venganza. Me gustaba saber que tenía un secreto al que tú no podías acceder, y que con mi torpeza, sin tu brillantez y tu pelo maravilloso, sin tu voz de ángel y tus magníficas notas, sin todo el dinero que tú has tenido siempre, yo tenía todo lo que tú no tenías: la felicidad, el amor incondicional de Arsenio, todos mis amigos, mis convicciones, la risa. A papá. A Onel.

El desorden. El caos. No era así, no era así. Gadea

tenía que perdonarla, ella aguardaba su perdón. Y nada de eso sucedía. ¡Ni siquiera sospechaba de ella!

En las cartas puedes encontrar datos que confirman lo que te cuento, aunque me temo que quedan muchos interrogantes acerca de las circunstancias. Parece que lo de mamá y Onel debió de ser bastante accidental por lo que me contó papá. Sucedió en unos meses que papá estuvo en Madrid, estudiando, según me dijo, aunque nunca me aclaró qué exactamente. Onel pasaba a ver cómo estaba mamá y cómo estabas tú, que eras muy pequeña. Parece ser que un día, pues eso. Que sucedió. Con una gran puntería, como ves. Hay muchas lagunas que nunca sabremos. Las cartas llegaron a mis manos cuando se murió papá, y yo las leí todas buscando algún tipo de información y solo encontré estas. El resto te las di a ti, aunque me quedé con una foto de los dos, de adolescentes, que siempre he tenido conmigo. No sé quién es G. por ejemplo a quien mencionan. Supongo que todo el mundo tiene derecho a llevarse a la tumba sus propios secretos.

Valeria se había tapado la cara con las manos, los codos apoyados en la mesa. Como si su cabeza pesara tanto que no pudiera soportar tanta confusión. Qué estaría pensando Laia de su madre. Qué estaba pensando ella misma. Cómo había podido. Quería escuchar, pero las palabras resbalaban por un tobogán. Trataba de agarrarlas pero, cuando creía que las había atrapado, descubría que solo era su envoltorio: el significado había desaparecido, como si le estuviera definitivamente vedado entender en qué laberinto sintáctico, en qué gramaticales vericuetos deambulaba su capacidad para entender.

Laia la había mirado, abandonando por un instante aquella lectura que trataba de hacer lo más pausada posible, porque también ella tenía que digerir, colocar en su sitio lo que estaba leyendo. Después de meses de escuchar una parte de la historia, de pronto veía la escena desde otro punto de vista.

—¿Quieres que siga? Hacemos una parada si quieres. Tómate el té, que se te va a enfriar... Ya queda muy poquito por leer.

Valeria había permanecido muda, pero obedientemente acercó la taza a los labios. El sabor del té inundó de algo parecido a la realidad su garganta, que llevaba un rato acostumbrándose a otro sabor que se le antojaba tan extravagante como inadmisible. Costaba entender la vida. Y su historia. Podía admitir haber guardado durante tantos años su secreto, su delito. Eso era lógico. Pero ¿y los demás?, ¿cómo era posible que los demás también escondieran los suyos?

—Esto ya es el final, Valeria, te leo:

Ahora que reviso mi vida, con el final tan cerca, me doy cuenta de que hemos perdido gran parte de nosotras. Esta lejanía de la proximidad. Estar a tanta distancia una de la otra aunque viviéramos en la misma ciudad. Mamá me decía cuando tú vivías en París que mejor así, que tú y yo pertenecíamos a mundos diferentes, que yo me había empeñado en desclasarme. Así lo decía ella: desclasarme. Pudimos ser más amigas, Valeria, pero por si te sirve, del mismo modo en que yo siempre te quise, estoy segura de que por tu parte sucedió siempre lo mismo. Solo siento, y lo siento en el fondo de mi corazón, no haberte visto casi nunca feliz. Y me arrepiento con toda mi alma de que en lo más profundo de mí, eso me causara cierta satisfacción. Tú no habías hecho nada para ser infeliz. Y yo lo siento mucho, mucho, mucho.

Tu hermana, que te quiere, aunque nunca te lo haya dicho,

Gadea

Le había pedido a Laia que leyera para sí las cartas de Onel y de su padre. No se sentía con fuerzas para afrontar más confesión, ni en aquel momento en la consulta, ni horas más tarde, instalada ya en su cuarto, tumbada sobre la cama y cubierta con la manta de ganchillo de Gadea. Sus manos, las manos de su hermana habían estado allí, en aquella lana de colorines, haciendo una tras otra las aplicaciones (azul marino, naranja, verde, amarillo) que ahora cobijaban el frío. Un frío de invierno en mitad del verano, el sonido de la lluvia que repiqueteaba en los cristales. Tan apropiado. Acariciaba el papel, sí, miraba sin descifrar los caracteres, la caligrafía inolvidable de su padre, la de Onel. Laia le había dicho que no decían gran cosa, salvo que se hacía mención a «lo que había pasado» de lo que Onel «se arrepentía infinitamente» y lamentaba «el daño causado», mientras que su padre, por lo visto entonaba un mea culpa acerca de que no debió haberse marchado, que finalmente había descubierto que «G. era una quimera y nunca podré perdonarme ni lo uno ni lo otro», y que lo que había ocurrido era la prueba de «cómo de grande había sido su error». Los dos coincidían en «lo importante y única que era su amistad», y en cómo su padre jamás permitiría que Onel «no pudiera estar con su hija», a la que él mismo confesaba amar como si fuera propia y que el hecho de que su mejor amigo fuera el padre, no solo «no restaba ni un ápice del cariño por la criatura, sino que incrementaba este». Finalmente, ambos señalaban y agradecían lo indestructible de su amistad «hasta que la muerte quisiera separarlos».

104

—¿Te encuentras mal, Valeria?

A ella no le gusta que la tuteen: ni en el médico, ni en las tiendas donde en general no suelen hacerlo, ni en la residencia. Uno es mayor y todos se creen con derecho a tutearte y a tratarte como si fueras un niño. Sin ir más lejos, la chica que acaba de llamar a la puerta, que, sin concederle tiempo para que le permita pasar, se ha colado dentro utilizando la prerrogativa de siempre: son viejos, luego es como si fueran niños.

—No, no. Estoy bien. Es solo que no tengo mucha hambre, no me apeteció bajar a cenar.

Feli se encoge de hombros. Empieza bien el turno.

—Pues algo tendrás que tomarte. ¿Te traigo un yogur? ¿Un vaso de leche?

Valeria parece reconsiderar la situación. Y trata de ser amable: necesita gozar de la simpatía de la chica si quiere conseguir un orfidal. Dos, mejor.

—Sí, oye... Feli, eres Feli, ¿verdad? —Que se sepa su nombre a la chica le produce una extraña satisfacción y Valeria es consciente de ello—. Verás, que casi me puedes traer un vaso de leche... He tenido un disgusto hoy y... bueno... Creo que no voy a poder dormir, ¿sabes? Si fueras tan amable de traerme un orfidal del botiquín...

—Eso tendría que valorarlo el médico, Valeria. O al menos la enfermera... ¿Quieres que los llame? Sé que tienen los teléfonos operativos...

—No, no, déjate... Es solo un par de orfidales. Mañana ya hablo yo con ellos y se lo explico. No es la primera vez que los tomo. Ahora ya llevaba mucho tiempo, pero hoy lo necesito...

Hay algo de niña en esa forma de pedir las cosas. Hay algo de tierna, como si la debilidad la despojara de esa coraza de mujer estirada y digna. Un desvalimiento que en otros residentes a Feli le produce un abanico de sentimientos que van de la compasión a la repugnancia, y que en Valeria solo se asocia a la delicadeza. Y eso es tan inédito como sorprendente.

Mientras baja a la cocina y pasa por el botiquín para conseguir dos pastillas y duda si darle solamente una, piensa que tal vez sea posible, por extraño que resulte, por insólito. Que puede establecer una relación con la Marquesa. Ha leído las cosas que ha escrito y ha encontrado, entre montones de detalles que no le gustan, atisbos de humanidad. Y mucha historia que contar, seguramente muchos datos para la investigación de Guille, y sobre todo elementos que les sirvan a ambos de punto de referencia para la novela que Guille quiere que escriban. Ha sabido, por ejemplo, que su marido pertenecía a una de esas familias gijonesas en cuyas manos ha estado siempre el poder económico. Y el político, siempre en el mismo flanco ideológico, pero dúctil a la hora de ejercerlo en dictadura o en democracia. Hay tantas cosas de las que tal vez podrían hablar, tanta memoria archivada en sus circuitos cerebrales antes de que el deterioro traiga consigo un inevitable olvido, tanto que rescatar para que el pasado, al menos la historia pequeñita que le concierne, se complete con las piezas que faltan, y el puzle no tenga tantos agujeros como la desmemoria.

De vuelta a la habitación llama a su padre para cerciorarse de que está bien. Descuelga el teléfono, apenas murmura, que sí, que ya está acostado, que no tiene ganas de ver la tele. Que duermas bien, papá. Gracias, pero lo único que sería dormir bien sería saber que no me voy a despertar.

Este es su padre: la alegría de la huerta, incapaz de saber cuánto daño le hace cada vez que manifiesta su desesperanza. Feli mira las dos pastillas que lleva en el platito, junto al vaso de leche. Ganas le dan de tomárselas. Dormir, olvidar.

Puta vida.

Cuando entra en la habitación, Valeria está llorando. Va a ser cierto que sí que ha tenido un disgusto. Y parece que gordo. Feli no se siente con ánimo, ni con fondo, ni con ganas de consolarla. Ella podría hablarle a Valeria de desesperación. De su nombre amputado. De su familia rota. De la falta de horizonte. Pero en lugar de ello, roza el brazo de Valeria, la ayuda a incorporarse en la cama. Vamos, vamos, le dice, tómate la leche y el orfidal, y ya verás qué bien duermes...

—¿Puedo pedirte un favor, Feli?

Asiente. A ver qué se le antoja ahora.

—¿Puedes quedarte conmigo hasta que me duerma? No te vayas hasta que me veas bien dormida, por favor...

Feli suspira por dentro. Aún tiene que revisar otras habitaciones, cerciorarse de que todo está bien, conseguir que los más reacios abandonen la sala donde están viendo un *reality* y no protesten porque les apaga la tele. Y ahí está, mirando cómo una anciana se bebe un vaso de leche y cómo se traga las pastillas y cómo se acomoda para dormir en esa cama con tantos almohadones y cojines que parece la de... la de una Marquesa, claro.

Como una niña pequeña entorna los ojos y estira la mano, buscando la de Feli, que de pronto se ve abocada a tomarla entre las suyas. El móvil vibra en el bolsillo de su bata. Un whatsapp, seguramente Guille. Lo saca con cuidado y lo mira. Que la quiere, dice. Que la echa de menos. Que irá por la mañana a buscarla. Que va a devolverle la mitad que le falta de su nombre. Esto lo dice siempre, y a Feli la conmueve, porque sabe que no tiene otro empeño, pero ahí está agarrando la mano de una anciana que no puede dormir, comprobando cómo poco a poco la presión de los dedos se afloja, la respiración se hace más regular, y entonces se levanta de la butaquita que había colocado al lado de la cama y se acerca a la estancia con la que se comunica el cuarto, la sala, donde ha quedado una luz encendida y piensa en apagarla, pero en ese momento se fija en que sobre la mesa del centro está el cuaderno, el diario de Valeria. Vuelve a mirar hacia la cama y la contempla inmóvil, contiene la respiración propia para oír la de la anciana: regular, pesada, pétrea, dos orfidales.

Y abre el cuaderno sin poder evitarlo, porque le puede la curiosidad de tantas páginas leídas, o tal vez porque indaga, sin ser consciente de ello, la razón de las lágrimas como si de verdad le importara. Y busca lo último que había leído. Y lee.

Y entonces, el espanto. Porque ya lo había ido viendo venir, algo por dentro se lo estaba diciendo, pero siempre se ha reído de las casualidades, y no es posible. Cómo va a ser posible, y sin embargo por qué no. Un coche azul. La misma emisora. Locomía.

Y entonces, la mirada que se vuelve roja. Una marea imparable. La furia que se quedó dormida, acunada por la pena, por la desesperanza, por el dinero que no llegaba, por la injusticia del proceso, lo triste que fue su primera comunión, las Navidades sentados a la mesa de la cocina, los veranos sin vacaciones, el sonido de las ruedas de la silla por toda la casa, el miedo, el cáncer, la responsabilidad heredada, los trabajos para salir adelante, la falta de horizontes, la postración, el sufrimiento, la rabia, la devastación.

Entonces, el odio. La mujer dormida. Tan fácil. Los pasos que la llevan, que no son suyos, pero la llevan, la colocan al lado de la cama. Tan desvalida como antes y sin embargo dueña de todo el mal, de todo el dolor. Un almohadón. Tan sencillo. No hay cámaras en el pasillo. Es una anciana. Tantas muertes durante la noche, ni una sola sospecha. Nada. Tan sencillo. Ni resistencia, nada. Apretar, sostener el almohadón. Apenas un movimiento: bajarlo, cubrir el rostro, apretar. No se necesita más, ni siquiera habrá resistencia. Y aunque la hubiera.

El móvil vibrando de nuevo en el bolsillo de su bata, la vida llamando desde el cuarto en el que comparten los trocitos de esperanza que se permiten. Vibra, y el ruido es ensordecedor en el silencio de un cuarto en el que la muerte ya ha entrado despacito y avanza implacable hacia la cabecera de la cama y se hace una con los brazos de Feli, con sus manos que oprimen el almohadón de tela de raso. Vibra, y todo su cuerpo se estremece con el temblor. Es Guille, seguro, que querrá decirle voy a devolverte la mitad de tu nombre, ya verás, siempre se lo dice, y a lo mejor no es verdad, pero a lo mejor sí. Mejor aflojar el almohadón. Mejor detenerse. Porque si continúa, Guille jamás podrá cumplir esa promesa, porque habrá quedado definitivamente perdido entre las plumas de oca del cojín que tiene en sus manos, que ahora coloca junto al resto. Con cuidado. Como si fuera la cuna de un bebé.

Y sale sin hacer ruido de la habitación, dejando atrás la misma respiración, que ahora casi tiene la textura de un ronquido leve, bajo el peso de las pastillas. Puede que la felicidad sea imposible, pero hay infiernos mucho peores en los que instalarse, y a ellos vuelve la muerte, contrariada en su propósito, sin hacer ruido alguno.

105

—¿Sabes qué, Laia? Ella no lo mató.

Emma pronunció esas palabras mientras se incorporaba y apoyaba el codo para mirar fijamente a Laia, que sorprendida hizo lo propio y las dos quedaron frente a frente, como en un espejo.

La madrugada las había encontrado dándole vueltas a la historia de Valeria, que, finalmente, Laia, y no sin antes apelar, «como si hiciera falta, anda que tú también...», al secreto profesional, le había contado con todo detalle. En el aire había quedado el relato de la infancia de Valeria, la complicada relación de envidia jamás reconocida con su hermana, la revelada historia familiar, una ciudad de colores desvaídos cuando no directamente teñida por el sepia de los años, el enigmático Onel, la culpabilidad padecida silenciosamente, amordazada por el pánico, el fallido intento de redención a través de Olvido, el asesinato del pequeño Carlitos protagonizando los insomnios de Valeria, sepultado en la memoria diurna para sobrevivir apenas, presente cada vez que osaba mirarse aunque fuera de reojo hacia dentro.

—¿Por qué lo dices, Emma? Claro que lo mató. Tendrías que haber visto su cara. Jamás me vi en nada parecido, te aseguro que no supe qué decirle...

—Eso cree ella, pero no.

Los rizos pelirrojos de la larga melena de Emma («*Debaixo dos caracois dos seus cabelos*», ya estaba como

Emma, encontrando canciones para cualquier circunstancia, iba a resultar cierto que todo se pega), su sonrisa de triunfo como quien resuelve el damero maldito, esa forma de mirarla en la que cabía toda la adoración del universo. Cuánto amor. Quería preguntarle por qué lo afirmaba de un modo tan rotundo, pero no hizo falta, Emma estaba tan excitada como si acabara de resolver un caso de alguna novela policíaca.

—Hay un montón de datos que no te has parado a considerar. Parece mentira que leas tantas novelas. Piensa un poco, Laia, *pordiosbendito,* como diría mi madre. No lo hizo por varias razones. Me has dicho que lo mató en el mismo cuarto donde tienes la consulta.

—Sí. El que ocupaban ellas de pequeñas y en el que se instalaron Gadea y su marido cuando nació el niño, a requerimiento de la madre, para atender a Gadea, que no tenía servicio ni nada parecido y de aquella lo de parir exigía toda clase de cuidados.

—Exacto. ¿No te das cuenta?

—No, no me doy cuenta.

—Valeria dormía en otra habitación, y resulta que el niño llora (que lloraría, no te digo yo que no) y ella se levanta, y sale de su cuarto y va y asfixia a la criatura... que está en la cuna al lado de la cama de sus padres, que están dormidos como troncos a pesar del llanto, tanto que ni se enteran de que ha entrado y lo está ahogando. ¿No ves que es imposible?

Laia se quedó en silencio. Raro parecía, sí. Ella ni siquiera se había parado a pensarlo. El horror que encerraban las palabras de la confesión de Valeria la había agarrado por el cuello: aún pesaba en su corazón una muerte de un bebé que, sin haber sido, ya lo era en su deseo.

—Has dicho otra cosa. Valeria siempre tuvo pesadillas, eso te dijo, ¿no es cierto? Y tomaba... ¿qué tomaba así como si fueran caramelos, eh, qué tomaba?

—Optalidones.

—Justo. Menudos colocones proporcionaba el optalidón, especialmente si lo combinabas con algo de alcohol, y conociendo a Valeria y las casas de los ricos de la época, no descartes que no se tomara una copita de algo, un digestivo de esos, que si pacharán, orujo, licor de guindas...

El razonamiento de Emma resultaba convincente, y sus palabras conseguían empezar a disipar la angustia en la que vivía desde el mismo instante de la confesión.

—... y luego una cosa que me dijiste, que no sé si me repetiste tal cual, pero si es así, terminará de convencerte. Valeria te dijo que aquella noche no paró de llover, y que el niño no paró de llorar, y que su cuarto estaba totalmente en tinieblas, pero que ella oía la lluvia golpear los cristales... ya me contarás cómo: si estaba totalmente oscuro, las persianas, y yo me acuerdo de cómo eran las ventanas de ese edificio, porque lo vimos antes de que lo restauraran, el pedazo de persianas que tenían todas las ventanas que daban al patio, ni te imaginas, como para oír la lluvia y menos en los cristales...

—Entonces... ¿tú crees que lo soñó? ¿De verdad crees que lo soñó, que no sucedió de verdad?

—Claro que lo soñó. Los optalidones, la copita, las pesadillas recurrentes, el niño que lloraba... Soñó que se lo cargaba, seguro. Proyectó toda su frustración, toda la envidia, todo... pero fue un sueño. Muy real, seguramente por el efecto de la química, pero un sueño. Lo que pasa es que la pobre...

—Tuvo mala suerte y esa noche el niño se murió. Y se convenció para siempre de que había sido ella. —Laia parecía masticar las palabras como si pronunciarlas la liberara de la pesadilla en la que se había instalado.

—Seguro, cariño. Seguro. Venga, vamos a dormir, que es muy tarde... Y verás cuando se lo digas a Valeria. Porque vas a seguir viéndola, ¿no?

—Sospecho que sí. Le dije que aunque el sobre ya está abierto, si quería volver, yo estaba a su disposición. La conmocionó tanto la carta de su hermana que creo que habrá mucho que hablar. Te pasas la vida construyendo tu propia historia a partir de tus convicciones, y de pronto descubres que no, que las cosas no eran así.

Los ojos de Emma, la calidez candeal de su cuerpo bajo la camiseta de Mafalda, y la madrugada en sus pestañas invitaban al sueño, a entrar despacio en el territorio blando de sueños como nubes. Pero, antes, a Laia le faltaba amarrar en horizontal una certeza imprescindible

—Oye, Emma, ¿tú estás segura de que nosotras...?

—Sí —atajó Emma esbozando una sonrisa que se truncó en bostezo—. Vamos a ser felices. Vamos a tener un bebé precioso...

—... y vamos a deshacernos de ese baúl, ¿verdad que sí? Ya sé que has trabajado mucho en él, ya lo sé, pero... mañana mismo lo llevamos al Punto Limpio. O a donde sea. Pero no aquí.

—Anda que tú también, la perra que has cogido con el baúl, qué te habrá hecho el pobre... Menos mal que estoy colada por ti, que haces de mí lo que quieres.

—Ya. Menos mal...

106

Me estaba ahogando. En el sueño me ahogaba porque alguien había deshecho miles de almohadones y todo el aire era plumas que entraban por mi boca, por mi nariz, por mis ojos. Me ahogaba sin remedio, pero no era mi cuarto de los balcones, la habitación en la que Gadea y yo fuimos princesas, era un sitio que no conocía y que ni siquiera podía ver, por las plumas, pero no era mío. Yo solo oía la lluvia, porque no paraba de llover, pero de pronto empecé a oír unas risas y una conversación, de gente que se acercaba, yo me estaba ahogando, y esta vez iba en serio, y pensaba en cómo se habría sentido él, tan pequeño, asfixiándose... Y de pronto estaban ante mí, los muertos de mi biografía, pensaba, allí estaban todos, mi padre, mi madre, tan jóvenes, Onel, Gadea de niña, pero también Olvido, y ese hombre que aparece en mis sueños y que ahora ya sé que es el Carlitos que pudo haber sido, y era como si me estuvieran esperando para llevarme con ellos, y parecía darles lo mismo que yo me estuviera ahogando. Pero de pronto todo empezó a vibrar, un zumbido como cuando suena un despertador de esos modernos, y aunque yo me ahogaba por momentos, aquel zumbido cada vez más fuerte, como si alguien me salvara en el último instante, no ahora, todavía no, y ellos se despidieron, ya nos veremos, dijeron sonriendo mientras se iban, cuando vengas, tenemos tanto de que hablar, Valeria...

Gijón, octubre de 2015

Agradecimientos

Por mucho que escribir sea un pacto con la soledad, no es menos cierto que cada libro se construye porque hay un montón de personas que de una u otra forma apoyan, ayudan, quieren, exigen, comparten, son capaces de vivir la historia, de aguardarla, de contribuir a que se ponga en pie. Todos esos nombres deberían ir aquí, y no voy a ponerlos porque me da pánico que alguno se quede fuera, pero ellos lo saben.

Lo saben los más próximos: quien ha leído esta novela varias veces ya y nunca se cansa de apoyar y sostener. Quien está siempre al otro lado del teléfono para escuchar, animar, aportar y querer. Quienes leyeron las primeras páginas y me dieron la energía y las ganas de seguir. Quienes se emocionaron sinceramente cuando se terminó la historia. Quien me secundó en mi obsesión por la exactitud. Quienes comentaron entusiasmados el resultado. Quien me consiguió un dato que no encontraba por ningún sitio en un pispás. Quien me dijo algo tan sencillo como *has vuelto a hacerlo* y con esas cuatro palabras espantó cualquier duda. Quienes llevan meses esperando tener en sus manos el libro. Este libro.

Hay algunos nombres que sí: Francisco García Pérez, en un mediodía de agosto, con un par de frases y su incontestable magisterio, deshizo el nudo y todo se iluminó. Nicole Witt, agente y ya amiga, participó del entusiasmo por la historia, y Anna Soldevila se convirtió en cómplice definitiva para que aquella imagen primera de una madrugada de lluvia se convirtiera en esto: un libro que ahora está aquí. Este libro que una vez más vuelve a ser un milagro.

Y hay, finalmente, dos agradecimientos imprescindibles:

A los lectores que a lo largo de estos años, desde la publicación de la anterior novela, me han sorprendido y emocionado a diario con sus palabras, su apoyo, su exigencia de más libros y pronto, el cariño que me han brindado siempre. Entre todos ellos, va el agradecimiento especial a tantísimos clubes de lectura y a quienes los dirigen.

Y a esta ciudad, en la que también las historias tienen su hueco, y hay tantas por contar. Y donde, aunque cueste trabajo creerlo, no siempre llueve.

¡Encuentra aquí tu próxima lectura!

Escanea el código con tu teléfono móvil o tableta.
Te invitamos a leer los primeros capítulos
de la mejor selección de obras.